André Pilz

Der anatolische Panther

Kriminalroman

André Pilz

Der anatolische Panther

Für die, die immer da sind
&
Pitissima

The rich may steal the power,
but the glory's ours alone.
(*Rolling Home,* John Tams)

1

All the snakes crawl at night;
that's what they say.
When the sun goes down,
then the snakes will play.
(*The Snakes Crawl At Night*, Charley Pride)

Chachapoya nennt mich Nteba, wenn wir im Bett liegen. Oh ja, wir sind Wolkenmenschen. Nebelkrieger. Ich wohne im siebten Stock, Doogie im neunten, Yiannis im zehnten, und Sugo-Joe übertrumpft uns alle: Seine Bude ist im elften Stock. Dazu hat er als Einziger noch einen Balkon, eine Mama, die grandiose Kuchen und Weihnachtskekse backt, und eine hübsche, großgewachsene Blondine als Schwester, die hie und da bei ihm übernachtet und uns alle irr macht, wenn sie in Sommerklamotten mit ihren langen Beinen durch die Bude schwänzelt oder sich im Liegestuhl draußen im knappsten aller knappen Bikinis sonnt.

Wir sind Wolkenmenschen. Im Nebeldunst der Abgase. Im Lärm der übersteuerten Fernsehgeräte und Spielkonsolen. Im Treppenhaus stinkt es nach Fast Food, nach verschüttetem Bier, Pisse und Red Bull. Unsere Feinde wollen uns ausrotten, aber wir sind zäh. Inkas, Konquistadoren, Bullen, Kanaken, Bonzen, Nazis, Islamisten, Immobilienhaie, Rocker – uns kriegt keiner so schnell klein.

Euer Hass ist unser Stolz.

Es ist schon weit nach Mitternacht, ich stehe am Fenster und schaue hinaus, trinke Wodka. Ich trage die dunkelblaue Pyjamahose, die Nteba mir zum Geburtstag geschenkt hat. Eigentlich ist es zu warm dafür, aber all meine Shorts sind in der Wäsche und nackt schlafe ich nicht mehr, seitdem die Bullen mich mal mitten in der Nacht aus dem Bett geholt haben. Draußen hockt Doogie in seiner Karre und raucht, liest in seinem *Navy-Seal-Survival-Buch* und lernt, wie man mit Bären und Wölfen kämpft, einen Angreifer im Nahkampf tötet oder einen Selbstmordattentäter überrumpelt. Er hat geschworen, mich so lange zu verfolgen, bis ich Ja sage. Aber dieses Mal kriegt er mich nicht. Dieses Mal bleibe ich hart.

Ich stelle den Wodka leise in das Waschbecken, nehme das Fernglas von der Kommode und versuche, irgendwas in Doogies Gesicht zu lesen. Dass er nicht ganz dicht ist, wissen wir alle, aber mich Tag und Nacht zu verfolgen, um ein Ja zu erpressen, ist etwas, das selbst für einen wie ihn ungewöhnlich ist.

Da höre ich Nteba seufzen und drehe mich um. Sie hebt ihren Oberkörper, blickt zu mir, ein bisschen verwirrt, ein bisschen ungläubig. „Puh, ist das heiß", sagt sie verschlafen. Ich lächle und wende mich wieder dem Fenster zu. Als ich denke, dass sie sich wieder hingelegt hat, steht sie plötzlich hinter mir. Sie umarmt mich, legt ihren Kopf an meine Schulter. „Ist dir nicht gut?", fragt sie. Auf meinem Rücken spüre ich ihre nackten Brüste, ihren nackten Bauch. Nteba ist nur einen Zentimeter kleiner als ich, überdurchschnittlich groß für eine Frau. Mit einem Lächeln muss ich daran denken, dass sie genau hier am Fenster in einer innigen Umarmung einmal gemeint hat, ich sei ein guter Liebhaber.

„Kann nicht schlafen", sage ich. „Der Vollmond ..."

„Vollmond war vor drei Tagen."

„Es ist zu hell zum Schlafen."

„Lass die Jalousien runter!"

„Ich kann das Licht spüren. Ich muss es gar nicht sehen."

„Ist der Psychopath etwa immer noch da draußen?"

„Geh zurück ins Bett."

Nteba greift nach dem Fernglas, schaut hinaus, nimmt das Auto ins Visier. Ihre Brustwarzen sind hart. „Das ist nicht zu fassen!", sagt sie. „Bleibt der wieder die ganze Nacht?" Sie schüttelt den Kopf und lacht.

Ich nehme Nteba bei der Hand, führe sie vom Fenster weg, küsse sie auf die Stirn. Unsere letzte Nacht. So sehr wir auch das Gegenteil beschwören, wenn wir realistisch bleiben, sehen wir uns danach wohl niemals wieder. Beim Gedanken daran verspüre ich eine leichte Übelkeit, aber erst wenn sie am Ostbahnhof, unserem vereinbarten Abschiedsort, in die S-Bahn zum Flughafen steigt, wird mir wirklich bewusst werden, dass sie mich verlässt.

Wir setzen uns auf die Matratze, Nteba zündet sich eine Zigarette an. Das macht sie sonst nur, wenn sie betrunken ist. Ich mochte nie, dass sie raucht, aber sie sieht so verdammt sexy aus, wenn sie es tut. Sie betrachtet kurz ihre Brüste, zieht ihre Mundwinkel nach unten, als würde sie sie begutachten, dann sieht sie mich an. „Du solltest in die Türkei", sagt sie und nimmt einen tiefen Zug. „Für ein paar Monate. Würde dir guttun."

„Was soll ich dort ohne dich, Nteba?", frage ich. „Außerdem muss ich mich um Baba kümmern."

„Nimm ihn mit! Du hast doch bestimmt noch ein paar Freunde oder Verwandte dort, nicht? Fliegt in die Türkei, macht ein bisschen Urlaub." Nteba zieht ihre Beine an, umfasst sie, legt ihren Kopf auf ihre Knie und sieht mich an. Ihr Mund verrät oft nicht, ob sie nun lächelt oder traurig ist.

„Ich bin auf Bewährung", sage ich.

„Na und?"

„Ich glaube, ich darf das Land gar nicht verlassen."

„Wir waren zusammen in Österreich."

„Da hat uns ja keiner kontrolliert."

„Hm", sagt sie, „dann erkundige dich mal."

„Warum soll ich in die Türkei?", frage ich. „Dann könnte ich doch gleich zu dir nach Kuba."

Nteba lehnt ihren Kopf gegen die Wand, schließt die Augen. „Dort, wo ich lebe, kannst du nicht leben."

„Und woher willst du das wissen?"

„Weil ich dich kenne." Sie lächelt. „Du brauchst doch deinen Fußball und deine Jungs. Wir haben in unserem Stadtteil kein Internet, kannst du dir das vorstellen?"

„Mit dir kann ich mir alles vorstellen."

„Außerdem ist dein Hintern zu weiß. Du würdest in dem Viertel auffallen wie ein bunter Hund.“

Ich habe Gewichte in Doogies Bude gestemmt, gegen Schatten geboxt, mich beim Fußballtraining gequält, wenn ich es mal dorthin geschafft habe, Extrarunden gedreht, Zusatzsprints gemacht, bin keinem Zweikampf aus dem Weg gegangen – alles, um die Angst vor der Nacht zu verdrängen, die nun gekommen ist.

Die letzte, die kürzeste Nacht.

Die Zeit tickt unbarmherzig die letzten Minuten runter. Da ist er nun, der Abschied. So sehr ich mich gegen ihn gewehrt habe. Jetzt ist er da und unausweichlich.

„Was tut dein Kumpel da draußen?“

„Er will mich überzeugen“, antworte ich.

„Von was? Dass er in eine geschlossene Anstalt gehört?“

„Von nem Job.“

„Nem Job?“, sagt sie. „Ist der Mann Headhunter?“

„Doogie ist bei so ner Firma, die Arbeitskräfte vermittelt. Für jeden neuen Auftrag stellt er nen Trupp zusammen. Hat er nicht genug Männer, guckt er in die Röhre.“

„Und du bist der einzige Mann in der Stadt, den er anheuern kann?“

„Nein“, sage ich, „aber der Dicke steht auf mich. Ich hab nicht nur nen weißen, ich hab auch nen sexy Hintern, das weißt du doch am besten.“

Nteba greift nach meiner rechten Hand, drückt sie. „Was ist das für eine Firma? Das ist doch nichts Illegales, oder?“ Ich nehme Ntebas Zigarette und betrachte die Glut in der Dunkelheit. Ihre Naivität, wenn es um die Jungs geht, hat manchmal etwas Rührendes. „Sag schon!“, lässt sie nicht locker. „Dieser Doogie handelt doch nicht mit Drogen oder überfällt Banken, oder?“ Ntebas Lippen sind bläulich, sie hat auch eine Gänsehaut, dabei ist ihr nicht kalt, sie schwitzt sogar ein wenig, überall wird vom wärmsten Juni aller Zeiten gesprochen.

„Ist dir nicht gut?“

„Warum?“, fragt sie und zieht an der Zigarette.

„Deine Lippen ... Als ob du frieren würdest.“

„Frieren? Es ist viel zu heiß hier. Jetzt lenk nicht ab. Was ist mit der Firma?“

„Ach, Doogie ist okay“, sage ich. „Er war mal n fetter Naziskin mit Rudolf-Heß-Tattoo, aber die Nazischeiße hat er hinter sich.“

„Er sieht immer noch aus wie ein Naziskin. Und ich wette, das Rudolf-Heß-Tattoo hat er sich nicht weglasern lassen.“

„Er ist noch Skinhead, aber kein Nazi mehr. Wär er Nazi, würde ich doch nicht mit ihm abhängen.“

„Doogie ist verrückt“, meint Nteba. „Nazi hin oder her, der Glatzkopf hat sie nicht alle. Der ist mir nicht geheuer, Chachapoya.“

„Ja, er ist n bisschen durchgeknallt. Er kann auch hie und da n Arschloch sein, aber abgesehen davon ...“

„... hat er ein gutes Herz?“

„Nein“, sage ich. „Aber es ist immer was los mit ihm! S'ist immer Party mit ihm. Der zieht uns mit, verstehst du? Doogie ist ne Naturgewalt. Mein Leben ohne ihn ...“

Ich rede nicht weiter. Was labere ich da? Ein Leben *ohne Nteba,* das ist es, was ansteht. Ich habe mich so an sie gewöhnt. Dass ich spätnachts, wenn das Schlafpulver Baba in den Schlaf gezwungen hat, noch zu ihr gehe. Dass wir gemeinsam trinken, lachen, kochen, mitten in der Nacht durch die Stadt ziehen, die Isar entlangspazieren, Filme und Serien schauen, zehn Episoden am Stück, bis in den frühen Morgen hinein, dabei trinken und Pizza essen, in ihren Lieblingsbuchladen gehen, einen Secondhandshop, in dem sie leuchtende Augen kriegt, wenn sie mal wieder einen alten Schinken ausgräbt ... In ihrem Buchregal habe ich sieben Ausgaben der *Göttlichen Komödie* gezählt, sechsmal Goethes *Faust* und fünfmal *Die Blumen des Bösen.* Bei mir stehen nur der Koran und ein Stapel verstaubter Ausgaben von *11 Freunde, Zeitspiel* und dem *Kicker* irgendwo in einer Ecke.

Ich stecke die Zigarette in Ntebas Mund, wir legen uns auf die Matratze. Draußen rast ein Rettungswagen im Einsatz vorbei, sein Blaulicht erhellt das Zimmer für ein paar Augenblicke.

Nteba wohnt etwa hundertfünfzig Meter von mir entfernt, im ersten Stock, Türnummer 111, eine Wohnung, die sie sich mit einer Pharmaziestudentin aus Rumänien teilt, die kiloweise Medikamente in Plastiktüten aus ihrer Heimat hierhergebracht hat.

„Darf ein Moslem eine Christin lieben?", fragt Nteba. Ich gucke sie nur groß an. „Na, du bist doch gläubig, oder? Da frage ich mich, ob das eine Sünde ist, was du machst." Ich küsse sie auf die linke Brust. Sie boxt mich. „Hör auf!", protestiert sie. „Ich möchte eine Antwort!"

„Warum hast du mich das die vergangenen Monate nie gefragt?"

Sie zuckt mit den Schultern.

„Weißt du, was Baba sagt?" Ich küsse auch ihre rechte Brust. „Wenn es *dir* nicht schadet, und wenn es *mir* nicht schadet, und wenn es auch keinem Dritten schadet, kann es keine Sünde sein."

„Das klingt schön", sagt Nteba mit einem spöttischen Lächeln auf den Lippen, „aber dein Baba ist nicht Gott."

„Glaub mir, wenn Gott persönlich mir befehlen würde, mich von dir fernzuhalten, würd ich mich auf die Seite des Teufels schlagen."

„Gibt es denn einen Teufel im Islam?"

„Nicht nur einen." Ich will weiterküssen, etwas tiefer, aber sie wehrt mich ab. „Ich glaube, sie können sich sogar vermehren." Ich packe Nteba an den Beinen, ziehe sie vor, sie liegt nun flach auf dem Bett, ich küsse sie zwischen den Beinen, ohne ihr den Slip auszuziehen.

Sie fährt mir sanft durch die Haare. „Ich frage mich, ob du wirklich weniger verrückt bist als dein Kumpel da draußen."

„Ich bin müde."

„Dann lass uns schlafen!"

„Nicht *so* müde", sage ich. „Ich hab's satt, mir den Kopf zu zerbrechen, wie wir zusammen sein können."

„Aber Chachapoya, das haben wir doch alles schon tausendmal besprochen, quälen wir uns nicht auch noch heute Nacht. Es macht mich zu traurig."

Meine Zunge auf dem Baumwollstoff, tief atme ich ein, ich liebe den Duft ihrer Muschi. Sie richtet sich auf, beugt sich vornüber und küsst mich auf die Stirn. Und so lieben wir uns noch einmal in dieser Juninacht, ein letztes Mal.

Ntebas Aufenthaltsgenehmigung ist abgelaufen und sie muss zurück in ihre Heimat. In knapp fünf Stunden werde ich sie ein letztes Mal umarmen und küssen, meine Treue schwören und darauf warten, dass sie weint, aber Nteba weint nie. Selbst wenn wir uns noch so heftig gestritten haben oder wenn ich ihr wieder mal gesagt habe, dass es nun aus wäre, dieses Mal endgültig und für immer, sind ihr nie die Tränen gekommen. Wahrscheinlicher ist, dass ich weine, aber ich werde an Doogie denken. Doogie in seinen langen, roten Winter-Joggingunterhosen, das wird mich zum Lachen bringen. Ein Mann darf nur weinen, wenn sein Fußballverein absteigt oder ein treuer Kamerad im Krieg gefallen ist, aber niemals wegen einer Braut, sagt Sugo-Joe immer. Das sei Gesetz. Ich gebe meistens einen Fick drauf, was Sugo-Joe sagt, und ich breche auch gern jedes Gesetz, aber dieses eine breche ich nicht. Das Heulen überlass ich anderen.

Dass Nteba und ich uns trennen müssen ... Dieser Gedanke hat mich zerrissen, wochenlang, ja, monatelang. Ich habe Lösungen gesucht, verzweifelt, wütend, aber ich konnte keine finden, beinahe hätte mich das aufgefressen. Ich habe keinen Job, kein offizielles Einkommen, Heiraten hätte also nichts genutzt. Was haben wir uns um den Verstand gesoffen, uns mit dem besten Gras und den besten Pillen in ferne Welten gebeamt, was habe ich trainiert wie ein Irrer, mit nackten Fäusten Sandsäcke traktiert, die

Knöchel blutig geschlagen, gepumpt, bis der Schmerz in die Muskeln gefahren ist. Diese Achterbahnfahrt, mal Himmel, mal Hölle, sie laugt dich aus, sie schmeißt dich aus der Umlaufbahn, du schwebst in der Unendlichkeit, verlierst jeden Bezug zu diesem Planeten.

In ein paar Stunden verlässt Nteba meine Stadt und ich weiß nicht, ob sie jemals zurückkommt. Sie versuchen, uns auseinanderzureißen, aber es wird ihnen nicht gelingen. Sie haben ihre Gesetze und befolgen sie stur, aber wer hat das Recht, mir das Mädchen zu nehmen, das ich liebe? Wer hat die verfluchten Grenzen gezogen, wer sagt, von hier bis hier ist Deutschland und von da bis dort Frankreich, wenn es vor zweihundert Jahren ganz anders war und in zweihundert Jahren vielleicht wieder ganz anders sein wird? Baba hat ein Leben lang für diesen Staat geackert, hat ein Leben lang Steuern bezahlt, und als Belohnung ist er schwerkrank geworden, weil die Firma die Sicherheitsbestimmungen missachtet hat. Menschen sind monatelang unregistriert ins Land gekommen, ohne Prüfung, ob sie in ihrer Heimat nicht ein paar Leuten die Kehlen aufgeschnitten oder für das Regime des Diktators gefoltert haben, aber ich, der ich hier schon so lange lebe, darf nicht mit meinem Mädchen zusammen sein? Die Grenzen verändern sich überall, die Krim ist russisch, das alte Syrien und den alten Irak gibt es nicht mehr, die Kurden, die Katalanen wollen einen eigenen Staat, also, sagt mir, wer bestimmt, wer wo leben darf? Das Leben ist kurz und ich finde bestimmt nicht leicht einen Menschen, den ich wieder so lieben kann wie Nteba. Vielleicht nie wieder. Warum nehmen sie mir mein Mädchen? Nteba und ich würden doch viele Babys machen. Und diese Babys, die würden es zu was bringen, nicht so wie die Jungs und ich. Das würden Piloten und Spieleentwickler und mindestens einer von ihnen würde Profisportler. Die haben kubanische Gene, die rennen doppelt so schnell wie wir, springen doppelt so hoch. Nteba hat Beine bis zum Mond, dazu mein türkischer Dickschädel und Kampfeswille, meine hier antrainierte deutsche Kondition – wer oder was soll die aufhalten? Ich mache schon mal Platz für die ganzen Pokale und Medaillen.

„An was denkst du?“, fragt Nteba.

„Hm?“

„Du hast so traurig geschaut und dann gelächelt für einen Augenblick.“

„Hab an was Schönes gedacht.“

„Aha“, sagt sie. „An Doogie?“

„Kann mir nicht mehr vorstellen, ohne dich zu sein.“

„Vor drei Wochen hast du noch gesagt, du wünschest, du hättest mich nie kennengelernt.“

„Ich werde dich vermissen“, sage ich. „Kannst dir gar nicht vorstellen wie sehr.“

„Hm“, flüstert sie. „Was denkst du denn? Ich dich auch. Du wirst mir fehlen, Chachapoya.“

Sie küsst mich und legt ihren Kopf dann wieder auf das Kopfkissen und schließt die Augen. Ich bleibe sitzen und starre zum Fenster. Ich glaube, es wird schon langsam hell. Ich bezweifle, dass ich jetzt noch schlafen kann.

2

Schmeiß' den Gasherd an,
trotzdem ist mir kalt.
(*Schmeiß' den Gasherd an*, Haftbefehl)

Eine weitere Nacht, die es zu zerstören gilt, eine Nacht, die viel zu früh anfängt und niemals endet, weil das Ende niemand mehr bei klarem Verstand mitbekommt. Yiannis und ich sitzen auf einer Schaukel, trinken abwechselnd aus einer Wodkaflasche und grölen einen alten Stadiongassenhauer. Doogie – mit Glatze, in Combat Bermudas, Springerstiefeln und einem verdreckten Trikot von 1860 München aus einer längst vergangenen Erstligasaison – schläft auf einer Rutsche, während Sugo-Joe mit den Händen in seinen Hosentaschen abseitssteht und wie blöd grinst.

Ein Fenster im Block geht auf, sechster oder siebter Stock, ein Mann schreit heraus: „IHR VERDAMMTEN ARSCHLÖCHER, VERPISST EUCH! VERPISST EUCH ODER ICH KNALL EUCH AB, IHR DRECKIGEN JUDEN!" Ich lache. Ich lache immer, wenn mich wer Kanake, Scheißtürke oder auch nur Ausländer nennt. *Ausländer* mit einem Nasenrümpfen oder diesem gewissen Unterton, dabei habe ich doch meinen deutschen Pass schon länger, als das Tausendjährige Reich überhaupt gedauert hat. Der Psycho setzt noch einen drauf: „DAS IST FÜR EUCH, *NEGER!*" Eine Flasche zersplittert nur wenige Meter von uns entfernt.

„Jetzt ist's aber genug", sagt Yiannis. „JETZT KOMMT DER PAPA!"

Unser Grieche schnappt sich einen der losen Pflastersteine, die zuhauf um den Sandkasten liegen, und will den Block stürmen, aber er stolpert schon nach ein paar Metern und schafft es nur mit Mühe, überhaupt wieder auf die Beine zu kommen. Der Kerl am Fenster ist verschwunden. Kurz darauf ertönt Musik – die Melodie von *Paulchen Panther*, bei voller Lautstärke. Die Melodie, die die Killer der NSU für ihr Bekennervideo benutzt haben. Ich nehme Yiannis' Pflasterstein und marschiere nun selbst Richtung Eingang. Da kommt der Typ oben zurück ans Fenster und schmeißt die nächste Flasche runter, der Einschlag ist so nahe, dass meine Schuhe ein paar Splitter abkriegen.

„Fuck", sage ich und trete den Rückzug an. Ich habe keine Lust, mir die schöne Frisur von so einem Asozialen versauen zu lassen. Den Pflasterstein schleudere ich in Richtung Parkplatz und hoffe, dass ich die Karre des Nazis erwische, aber es klingt eher nach einem alten Damenfahrrad einer Soziologiestudentin.

Doogie sitzt immer noch auf der Rutsche, als wäre er in ein Koma gefallen. Hockt da zusammengesackt, sein dicker Hintern eingeklemmt, Kopf vornüber, weißer Speichel sammelt sich in seinen Mundwinkeln. Yiannis steht vor dem Block wie ein Krieger, breitbeinig, reißt sich das T-Shirt vom Leib, entblößt seinen wild behaarten Oberkörper, breitet seine Arme aus und wedelt mit dem Shirt, als wolle er ein Flugzeug herbeiwinken. „DEUTSCHLAND, ICH FICK DICH, DU HÄSSLICHE, FETTE HURE!" Der Mann schließt das Fenster, lautstark fluchend.

„Lieber ne Hure, die reich ist, als n sterbender Mann, der pleite ist", ruft Sugo-Joe Yiannis zu.

„Was soll das heißen?", fragt Yiannis und spuckt aus. „Griechenland ist n kranker Mann?"

„N sterbender Mann."

Yiannis nähert sich Sugo-Joe, leise, langsam, umkreist ihn wie ein Panther seine Beute. „Wenn Griechenland n sterbender Mann ist, weißt du dann, was deine Mutter ist, Sugo-Joe?"

„Oh oh oh!", sagt Sugo. „Jetzt eskaliert's! Jetzt eskaliert's aber!"

Ich stehe auf, stelle mich zwischen die beiden und schubse die Streithähne auseinander. „Ruhig Blut, Mädels. Beleidigen wir unsere Vaterländer, nicht unsere Mütter."

„Der Chemiker hat n großes Maul", sagt Yiannis und schlägt seine rechte Faust in die offene Handfläche seiner Linken. „N verdammt großes Maul!"

„Du nennst Deutschland ne fette Hure. Und ich sage: Griechenland ist abgebrannt."

„Griechenland ist die Mutter der gesamten europäischen Zivilisation! Deutschland ist die Mutter aller ..."

„*Peace*, Leute, *peace!*", versuche ich die beiden zu beruhigen. „Das wollen die doch nur, dass wir uns zerfleischen."

In dem Moment furzt Doogie und kommt die Rutsche runter, eine Plastikflasche Diesel zwischen den Beinen, kein Körperteil bewegt sich, nichts deutet darauf hin, dass er aufgewacht sein könnte.

„Was ist mit unsrem Skinhead los?", fragt Yiannis. „Der ist heut gar nicht gut drauf."

„Hat wohl Geld verloren", sage ich.

„Hat Doogie schon einmal Geld gewonnen?"

„Nicht legal."

„Der hat doch nicht etwa unser Geld verspielt?"

„Er sagt, er zahlt es zurück."

Yiannis verscharrt mit seinem rechten Schuh eine blutverschmierte Spritze. „Er zahlt's zurück? Eher holt sich meine Oma nen Tripper beim Untergiesinger Sonntagskränzchen."

Doogie nähert sich schwankend der Schaukel, wie ein Untoter, seine Augen winzige Schlitze, die Lider geschwollen, sein Kopf hängt vornüber, als würde er jeden Moment vom Rumpf brechen. Plötzlich dreht er sich um, ein Stromschlag scheint ihn wiederzubeleben, denn all seine Glieder zucken, er brüllt hoch zum Fenster mit einer Stimme, die sonst den Fanblock im Sechzger-Stadion anführt:

„EY, PAULCHEN PANTHER! HINTER MIR STEHT DER ANATOLISCHE PANTHER UND DER FICKT DICH ZUR GUTEN NACHT!"

Er dreht sich um, stellt sich vor uns, kratzt sich im Schritt. Leise, beinahe sanft sagt er: „Und? Plündern wir morgen den LKW mit den Fernsehern?"

„Ja", sagen Yiannis und Sugo-Joe einstimmig.

„Nein", sage ich. Doogie fixiert mich, spuckt vor mir auf den Boden. „Ey, ich hab kein Problem, ne große Firma zu beklauen, aber in dem Fall ist's einer der wenigen kleinen Läden in der Gegend."

Doogie atmet schwer. „Ausgerechnet *du* kommst mir mit schlechtem Gewissen! Ausgerechnet *du* ..."

„Und? Was ist mit mir?"

„Du bestiehlst alte Frauen! Du verkaufst Drogen an Kinder!"

„Studenten sind keine Kinder. Und die alten Frauen sind reich. Ich bin Robin Hood. Klau von den Bonzen, geb es den Armen." Die Jungs lachen. „Oh ja, ich geb es *mir*, denn ich bin arm! *Wir* sind arm! Jeder Arsch in der Stadt hat mehr Geld, als wir haben." Ich zucke mit den Schultern. „Ich mach dieses Mal nicht mit. Das ist mein letztes Wort."

„Ist ne todsichere Sache", meint Doogie und wirft mir ein zerbeultes Dosenbier zu. „Und gerade du hast die Kohle nötig, Tarik. Die Kohle und das Adrenalin, jetzt, wo deine Braut weg ist ... Haben wir doch alle nötig! Wir sind ein Team! Warum sprengst du die Truppe? Ist das deine Vorstellung von Kameradschaft?"

Ich glotze auf Doogies Shorts, die ganz nass sind vom verschütteten Diesel. Es sieht so aus, als hätte er sich in die Hosen gemacht. „Ich kann nicht bei nem Raub mitmachen, wenn der Anführer inkontinent ist", erkläre ich den Jungs. „Zu viele DNA-Spuren."

„Im Gegensatz zu dir haben mich die Bullen noch nie erwischt", kontert Doogie.

Scheinwerfer erleuchten Teile der Hauswand. Sie gehören einem Polizeiauto, das den Gehweg abfährt, der am Kinderspielplatz vorbeiführt. Wir wissen, dass die Bullen uns vertreiben werden, deshalb gehen wir freiwillig. Doogie schreit ein letztes Mal das graue Monster von Bauwerk hoch. „WIR KOMMEN WIEDER, PAULCHEN! DER ANATOLISCHE PANTHER VERGISST NICHT! MAN SIEHT SICH IMMER ZWEIMAL IM LEBEN!"

Yiannis klopft mit der flachen Hand auf das Dach des Polizeiautos, als es langsam neben uns vorbeifährt und der Uniformierte am Steuer uns misstrauisch beäugt. „Warum sprichst du für Tarik?", fragt er Doogie und zieht sich sein zerfetztes T-Shirt wieder an.

„Ich spreche immer für uns alle", sagt Doogie. „Ich bin der Boss."

„Wer hat an der Uhr gedreht, ist es wirklich schon so spät?", fange ich zu singen an, und Sugo-Joe und Doogie stimmen mit ein.

Und wie wir so in Richtung U-Bahn-Station torkeln und die Jungs sich darauf einigen, ohne mich den Laster leer zu räumen, kriecht eine Angst in mir hoch: Ich könnte so enden wie Sugo-Joe. Ich könnte mit Anfang vierzig immer noch mit kaputten Kleinkriminellen wie uns abhängen, Gras verticken, hie und da einen Bruch machen, reichen Arschlochkids oder Münchner Yuppiebankern die iPhones abziehen und besoffen in der Nacht auf Kinderspielplätzen abhängen. Ich könnte Anfang vierzig immer noch zu viel zum Sterben und zu wenig zum Leben haben, mich selbst belügen und von etwas träumen, das niemals kommt. Die Vorstellung ist so gruselig, dass ich am liebsten losrennen würde und nicht stehen bleiben, bis ich mein altes Leben hinter mir gelassen habe. Ich denke an Nteba und fühle einen Schmerz in mir, wie ich ihn noch nie zuvor gefühlt habe. So eine bittersüße, alles verschlingende Sehnsucht.

Allāhu akbar, es muss sich was ändern. Ich muss irgendwas auf die Beine stellen, so kann es nicht weitergehen. Ich will mit dem Mädchen zusammenleben, das ich liebe, ich will einen Job, ich will eine bessere Wohnung, endlich wieder ein eigenes Bett und dass sich an manchen Tagen eine Pflegerin um Baba kümmert.

***

Es ist Montagnachmittag, es ist schwül, ich renne durch den Perlacher Forst, in dem unzählige Insekten schwirren, wie sie das immer tun, wenn sich ein Gewitter ankündigt. Mücken in meinen Augen, auf meiner Haut, in meinem Mund, ich steigere das Tempo und laufe, bis ich vor Erschöpfung an einer Lichtung beinahe zusammenbreche. Ich möchte meinen Gefühlen davonlaufen, diesem Schmerz, dieser Sehnsucht, die ich verspüre, seitdem Nteba weg ist. Vornübergebeugt bleibe ich stehen und kriege einen Hustenanfall. Als er vorüber ist, hole ich mein Handy aus der Hosentasche.

Fünf unbeantwortete Anrufe in dreißig Minuten. Fünfmal steht da der Name BULLENSCHWEIN.

Ich setze mich auf einen Baumstumpf, rufe Beer an. Ein Junge im Stimmbruch bellt mich beinahe taub. „Hey, hey!“, sage ich und halte das Handy ein wenig weg vom Ohr. „Muss Beer sprechen.“

„Beer kämpft!“, schreit der Pimpf.

„Beer stirbt, wenn du ihn mir nicht sofort holst.“

Gerhard Beer kennt jeder in Giesing, der war schon alt, als ich ein Kind war. Seine Kollegen, so hört man, lieben oder hassen ihn. Die, die ihn lieben, fürchten ihn, und selbst die, die ihn hassen, respektieren ihn.

Beer ist der Mann, der mich mit dem Gras im Rucksack in der U-Bahn-Station am Mangfallplatz erwischt hat.

Ich kann ihn vor mir sehen, im Boxring, ohne Helm, oberkörperfrei, nur in Shorts und Boxhandschuhen. Ich wette, er, der Großgewachsene, aber Schmächtige, hat grad einen zwanzig Kilo schwereren und dreißig Jahre jüngeren Kerl in voller Montur vor sich. Einen Kerl mit Helm, Tief- und Mundschutz, der sich immer wieder in die Deckung flüchtet, sich klein macht, sich wegduckt, aber trotzdem keine Chance hat, Grimassen schneidet vor Schmerz und schließlich auf die Knie geht.

Der Stimmbruch trampelt keuchend zum Ring. Ich glaube zu hören, wie Beer den Mundschutz ausspuckt. „JETZT NICHT, MAGERSSSÜCHTIGER!", brüllt er. Ihm fehlen ein paar Zähne, deren Ersatz er im Ring rausnimmt, und ohne die Prothesen klingt es, als würde er lispeln.

„Er sagt, es sei wichtig", sagt der Pimpf. „Er sagt, du würdest sterben, wenn ..."

„Ich würde wasss?! Sssterben? Wer ruft mich an, meine Frau oder Gott?"

„Keine Frau."

„Gib her, Magersssüchtiger, und wehe, esss isss nicht Gott!"

Im Hintergrund werden die Sandsäcke bearbeitet, die Ketten, mit denen sie an der Decke befestigt sind, klirren, die Urschreie der Männer haben etwas Affenartiges.

„Wo brennt'sss, Tarik?", fragt Beer.

„Was willst du von mir?"

„Wasss?!"

„Du hast mich angerufen. Fünfmal!"

„Und du mich jetsss einmal", sagt Beer, und ich kann hören, wie er seine Prothese einsetzt. „Also, was gibt's?!"

Ich spucke auf den Boden. Beer spielt diese Spielchen, seit er vor Gericht miterleben hat müssen, wie ich mit Bewährung davongekommen bin. Gerade will ich den Anruf beenden, da fragt er: „Was planst du als Nächstes?"

„Muss dich enttäuschen. Ich bin raus."

„Du bist raus", sagt er und grunzt.

„Ich bin clean, ich schwör! Hörst du, wie ich atme, Beer? Ich bin beim Joggen. Ich piss dir nen Becher voll, der ist so sauber, den kannst du trinken."

Ich höre ihn lachen. Wer hätte das gedacht? Ich kann den alten, grantigen Knochen zum Lachen bringen. „Tarik", sagt Beer. „Lass uns treffen. Übermorgen Nachmittag um vier, Haupteingang Frauenkirche."

„Ich will nicht mit dir beten."

„Du sollst weder beten noch in einen Becher pinkeln. Nur mit mir reden."

„Vergiss es."

„Mittwoch, sechzehn Uhr, Frauenkirche."

„Ey!"

„Ciao, Tarik."

Ich stecke das Handy weg. Neben mir im Gras raschelt es, ich bücke mich und sehe eine große, dunkelgrüne Schlange, die es nicht besonders eilig zu haben scheint. Das ist ein Zeichen, denke ich mir. Das kann kein Zufall sein. Ich muss auf der Hut sein. Beer ist ein Teufel, der klaut dir die Seele schneller, als du vor ihm davonlaufen kannst.

Ich verlasse den Wald, jogge nicht mehr, gehe langsam, sehe die Bäume hoch und erinnere mich, wie ich mit Nteba hier gelaufen bin, in der letzten Woche vor ihrem Abschied, das einzige Mal in all den Monaten, als müssten wir noch verzweifelt alles tun, wovon wir immer gesprochen hatten. Sie hat locker mit mir Schritt gehalten, und das nicht nur wegen meines Katers. Ihre Beine, die sie für zu dick hält, sind perfekt trainiert, und ihre Kondition beeindruckend, und obwohl ich von ihren sportlichen Heldentaten schon gehört hatte, war ich immer etwas skeptisch, bis zu jenem Tag. Beim Dehnen am Waldrand habe ich sie gefragt, was aus uns wird, und sie hat, vielleicht genervt von der ewigen Diskussion, geantwortet: „Warum muss ich versuchen, nach Deutschland zu kommen? Warum können wir kein anderes Land finden, in dem wir leben können?"

Meine Antwort war ein Schweigen, denn sie liegt ja richtig mit dem, was sie in unserer letzten Nacht zu mir gesagt hat:

München zu verlassen, Deutschland zu verlassen, das ist für mich undenkbar. Die Jungs, München, Giesing, d'Sechzger, das ist mein Leben.

***

Meine Trainingsklamotten sind verdreckt, meine schulterlangen Haare nass, an meinen Turnschuhen kleben Klumpen schwarzer, feuchter Frühlingserde. Ich schlendere über den Parkplatz Richtung Eingang des grauen Betonklotzes, mit einem Fußball unter meinem Arm – ein altes, zerfleddertes Ding, das aber immer noch gut genug ist, um im Englischen Garten mit den Jungs zu kicken. Auf dem Parkplatz spielt Fonso, einer der vielen Zigeunerjungen aus der Siedlung, mit einer Blechdose Fußball und winkt einem alten BMW nach, der mit quietschenden Reifen in die Straße biegt. Die Karre ist tiefergelegt, die Scheiben getönt, die Boxen, aus denen der Hip-Hop-Bass dröhnt, könnten das Olympiastadion beschallen. Als der Kleine mich sieht, schießt er die Dose zu mir, unterdrückt ein Lächeln. Er schielt, seine Klamotten sind schäbig.

„Wer bist du heute?", frage ich.

„Puskás."

„Du bist immer Puskás."

„Ferenc Puskás war der Beste", sagt Fonso.

„Hast ihn doch nie spielen gesehen."

„Opa sagt, er war der Beste!"

„Na, wenn's dein Opa sagt, wird's schon stimmen ... Gab ne Zeit in Deutschland, da hat man besser nicht drauf gehört, wen Opa für den Besten hält."

„Wir haben n Bild mit Autogramm von ihm an der Wand in der Küche. Er war der Beste."

„Ich hab immer gedacht, ihr seid Rumänen, keine Ungarn."

„Wir sind Deutsche!" Der Kleine wischt sich den Rotz von der Nase. „Was denkst denn du?"

„Der Typ in dem BMW, war das deine Mutter oder dein Zuhälter?“

„Mein Cousin“, sagt Fonso, nicht ohne Stolz.

„Wohnt der auch in unsrem Block?“

„Nö, der ist immer am Cruisen. Von einer Bitch zur nächsten.

„N richtiger Straßengangster, hm?“

Die Rotznase glotzt auf den Ball, nickt. „Von dem kriegst du alles“, meint er. „Wenn du Geld hast, beschafft er dir Waffen, Drogen, Frauen ...“

„Du kaufst doch hoffentlich nichts von ihm?“

„Nö. Ich krieg alles geschenkt.“

„Du kriegst Frauen geschenkt?“

„Schokolade“, antwortet der Junge. „Ibo schenkt mir Schokolade.“

„Oh Mann, das ist jetzt nicht dein Ernst. Dein Cousin ist Ibo? *Der* Ibo?! Der schwarze Teufel?“

Der Kleine grinst. „Ich sage doch, wenn du Waffen brauchst ... Der schwarze Teufel besorgt sie dir.“

„Na, da hast du ja nen feinen Cousin“, sage ich und werfe den Ball hoch in die Luft. „Los geht’s, kleiner Ferenc! Enttäusch dein’ Opa nicht!“

Fonso zieht aufgeregt seine Schuhe aus, markiert damit ein Tor, ich mache dasselbe, wir spielen auf dem immer noch warmen Asphalt. Der Junge ist ein leidenschaftlicher Kicker, aber ohne Talent, es fällt mir sogar schwer, ihn gewinnen zu lassen, ständig schießt er am leeren Tor vorbei. Nach einer halben Stunde ist er glücklich, strahlt über das ganze Gesicht. Ich fahre ihm durch das Haar, das lange kein Wasser und Shampoo mehr gesehen hat. „Muss jetzt was essen, Kleiner.“

„Hast du auch was für mich?“, fragt er.

„Kriegst du nichts zu Hause?“

Der Junge zuckt mit den Achseln. „Schon gut.“

„Ich hab nicht viel eingekauft“, sage ich, „aber n paar Spaghetti könnte ich dir anbieten.“

„Schon gut, sag ich doch.“

Der Kleine läuft davon, ich rufe ihm hinterher. Er dreht sich um, schüchtern nähert er sich mir wieder. Ich greife in meine Trainingshose, ziehe eine Schachtel Zigaretten und einen Zehner heraus. Ich gebe ihm den Schein.

„Krieg ich die Zigaretten auch?“, fragt er.

„Kriegst den Ball.“

„Den Ball? Nicht wahr!“

Ich werfe ihm das Ding zu, er fängt es ungeschickt, hält es mit beiden Armen an der Brust. „Zerdepper aber bloß kein Fenster damit, hörst du? Der alte Andlinger, der schießt dich sonst tot mit seiner Jägerflinte.“ Er grinst und läuft mit dem Ball zu einem geöffneten Fenster im Erdgeschoss. Zwei Autoreifen liegen getürmt davor, der Junge nutzt sie, um in die Wohnung zu steigen, Ball, Kopf und Rumpf voraus, die Beine für einen Augenblick zappelnd in der Höhe. Sein Großvater erscheint am Fenster, ein Berg von einem Mann, über 1,90, schätze ich, großer Kopf, großer Bauch, wallende weiße Haare, steht da leicht gebückt. Er winkt mir zu, seine Miene bleibt ernst.

Baba öffnet die Tür, als ich mir die Schuhe ausziehe. Sein Anblick lässt mich jeden Tag aufs Neue erschrecken. Er ist so blass und abgemagert, hat tiefe Schatten unter den Augen. Auf den ersten Blick erkennt er mich nicht einmal, schaut mich bloß fragend an. „Hey Baba“, begrüße ich ihn und will ihm auf die Schulter klopfen, aber aus irgendeinem Grund ist es mir peinlich, ihn zu berühren.

„Auweia“, sagt er. „Hast du nen Schuhlöffel?“

„Nen Schuhlöffel?“, frage ich und schaue auf seine nackten Füße.

„Auweia ... Was für nen Schlamassel!“

„Was ist los, Baba?“

„Ich brauch nen Schuhlöffel für die Kloschüssel ...“

Ich gehe an ihm vorbei in die Wohnung, es ist finster drinnen. „Du musst lüften, Baba. Wie oft hab ich dir gesagt, du musst untertags lüften!“

„Das Klo ist kaputt!“, sagt er. „Da geht nichts mehr!“

„Krieg ich schon hin, hab ich noch jedes Mal, oder?“

Baba steht hilflos in der Tür. „Ich hab gedacht, du kommst heut gar nicht mehr.“

„Ist grad eben dunkel geworden“, sage ich und klatsche in die Hände, als Baba sich wieder ins Bett legt. *„Lüften, Baba! Lüften!“*

„Ist zu heiß den ganzen Tag, unerträglich heiß. Mach ich das Fenster auf, drückt’s noch mehr rein. All die Abgase ...“

„Es wird noch viel heißer im Juli und August.“ Ich reiße das Fenster auf.

„Wer weiß, ob ich da überhaupt noch lebe.“

„Hör auf, das zu sagen.“

„Wenn’s doch wahr ist“, sagt der Alte.

Der Alte ist mein Großvater, aber ich nenne ihn Baba, weil keine andere Bezeichnung zutreffender wäre. Baba hat mich nach Deutschland geholt, während meine Eltern in einem Kaff in der Türkei zurückgeblieben sind, unfähig, sich ein weiteres Kind aufzubürden.

Ich bleibe am Fenster stehen, bis der Geruch nach Furz und Schweiß und krankem, altem Mann ein bisschen verflogen ist. Ich knie mich auf den Boden, taste unter der Kommode mit meiner rechten Hand nach dem Plastiksäckchen mit Gras, dann setze ich mich auf den alten Sessel, den Baba in den Siebzigern in einem VW-Bus aus der Türkei nach Deutschland gebracht hat. Der Alte hat sich einen Fußballschal um seinen Hals gelegt. „Was ist n das?“, frage ich, während ich Tabakpapier aus meiner Hosentasche hole.

„Na, nach was sieht’s denn aus?“, sagt er. „N Fener-Schal ist das, mein Sohn!“

„Das seh ich, aber den kenn ich ja gar nicht.“

„Schau erst mal, was an der Wand hängt!“

Er macht Licht, aber ich baue mir erst in Seelenruhe eine Tüte. Als ich mich umdrehe und sehe, was der Alte mir zeigen will, fällt mir der Joint wieder aus dem Mund. „Leck mich“, sage ich. „Das darf doch nicht wahr sein ...“

Baba lächelt. Ich habe den seit Monaten nie mehr so glücklich gesehen. Ein riesiger Flachbildfernseher hängt an der Wand.

„Jetzt sag mir bitte, deine Firma hat dir doch noch ne Entschädigung bezahlt.“

„Nein, nein. Wo denkst du hin? Deine Jungs haben mir den geschenkt! Und den Schal dazu!“

Ich nicke mit offenem Mund. „Ach, du Scheiße ...“

„Ich hab sie erst gar nicht erkannt“, erzählt der Alte. „Standen vor der Tür. Bisschen betrunken, glaube ich, vielleicht auch ... Naja, du weißt schon ... Bisschen zu gut drauf waren sie. Aber ich will nicht schlecht über sie reden nach so einem Geschenk.“

„Mensch, Baba, das Teil ist geklaut!“

„Geklaut?!“, sagt er und spuckt in den Napf auf dem Nachtkästchen. „Nein, nein, das glaube ich nicht.“

„Natürlich ist der geklaut! Glaubst du, Doogie, dieser Geizhals würde für irgendwen Geld ausgeben? Der hat regelmäßig ne Magen-Darm-Grippe, wenn seine Mutter Geburtstag hat. Nur damit er ihr nichts kaufen muss!“

„Vielleicht ernährt er sich nur ungesund, n bisschen Übergewicht hat er doch, darum ist ja auch das Klo verstopft. Dein Doogie hat da reingeballert.“

„Weißt du, was das Scheißding da kostet?!“, frage ich ihn. „Dafür blechst du zwanzig-, dreißigtausend Euro!“

„Das hätte ich deinen Freunden nicht zugetraut, dass sie so großzügig sind.“

„Großzügig? Die haben den Fernseher hier geparkt, den holen sie wieder ab! Meine Jungs, die klauen schlimmer als die Zigeuner!“

Ich hebe die Tüte auf, puste den Staub weg, stecke sie in den Mund und zünde sie an.

„Och, das sind auch keine schlechten Menschen, die Rumänen“, meint der Alte. „Haben’s auch nicht leicht.“

„Ich hab nix gegen Zigeuner. Ich spiel doch mit dem Kleinen immer Fußball. Aber weißt du, was ich eben erfahren habe? Der Cousin von dem Buben ist Ibo, und Ibo, ich sag dir ...“

„Ibo?“, sagt Baba. „Ist das nicht so ein Schlagersänger?“

„Das ist n Gangster.“

„Ein Gangster? Deshalb hat man von dem so lange nichts mehr gehört. Hat doch schöne Musik gemacht, dieser Ibo, warum muss man da auf die schiefe Bahn geraten? Hat der nicht *Ibiza* gesungen?“ Ich gebe keine Antwort, widme mich meinem Joint. „Ich glaube, sie sind Taugenichtse. Aber sie haben ein gutes Herz, deine Freunde.“

„Ich bin auf Bewährung“, sage ich. „Wenn jemand den Fernseher hier findet, geh ich in den Knast.“

Der Alte greift nach der Fernbedienung und zappt durch die Programme. Es tut mir weh, den uralten Schwarz-Weiß-Fernseher ramponiert in der Ecke stehen zu sehen, der Bildschirm demoliert, wahrscheinlich, weil die Jungs unvorsichtig bei der Demontage gewesen sind. Aber ich verspüre keinen Ärger, als Baba mit dem Fener-Schal um den Hals seine Kissen bettet, um einen perfekten Blick auf den Fernseher zu haben. „Setz dich zu mir. Schau mit mir das Derby, Anatolischer Panther.“

Ich seufze. „Der Anatolische Panther ist ausgestorben.“

„Alles muss einmal sterben“, sagt Baba. „Aber vielleicht kommt alles eines Tages zurück. Vielleicht feierst auch du einmal ein Comeback.“

„Ich bin 24, Baba. Das wird nichts mehr mit der Fußballkarriere.“

Er fuchtelt mit seinen Händen, als der Qualm zu ihm zieht. „Was hätte aus dir werden können? Du bist auf einem guten Weg gewesen. Werde ich nie verstehen. Ich werde vieles nie verstehen, aber dass du den Sport aufgegeben hast, am wenigsten.“

Er rappelt sich auf, setzt ein Bein auf den Boden, hustet eine Weile, ehe das zweite folgt. Wie alt er geworden ist, denke ich mir. Und alles in so kurzer Zeit. Er steht auf, bückt sich, ich frage mich, was er vorhat, beobachte, wie er sich in Zeitlupe was unter dem Bett hervorholt. Dann steht er wieder aufrecht, lässt seine Hose runter. „Sag mal, Tarik, rauchst du schon wieder diese lustigen Zigaretten?“

„Sag mal, Baba, scheißt du jetzt hier in die Bude oder was?“

„In den Nachttopf“, antwortet er. „Ich habe dir doch gesagt, das Klo ist kaputt.“

„Seit wann hast du nen Nachttopf, Baba?“

Der Alte setzt sich auf das Ding, das er für einen Nachttopf hält, und ich zwinge mich genau hinzuschauen, weil es in der verdammten Bude garantiert keinen Nachttopf gibt. „Fuck“, sage ich. „Das ist Doogies Motorradhelm, in den du da scheißt.“

„Doogies? Ist das nicht deiner?“

„Ich hab kein Motorrad.“

„Du hast auch kein Klo“, sagt Baba. „Deshalb muss ich da reinballern, verstehst du? Oder willst du, dass ich vom Balkon mache?“

„Hätte nichts dagegen, hätten wir nen Balkon.“

„Soll ich auf den Balkon, hm? Soll ich das?“

„Wir haben keinen Balkon, Baba“, werde ich laut. „Wir haben nur ne Balkontür. Der Balkon ist schon seit zehn Jahren futsch.“

„Keinen Balkon?“, sagt er. „Was redest du da, Tarik? Wo bitte habe ich denn heute Morgen gefrühstückt?“

Ich nehme einen tiefen Zug, schließe die Augen und drifte davon. Mein Leben mit Baba wird jetzt, wo Nteba weg ist, noch härter. Nicht falsch verstehen, ich liebe den Alten, ich würde töten, ich würde sterben für den Alten, aber ich denke mit Wehmut zurück an die Zeit, als er noch gesund war, stark war, und vor allem: seine eigene Wohnung hatte. Jetzt gibt es Tage, da treibt er mich in den Wahnsinn. Und wenn dann die Nacht hereinbricht und ich ihn schwer atmen höre, habe ich manchmal Angst, die

Dunkelheit könnte mich verschlingen, mich verschlucken, sodass nichts mehr von mir übrigbleibt.

***

Als ich aufwache, weiß ich sofort, dass etwas nicht stimmt. Es ist noch nicht Morgen, aber alle Lichter sind an, nicht nur Babas Nachttischlampe, wenn er in der Nacht rausmuss oder vor der Glotze eingeschlafen ist. Ich höre fremde Stimmen, sehe, dass die Wohnungstür offensteht, und will nach dem Baseballschläger greifen, der für alle Fälle in Reichweite an der Wand lehnt, aber da ist kein Baseballschläger.

Ich richte mich auf, da kommt Beer zur Tür rein, den Schläger an der Schulter. Er trägt eine schwarze Trainingshose mit silbernen Streifen, ein ärmelloses T-Shirt und weiße Sneakers. Der Typ hat Oberarmmuskeln, dass man vor Neid erblassen könnte. Er streicht sich über den dünnen Oberlippenbart, und als wär das nicht genug, trägt er auch noch eine goldene Kette um den Hals.

Fuck.

Ich lasse mich zurück auf die Luftmatratze fallen. „Der Schwulenporno wird nebenan gedreht“, murmle ich und lege den linken Arm über meine Augen, da mich die nackte Glühbirne an der Decke blendet.

„Hätte dich beinahe nicht mehr erkannt mit dem Vollbart“, sagt Beer in breitestem Giesinger Dialekt. „Siehst besser aus damit.“ Ich blinzle kurz, um zu sehen, ob er es ernst meint, aber seine Miene verrät nichts. „Ich habe auf dich gewartet, vor der Frauenkirche.“

„Magen-Darm-Grippe“, stöhne ich und lege eine Hand auf meinen Bauch. „Kam richtig flüssig.“

„Wenn ich nicht wüsste, dass du ein notorischer Lügner bist, würde ich dir das sogar glauben, so wie’s hier drinnen stinkt.“

„Hast du nen Durchsuchungsbefehl?“, frage ich.

„Wozu? Dein Opa war so nett, mich reinzulassen."

Ich bin froh, dass ich die große Packung Gras gut verstaut und den Rest vom Joint aus dem Fenster geschmissen habe. Beer kann die ganze Wohnung auf den Kopf stellen, er wird nichts finden.

Er schubst mit dem Baseballschläger den Arm von meinem Gesicht. „Wenn ich sage, wir treffen uns vor der Frauenkirche, dann treffen wir uns vor der Frauenkirche. Ich bin kein Bajazzo."

„Bajazzo?"

Beer berührt mit der Spitze des Baseballschlägers die Unterseite meines Kinns. „Du gehst doch in die Moschee beim Einkaufszentrum, oder?"

„Nein", sage ich. „Gehe ich nicht."

Er schmeißt den Baseballschläger auf den Boden. „Aber früher warst du dort, stimmt's?"

„Das ist lange her. Jetzt treiben sich dort nur mehr Knallköpfe mit langen Bärten und weißen Gewändern rum. Das ist keine Moschee mehr. Das ist ne Klapsmühle."

„Aber du kennst den Derwisch."

„Ich kenn den nicht."

„Einigen wir uns darauf, dass du das Haus findest."

„Ja, und jetzt?", will ich wissen.

„Ich habe einen Auftrag für dich", sagt Beer und sieht auf. „Springt auch was dabei für dich raus."

„Bin nicht interessiert."

„Oh doch, bist du. Du hast gar keine andere Wahl, als interessiert zu sein." Er geht in die Knie, fixiert mich und fährt leise fort: „In dem Raum nebenan hängt ein Fernseher für knapp dreißigtausend Euro an der Wand, Diebesgut aus einem LKW. Entweder *du* hast den geklaut oder dein Opa ... Opa habe ich schon gefragt, der war's nicht. Also, entweder warst es du oder dein Opa ist ein Lügner."

Als mir langsam dämmert, was hier vor sich geht, setzt ein Dröhnen in meinem Schädel ein. Es macht mich taub, macht mich bewegungsunfähig, ich kann nicht sprechen, nicht denken, mich nicht rühren. Ich liege wie ein Käfer auf dem Rücken, hilflos, lächerlich, alle viere strecke ich von mir.

„Die einzige Wahl, die du jetzt noch hast, ist Gefängnis oder tun, was ich sage. Und bevor du dich entscheidest, sollte dir eines klar sein: Dein Opa schafft's nicht ohne dich. Gehst du in den Knast, kommt er in ein Heim. Und das wird kein schönes Heim sein."

„Oh Mann", sage ich und schlage mir die Faust auf die Stirn. „Ist das jetzt echt? Das kann doch nicht echt sein, oder?"

Beer steckt sich eine Zigarette in den Mund, betrachtet das Riesenposter von 1860 München. Er scheint mich zu suchen, aber nicht zu finden. „Ich wette, du hast noch nie eine Minute an den Gedanken verschwendet, was mit deinem alten Herren wird, wenn du ins Gefängnis gehst."

„Ich bin sauber", protestierte ich. „Ich hab mit dem blöden Teil nichts zu tun."

„Erzähl das nicht mir", sagt Beer und hebt die Arme. „Erzähl das dem Richter."

Er steht auf, ich sehe, wie zwei Muskelprotze mit Militärhaarschnitt den Fernseher raustragen, einer der beiden hat den Fenerbahçe-Schal um den Hals.

„Da liegt n Motorradhelm in der Ecke, den könnt ihr auch noch mitnehmen", sage ich. Beer wirft mir etwas zu, ich fange es mit der rechten Hand. Es ist ein Smartphone – und keins von der billigen Sorte. „Was soll ich damit?"

„Wir kommunizieren nur mehr über dieses Handy", gibt mir Beer zu verstehen. „Verliere es nicht. Erzähl niemandem davon. Gibt keinen Ersatz. Kein zweites Handy, keine zweite Chance."

„Oh Mann." Ich spüre einen Anflug von Panik.

Er reicht mir ein paar verschweißte SIM-Karten. „Wechsle sie regelmäßig aus, aber lass mich stets wissen, wenn du das tust. Schreib mir sofort eine SMS, wenn du eine neue Nummer hast, ja? Kann das dein anatolisches

Kifferhirn speichern? Und lern meine Nummer auswendig, das ist wichtig, wenn du die Karten wechselst. Lern meine Nummer, bis du sie im Schlaf aufsagen kannst."

„Was soll das?"

„Du gehst in die Moschee von diesem Hassprediger, diesem Derwisch. Sieh dich ein bisschen um. Mehr will ich erst nicht. Schau dir die Bude an, überprüfe, wie gut die Überwachungskameras sind, ob sie aufzeichnen, finde heraus, ob es Bewegungsmelder gibt oder eine komplette Alarmanlage installiert ist. Damit kennst du dich doch aus, das kriegst du hin."

„Moment, Moment", sage ich. „Ich gehe lieber für drei Jahre ins Gefängnis, als dass ich auch nur drei Minuten im Gebetshaus des Derwischs bleibe."

„Jetzt stell dich nicht so an, du bist kein Kind von Traurigkeit."

„Ey, der Typ hat vielleicht den Anschlag von Hamburg in Auftrag gegeben."

„Deshalb musst du vorsichtig sein, ja?"

„Wie stellst du dir das vor?", will ich von ihm wissen. „Und überhaupt! Die lassen mich da doch gar nicht rein. Die haben einmal in der Woche eine öffentliche Veranstaltung, die sowieso jeder besuchen kann, auch du. Wozu brauchst du mich also? Unter der Woche machen die den Laden dicht. Da sind nur seine treuesten Anhänger."

„Die Freitagspredigt ist öffentlich", sagt Beer und geht zur Tür. „Und die nächste wirst du nicht verpassen."

„Ey, wie ...", sage ich noch, aber Beer hört mir gar nicht mehr zu, ist schon zur Tür raus und ich höre ihn noch von draußen rufen: „Und hol einen Klempner für die Sauerei im Klo! Das ist ja unmenschlich, sowas. Wie kann ein Mensch so scheißen?"

Das Dröhnen in meinem Kopf, es hört nicht auf.

Die Nacht ist gelaufen, an Schlaf nicht zu denken. Ich hocke draußen auf einem der Bauschuttcontainer und rauche mit zitternder Hand mit dem Brauereischlot hinter dem Wohnblock um die Wette. Es ist eine milde Nacht, aber ich friere. Der Zigeunerjunge taucht auf, mit dem Ball in der Hand, es ist vier Uhr nachts, er ist barfuß, trägt bunte Boxershorts und ein weißes, langärmliges Pyjamaoberteil. Auf seiner Stirn kleben Schokoladenreste. „Spielen wir?", fragt er und wirft mir den Ball zu, den ich ungeschickt mit der linken Hand abwehre. Er kullert davon, Fonso läuft ihm hinterher.

„Du gehörst ins Bett, Puskás", sage ich mit müder Stimme. „Hast du keine Schule morgen?"

„Wer kann bei dem Krach schlafen?", beschwert er sich, schnappt sich den Ball und kommt zurückgerannt. „Die Polizei war da, hast du's nicht mitbekommen?"

„Na und? Jetzt ist sie wieder weg."

„Nur ein Match!", bettelt er. „Wer zuerst sechs Tore macht wie Ungarn in Wembley 1953, hat gewonnen."

„Okay, kleiner Puskás, unter einer Bedingung."

„Ich blas dir keinen", sagt Fonso und streckt die Zunge raus.

„Du gibst mir Ibos Handynummer."

„Brauchst ne Frau, was?", sagt die Rotznase.

„Nen Mann."

„Och nö", grinst er und deutet mit Hand und Mund einen Blowjob an. „Du bist ja wirklich *so rum*!"

„Nö", äffe ich ihn nach. „Will nur mal mit Ibo quatschen."

„Warum? Hast du nen Job? Was für nen Job? Kann ich mitmachen? Ich mach mit! Ich bin dabei!"

„Mein Gott. Krieg dich wieder ein."

Er zuckt mit den Schultern. „Spielen wir jetzt oder quatschen wir?"

Ich springe vom Container, werfe den Ball in die Luft, bücke mich und fange ihn mit meinem Nacken auf, wo ich ihn für ein paar Sekunden jongliere. Der Kleine staunt für einen Moment, dann läuft er los, markiert die Tore. Er hat leichte X-Beine, ist zu mager, wirkt dadurch schlaksig und ein bisschen lächerlich, wenn er rennt. Fußballer wird er keiner.

„Los geht's!", ruft Fonso und hebt die Fäuste. *„Ready to ruuuumble!"*

Ich weiß nicht, was ich von Ibo will. Ich weiß auch nicht, was Beer von mir will. Ich weiß nur, dass ich in großen Schwierigkeiten stecke, weil er mich jetzt in der Hand hat.

Es könnte was rausschauen für mich, hat er gesagt. Wie viel? Ich könnte ein bisschen Kohle gut gebrauchen. Ein Ticket nach Kuba. Ein Ticket zu Nteba. Drei, vier Wochen Karibik. Dazu eine Pflegeschwester. Für die Zeit, in der ich in Kuba bin.

Mit Nteba am Strand zu sein, das war doch immer so ein Traum von mir ...

***

Die Küche wirkt wie aus einer anderen Zeit. Ein von Würmern zerfressener Holztisch, an dem nur zwei Personen Platz haben, blaue Badezimmerkacheln an der Wand, ein kleines, gelbliches Waschbecken, zwei Herdplatten mit einem defekten Backrohr, ein brummender alter Kühlschrank, eine Menge Schubladen und ein zerknitterter, vergilbter ADAC-Kalender von 2005 neben der Tür. Ich sitze am Tisch, ein kleiner Hund mit nur einem Ohr und struppigem Fell knabbert an den Schnürsenkeln meiner Sneakers, der Alte serviert mir, ohne dass er mich gefragt hätte, ein Knoblauchbrot. Neben einer ausrangierten Mikrowelle steht ein uralter Plattenspieler, aus den Boxen, die wie übergroße Baseballbälle aussehen und an der Zimmerdecke hängen, knistert Musik aus längst vergangenen Tagen. Ein Typ singt ein deutsches Lied, das nach Zwanzigern oder Dreißigern des vorigen Jahrhunderts klingt.

Es wird im Leben dir mehr genommen als gegeben
Ja, das ist so im Leben eben ... Das merke dir.
Du musst es lernen, es steht dein Schicksal in den Sternen,
es wird entschieden in den Fernen und niemals hier.

„Nett, dass Sie dem Jungen den Ball geschenkt haben", sagt der Riese. „Hat ihn sich jede Nacht neben's Bett gelegt."

„Warum spielt er immer nur alleine?"

„Die Kinder im Block sitzen lieber vor dem Computer oder ziehen durch die Stadt. Fonso ist ein Einzelgänger. Ich sag ihm doch auch oft, er soll sich Freunde suchen, aber er ist am liebsten alleine."

„Hm", sage ich und hebe das Ende der Tischdecke ein wenig, um zu sehen, wie weit der Hund mit dem Schuh ist. „Was sind das bloß für Luschen im Block? Gibt doch nichts Schöneres als draußen zu kicken."

„Leider haben sie heute Morgen auf dem Parkplatz zwei weitere Container für die Bauarbeiten aufgestellt. Jetzt kann er nicht einmal mehr dort spielen."

„Hm. Fuck, ja, habe ich gesehen", sage ich.

„Und das soll jetzt einige Monate lang eine Baustelle sein."

Der Alte setzt sich, er hat ein weißes, geripptes Unterhemd an, seine Haut ist dunkler als meine. Alles an dem Mann ist riesig, sein Kopf, sein Bauch, sein Arsch, von dem man nicht weiß, wo er anfängt und wo er aufhört, seine Hände, üble Boxerpratzen, massige Finger, dünne, karierte Hosenträger halten die Hose auf Bauchnabelhöhe. Er greift hinter sich, hat eine schwarze Pfeife in seiner Hand und fängt an, sie mit Tabak zu stopfen. Alles macht er gemächlich, mit Konzentration. Der Mann hat alle Zeit der Welt.

Es wird im Leben dir mehr genommen als gegeben. Hab Mut! Hab Mut!

Ich fange an zu essen, das Brot schmeckt besser als erwartet. Eine Menge Knoblauch, Olivenöl und Gewürze, die ich nicht definieren kann. Als ich mit dem Brot fertig bin, streiche ich mir mit dem Handrücken über den Mund. „Sie müssen die Polizei rufen."

„Ich weiß nicht", zögert der Alte. „Johann ist schon öfters ausgebüxt."

„Johann?"

„Das kommt öfters vor!"

„Drei Tage sind zu viel. Eine Nacht ist schon zu lange. Wenn die Polizei mitkriegt, dass das öfters vorkommt, nehmen die Ihnen den Jungen weg."

„Hm ... Das tun sie sowieso, wenn ich nicht mehr bin."

„Gibt es einen Grund? Ich mein, hat er was ausgefressen?"

„Oh ja, er hat mehrere Schlösser in der Schule zerstört."

„Superkleber?"

Der Mann senkt seinen Kopf und schnauft. Er legt einen roten Schlüssel auf den Tisch. Ich nehme ihn in die Hand und betrachte ihn. Ich zucke mit den Schultern. „Sieht aus wie ein stinknormaler Schlüssel", sage ich.

„Einmal im Schloss und das Schloss ist zerstört. Muss ausgetauscht werden."

„Und warum hat er es getan?"

„Warum?" Der Alte ist amüsiert. Er schüttelt den Kopf. „Brauchen die Jungen einen Grund?"

Ohne zu fragen holt er mir eine Flasche Lagerbier, öffnet sie an der Tischkante und reicht sie mir. Ich nehme gleich einen großen Schluck, es ist nicht wirklich kalt, schmeckt aber trotzdem. „Fonso liebt Puskás", sage ich.

„Puskás war der Beste", meint der Alte und ein Kopfnicken zur Wand gegenüber zeigt mir, wo sein Bild hängt. Schwarz-weiß, eingerahmt, nur ein bisschen größer als eine Postkarte. „Der beste Fußballer aller Zeiten."

„Kann ich nicht beurteilen, für Puskás bin ich zu jung."

„1954 hat man ihm den Weltmeistertitel gestohlen."

„Hm", sage ich. Er zündet sich die Pfeife an, braucht dafür mehrere Versuche, bis der Rauch aufsteigt. Ich mag den Geruch, hole tief Luft, kriege Lust auf einen Joint. „Die Musik ... Wer ist das?"

„Joseph Schmidt", antwortet der Alte. „Der beste deutsche Tenor aller Zeiten."

„Nie gehört."

Ehe ich mich's versehe, stimmt der Alte in das Lied an, und er schmettert den Refrain mit einer Inbrunst, dass der Hund unter dem Stuhl Reißaus nimmt und aus der Küche rennt. *„Es wird im Leben dir mehr genommen als gegeben. Ja, das ist so im Leben eben ... Das merke dir! Du musst es lernen, es steht dein Schicksal in den Sternen, es wird entschieden in den Fernen und niemals hier. Hab Mut! Hab Mut!"*

Während er singt, schaut er mich nicht an, sieht nur auf seine Hände, die mit dem Handrücken nach unten auf der Tischplatte liegen. Als er fertig ist, hebt er seinen Kopf und schließt die Augen. Ich weiß nicht, was ich sagen soll, die Musik weicht dem Geräusch der kratzenden Nadel auf der Schallplatte. Mit einem Klick steht der Plattenspieler still und es ist nur noch der Straßen- und Baustellenlärm zu hören, der durch das gekippte Fenster dringt.

„Joseph Schmidt", fährt der Alte fort. „Als er in seinem Schweizer Flüchtlingslager gestorben ist, soll Hitler eine Platte von ihm aufgelegt und geweint haben, so sagt's jedenfalls die Legende. Er war Jude ... Schmidt war Jude ..."

„Und glauben Sie das?", frage ich. Er öffnet die Augen und schaut mich mit offenem Mund an. „Ich mein, dass das Schicksal in der Ferne entschieden wird?"

Er sagt zwei Worte, die ich nicht verstehe, aber als Zustimmung deute: „Mwoll, mwoll", brummt der Alte und nimmt einen tiefen Zug aus seiner Pfeife. *Mwoll, mwoll.*

Dann hören wir, wie die Wohnungstür geöffnet wird. Jemand poltert durch den Flur, wir sehen beide zur offenen Küchentür, hoffen auf Fonso, aber es ist der Typ aus dem BMW.

Ibo Breazu aka Der Schwarze Teufel.

Als er mich sieht, bleibt er stehen und sagt was in einer fremden Sprache, einen Gruß oder Fluch. „Ist Fonso was passiert?“, fragt er.

Ich sehe den Alten an, aber der antwortet nicht, also sage ich: „Er ist noch nicht aufgetaucht.“

Ibo rührt sich wieder, kommt zu uns, schmeißt seinen Schlüsselbund und ein Päckchen Erdnüsse auf den Tisch, seine Schuhe poltern, er trägt schwere, dunkle Stiefel. „Ich drehe noch durch! Wo steckt der kleine Scheißer?“ Er zieht sich die Jacke aus, eine schwarze Lederjacke, die weder zu seinem bunten Hemd darunter noch zu seiner Erscheinung passt, dann boxt er mich auf die Schulter. „Wer bist denn du?“, und zum Alten: „Wer ist denn *der*?“

„Hey, Johann“, sagt der Alte. „Wo sind deine Manieren?“

„Was hockt die Tante an unserem Tisch?“

„Das ist der Türke, der dem Kleinen den Ball geschenkt hat.“

„Du bist das? ... So, so. Du stehst doch nicht etwa auf kleine Jungs, oder?“

Der Alte klatscht die flache Hand auf den Tisch, so heftig, dass die Bierflaschen hüpfen, und fängt an zu schimpfen, in einer Sprache, die ich nicht verstehe. Er spricht langsam, aber laut. Die beiden streiten sich, aber es wird schnell klar, wer hier das Sagen hat. Ibo gibt klein bei und hebt entschuldigend die Arme. „Ich zieh los und such ihn“, sagt er. „Und wenn ich ihn nicht finde, rufen wir die Polizei. Basta.“

„Kann ich mitkommen?“, frage ich.

„Was geht dich das an? Das ist eine Familienangelegenheit. Ich kenne dich nicht. Was kümmert dich unsere Familie? Du kannst uns nicht helfen.“

„Jetzt ist Schluss!“, sagt der Alte. „Der junge Mann wohnt hier im Haus. Er spielt mit Fonso Fußball. Hast du schon mal mit ihm Fußball gespielt? Ein einziges Mal, hm?“

„Nein ... Selbst wenn ich Fußball spielen könnte ... Fonso kann's nicht.“ Ibo sieht mich an, hebt die Augenbrauen und nickt. „Dann komm halt mit, du Taliban.“

Wir fahren durch die Gegend, ich versuche mich an jede Wiese in der Umgebung zu erinnern, jedes noch so kleine Fleckchen, auf dem man spielen könnte, aber egal, wohin wir fahren, wir finden Fonso nicht. Resigniert stehen wir auf einem Parkplatz nahe einer Kirche und überlegen, wo er noch stecken könnte. Die Hip-Hop-Musik ist so laut, dass wir uns anschreien müssen. Ibo ist weder durchtrainiert noch muskulös, ich schätze ihn auf 1,80, auch wenn seine schmalen Schultern und seine schlanke Figur ihn kleiner als mich erscheinen lassen. Er sieht weder gut noch gefährlich aus, ganz anders, als ich mir den schwarzen Teufel immer vorgestellt habe, wenn die Jungs von seinen Heldentaten erzählt haben. Er hat beinahe einen Pilzkopf, überhaupt hat er mehr von John Lennon als von Tom Hardy, vor allem, als er sich eine Sonnenbrille mit runden Gläsern aufsetzt. Das also ist der berüchtigte Straßengangster vom anderen Ende der Stadt.

„Entschuldige, dass ich vorhin so aggressiv war. Ist sonst gar nicht meine Art."

„Schon okay."

„Ich mach mir Sorgen um den Kleinen, weißt du. Aber das geht jetzt schon zu lange so. Er ist ja im Grunde ein guter Junge. Zu gut, zu brav. Ihm fehlen die Ellbogen, die man hier braucht. Und dass ihm wer zeigt, wo's langgeht. Der Alte kann das schon lange nicht mehr. Ich will nicht, dass er untergeht."

„Er hat die Türschlösser in der Schule zerstört."

„Genau für solchen Schwachsinn findet er dann wieder den Mut."

„Warum nennt der Alte Fonso und dich Johann?"

„Ach, der nennt fast alle Jungs Johann. Alle Mädchen Johanna. Der kann sich keine Namen mehr merken."

„Hm."

Wir sitzen in der Karre und glotzen schweigend hinaus. Der Hip-Hop verstummt und ein Lateinamerikaner singt einen Schmachtfetzen, der mich an Nteba denken lässt. Ibo singt den Refrain lautstark mit.

„Fonso sagt, man kann alles von dir kriegen", sage ich, als die Schnulze verklungen ist.

„Stimmt", sagt er. „Aids, Hepatitis, Syphilis. Komm mir nicht zu nahe."

„Ich dachte eher an Waffen, Drogen und Frauen."

„Fonso ist nicht ganz dicht, der ist ein bisschen zurückgeblieben. Kein Wunder, der hatte nie Eltern, immer nur den Alten. Und der kommt aus dem neunzehnten Jahrhundert, der ist nie im dritten Jahrtausend angekommen. Versteh mich nicht falsch. Ich habe alle Achtung vor dem alten Herrn, dass er den Kleinen zu sich genommen hat, dafür hat er einen Orden verdient. Ich ziehe meinen Hut, verstehst du? Aber der Mann hat keine Ahnung von der modernen Welt. Er repariert seit hundert Jahren Schuhe ... Der repariert Schuhe, kannst du dir das vorstellen?"

„Schuhmacher. Das ist n ehrenwerter Beruf."

„Ehrenwert?" Ibo schüttelt den Kopf. „Er ist ein Dinosaurier, der zufällig den Meteoriteneinschlag überlebt hat."

„Er hört so uralte deutsche Schlagermusik. Da wird einem ganz anders dabei."

„Oh ja, Opa liebt diesen Schmidt", sagt Ibo. „Joseph Schmidt! Kann alle Lieder auswendig. Schmidt ist ihm noch heiliger als Puskás."

„Der Kleine ist ja auch schon infiziert."

„Der kennt alle Lieder. Lass ihn mal vorsingen, da machst du dir ins Hemd vor Lachen."

„Wo sind Fonsos Eltern?", frage ich.

„Weiß Gott wo. Ungarn. Rumänien. Bulgarien. Berlin-Kreuzberg. Vielleicht auch längst tot."

„Fonso ist bei seinem Großvater aufgewachsen? Dann hab ich ja was mit ihm gemeinsam."

„Nicht nur", sagt Ibo. „Er war auch kurze Zeit bei Pflegeeltern. War keine schöne Zeit für ihn."

Ich betrachte das Tattoo auf meinem Unterarm. Der Anatolische Panther – mein erstes Tattoo, wenige Wochen, nachdem der Journalist von *11 Freunde* mich so genannt hat, gestochen. Es bleicht schon etwas aus, hat zu viel Sonne abbekommen.

„Und? Mit wem hängst du so ab?“, will Ibo wissen.

„Kennst du Doogie, den Skinhead?“

„Du meinst den Sechzger-Doogie?“

„Genau den. Der ist mein Kumpel.“

„Mein Beileid“, meint er, öffnet eine Dose Red Bull und reicht sie mir. Dann schlägt er sich die flache Hand auf den Oberschenkel und sagt: „Jesusmaria, du bist Captain Durex, habe ich recht?“

„Oooh ...“

„Captain Durex“, wiederholt er und bekommt einen Lachanfall. „Du bist der verrückte Türke, der bekifft am helllichten Tag in Giesing eine achtzigjährige Frau auf der Straße überfallen und ihr dabei das Steißbein gebrochen hat ...“

„Sie ist gestürzt! Unglücklich gestürzt ...“

„Ja, weil du ihr die Handtasche aus der Hand gerissen hast. Sie wollte nicht loslassen, die arme Frau.“ Ibo lacht weiter, schielt zu mir rüber, verstummt kurz, um dann weiter zu gackern.

„War ne Scheißaktion, ich weiß“, sage ich. „Aber ich war am Arsch damals. Jeden Tag besoffen und bekifft ... Diese Bitches, die können einen tief treffen, die kriegen dich so klein, so klein, Ibo, wenn sie nur wollen ... Aber das ist alles lange her ... Alles Geschichte.“

„Das war doch erst vor einem Jahr oder so.“

„Ich bin längst drüber weg.“

Er lacht immer noch und schnippt mit den Fingern. „Captain Durex ... Der Schrecken aller Omas in Giesing.“

„Shit happens“, sage ich. „Jeder darf im Leben dreimal Scheiße bauen.“

Ibo lenkt seinen BMW zurück auf die Straße, der Zeigefinger meiner rechten Hand lotst ihn zu einem kleinen Hügel jenseits einer Siedlung. Die Chancen, dass Fonso dort ist, sind gering, umso größer dafür die Überraschung, als wir fündig werden.

„Was für ein Spast", sagt Ibo, aber er sagt es beinahe liebevoll, als er sieht, wie Fonso dem Ball hinterherrennt, der ihm beim Dribbling entwischt und den Hang runterrollt. Zwei krumme Holzstecken, die wohl als Tore dienen sollen, hängen schräg am Abhang. „Der hat sie doch nicht alle."

Ibo fährt die Karre zwischen zwei Bäume durch meterhohes Gras, überfährt beinahe Fonsos Ball und steigt aus. Er flucht wieder in einer Sprache, die ich nicht verstehe. Ich steige ebenfalls aus, finde den Ball im hohen Gras und gebe ihn Fonso, der vor Wut Tränen in den Augen hat.

„Wie kommt man auf die Idee, an einem Abhang Fußball zu spielen?", fragt mich Ibo, als wäre Fonso gar nicht anwesend. „Sowas ist doch nicht normal."

Fonso will mit dem Ball unter dem Arm davonlaufen, aber ich bin schneller und versperre ihm den Weg. „Steig ein", sage ich. „Dein Großvater vermisst seinen kleinen Puskás. Singt schon ganz wehmütige Lieder, der Alte."

Er sieht mich an. Ich kenne den traurigen Blick, habe ihn zu oft im Spiegel gesehen, als ich so ein Hosenscheißer war wie er. „Ich will nicht heim zu dem alten Depp. Ich geh da nicht zurück. Der checkt doch gar nichts mehr. Der hat voll den Alzheimer."

„Willst du ins Heim? Weißt du, wie lustig's im Heim ist?"

„Mir doch egal. Ich lauf davon. Ich komm allein zurecht. Ich brauch keinen."

„Ich habe auch keine Eltern. Ich bin auch bei meinem Großvater aufgewachsen."

„Komm, du *assclown*", sagt Fonso und zieht eine Grimasse, die Verachtung zeigen soll. „Du musst mir hier keine Märchen erzählen, wie blöd glaubst du, dass ich bin? Ich komm schon klar."

„Nein, ich schwör", beteure ich und hebe meine rechte Hand, drei Finger ausgestreckt. „Ich schwöre bei Allah! Und ich wollte auch nur so sein wie die anderen, weißt du?

Ich wollte nicht anders sein, aber wenn du keine Eltern hast, bist du anders. Und als sie mich in der Schule ausgelacht haben, als mein Opa zum Elternsprechtag und zur Abschlussfeier gekommen ist, als sie mich gefragt haben, was der alte Knacker hier will, da hab ich mir gedacht: Ey, scheiß drauf, sei stolz drauf, dass du anders bist. Je härter sie dich schlagen, desto stolzer darfst du sein, wenn du die Schläge einsteckst und doch nicht aufgibst. *Ihr Hass, Puskás, ist unser Stolz.*"

Ich trommle mir mit meinen Fäusten auf die Brust, puste mich auf wie Hulk, aber es scheint dem Kleinen wenig zu imponieren, trotzdem steigt er wortlos in den BMW. Ibo steht hinter mir, wischt seine Brille am Ärmel sauber. „Habt ihr was am Laufen zurzeit?", fragt Ibo. „Doogie, du und die anderen?"

„Nichts Konkretes", antworte ich. Sein Blick hat was Prüfendes, was Suchendes. Wir steigen ein, fahren zurück zum Block. „Bin nicht gut zu sprechen auf die Jungs zurzeit", sage ich, „deshalb ist auch nichts in Planung."

„Oh."

„Die haben mir einen verfluchten Fernseher in die Wohnung gestellt. So n Riesending, eine kleine Kinoleinwand."

„Nett von ihnen, solche Freunde habe ich nicht."

„Ja ... *Nein!* Das Ding war geklaut, und naja ... Der Teufel schläft nicht ... Taucht ausgerechnet dieser Bulle auf, der mich schon mal mit Gras erwischt hat ... Deswegen bin ich auf Bewährung, drei verdammte Jahre. ... Ich kann mir nichts mehr erlauben, sonst geh ich in Bau. Jetzt brauch ich nen guten Anwalt, einen, der mich rausboxt."

„Ich kenne einen Top-Anwalt", sagt Ibo. „Der ist teuer, aber sein Geld wert."

Fonso steckt sich winzige Kopfhörer in die Ohren und dreht die Musik auf seinem Smartphone auf. „Doogie hat mir versprochen, die Kosten für den Anwalt zu übernehmen, aber Doogie hat kein Geld."

„Haha", lacht Ibo. „Doogie wie er leibt und lebt."

„Ja“, sage ich und grunze zustimmend. „Doogie ist n Bastard, aber er ist unser Bastard.“

Ibo mustert mich weiter, er hat tiefe Falten und Schatten unter den Augen, obwohl er, wie ich weiß, nur drei Jahre älter ist als ich. Er steigt aufs Gas und fährt zurück auf die Straße. „Und warum folgt man einem Bastard?“ Ich zucke mit den Schultern. „Na, jetzt mal im Ernst. Ich möchte das wissen.“

„Vielleicht weil er der geborene Leader ist“, sage ich. Wir haben n paar geniale Coups gelandet, und das verdanken wir nur ihm. Er ist es, der voranstürmt, wenn's soweit ist, und wir ihm hinterher ... In seinem Schatten läuft sich's gut. Ich bin bloß n fleißiger Arbeiter. Ich mach mein' Job, ich mach den gut, aber ich bin kein Anführer.“

Ich sehe aus dem Fenster, ein Mädchen fährt auf einem Fahrrad auf dem Radweg. Ich sehe ihr hinterher und schnalze mit der Zunge.

„Die ist nicht älter als sechzehn“, meint Ibo.

„Ihr Körper ist's bestimmt.“

„Die ist dreizehn oder so.“

„Schauen darf man wohl noch.“

Wir fahren ziellos durch die Gegend. Ibo schält sich eine Erdnuss und wirft sie sich in den Mund. Er lutscht sie minutenlang und geräuschvoll.

„Was wird das?“, frage ich und betrachte ihn aus den Augenwinkeln.

„Was wird was?“

„Das mit der Nuss in deinem Mund.“

„Oh!“, sagt Ibo. „Ich habe Probleme mit dem Magen. Hardcore-Sodbrennen.“

Ich lache. „Ist das nicht etwas, das Ommas haben?“

„Das ist nicht lustig“, meint Ibo mit einem Ernst, der mich noch mehr grinsen lässt. „Die Magensäure verätzt dir die Speiseröhre und greift den Zahnschmelz an.“

„Autsch“, sage ich. „Und was sollen die Nüsse?“

„Der Speichelfluss hilft“, erklärt er. „Erdnüsse lutschen ist *die* Geheimmedizin bei Sodbrennen. All die Protonenhemmer kannst du vergessen, die zerbomben dir nur den Magen, da kriegst du Verstopfung oder Durchfall und Albträume, auch das Bettende höher zu stellen, bringt nichts. Lutsch Erdnüsse, Tarik. Lutsch die Nüsse!"

„Das Lutschen überlasse ich anderen", sage ich. „Bei mir brennt auch kein Sod, verstehst du?"

„Sag aber bloß später nicht, ich hätte es dir nicht gesagt! Komm später nicht heulend an."

Fonso und ich steigen aus, gehen über den Parkplatz zum Block. Auf der rechten Seite, neben der Eingangstür und direkt unter den Fenstern des Erdgeschosses, prangt ein neues Graffiti: *Scheiß Zigeunerpack! Ab nach Rumänen!* Der Hausmeister, ein korpulenter Russlanddeutscher mit einem Schädel wie aus Stein gemeißelt, steht im Blaumann davor und schießt Fotos mit seinem Handy. Er grüßt mich mit Kopfnicken und murmelt etwas vor sich hin.

Der Kleine steht neben mir, starrt aber nicht auf die Wand, sondern mit dem Kopf im Nacken in den blauen Abendhimmel, den ein Flugzeug extrem niedrig kreuzt. An den Tragflächen blinken rote und weiße Lichter. Aus der Wohnung des Alten ist Musik zu hören. *Du musst es lernen, es steht dein Schicksal in den Sternen. Es wird entschieden in den Fernen und niemals hier.*

3

All' die dummen, kleinen Träume
Auto, Urlaub, Ausland,
Alles vergeht
im kommenden Aufstand.
(*Der kommende Aufstand*, grim104)

Es ist bloß ein Freundschaftsspiel im Grünwalder Stadion an einem Münchner Frühsommerabend, aber Doogie ist schon nach einer halben Stunde heiser. Unsere Sechzger spielen gegen irgendeine Mannschaft aus Sachsen, wahrscheinlich Regionalliga, ich habe keinen Kopf für Fußball, keinen Kopf für meine alte Welt, jede Minute geht mein Puls höher, meine Gedanken laufen auf Hochtour. Wenn das so weitergeht, wird mein Hirn zu kochen beginnen und meinen Schädel sprengen. Ich bin nervös, denn ich weiß, dass Beer nicht locker lassen wird, bis er hat, was er will.

Unsere Mannschaft liegt nach dreißig Minuten 0:4 hinten, Doogie schmeißt vor Wut schon seinen dritten vollen Bierbecher über den Zaun. Tagelang habe ich kein Wort mehr mit ihm gesprochen, aber als er mich jetzt umarmt und mich angrinst, bin ich ihm nur mehr halb so böse. Es ist blöd gelaufen, es kann immer mal blöd laufen, und Doogie ist nun mal Doogie, ist der Kerl, der die Welt dreht, wenn alles stillsteht und die Langeweile Löcher in deine Seele frisst. Doogie ist ein Arschloch, egoistisch und faul, er ist unzuverlässig und bescheißt dich, wann er nur kann. Aber er gibt dir das Gefühl, dass du mit ihm an deiner Seite auch bis zum Mond kommst, wenn es sein muss.

Kurz vor Ende der ersten Halbzeit steht es sogar 1:5. „Ihr Idioten", sage ich zu Yiannis, der mit seinem neuen iPhone, natürlich geklaut, unzählige Fotos schießt. „Mir nen Dreißigtausend-Euro-Fernseher in die Wohnung zu stellen, nen *geklauten* Dreißigtausend-Euro-Fernseher … Jetzt steck ich bis zum Hals in der Kacke und kann das Ganze ausbaden."

„Wir wollten deinem Alten nen Gefallen tun. Er hat doch davon geträumt, das türkische Pokalfinale auf Großleinwand anzuschauen."

„Wenn ihr ihm den Fernseher geschenkt hättet, wär ich jetzt nicht so sauer", gebe ich zurück, „aber ihr hättet ihn ja am Tag nach dem Finale wieder abgeholt. So n Scheißrisiko wegen eines einzigen Spiels!"

„Fenerbahçe gegen Galatasaray, Tarik … So n Derby ist dem Alten doch heilig. Bei dieser Schwarz-Weiß-Kiste aus dem neunzehnten Jahrhundert kann man ja die Spieler der beiden Mannschaften gar nicht mehr auseinanderhalten."

„Verdammt, ich steck jetzt in der Klemme … Ich, nicht ihr!"

„Hinterher ist man immer klüger." Yiannis schlägt mir auf die Brust. „Wir zahlen dir nen Bombenanwalt, der sorgt dafür, dass du nicht in' Knast musst."

„Oh ja", stimmt Doogie mit ein, der kaum aus seinen kleinen, runden Augen raussieht, so aufgedunsen wirkt sein Gesicht heute. „Jeden verdammten Cent, den wir mit den Fernsehern verdient haben, stecken wir dem Anwalt in' Arsch. Ist so abgemacht, Tarik. Also mach dir keine Sorgen und hör jetzt auf zu flennen. Schau dir lieber an, wie sich die Versager von den Ossis verkloppen lassen. Da lernst du was für's Leben. Nämlich, was passiert, wenn man keinen Stolz und keine Eier mehr hat."

„Ach komm, Doogie, du hast doch keinen Cent mehr von dem, was du mit den Fernsehern verdient hast. Hab ich Recht?"

Doogie knabbert auf seiner Unterlippe. „Ich hol's mir zurück", sagt er. „Mein Wort gilt. Oder hab ich's jemals gebrochen?"

Ihm aufzuzählen, wann er das getan hat, hätte keinen Sinn. Er hat unzählige Ausreden parat oder schreibt die

Geschichte um. Als der Schiedsrichter zur Halbzeit pfeift, gehen Yiannis und ich auf's Klo. Zwei kahlgeschorene Burschen mit Sechzger-Schals, Thor-Steinar-Shirts und Springerstiefeln stehen am Waschbecken und glotzen uns an, aber nicht lange, denn ich alleine bin so groß und breit wie die beiden Buben zusammen.

„Kannst mir nen Gefallen tun?", frage ich Yiannis beim Pinkeln.

„Immer."

„So nen richtig großen?"

„Ich lass dich nicht mein' Schwanz anfassen, du."

„Ist ne ernste Sache", sage ich.

„Die Eier genauso wenig, da hab ich meine Prinzipien. Schwulitäten niemals in der Stadiontoilette."

„Verdammt, Yiannis ..."

Yiannis Kopf wackelt vor Lachen. „Schieß los."

„Ich hau ab nach Kuba."

„Ich geh mit."

„Ich mein's ernst, Yiannis. Wenn das in die Hosen geht mit dem Anwalt und so ... Dann bin ich weg."

„Hm ... Boot habe ich aber nur ein kleines, und das dümpelt irgendwo in Griechenland auf dem Meer vor sich hin."

„Mich stecken die nicht drei Jahre in' Knast."

„Mach dir nicht in die Hosen. Keinen Tag gehst du da rein."

„Ich will's nicht riskieren", sage ich. „Verstehst du? Beer hat mich auf dem Kieker. Das ist nicht irgendwer."

„Und was wird aus deinem Baba? Daran schon gedacht?"

„Kuba hat die besten Ärzte der Welt, behauptet Nteba."

„Du willst den Alten mitnehmen?"

„Natürlich."

Yiannis schüttelt den Kopf und seinen Schwanz. „Klingt für mich trotzdem wie ein gewaltiger Hirnfurz ... Kuba ... Ich bitte dich. Was soll der alte Mann denn in Kuba?"

„Hilfst du mir oder hilfst du mir nicht?"

Yiannis ist vor mir fertig, tritt hinter mich und umarmt mich. „Klar, Bruder. Immer, Bruder. Aber das haut schon hin mit dem Anwalt, wirst sehen. Und wenn nicht, was kann ich tun? Sag's mir! Sag's mir, Tarik, und ich tu's."

Wir bleiben in Umarmung, als wir die Toilette verlassen, und hören die Thor-Steinar-Typen hinter uns glucksen, aber sie trauen sich nicht, etwas zu sagen.

Auf den Rängen vertreibt eine leichte Brise für einen Moment den Gestank nach Abgasen und die drückende Hitze des Tages.

Das Grün des Rasens von der Tribüne aus zu sehen macht mich immer noch traurig. Ich gehe noch regelmäßig ins Stadion, weil die Jungs gehen, aber ich habe nicht mehr die Freude daran wie früher, nicht mehr dieses Herzklopfen, nicht mehr diese Aufgeregtheit, keine Spur mehr von dem Hochgefühl und der Freude früherer Tage. Dass mir ein verlorenes Spiel das Herz brechen kann, gehört der Vergangenheit an. Ob die Sechzger gewinnen oder verlieren, ob sie auf- oder absteigen, das berührt mich kaum mehr.

Wenn ich jemanden aus der alten Zeit treffe, in der ich als junger Spieler auf dem Sprung nach oben war, sagt er mir garantiert: *Du hättest es schaffen können, Tarik. Du hättest das Zeug dazu gehabt.* Und ich träume auch oft davon. Ich träume, dass der Anatolische Panther wieder auf dem Rasen steht, vor tausenden von lärmenden Zuschauern im Sechzgerstadion, ich träume, dass ich den Ball im Mittelfeld mit einem perfekten Tackling erobere, einen Doppelpass spiele, damit drei Bayernspieler nass mache, und ihn dann aus vollem Lauf aus dreißig, fünfunddreißig Metern ins linke Kreuzeck hämmere. Ich fühle dann, wie das Glück in meinem Körper ausströmt, wie ich völlig befreit bin, wie alles abfällt, das Schwere, das Böse ... Da ist nur dieses Glücksgefühl, dieser Adrenalinkick ... Wenn ich dann aufwache, habe ich das Gefühl zu ersticken. Ich denke mir: Nein, nein, nein, oh mein Gott, das darf jetzt kein Traum gewesen sein!

Das kann doch kein Traum gewesen sein. Es hat sich doch so gut, so echt angefühlt. Nimm mir das nicht weg. Nimm mir dieses Gefühl nicht weg.

So muss das Paradies sein, dachte ich mir damals, als ich mich in Nteba verliebte. So zu leben bis in alle Ewigkeit. So glücklich zu sein, sich so lebendig zu fühlen, so sehr zu lieben und zu wollen und erfüllt zu sein. Ich hätte tanzen und singen können, den ganzen Tag, die ganze Nacht, ich brauchte keinen Schlaf mehr, kein Essen, keine Drogen. Jede Minute, jeden Augenblick sog ich auf, zelebrierte ich. Und ich sage es immer und immer wieder: Dass es so etwas gibt! Dass man so etwas fühlen kann. Dafür muss man Allah dankbar sein. Dafür muss man ihn jeden Tag preisen.

Aber wie ist das nur möglich? Dass man einem wildfremden Menschen mit Haut und Haar verfällt? Warum kann man so aus der Welt fallen und völlig verloren gehen?

Sie war in keiner guten Stimmung, als ich ihr das erste Mal begegnete, im Treppenhaus, als ich gerade von Sugo-Joe kam. Der Lift war mal wieder defekt oder von den Arschlochkids aus dem zweiten Stock ausgebremst oder demoliert worden, und sie trug eine Glasschüssel mit Salat in den Händen, beachtete mich überhaupt nicht und stolzierte grußlos an mir vorbei, mit einer ernsten, fast trotzigen Miene.

„Du lebst aber gesund“, sagte ich. Sie antwortete nichts. Sie drehte sich nur kurz um und sah mich an, aber nicht auf eine schüchterne Weise, eher als wäre sie gelangweilt oder angeödet von dieser blöden Aussage.

Aber auch da fing es immer noch nicht an. Auch da konnte ich noch nicht ahnen, was kommen würde.

Es geschah in der U-Bahn: Sie stieg in der Fraunhoferstraße ein, ich sah sie schon, als die Garnitur einfuhr. Ich erhob mich von meinem Platz und stürmte Richtung Zugende, nur um ihr zu begegnen. Es war keine Rushhour, die Waggons waren nur mäßig gefüllt, und so fand sie einen Sitzplatz, ich einen ihr gegenüber. Als sie von ihrem Handy aufsah und mich erkannte, lächelte sie. Und mit diesem Lächeln teilte sie das Meer. Das alte Leben links – das neue Leben rechts. Nichts würde mehr so sein, wie es einmal war. Die Jungs und ich, wir haben so manche Drogen probiert, wir haben uns so manchem Exzess hingegeben, aber so etwas habe ich noch nie gefühlt. So einen Rausch. So eine Euphorie. Sugo-Joe behauptet, das sei nur eine chemische Reaktion im Hirn, aber Sugo-Joe hat keine Ahnung, er war nie verliebt. Er weiß viel über Formeln und Moleküle, wissenschaftliche Methoden und Studien, er kann dir sogar einen spannenden und leicht verständlichen Vortrag über Kernfusion und Paralleluniversen halten, aber gefühlt hat der Mann noch nie so tief, jedenfalls nicht wegen einer Frau. Und wenn doch, dann ist er ein Meister der Täuschung, denn wir haben nichts davon mitbekommen.

Die Tage sind so hell, die Welt ist wie ein aufgeschlagenes Buch. So viele Geschichten, so viel Aufregung, so viele Farben und Bilder. Und gerade das tut weh. Weil Nteba nicht hier ist und wir diese Tage nicht gemeinsam erleben können. Jeden Tag, den ich mit Trinken und Nichtstun vergeude, ist ein verlorener Tag, ein Tag, den ich mit ihr genießen könnte. Ich bin keiner, der seine Freunde vernachlässigt, wenn er vom Single-Modus in den Beziehungs-Modus schaltet, nein, das bin ich nicht, aber nur mit den Jungs abhängen, nur mit den Jungs den Sommer verbringen – dieser Gedanke hat etwas Bedrohliches und Deprimierendes. Und ich frage mich, mit wem Nteba jetzt gerade redet, mit wem sie lacht. Ich frage mich, ob sie sich genauso nach mir sehnt, wie ich mich nach ihr. Ob auch sie diesen Schmerz spürt, wenn sie spätabends im Bett liegt und an mich denkt, so ein Gefühl, als würde es einen jeden Augenblick zerreißen, so ein Gefühl, als würde niemand auf dieser Welt existieren als man selbst.

Ich liege auf meiner Matratze, zu müde, um die Schuhe auszuziehen, mit einem ein Joint zwischen den Fingern der Linken und meinem Smartphone in der Rechten. Ich suche nach mehr Informationen über den Derwisch. In einem Artikel ist die Rede von einem Zirkel von Hardcore-Anhängern, die das Gebetshaus jeden Tag bevölkern. Die würden allesamt vom Verfassungsschutz rund um die Uhr beobachtet. Abgesehen davon gibt es Sympathisanten, die freitags zum öffentlichen Gebet kommen, die im Internet in einschlägigen Foren posten, auf islamistische Veranstaltungen und Demonstrationen gehen, Jugendliche rekrutieren. Das können, schreibt der Journalist, müssen aber nicht unbedingt Gewalttäter sein. Dann gäbe es noch die Heerscharen an Fans im Internet, die sich vernetzen und austauschen. Sie sind nicht unmittelbar gefährlich, glaubt jedenfalls der Verfassungsschutz, bilden aber ein Potential für die Zukunft.

Dann wäre da aber noch die geheimnisvollste und gefährlichste Gruppe: Leute, die der Derwisch angeheuert haben soll, noch ehe er bekannt geworden ist. Diese Männer und Frauen hätten keinen Kontakt mehr mit ihm, gingen in keine Moschee eines radikalen Predigers, äußerten sich nicht auffällig im Internet, hätten wahrscheinlich Jobs und Familie, lebten ein normales Leben. In Wahrheit wären sie aber bis aufs Blut radikalisiert, hassten Juden, Christen, und liberale Moslems, und warteten nur auf den Tag X, an dem sie ein Blutbad anrichten konnten. Es gäbe keine Namen. Keine Zahlen. Keine Berichte von V-Männern.

Eine Schattenarmee.

Die Attentäter vom 10. Mai in Hamburg waren fünf unauffällige Männer und eine ebenfalls völlig unbeschriebene Frau. Vier der Terroristen waren verheiratet, drei hatten sogar kleine Kinder im Alter von eins bis fünf, keinem war eine Verbindung zu Radikalen nachzuweisen. Hatte der Derwisch seiner Schattenarmee den Befehl gegeben? Wenn ja, würde er es wieder tun? Wieder und wieder, bis man ihn irgendwann überführen konnte?

So viele Gerüchte.

Die Geheimdienste wissen nicht, ob und falls ja, wie der Derwisch mit diesen Schläfern kommuniziert. Die wissen nicht einmal, ob diese Leute wirklich existieren.

So viele Geschichten.

Und dann denke ich mir: Es würde mir schon Spaß machen, dem Derwisch einen Prügel zwischen die Beine zu werfen. Es wäre mir eine Freude, so einem eins auszuwischen. Wie viele Menschen sind schon massakriert, verstümmelt, vergewaltigt, versklavt worden, weil so ein Hassprediger Menschen aufgestachelt hat? Wie viele tapfere Frauen und Männer sind im Kampf gegen Islamisten weltweit schon gefallen? Haben ihr Leben im Krieg geopfert? Warum sollte nicht ich auch etwas tun?

Der Anatolische Panther als Anti-Terror-Krieger.

Die Vorstellung gefällt mir.

Der Anatolische Panther als Soldat einer geheim operierenden Spezialeinheit.

Cool.

Allah wäre stolz auf mich, denn es ist sein Name, den Abdelkader besudelt.

Geil.

Oder ist es bloß der Joint, der mir diese Flausen in den Kopf setzt?

***

Am Tag danach stehe ich bei Sugo-Joe in der Bude. Seine Schwester ist da, Claudia, eine etwa 1,75 große, schlanke Blondine, die aussieht, als hätte sie mit ihrem Bruder kein einziges Gen gemeinsam. Sie sieht mich lüstern an, jedenfalls bilde ich mir das sein. Lüstern, mit diesem Hauch von Arroganz, für den sie bekannt ist. Claudias selbstbewusstes Auftreten kann Männern Angst machen, vielleicht ist deshalb vor zwei Jahren das Gerücht entstanden, sie sei lesbisch.

„Hey Captain Durex", sagt sie und zwinkert mir zu. Sugo-Joe hat diesen Spitznamen aufgebracht, als er mich vor zwei Jahren erwischt hat, wie ich in einer Drogerie beim Isartor sieben Großpackungen Kondome gekauft habe. „Mein Gott! Was ist denn das? Machst du jetzt einen auf männlich mit dem Salafistenbart? Oder bist du etwa unter die Hipster gegangen? Ein Rollkragenpulli würde dir jetzt gut stehen."

Ich werfe Claudia einen Handkuss zu, sie schickt ihn mit einem Lächeln zurück, dann verlässt sie das Zimmer. Sugo-Joe steht am Fenster, breitschultrig, die Arme verschränkt, er sieht hinaus. Ich setze mich an seinen Laptop und suche im Internet nach Beer. – Die Ergebnisse sind spärlich, nur sieben Websites werden aufgelistet. Ergebnisse von Boxturnieren. Zwei uralte Fotos von einem Benefiz-Polizei-Ball. Der Rest: tote Links.

„Keine illegalen Pornos, bitte", sagt Sugo-Joe.

„Ich google Beer."

Er reckt seinen Kopf wie ein Erdmännchen. „Warum Beer? Was willst du von Beer, Tarik? Überlass die Geschichte dem Anwalt. Unternimm nichts auf eigene Faust."

„Ach komm, selbst wenn ich mit dem geklauten Fernseher durchkomme, findet er bald nen anderen Grund, warum ich gegen die Bewährungsauflagen verstoße."

„Kein Wunder, tust du doch jeden Tag."

„Ey", sage ich und stecke das Säckchen Gras, das ich neben dem Laptop auf den Tisch gelegt habe, wieder zurück in die Hosentasche. „Das ist nicht fair. Ich bemüh mich ehrlich, n guter Junge zu sein."

Als ich den Browser gerade schließen möchte, finde ich noch ein weiteres Foto: Gerhard Beer und Hans-Dieter Beer. Das Bild führt mich zu einem Artikel, der vor vier Jahren verfasst worden ist. Ein Porträt der Gebrüder Beer aus Giesing. Hans-Dieter ist, so erfahre ich, seit vielen Jahren beim Bayerischen Verfassungsschutz tätig.

Sugo-Joe kommt zu mir, schaut mir über die Schulter.

„Der hat nen Bruder beim Verfassungsschutz, der Beer", sage ich.

„Und?"

Für einen Moment bin ich verführt, Sugo-Joe einzuweihen in die ganze Beer-Erpressungsgeschichte, aber erzähle ich es ihm, erfährt es auch Doogie, und erfährt es Doogie, weiß es nächsten Sonntag der gesamte Sechzger-Auswärtsblock.

Claudia kommt ohne Anklopfen ins Zimmer und stellt umständlich und lautstark einen Wäscheständer auf. Sie verschwindet, um kurz darauf mit einem Korb voller Wäsche wieder aufzutauchen. Sie fängt an, das Zeug aufzuhängen und singt dabei leise *Last Christmas*. Offensichtlich steht sie auf Jeans und T-Shirts in kräftigen Farben, auf weiße Unterwäsche und Push-up-BHs. „Na, Tarik", säuselt sie. „Wieder raus aus der JVA?"

„War nie drinnen."

„Oh ... Bewährung? Oder bist du nicht haftfähig?"

„Warum sollte ich nicht haftfähig sein?"

„Psychisch labil?", provoziert sie und tippt mit dem Zeigefinger auf ihre Stirn. „*Tock, tock*."

„Klar."

„Bewährung also. Wegen was nochmal? Drogen?" Der Hohn in ihrer Stimme ist nicht zu überhören. „Hast du nicht immer gesagt, du wärst viel zu clever, als dass dich die Bullen erwischen könnten?"

Ich schweige, betrachte ihr langes, blondes Haar. Kein *fake*. Sie ist sogar unten blond. Und ihre Nippel sind so hell wie ihre Haut, man weiß gar nicht, wo sie anfangen oder aufhören. „Wie geht's mit dem Medizinstudium voran?", frage ich. „Endlich ein Ende in Sicht? Oder wird das so ne unendliche Geschichte wie bei deinem Bruder?"

Sugo-Joe greift sich an die Nase, senkt den Kopf und betrachtet mich aus den Augenwinkeln.

„Ich gehe Ende Juli nach Afrika", sagt Claudia. „Kleine Negerlein impfen."

„Und wo in Afrika?“

„Kongo.“

„Klingt gefährlich. Vor allem wenn du dort jemanden Negerlein nennst.“

„War ein Scherz“, sagt sie. „Ihr redet doch ständig so. *Ey Diggar … ey Alter … ey Kanake … ey Nigger … ey Moruk …*“

„Trotzdem gefährlich.“

„Gestern hätte mich beinahe so ein Spinner in einer aufgemotzten Karre bei der Kreuzung am Sendlinger Tor überfahren, obwohl wir Fußgänger Grün hatten. Auch gefährlich.“

„Aber dort ist Krieg, Claudia. Glaube ich jedenfalls.“

„Glaubst du?“

„In Afrika ist doch immer Krieg, immer Chaos. Und dort, wo kein Krieg ist, gibt’s Clans und Gangs, Malaria und Ebola.“

„Warst du schon mal in Afrika?“

„Mein Grasverkäufer kommt aus Nigeria. Erzählt mir so manch wilde Geschichte.“

„Oh, na dann bist du ja ein Afrikaexperte.“

„Warum musst ausgerechnet du fahren?“, will Sugo-Joe wissen. „Ausgerechnet eine blonde Frau.“

„Die Diskussion hatten wir schon“, wehrt sie ab. „Lass es gut sein, Bruderherz.“

Sugo-Joe wirft Claudia einen Blick zu, der mir zeigt, dass er seine kleine Schwester liebt, dass er sich um sie sorgt, dass die Kälte, die zwischen beiden manchmal herrscht, nur oberflächlich ist.

Ich widme mich wieder dem Computer, finde aber keine weiteren Informationen. Dass Beers Bruder beim Verfassungsschutz arbeitet, könnte erklären, warum er mich in diese Sache eingespannt hat. Und so lese ich den Artikel ein zweites Mal.

„Spielt ihr Detektive?“, fragt Claudia spöttisch. „Wen spioniert ihr aus, Sugo-Joe und Captain Durex, ihr zwei Ritter von der traurigen Gestalt?“

Ich versuche, ihren Blick auf mich zu ziehen, mustere sie, möglichst, ohne dass Sugo-Joe das mitkriegt, was gar nicht so leicht ist. Claudia lächelt mich an, als sie meinen Blick bemerkt, etwas überheblich wie immer, als würde sie sagen: Wusste ich doch, dass du noch auf mich stehst, dass du mich nicht vergessen hast.

Ich erfahre nicht mehr, als ich eh schon weiß. Die erfolgreiche Kampfsportkarriere der Beers, die harte Jugend ohne Eltern, die Verbundenheit zum Stadtteil Giesing, zu München, zu Bayern. Ein Foto der beiden in Lederhosen und mit Gitarren in den Händen in einer Schihütte lässt mich leise kichern.

Sugo-Joe trottet Richtung Küche, ich folge ihm. Als ich an Claudia vorbeikomme, kneift sie mir in den Hintern, richtig heftig, mit Einsatz aller Finger. Wir haben uns mal geküsst und rumgemacht, wir zwei, ist lange her, ist ewig her, in der Vorweihnachtszeit, Christkindlmarkt, zu viel Glühwein, sie war im ersten Semester, Landei und Frischling auf der Universität und in der Stadt, ich habe sie ein bisschen rumgeführt, habe ihr imponiert, weil ich alles und jeden kannte und wusste, wie's und vor allem wo es so in der Stadt läuft, aber ihr Bruder hat natürlich keine Ahnung davon. Ich bin gerade unter ihrer Bettdecke gelegen, als er an die Tür in ihrer Mädels-WG gepoltert hat. Claudia hat aufgemacht und ihn angeschrien, ob er verrückt sei, nie im Leben würde sie etwas mit einem Loser wie Tarik Celal einlassen, und ob er nicht sehen würde, wie er sie hier blamiert vor ihren Mitbewohnerinnen.

„Wie geht's der schönen Kubanerin?", fragt Sugo-Joe.

„Oh", sagt Claudia. „Was hör ich da? Sag bloß, Tarik hat jetzt endlich mal eine Freundin."

„Sogar eine verdammt heiße", meint Sugo-Joe. „Leider ist sie in Kuba."

Claudia gackert vor Freude. „Im Internet kennengelernt?"

Sie sieht mich an, und ich könnte schwören, da ist ein Funken Eifersucht, da ist ein Funken Wut in ihren Augen und immer noch ein bisschen Verrücktheit, Verliebtheit. Es hätte nicht so enden müssen, Claudia. Du hättest mich zurücknehmen sollen, als ich auf Knien angekrochen bin. Ich bin nicht nur der durchgeknallte Typ, ich kann auch anders. Ich kann ein guter Kerl sein. Du hättest mir noch eine Chance geben sollen.

„Nein, nein“, sagt Sugo-Joe. „Die war schon echt, die Nteba. Ich habe sie mehr als einmal getroffen. Ich habe sie sogar berührt.“ Er zeigt uns seine Handflächen, die Finger gespreizt. Sugo-Joe hat, wie wir alle zu wissen glauben, nicht nur einen Riesenpenis, sondern auch außerordentlich große Hände.

„Na, dann freu ich mich für euch beide“, meint Claudia. „Aber echt jetzt. Ist sicher nicht leicht für jemanden wie Tarik, eine Frau zu finden.“

Sie verschwindet, und ich weiß, was die letzten Worte bedeuten: Ich habe einen Fehler gemacht damals. Ich habe gedacht, Claudia hätte was mit einem Studienkollegen, bin völlig ausgerastet, habe ein Spektakel vor dem Hörsaal veranstaltet vor all ihren Freundinnen, und das war es dann. Sie hat mir vor versammelter Runde erklärt, dass es aus ist, endgültig, definitiv, lebenslang, ohne Chance auf Berufung, Begnadigung, Comeback. Es hat Monate gedauert, bis ich darüber hinweg war, ich habe viel gelitten und getrunken, sie angefleht in verzweifelten SMS und Mails, aber die Frau ist vollgepumpt mit Stolz, kein Gramm ist sie bereit, davon herzugeben. Egal, wie weh ihr das selber tut, sie würde nie nachgeben. Ich weiß nicht, ob ich sie bewundern oder bedauern soll.

Als ich die Wohnung verlasse, begegne ich ihr auf dem Weg zum Lift, wir sehen uns bloß an, sagen nichts. Ich drehe mich noch einmal um zu ihr und sie tut dasselbe. Ihren traurigen Blick weiß ich nicht zu deuten.

***

Ich nehme meine Schuhe, spucke auf einen Schmutzfleck und reibe mit meiner Fingerspitze, bis er weg ist, und schmeiße sie auf den Teppichvorleger, danach suche ich wie immer meine Geldtasche auf der Kommode neben der Tür unter einem Berg von Zeitschriften, Rechnungen und Zigarettenpapier. Ich schicke eine Nachricht an Beer: ok. ich mach's. Eine weitere geht an Ibo: lust auf einen ausflug? ich muss dem derwisch einen besuch abstatten.

Baba bemerkt mein Starren nicht, als ich zu ihm ins Zimmer sehe. „Was würdest du sagen, wenn wir für ne Zeit in Kuba leben?", frage ich ihn.

Baba schaut mich nicht an, er faltet die *Hürriyet* auf seinem Schoß. „Warum?", will er wissen. „Weil da Sterbehilfe erlaubt ist?"

„Du schaust zu viel Fernsehen."

„Gibt keinen Fernseher mehr."

„Kuba hat gute Ärzte. Schau dir Fidel Castro an!"

„Der sieht alles andere als gesund aus. Lebt der überhaupt noch?"

Ich hebe resignierend die Arme. „Die wollen mich einsperren", sage ich.

„Wer will dich einsperren?"

„Vielleicht kann ich nicht länger in München bleiben."

„Wer will dich einsperren?", fragt er noch einmal.

„Na die!", sage ich und zeige meine Mittelfinger. „Der Staat! Der Richter. Und dieser Beer! Die wollen alle, dass ich in' Knast geh."

„Und warum wollen sie dich einsperren?" Baba hebt die aufgeschlagene Zeitung vor seinen Kopf. „Wegen dem Fernseher?"

„Wegen dem Fernseher und wegen der lustigen Zigaretten. Ist n stolzes Gesamtpaket."

„Ich verstehe das nicht, erklär mir das", sagt er.

„Ich kann gar nichts dafür, Baba, aber die wollen mich voll in' Arsch f..."

„Ich sterbe in Trabzon oder München“, macht Baba klar. „Nicht in Kuba. Ich verstehe die Menschen dort nicht und ich misstraue allen Kommunisten.“

„Ich kann dich nicht zurücklassen, Baba.“

„Das musst du auch nicht. Bleib hier. Stell dich, wenn du Mist gebaut hast. Davonlaufen war noch nie eine Lösung.“

„Ich bin auf Bewährung, Baba. Ich geh für drei Jahre in den Bau. Das ist dann fix, keine Gnade.“

„Drei Jahre?“, sagt Baba, hebt seinen Oberkörper, wirft die Zeitung auf das kleine Kästchen neben dem Bett und klatscht die Hände vor dem Gesicht zusammen. „DREI JAHRE?! WARUM DREI JAHRE?!“

„Ich krieg drei Jahre, wenn ich gegen die Bewährung verstoße. Hab ich dir schon tausendmal erklärt.“

„Ich sehe schon, ich rede gegen eine Wand“, meint Baba, und er sagt das mit einer Traurigkeit, die mich trifft und meine Wut wieder etwas mildert. „Serbaz sagt, wir Alten hätten euch Junge verloren. Er sagt, dass ihr nicht mehr auf uns hört. Warum musstest du auch mit Drogen dealen?“

„N bisschen kiffen schadet nicht ... Schau nicht so, es ist wissenschaftlich erwiesen, dass Alkohol viel schädlicher ist.“

„Wer sagt das? Dein Freund, der Chemiker, der über vierzig ist und noch nie einen Job hatte in seinem Leben?“

„Ich hab sogar der Tochter eines Kripobeamten was vertickt. Ich hab ...“

„Du verkaufst Gras an die Tochter eines Polizisten?“, unterbricht er mich. „Und du wunderst dich, dass man dich schnappt und zu drei Jahren verurteilt? Woher kriegst du den Dreck denn? Oder baust du den auf unserem Balkon an?“

„Wir haben keinen Balkon mehr.“

„Von wem, Tarik?“

„Von den Afrikanern.“

„Na klar, jetzt sind die Afrikaner schuld.“

„Ich hab's den Asylanten günstig abgenommen, weil sie sich nicht trauen, es offen zu verkaufen. Ich hab den Shit Studenten geliefert, Bankern, stinknormalen Leuten. Die ziehen sich das Zeug gemütlich rein, auf jedem Oktoberfest wird geschlägert und vergewaltigt, weil die Leute besoffen sind. Ich hab ne Irre im Internet gesehen, die hat auf der Wiesn nem Typen n Stück Lippe rausgebissen! Das arme Schwein kann nie mehr wen küssen. Wird deshalb das Oktoberfest abgesagt? Nein, die Politiker feiern dort."

„Das eine ist das eine, das andere das andere", sagt Baba. „Hör auf, Ausreden zu suchen."

Das Piepen des Handy kündigt eine Nachricht an. Es ist Ibo: wer ist derwisch? der hassprediger? ein sufiorden? oder doogie?

„Ich bin kein Verbrecher, Baba", fahre ich fort, während ich eine Antwort tippe: ich muss zu derwisch aka abdelkader al-anbari. lange geschichte. erzähl ich dir alles, wenn du mein chaffeur bist. „Ich geh nicht für drei Jahre in den Bau. Der Vergewaltiger vom Block nebenan ist nach vier Monaten auf Bewährung rausgekommen, obwohl er die Frau fast umgebracht hat. Erinnerst du dich? An den Sohn vom Metzger?"

„Was? Nein. Welcher Metzger?"

„Oder die Nazis, die n türkisches Pärchen krankenhausreif geschlagen haben ... Bewährung! *Bewährung, Baba!*"

„Würdest du lieber im Iran oder in Saudi-Arabien leben? Oder in Malaysia? Indonesien? Weißt du, was du in Indonesien bekommst, wenn du dieses Zeug verkaufst? Wir sind Gäste hier. Wir sind Gäste in diesem Land!"

„Bullshit. Ich bin kein Gast, Baba! Ich *bin* Deutschland."

Er schüttelt den Kopf. „Manche in Deutschland sehen das anders."

„Und was würde aus dir ohne mich? Hm? Schon mal darüber nachgedacht?"

„Jetzt fängst du wieder damit an." Baba winkt ab.

„Du bist es, der sagt, ich soll mich stellen."

„Ach, was weiß ich ... Ich will nicht, dass du ins Gefängnis musst, was denkst du denn." Er fuchtelt mit dem Zeigefinger. „Ich glaube an die Goldene Regel, ich habe sie dir schon tausendmal gepredigt, und wenn du nach ihr lebst ... Wenn du wirklich nach ihr lebst ... kannst du nur ein guter Mann sein, verstehst du?" Babas Haut ist fahl, beinahe durchsichtig, die Falten so tief, die Augen grau, sie scheinen ihre ursprüngliche Farbe fast vollständig verloren zu haben. „Ich möchte doch bloß nicht, dass du dich verirrst. Ich mach mir Sorgen. Große Sorgen. Wenn man jung ist, ist man dumm. Aber Serbaz hat recht ... Euch Junge erreicht man gar nicht mehr. Ihr tut ja doch, was ihr wollt."

Ich salutiere dem Alten und er sieht mich mit einem Hundeblick an, so traurig, dass es mir einen Stich versetzt, denn ich weiß, auch wenn wir uns oft zanken und unsere Betonschädel heftig aufeinanderprallen, ist ihm langweilig, wenn ich nicht da bin, jetzt, ohne seine türkischen Fernsehprogramme, noch viel mehr. Baba ist einsamer, als ich es mir überhaupt vorstellen kann. Und als ich die Tür hinter mir schließe und einige Augenblicke verharre, überwältigt von meinen Gefühlen, höre ich den Alten singen. Nein, das ist kein Singen mehr, das ist nur mehr ein heiseres Krächzen. Er hat nicht nur seine Augenfarbe, sondern auch seine schöne Stimme verloren. Und so hustet er ein türkisches Liebeslied, während Beer mir nur ein Wort als Antwort textet: okay

***

Ibo headbangt in seiner Karre, die Hände bearbeiten trommelnd das Lenkrad zum Gitarrensolo. Schreddergefiedel vom Feinsten, viele Töne, viele Gimmicks, es riecht nach Föhnwellen, Groupies und hautengen Lederhosen. Der Wagen röhrt auf, wenn Ibo vom zweiten in den dritten Gang hochschaltet. Mit den Knöcheln meiner rechten Hand klopfe ich leicht gegen das Seitenfenster.

„Nervös?"

„Pah", sage ich und hole tief Luft, spüre, wie mein Herz hämmert. „Ich brauch das Scheißadrenalin. Dann muss ich nicht an die ganze andere Scheiße denken, die abgeht."

Als könnte das mein Herz dazu bringen, langsamer und leiser zu schlagen, klopfe ich mit der Faust auf meine Brust. Ich habe Ibo von Beers Erpressung erzählt, er hat nicht viel darauf gesagt.

„Adrenalinjunkie?"

„Weiß nicht ... Es tut auch gut, sich etwas zu beweisen, weißt du? Ich war ja früher n richtiger Hosenscheißer. Hab ständig die Fresse poliert bekommen."

„Oh, kenn ich. Willkommen im Club."

Wir klatschen uns ab. „Meistens von Türken", sage ich. „Ist das nicht witzig?"

„Bist du Anti-AKP?", fragt Ibo. „Oder schwul?"

„Außenseiter. Als Außenseiter hast du immer die Arschkarte, verstehst du?"

„Du hast bei den Sechzigern gespielt, wie kann man da Außenseiter sein? Weißt du, wie viele davon träumen?"

„Von den Sechzgern träumt außer mir und den Jungs keiner mehr."

Draußen sehe ich, wie zwei Kinder sich balgen. „Als ich jünger war, habe ich ständig diese Albträume gehabt, in denen ich verprügelt worden bin. Wenn ich heute von einer Schlägerei träume, bin ich es, der zuschlägt."

„Warum träumst du von Schlägereien? Ich träume von schönen Frauen."

„Was kann ich dafür, von was ich träume?"

„Wie alt warst du, als du zu den Sechzigern gekommen bist?"

„Mit fünfzehn bin ich fix zum Verein", erzähle ich. „Baba hat den Vertrag unterschrieben, nachdem ihn seine Kumpels bei der Arbeit geprüft haben. Fast alles Analphabeten.

„Gestern Profispieler in der Bundesliga, heute Anhänger des Derwischs", lacht Ibo und drückt das Gaspedal durch, als die Ampel von Rot auf Grün schaltet. Der Sitz unter meinem Hintern vibriert wie ein Massagesessel. „Will dich ja nicht beleidigen, Tarik, aber Karriere klingt anders."

Ich zucke mit den Schultern. „Heute ist nicht alle Tage. Ich bin noch jung, Ibo. Ich bin noch lange nicht am Ende."

„Sagt das der Derwisch?"

„Ach, fick den dummen Langbart."

„Was lehrt der eigentlich?", fragt Ibo. „Alles, was man so liest, ist widersprüchlich."

„Wahrscheinlich weil er's selber nicht so genau weiß. Angeblich kennt nur sein engster Kreis die gesamte Lehre. Er hat so einen Mischmasch aus Koran, Altem Testament und Fight Club geschaffen."

„Wie kann jemand so viele Anhänger haben, der die Karten nicht auf den Tisch legt?"

„Naja, er will die Scharia in Deutschland einführen, damit hat er schon mal viele Fans. Außerdem spielt er die Opferkarte, heult rum, gibt sich als Opfer von Rassismus."

„Das sagt er? Er sagt, er will die Scharia einführen?"

„Zwischen den Zeilen."

„Hm", sagt Ibo. „Was ist mit dir?"

„Ich will die Scharia nicht einführen."

„Da bin ich beruhigt."

Ich mustere ihn. „An was glaubt ihr eigentlich?"

„*Wir*?", sagt Ibo. „Was heißt ‚wir'?"

„Na, ihr Zigeuner."

Ibo gackert. „Ha! Glaubst du, wir hätten einen eigenen Gott?"

„Naja ..."

„Nein, wir haben keinen eigenen Gott. Wo immer wir sind, klauen wir den, der schon da ist, oder mischen sie ein bisschen. Zigeuner halt. Und jetzt sag mir, warum dieser Beer will, dass du in die Moschee gehst?"

„Ich soll mich umschauen."

„Das hast du mir schon gesagt. Aber was will er wirklich?"

„Ich weiß nicht. Vielleicht will der Geheimdienst dort einsteigen und muss wissen, wie das Haus gesichert ist."

„Und du glaubst, da fragen sie dich? Die haben doch Spezialisten, die das tausendmal besser können. Nein, nein, Tarik, da steckt was anderes dahinter."

„Was glaubst du, wie viele dunkle Muselmanen mit langen Bärten die in ihren Reihen haben, die sich in der Moschee bewegen können, ohne aufzufallen?"

„Die zahlen gutes Geld an V-Männer."

Ich zucke mit den Schultern. „Vielleicht sind Abdelkaders Anhänger nicht bestechlich."

Ibo bietet mir eine Dose Coke an, ich nehme ein paar kräftige Schlucke und rülpse. „Beer ist n Psycho", sage ich. „In den kann man nicht reinschauen. Wenn du mich fragst, ist der gefährlicher als alle Kriminellen und Hassprediger in Giesing zusammen. Deshalb mach ich jetzt einfach, was er verlangt. Ich werde mich umsehen, die Überwachungskameras suchen und das war's. Dann kann er mich am Arsch lecken."

„Bin gespannt, ob er sich damit zufriedengibt. Der hat noch mehr vor mit dir, wollen wir wetten?"

„Was meinst du?"

„Dass das nicht das Ende ist."

„Fuck-o-mio", sage ich und seufze.

Zehn Minuten später hält Ibo den BMW in einer schmalen Gasse. Das Gebetshaus ist zweihundert Meter entfernt, auf dem Dach drei große von Schnee und Regen abgewaschene Satellitenschüsseln. Die Moschee passt nicht in die Reihe von mehrstöckigen Wohnhäusern, sie ist zu klein, zu schmuddelig, sie sieht von außen genauso unspektakulär aus wie bei meinem letzten Besuch. Auf der Rückseite des Hauses stehen die Überreste eines abgerissenen Gebäudes und eine hohe Mauer. Dahinter klafft eine riesige Baugrube, hier soll das Einkaufszentrum erweitert werden, das links von Abdelkaders Moschee steht. Die Grundstücke sind durch einen Maschendrahtzaun getrennt.

„Viel Glück“, sagt Ibo und spreizt Zeige- und Mittelfinger zum Victoryzeichen.

Es ist schon dunkel, als ich beim Eingang des Gebetshauses in einer Schlange warte. In etwa fünfzig Metern Entfernung vom Haus steht eine Gruppe schwer bewaffneter Polizisten mit Walkie-Talkies, eine andere Gruppe baut geschäftig Sperrgitter auf. Jeder Besucher wird von zwei Nordafrikanern mit kleinen Nasen und kleinen Mündern abgetastet und gemustert, beide gut gelaunt und höflich. Ich höre Donner in der Ferne, ich schwitze mehr als üblich, nicht nur wegen der Schwüle.

Einer der beiden Nordafrikaner legt seine Hand auf meinen Rücken und begrüßt mich: *„As-salāmu ‘alaikum.“*

„Wa-‘alaikum us-salām“, antworte ich mit heiserer Stimme.

„Du bist neu“, sagt der Zweite.

„Ich bin neu.“

„Willkommen. Herzlich willkommen, Bruder.“

Ich sehe eine große, altmodische Überwachungskamera links über der Eingangstür unter dem Dach, darunter, etwa auf Kopfhöhe eine Sprechanlage, auch die alles andere als modern. Ich schätze, dass die Kamera einen Großteil des Vorplatzes erfasst.

Von außen ist es unmöglich, durch das milchige Glas der Eingangstür zu sehen, von innen jedoch sieht man problemlos nach draußen. Im Haus zieht mir ein eigenartiger Geruch entgegen, keinesfalls unangenehm, eher exotisch und fremd. Viele junge Männer haben sich bereits versammelt, sie sprechen leise untereinander, keiner scheint mich zu beachten. Ich ziehe meine Schuhe aus und bitte Allah, er möge mich schützen in der Höhle des Löwen.

Ich erinnere mich nicht an unseren ersten Kuss. Ich weiß nur, dass es lange nach Mitternacht im Plateau geschah, nachdem wir die Jungs und ihre Freunde abgehängt hatten, oben auf der kleinen Plattform, auf der es noch finsterer ist als im restlichen Teil des Lokals.

Ich war an dem Tag schon am späten Nachmittag betrunken, deshalb kann ich mich kaum mehr an Details der folgenden Stunden erinnern. Wir fuhren auf ihrem Fahrrad nach Hause, Nteba auf dem Sattel, ich auf dem Gepäckträger, ich trommelte mit beiden Händen auf ihren Hintern und sang ein türkisches Lied. Das ist in meinem Kopf geblieben.

Wir verbrachten die Nacht in ihrer Wohnung, küssten uns, quatschten und machten Blödsinn. Wie es zwei Verliebte nun mal tun.

Als es langsam hell wurde und ich kurz eingenickt war, weckte mich ihre Stimme, die mir sagte, dass ich jetzt gehen müsste. Dass ich nicht bleiben könnte.

Da war sie schon nackt, ich war es nicht. Ich hatte sie geleckt, aber mehr war nicht passiert. Sie brachte mich nicht zur Tür, sie küsste mich auch nicht zum Abschied. Sie wollte, dass ich gehe, aber sah mich dabei mit diesem Blick an, der liebte.

Ich bin nicht zu meinem Block, über die Kreuzung. Ich wollte nicht in meine Wohnung, auf keinen Fall. Ich musste hinaus, musste durch die Stadt streunen, bis es ganz hell war. Ich wollte nicht einschlafen, aufwachen und feststellen, dass alles nur ein Traum gewesen war.

***

Abdelkader al-Anbari, der Derwisch, ist ein Superstar unter den Islamisten in Deutschland, jeder will ihn sehen, jeder will ihn hören. Ich stehe ganz hinten am Rand, der Raum ist überfüllt. Die Männer stehen, knien oder sitzen im Schneidersitz, sie sehen angespannt, aber auch irgendwie erwartungsvoll und glücklich aus. Ich hatte nur junge Männer erwartet, aber es sind auch viele über vierzig oder fünfzig hier. Der Derwisch, flankiert von einem Muskelprotz und einem Hobbit, spricht eine Stunde lang, und keine Minute werde ich abgelenkt, nicht einmal durch den Gedanken, dass ich hier bin, um nach Kameras und Alarmanlagen Ausschau zu halten, nein, der Mann spielt mit meinen Eingeweiden. Seine Stimme, seine Worte, seine Gesten ziehen mich in seinen Bann.

Das ist also *der* Bösewicht der Stadt. Hassprediger, Aufwiegler, Aufhetzer, Radikaler, Antisemit, Bayerns Staatsfeind Nummer eins.

Abdelkader al-Anbari.

Der Mann, den nicht wenige Journalisten, Blogger und Politiker als Drahtzieher hinter dem 10.-Mai-Massaker von Hamburg vermuten.

Der Derwisch.

Das erste, was ich mir denke, als er zu sprechen beginnt: Ich verstehe, warum dieser Prediger junge Männer anzieht wie Scheiße die Fliegen.

Er hat das gewisse Etwas.

Ich habe schon einige Videos von ihm gesehen, aber seine Ausstrahlung ist live noch viel eindrücklicher.

Kein Wunder, dass Abdelkader al-Anbari angeblich auch unzählige weibliche Fans hat, aber die dürfen nicht in die Moschee. Frauen ist der Eintritt in das Gebetshaus strengstens untersagt, aber es ist ihnen nicht nur erlaubt, ihn im Internet zu feiern, nein, es wird auch alles getan, damit Abdelkader bei den Frauen gut ankommt: Es gibt immer wieder professionelle Fotos von ihm, die angeblich in einem teuren Berliner Studio von einem Top-Fotografen geschossen werden. Mal schaut er nachdenklich, mal traurig, mal lächelt er. Wüsste man nicht, wer er ist, man könnte auf einen südländischen Schauspieler aus einer Seifenoper tippen. Und so bezeugen Heerscharen von verhüllten Frauen, darunter auch viele deutsche mit Nachnamen Müller, Heinrich oder Meyer, dem Mann ewige Liebe, ewige Treue.

Abdelkader ist sexy.

Der Derwisch spricht, – stets mit erhobenem Zeigefinger, manchmal auch mit erhobenem Zeige- und Mittelfinger wie einst Ajatollah Khomeini, nicht von Hass an diesem Abend. Er spricht nur von Allah, von Liebe, vom Dschihad, Dschihad im gewaltfreien Sinn. Im selben Atemzug spricht er aber von den Märtyrern in Syrien, im Irak, in Indonesien, in Libyen, in Algerien, in Burma, in Nigeria, auf den Philippinen.

Was er erzählt, ist nicht neu, das übliche Islamisten- und Onkel-Todenhöfer-Blabla der letzten Jahre. Einzig und allein der Westen und Israel, die Ostküste und NATO seien an allem Übel dieser Welt schuld. Die Lügenpresse würde die Wahrheit verdrehen, aus den Opfern Tätern und aus den Tätern Opfer machen. Der Islam sei friedlich und fremde Mächte würden Moslems gegeneinander aufhetzen. Daesch, al-Shabaab und Boko Haram seien ein Konstrukt des Mossad, der CIA und EU. Tausendmal gehört, aber wie er es erzählt, ist neu. Mit dieser Stimme. Mit diesem Charisma. Auch mit Witz. Er bringt die Männer zum Lachen. Fast nichts, was der Mann behauptet, ist von Fakten gestützt, trotzdem höre ich ihm gerne zu, trotzdem könnte er von mir aus stundenlang weiterreden.

„Der Tag wird kommen", spricht er, „an dem es keine USA und kein Israel mehr gibt. Keine Königshäuser in den Golfstaaten. Keine Synagogen und Kirchen in Europa mehr. Nicht weil wir sie zerstören, nein, so etwas liegt uns fern. Nein, weil die Ungläubigen ihre Irrtümer einsehen und in Scharen zu uns überlaufen. Ja, ich sage euch, meine Brüder, wenn man nur lange genug wartet, kommt der Feind tot den Fluss heruntergeschwommen ... Ich sage euch: Der Tag wird bald schon kommen! Eines Morgens werden die Muslime des Westens aufwachen, ihre Sünden bereuen und auf den einzig wahren Weg zurückkehren. Dann zählen nicht mehr Autos und iPhones und schicke Klamotten, dann zählt einzig und allein wieder unser Glaube an Allah."

Abdelkader schließt mit mehreren Gebeten, danach herrscht beinahe Stille, kein Applaus, nur leises Flüstern.

Auch wenn mir klar ist, dass dieser Mann Ungläubige und liberale Moslems gleichermaßen hasst, kann ich mir nicht vorstellen, dass er deshalb gleich einen Massenmord in Auftrag gibt. Ich hasse doch auch Nazis, ich hasse Politiker, die die Reichen reicher und die Armen ärmer machen, aber würde ich einen von denen brutal töten lassen, wenn ich könnte? Ja, würde ich die ermorden lassen, die schuld daran sind, dass Baba krank ist, wenn ich es könnte? Wäre ich dazu imstande?

Ich glaube, es gehört viel dazu, einen Menschen zu töten. Vielleicht täusche ich mich, aber ich habe das Gefühl, ich wurde nicht dafür geschaffen, wurde nicht dazu erzogen. Und deshalb traue ich es auch dem Derwisch nicht zu. Ich möchte sogar glauben, dass er abgesehen von der Schwurbelei und der Wut, die er verbreitet, der Leugnung von historischen Fakten, dem Spinnen von Verschwörungstheorien, vielleicht sogar ein gutes Herz hat.

Als ich warte, bis die Männer den Raum verlassen, um nicht der erste zu sein, da kommt er noch einmal zurück und geht zum Mikrofon. „Die meisten Menschen lieben den Sommer“, sagt er und fuchtelt mit den Armen, „lieben die Sonne. Das Meer. Den Strand. Ich liebe den Herbst und den Winter. Den Schnee. Den Nebel. Den Regen. Ich liebe dunkle, kalte Tage. Es macht mich glücklich, wenn im Oktober und November die Blätter von den Bäumen fallen, wenn es kälter wird und früh dunkel. Ich sehe an euren Gesichtern, dass ihr das nicht versteht. Ich sehe an euren Gesichtern, dass ihr es gerne warm und gemütlich habt! Bequem und komfortabel. Aber ich liebe es, im dichten Nebel verloren zu gehen, wenn sich der Schein der Straßenlaternen in den Pfützen widerspiegelt. Die Kälte im Winter ist nicht angenehm, aber sie hält mich wach. Sage ich das den Leuten, verstehen sie mich nicht. Sie schimpfen über den Winter, sie schütteln den Kopf, wenn ich sage, dass ich ihn liebe, aber ganz egal, wie laut sie sind, ich kann nichts daran ändern, was ich fühle. Meine Liebe ist da, ich habe sie mir nicht ausgesucht. Es wird eine Zeit kommen, in der man das Wetter steuern kann. Und dann wird es nur noch Sonne geben. Nur noch warme, helle Tage. Würde ich dagegen kämpfen? Würde ich mich wehren? Natürlich würde ich das. Jeden, der mir den Winter nehmen will, würde ich bis aufs Blut bekämpfen. Dasselbe fühle ich für meinen Glauben, fühle ich für Allah in diesen unruhigen Zeiten. Allah ist der Winter. Keiner liebt ihn. Jeder hat ihm den Rücken gekehrt. Jeder hasst und verspottet ihn. Aber mein Herz kann ihn nicht verleugnen. In meinem Herzen lebt noch der Funke! Ein Funke genügt. Ein einziger Funke genügt und wir machen ein Feuer, wie es die Welt noch nie gesehen hat!"

„ALLĀHU AKBAR!", schreien sie, wie in Trance, die Arme in die Höhe gereckt, die Fäuste geballt.

„Wer ist der Funke?", fragt sie der Derwisch in einem Singsang.

„WIR SIND DER FUNKE!", antwortet ihm die Menge.

„Wer kann uns noch stoppen?"

„NIEMAND KANN UNS STOPPEN!"

„Was gehört uns heute?"

„DIESES KLEINE HAUS!"

„Was gehört uns morgen?"

„DIE GANZE, GROSSE WELT!"

„Wer werden die Herren der Welt sein?"

„WIR! WIR! WIR!"

„Allāhu akbar", sagt der Derwisch, lächelnd, und dann mit sanfter Stimme: „Und die Sklaven werden Herren, und die Herren werden Sklaven sein. In welches Land wir auch immer einen Fuß setzen, dieses Land werden wir erobern und beherrschen."

Im Hauptraum und auf dem Flur gibt es Überwachungskameras an der Decke. Es handelt sich, soweit ich das überblicken kann, ausschließlich um alte Geräte aus den Neunzigern, Bewegungsmelder finde ich keine. Ich gehe auf die Toilette, dort steht mir der untersetzte Hobbit von der Bühne gegenüber. Er hat einen kugelrunden Kopf und fettige schwarze Locken, einen schütteren Ziegenbart und üble Aknenarben, er sieht mich lächelnd an, ich lächle zurück, was ich sofort bereue, denn jetzt streckt er mir sofort die Hand entgegen. *„As-salāmu ʻalaikum*", sagt er und nickt leicht.

Ich erwidere den Gruß und hoffe, dass er sich seine Hände gut gewaschen hat.

„Du bist neu, was?"

„Ich bin neu."

„Willkommen, Bruder."

„Ja." Wir sehen uns an, eine peinliche Stille entsteht.

„Du warst früher oft hier", sagt er.

„Hm?"

„Du warst früher schon in dieser Moschee."

„Ja, stimmt", staune ich. „Wow, du erinnerst dich an mich?"

„Klar, ich bin auch aus Giesing. Du hast für 1860 München gespielt, warst ein Held."

„Naja ... Weiß nicht. Für drei Wochen vielleicht."

„Doch, doch. Fußball ist zwar nicht meine Baustelle, aber jeder hat von dir erzählt."

Ich nicke. Der Hobbit trägt eine schwarze Weste über einem weißen Hemd und eine dunkle Cordhose, er hat breite, weibliche Hüften, was ihn lächerlich aussehen lässt. Als ich zum Pissoir gehe, spüre ich, wie mich sein Blick verfolgt. In Gedanken zeichne ich einen Grundriss des ersten Stockes und versuche mir alles einzuprägen, was nur irgendwie wichtig sein könnte. Vieles hat sich nicht verändert in dem Haus, seitdem ich das letzte Mal hier gewesen bin. Aus dem miefenden, dunklen Loch ist kein prunkvolles Gebetshaus geworden, wie ich es mir angesichts der Popularität des Derwischs erwartet hatte. Nur das Klo ist neu, und es stinkt nicht länger nach Männerpisse, verstopftem Abflussrohr und kaltem Rauch, sondern duftet nach

Rosenblüten und aus einem Lautsprecher hört man einen Mann sanft auf Arabisch sprechen, als sollte seine Stimme zu einem angenehmen Stuhlgang verhelfen.

„Und?“, fragt der Hobbit. „Was hältst du von Abdelkader?“

Ich öffne den Hosenschlitz und sehe zur Decke. „Wahnsinn“, sage ich. Keine Kamera über mir. Den vorderen Teil des Raums habe ich sofort beim Eintreten überprüft, die Toilette scheint nicht überwacht zu werden, warum sollte sie auch? Ich sehe zum Fenster rechts von mir, dem einzigen im Raum, und ich kann keine Alarmanlage erkennen. Diese Tatsache verleiht mir ein kleines Hochgefühl. Das ist es doch, was Beer wissen wollte. „Hatte ne richtige Gänsehaut.“

„War etwas ruhig heute, die Predigt, aber nicht weniger beeindruckend“, meint der Hobbit. Er steht nun hinter mir, und ich möchte nur noch raus hier, aber ich pinkle ohne Ende. „Ich freu mich, dass du den Weg zu uns gefunden hast, Tarik Celal. Mein Name ist Elias.“

Ich werfe einen Blick über die Schulter und kann aus den Augenwinkeln erkennen, dass er mir immer noch zuschaut. Als sein Handy klingelt, bin ich erleichtert. Dabei sind Handys in dieser Moschee gar nicht erlaubt, das steht unmissverständlich auf Deutsch, Englisch, Türkisch und Arabisch auf einem Plakat im Vorraum. Aber es gibt, abgesehen von den Security-Männern am Eingang, niemanden, der das Verbot im Haus kontrolliert, wahrscheinlich, weil die vielen Clips von den Predigten des Derwischs den Hype erst mitausgelöst haben. Vielleicht, weil ja auch all die Mädchen und Frauen da draußen die Reden des Derwischs sehen sollen.

Ich gehe zum Waschbecken und Elias, der sein Handy einfach ignoriert, fragt mich: „Was gefällt dir am Derwisch?“

Als ich an ihm vorbeigehe, sehe ich, dass er unter seiner Weste eine Schusswaffe umgeschnallt hat. Ich drehe den Wasserhahn auf, nehme ein bisschen von der Flüssigseife aus dem Spender und wasche meine Hände. „Hm", sage ich, „dass die Mächtigen endlich mal wieder Angst haben." Ich sehe Elias im Spiegel, er steht wieder hinter mir. „Die müssen wieder zittern, weißt du? Damit sie nicht länger tun und lassen, was sie wollen. Und vor dem Derwisch zittern sie. Er ist der Einzige, der ihnen wirklich Angst macht."

„Sie zittern auch vor Terroristen und den Rechten.

„Das ist doch nicht das Gleiche", sage ich. „Der Derwisch ist gerecht! Der Derwisch ist mit Allah, und Allah ist mit ihm. Die Nazis und ISIS haben nur Hass."

Der Hobbit mustert mich und nickt. Im selben Moment höre ich ein Geräusch aus einem der beiden Kabinen. Jemand zieht Papier aus dem Halter. Ich habe nicht damit gerechnet, dass noch jemand in dem Raum sein könnte. Ich schüttle meine Hände, weil ich sie nirgends abtrocknen kann, drehe mich um und gehe zur Tür. Der Hobbit steht mir im Weg. „Du meinst das ernst, oder? Du bist nicht nur aus Neugierde hier. Du bist bei uns, weil du Abdelkader al-Anbari, dem Derwisch, folgen willst, ja?"

„Ja", sage ich. „Ich mache keine halben Dinger."

Er lächelt. „Und warum bist du dann so nervös?"

„Weil ich unbedingt dabei sein will. Ich will einer von euch sein. Ich will was bewegen."

„Du musst monatelang, vielleicht sogar jahrelang Besucher in dieser Moschee sein, um irgendwann die Chance zu bekommen, in den Kreis aufgenommen zu werden, das ist dir doch klar?"

„Nichts anderes wünsche ich mir", sage ich mit einem Lächeln, dem man hoffentlich nicht ansieht, wie schwer es fällt.

„Schön. Du wirst die Gelegenheit bekommen, dich zu beweisen." Ich mache eine Art Verbeugung, ungeschickt und lächerlich, und öffne die Tür. „Wenn du magst, kannst du öfters kommen", sagt er. „Nicht nur am Freitag. Wir beten jeden Morgen um zehn."

Ich nicke. „Gerne, danke."

„Wir brauchen deine Handynummer. Es ist uns wichtig, dass wir euch erreichen können."

„Kein Problem."

„Draußen, beim Eingang, liegt ein Buch auf dem kleinen Tischchen, dort schreibst du dich ein. E-Mail-Adresse, Telefonnummer, Postanschrift. Und wenn du dein Handy verlierst und eine neue Nummer hast, meldest du uns das bitte. Genauso erreichst du vierundzwanzig Stunden am Tag jemanden von uns."

„Und wen erreiche ich?"

„Wer immer im oberen Stock gerade in der Überwachung Dienst hat."

„Und die Bullen?"

„Die Bullen?", fragt der Hobbit und lächelt. Ich räuspere mich, weiß nicht, was ich sagen soll. „Wir reden nichts Verbotenes am Handy, Tarik. Und auch sonst nicht. Alles, was hier drinnen geschieht, ist sauber und gesetzestreu. Wer das nicht akzeptiert, muss gehen. Verstanden?"

„Klar", sage ich. „Alles klar."

Gegründet haben soll Abdelkader al-Anbari seine radikalislamische Sekte vor sechs oder sieben Jahren in Ludwigshafen. Jahrelang hat den Verein niemand außer seiner zwei Dutzend Mitglieder gekannt. Vielleicht ist der Derwisch nur bekannt geworden, weil irgendein zweitklassiger Comedian aus Berlin sich im Internet über einen seiner Jünger in einem Clip lustig gemacht hat. Ich erinnere mich noch an den Abend, als Doogie mir das Video gezeigt hat, mit Tränen in den Augen vor Lachen: Ein Typ mit langem Bart und weißem Gewand strampelt auf einem Kinderfahrrad mit höhergestelltem Sattel auf einer vierspurigen Straße in Duisburg bei dichtem Verkehr. Der Derwisch hat daraufhin eine einstündige Stellungnahme auf YouTube veröffentlicht, die sich innerhalb eines Monats mehr als dreihundertfünzigtausend User angesehen haben. Er hat es geschafft, der Welt zu verklickern, dass die, die sich über den Mann lustig machen, den Koran, seinen Propheten und all die gläubigen Muslime verlachen. Nach drei Monaten waren es schon vier Millionen Klicks.

Ich bin kein Psychologe und auch kein Dschihadexperte, aber jetzt, wo ich den Kerl live erlebt habe, kann ich nur sagen: Ja, der Mann hat Charisma, ja, da ist ein Zauber, ich habe ihn gespürt und kann verstehen, dass er Menschen um sich scharen kann. Seine Stimme kann mal sanft, mal drohend sein, sein Vollbart – perfekt getrimmt, kein Wildwuchs wie bei vielen seiner Anhänger – lässt ihn als wilden, kampferprobten Krieger erscheinen, seine saubere, weiche Haut, olivfarben, könnte auch die Haut vom Hintern einer Ethno-Hollywoodtussi sein. Darum küssen die Brüder ihn wohl so gern.

Abdelkader al-Anbari ist anti-alles. Alle sind gegen uns, alle sind schlecht, nur wir sind gut. Nur wir sind die Retter des Planeten, Allahs letzte Hoffnung, des Propheten letztes Aufgebot. Zu seinem Auftritt in einem Mannheimer Problemviertel Anfang Mai sind fast dreißigtausend Menschen gekommen, die Frauen etwas abseits, hinter Absperrungen, beschallt mit riesigen Lautsprechern.

Journalisten nennen ihn einen Verführer und Scharlatan, brandgefährlich, verfassungsfeindlich, frauenfeindlich, rassistisch, homophob. Sie diskutieren heftig, ob seine Fans ihm folgen, *weil* oder *obwohl* er das ist. Seine Worte würden jungen Menschen den Kopf verdrehen, sie würden ihm verfallen und manche von ihnen in den Heiligen Krieg in den Nahen Osten oder nach Afrika ziehen, in den wirklichen Krieg, von dem sie nur eine romantische Vorstellung haben, bis ihnen die Bomben um die Ohren knallen und sie sich entweder einscheißen oder aber zu gefühllosen Bestien werden, die sich mit abgeschnittenen Köpfen fotografieren lassen oder selbst zur Tat schreiten. Der Generalsekretär des Zentralrats der Muslime in Deutschland nennt ihn einen Rattenfänger, der das Ansehen des Islam in Deutschland besudeln würde. Der Bundesinnenminister verdammt ihn bei jeder sich bietenden Gelegenheit als Aufwiegler und Volksverhetzer, der bayerische Kollege wollte ihn schon zigfach rausschmeißen, kann es aber nicht, weil Abdelkader al-Anbari in seinem Heimatland Verhaftung und Folter droht.

Wer öffentlich gegen den Derwisch spricht, kassiert einen Shitstorm und erhält Todesdrohungen. Die Namen der Politiker, die es wagen, ihn öffentlich anzugreifen, sind deutschlandweit in Graffitis zu lesen, meist in Verbindung mit ihren Müttern oder Frauen. Selbst die Salafisten fürchten und hassen den Derwisch, er klaut ihnen Anhänger, wildert in ihren Revieren, wettert gegen sie, nur seine Wahrheit sei die Wahrheit, er duldet niemanden neben sich. Der Derwisch ist das Schwarze Loch, das alles verschlingt.

Als ich das Gebetshaus verlasse, werde ich von Polizisten in Uniform und Zivil gefilzt. Sie tasten jeden Besucher ab, untersuchen jede Kleinigkeit und machen Fotos und Notizen. Als sich zwei Männer mit einem Polizisten ein Wortgefecht liefern, werden sie zu Boden geworfen und abgeführt. Sie haben die Sperrgitter so geschickt aufgestellt, dass es auch kein Zurück zum Gebetshaus mehr gibt und man eingepfercht zwischen dem Ausgang und einer Zwischenkontrollstation stehen muss.

Einer der Polizisten sagt zu mir und den Männern, die um mich beten oder fluchen: „Richtet eurem Führer aus, dass das künftig immer so läuft."

„Das ist reine Schikane!", ruft ein Milchgesicht mit sächsischem Akzent und rotem Bart. Und dann stimmt er an: „Deutsche Polizisten, Mörder und Faschisten!"

Die Menge schreit mit ihm, aber in meinem Kopf höre ich nur, was Doogie immer aus dem Fenster grölt, wenn er besoffen ist: „Deutsche Salafisten, Mörder und Faschisten!"

„Bisher gab's nur Stichproben", sagt der Polizist, als wieder Ruhe einkehrt, „aber das neue Gesetz erlaubt uns, dass wir euch künftig hier ein paar Stunden stehen lassen können. Also benehmt euch jetzt oder ihr bratet jedes Mal hier in der Sonne, bis euch das Hirn brutzelt."

Die Männer murmeln weiter ihren Protest, aber keiner hat wirklich Lust, lange in der prallen Sonne zu stehen.

Auf dem Parkplatz des Einkaufszentrums steige ich in den schwarzen BMW, Ibo sieht mich fragend an. Ich klicke mich durch die Fotos, die ich mit meinem Handy gemacht habe. „Die haben die Moschee nicht gepimpt", sage ich und zeige ihm ein paar Fotos. „Dasselbe Loch wie früher. Hab mir was ganz anderes vorgestellt: alles neu, alles aufgemotzt. Aber nichts davon ... Versteh ich nicht."

„Der Derwisch kann nicht verächtlich über Geld und Konsum sprechen und dann einen Palast hinstellen. Derwische sind doch Bettler. Derwisch bedeutet: nichts zu besitzen."

„Der Kerl ist doch kein echter Derwisch."

„Warum nennt er sich dann so?"

„Weiß nicht. Das weiß keiner."

„Mir kommt dieser Haufen vor wie ein Rudel Affen in einem Käfig im Zoo", sagt Ibo, als die Besucher an uns vorbeigehen. „Wenn man mit einem Stecken gegen die Gitter schlägt, brüllen sie, hüpfen sie, drehen sie durch. Wenn man die erst mal frei lässt, weißt du, was die machen?"

„Sie fressen deine Erdnüsse?"

„Die machen alle platt, die nicht so sind wie sie. Die sich anders kleiden, anders denken, anders lieben, anders ..."

„... futtern! ... Ey, Ibo, ich hab nen Mörderkohldampf!"

„Bald werden die Affen uns durch die Straßen jagen, das prophezeie ich dir."

„Na, und? Der Anatolische Panther rennt schneller als die. Kann dich auch Huckepack nehmen."

Wir essen Döner, Ibo vergisst dabei seine sonst so guten Manieren und schiebt sich laut schmatzend riesige Happen in den Mund, die er gierig verschlingt.

„Wenn Beer in das Haus steigen will, muss er über das Klofenster rein. Aber damit hat er nur eine unwichtige Hürde genommen, denn ich glaube, dass alles von Bedeutung im oberen Stock ist. Und bereits bei der Treppe gibt es zwei Kameras. Da halten gewiss n paar Langbärte in der Nacht Wache. So n Hobbit hat von einem Überwachungsraum gesprochen."

„Beer sollte dir gutes Geld für die Info zahlen", sagt Ibo mit vollem Mund. „Ist nicht ohne, als Spion in das Haus zu gehen. Wenn die dich erwischen, dann kannst du froh sein, wenn sie dir nur ein paar Gliedmaßen abtrennen."

„Danke, mach mir noch ein bisschen mehr Mut."

„Ich sage nur, was Sache ist."

„Weißt du, was komisch ist? Der Derwisch wirkt für mich nicht wie ein Sadist oder Terrorist. Ich kann mir nicht vorstellen, dass der hinter dem Hamburger Anschlag steckt."

„Schau dir mal die NS-Kriegsverbrecher an. Sehen die alle aus wie perverse Folterknechte und Massenmörder?"

„Aber irgendwie hat der Typ sogar was Sympathisches ... Ich könnt dem ewig zuhören, selbst wenn er Mist erzählt."

„Verfall ihm bloß nicht. Ich will nicht in einem Monat hören, du hättest dich turboradikalisiert und dich mit einem Sprengstoffgürtel auf dem Marienplatz in die Luft gejagt."

„Pah!" lache ich. „Ich liebe Muschis, ich liebe Gras, ich liebe Alkohol, ich liebe Fußball, ich liebe das Leben, Ibo, ich werde eher Bayernfan und schieß n Selfie mit Uli Hoeneß, als dass ich jemals für diese Schwuchtel Abdelkader in den Tod gehe."

Ibo biegt von der Grünwalder Straße am Wettersteinplatz in die Säbener Straße und gibt Gas. Der BMW gleitet dahin, ein dunkles Monster in der untergehenden Sonne. Ein ungutes Gefühl breitet sich in meinem Bauch aus. Staub wird von der Straße aufgewirbelt. Ich habe mir so oft die Fotos der Opfer von Hamburg angeschaut, auf denen sie fast alle lächeln, nichtsahnend, was eines Tages ihr Schicksal sein würde. Ich habe auch die Fotos der Getöteten und Verletzten direkt nach dem Anschlag gesehen. Die sind in meinem Kopf gespeichert, die werde ich nie mehr los. Der Gedanke, dass die, die das geplant haben, die die Waffen beschafft haben, irgendwo da draußen sind und ihren Spaß haben, ist unerträglich.

Sollte wirklich Abdelkader das Mastermind sein?

„Endlich Sommer“, sagt Ibo und reißt mich aus den düsteren Gedanken, als zwei Mädels an einer Kreuzung die Straße überqueren, die Tops kurz, die Röcke kürzer. Unsere Blicke folgen ihnen, Ibo ignoriert die Ampel, lässt die Grünphase verstreichen, ignoriert die hupenden und überholenden Autos. Als die Chicks verschwunden sind, steckt er sich eine Zigarette in den Mund und bewegt sich im Rhythmus des Samba-Songs aus dem Radio.

Endlich Sommer.

Und Nteba ist so weit weg, lebt ihr eigenes Leben. Die immer gleiche Frage, die ich mir jeden Tag mehrmals stelle: Denkt sie an mich? Vermisst sie mich, so wie ich sie vermisse? Diese Angst, dass mit jedem Schritt, den sie geht, mit jedem Wort, das sie spricht, mit jeder Minute, die vergeht, sie sich ein wenig von mir entfernt, von Deutschland, von München, unserer gemeinsamen Zeit. – Ich muss die Zeit stoppen, sonst verliere ich Nteba, das fühle ich. Und so schreibe ich ihr von meinen Plänen, vielleicht zu ihr zu kommen, und von Dingen, die ich vor ein paar Wochen noch für völlig verrückt gehalten hätte.

machst du witze, chachapoya? bist du betrunken?, antwortet sie sofort.

Auf meinen Anruf reagiert sie nicht mehr. Sie wird ja nicht müde zu behaupten, in ihrem Viertel gäbe es kein Internet, aber warum versucht sie nicht öfters, irgendwohin zu gehen, wo ihr Smartphone ein Netz hat? Das würde ich doch an ihrer Stelle auch tun.

Ach, Nteba, dein Schweigen killt mich.

***

Der Bahnhofsvorplatz im Morgengrauen. Kühl ist es, feucht, es stinkt nach Erbrochenem, nach verschüttetem Bier und Urin und den Abgasen des vorigen schwülen Tages. Kein Wind, der die Luft reinigt, kein Gewitter, das den Dreck wegspült, kein Versprechen, dass der neue Tag anders sein könnte als der gestrige. Wir vertrödeln unsere Zeit, bis die erste U-Bahn uns nach Hause bringt, wo wir unseren Rausch ausschlafen oder den nächsten planen.

Wir marschieren ins Bahnhofsgebäude, nehmen die Rolltreppen abwärts, bis wir den Bahnsteig erreichen. Doogie verschreckt ein paar Frühaufsteher mit Schattenboxen. Er schlägt eine Kombination von Geraden und Haken, als müsste er Löcher in die Luft schlagen, und dabei presst er lautstark Luft aus. „*Uff! Uff! Uff!*“

„Noch ein, zwei gute Projekte und ich haue ab nach Griechenland für ein paar Wochen, mache Urlaub im Haus meiner Mutter am Meer ...“, meint Yiannis. Der Rest geht unter im Gelächter. Yiannis bleibt stehen, breitet die Arme aus. „*WAS?!*“

„Von dem Häuschen hören wir seit Jahren“, sage ich. „Aber keiner hat es je gesehen.“

„Werdet ihr auch nie. Ich habe euch letzten Sommer eingeladen, aber ihr wolltet ja nicht. Zweite Chance gibt's bei mir nicht.“

„*Du* wolltest nicht“, sagt Sugo-Joe. „Du hast Zoff mit deiner Heidelinde gehabt. Schon vergessen?“

„Die blöde Schlampe ist fremdgegangen. Was erwartet ihr? Dass ich das so ruhig hinnehme?“

„Dass du alles mal n bisschen lockerer angehst“, sage ich. „Nur weil ne Tussi wen länger als drei Sekunden anschaut, heißt das noch nicht, dass sie ihm am Abend zuvor unterm Tisch im Plateau einen geblasen hat."

Yiannis baut sich vor mir auf, breitbeinig, er steckt sich eine Zigarette in den Mundwinkel und nickt. Er nickt lange. „Woher weißt du, dass sie das tut?"

„Was tut?"

„Unterm Tisch blasen", sagt Yiannis und schlägt mir mit der flachen Hand auf die Brust. Ich weiche keinen Zentimeter. „*Im Plateau.*"

„Sie tut das?", sage ich, versuche ernst zu bleiben, kann mir am Ende aber ein kurzes Grinsen nicht verkneifen. „Oh, was für n Geheimnis! Alle Frauen tun das!"

„Nein, nein, Tarik, was weißt du? Sag's mir, Tarik, was weißt du?"

„Das war nur so n blöder Spruch. Kapierst du nicht?"

Yiannis rückt so nahe an mich, dass sich unsere Nasenspitzen beinahe berühren, ich kann seinen Atem riechen, er riecht nicht schön. Oder ist das gar meiner? Yiannis spricht leise: „Nein, du redest dich jetzt nicht raus. Oh nein, Alter, das klären wir jetzt."

Ich presse die Lippen aufeinander. Ich weiß um Yiannis' Raserei, wenn es um seine Frauen geht, egal, ob aktuelle oder vergangene. „Sugo-Joe behauptet, dass Heidelinde dir im Plateau unterm Tisch mal einen geblasen hat", sage ich.

Yiannis sieht zu Sugo-Joe, der anfängt unschuldig zu pfeifen. „Woher weißt du das, Sugo-Joe?", fragt Yiannis. „Spuck's aus oder du spuckst Zähne, ich schwöre."

„Ich war dabei", antwortet Sugo Joe, die Hände in seinen Hosentaschen, die Schultern hochgezogen.

„Du warst auf dem Klo!", sagt Yiannis.

„Als ich zurückgekommen bin, hat was an ihren Lippen geklebt."

Ich lache. „Scheiße, Mann", schreie ich. „Und ich wette, sie hat unseren Yiannis geküsst, ohne dass er gemerkt hat, dass das Zeug ..."

Die Jungs johlen, die Leute sehen alle etwas verängstigt zu uns. Yiannis macht zwei Schritte zurück, wendet uns den Rücken zu. Ich schlage mir mehrmals mit der flachen Hand auf die Schläfe.

„Das Bild wird mir nie mehr aus dem Kopf gehen“, sagt Doogie. „Ich mein ... Ne Braut mit Sperma im Gesicht – *geil*! ... Ne Braut mit Yiannis' ...“

Yiannis dreht sich wieder um, breitet die Arme aus. „Bester Griechensaft!“, brüllt er über den Platz. „Griechenland ist das Mutterland der Demokratie! Das Mutterland der gesamten verdammten europäischen Zivilisation!“

Ein afrikanischer Dealer schlurft an uns vorbei, seine Haare tausend Zöpfchen, er trägt ein oranges T-Shirt, orange Hotpants, wir glotzen ihm alle hinterher. „Wär was für dich, Sugo-Joe“, sage ich. „Das mit den Frauen scheint ja doch eher gelaufen zu sein.“

„Bevor ich mir nen schwulen Neger nehme, nehme ich Doogies Schwester“, kontert Sugo-Joe.

„Jetzt reiß dich aber zusammen“, sagt Doogie. „Solange ich in der Nähe bin, nennt kein Mensch nen Neger Neger, klar? Und solange du keine Frau flachlegst, bist und bleibst du für uns die Oberschwuchtel aus Obergiesing.“

„HA! Ich darf nicht Neger sagen? Und das verbietet mir ein Mann, der mit einer Naziskinheadbande einen türkischen Jugendclub angezündet hat?!“

Doogie sieht Sugo-Joe von der Seite an, er kaut Kaugummi mit offenem Mund, lässt geräuschvoll einen fahren. „Wer ohne Schuld ist, werfe den ersten Stein.“

„Ich werfe keine Steine!“, sagt Sugo-Joe. „Ich habe auch keine Türken angezündet.“

„Du hast uns die Molotowcocktails geliefert.“

„Ich hab ja nicht gewusst, was du vorhast, du Eierkopf.“

„Was hat n Naziskin vor, der Molotowcocktails bestellt?“, fragt Doogie. „Ne Geburtstagsparty?“

„Man fackelt keine Menschen ab“, sagt Sugo-Joe. „Man schmeißt die Dinger in Container oder leer stehende Häuser, auf parkende Autos von mir aus, aber man fackelt damit keine Menschen ab!“ Er trommelt mit den Händen auf seine Stirn. „Wer tut sowas? Wer kann so krank sein?“

„Ich sag doch, das ist Vergangenheit“, mault Doogie. „Ich hab mich geändert, kann man sich nicht ändern? Muss man sich ewig denselben Scheiß anhören? Ausgerechnet du zeigst mit dem Finger auf mich? Einer, der fünfzehn Jahre Chemie studiert hat und seit dem Studienabschluss arbeitslos ist?“

„Ist’s meine Schuld?“

„Ja.“

„Aha.“

„Fünfzehn verfickte Jahre. Und jetzt popelst du Tag für Tag in der Nase rum und hängst mit Losern wie uns ab. Du hättest es schaffen können, du hättest einen guten Job haben können. Frau, Kind, Eigentumswohnung.“

Sugo-Joe zuckt mit den Schultern. „Wenn du dich für einen Loser hältst, bitteschön.“

„Du bist zweiundvierzig und wohnst bei deiner Mutter“, sagt Yiannis zu ihm. „Wie nennt man das?“

„Ich wohne bei meiner Mutter? *Ich?* Was für ein Schwachsinn.“

„Hab ich was verpasst, Sugo-Joe?“, frage ich. „Bist du etwa ins Penthouse deiner Schwester gezogen? Macht ihr jetzt einen auf Jamie und Cersei Lennister? Nicht, dass ich dir das verdenken könnte, deine Schwester ist heiß, aber jetzt mal im Ernst, was soll an der Aussage Schwachsinn sein, dass du noch bei Mama wohnst?“

Sugo-Joes Gesichtsfarbe hat gewechselt. Er ist jetzt über und über rot, nur seine Nase, zu groß und lang, bleibt blass. In seinen Mundwinkeln sammelt sich Speichel. „Ich wohn nicht bei meiner Mutter. Meine Mutter wohnt bei mir.“

„Deine Mutter wohnt schon seit fünfzig Jahren in der Wohnung“, sagt Doogie. „Willst du uns verarschen? Zeig uns die Erbschaftsurkunde, und wir glauben dir, dass sie dir die Bude überschrieben hat.“

„Ist mir doch zu blöd, mit euch zu streiten ... Ich erfinde wenigstens keine Sommerhäuschen. Wer will schon nach Griechenland? Jeder will von dort weg."

„Wir mögen pleite sein, ja! Wir sind ganz unten, von mir aus. Aber immer noch voller Seele, verstehst du, Sugo? Das Meer kann man uns nicht nehmen. Und die Sonne auch nicht. Wir sind noch heiß auf's Leben, auf die Liebe, auf Abenteuer, wir sind keine Zombies wie ihr, die Hosen voll vor lauter Angst vor Flüchtlingen und Terroristen. Leidenschaft habt ihr nur für Fußball und Autos. Wenn man den Benzinpreis verdoppelt oder ein Tempolimit auf Autobahnen einführt, gäb's vielleicht ne Revolution, aber sonst kriegt ihr euren Arsch ja doch nie hoch."

„Wir Deutschen arbeiten jeden Monat drei Tage für lau, nur damit Griechenland nicht kollabiert", schimpft Doogie. „Die Kohle schickt Berlin direkt nach Athen!"

„Ach, ja?" Yiannis bekommt kaum mehr Luft. „Und wer behauptet so einen Schwachsinn?"

„Musst dich nur im Netz informieren. Aber auf den richtigen Seiten."

„Aha, auf den richtigen Seiten?" Yiannis fuchtelt mit seinen Armen, als wolle er Doogie zu einer Antwort zwingen. „Alles, was du liest, ist Verschwörungsquark. Alles, was du glaubst, ist Bullshit!"

Yiannis will Doogie an die Gurgel, aber der bleibt ganz gelassen, was Yiannis nur noch mehr provoziert. Als er anfängt, den Dicken zu schubsen, bin es mal wieder ich, der dazwischen geht und den Griechen umarmt. „Alles gut. Alles gut."

Als die Jungs eines Abends vor meiner Wohnung standen, waren sie überrascht, Nteba bei mir anzutreffen. Sie hatten längst gewusst, dass ich in sie verliebt war, hatten mir aber nicht zugetraut, dass ich die kubanische Medizinstudentin erobern könnte.

„Nicht schlecht", sagte Sugo-Joe später auf dem Weg von der U-Bahnstation am Wettersteinplatz zum Stadion. „Du wolltest sie, nun hast du sie. Und wie ist sie so im Bett?"

„Bombe."

„Das volle Programm?"

„Inklusive Zugabe."

„Was heißt ‚Zugabe'?"

„Na, du weißt doch ..."

„Nein, sag schon!"

„Dreifaches Sixty-nine."

„Hä?"

„Musst du auch mal probieren."

„Lief noch nichts, was?"

„N bisschen was schon."

„N bisschen was geht immer", sagte Yiannis und gratulierte mir stumm mit einem Klopfen auf die Schulter. Auch Doogie nickte anerkennend und brummte leise: „Darf ich auch mal? Wenn sie bekifft oder betrunken ist?"

Ich versperrte ihnen den Weg, breitete meine Arme aus. „Sagt mir, von eins bis zehn, wie viel kriegt sie?"

„Misswahl?"

„Misswahl."

Sugo-Joe gab eine Sieben, als ich protestierte, immerhin eine Siebenkommafünf, Doogie eine Acht, Yiannis ohne Zögern eine Neun. Für mich ist Nteba die schönste Frau, der ich je begegnet bin, keine Frage. Aber erst auf den zweiten oder dritten Blick. Anfangs fand ich sie hübsch, attraktiv, aber auch zu kalt, sie lächelte kaum, schien viel zu verschlossen und etwas abgehoben. Auf jeden Fall hielt ich Nteba von Anfang an zu gutaussehend für jemanden wie mich. Jeder spielt, was das Aussehen angeht, in einer bestimmten Liga, auch wenn Meinungen darüber abweichen, keine Frage. Für mich spielt Nteba vielleicht nicht in der Champions League, aber ganz gewiss in der Europa League, während ich weiter unten angesiedelt bin, Zweite Bundesliga, Abstiegskampf. Aber ich verliebte mich in sie und ich wollte sie, ich wollte sie mehr als alles andere bisher in meinem Leben. Ich wurde von einer Kraft angetrieben, die nichts mit meinem bisherigen Leben zu tun hatte. So stark, so mächtig, so furchteinflößend und dazu fähig, mich in den Himmel und in die Hölle zu befördern, und das alles in einem atemberaubenden Tempo.

Zwei oder drei Wochen lang hatten wir nur geflirtet mit unseren Blicken. Ich verbrachte Stunden damit, im Eingang des Blocks zu warten, bis sie ihre Wohnung verließ oder nach Hause kam. Und nur einmal hatte ich den Mut etwas zu sagen, aber weil sie nur knapp antwortete, wagte ich es kein zweites Mal. Es war dann Yiannis, der Nteba in der Waschküche ansprach und sie fragte, ob sie Samstagabend ein Würfelspiel mit uns spielen wollte. Als Yiannis mir davon erzählte, spürte ich sofort, dass sie ihm gefiel, und obwohl wir anfangs über sie sprachen, wie wir nun mal über Mädchen sprachen, nämlich über Arsch und Titten, schwieg ich lange und druckste herum, bis ich ihm erklärte, dass sie mir etwas bedeutete, dass ich mich verliebt hatte.

„Oh Mann", sagte Yiannis und setzte sich, fuhr sich mit den Händen über das Gesicht. „Ich doch auch."

„Du kennst sie doch gar nicht."

„Du etwa?"

„Wir flirten. Mit den Augen, Yiannis. Sie sieht mich so lange an, viel zu lange. Entweder die ist meschugge oder ich gefalle ihr."

„Sie ist müde. Sie kommt von der Uni, die studiert nicht Geschichte oder Soziologie – die studiert Medizin. Sie weiß gar nicht, wen oder was sie anschaut. Hat sie mir erzählt, dass sie fix und fertig ist!"

Ich setzte mich Yiannis gegenüber, reichte ihm ein Bier. „Sieht sie dich auch so lange an?"

„Ganz normal", sagte er. „Aber wir haben schon Nummern ausgetauscht."

„Fick dich, Yiannis."

„Möge der Bessere gewinnen, Tarik."

Die Nacht verbringe ich in der Nähe des Gebetshauses, hinter einem Maschendrahtzaun kauernd, mit einer Zigarette in der Linken und Ntebas Fernglas in der Rechten. Ich muss wissen, wie viele Männer in der Nacht in der Moschee bleiben, wie viele möglicherweise um das Gebäude streunen, muss wissen, ob es wirklich eine theoretische Chance gibt, da unbemerkt einzusteigen. Wenn ich Beer morgen treffe, möchte ich ihn mit meinem Wissen beeindrucken. Und ich möchte auch, dass die Sache damit abgeschlossen ist. Auf dem Vorplatz, zwischen den Polizeiabsperrungen und dem Zaun, hinter dem ich sitze, stehen zwei Autos. Vor einem lungern zwei rauchende Männer, die wie Polizisten oder Verfassungsschützer aussehen, auf keinen Fall wie Anhänger des Derwischs. In der Moschee ist ein Raum im oberen Stock noch beleuchtet, der Rest ist dunkel.

***

Ich sehe Beer bereits eine Stunde vor unserem Treffen: Er spaziert in Trainingsmontur über die Sendlinger Straße. Ich flüchte in eine Seitengasse, tauche in einem Pulk schnatternder italienischer Touristen unter, laufe ihm aber zwanzig Minuten später wieder über den Weg. Als ich ein Kaufhaus am Marienplatz verlassen will, steht er in der Kosmetikabteilung und beobachtet einen jungen Afrikaner mit Kapuzenpulli, der sich nervös nach allen Seiten umsieht. Es ist noch nicht sechzehn Uhr, und jede Minute, die ich nicht mit Beer verbringen muss, ist eine gute, aber da er mich schon gesehen hat, kann ich nicht mehr verschwinden. Ich trotte zu ihm, da er keine Anstalten macht, zu mir zu kommen.

„Der Marihuanadealer und Fernsehdieb schleicht sich an wie ein Plattfußindianer“, sagt Beer, als ich an einem Regal auftauche, an dem er ein Fläschchen Nagellackentferner in den Händen hat und vortäuscht, das Etikett zu mustern. „Verscheuchst mir ja das ganze Wild.“

„Immer auf der Jagd nach den Bösen?“, frage ich. „Ist das nicht anstrengend?“

„Die Neger klauen mal wieder wie die Raben.“

„Solange sie mich nicht beklauen, ist alles in Ordnung.“

Beer zieht den Rotz hoch. „Ihr Jungen seid Scheißegoisten.“

„Vielleicht klaut er, weil er mit zwei Jobs nicht über die Runden kommt bei dem Scheißlohn heutzutage.“

Beer hört mir gar nicht zu, er steht unter Strom, lässt den Jungen nicht aus den Augen, wie ein Leopard, der jeden Moment auf seine Beute lossprintet. Er nimmt zwei Finger in den Mund und pfeift, als der Afrikaner etwas in seine Jackentasche stecken will. Der Ertappte lässt es fallen und läuft davon, ohne sich umzusehen.

„Ich muss mich jetzt um die kümmern“, schimpft Beer. „Das sollten jetzt all die tun, die am Bahnhof gestanden sind und Beifall geklatscht haben, als Mutti alle Schleusen geöffnet hat …“ Er klatscht in die Hände. „Aber jetzt erzähl mir einmal, was du über die Überwachung der Moschee rausgefunden hast.“

Er starrt auf den Hintern einer mittelalten Verkäuferin, die sich bückt, um aufzuheben, was der Afrikaner fallen gelassen hat. Sie stellt es zurück ins Regal, dreht sich um und lächelt müde, als sie Beer erblickt.

„Es gibt einige Überwachungskameras“, sage ich. „Altmodische. Solche, die das Bild live auf einen Monitor spielen.“

„Alles beim Alten also.“

„Was heißt ‚alles beim Alten‘?“

„Ich hab gedacht, die hätten die Dinger vielleicht ausgetauscht.“

Ich erzähle weiter: „Wahrscheinlich sitzen in dem Gebetshaus irgendwelche Langbärte vor ein paar Bildschirmen und sehen sich die Bilder vierundzwanzig Stunden am Tag ansehen. In der Nacht brennt jedenfalls in einem Raum Licht, im Obergeschoss.“

„Du kennst dich aus mit solchen Kameras, was?"

„Naja, ich kenne sie von ..." Ich verstumme.

„Schon gut", sagt Beer und boxt mich lässig. „Locker bleiben, deine kriminelle Vergangenheit interessiert mich nicht. Bewegungsmelder?"

„Keine gesehen."

„Alarmanlagen an Türen und Fenstern?"

„Alle Fenster im Erdgeschoss sind gesichert, bis auf ein kleines Klofenster. Im oberen Stock war ich nicht."

„Klofenster? Hmmm ..." Beer reibt sich die Hände. „Klingt doch gut. Klingt doch sehr gut. Du musst aber Gewissheit haben, hörst du? Das musst du alles noch abklären."

Ich öffne den Mund und schüttle den Kopf.

„Was?", fragt Beer.

„Ich geh da nicht mehr rein. Ich bin denen doch jetzt schon verdächtig. Da war so n hässlicher Pickelhobbit, der hat ne Pistole unter seiner Weste getragen und mir blöde Fragen gestellt."

„Was ist ein Pickelhobbit?", fragt Beer.

„Was ist ein Bajazzo?"

„Hä?" Beer runzelt die Stirn.

„Was ist ein Bajazzo?"

„Ein Clown", antwortet Beer und sieht mich ratlos an.

„Hobbit, Bajazzo, alles dasselbe."

Beer umarmt mich. Er ist so groß wie ich, aber schlanker. Ich spüre die Muskeln, die Sehnen, der Typ könnte mir innerhalb weniger Sekunden ein paar Knochen brechen, mit einem Schlag ein paar Zähne ausschlagen. „Du musst in die Moschee einbrechen, Tarik. Sobald du exakt weißt, wie sie gesichert ist, steigst du da in einer Nacht ein, hörst du?" Ich bleibe stehen, löse mich aus der Umarmung und glotze Beer an, aber der redet unbeirrt weiter: „Es gibt einen Tresor im oberen Stock. In Abdelkaders Raum. Den Tresor räumst du leer. Du darfst alles behalten, was in dem Tresor ist, dafür tust du mir einen kleinen Gefallen."

„Moment, Moment“, versuche ich ihn einzubremsen. „Von was redest du da?“

„Nur eine Kleinigkeit ...“

„Ich soll da rein?“, sage ich und lache. „Sieh mich an! Schau mich an, bitte! Seh ich so aus, als wär ich geisteskrank?“

„Komm, das wird doch ein Spaziergang für dich.“

„Es ist unmöglich! Hast du mich nicht verstanden? Da ist die ganze Nacht jemand drinnen. Und auf dem Parkplatz steht der Verfassungsschutz!“

„Na und? Das ist doch für jemanden wie dich nur ein Anreiz, es zu versuchen, aber kein Grund aufzugeben.“

Ich muss nach Luft schlappen, so überrumpelt fühle ich mich. „Und was für ein Gefallen soll das sein? Willst du, dass ich Abdelkader im Schlaf ersticke? Eine Wanze anbringe? Oder eine Bombe verstecke?“

„Keine Angst. Der Derwisch schläft nicht in der Moschee. Und den Rest wirst du noch erfahren. Jetzt beruhig dich erst mal, lass uns einen Kaffee trinken, ich habe Kopfweh.“ Beer marschiert voran, ich folge ihm nicht. Als er es bemerkt, dreht er sich zu mir um und klatscht in die Hände: „Sei froh, jetzt hast du einen Auftrag, Tarik! Eine Mission!“ Ich schüttle den Kopf. „Du hast vier Wochen Zeit. Am letzten Freitag des Monats treffen wir uns in der Nacht auf Samstag nach Mitternacht. Ich bekomme die Fotos, du die Beute, und das war’s.“

„Auf keinen Fall“, sträube ich mich. „Ich mach das nicht.“

„Du kennst den McDonald’s beim Grünwalder Stadion?“

„Ich mach das nicht“, wiederhole ich. „Setz mir eine Pistole an den Kopf und ich geh da trotzdem nicht mehr hin. Nicht am Tag und garantiert niemals in der Nacht.“

Er spielt mit seinem Oberlippenbart, seine Finger zittern. „Das ist der Treffpunkt. Ich warte vor dem McDonald’s. Sagen wir zwei Uhr dreißig. Zwei Uhr dreißig ist perfekt.“

Wir verlassen das Einkaufszentrum, die Sonne brennt vom Himmel, gut gelaunte Menschen schieben sich dichtgedrängt durch die Straßen, der Wetterbericht verspricht über dreißig Grad, alle sind draußen, alle sind aufgeregt und laut. Wir gehen zu einem Café, eines von Ntebas Lieblingslokalen, Beer bestellt, ohne mich zu fragen, zwei Tassen Kaffee.

„Das muss alles hundertprozentig glatt laufen", sagt Beer, als wir uns an den einzigen Tisch setzen, der nicht im Schatten steht. „Es gibt keine zweite Chance."

Beer hat kein einziges graues Haar, aber das Schwarz ist verdächtig schwarz, ein bisschen künstlich, ein bisschen unecht. „Das sind Psychos", sage ich. „Was glaubst du, machen die mit mir, wenn die rausfinden, dass ich für die Bullen spioniere? Ich hab getan, was du wolltest, mehr mach ich nicht. Mein Job ist erledigt. Von Einbrechen war nie die Rede."

„Ich kenne deine Akte besser als meine Frau. Du schaffst so einen Tresor mit links." Er sieht mich an, wartet auf eine Reaktion, aber ich schaue nur auf die Tischplatte und schüttle den Kopf. „Du hast doch auch kein Problem, einen LKW mit Fernsehern leer zu räumen."

Ich schnaube verächtlich. Er mustert mich, streicht sich wieder nervös durch den Bart. „Sag mir einen Grund, warum ich das tun sollte."

„Warum solltest du ins Gefängnis wollen, wenn ein einfacher Bruch die Lösung ist? Warum solltest du auf eine fette Beute verzichten?"

Ich lege den Kopf in den Nacken, schließe die Augen. „Ich beklau diese Leute nicht. Um kein Geld der Welt. Ich liebe mein Leben. Das, was du forderst, würde nur ein Lebensmüder oder Bekloppter machen", sage ich ihm langsam und deutlich.

Beer lehnt sich zurück, klopft die Unterkante seines metallenen Feuerzeugs auf den Tisch und zündet sich dann eine Zigarette an. Er bläst den Rauch in meine Richtung: „Was ist das Leben ohne Freiheit? Drei Jahre sind eine lange Zeit, Tarik."

„ICH HABE DIESEN GOTTVERDAMMTEN FERNSEHER NICHT GEKLAUT!"

„Pst", sagt Beer belustigt. „Nicht so laut. Ich möchte hier noch öfters meinen Kaffee trinken."

„Fuck", fluche ich. „Fuck, fuck, fuck."

„Ich verlange nichts von dir, was du nicht sonst auch tust."

„Der Hobbit trägt ne Waffe. Scheiße, der trägt ne Pistole bei sich! Wenn ich da einsteige, jagt der mir ohne Vorwarnung ein paar Kugeln in den Arsch! Bamm! Bamm! Bamm!"

„Keine Panik, Meister. Pass mal gut auf: Abdelkader und seine Brüder werden lückenlos vom Verfassungsschutz beobachtet, die können nicht mal auf dem Klo kacken, ohne dass jemand mitschreibt, wie viel und welche Farbe. Die können keine Minute einen Porno im Internet ansehen, ohne dass die NSA weiß, ob die Akteure *Teens* oder *Trannys*, Ziegen oder Homos waren. Auch die Besucher werden jetzt jeden Tag, jede Nacht von Polizei und Verfassungsschutz kontrolliert, nichts und niemand kommt da rein oder raus, ohne auf Herz und Nieren überprüft worden zu sein, ohne dass irgendein Telefongespräch oder auch nur eine SMS, E-Mail, WhatsApp-Nachricht, was auch immer verborgen bleibt. Ich garantiere dir: Um einen weiteren Anschlag wie in Hamburg zu verhindern, wird so viel Geld für den Derwisch ausgegeben, damit könnte man 1860 zwei Stadien in Giesing bauen."

„Millionen Euros zum Fenster rausschmeißen, weil so n Kerl Halbstarke aufhetzt? Da wüsste ich aber billigere Lösungen."

Beer mustert mich. Er sieht mir in die Augen, ich halte seinem Blick stand. „Die Affen in diesem Tempel sind nicht einmal unsere größte Sorge", sagt er. „Die Schläfer sind der Grund, warum einige wichtige Leute in dem Land vor Angst schwitzen." Er schnippt die Asche auf den Boden.

„Du glaubst also, dass es diese ominösen Schläfer gibt?"

„Ich weiß es nicht. Keiner weiß es mit Sicherheit. Aber wenn es sie gibt, stellt sich die Frage, ob, und wenn ja, *wie* sie mit dem Derwisch und dem harten Kern kommunizieren. Nicht über Handys, Facebook, E-Mails, X-Box, WhatsApp, Skype, was weiß ich, was es da gibt, auch nicht über Briefe oder Zettel, denn die wissen genau, dass der Verfassungsschutz zu viele von ihnen rund um die Uhr observiert und abhört. Aber wenn Abdelkader Hamburg zu verantworten hat, dann muss er auf eine bestimmte Weise mit diesen Leuten kommuniziert haben, die wir noch nicht kennen." Er beugt sich vor, stützt den rechten Ellbogen auf dem Tisch ab, ballt seine Faust. „Und jetzt kommst du ins Spiel: Jeden Freitagmorgen kommt ein Putzdienst in das Gebetshaus. Meist zwei bosnische Frauen, beide sauber, auf Herz und Nieren überprüft. Wie der Chef der Reinigungsfirma scheinen die absolut nichts mit dem Derwisch am Hut zu haben. Komischerweise nehmen die aber hie und da den Restmüll mit. Nicht den ganzen Müll, nein, nur ein, zwei kleine Säcke. Und was das Ganze so verdächtigt macht: Bis die beiden den Müll abholen, steht der fast drei Tage lang im Zimmer seiner Heiligkeit. Der stinkende Restmüll, verstehst du?" Beer drückt seine Zigarette aus, obwohl sie nur zu einem Drittel abgebrannt ist. „Du, Tarik, steigst da ein und schaust nach, was die im Müll verstecken. Nebenbei knackst du den Tresor, so kommt keiner von den Brüdern auf die Idee, dass du es auf den Müll abgesehen hast. Der muss auch wieder ganz schön verschnürt werden, ist das klar?"

„Ach du Scheiße. Du meinst das alles ernst."

„Ernster hast du mich nie gesehen. Das ist eine wichtige Sache und du bist der richtige Mann dafür. Einmal im Leben kannst du was für die Gesellschaft tun."

„Hä?"

„Für die Leute hier bist du doch nur Unkraut.", fährt er flüsternd fort.

„Unkraut?"

„Naja. Stell dir München als Garten mit vielen bunten, schönen Blumen vor. In dem Garten bist du das Unkraut.

Würde man eine Umfrage machen, würden dich neunundneunzig Prozent zum Teufel wünschen. One-Way-Ticket in die Türkei." Er packt mich an der Schulter, schüttelt mich. „Zeig denen, dass du mehr wert bist."

„Die würden doch gar nie erfahren, was ich getan habe, sonst bin ich doch ein toter Mann."

„Dann beweis es dir selber, Mensch."

„Und warum fängst du die beiden Damen vom Putzdienst nicht einfach ab und lässt die Säcke von Profis durchsuchen? Zack! – Problem gelöst."

„Geht nicht. Dann wissen die, dass wir was wissen, verstehst du?"

„Wer sind *wir?*"

Beer zuckt mit den Achseln. „Das hat dich nicht zu interessieren. Fotografiere, was wichtig sein könnte. Jede Notiz, jede noch so unscheinbare Kritzelei."

„Wer sind *wir?*", wiederhole ich. „Arbeitest du mit dem Verfassungsschutz zusammen?"

„Nicht offiziell."

„Wow", sage ich. „Das klingt beruhigend. Wie zum Teufel soll ich nun unbemerkt reinkommen? Hast du darauf eine Antwort, die Sinn macht? Wenn du nicht offiziell mit dem Verfassungsschutz zusammenarbeitest, kannst du die Leute auf dem Parkplatz wohl auch kaum abziehen, hab ich Recht?"

„Nein, kann ich nicht, auf die habe ich keinen Einfluss. Deshalb musst du auch seitlich einsteigen."

„Da sind also Leute auf dem Parkplatz und Abdelkaders Nachtwächter im Haus. Ey, wäre ich Iron Man, ich würde ja sagen. Wär ich James Bond, ich wär dabei. Ich bin aber nur ich, ich habe keine Superkräfte."

Beer lässt sich nicht beirren. „Du bist der Anatolische Panther, das genügt." Er klopft mit dem Löffel nervös auf den Tisch. „Alles könnte wichtig sein, hörst du? Du darfst nicht entscheiden, was wichtig und unwichtig ist, das musst du uns überlassen. Die kommunizieren nicht über USB-Sticks oder Chips, da sind wir uns sicher."

„Wie soll ich da reinkommen, wenn es Nachtwächter gibt?“, frage ich nochmal, aber Beer interessiert das offenbar immer noch nicht.

„Ich hab dich ein bisschen gegoogelt. Ich versteh ja nichts von Fußball, aber ...“ Er sieht mich an und nickt anerkennend. „Ein Journalist von *11 Freunde* hat dich also einmal *Anatolischer Panther* genannt?“

„Hm.“

„Ist doch ein Kompliment sowas! Kannst du stolz drauf sein!“

„Gab nen Shitstorm. Manche haben gemeint, das wär rassistisch.“

„Ach, Quatsch.“

„Ich fand's ja cool. Ich hab's mir sogar tätowiert.“ Ich schiebe den rechten Ärmel des T-Shirts hoch, präsentiere Beer den Panther.

„Warum bist du nicht beim Fußball geblieben? Haben sie dir beim Dopingtest die Kifferei nachgewiesen?“

„Es ist vieles zusammengekommen“, sage ich und seufze. „Keinen Bock, darüber zu reden.“

„Na, komm! Raus mit der Sprache.“

„Hat mir keinen Spaß gemacht.“

„Das kann es wohl nicht sein. Das Leben als Kleinganove macht mehr Spaß? Einem Teenager das iPhone klauen? Das Dealen, das Einbrechen?“

„Was soll ich sagen? Du zwingst mich ja dazu.“

Beer zündet sich eine Zigarette an. Er nickt, sieht mich an, scheint aber die meiste Zeit gar nicht anwesend zu sein. Ich trinke den Kaffee, schwarz und heiß, ich trinke ihn wütend. Ich verschwende meine Zeit. Nie im Leben werde ich mich mit dem Derwisch anlegen.

„Das ist alles nicht fair“, versuche ich es noch einmal. „Ich hab den verdammten Fernseher nicht geklaut, und das weißt du. Ich war nicht dabei. Und jetzt soll ich mein Leben riskieren? Ich bin doch Kanonenfutter bei dem Plan. Wenn die mich erwischen oder rausfinden, dass ich es war, der sie bestohlen hat ... Hast du dir mal auf YouTube angeschaut, wie die manchmal ausflippen, wenn Abdelkader ne Rede hält? Die würden mich lynchen. Ich lüge nicht. Die würden mich zu Tode prügeln oder bei lebendigem Leib anzünden. Der Derwisch ist zwar locker drauf und so ... Ich mein, mehr oder weniger ... Aber seine Anhänger ... Denen traue ich alles zu."

Beer ignoriert mich, spielt mit seinem Smartphone. Schließlich nimmt er eine Serviette vom Nebentisch, holt einen Stift aus seiner Hosentasche und zeichnet einen Grundriss auf. „Das ist der obere Stock. Hier ist Abdelkaders Zimmer, links, am Ende des Ganges. Dort befindet sich der Tresor, dort findest du die Müllsäcke."

„Okay", sage ich höhnisch, „und die Männer auf dem Parkplatz und in der Überwachung schalte ich mit ner Bazooka aus."

„Dir wird schon was einfallen. Du bist der Profi, Tarik."

„Ich steig nicht in Hells Angels-Clubs oder bei nem russischen Mafiaboss ein, und schon gar nicht in Moscheen, in denen Radikale hocken. Das tun nur Leute, die einen an der Klatsche haben."

„Ruhig Blut", sagt Beer. „Wenn du hundertprozentig weißt, wie das läuft mit der hausinternen Security, mit den Kameras, dann wird das kein Problem sein. Sei ehrlich zu dir selbst. Du hast schon Schwierigeres gemacht."

„Ich weiß doch schon, wie das läuft mit der Security, ich muss da nichts mehr rausfinden. Das Licht hat die ganze Nacht in einem Raum gebrannt und am Morgen um sechs war Schichtwechsel, da ist ein Kerl rausgekommen und fünf sind rein. Diese Moschee ist eine Festung. Hast du was anderes erwartet? Hast du geglaubt, da kann man einsteigen wie in einen Giesinger Fahrradkeller? Wer weiß, vielleicht schlafen da sonst noch Leute drinnen. Vielleicht beten sie auch in der Nacht ... Alles möglich!"

„Das Haus ist als Gebetshaus registriert", sagt Beer. „Es ist deshalb nicht erlaubt, dass Menschen dort übernachten.

Die Stadt kann den Derwisch nicht loswerden, sie macht ihm das Leben aber so schwer wie möglich. Es darf nur ein Sicherheitsmann über Nacht in dem Haus bleiben." Beer sieht mich fragend an, mit einem Lächeln, als würde er hier eine Einlage für eine Geburtstagsparty seines besten Freundes planen. „Mensch, Tarik, du kriegst das doch hin, oder? Du verpfuscht das doch nicht?"

Ich strecke meine Beine aus, mein rechter Fuß berührt seinen linken. Ich ziehe ihn reflexartig zurück. „Ich mach das nicht", sage ich. „Du willst mich da in was reinziehen ... Das ist richtig übel ... Das ist gefährlich ..."

Beer schweigt und ich trinke den restlichen Kaffee. Als ich die Tasse absetze, sagt er: „In dem Tresor ist eine Viertelmillion. Vielleicht auch eine halbe oder mehr."

„Quatsch. Dann würde doch nicht nur ein Mann das Haus in der Nacht bewachen."

„Abdelkader weiß, dass der Verfassungsschutz die ganze Nacht vor Ort ist. Der denkt doch nicht im Traum daran, dass da jemand einsteigen könnte. Und gerade deshalb wird es gelingen. Weil Abdelkaders Haufen das nicht erwartet."

„Woher sollen die so viel Geld haben?"

„Nicht nur Loser folgen dem Affen", sagt Beer. „Der hat auch unter sehr wohlhabenden Leuten seine Fans. Wir wissen von einem prominenten Rapper, der ihm regelmäßig eine Menge Geld überweist. Da ist auch ein libanesischer Clanboss aus Berlin, der sehr großzügig spendet, Akademiker, die bei deutschen oder internationalen Topfirmen arbeiten ..."

„Eine halbe Million? Und ich darf das Geld behalten?"

„Jeden Cent. Was immer im Tresor ist, gehört dir. Das nimmt dir keiner weg."

„Scheiße ... Scheiße, ich glaub das nicht."

„Dein Pech."

„Nein, nein, du lässt mir keine halbe Million."

„Du hast die Wahl: drei Jahre Gefängnis oder kein Gefängnis, dafür ein paar hunderttausend Euro."

„Fuck ..."

Es ist ein verdammt heißer Tag, ich möchte in den Englischen Garten, dort liegen jetzt die hübschen Mädchen in knappen Shorts oder Bikinis. Wie faule Robben am Strand. Räkeln sich, genießen die Sonne, das Leben, haben wilde Gedanken. So viel Haut, so viel Haar, so viel neckische Blicke. Dort schreibt Yiannis gerade einen neuen Rapsong über seine alte Heimatstadt Thessaloniki, während Doogie sich einen weiteren schweren Sonnenbrand holt und von seinem nächsten Tattoo träumt. Dort ist das Leben, hier ist der Tod.

„Ich könnte meine Jungs fragen", sage ich.

Beer lacht. „Ausgeschlossen. Lass die Jungs mal schön aus dem Spiel."

„Wir sind n gutes Team."

„Schau, Tarik ... Ihr seid Kleinganoven. Abdelkader ist eine Nummer zu groß."

„Aber das sag ich doch die ganze Zeit", zische ich. *„Dass das nichts für mich ist!"*

„Für dich alleine vielleicht nicht. Aber du hast einen Vollprofi an deiner Seite."

„Ich verstehe nicht."

„Der Zigeuner."

Ich hole tief Luft. „Jetzt im Ernst? Du lässt mich beobachten?

„Ach, was, ich habe nur ein paar gute Quellen."

„Was soll das heißen?"

„Akzeptier's einfach."

„Das gibt's doch gar nicht ... Ich glaub, ich bin hier im falschen Film."

„Der schwarze Teufel ist auch nicht gerade eine Unterweltgröße, spielt aber in einer anderen Liga als deine Giesinger Saufkumpanen. Wenn du wen brauchst, nimm deinen neuen Freund Ibo Breazu."

„Woher weißt du das?"

„Ich habe doch gesagt, ich habe meine Quellen."

Ich fluche leise. Beer rührt umständlich im Schaum des Kaffees, dann schlürft er ihn. „Hast du eigentlich nie überlegt, zurück in die Türkei zu gehen?“

„Warum sollte ich?“

„Schau mich nicht so an. Ich hab gedacht, ihr Türken liebt euren Anführer so sehr.“

„Ich nicht. Ich liebe meine Jungs, ich liebe Giesing.“

„Wo lebt denn deine Familie?“

„Baba ist meine Familie.“

„Keine Verwandten im Land?“

„Ich hab mit denen nichts zu tun.“

„Ein Türke ohne Familie, das ist doch wie ein Russe ohne Wodka.“

Ich zucke mit den Schultern. „Hab's nie anders gekannt.“

„Hast du eine Freundin?“, fragt er.

„In Kuba, ja.“

„Kuba? Na, schau! Eine Negerin gar?“ Beer tippt mir auf die Brust. „Wäre ich du, ich würde abhauen“, sagt er. „Wenn du die Sache erledigt hast, würde ich die Koffer packen, zum Flughafen und ab nach Kuba, One-Way-Ticket. Mit dem Geld, das du verdienen wirst, kannst du dir dort was aufbauen.“

„Ich bin auf Bewährung.“

„Ich helfe dir. Ich helfe dir aus dem Land, wenn alles vorbei ist. Ich kann dir sogar einen gefälschten Reisepass besorgen, wenn das nötig ist. Aber dann hau ab, schau nicht zurück, komm nie wieder. Mensch, Tarik.“

Ich sehe auf das Display meines Handys. „Ich muss jetzt nach Hause“, sage ich. „Muss mich um meinen Alten kümmern.“

Beer nickt, sieht auf seine Armbanduhr, fuchtelt wieder an seinem Bart herum. „Respekt dafür. Dass du deinen Großvater nicht im Stich lässt. Find mir einen Deutschen, der das für seinen Großvater tut. In deinem Alter! Das gibt's nur noch bei euch Türken.“

Ich glotze auf meine Handflächen, weiß nicht, was ich sagen soll. Wenn mir jemand sagt, ich sei Türke, möchte ich ihm entgegnen, ich bin doch Deutscher, wenn mir hingegen jemand sagt, ich sei Deutscher, möchte ich genauso protestieren.

Ich weiß nicht, was ich bin. Und ist es denn so wichtig?

„Überprüf den Müll in der Moschee", sagt Beer. „Danach kannst du ein Ticket nach Kuba buchen, kein Mensch wird dich aufhalten, darauf mein Wort."

Er streckt mir seine rechte Hand entgegen, und seltsamerweise glaube ich, dass jemand wie Beer sein Wort hält, dass niemandem auf dieser Welt ein Ehrenwort mehr wert ist. Ich spucke in meine Handfläche und lächle, und es muss ein irres Lächeln sein, ein böses Lächeln, denn Beer zieht die Augenbrauen hoch und macht's mir gleich, rotzt in seine rechte Hand und schlägt dann ein. Sein Händedruck ist kräftig, unsere Blicke treffen sich für einen kurzen Augenblick auf eine intensive Art und Weise, die ein komisches Gefühl in mir auslöst.

Auf dem Weg zur U-Bahn spüre ich, dass ich heute noch was erleben muss. Ich brauche eine Party. Ich brauche die volle Dröhnung. Vielleicht ist's eine der letzten Nächte, die ich feiern kann. Vor mir liegen ein paar Jahre im Knast oder ein Leben im Exil.

***

Die Moschee regelmäßig zu besuchen fällt mir leichter, als ich mir vorgestellt habe. Ich mag die Stille in dem Haus, wenn im großen Raum im Erdgeschoss gebetet wird, den Duft nach exotischen Räucherstäbchen und Tee, der mich ein bisschen an die Zeit in Babas alter Wohnung erinnert. Mein Tagesablauf ist nun geordnet: Ich habe jeden Morgen ein Ziel, wenn ich aufwache und aufstehe. Ich komme mit den Männern ins Gespräch, es sind verschiedene Menschen aus allen möglichen Ländern mit allen möglichen Geschichten in diesem Haus. Manche sind schweigsam, verschlossen, sie beäugen mich und jeden Neuen misstrauisch, an die ist kein Rankommen. Die deutschen Konvertiten hingegen sind fast alle durchgeknallt, ich schaffe es nicht, mich mit ihnen zu unterhalten, sie sind wie Roboter, die man nur darauf programmiert hat, gegen Juden, Christen und Schwule zu hetzen und ihre politische Propaganda loszuwerden. Im Großen und Ganzen sind aber einige der Jungs in dem Haus auf den ersten Blick ganz in Ordnung, und solange es nicht um religiöse Pflichten oder Weltpolitik geht, komme ich gut mit ihnen klar.

„Geh nicht in dieses Haus ... Hörst du mich, Tarik?", ruft Baba, als ich gerade zur Tür raus will.

„In welches Haus?"

„Beim Einkaufszentrum."

„Welches Haus?", frage ich noch einmal.

„Du weißt genau, was ich meine."

„Du meinst unsre alte Moschee?"

„Das ist keine Moschee mehr", sagt Baba. „Nenn das nicht Moschee. Das sind Gotteslästerer. Fanatiker. Die haben nicht unseren gütigen Allah, die haben nur Hass im Herzen. Du hast doch genug in der Birne, du weißt doch, dass das alles Märchen sind, was diese Araber da erzählen."

„Ach, Baba, von was redest du?"

„Ich habe gehört, wie du mit Ibo am Telefon über den Derwisch gesprochen hast. Diese Araber sind gefährlich."

„Das sind nicht nur Araber. Sind ne Menge Türken, Bosnier, Albaner und Deutsche dabei."

„Egal, was sie sind", sagt Baba. „Sie erzählen Märchen aus Tausendundeiner Nacht. Außerdem nennt sich der Prediger Derwisch. Das ist eine Beleidigung für alle wahren Derwische. Er hat nichts mit den Sufiorden zu tun. Nichts mit Mystik, nichts mit dem aufrichtigen Glauben an Allah und seinen Propheten, *ṣallā 'llāhu 'alayhi wa-sallam*. Ich möchte nicht, dass mein Sohn in seine Kreise gerät."

„Keine Angst. Ich liebe Drogen und Sex und Hip-Hop, darüber beschwerst du dich doch ständig."

„Wie soll ich wissen, ob du dich nicht verstellst? Das tun die doch ständig. Das liest man doch überall, dass ein unauffälliger Junge zum Amokläufer wird und die Mutter ist danach überrascht. Nein, nein, ich verbiete dir, dorthin zu gehen."

Ich nicke, während ich mein Handy kontrolliere, habe wieder einmal vergessen, den Akku aufzuladen, das Warnsignal blinkt rot. Doogie hat dreimal angerufen, als ich in der Dusche war. Doogie flippt aus, wenn man seine Anrufe nicht sofort beantwortet, und genau deshalb ignorieren wir ihn oft mit Absicht, das treibt ihn zur Weißglut.

„Versteh mich bitte nicht falsch", fährt Baba fort, „ich finde es gut, dass du betest. Es macht mich stolz und glücklich, dass ich meinen Enkel zu einem gläubigen Menschen erzogen habe. Aber ich möchte nicht, dass du mit diesen Leuten verkehrst. Sie wissen nichts von Allah, sie verbreiten Lügen in seinem Namen. Sie begehen Schandtaten in seinem Namen. Das ist eine Sünde, größer als jede Sünde, die sie glauben, in den Taten anderer zu sehen."

Baba fängt zu predigen an, ich weiß, dass es gut gemeint ist, aber ich höre nicht wirklich zu, er sagt nichts, was ich nicht selber wüsste. Ich stehe immer noch in der Haustür und versuche Doogie zu erreichen, aber es ist besetzt.

„DER DERWISCH IST GEFÄHRLICH!", bellt Baba. „DER DERWISCH IST VERRÜCKT!"

„Sind wir doch alle", sage ich. „Ist doch längst n Narrenhaus, die Welt. Eine Klapse, in der alle im offenen Vollzug sind. Scheißegal, ob links, rechts, jeder verdreht die Wahrheit, wie er will ... *Zwei mal drei macht vier, widde, widde, witt, und drei macht neune, ich mach mir die Welt, widde, widde, wie sie mir gefällt* ... Wer braucht schon Fakten, wenn man die Wahrheit fühlen kann? Es muss nur ins eigene Weltbild passen."

„Versprich mir, dass du nicht in diese Moschee gehst."

Ich lache. „Baba, im Ernst, ich bin nicht zu dem Islamistenpack übergelaufen. Ich bin keiner, der Unschuldige umbringt! Ich bringe ja nicht mal die Schuldigen um ... Du hast mir Ehre beigebracht ... Nein, nicht diese verlogene Kanaken-Macho-Ehre, dass ich meine Schwester umlegen darf, wenn sie mal wen bumst, der nicht mit mir verwandt ist ... Scheiße nein ... Aber dass n Mann seinen Glauben leben muss ... Egal, was das Gesetz sagt, egal, wie viel Geld man verliert ... Du hast aus mir einen stolzen Mann gemacht, nen Mann voller Ehre – die kann mir keiner nehmen. Hörst du mich? Kannst du mich hören? Dafür danke ich dir, Baba. Die da draußen sehen in mir nur nen Drogendealer, nen kriminellen Kanaken, die sehen nicht mein Herz. Die können gar nie so glücklich sein, wie ich es mit dir war. Mit den Jungs. Mit Nteba. Das Glück ist vorbei, das weiß ich, aber das, was war, können sie mir nicht nehmen. Das, was war, das ist für immer."

Baba lässt nicht locker. „Du kennst doch den Fatih aus meiner Moschee, seine Frau hat uns früher jeden Freitag Lahmacun geschenkt."

„Der Beşiktaş-Fan?"

„Der kleine, dicke. Fatih Kılıç."

„Alle Beşiktaş-Fans sind klein und dick."

„Sein Sohn, der Ali, der war auch Stammgast im Gebetshaus des Derwischs. Ein paar Monate lang. Vor ein paar Wochen ist er auf dem Weg von der Moschee nach Hause verschwunden."

„Woher weißt du das?", frage ich.

„Fatihs Frau muss zum selben Doktor im Krankenhaus wie ich."

„Ich kenne Ali", sage ich. „Nur flüchtig, aber ich hab den immer für voll korrekt gehalten. Was hat der mit diesem Abdelkader zu tun?"

„Seine Mutter ist davon überzeugt, dass der Derwisch ihn umbringen lassen hat."

„Ach, bitte. So einer wie der Derwisch-Clan wird doch rund um die Uhr vom Verfassungsschutz beobachtet, der kann nicht so einfach Leute umbringen."

„Ich traue dem Mann alles zu."

„Wird schon wieder auftauchen, der Ali. Vielleicht hat er sich ne hübsche Braut geschnappt, eine, die er sich nicht schnappen hätte dürfen, und macht sich n paar schöne Tage im Süden. Vielleicht hat er sich sogar nen Kerl geschnappt, nen süßen südländischen Lover, oh, là, là. Der Ali trägt doch manchmal diese hautengen pinken T-Shirts ..."

„Hör auf, Unsinn zu quasseln", sagt Baba. „Dieser Derwisch ist gefährlich! Warum unternehmen die Deutschen nichts dagegen? Haben die Spaß daran, dass man sie mit Äxten und Gewehren jagt?"

„Die Deutschen sind die Deutschen. Die würden ihre Ärsche an jeden verkaufen, nur damit sie nie mehr kämpfen müssen."

Auf dem Weg zur Moschee google ich Ali. Mehrere Nachrichtenseiten berichten, dass er ein Anhänger Abdelkaders war und spurlos verschwunden ist. Es gibt sogar eine Facebook-Seite, Freunde haben sie offenbar eingerichtet. Dort bitten sie um Hinweise, um Spenden, die wildesten Verschwörungstheorien kursieren: CIA und Mossad oder der russische Geheimdienst FSB sollen ihre Hände im Spiel haben und ihn an einen unbekannten Ort gebracht haben, wo er gefoltert wird, um Geheimnisse über den Derwisch preiszugeben. Ich finde sogar einen englischsprachigen Artikel. Ein Foto zeigt Alis Eltern, beide auf der Couch in ihrem Wohnzimmer, der Vater hat den Arm um die Schultern seiner Frau gelegt und weint.

Weinende Männer haben mich immer verstört. Vielleicht hat Sugo-Joe recht und Männer sollten nicht weinen. Ich habe ein Gefühl von Fremdschämen und gleichzeitig schäme ich mich für dieses Gefühl. Fatih vermutet, dass sein einziger Sohn ermordet worden ist. Würde ich nicht auch weinen?

***

Ein weiterer Freitagnachmittag, an dem die Moschee aus allen Nähten platzt. Alle wollen der Predigt des Derwischs lauschen. Nach Abdelkaders Auftritt und dem üblichen Gebet möchte ich auf die Toilette, um wirklich sicher gehen zu können, dass das Fenster nicht alarmgesichert ist, aber ein großer, gutaussehender Araber versperrt mir den Weg. „Das ist nicht öffentliche Toilette“, sagt er und legt eine Hand auf meine Brust.

„Da war ich aber beim letzten Mal auch.“

„Dann warst du falsch. Dort drüben ist für euch. Hier ist für Abdelkader al-Anbari.“

„Willst du mir sagen, ich hab die heilige Toilette des Derwischs entweiht?“

Der Araber überlegt einen Moment, dann stößt er mich zurück. „Vorsicht“, sagt er und flucht dann leise auf Arabisch.

Ich mache eine entschuldigende Geste, drehe mich um, da steht der schwule Hobbit vor mir. Sein Kopf ist so breit wie hoch, seine Lippen sind dünn, seine Zähne etwas gelblich. „Dich suche ich“, sagt er und sein Mund zuckt merkwürdig, ehe er fortfährt: „Du sollst hochkommen zu Abdelkader.“

„Ich?“

„Möchte mit dir reden.“

„Ich hab nen dringenden Termin“, weiche ich aus. „Mein Baba ... Ich mein ... Mein Großvater hat nen Arzttermin.“

„Dauert nur ganz kurz“, sagt Elias und packt mich sanft am Arm, führt mich durch die Menge und die Treppe hoch in den ersten Stock. Ich zähle nicht weniger als elf junge Männer mit langen Bärten, die Spalier stehen, ehe ich das Zimmer des Derwischs erreiche. Die Männer stehen schweigend in einem finsteren Gang, ein schäbiger Teppich liegt auf einem dunklen Holzboden, alte Glühbirnen hängen ohne Lampenschirme von der Decke, das einzige Fenster ist durch einen Vorhang abgedunkelt – schwer vorzustellen, dass in dem Tresor eine halbe Million Euro liegen soll. Mein Blick streift die Decke, genau wie beim Treppenaufgang gibt es zwei Überwachungskameras. Die Langbärte sehen mich verächtlich an, als wüssten sie, dass ich nicht nur ein gottverdammter Sünder, sondern auch noch ein Spion bin, der im Auftrag des Staates hier ist und ganz cool nebenbei auch noch ihren Goldschatz für ihren Heiligen Krieg rauben will. Sie alle tragen dieselben Bärte, haben dieselben ernsten Mienen, ganz im Gegensatz zu den vielen Besuchern des Freitagsgebets im Untergeschoss, den vielen Männern, die aussehen wie Studenten nach einem kurzen Alaska- oder Karibik-Trip mit Hipsterbärten und Brillen, deren Mienen alle irgendwie Freude und Aufregung, Aufbruch und Revolution ausstrahlen. Die Feindseligkeit, die ich in den Gesichtern der Auserwählten lese, macht mich nicht nur unruhig, ich nehme sie auch persönlich. Am liebsten würde ich ihnen ins Gesicht schreien, was ich vorhabe, und der Gedanke versetzt mir einen Adrenalinkick, der mein Herz rasen lässt.

Euer Gott ist nicht mein Gott.

„*Allāhu akbar*!“, ruft mir einer der Männer hinterher.

„*Allāhu akbar*!“, antworte ich.

Darauf folgt nur betretenes Schweigen.

Ich verstehe diese Männer nicht. Ich kann die Wut bei all der Ungerechtigkeit, der Umweltzerstörung, den Kriegen, dem Hunger und dem Elend auf der Welt nachvollziehen. Aber *das* soll die Antwort sein? *Das* soll die Welt besser machen?

Egal, was der Derwisch mir versprechen würde. Egal, wie viele Fotos und Videos ich von Assads Folteropfern oder

Putins Luftangriffsopfer in Syrien sehe. Ich werde nie zu den Brüdern gehören. Ich werde diese Welt nie als Alternative sehen.

Auch ich glaube an einen Gott. Auch ich glaube an das Paradies, und ich versuche ja, ein guter Mensch zu sein, das hat mir Baba beigebracht, ich versuch's, ich schwör, jeden Tag! Und wenn ich scheitere, wenn so eine Omma auf den Asphalt kracht und sich das Steißbein bricht, weil ich high war, weil ich ein Idiot war, dann fühle ich mich schlecht und bitte um Verzeihung und ich nehme auch jede Strafe an, aber *Allāhu akbar*, wie dumm kann man sein zu glauben, dass man ins Paradies kommt, indem man ein kleines Kind zerfetzt, eine schwangere Frau, einen liebenden Vater, der sich um seine Familie kümmert? Wie kann man glauben, dass man belohnt wird, wenn man Menschen mit einer Bombe Arme und Beine wegreißt, Gefangenen mit Messern die Augen aussticht, den Schwanz abschneidet, sie in ein Säurebad taucht, in Käfige sperrt und darin lebendig verbrennt, wie kann man das Paradies erwarten, wenn man Schwule von Hausdächern schmeißt, Kinder und Frauen kidnappt, versklavt und vergewaltigt, das Leben von so vielen Menschen und das ihrer Lieben zerstört? *Allāhu akbar*, so einen Gott, den gibt es nicht. Gott ist groß und gerecht und weise wie ein Vater, sonst ist er nichts als ein Teufel. Ich bete zu ihm, jede Nacht vor dem Einschlafen, jede verdammte Nacht bete ich zu Allah, egal, ob ich drei Promille habe oder mir der Rauch von zehn Joints zu den Ohren rauskommt. Jede Nacht verabschiede ich mich von Allah. Jeden Morgen spreche ich mein Gebet, um ihn zu bitten, über mich zu wachen.

Al-Hamdu li-Llāh, ich danke für mein Leben und lobe seinen Namen.

Über der Tür, die zu Abdelkader al-Anbari führt, befindet sich eine weitere Kamera. Ein Mann in Anzug und Krawatte öffnet uns und verlässt den Raum. Der Derwisch sitzt im Schneidersitz auf dem Boden, barfuß, leger gekleidet, ein

Handy und ein Napf neben ihm auf den Boden. Unter dem Derwisch der bloße Holzboden, kein Teppich, kein Kissen unter seinem Hintern. Er schaut nicht auf, begrüßt mich nicht. In der Ecke sitzt ein vollbärtiger, korpulenter Mann in Militärklamotten voller Abzeichen auf der Brust, in der Hand etwas, das wie eine Machete aussieht. Elias nimmt seinen Platz ein und der Typ mit der Machete stapft an mir vorbei hinaus. Er wirkt gelangweilt und ein bisschen zugedröhnt, glotzt mich mit offenem Mund an.

Der Hobbit bittet mich, hinzuknien. Dabei beuge ich den Kopf verschämt, kneife meine Augen etwas zu, damit ich unauffällig den Tresor suchen kann, sobald ich Mut dafür habe. Ich atme tief, atme fest, bis der Derwisch furzt. „*As-salāmu 'alaikum*“, begrüßt er mich.

„*Wa-'alaikum us-salām.*“

Er hält mir den Koran vors Gesicht. Ich beuge mich vor, lege die Stirn darauf und deute einen Kuss an. Der Derwisch legt den Koran auf seinen Schoß, faltet seine Hände. „Sprich, Bruder, sprich, was dich bedrückt.“

Ich kriege kein Wort raus. Ich weiß, ich sollte reden, ja, ich *möchte* reden, aber ich krieg einfach kein Wort raus. In meinem Kopf sitzt Homer Simpson und pfeift eine Melodie.

„Wenn jemand in dieses Haus kommt, hat er einen Grund“, sagt der Derwisch mit einer Stimme so sanft wie ein Pferdeflüsterer. „Bei all der Medienhetze, dieser gleichgeschalteten Judafisten- und Amipropaganda ist es geradezu eine Mutprobe hier aufzukreuzen. Viele junge Männer haben Angst, Ärger am Arbeitsplatz oder in der Familie zu bekommen.“

„Ich hab keine Angst. Ich glaube keiner Lügenpresse. Ich vertraue nur meinem Verstand.“

„So, so.“

Es riecht merkwürdig in dem Raum, intensiv nach exotischen Blüten, Tee und Hasspredigerfurz.

„Man hat mir erzählt, dass du früher schon in dieser Moschee gewesen bist“, sagt der Derwisch, „sogar als Fußballprofi, dabei könnte man glauben, so einer hätte ganz anderes im Kopf als Allah."

Ich schlucke. Einmal, zweimal – nützt nichts. Es fühlt sich an wie ein dickes Haar in meinem Rachen, das kitzelt und kratzt. „Wow", gebe ich völlig benebelt von mir. Es wirkt, als wäre der Raum leicht in Rauch gehüllt, durch die drei Fenster dringt Licht, das sich durch die gelben Vorhänge seltsam verfärbt und Muster auf dem Boden wirft. Wäre unter mir ein kleiner Teppich, ich wette, der würde in dem Moment abheben und mich fliegen lassen. „Das stimmt. Ich war öfters hier. Mit Baba ... Aber er ist jetzt krank."

„Linker Verteidiger bei 1860 München. Tarik Celal. *Der Anatolische Panther.*"

„Wow."

„Ich möchte über jeden Bescheid wissen, der in diesem Haus ein- und ausgeht", sagt der Derwisch und lächelt. „Ich habe mir erzählen lassen, dass du wie ein Panther deinen Gegenspielern hinterhergehetzt bist und sie mit einem riskanten Tackling fair zur Strecke gebracht hast."

„Naja ... Ich hab gern die Sense ausgepackt und den Gegenspieler über die Klinge springen lassen. Hat mir immer schon mehr Spaß gemacht, das Spiel zu zerstören, als Tore zu schießen."

Ich sehe ihm in die Augen, ich habe das Gefühl, in einer Schräglage zu sitzen und gleich vornüber zu kippen. „Du spielst nicht mehr?", fragt er.

„Doch, doch, aber nur zum Spaß."

„Es ist bedauerlich, dass deine Profikarriere beendet ist. Also, was hat dich zu uns zurückgebracht?"

„Ich mag deine Predigten", sage ich und quetsche dabei jedes Wort mit größter Mühe hervor. „Ich find die cool."

„*Cool.* Schön. Freut mich. Und? Lebst du auch nach ihnen?"

„Nach was?"

„Nach meinen Predigten."

Ich zucke mit den Schultern und versuche zu verdrängen, dass ich in Beers Auftrag hier bin, aber ich kann's nicht. Obwohl ich mich bemühe, cool zu wirken, wette ich, dass man mir auf hundert Metern ansieht, dass ich nervös bin. Nervöser als in dem Moment, als ich zum ersten Mal in der zweiten Liga eingewechselt worden bin. Das war in irgendeinem norddeutschen Kaff an einem eiskalten Freitagabend im November. Mein Trikot war von Anfang an schmutzig und stinkend, weil mir so ein betrunkener Opa mit altmodischer Mütze eine ordentliche Bierdusche beim Aufwärmen verpasst hat. *Scheißtürke* hat er mich genannt.

„Keine Angst", sagt er. „Ich erwarte nicht, dass jemand von heute auf morgen einer von uns wird. Es ist ein langer Weg für jeden Sünder. Und der Weg ist voller Hindernisse." Er nimmt meine Hände in seine. „Ich habe gehört, was du auf der Toilette gesagt hast."

Ich sehe verwirrt erst zu ihm, dann zu Elias, der nickt und flüstert: „Abdelkader hat gehört, was du mit mir besprochen hast."

„Elias ist mein Bodyguard", erklärt Abdelkader. „Ich habe auch noch andere, aber er ist der wichtigste. Der Mann war in Libyen, in Ägypten, in Palästina, in Syrien, im Irak, in Jordanien. Es gibt kaum ein Land auf dieser Welt, dass er nicht besucht hat, aber jetzt gibt es nur noch einen einzigen Platz, an dem Elias sein möchte, und der ist hier neben mir."

„Was habe ich auf dem Klo denn gesagt?"

Der Derwisch mustert mich. Er sieht aus der Nähe genauso jung und gut aus wie auf den Fotos und Videos im Internet. Der Kerl hat kaum Falten unter den Augen, ich finde kein einziges graues Haar in seinem Bart. „Dass es dich freut, dass die Mächtigen wieder Angst vor jemandem haben."

„War das falsch?"

„Du hast mir ein wunderbares Kompliment gemacht", sagt der Derwisch. „Warum gefällt dir, dass die Mächtigen Angst haben?"

„Weil sie glauben, dass sie mit uns machen können, was sie wollen."

„Sie glauben es nicht nur, sie tun es auch."

„Dir scheißen sie jedenfalls nicht auf den Kopf. An dir beißen sie sich die Zähne aus."

Abdelkader nickt und lächelt. „Von heute an kannst du mit mir über alles reden. Wie zu einem Bruder, Tarik. Wie zu einem Kameraden. Wenn du da bist für uns, werden wir da sein für dich. Und das ist keine Floskel. Sie nennen mich Rattenfänger, ich weiß. Überzeuge dich selbst, Tarik. Überzeuge dich, ob ich dich belüge oder hinter dir stehe, immer und jederzeit. Du kannst jederzeit dem Haus den Rücken kehren. Ich bitte dich nur um eine einzige Sache: Überzeuge dich erst, wer die Wahrheit sagt: sie oder ich. Versprichst du mir das? Gibst du mir deinen Schwur, dass du prüfen wirst, wer von uns dich belügt?"

Ich nicke.

„Du schwörst?"

„Ich schwöre, klar."

Als Elias' Handy klingelt, reicht er es dem Derwisch, und ich habe endlich etwas Gelegenheit, mir den Raum anzusehen. Trotz der Fenster ist der Raum düster, alle Möbel sind dunkel, die Fensterrahmen alt. Es schaut aus wie in einer Zauberkammer, in einer Ecke rechts von mir steht ein riesiger, altmodischer Globus, links an der Wand hängt eine Karte, die auch uralt zu sein scheint oder auf uralt gemacht worden ist, vor mir Regale mit Dosen und Büchsen. Ich frage mich, ob das nicht zu viel Zerstreuung ist für jemanden, der sein Leben doch nur Allah widmen will. Der Derwisch sagt nur zwei Worte während seines Gesprächs: *Hm* und *danke*, dann ist der Anruf auch schon beendet. Ich fühle mich ertappt, als er mich ansieht, als ich gerade auf die Karte glotze.

„Mein Baba ist unheilbar krank", sage ich schnell. Der Derwisch nickt, als wüsste er das längst. „Ist nicht leicht."

„Ist nicht leicht", wiederholt er. „Kümmerst du dich denn um ihn?"

„Klar tu ich das. Ist sowas wie mein Vater, der Alte. Der hat mich aufgezogen, ich schulde ihm viel.“

„Erzähl mir mehr über ihn, Tarik.“

„Red nicht gern drüber“, sage ich und entdecke auf dem Schreibtisch zwei Räucherstäbchen, von denen feine, dünne Schwaden aufsteigen. „Kann nicht ständig dran denken. Deprimiert mich. Kann ja nicht viel machen. Und ich krieg so ne Schweißwut.“

„Warum Wut?“

Mein rechter Daumen spielt mit der Narbe auf der linken Hand, wie immer, wenn ich nervös bin. „N Leben lang hat er geschuftet für seine Firma“, antworte ich. „Aber die haben ihn ohne Mundschutz arbeiten lassen. Bei all dem Staub und Dreck ... Heute ist das verboten, damals hat sich keiner darum gekümmert. Jetzt ist seine Lunge kaputt, ich mein ... richtig übel kaputt, jeder Atemzug fällt ihm schwer und tut ihm höllisch weh, er hustet wie Sau und pfeift aus dem letzten Loch ... Das ist richtig krass, wenn der hustet, nicht so wie wenn man ne heftige Erkältung oder ne ordentliche Grippe hat, nein, das klingt ganz schlimm. Glaubt mir keiner, der's nicht selber gehört hat ... Aber Baba ... Der kriegt kein Geld, keinen einzigen Cent Entschädigung ... Diese gottverdammten Dreckschweine lassen ihn elend krepieren. Sie sagen, dass er halt Pech gehabt hätte, und wenn ich nicht wäre ... Wenn ich nicht wäre, der würde in einem Loch dahinvegetieren ...“

„Allāhu akbar!“

„Und das Schlimmste ist ...“

„Ja?“

Ich fühle mich irgendwie high, meine Augenlider werden so schwer, ich habe kaum mehr Kraft in meinem Körper, selbst das Sprechen fällt mir immer schwerer, ich habe meine Zunge nicht mehr unter Kontrolle. „Manchmal wünsche ich mir, er wäre tot“, sage ich leise. „Weil ich's nicht mehr ertrage. Manchmal bin ich so am Arsch ... Ich schaff's nicht mehr ... Ich weiß, ich wäre völlig fertig, wenn Baba sterben würde, ich liebe den Alten, ich schwör, ich mag nicht, dass ihm irgendwas zustößt. Allah ist mein Zeuge, ich liebe ihn … Aber manchmal bin ich so k. o., so erschöpft, so am Ende … Nicht wegen der Arbeit, die ich wegen ihm habe … Jedenfalls nicht nur … Nein, es quält mich, ihn so zu sehen. Das killt mich, verstehst du? Und dann denk ich mir manchmal: Ich möchte am Morgen aufwachen und Baba tot im Bett finden. Weil dann alles vorbei ist. Ich kann nicht mehr."

Ich schlucke, mein Hals schmerzt, meine Augen brennen und die Nase kitzelt. In der Miene des Derwischs ist nichts zu erkennen. Keine Regung. Ich sehe zu Elias, aber der lächelt immer noch. Mein Handy fällt mir aus der Tasche, ich versuche, es wieder verschwinden zu lassen, ohne dass es bemerkt wird. Aber selbst wenn der Derwisch es gesehen hat, ignoriert er es, er nickt, lächelt, legt seine Hand auf meine, fängt an, die Narbe mit seinem Daumen zu streicheln. „Sich um seinen kranken Vater zu kümmern, ist eine heilige Pflicht, und Allah wird sie reichlich belohnen."

„Er ist manchmal so schwach, ich muss ihn füttern wie n Baby. Dann hat er diese Anfälle mitten in der Nacht … Die können eine Stunde lang dauern, er hustet und hustet und es klingt, als würde er ersticken. Das Geräusch alleine macht mir Angst, schlafen kann ich dann sowieso nicht mehr. Manche Anfälle sind so schlimm, dass er kotzen muss. Die Bude stinkt dann die ganze Nacht, und ich muss alles saubermachen, Boden wischen, seine Klamotten wechseln, seine Klamotten waschen, lüften …" Der Derwisch hört sich an, wie ich mich in Wut rede, bis mir Tränen in den Augen stehen, er unterbricht mich nicht, er nickt nur hie und da, und alles bricht aus mir raus. „Baba hat das nicht verdient", fahre ich fort. „Das ist n guter Mensch. Allah ist mein Zeuge, er ist n guter Mensch. Er hat so hart gearbeitet, sein ganzes scheißverdammtes Leben lang. Er hat jedes Gesetz eingehalten, er war immer in der Moschee, um zu beten, er ist der beste Mann, den du hier auf Erden finden kannst, ich schwör."

„Viele gute Menschen leiden", sagt der Derwisch. „Auf der ganzen Welt. Im Irak, in Syrien, in Ägypten, in Palästina, in Myanmar ... Überall leiden Brüder und Schwestern. Dein Vater ist nicht alleine."

„Und warum lässt Allah die Menschen im Stich?"

„Es ist eine Prüfung. Für die, die leiden, wie für uns, die wir um ihr Leid wissen und mit ihnen fühlen und diese Ohnmacht verspüren."

„Ich kann nicht mal drüber reden. Ich kann das den Jungs nicht erzählen. Dass ich manchmal am Morgen seinen Arsch wischen muss, weil er sich im Schlaf angekackt hat. Das kann ich doch nicht erzählen. Ich schäm mich für Baba, und ich schäme mich für mich. Das ist so würdelos."

„Du tust nur das, was er getan hat, als du ein Kind warst", sagt er und zieht seine Hand wieder weg. Er steht auf. „Du bist ein guter Mensch, Tarik Celal. Ich habe Vertrauen in dich. Du wirst Allahs Prüfung bestehen."

„Prüfung, Prüfung, was ist das für ne Prüfung?", frage ich und fahre mir nervös durchs Haar. Zu meiner Überraschung muss ich feststellen, dass Elias verschwunden ist. „Was soll das für ne Prüfung sein? Der Mann erstickt langsam. Der Mann hat Höllenschmerzen. Der Mann stirbt! SAG MIR, WAS IST DAS FÜR EINE PRÜFUNG?! WAS IST DAS FÜR NE GOTTVERDAMMTE SCHEISSPRÜFUNG?! BABA STIRBT! ER STIRBT QUALVOLL! UND ALLAH SIEHT ZU! DER SCHAUT EINFACH ZU!"

„Zügle deine Worte", mahnt mich der Derwisch. „Ich verstehe deine Wut, aber so versündigst du dich."

„Wenn Allah gerecht ist ... Wenn er wirklich gerecht und barmherzig ist ... Warum quält er denn Baba so?"

„Unser Verstand, mein Bruder, ist so klein, dass wir gar nicht darüber nachdenken müssen, gar nicht darüber nachdenken dürfen. Wir müssen Allahs Wort befolgen, das ist unsere Antwort, wir haben keine Frage zu stellen."

Ich wippe vor und zurück, ich spreche leise, berühre meine Narbe, fahre mir wieder durchs Haar, spreche wie in Trance. Dann bemerke ich erst, dass Elias den Raum gar nicht verlassen hat, sondern direkt hinter mir steht. Er hat seine Weste ausgezogen und trägt den Pistolenhalter nun sichtbar.

„Manchmal überkommt mich so ne Wut, und ich werde sie für Tage nicht los, ich geh mit ihr schlafen, ich wach mit ihr auf, ich muss mich betrinken oder bekiffen, um sie zu vergessen. Warum geht's denen, die Baba das angetan haben, gut und ein gläubiger und hart arbeitender Mann wie er muss Höllenqualen leiden?" Ich boxe mir mit der rechten Faust auf die Brust, immer und immer wieder gegen die Brust. „Ich möchte, dass jemand dafür bezahlt, dass jemand verdammt noch mal dafür büßt, dass Baba sterben muss."

„Die ist gut, die Wut", sagt der Derwisch und klatscht freudig in seine Hände. „Lass sie zu! Lass sie zu, mit der kann ich was anfangen. Denn der Krieg kommt zwar erst später, aber er kommt. Er kommt, wenn wir bereit dazu sind. Was zuerst zählt, ist unser Glaube, unser Herz, wir werfen nicht blind Steine auf unsere Feinde, nein, erst lasse unseren Glauben, unser Vertrauen in Allah einen Schutzschild um uns bauen, den keiner durchdringen kann, kein noch so mächtiger Feind, kein noch so grauenvoller Teufel, keine noch so unmenschliche Folter oder höllische Verführung ..."

Abdelkader al-Anbari verstummt, senkt seinen Kopf und singt ein Lied. Ich habe immer schon den Klang der arabischen Sprache geliebt, und in Verbindung mit der Melodie verspüre ich einen plötzlichen Frieden in mir. Er singt lange und ich lausche gebannt. Das hier läuft alles ganz anders, als ich es mir vorgestellt habe. „Ein Neuankömmling wie du soll sich um seinen Glauben, nicht um seinen Hass kümmern. Du musst einen Kern aufbauen, der unzerstörbar, unteilbar ist, und erst wenn du den Kern hast, kannst du dich um die nächste Stufe des Dschihad kümmern." Er singt sein Lied zu Ende und sieht mir dann in die Augen, entrückt, bekifft, glücklich. „Ich verspreche dir nicht das

Paradies auf Erden, Tarik. Im Gegenteil. Ich verspreche dir Blut, Schweiß und Tränen. Und trotzdem wirst du glücklicher sein als jemals zuvor. Das ist ein anderes Glück als das Glück der Drogen, der Fleischeslust, des Konsums. Das ist anders als alles, was du dir bisher vorstellen hast können."

Der Derwisch geht zum Tresor und sperrt ihn auf. Das Ding ist alt, uralt, ein massiver, pechschwarzer Schrank mit einem verrosteten Handknauf, die Höhe würde ich auf zwei Meter schätzen. Er steht frei und reicht beinahe bis zur Decke, ganz oben steht *K.u.K,* die Dicke der Tür überrascht mich.

Er holt etwas heraus, kommt zurück zu mir und streckt mir seine Faust entgegen. Darin befindet sich ein kleines Bündel Scheine. „Mit Geld kann ich nicht aufwiegen, was du für deinen Baba tust. Aber ein bisschen davon ist auch nicht schlecht."

Ich nehme die Scheine, halte sie fragend in Händen.

„Ich glaube an dich, Tarik Celal."

„Das Geld kann ich nicht annehmen."

„Das Geld verlange ich nur zurück, wenn du noch einmal Drogen verkaufst."

„Ich verkauf keine Drogen mehr."

„Du bist auf Bewährung. Wenn du das Gesetz brichst, sitzt du für drei Jahre. Möchtest du das?"

„Woher weißt du ...?"

„Wir sind gut aufgestellt, was?" Er nickt, wirkt glücklich. „Ich habe meinen eigenen kleinen Geheimdienst."

„Wow."

„Weißt du, wie oft man versucht hat, bei uns Leute einzuschleusen?"

„Die ARD-Journalisten haben's geschafft."

„Die ARD-Homos waren die letzten", sagt der Derwisch und sieht zu seinem Bodyguard, der zustimmend nickt. „Die nächsten Kafire, die so etwas versuchen, werden das Haus in Plastiksäcken verlassen." Der Derwisch rotzt in den Spucknapf neben sich. Er hebt seine rechte Hand und legt sie auf sein Herz. Seine Stimme klingt so gütig, als er mit einem Grinsen fragt: „Das hast du jetzt nicht gehört, oder?"

„Ach, Baba rotzt durch die Gegend, das sind Geräusche aus der Hölle", sage ich und winke ab.

„Ich habe meine Bemerkung über die ARD-Journalisten gemeint."

„Die ARD-Homos?" Ich zwinkere dem Derwisch zu. „Iwo. Nichts gehört, ich schwör."

„Ich erlaube dir etwas, was ich noch nie einem Neuankömmling gestattet habe: Du darfst künftig auch am Nachmittag oder am Abend in meine Moschee kommen, wann immer du willst. Wir sind hier von morgens um sechs bis abends um zehn Uhr."

„Wow, im Ernst?"

„Ich habe etwas vor mit dir, Tarik Celal."

Ich beuge meinen Kopf zum Dank. Der Derwisch steckt sich etwas in den Mund und isst in Seelenruhe, beachtet mich überhaupt nicht mehr. Ich warte, aber als die Minuten verstreichen, blicke ich zu Elias, der mir mit einer Handbewegung zu verstehen gibt, dass ich verschwinden soll.

Die Blicke, die die Langbärte mir zuwerfen, als ich durch den Gang marschiere, sind etwas freundlicher als bei meiner Ankunft. Einer verbeugt sich sogar ein wenig und lächelt mir zu. Er streckt mir seine Hand entgegen, ich schlage ein. Vielleicht bin ich ja jetzt offiziell willkommen in dem Club.

Ich steige die Treppe runter, erleichterter als nach einem schmerzfreien Zahnarztbesuch, ich will nur noch raus, will nach Hause, ein paar Bier trinken, mir einen Joint reinziehen und alles vergessen.

***

Beer kann sein Glück kaum fassen. Dass ich es geschafft habe, Abdelkader al-Anbari zu beeindrucken und von nun an zu jeder Stunde in die Moschee kann, hat ihn so glücklich gemacht, dass er mir versprochen hat, mir noch ein paar SIM-Karten zu schenken, und ich sogar das teure Smartphone behalten darf, wenn alles vorbei ist. Als ob ich ihm das jemals zurückgegeben hätte.

„Ich weiß eh, was ich wissen muss“, sage ich. „Ich muss da nicht mehr hin.“

„Dummkopf“, meint Beer. „Das würde auffallen. Außerdem kann man nie genug über ein Haus wissen, in das man einbricht.“

„Es fällt aber viel mehr auf, wenn ich verschwinde, exakt nach der Nacht, in der der Tresor leergeräumt worden ist. Dann weiß der Derwisch doch sofort, dass ich es war.“

„Bleib in der Moschee, Kruzifix. Du hast doch sonst nichts Besseres zu tun. Die können jederzeit ihre Routine ändern oder eine neue Alarmanlage einrichten. Wenn du dort jeden Tag herumstrolchst, entgeht dir nichts.“

Der Derwisch hält sich unter der Woche im Hintergrund, ich kriege ihn kaum zu sehen, seine großen Auftritte hat er beim Freitagsgebet, auf die er sich intensiv vorbereitet. Ich erfahre in diesen Tagen tatsächlich nicht mehr, als ich schon gewusst habe. Im Flur und in dem großen Gebetsraum gibt es mehrere Überwachungskameras, die Fenster im Erdgeschoss und im ersten Stock scheinen alarmgesichert zu sein, mit Ausnahme des Fensters auf Abdelkaders Toilette. Es zu überprüfen traue ich mich aber nicht, das Risiko, dabei ertappt zu werden, ist zu groß. Bewegungsmelder gibt es – jedenfalls im Erdgeschoss – keinen einzigen. Für die Sicherheit in Abdelkaders Moschee sind zwei Tschetschenen, zwei Libyer und zwei deutsche Konvertiten zuständig, die abwechselnd die Nacht dort verbringen. Ein kleiner, schmieriger Kerl mit Halbglatze, Sächsischem Dialekt und üblen Ausdünstungen erzählt mir das – wahrscheinlich, weil er sich wichtigmachen und als engster Getreuer Abdelkaders zeigen will, obwohl ich schnell mitbekomme, dass er nur Kofferträger in Abdelkaders Männerclub ist.

Wenn ich dort bin – meist am späten Vormittag und am späten Nachmittag – fallen so gut wie keine radikalen Worte. Das, was ich verstehe, unterscheidet sich zumindest kaum von dem, was in all den anderen Moscheen, in denen ich schon gewesen bin, gesprochen wird. Allerdings spielen sich die wichtigen Dinge oben, in Abdelkaders Zimmer ab. Dort gehen die wichtigen Gäste hin, die, die zum engen Zirkel des Derwischs gehören, langbärtige Männer, die nur flüstern und sich fast geräuschlos in der Moschee bewegen.

Vor und nach dem Besuch der Moschee werde ich wie alle anderen jedes Mal gründlich von Polizisten kontrolliert. Die Schikane, so behauptet der Derwisch, soll Besucher abhalten und Neuankömmlinge abschrecken, denn manchmal dauert es fast eine Stunde, bis man die Kontrolle passiert hat. Eine Stunde am frühen Morgen ist weniger problematisch als eine Stunde am Nachmittag, wenn die Sonne vom Himmel knallt und das Thermometer über dreißig Grad anzeigt.

Ich rufe Beer an und beschwere mich, dass ich nicht so viel Zeit hätte, dass das so nicht funktionieren würde, aber er wimmelt mich ab. Als ich aber einmal von Polizisten in einer mobilen Kabine bis auf die Unterhose gefilzt werde, mein Handy konfisziert und untersucht wird, und ich es deshalb nicht mehr rechtzeitig schaffe, in der Apotheke Babas Medikamente für den nächsten Morgen zu bestellen, reicht es mir. Ich verlange von Beer, dass er etwas unternimmt, damit ich nicht jedes Mal in der Gluthitze auf dem Parkplatz stehen und mich von Schäferhunden anbellen und von Beamten abtasten lassen muss, eingezwängt zwischen Absperrgittern und Langbärten.

„Was soll ich denn tun?“, fragt Beer. „Ich kann da nichts tun.“

„Wer hat dieses Gesetz bloß gemacht?“

„Mensch, Tarik, du Tagedieb. Ob du im Englischen Garten oder vor der Moschee die Sonne anbetest, ist doch wurscht.“

„Ich hab den Alten zu Hause! Der ist krank! Der braucht mich!"

„Wie soll ich das den Leuten dort erklären? Warum sie dich durchlassen sollen? Hm?"

„Das sind doch deine Kollegen, oder? Sag ihnen die Wahrheit. Sag ihnen, dass ich zu meinem Großvater muss, der ist schwerkrank."

„So einfach ist das nicht ... Keiner weiß, dass du für mich arbeitest."

„Dann lass dir was einfallen. Versuch's wenigstens."

„Ich schau, was sich machen lässt", sagt Beer. „Aber nur, weil du deinen Job bisher gut erledigt hast."

Der Würfelabend, der mich in den Nächten davor kaum schlafen ließ, lief zivilisierter ab, als ich es mir vorgestellt hatte. Vielleicht weil ein paar von Yiannis' Freunden erschienen, die sich zu benehmen wussten, anders als der rülpsende Doogie, der Spiele aller Art hasste und bereits nach knapp einer Stunde verschwand.

Nteba und ich saßen uns gegenüber. Anfangs verhielt sie sich kühl und distanziert. Aber je später der Abend, desto öfters spürte ich ihre Blicke auf mir, wenn ich an der Reihe war. Ich sah sie meinerseits viel zu lange an, wenn sie die Würfel im Becher schüttelte. Einmal trafen sich unsere Blicke, und kein Gefühl in meinem bisherigen Leben war diesem einen ähnlich. Ich war von absolutem Glück erfüllt, ich war unsterblich, unzerstörbar, ich war Gott. Und als sich ihre Mundwinkel nur ein bisschen nach oben bewegten, als sie lächelte, wusste ich, sie fühlte vielleicht nicht dasselbe, aber etwas Ähnliches.

Tage vergingen. Ich versuchte, das Glück jenes Abends festzuhalten, aber sie machte sich rar. Einen ganzen Nachmittag und Abend verbrachte ich vor und in ihrem Block, nur um sie zu sehen, aber sie tauchte nicht auf.

Ich konnte nicht mehr arbeiten, ich bekam nichts mehr auf die Reihe. Ich kündigte bei dem Umzugsunternehmen oder besser: Sie kündigten mich, weil ich zu oft fehlte, und so ließ ich mich treiben, lebte in den Tag hinein.

Oh ja, ich war ein Taugenichts. Ein verliebter Taugenichts.

In einer der Nächte, in der ich an sie dachte, in der ich keinen Schlaf fand, mich hin und her wälzte und stundenlang Musik hörte, beschloss ich, ihr zu schreiben. Ich schaffte es nicht, sie anzusprechen. Vielleicht hätte ich es geschafft, wenn ich vorher genug getrunken hätte, aber ihr schwankend und lallend zu begegnen, schien mir nicht der erfolgversprechendste Weg zu ihrem Herzen zu sein. Es war lächerlich, ich weiß, aber ich schaffte es nicht, an ihre Tür zu klopfen oder sie ganz einfach anzurufen. Yiannis hatte mir ihre Handynummer natürlich längst gegeben. Er hatte kapituliert, als er sah, wie wir beide uns beim Würfelspiel verhalten hatten.

„Sie gehört dir", sagte er. „Sie ist glücklich, wenn sie dich ansieht. In der Nähe ist sie gut gelaunt und nicht so ernst wie sonst."

Ich schrieb ihr eine Nachricht und ich weiß, es waren Fehler darin, Rechtschreib- und Grammatikfehler. Ich weiß genauso, dass die Worte, die ich verwendete, Liebende schon so oft verwendet haben. Ein Meisterwerk war das nicht, was ich ihr da schickte. Ich tippte und tippte, es kam aus dem Bauch, es musste alles raus, was ich für sie fühlte. Ich forderte nichts, ich fragte nicht mal nach einem Date, ich wollte nur, dass sie wusste, dass ich ihr auf Haut und Haar verfallen war.

Sie antwortete nicht. Keine Reaktion. Aber es machte mir nichts aus. Ich wollte ihr Zeit geben, ich war nur erleichtert, dass ich alles losgeworden war. Sie konnte damit machen, was sie wollte. Sie konnte über mich lachen, es war mir egal. Ich hatte diesen Blick nicht vergessen. So hatte mich noch nie ein Mädchen angeschaut. Noch nie.

Ich war ihr ausgeliefert. So what.

Was mit mir geschah, war mir egal.

Die Tage vergingen, ich dachte nur an sie, es gab keine andere Welt mehr. Im Stadion, in der U-Bahn, im Supermarkt, auf der Toilette ... Alle Gedanken führten zu ihr.

Ich wollte sie. Nur sie. Nichts anderes. Nie mehr etwas anderes. Ich wollte sie. Ich wollte Nteba. Und tief in mir, da wusste ich, ich würde sie küssen. Es würde geschehen. Ich fühlte es. Es konnte gar nicht anders sein. Ich war mir so sicher, dass sie und ich zusammengehörten, dass ich mir dachte: Wenn das nicht wahr ist, wenn das eine Lüge ist, dann zerbricht die ganze Welt.

***

Ich lebe in diesen Tagen zwei Leben: ein frommes in der Moschee und außerhalb, solange ich fürchte, dass mich einer von Abdelkaders Leuten sehen könnte. Ein anderes, wildes mit den Jungs auf der Straße. Es macht mir nichts aus, zu beten und belangloses Zeug mit Abdelkaders Männern zu quatschen. Ich weiß ein bisschen was über Politik und Geschichte, jedenfalls genug, um mit diesen Langbärten zu labern, es ist ja so leicht zu verstehen, wen diese Männer als Feind auserkoren haben, und stimmst du ihnen zu, bestärkst du sie in ihren Verschwörungstheorien und Hasstiraden, sind sie schnell glücklich und zufrieden. Nur wenn das Meditieren, das Verharren in Stille zu lange dauert, weil einer der Vorbeter mal wieder high ist, macht mich das fertig. Dann spüre ich, dass ich ausflippen muss, später, in der Nacht, bei lauter Musik, Wodka, Bier, Gras und Mädchen.

Merkwürdigerweise vermisse ich jedoch das fromme Leben in Abdelkaders Gebetshaus, wenn mich der Kater dann am nächsten Tag plagt. Ja, ich gebe zu, ich bin ein wenig hin- und hergerissen zwischen Abdelkaders Dschihad und den Partys mit den Jungs. Ich habe mir immer schwergetan, mich auf etwas zu konzentrieren. Meine Gedanken hüpfen manchmal so rasant von einem Thema zum nächsten, dass die Jungs mich verständnislos ansehen, wie ich denn jetzt von *dem* auf *so etwas* komme. Die Stunden im Gebetshaus machen mich ruhiger, ausgeglichener, konzentrierter.

Wir singen in der U-Bahn und wissen nicht, wohin wir fahren, von A nach B und von B wieder nach A, von A weiter nach C, und wir trinken und singen und blödeln, nichts und niemand kann uns die Laune verderben. Wir pöbeln nicht, wir stänkern nicht, wir haben einfach nur eine gute Zeit. Der Derwisch hat mir genug Geld geschenkt, um ein paar alte Schulden zu begleichen, Babas Medikamente und mir ein Paar Sneakers im Sonderangebot zu kaufen. Genug, um heute Nacht auf den Putz zu hauen.

Süße Mädels, höchstens sechzehn, siebzehn Jahre alt, steigen in der Fraunhoferstraße in die U1 ein: zwei Südländerinnen, eine Blondine. Yiannis ist sofort verliebt und aufgedreht, überprüft seinen Atem und seine Fingernägel, räuspert sich und setzt seine Macho-Miene auf, Sugo-Joe grinst bloß mit hochrotem Kopf und versucht mit einer Kopfbewegung, die Haare, die ihm ins Gesicht fallen, zurückzuwerfen, Doogie macht eine obszöne Geste, die die Mädels hoffentlich nicht sehen.

Wir sind stark, wenn wir zusammen sind. Wir sind cool, unbesiegbar, da kann kommen, wer will. Die Mischung macht's aus, dass wir Giesing rocken: Ich, der Türke, 1,84, mit wilden, pechschwarzen Haaren, breiten Schultern, einem Vollbart und dunkelbraunen Augen, Doogie, ein dicker Skinhead, mit beeindruckenden, tätowierten Oberarmen, Yiannis, der Grieche, zwar klein und mit ein paar Kilos zu viel auf den Hüften, aber dazu fähig den Himmel verdunkeln, wenn er böse schaut, und Sugo-Joe, der Chemiker, großgewachsen, mit Händen wie ein Metzger und einem Body wie ein Eishockeyspieler. Die Kerle gehen uns aus dem Weg, die Mädels laufen uns hinterher.

Wir sind die Bad Boys von Giesing – jedenfalls halten wir uns dafür. Leider sehen uns die anderen ein bisschen anders. Doogie ist zwar bei den Sechzger-Fans eine kleine Berühmtheit, weil er hie und da auf Auswärtsspielen die Einpeitscherrolle übernimmt, und manchmal klopft ihm auf der Straße jemand auf die Schulter oder ein jugendlicher Sechzger-Fan grüßt ihn ehrfurchtsvoll und lächelnd, aber sonst ... Man übersieht uns viel zu leicht, weil's viel zu viele von unserer Art in einer großen Stadt wie dieser gibt.

Die Blicke, die ich der jungen Blondine zuwerfe, erwidert sie eher ängstlich und missgelaunt als flirtend. Ich muss an Nteba denken, und das tut weh. Sofort möchte ich aussteigen, in die nächste S-Bahn und ab zum Flughafen, ein Ticket nach Kuba kaufen und zu ihr, nur zu ihr. Egal, ob das Viertel dort trostlos ist, ob wir da hungern müssen, täglich überfallen werden oder zu zehnt in einem Zimmer schlafen. Mir egal, wenn die Moskitos mich fressen und die nächste Moschee eine Tagesfahrt entfernt ist oder ich damit gegen irgendwelche Bewährungsauflagen verstoße. Ich hole tief Luft, mache ein Selfie und schicke es ihr. Aber ihre raren Antworten sind in letzter Zeit noch seltener geworden. Hie und da sehe ich sogar, dass sie online ist, aber sie liest meine Nachrichten nicht. Spreche ich sie darauf an, sagt sie, das müsse ein Fehler sein, sie sei gewiss nicht online gewesen. Ab und zu schickt sie Fotos – Selfies, Essen, harmlose Schnappschüsse, knappe Kommentare, ein Smiley zur Guten Nacht.

Diese böse Sehnsucht zieht mir die Haut vom Körper. Die macht mich so traurig. So eine Traurigkeit kannte ich bisher nicht in meinem Leben.

Die U-Bahn bleibt auf der Strecke liegen. Der Fahrer spricht von fünfzehn bis zwanzig Minuten Wartezeit. Passagiere stöhnen, meckern, einige greifen zu ihren Handys, bellen hinein, beschweren sich über die Öffis, den Gestank und die ungewohnte Hitze in der U-Bahn.

Doogie schwankt auf die Mädchen zu, Sugo-Joe verdreht die Augen. Wir wetten, ob sich Doogie jetzt gleich eine Klatsche abholt, Sugo-Joe setzt einen Zehner auf eine Abfuhr, ich halte dagegen. Ich schließe die Augen kurz, höre Doogie wie aus weiter Ferne quatschen. Er spricht mit den Mädchen, die drei kichern. Ich weiß nicht, wie viel ich getrunken habe, auf jeden Fall aber zu viel und zu schnell, und als die U-Bahn weiterfährt, dreht sich die Welt, ich fahre Karussell, halte mich an der Garnitur fest, berühre mit meiner Stirn das Fensterglas, das so schmutzig ist, dass man auch dann nichts draußen sehen würde, wenn wir nicht in der Dunkelheit des Schachts wären.

„Wir steigen aus, Jungs!", sagt Doogie und deutet grinsend mit seinem Zeigefinger von oben auf den Kopf eines der Mädchen. Rosa Lippenstift, lange, schwarze Haare, sexy, aber etwas zu kurze und zu dicke Beine. Türkin oder Kurdin würde ich tippen, vielleicht auch Armenierin oder Libanesin. Ich stehe auf, die Mädels sind beschwipst, zu laut, zu aufgedreht, sie duften nach Haarshampoo und aufdringlichem Parfüm, das sogar den Gestank der U-Bahn-Station übertüncht. Doogie legt den Arm um die, die nicht so hübsch ist wie die anderen zwei, und die Kleine lässt es geschehen. Yiannis flirtet mit der Blondine, Sugo-Joe und ich stapfen hinterher. Die Kurzhaarige kommt zu mir, hängt sich ein, fragt, wie ich denn heiße. „Tarik", sagt Sugo-Joe.

„Sozdar", stellt sich die Kurzhaarige vor.

„Sauce-dar? Das ist ein Name?", fragt Sugo-Joe. „Jetzt ernsthaft?"

„Wie heißt denn du, hä?"

„Sugo-Joe heißt er", antworte ich für ihn, und Sozdar und ich lachen laut und böse und klatschen uns ab.

„Bist du Türke?", will sie wissen. Ich zucke mit meinen Schultern als Antwort.

„Tarik ist unser Anatolischer Panther", sagt Sugo-Joe und strahlt. „Der hat mal in der Zweiten Bundesliga gespielt."

„Wow", meint Sozdar. „Und wohin schleppst du mich jetzt, Anatolischer Panther? In deine Höhle?"

Sugo-Joe stupst mich an, wir denken beide dasselbe: Ich habe einen Freifahrtschein, ein Ticket für einen wilden One-Night-Stand. Aber ich will Nteba treu sein, da kann kommen, wer wolle, das habe ich ihr geschworen, habe ich mir, habe ich der ganzen Welt geschworen. Aber ich weiß auch, wie schwach ich bin, wenn ich trinke oder kiffe, wie wehrlos ich werde, je später die Nacht, und dass ich mich dann hingebe, dem Rausch, dem Versprechen, dem Lachen der Mädchen ...

„Alles klar, Tarik?", fragt Doogie. „So wie du aussiehst, war's wohl doch keine so gute Idee, Absinth zu probieren."

„Absinth? Wir haben Absinth getrunken?"

„Deine Frage ist die Antwort", sagt Sugo.

Die Rolltreppe nach oben scheint so steil und unendlich lang zu sein, ein kleiner Mount Everest, sie ist defekt und wir müssen gehen.

„Absinth", keuche ich. „Fick mich."

Oben spielt ein alter Zigeuner eine traurige Melodie auf einer Geige. Ich greife in meine Hosentasche, suche nach den zerknitterten und zerknüllten Scheinen in meinem Geldbeutel, finde zwei Zehner, die ich glattstreife und dem Zigeuner gebe. Er unterbricht sein Spiel und verbeugt sich tief.

„Das war ein Zigeuner", sagt Sozdar. Ihre Stimme verrät, dass ihr nicht schmeckt, was ich getan habe.

„Und?"

„Das waren zwanzig Euro!"

„Und?"

„Naja, *Zigeuner*", meint sie und rümpft die Nase.

„Ich hoffe, die denken nicht dasselbe über uns Türken."

„Ich bin Kurdin!" Sie legt den Kopf in den Nacken und kickt mich mit der Hacke in den Hintern.

„Dann sollten wir uns ja vielleicht hassen."

„Kein Bock zu hassen. Das Leben ist zu kurz dafür."

Ich nehme ihre Hand und drücke sie, sie lässt sie nicht mehr los. „Das ist die richtige Einstellung", sage ich.

So viele Menschen sind noch auf der Straße, obwohl es Nacht ist.

„SOMMER!", schreit Yiannis und hebt seine Arme zum Himmel. „ES IST SOMMER!"

Wir biegen in eine Seitenstraße ein, die Menschen werden immer jünger, haben immer weniger an, Jungs oben ohne, Mädchen in Miniröcken und Tops, sie laufen an uns vorbei, betrunken und fröhlich. An einer Hauswand steht Doogies Lieblingsspruch: *Deutsche Salafisten, Mörder und Faschisten!*

„Ich habe das nicht so gemeint mit den Zigeunern", sagt Sozdar. „In unserem Block wohnen halt welche, die sich danebenbenehmen ..."

„Ich bin mit zwei Zigeunern befreundet", erzähle ich ihr. „Die sind verdammt cool drauf."

„Ich sage doch, ich habe das nicht ernst gemeint. Ich bin keine Rassistin. Ehrlich ..." Sie stößt mich in die Seite. „Tut mir leid, wenn das jetzt so rübergekommen ist. Wir haben schon ein bisschen zu viel getrunken, ich weiß gar nicht mehr, was ich alles so labere."

„Ist okay, ist okay! Das Leben ist zu kurz für Hass, du sagst es."

Sie lächelt und mustert mich. „Siehst aus wie n Terrorist ... Mit dem Bart und den Haaren und so ..."

„Wer?"

„*Wer?*", äfft sie mich nach. „Na du! Du siehst wild aus. Gefährlich. Wie n syrischer Rebell."

„Ist das n Kompliment?"

„Du bist sexy", sagt Sozdar leise in mein Ohr.

„Ihr Kurden versohlt Daesch ganz schön den Arsch da unten. Ihr seid ein tapferes Volk."

„Keine Politik heute Nacht. Kein Krieg, kein Streit, nur Party heute Nacht."

Ich sehe sie von der Seite an, sie ist hübsch, trägt aber zu viel Make-up, ihre Nase etwas zu weit oben und ihre Stöckelschuhe sind übertrieben hoch. „Weiß dein Bruder, was du hier machst, Sozdar?"

„Besser nicht", meint sie und kneift mich in den Hintern. „Hast du etwa Angst? Hast du etwa die Hosen voll? Und ich dachte, du bist ein Anatolischer Panther."

In der Nähe vom Ostbahnhof landen wir in einem von Doogies dunklen Läden mit schlechter Luft, vollgekritzelten Wänden, Männerüberschuss und viel zu lauter Rockmusik aus den Neunzigern. Yiannis bringt Sozdar und mir ein Bier und stößt mit mir an, aber ich tue nur so, als ob ich trinken würde, denn ich fürchte, dass ich mich übergeben muss, wenn ich auch nur noch einen Schluck nehme. Sozdar sitzt links von mir, Yiannis rechts. „Heute Nacht wird sich zeigen, wie treu du wirklich bist", flüstert er in mein Ohr, als die Musik kurz aussetzt.

„Ich geh nicht fremd."

„Reden wir weiter, wenn der Hahn dreimal gekräht hat."

„Ich bin treu", sage ich mehr zu mir als zu ihm. „Ich weiß, zu wem ich gehöre."

Der Grieche grinst bloß, nickt und wendet sich Doogie zu.

„Hast du Lust?", schreit Sozdar in mein Ohr.

„Auf was?"

„Gehen wir aufs Klo?"

„Ich bin hackedicht. Keine Drogen mehr. Nicht heute Nacht. Wir haben Absinth intus."

„Ich mein ja auch *FICKEN.*" Sie hat ein dickes Grinsen im Gesicht, ihre schneeweißen Zähne leuchten in der Schmuddelbude. Ihre Haut ist sonnen- oder solariumgebräunt.

„Klo ist eklig", sage ich.

„Machen wir's im Stehen."

„Das macht es nicht sauberer."

„Aber uns auch nicht schmutzig ... Wenn du wüsstest, wie nass ich da unten bin ...", schreit sie in mein Ohr.

„Hab ne Freundin", schreie ich zurück.

„Ich sag's ihr nicht." Ihre Augen strahlen, sie sieht mich an, als würde sie mich lieben, als wäre ich der Mann ihrer Träume, dabei ist sie nur beschwipst und geil.

„Tut mir leid", sage ich, als die Musikbox für einen Moment versagt und nur noch heisere Stimmen und das Krakeelen der Besucher zu hören sind. „Ich bleib treu."

„Du bist ein Arsch", meint Sozdar und zeigt mir beide Mittelfinger. „Aber ein süßer Arsch." Sie küsst mich auf die Wange. „Bin dir nicht böse. Ist okay, Mann."

„Nimm meinen Kumpel", sage ich. „Nimm Sugo-Joe."

Sie lacht. „Igitt, was denkst du überhaupt von mir? Der ist viel zu alt und hässlich."

„Hat nen Riesenschwanz."

„Was bringt mir das?", lacht sie. „Er darf eh nicht vorne rein."

Sie bestellt eine Runde Tequila und ich komme nicht umhin, ihn zu trinken. „Auf die, der du treu bist!", sagt sie beim Anstoßen.

„Auf die, der ich treu bin", lalle ich. „Und auf dich, schöne Kurdin!"

Die Musik wird noch lauter, es ist kaum mehr möglich, sich zu unterhalten. Doogie und Yiannis küssen die Mädchen, während Sugo-Joe ihnen dabei verschämt zusieht und hin und wieder heimlich ein Foto mit seinem iPhone schießt. Sozdar setzt sich mir auf den Schoß, umarmt mich, unsere Wangen berühren sich, ich werde schwach – wer würde nicht?

Sie sieht mich an und schreit in mein Ohr: „Du bist aber wirklich sowas von hacke."

„Noch n Tequila", presse ich hervor, „und meine Innereien explodieren."

„Dann lass das mal lieber", sagt sie und steigt wieder runter. „Ich will hier nicht saubermachen müssen."

Seitdem ich zwei Handys bei mir tragen muss, bin ich ständig auf der Suche nach einem der beiden, wenn ich zu viel getrunken habe. Und auch jetzt greife ich in meine Hosentaschen und finde nur eines, das von Beer. Ich sehe auf dem Boden nach, taste mit beiden Händen die Sitzbank ab, ich schimpfe, ich fluche, aber Sugo-Joe, Yiannis und Doogie lachen nur. Ich fange an zu brüllen, aber weder die Jungs noch die Mädchen verstehen, was los ist mit mir. Die Musik ist viel zu laut. Als das Lied zu Ende ist, erkläre ich, dass mein Handy verschwunden ist. Sugo meint, es würde schon wieder auftauchen. Und wenn nicht, könnte ich auch eines seiner vielen Ersatzhandys haben.

„ICH HABE HART GEARBEITET FÜR DIESES HANDY!"

„Das hast du doch diesem Banker in Schwabing abgenommen", sagt Yiannis. „Dieser schmierigen norddeutschen Yuppieschwuchtel."

„UND DAS WAR VERDAMMT HARTE ARBEIT!"

„Vielleicht liegt's zu Hause", meint Doogie. „Du hast's wahrscheinlich gar nicht mitgebracht."

„ICH HABE DIESES DING GELIEBT, GOTT WEISS WIE SEHR."

„Beruhig dich, Alter."

„JETZT VERFOLGT MICH DIE FRESSE VON DIESEM SCHNÖSEL, BIS ICH STERBE! ICH WERD DEN IM SCHLAF LACHEN HÖREN, WEIL ICH DAS DING VERLOREN HABE!"

Sozdar schüttelt den Kopf, aber sie hilft mir bei der Suche, sie sieht unter dem Tisch und unter der Sitzbank nach, leuchtet mit ihrem Smartphone in die Dunkelheit.

Das Handy taucht nicht wieder auf.

Ich schlage mit der Faust auf den Tisch, zwei fast leere Bierflaschen fallen um. Sozdar zieht eine finstere Miene, spricht mit ihren Freundinnen, will wohl nur noch weg. Sie betrachtet ihre langen, bunt lackierten Fingernägel. „Sorry", sage ich zu ihr. „Heut Nacht benehm ich mich nicht grad wie ein Gentleman."

„Da hast du allerdings Recht. Ich würde sagen, du führst dich auf wie ein Arschloch."

Sie verschwindet auf die Toilette. Als ich erst Ewigkeiten später bemerke, dass sie offenbar den Hinterausgang genommen hat, stehe ich auf und torkle aus dem Lokal, ohne zu zahlen und meinen Jungs Bescheid zu geben. Ich will nur noch nach Hause, nur noch ins Bett. Irgendwas ist da in meinem Mund, und ich weiß nicht, was es ist. Es gelingt mir einfach nicht, es auszuspucken, ich möchte es nicht schlucken. Was ist da auf meiner verdammten Zunge? Als ich draußen auf der Straße bin, knie ich mich auf den Asphalt, greife in meinen Mund und versuche das Ding zu entfernen, aber da ist nichts. Ich breite meine Arme aus und brülle in die Nacht: „OH MANN! SEHT AN, WAS ALKOHOL AUS EINEM MENSCHEN MACHEN KANN!“

Ich wanke zur U-Bahn-Station, mir ist immer noch heiß, ich bin immer noch verwirrt, mit dem Duft von Sozdars Parfum in der Nase. Bin ich ein Dummkopf? Oder bin ich ein Ehrenmann? Alles, was ich weiß: Morgen, wenn ich mit starken Kopfschmerzen und trockenem Mund aufwache, werde ich glücklich sein, Nteba treu geblieben zu sein. Manche Dinge sind heilig, predigt Baba immer. Müssen heilig bleiben, damit man ein bisschen Orientierung hat im Leben. Vielleicht gehört ja dazu, dass man seiner Liebe treu bleibt, selbst wenn die niemals erfahren würde, dass man es nicht war.

Nach dem Zähneputzen liege ich auf der Matratze und denke an das Geld im Tresor – ich fühle mich wie elektrisiert. Egal, was ich mir einrede, ich weiß, dass ich es will.

Ich will die halbe Million.

Ich will den Derwisch bestehlen.

Ich will diesen Coup landen.

Ich weiß aber genauso, dass ich Beer nicht trauen darf. Er lässt mich die Drecksarbeit machen, um mich dann wegzuwerfen. Der Gedanke, dass er jemandem wie mir, den er doch so verachtet, fünfhunderttausend Euro überlassen würde, ist lächerlich.

I'm not your fool, nobody's fool.

***

„*Allah ist groß!* schreien sie, hörst du sie?" Abdelkader al-Anbari schenkt mir Tee aus einem uralten Krug mit einem hübschen orientalischen Mosaik in eine winzige Schale ohne Henkel. Die Frage kann nicht ernst gemeint sein, denn da unten brüllen sie sich die Seele aus den Leibern wie eine Herde Kühe im letzten Stadium des Rinderwahns. „Die Worte des Derwischs sind es, die sie zu Kriegern erheben. Im Alltag sind sie nichts. Kriegsflüchtlinge sind sie, Wirtschaftsflüchtlinge, Kanaken, Außenseiter, Underdogs, Hartz-IV-Empfänger, Verlierer, unterbezahlte Hilfsarbeiter – aber täusche dich nicht, es sind auch genug Akademiker darunter, Ingenieure zum Beispiel, wenn auch meist ohne Jobs oder nicht genug anerkannt, gedemütigt aus dem einen oder anderen Grund, von der Mutter nicht geliebt, von den Schwestern unterdrückt, vom Vater geschlagen, von Mitschülern jahrelang gemobbt ... Der Derwisch ist es, der sie erhöht, der sie aus dem Alltag holt; Er ist es, der die Welt auf den Kopf stellt, der ihnen sagt: Nicht *sie, ihr* seid die Helden, nicht *sie, ihr* seid die *Elite*. Wenn ihr nur wollt, wenn ihr nur den Mut habt, dann folgt Allah, folgt dem Derwisch, und die, die euch nicht beachten, die euch klein machen und klein halten, die, die sich so verdammt groß und stark vorkommen, die das Geld und die Macht haben, die mit ihren schicken Autos durch die Stadt kurven, sie werden schrumpfen, sie werden nichtig und klein. Es ist kein leichter Weg, es ist kein Spaß, der Weg ist gepflastert mit Entbehrungen, aber der Lohn ist das Paradies, der Lohn ist nicht von dieser Welt. Sie schreien den Namen des Derwischs, als wäre er ihr Erlöser. Sie lieben ihn, verehren ihn, die Welt wird so einfach, wenn er spricht, wird so schwarz und weiß, keine Fragen mehr, keine Grauschattierungen, nur ein lautes *Allah ist groß!*, ein bisschen Geborgenheit in der Kälte, ein bisschen Wahrheit in der Verlogenheit."

Ich räuspere mich, als er nicht weiterspricht.

Der Derwisch trinkt Tee aus einer Tasse, die noch kleiner ist als meine. Wenn er nicht aufpasst, so scheint es mir, könnte er sie aus Versehen verschlucken. Jetzt schreien sie noch wilder, sie klatschen, sie singen, sie wollen, dass der Derwisch endlich erscheint und zu ihnen spricht. Da wird mir klar: Der Hassprediger macht aus diesen jungen Männern, macht aus diesen Verlierern und Gedemütigten *Herrenmenschen*. Er schwört sie ein auf das, was sie hören wollen: Fick die Judafisten, fick die Amis, die Zigeuner und die Christen, die nur mehr Götzen verehren, fick die Schlampen ohne Kopftuch und Schleier, fick die liberalen Moslems, die es sich gemütlich gemacht haben im Westen, die sich angepasst und ihren Glauben verraten haben. Er sagt das so nicht öffentlich, er sagt das nie direkt, er formuliert es geschickt, er hat das Talent, das Böse schick zu verpacken. Als ein Journalist ihn einmal gefragt hat, wo er, der nie studiert hat, denn gelernt habe, so gut zu sprechen, da hat Abdelkader von den Jahren erzählt, in denen er in einem Callcenter versucht hat, den Leuten am Telefon Produkte anzudrehen, die sie garantiert nicht brauchen. Keiner in der Firma sei erfolgreicher als er gewesen, keiner schneller aufgestiegen.

„Schmeckt der Tee?", fragt er mich.

„Bisschen bitter", antworte ich, nachdem ich hastig einen Schluck genommen habe.

„Wie das Leben manchmal. Wie der Alltag, habe ich Recht, Tarik? Das ist nicht schön, dein Leben, nicht wahr? Ganz schön hart, das Leben."

„Hm".

„Du musst dich an den Geschmack gewöhnen. Wir sind von Fast Food, von zu viel Geschmacksverstärkern, Salz und Zucker, Alkohol und Fett vergiftet, unsere Geschmacksnerven sind gestört. Nach wenigen Wochen wird dir dieser Tee ein Genuss sein, wenn du mit dem Müllschlucken aufgehört hast."

Elias sitzt auf dem Stuhl am Schreibtisch und tippt auf seinem Handy. Die Raucherstäbchen verbreiten wieder diesen süßlichen, exotischen Duft, der einem die Sinne vernebelt.

„Die Worte des Derwischs sind größer als ich", fährt er fort. „Der Mann, der vor dir sitzt, ist nicht der Derwisch. Der Mann, der vor dir sitzt, ist Abdelkader al-Anbari. Er ist unwissend. Ein Sünder. Ein Dummkopf. Ein stinknormaler Mann." Er hebt die Arme, dreht die Handflächen nach oben, als wolle er beten oder Regentropfen sammeln. „Wie oft wache ich auf in der Nacht, gepeinigt von Zweifeln, verfolgt von Versuchungen, wie oft weine ich am Tag, weil ich diese Mauern nicht überwinden kann, die mich eingrenzen ... Oh ja, Tarik, die Worte des Derwischs sind so viel größer als ich ... Sie sind das Opium, das diesen Männern wundervolle Träume beschert ... Sie haben all ihre Träume mit der Zeit aufgeben müssen, aber diesen einen, diesen letzten ... Den werden sie eines Tages bis aufs Blut verteidigen."

„Ist das Grüner Tee?", frage ich nach einer zu langen Pause, die mich nervös macht, als der Derwisch mir nachschenkt.

„Weißer Tee", sagt er und schnalzt mit der Zunge. „Ein *Yin Zhen*. Wird nur an zwei Tagen im Jahr gepflückt."

„An den Tagen sollte man besser nicht verschlafen."

„Man sollte an keinem Tag verschlafen", sagt er. „Der Tod kommt wie der Dieb, dann, wenn man ihn nicht erwartet." Eine Zeit lang ist es still, dann spricht der Derwisch weiter: „Eins musst du wissen, Tarik: Ein Sünder, der umkehrt, der seine Taten bereut, ist mir lieber als jemand, der von Anfang an den richtigen Weg geht. Verstehst du das? Sieh mir in die Augen, Tarik, und sage mir: Verstehst *du* das?" Ich nicke, weiche seinem Blick aus, starre auf die Schale. „Wenn jemand einmal etwas Schlimmes tut und es bereut, werde ich ihm verzeihen. Ich werde ihm verzeihen, *einmal,* verstehst du? Und wenn es der größte Verrat ist, den man sich vorstellen kann, die größte Sünde, die man begehen kann ... Meine Arme werden ausgebreitet sein." Ich sehe Abdelkader in die Augen, sein Blick ist hart, unerbittlich, der Blick eines Mannes, der sich von niemandem etwas sagen lässt. „Wer mich aber zweimal verrät, dessen Seele lösche ich aus. Er hört dann auf zu existieren. Glaubst du mir, dass man einem Menschen so schreckliche Dinge antun kann, dass er danach keine Seele mehr hat?"

Ich räuspere mich, Schweiß drängt aus allen Poren, da brennt ein Feuer in meinem Kopf. „Ja", antworte ich und huste. „Ich hab so Foltervideos aus Syrien gesehen. Menschen, die andere Menschen mit Elektrostößen quälen oder ihnen die Ohren abschneiden und sie ihnen in den Mund stecken ..."

„Tz, tz." Er schüttelt den Kopf. „Wie schrecklich und erbärmlich. Ich überzeuge Menschen stets mit Worten, nie mit Gewalt. Nur, wenn die Worte nicht fruchten, habe ich auch kein schlechtes Gewissen, sie zu befehlen, verstehst du?" Der Tee, den er nachschenkt, ist brennend heiß. Meine Hände zittern vor Wut. Oder vor Angst? „Ich mag es nicht, wenn man mir droht", sage ich und schäme mich dafür, dass meine Stimme dabei zittert.

„Und ich mag nicht, wenn man mich hintergeht." Das Lächeln, das Abdelkader dabei aufsetzt, wirkt gütig und herzlich und passt gar nicht zu seiner Einschüchterung. „Das wollte ich bloß klarstellen."

Er mustert mich lange, ich weiche seinem Blick nicht aus, ich halte ihm stand. Weiß er etwas? Ahnt er etwas? Ist das gar eine Falle, in die mich Beer tappen lässt? Will er mich dem Derwisch ausliefern?

Aber warum sollte er das tun?

Beer glaubt, ich sei Unkraut, okay. Aber es gibt viel schlimmere Typen als mich in der Stadt. Vergewaltiger, Schläger, Mörder ... Nein, nein, das kann nicht Beers Plan sein.

Abdelkader fängt an zu beten, seine Züge sind mit einem Mal so friedlich, als hätte es die Warnung nie gegeben. Er scheint eins zu sein mit sich, der Welt und Allah. Würde mich ein Richter jetzt fragen, ob ich mir vorstellen könnte, dass der Derwisch dazu fähig wäre, den Anschlag in Hamburg in Auftrag gegeben zu haben – ich könnte es nicht mehr ausschließen. Diese Sache mit Ali Kılıç und jetzt dieses Gerede von Folter …

Mir ist nicht wirklich wohl, als mich Elias hinausführt. Die Tür gegenüber steht offen und ich sehe einen Mann gelangweilt vor einem langgezogenen Tisch mit vier altmodischen Computerbildschirmen sitzen. Er dreht sich zu uns um und winkt. Elias ignoriert ihn, ich nicke.

In diesen Raum werden also die Livebilder der Kameras gesendet.

„Warum *Derwisch*?", frage ich Elias, um ihn abzulenken, als er meine neugierigen Blicke bemerkt. „Warum nennt sich Abdelkader Derwisch?"

„Damit sich die Journalisten den Kopf darüber zerbrechen können. Die Judenlügenpresse hat ja auch schon alles Mögliche reininterpretiert. Die haben über die Sufiorden doziert, Tänze in Ekstase beschrieben, Mystik und Orient, blablabla. Weißt du, was die Wahrheit ist? Weißt du, was die lächerliche, simple Wahrheit ist, warum Abdelkader al-Anbari unser Derwisch ist?"

„Ich weiß es nicht, deshalb frage ich ja."

„Auf Abdelkaders Wohnungstür hat einmal ein Zettel geklebt, den einer der Nachbarn dort befestigt hat: *Der Wisch muss weg!* Gemeint war ein Schreiben, das er an der Haustür angebracht hat, eine Beschwerde über die Rassisten im Erdgeschoss, die …"

„*Der Wisch*?", unterbreche ich ihn. „Das ist alles? Gemeint war ein Fetzen Papier?"

„Eine mit Superkleber befestigte Plastiktafel. Und der kaum vorhandene Abstand zwischen *Der* und *Wisch*. Am nächsten Tag hat Abdelkaders Nachbarin ihn mit *Grüß Gott, Herr Derwisch* begrüßt.

Ich verlasse das Gebetshaus, marschiere ziellos durch die Stadt, so aufgewühlt, so aufgekratzt, dass ich erst drei Stunden später zu Hause ankomme. Verschwitzt, außer Atem.

In meinen Gedanken gehe ich das Gespräch mit Abdelkader immer und immer wieder durch.

ich glaube, der derwisch weiß was, schreibe ich Beer.

er weiß was?!, antwortet er mir.

er macht so andeutungen. spricht von verrätern, die er foltern will.

mach dir nicht ins Hemd. der blufft.

nein, ich täusche mich nicht, der ahnt was.

er will dich einschüchtern, weil du neu bist.

und wenn nicht?

ich beschütze dich.

fuck.

Im Treppenhaus begegne ich Fonso. Sein linkes Augenlid und die Oberlippe sind geschwollen. Er wirft seinen Fußball gegen die Wand, versucht vergeblich, ihn zu fangen. Ich stoppe den Ball mit dem Fuß und schieße ihn zurück in seine Arme. „Ich hoffe, sie waren zu fünft und sieben Jahre älter", sage ich. „Ansonsten hast du keine Entschuldigung."

Fonso senkt den Blick, schmeißt mir den Ball zu, hart und halbhoch, dabei fällt ihm das Smartphone aus den kurzen Hosen, ich kann den Ball nur mit Mühe fangen. Er bückt sich nach dem Handy.

„Warum hast die Schlösser in der Schule zerstört?", frage ich ihn. Fonso zuckt mit den Schultern. *„Just for fun*?"

„Borger ist n Arschloch."

„Wer ist Borger?"

„Der Hausmeister in der Schule."

„Was hat er dir getan?"

„Mir nichts", antwortet er. „Aber wem, den ich mag."

„Okay", sage ich. „Vielleicht hattest du einen Grund, geht mich nichts an. Dann ist meine Frage: Warum bist du so blöd, dich erwischen zu lassen?"

Fonso grinst. „Ist saudumm gelaufen. Ich hab gedacht, ich kann durch das Fenster abhauen. Aber das hat sich nicht öffnen lassen, nur kippen."

Da kommt sein Großvater aus der Wohnungstür. „Johann! Warum bist du nicht in der Schule?“

„Ja!“, schreit Fonso mich an und deutet mit seinem Zeigefinger auf mich. „Warum bist du nicht in der Schule, Johann?“ Er geht an mir vorbei, lässt den Ball wie einen Basketball hüpfen. Sein Großvater schimpft noch etwas, aber Fonso ignoriert es. Der Alte seufzt, winkt mir zum Gruß und verschwindet wieder in der Wohnung, aus der Ibo kommt.

„Hey“, sagt er. „Was geht?“ Ibo trägt schwarze Stiefel über schwarzen Jeans, ein kariertes Hemd unter einer Weste und raucht die Pfeife des Alten. Er schließt die Tür lautlos hinter sich und zieht den Autoschlüssel aus seiner Hosentasche.

„Wie mutig bist du, Cowboy?“, frage ich so leise wie möglich.

Ibo zieht an der Pfeife, bläst den Rauch aus. „Kommt drauf an, was ich gewinnen kann.“

„Hunderttausend. Vielleicht mehr. Vielleicht zweihundertfünfzigtausend.“

„Sorry. Nicht interessiert.“

„Hm?“

„Bin nicht zu haben für Raubüberfälle oder Entführungen.“

„Einbruch?“

„Wo?“

„Moschee.“

„Muschi? Klar bin ich dabei.“

„*Moschee*! Das Gebetshaus vom Derwisch.“

Ibo lacht laut, beugt sich und schnippt die Asche in eine kleine Untertasse, die auf dem Boden neben der Tür steht. „Tarik ...“

„Den Tresor knacke ich mit links.“

Er lehnt sich an die Wand, verschränkt die Arme, ein Bein angewinkelt, dann schüttelt er den Kopf. „Ich gehe einem Rudel Wölfen aus dem Weg, selbst wenn die hundert

Kilo Gold bei sich haben. Und weißt du warum? Weil nur einem Mann ohne Verstand nicht klar ist, dass er bei einem Kampf mit ihnen immer den Kürzeren ziehen wird."

„In der Nacht überwacht ein einziger Mann das Haus. Er sitzt im oberen Stock vor den Bildschirmen."

„Ein Mann ist einer zu viel."

„Wir sperren ihn aus. Bis er wieder in der Moschee ist, sind wir schon weg."

„Verkohlst du mich?"

„Ich ziehe es durch. Mit dir oder ohne dich."

„Du spinnst", sagt Ibo, und wir schweigen beide für eine Zeit. Er sieht zur Decke, schüttelt den Kopf. „Hunderttausend? Ist das eine gesicherte Information?"

„Wahrscheinlich mehr."

„Was sagt Beer dazu?"

Ich zucke mit den Schultern. „Hat keinen blassen Schimmer, was ich vorhabe."

„Hunderttausend, hm? Für jeden von uns?"

„Garantie hab ich keine, aber n paar irre Scheichs vom Golf scheißen den Derwisch zu mit Geld, das kannst du überall hören."

„Oh, oh. Das ist also nur eine vage Schätzung?"

„Nein", sage ich, und unsere Blicke treffen sich. Ibo starrt mich an, als könne er prüfen, ob ich die Wahrheit sage. „Ich hab die Info vom Hobbit."

„Hobbit?"

„Elias heißt er, Abdelkaders Bodyguard. Hält ihm sogar den Schwanz beim Pinkeln."

Ibo nickt, er wirft den Autoschlüssel in die Luft, fängt ihn und geht langsam Richtung Ausgang. Ich sehe ihm nach. Er dreht sich um, als er bei den Postkästen angekommen ist. „Mal angenommen, du ziehst das durch ... Was ist mit Beer? Was ist mit dem Derwisch? Hm? Die wissen doch sofort, wer dahintersteckt. Fliegst du nach Kuba, wenn die Hölle losbricht?" Ich gebe ihm keine Antwort. „Oh mein Gott. Du willst das wirklich tun? Nach Kuba verschwinden?"

„Wenn der Rauch verzogen ist, komme ich zurück. Von dir weiß niemand etwas. Von dir wird nie jemand erfahren."

Ibo lacht, er nimmt mich nicht ernst. Zwei Kinder kommen aus einer der Nachbarwohnungen gerannt, sie kreischen, tragen Wasserpistolen, laufen an mir vorbei, Ibo hält ihnen die Tür auf. Er ruft mir noch irgendwas zu, dann ist er draußen.

Als ich am Nachmittag so gegen vier aus dem Gebetshaus komme und am Himmel gerade ein Gewitter aufzieht, nimmt mich eine Beamtin beiseite. „Du bist Tarik Celal, ja?", fragt sie leise. Ich nicke. „Kannst gehen", sagt sie und öffnet eines der Absperrgitter für einen Spalt. Wir sehen uns beide nervös um, ob es auch niemand bemerken kann.

Ich bin gut gelaunt, weil ich mir eine Stunde in der prallen Sonne erspare, und gehe in den Supermarkt, um mir zwei Sechserträger Bier zu kaufen. An der Kasse erreicht mich Ntebas Nachricht: liege im bett und denke an dich. was machst du?

***

Ibo meldet sich kurz vor Mitternacht überraschend. Wir treffen uns am Sendlinger Tor, machen einen Spaziergang Richtung Marienplatz, der Asphalt ist nach einem Platzregen dunkel und nass. Das Treffen wird mehr oder weniger ein Verhör, er möchte nochmals alles von A bis Z wissen, bis ins letzte Detail. Wie mich Beer angesprochen hat, was er von mir verlangt und so weiter. Ich verschweige ihm, dass ich für Beer einbrechen und nach verdächtigem Material suchen soll, und behaupte, dass ich ausschließlich weiter für ihn das Haus ausspionieren muss. Ich weiß, dass Ibo niemals mitmachen würde, wenn er die Wahrheit wüsste. Er will mit so einem wie Beer nichts zu tun haben, auf keinen Fall und keine Weise. Ich kann ihm unmöglich sagen, dass ich für Beer Abdelkaders Müll durchsuchen soll.

Wir sind schon beinahe beim Englischen Garten, als er sagt: „So ganz verstehe ich nicht, warum du mich fragst und nicht deine Jungs."

„Wenn du mir absagst, frage ich die Jungs. Ich wollte dir nur die Möglichkeit geben einzusteigen."

„Was ist mit dem Security-Mann?"

„Du musst keine Sekunde in die Moschee, ich steig da ganz allein rein. Du musst nur den Typen von der Überwachung rauslocken. Ich schließe ihn aus, und bis er wieder drinnen ist, bin ich mit dem Geld durch das Klofenster davon."

„Ich soll ihn rauslocken? Und womit? Soll ich mich als Rabbi verkleiden und mit meinem blanken Hintern vor dem Haus rumtanzen?"

„Du gehst zur Eingangstür, streckst einen gefakten Bullenausweis in die Kamera und sagst, er soll sein Auto wegfahren."

„Sein Auto?"

„Die stehen jetzt immer hinter der Polizeiabsperrung auf dem kleinen Parkplatz. Sag ihm, dass da gleich ein Schwertransporter für die Baustelle vorbeikommt und die Karre wegmuss."

„Und du glaubst, der kommt angerannt, verlässt seinen Posten und stellt das Auto weg?"

„Warum nicht?"

„Wenn er ein Idiot ist, vielleicht. Wenn er keiner ist, sagt er: Leckt mich am Arsch."

„Du musst eben überzeugend wirken. Du musst sagen, dass es sofort sein muss."

Ibo lacht. „Wie sehe ich aus, Tarik? Sag mir, was du siehst! Einen Polizisten oder einen Zigeuner? Hm? Sei ehrlich! Für wen, denkst du, hält der mich?"

„Hast du die Brüder vom Verfassungsschutz vor der Moschee mal angeschaut? Die haben keine Bodys wie SEK-Elitekämpfer. Das sind schmächtige Fräuleins und Männleins. Du hast mir doch erzählt, dass die dort eine neue Abteilung haben. Nur Moslems, nur Araber und Türken und Perser. Könntest auch einer von denen sein."

„Oh, oh, oh, gut, dass das auch noch zur Sprache kommt. Was ist mit den Verfassungsschützern vor dem Haus? Wie sollen wir die ablenken? Glaubst du ernsthaft, die halten still, wenn wir da einsteigen?"

„Ich bin alles durchgegangen", sage ich und lege meine Hand auf seine Schulter, „dutzende Male in meinem Kopf. Ich verspreche dir: Mit n bisschen Glück und Allahs Hilfe klappt es."

„Auf Allahs Hilfe würde ich nicht setzen. Also lass hören, wie viel Glück im Spiel ist."

„Du gehst zur Fronttür, das wird alle Aufmerksamkeit auf dich lenken. Der Security-Mann und die Verfassungsschützer oder wer immer auf dem Parkplatz Wache schiebt, wird nur auf dich schauen. Ich steige inzwischen in das Fenster ein, geh vor zur Tür und steck das da ins Schloss." Ich fuchtle mit einem Schlüssel vor Ibos Gesicht. „Das ist ein Lockkill, so einer, wie Fonso ihn erfolgreich in der Schule benutzt hat."

„Tarik", sagt Ibo, „das ist kein Plan, das ist ein Teenagerstreich."

„Wenn der Mann seinen Überwachungsraum nicht verlässt oder Verstärkung anfordert, na und? Was soll geschehen? Was kann passieren, Ibo? Sag es mir! Kommen wir in einer anderen Nacht eben wieder. Neuer Plan, neues Glück, verstehst du? Oder gar nicht! Wenn es nicht klappt, lassen wir es. Aber wir haben doch nichts zu verlieren."

„Du bist mir so ein Vogel. Wie bist du nur auf so eine Idee gekommen?"

„Wir kriegen das hin. Ich räum den Tresor aus. Bis der Schlüsseldienst da ist, bin ich längst wieder durch das Klofenster verschwunden."

Vor dem Rathaus stehen wir eine Zeit lang schweigend da, rauchend, in Gedanken versunken. „Ich weiß nicht warum", meint Ibo nach einer Weile, „aber ich habe irgendwie das Gefühl, du sagst mir nicht die ganze Wahrheit. Wenn da noch was anderes dahintersteckt, dann sag mir das, ja? Lüg mich niemals an. Niemals, Tarik."

Er schnippt seine Kippe weg und geht davon. Ich folge ihm, mit etwas Abstand, erst als wir beinahe beim Bahnhof sind, schließe ich auf. Ich spüre, dass er weich wird, dass ich ihn jetzt knacken und überreden kann. Es fehlt nicht viel und der schwarze Teufel ist dabei.

„Am Tag haben die einen perfekten Sicherheitsdienst", sage ich. „Wenn Abdelkader dort ist, ist die Moschee eine Festung. Am Tag könntest du da drinnen nicht einmal ein Feuerzeug klauen. Aber in der Nacht sind sie verwundbar, weil ihr Guru nicht zu Hause ist. Der ist alles, was sie haben. Das Geld ist Geld, das können sie ersetzen. Abdelkader könnten sie niemals ersetzen. Es gibt in dem Club keinen zweiten Führer wie ihn, es gibt nicht mal eine Nummer drei oder vier, da ist niemand. Mit Abdelkader steht und fällt die ganze Truppe. Also wird in der Nacht sein Privathaus bewacht, die Moschee ist unwichtig."

„Und wenn die längst Wanzen drinnen haben? Die Verfassungsschützer?"

„Den Verfassungsschützern sind wir egal. Deren Feind ist Abdelkader."

Ibo sieht mich an, von der Seite, belustigt. „Und woher kriege ich einen gefälschten Ausweis?"

„Wer von uns beiden ist der Zigeuner?"

„Sagt ein Türke."

„Ich bin Deutscher, Mann."

„Siehst aus wie ein Türke."

„Wie sieht ein Türke aus?"

Ibo steckt sich zwei Erdnüsse in den Mund. „Na, so wie du", sagt er. „Pechschwarze Haare, schwarze Augenbrauen, Dschungelbehaarung auf der Brust, auf dem Rücken und auf dem Hintern."

„Ey, Ibo, du redest von deiner Mutter. Tausend Pickel auf'm Arsch hast du noch vergessen."

Er atmet tief ein und aus. „Weißt du, was passiert, wenn man dich bei dem Einbruch erwischt? Du bist nicht nur auf Bewährung, für den Richter wirst du auch ein Anhänger Abdelkaders sein, denn eins muss dir klar sein: Den Beer kannst du nicht mit reinziehen vor Gericht. Du kannst nicht behaupten, dass er dich dazu angestiftet hat, für ihn die Alarmanlagen auszuspionieren. Der wird alles abstreiten."

Als Ibo dieses Mal weitergeht, folge ich ihm nicht mehr. Ich sehe ihm nach und fühle mich müde.

***

Das erste Mal hatten wir Sex in der Nacht vom dreißigsten November auf den ersten Dezember. Es war ein milder Regentag und wir gingen auf den Weihnachtsmarkt in der Stadt. Dort herrschte jedoch eine gedrückte Stimmung, alles war nass, die Leute flüchteten unter die Vordächer oder die aufgestellten Schirme vor den Ständen. Ntebas Freunde rauchten viel und diskutierten laut und leidenschaftlich über Dinge, die mich nicht interessierten: Autos, Reisen, Studienpläne, das Leben und Lieben ihrer Freunde oder ihrer Universitätsprofessoren. Ich trank viel zu schnell, was auf Nteba eine ansteckende Wirkung zu haben schien, denn auch sie kippte einen Glühwein nach dem anderen, und irgendwann, nachdem sie viel zu viel geraucht und getrunken hatte, murmelte sie, wir sollten abhauen. In der U-Bahn war sie dann so aufgedreht, dass ich ihre Hände abwehren musste, die immer wieder zwischen meine Beine griffen. Rechts von uns saß eine Mutter mit ihrem Kind, das seltsam ruhig war, aber selbst als ich Nteba darauf aufmerksam machte, lachte sie nur.

Der erste Sex war nicht so, wie ich ihn mir in den Wochen zuvor ausgemalt hatte. Sugo lag mir ja ständig in den Ohren, dass Nteba eine Frau aus Eis sei, kalt und ernst, untypisch für eine Latina, und obwohl ich ihm immer vehement widersprach, fühlte sich das erste Mal genau so an: unterkühlt. Ich stellte mich ungeschickt an, das leugne ich nicht, ich wollte alles rich-

tig machen, wollte, dass es etwas Besonderes für sie wird, aber als sie nicht so reagierte, wie ich erhofft hatte – sie lag auf dem Rücken, schloss die Augen, spreizte die Beine und ließ mich gewähren –, wurde ich immer unsicherer. Ich war ihn ihr, ich nahm sie erst sanft, dann richtig hart, aber sie blieb leise, stöhnte nicht, presste nur Luft aus, wenn ich zustieß, ließ die Augen die meiste Zeit über geschlossen und erwiderte meine Küsse kaum. Weil ich betrunken war, kam ich nicht zu schnell, aber es änderte nichts daran, dass es anders war, als ich erwartet hatte. Und ich schlief danach auch nicht wie sonst ein, sondern lag neben ihr. Nicht enttäuscht, nein, keinesfalls, ich war überglücklich, dass sie sich endlich verführen hat lassen, aber da war auch ein bisschen Angst, ich könnte sie enttäuscht haben.

***

Fonso und ich schlendern durch die Innenstadt, das Gedränge ist groß. Je näher der Hochsommer rückt, desto mehr Touristen; je schöner das Wetter, desto größer die Aufregung. Ich habe Fonso eine neue Hose gekauft, die letzte war voller Löcher und Risse. Dass ich wenig spreche, stört den Kleinen nicht, weil er sowieso ständig mit seinem Smartphone beschäftigt ist. Ich denke nur an den Einbruch, ich denke nur an Ibo, ich bete, dass er mitmacht.

Ich brauche den schwarzen Teufel.

Wir setzen uns auf eine Bank an einem Brunnen in der Fußgängerzone, Fonso tippt auf seinem Handy, kichert, tippt weiter, spricht mit sich selbst.

Habe ich ohne Ibo überhaupt eine Chance? Wem traue ich es zu, den Nachtwächter aus der Moschee zu locken, ohne sich dabei in die Hosen zu machen?

Die Sonne ist noch hinter den Dächern der Häuser, aber es ist bereits warm. Nur ich friere. Nur ich scheine irgendwann irgendwo in meinem Leben falsch abgebogen zu sein. Und je weiter ich gehe, in umso größere Schwierigkeiten gerate ich.

„Was machst du im Sommer?“, frage ich Fonso.

„Dasselbe wie im Winter.“

„Aufm Handy tippen, vor dem Block rumhängen und cool durch die Gegend schauen?“

„Als ob du was anderes tun würdest, Moruk.“

Zwei Männer kommen aus der Menge schnurstracks auf uns zu, ich bemerke sie schon von Weitem und möchte noch Reißaus nehmen, aber mit Fonso im Schlepptau ist das kaum möglich. „Tarik“, sagt der eine, „komm mit.“

„Hm?“

„Tarik Celal“, fordert mich der zweite im Ton eines SS-Offiziers auf, „du kommst mit uns.“

„Wer seid ihr?“

Der Linke hat einen Vollbart, ist klein und dick, trägt ein T-Shirt mit einem seltsamen Death-Metal-Symbol, irgendetwas, das Satan oder einen anderen finsteren Knaben meinen könnte. Der SS-Mann ist groß und gepflegt, ein Südländer, der zu viele Stunden in Fitnesscentern und Bräunungsstudien verbracht und sich ohne jeden Zweifel eine Menge Anabolika eingeschmissen hat. „Komm mit“, wiederholt er.

„Leckt mich. Ich geh nirgendwohin. Ich muss mich um den Kleinen kümmern.“

„Abmarsch! Aber schnell.“

Wichser.

Fonso sieht erst mich groß an, dann die beiden Kerle.

„Fonso“, sage ich zu ihm, „du weißt ja auch alleine, wie du zur Schule kommst, oder? Ich nehm deine Hose mit und bring sie später deinem Großvater vorbei.“

„Ich will die aber jetzt anziehen.“

„Das hättest du mir im Geschäft sagen müssen.“

„Ich will die sofort.“

„Der Derwisch muss dich sprechen, Tarik“, unterbricht uns der Vollbart.

Die beiden sind mir jetzt so nahe gerückt, dass ich nicht mal aufstehen kann, ohne sie zu berühren. „Und wo?“, frage ich.

„Wir bringen dich hin."

Die beiden treten etwas zurück, als ich aufstehe. „Geh nicht!", sagt Fonso und streckt den Arm nach mir aus.

„Alles okay", beruhige ich ihn. „Ich mag die zwei auch nicht, aber ich bin stärker als die."

Als wir davongehen und ich zurückschaue, steht Fonso auf und hüpft auf einem Bein einem Mann hinterher, der auf Krücken geht, weil ihm das linke Bein fehlt.

Wir gehen zur Frauenkirche, der Südländer hält mir die Tür auf, er trägt jetzt eine Sonnenbrille, teuer, exklusiv, eine, die ich sofort stehlen würde, wenn ich die Gelegenheit dazu hätte. „Das ist nicht euer Ernst", sage ich.

Der Vollbart schubst mich, ich trete durch die Tür. Es ist kühl drinnen, dunkel und leise. Nichts von der Einkaufswut draußen, von der gierigen, aufgeregten Freude auf einen heißen, fröhlichen Münchner Sommertag.

Ich flüchte gerne in diese Kirche, wenn mir die Menschen zu viel werden, aber dass der Derwisch mich dort treffen möchte, ist mir nicht geheuer. Ich bin auch mit Nteba öfters hier gewesen, auch wenn sie nicht an Gott glaubt. Nicht an Gott und auch nicht an ein Leben nach dem Tod. Dass ich bete und regelmäßig in die Moschee gehe, hat sie niedlich und auf eine gewisse Art interessant gefunden, weil sie, bevor sie nach München gekommen war, zwei Bücher über den Islam gelesen hatte. Vor Nteba hätte ich mir nicht vorstellen können, eine Freundin zu haben, die die Existenz Gottes anzweifelt. Ob Muslimin, Jüdin, Hindu, Buddhistin oder Christin wäre mir immer egal gewesen, aber eine Atheistin?

Die beiden Typen lassen mich alleine, ich gehe langsam durch den Mittelgang vor zum Altar, halte Ausschau nach dem Derwisch. Vielleicht hockt er in einem Beichtstuhl, denke ich mir, und der Gedanke amüsiert mich.

Ich finde ihn vorne in der dritten Reihe, und mir wird klar, dass zwar viele Menschen in der Kirche sind, aber dass sie alle in einer Art Schlaf, Verzückung oder Trance sind, nur zwei kleinere Kinder laufen aufgeregt am Rand, das Klatschen ihrer kleinen Schuhe ist das lauteste Geräusch hier drinnen.

Der Derwisch sitzt da, ausdruckslos, den Kopf leicht im Nacken, die Augen halb geschlossen. Er trägt ein weißes Hemd und eine schwarze Hose, ist braungebrannt, als käme er direkt aus Mallorca. Zwei Reihen hinter ihm erkenne ich Elias. In seinen Studentenklamotten hockt er da und begrüßt mich mit seinem üblichen süßen Lächeln und einem dämlichen Augenzwinkern.

Ich nähere mich dem Derwisch langsam, sehe mich nach allen Seiten um, setze mich neben ihn und begrüße ihn mit einem Kopfnicken. „*As-salam alaykom*", sagt er leise, feierlich. „Schön, dass du da bist, Bruder."

„*Wa-'alaikum us-salām*. Woher hast du gewusst, wo ich bin?"

„Ich mag Kirchen", flüstert der Derwisch und holt tief Luft. „Eine Oase für Geist und Seele inmitten der Wüste des Konsumwahns. Außerdem", und jetzt lächelt er, „kann mir hier drinnen der Verfassungsschutz nicht auf die Pelle rücken."

Ich betrachte die Hände auf meinem Schoß. Übermorgen werde ich in das Gebetshaus einsteigen, den Tresor öffnen, Abdelkaders Geld stehlen und Müllsäcke durchwühlen. Bis zu diesem Augenblick bin ich mir unsicher gewesen, aber jetzt weiß ich, dass ich es tun werde. Vielleicht, weil Abdelkader mich kürzlich nicht nur bedroht, sondern jetzt und hier auch gezwungen hat, zu ihm zu kommen. Doogie würde es auf mein türkisches Blut schieben, aber lässt sich denn irgendein Mann auf der Welt gerne demütigen? Und beides waren Demütigungen für mich.

Vielleicht bin ich ein Feigling, weil ich dem Affen nicht sofort sage, dass er mir nicht drohen kann, dass er mich nicht kidnappen darf, aber meine Rache wird der Einbruch sein. Mit oder ohne Ibo, ich werde es tun. Ich werde in die Moschee einsteigen. Wenn Ibo nicht mitmacht, werde ich

Yiannis bitten, der wird nicht nein sagen. Er wird sich wehren, er wird fluchen, aber er wird mir helfen.

„Muslim zu sein, heißt ein Ergebener Allahs zu sein", sagt Abdelkader. „Alle Propheten sind Ergebene Allahs und somit auch Muslime. Auch Jesus."

Eine Gruppe Touristen watschelt an uns vorbei, Südländer, Italiener oder Spanier wahrscheinlich. Sie haben keine Ahnung, wer der Mann neben mir ist.

„Ich liebe die Menschen, genau wie Jesus", fährt er fort. „Ich liebe *alle* Menschen. Aber ich stelle jeden irgendwann vor die Wahl. Entscheide dich für die Wahrheit oder für die Lüge, und wählst du die Lüge, dann beklage dich nicht, wenn deine Strafe dafür eine grausame, eine schmerzvolle ist ... Wer die Lüge wählt, stürzt in die Tiefe, verstehst du? Sein Leib wird zerschmettert auf dem Asphalt." Ich berühre die Narbe auf meinem Daumen. „Wenn du dich bewährt hast, wirst du in meinen engsten Zirkel aufgenommen. Möchtest du das?"

Ich nicke. „Natürlich möchte ich das. Jeder möchte das." Der Kopf des Derwischs kommt ganz nahe an meinen. „Dann wach auf, Tarik Celal! Schmeiß die Red-Bull-Dosen, die Bierflaschen und die Joints in den Abfall, dröhn dich nicht länger zu, jedenfalls nicht mit Drogen, sondern mit Wahrheit, sie ist so ...", er ringt nach Worten, legt seine Hand auf meinen rechten Arm, „Tarik, folge mir, ich werde dich nicht enttäuschen. Du kannst die Wahrheit nicht von heute auf morgen erfahren. Kein menschliches Wesen kann das. Aber du musst bereit sein, Stück für Stück der Gnade und Weisheit in dein Herz zu lassen."

„Das werde ich auch."

„Ich war ein bisschen wie du", spricht er nach längerem Schweigen weiter. „Ich war Moslem, aber kein gläubiger. Ein Flüchtlingswaisenkind in einer kleinen schwäbischen Stadt, das nur eines wollte: überleben in der Fremde. Ich habe hart gearbeitet, Tarik, ich habe gebuckelt und gekuscht, ich habe getan, was von mir verlangt worden ist, nie aufgemuckt, alle unbezahlten Überstunden angenommen, alle Beleidigungen geschluckt, jeden noch so geringen Lohn akzeptiert. Und mit der Zeit bin ich so geworden, wie fast alle jungen muslimischen Männer in diesem Land sind: Ich wollte eine nette Wohnung, ein schönes Auto zum Angeben, das neueste Smartphone, eine Playstation, mich Freitagnacht in der Disco austoben, mit hübschen Mädchen tanzen, küssen, Liebe machen ... Hässlich bin ich doch nicht, oder? ... Naja, bevor ich aus diesem Scheinleben ausgestiegen bin, war meine Geldtasche voll, in meinem Bett war immer die Hölle los, lag immer eine junge Schönheit, nur in meiner Seele war Leere. Ich war tot. Ich war innerlich tot, Tarik! Das ist der einzige Tod, den es gibt. Der einzige Tod, den wir auf dieser Welt zu fürchten haben." Ich nicke brav. „Achtundneunzig Prozent der Moslems in Europa haben etwas verloren, auch wenn sie es niemals zugeben würden. Diese zügellose Porno-Fress-Sauf-Konsumparty hat sie verlottern lassen. Ich verachte sie, ich spucke auf sie. Sie haben sogar einen *Zentralrat der Muslime* in diesem Land – was zum Teufel ist das? Mit so einem Verein wische ich mir doch den Hintern ab, wenn ich Durchfall habe." Elias lacht leise, sein ganzer Körper wackelt. „Was soll ich mit den Imamen, die nicht länger die Eier haben, die Wahrheit zu verbreiten, die einzige Wahrheit, die in diesem Universum existiert? Kafire! Alles gottverdammte, verlorene Kafire! Nicht besser als Christen und Judafisten, Jesiden und Buddhisten und ..." Der Derwisch sieht mich an, faltet die Hände, sieht zum Altar. „Du zitterst ja. Deine Lippen, die zittern, Tarik. So ein großer, starker Junge. Und er hat Angst. Vor was hast du Angst? Vor wem hast du Angst?"

Ich habe keine Angst. Ich bin nur aufgeregt.

Ich werde in dein verdammtes heiliges Haus einsteigen und dich bestehlen.

Und nichts ahnst du.

Und nichts weißt du.

Dein Gott gegen meinen Gott – lassen wir es darauf ankommen.

Ich lege meine Hand auf meinen Bauch. „Fühl mich n bisschen unwohl. Hab wohl was Falsches gegessen. Sugo-Joe kocht immer so Zeug, das seit Jahren abgelaufen ist. Der hat daraus n Sport gemacht. Je länger das Verfallsdatum verstrichen ist, umso mehr Freude hat er beim Zubereiten."

„Siehst du die beiden Männer, die dort drüben stehen. Rechts, nicht links. Siehst du sie? Die sind vom Verfassungsschutz. Sie sind hier, um mich zu beobachten. Würde ich dir jetzt etwas zustecken, einen Zettel bloß oder eine CD, würden sie dich filzen, dich nackt ausziehen, dich vielleicht sogar die Pobacken spreizen lassen."

„Kein Problem, ich hab nen schönen Arsch."

„Die würden wissen wollen, was ich dir gegeben habe. Ist das noch Freiheit? Ist das noch Demokratie? Ist das noch das Land, in dem wir Moslems leben wollen? Die neuen Antiterrorgesetze sind nichts anderes als Anti-Islam-Gesetze, nichts anderes als Terrorgesetze gegen die Freiheit. Sie sind rassistisch und deshalb verfassungsfeindlich. Sie werden allesamt in Karlsruhe aufgehoben werden, du wirst sehen, sollen wir wetten?" Er sieht mich an, als erwarte er Zustimmung, aber ich schweige und er redet weiter. „Was diese elenden Kafire nicht wissen: Ich habe Spitzel, überall, Tarik. Top-Informanten, gute Moslems oder Menschen, die erpressbar sind oder die man einschüchtern kann. Wir sind viel besser aufgestellt, als du denkst."

„Gut", sage ich leise.

„Ich habe viel mit dir vor. Ich brauche Krieger wie dich. Waschbrettbauch, breite Schultern und Muskeln, Ex-Bundesligaspieler. Männer, die auch optisch was hergeben. Männer, die Teenager cool finden. Ein Ex-Sechziger-Spieler kommt mir dabei gerade recht. Wir könnten sogar ein Sommercamp machen. Ein Fußballturnier. Mit Kindern, Jugendlichen, vielleicht auch mit Flüchtlingen ... Würde dir das Spaß machen?"

„Klar“, antworte ich. „Das wär ... großartig wär das!“

„Das höre ich gerne. Du musst aber auch glauben, was du sagst. Leben, was du sagst. Wer mir folgt, muss das mit Leib und Seele tun, nicht nur ein bisschen, nicht nur halbherzig. Bei den Samurai heißt es, dass man von einem Mann mit einem gewöhnlichen und gesunden Geist nicht erwarten kann, dass er Großes vollbringt. Nur wenn er sich in einen beinahe verrückten, verzweifelten Zustand bringt, weit jenseits von Vernunft und Eigennutz, kann er solches leisten. Nicht mehr und nicht weniger erwarte ich von meinen Männern.“

„Ich glaube an dich und ich werde dich nicht enttäuschen“, sage ich, aber in seinem Blick erkenne ich Zweifel und sogar Verachtung. Der Derwisch steht auf und ich tue es ihm gleich.

Er legt seine Hand auf meinen Arm. „Noch eine Frage: Was war da mit der Polizei vorgestern? Und am Tag zuvor? Warum haben die dich einfach durchgelassen?“

Ich zögere für einen Moment, runzle die Stirn. „Was meinst du?“, frage ich schnell.

„Uns ist aufgefallen, dass die Polizei dich nicht zu kontrollieren scheint.“

„Das war Zufall. Sie machen ja nur Stichprobenkontrollen.“

„Bist du dir sicher? Ich hatte das Gefühl, sie durchsuchen ausnahmslos alle unsere Brüder. Bis auf dich.“

„Nein, nein, sie picken sich die Leute raus, deren Bärte ihnen nicht gefallen.“

„Vielleicht hast du recht“, sagt Abdelkader und ich wünsche mir, er würde mich nicht so lange anstarren. „Oder aber sie lieben dich ...“

„Hm.“

„... weil du der Anatolische Panther bist.“ Er lächelt freundlich, aber in seinem Tonfall schwingt Hohn mit.

Wir gehen Richtung Ausgang, Abdelkader bewegt sich langsam, sieht immer wieder zur Decke. Ich versuche, meinen Atem zu kontrollieren. Mein Herz schlägt so schnell. Er weiß also doch etwas. Er muss etwas wissen. Deshalb hat er mich hierherbestellt, nicht wegen eines Fußballsommercamps. Nein, der weiß, dass ich für Beer arbeite. Der weiß das oder ahnt etwas.

Als wir aus der Kirche rauskommen, steht Fonso vor der Tür. Mit dem Smartphone zielt er auf die nackten langen Beine einer hübschen Schwarzen. „Mensch Fonso", schimpfe ich ihn. „Du kommst zu spät zur Schule. Ich hab dir doch gesagt, du sollst dich ohne mich auf den Weg machen."

„Ich wollte aber warten.", sagt er. Leise fügt er hinzu: „Ich hab gedacht, die beiden tun dir was an."

„Scheiße, das ist doch Scheiße! Jetzt wirst du zu spät kommen."

„Wo musst du hin?", mischt sich der Derwisch ein.

„Ist schon gut", sage ich. „Ich begleite ihn."

„Willst du einmal in einem BMW Coupé mitfahren?", fragt der Derwisch den Kleinen.

„Nur wenn's n M5er ist."

„Ein M5er? Dann warte mal ab, was für ein Auto auf dich wartet."

„Ey", sage ich. „Der Kleine muss mit mir ..."

„Ein besseres?", fragt Fonso.

„Ein viel besseres."

„Gibt's nicht."

„Gibt's doch."

„Nope", sagt Fonso und strahlt über das ganze Gesicht.

„Danke", greife ich ein und packe Fonso am Arm. „Ist nicht nötig. Bei dem Verkehr sind wir mit der U-Bahn schneller."

„Quatsch", meint Fonso und schüttelt mich ab. Ich spüre den Schweiß aus meinen Poren treten und wische mir über die feuchte Stirn.

Abdelkader klopft mir auf die Schulter. „War schön dich zu sehen, Tarik. Bis zum Abendgebet."

„Ich komm mit“, sage ich. „Ich komme mit euch.“

„Tut mir leid, wir haben keinen Platz mehr im Auto.“

„Ich bin für den Jungen verantwortlich. Er ist n Kind und ich habe seinem Großvater mein Wort gegeben ...“

„Hast du gar nicht“, mischt sich Fonso ein. „Der Alte weiß nicht mal, dass ich mit dir unterwegs bin.“

„Keine Angst“, sagt der Derwisch. „Dein kleiner Freund ist nirgendwo sicherer als bei mir. Wir haben doch eine Eskorte des Verfassungsschutzes.“ Abdelkader deutet auf zwei mittelalte Männer, die uns im Abstand von etwa zwanzig Metern folgen, und es sind andere als die, die wir schon in der Kirche gesehen haben. „Er kommt sicher in die Schule. Wir sehen uns später, Tarik“. Ich fluche leise, als er mit Elias und Fonso Richtung Karlsplatz geht.

***

Erst als der kleine Puskás mir in der großen Pause schreibt, dass er in der Schule angekommen ist, bin ich beruhigt. Ich bitte ihn sofort, Ibo nichts davon zu erzählen, weil der sich ja immer grundlos Sorgen machen würde.

na klar, antwortet er mir, danach kommt gleich noch eine Nachricht: so geil! DER DERWISCH hat mich zur schule gebracht. so geil! Und fünf Minuten später: ich hab 1 ruksak in auto vergesen. kanst du holen vielleicht?

Das Letzte, was ich möchte, ist, dass Fonso einen Fuß in das Gebetshaus setzt, also fahre ich mit einem Bus aus dem Zentrum in Richtung Moschee, gehe noch ein gutes Stück zu Fuß und komme beinahe nicht hinein. Nicht wegen der Polizei, nein, zwei hitzköpfige Tschetschenen filzen mich, stellen Fragen, suchen Streit, aber ich lasse mich nicht provozieren.

Elias erscheint mit dem Rucksack, sein Mund zuckt wieder nervös. Er blickt zu den Polizisten, die gelangweilt hinter einer Absperrung warten. Im grellen Sonnenlicht ist der Kleine noch hässlicher, seine Haut so bleich, so mehlig. Ich will kurz Smalltalk mit ihm machen, aber er scheint gar nicht zuzuhören, er ist wie abwesend. Noch bevor ich mich verabschiedet habe, verschwindet er wieder im Haus, und ich habe mit einem Mal einen komischen Geschmack im Mund. Magensäure steigt mir hoch, ich hoffe, die Polizisten lassen mich nicht einfach so passieren, denn ich bin mir sicher, dass Elias am Fenster steht und beobachtet, ob ich kontrolliert werde. Vielleicht war der Rucksack ja nur eine Falle, um zu überprüfen, ob was dran ist, dass ich von den Polizisten bevorzugt werde. Warum habe ich Beer nicht sofort informiert?

Und tatsächlich wollen die Polizisten mich sofort durchwinken, aber ich flüstere: „Kontrolliert mich."

„Hm?", meint der eine.

„Kontrolliert mich!"

„Was ist mit dir los, hä?", sagt ein anderer.

„Ihr habt doch Anweisung ...", fange ich an, aber ich verstumme.

„Komm, zieh Leine, mach kein Theater hier, Muselmann!", fordert mich ein Dritter auf, woraufhin die anderen beiden ihm finstere Blicke zuwerfen. Die neuen Antiterrorgesetze sollen, wie die Regierung immer wieder betont, gerade auch Moslems schützen. Rassistische oder abfällige Bemerkungen von Beamten in der Öffentlichkeit sind da kontraproduktiv.

Als ich die Absperrung hinter mir habe, schaue ich nochmal zurück. Ich suche Elias an einem der Fenster, aber kann durch die widerspiegelnden Scheiben nichts erkennen.

Am Hauptbahnhof steige ich von der S-Bahn in die U-Bahn, setze mich in die letzte Reihe des Waggons. Es riecht, wie es immer in diesen alten Garnituren riecht: nach Schweiß, Fastfood, Urin, abgestandener Luft.

Morgen ist der große Tag. Ich frage mich, ob eine halbe Million Euro in einen Rucksack passt. Ich frage mich, wo ich das Geld verstecken soll, wenn im Zug Bundespolizei auftaucht.

Meine Finger trommeln auf dem Sitz. Ich atme schnell und kurz, verspüre leichte Kopfschmerzen, die mit den ansteigenden Temperaturen stärker werden. Mein Rücken tut weh von den Nächten auf der Luftmatratze. Ich kann es kaum erwarten, wieder einmal eine Nacht in einem richtigen Bett zu verbringen.

Eine ältere Frau sieht mich an, zu lange. Als ich zurückstarre, nicht absichtlich, sondern gedankenversunken, schaut sie verschämt weg. Zwei Teenager zeigen sich gegenseitig die Nacktfotos ihrer Freundinnen auf ihren Smartphones und kommentieren sie lautstark.

„Riesennippel."

„Zu fetter Arsch."

„Zu viel Busch."

Wie oft hatten Nteba und ich uns in der Wohnung wie junge, verspielte Hunde am Boden getollt. Meistens waren wir dabei betrunken oder bekifft, nicht selten sogar beides, jedenfalls ich. Wir hatten auch Sex, wenn wir nüchtern waren, klar, aber wenn wir getrunken hatten, hatten wir immer Sex. Alkohol törnte sie an, es brauchte dazu nur zwei, drei Drinks und schon war sie nicht mehr zu halten. Sie wollte es sogar auf der Toilette in einem Café, einem Lokal und einer Pizzeria tun, aber ich war nicht der Typ dazu. Nteba konnte es dann kaum erwarten, nach Hause zu kommen, also begrapschte sie mich, selbst wenn die Leute in der S-Bahn zusahen. Sie war so süß, so wild, außer Kontrolle. An den kalten Wintertagen stahl sie meine Mütze und zog sie über ihr kleines Köpfchen, versank geradezu darin. Zu Hause entledigte sie sich ihrer Kleidung und stapfte mit der Mütze auf dem Kopf nackt durch die Wohnung, im Stechschritt, salutierte und rief dabei auf Russisch Befehle. Ich folgte ihr, versuchte die Sätze nachzusprechen, was sie so amüsierte, dass ich sie wieder und wieder sagen musste.

Die Unsicherheit der Nacht, in der wir es zum ersten Mal taten, war rasch verschwunden. Von nun an fielen wir übereinander her, von Ängstlichkeit oder Zurückhaltung keine Spur. Ich ging verloren in all den Küssen, den Liebkosungen, ich musste nicht mehr denken, konnte nicht mehr denken, es geschah alles wie von selbst. Diese Aufregung, das Mädchen, das ich so liebte, nackt vor mir zu haben, das Mädchen, das ich mehr als alles andere auf der Welt wollte, auf allen vieren, ihr sexy Hintern in der Höhe, ihre Beine leicht gespreizt, ließ nicht nur meine Sexträume und Pornos so lächerlich erscheinen, nein, mein ganzes bisheriges Leben schien mir nur mehr ein schlechter Witz zu sein. Das hier war nichts anderes als das Paradies, wirklich und unwirklich zugleich. Es geschah jetzt gerade und war doch schon vorbei.

Ich öffne aus Langeweile Fonsos Rucksack und finde nicht viel darin. Zwei dünne Schulbücher, arg mitgenommen, die Ecken abgestoßen, Buchrücken verdreckt, eine leere Schokomilchpackung, in der noch das Trinkröhrchen steckt, ein GEO-Epoche-Magazin über Piraten. Ich blättere darin, der Kleine hat sich Notizen und Zeichnungen gemacht. Da ist auch Fonsos Mathematikheft mit aufgeklebten Star-Wars-Bildchen und einer kritzeligen Aufschrift: *Ferenc Puskás, 4c. Mathematik*. Auf der Rückseite steht, winzig klein und kaum zu lesen, links oben: *Ich liebe Melissa*. Natürlich mit Herzchen und Pfeil.

Ich lächle und schieße ein Foto mit meinem Handy. Der kleine Puskás ist verliebt. Ich fotografiere auch die ersten vier Seiten, deren großzügig gezogene Ränder er oben, seitlich und unten mit Comiczeichnungen verziert hat, gar nicht mal so ungeschickt. Da sind Iron Man, Thor, Hulk und Jessica Jones, und gerührt stelle ich fest, dass er sogar einen Fußballspieler gezeichnet hat, der mir ähnlich sieht. Die Rechnungen auf diesen Seiten hingegen sind allesamt falsch gelöst. Ich stecke das Handy wieder ein, der Waggon ist fast leer, ich schließe die Augen und bete zu Allah, er möge Ibo noch umstimmen.

Ich steige an der Haltestelle Silberhornstraße aus, die Unterführung ist düster, dreckig, ein Presslufthammer lärmt an einer Ecke, die durch massive Absperrgitter vom schmalen Durchgang getrennt ist. Auf der Rolltreppe nach oben spüre ich einen Schubser. Als ich mich umdrehe, steht da ein Muskelprotz vor mir, Mund und Nase durch ein schwarz-weißes Palästinensertuch verdeckt. „Geld her!", sagt er. Der Kerl hat ein Armeemesser in seiner Rechten. „GELD HER, SCHNELL!"

Ich hole die Geldtasche raus, die mir Baba vor Jahren aus der Türkei mitgebracht hat, greife nach den Scheinen und gebe sie ihm. Als er mir die Geldtasche entreißen will, bin ich schneller, verstecke sie hinter meinem Rücken. „Die war ein Geschenk von Baba."

„Gib mir den Rucksack."

„Der gehört nem Kind. Da sind bloß Schulsachen drinnen."

„Her damit!"

„Oh Mann", sage ich, aber der Typ hebt das Messer über den Kopf, als wolle er auf mich einstechen.

„HER DAMIT!"

Ich lasse den Rucksack über den Arm gleiten, der Räuber entreißt ihn mir, dreht sich um und läuft entgegen der Fahrtrichtung die Rolltreppe runter. Unten angekommen, stößt er mit einem älteren Herrn zusammen, der sofort zu Boden geht. Ich bleibe ein paar Sekunden stehen, sehe mich um, erwarte irgendeine Reaktion der Menschen um mich rum, aber alle gehen ihres Weges. Ich fahre die Treppe hinunter, kümmere mich um den Alten, der kaum größer als 1,50 ist. Er bekommt kaum ein Wort heraus, so geschockt ist er, zitternd tastet seine Hand nach der Mütze, die er bei seinem Sturz verloren hat. Ich helfe ihm auf die Beine, und weil er nach einiger Zeit ohne Stütze stehen bleiben kann, lasse ich ihn zurück und verschwinde.

4

Das sind alles Lügen.
Keiner traut sich mehr, die Wahrheit zu berichten.
Die Geschichten hier sind alles Lügen.
Das sind alles Lügen,
jeder lügt dich an,
Nur die Familie nicht,
der ganze Rest betrügt dich, Mann.
(*Alles Lügen,* Azad)

Ich stehe im Badezimmer vor dem mannshohen Spiegel mit den altmodischen Verzierungen und dem von Würmern zerfressenen Holzrand, ein Mitbringsel aus der Türkei. Seit einer Stunde lese ich immer wieder dieselbe Nachricht: bin dabei. Ich trage nur hautenge, blaue Shorts, ein Geburtstagsgeschenk von Nteba, die es genauso geliebt hat, mich einzukleiden wie mich auszuziehen. Vor mir im Spiegel sehe ich die verschwindenden Reste meines Sixpacks, meinen Hintern, meine Oberarmmuskeln, meine Augen. Die pechschwarzen, fast schulterlangen Haare. Die dicken Augenbrauen, die dunklen Augen. Den Vollbart. Der Kanake im Spiegel schaut ernst aus. Böse, gefährlich.

Bin dabei.

Ibo ist dabei.

Ich rauche einen Joint, viel zu schnell, viel zu gierig. Frisch geliefert vom Nigerianer aus dem dritten Stock. In der Waschküche treffen wir uns alle zwei Wochen, im Trockenraum ohne Fenster, in dem niemand seine Wäsche aufhängt, weil es muffig riecht und zu viele Ratten gibt.

„Only best ganja in tha town is good enough for you", sagt er immer. „I brought you very best. Will make ya fly reeeaaaaaal good." Und der Mann lügt nicht, keiner hat besseres Gras in Giesing. Er bekommt immer ein bisschen Trinkgeld von mir, das er mit einem breiten Grinsen und einem Kopfnicken annimmt, zerknüllt und in seine Gesäßtasche steckt.

Ich ziehe mir die Sturmhaube über den Kopf, posiere mit Babas Luftdruckpistole. Mit dem Handy mache ich Fotos. Ich kann mich nicht entscheiden, ob ich lächerlich oder cool aussehe.

Bin dabei.

„*Allāhu akbar*", flüstere ich.

Allāhu akbar. Allāhu akbar. Allāhu akbar.

Wir ziehen es durch. Ibo und ich werden Abdelkader al-Anbari bestehlen.

„Steh mir bei, Allah. Beschütze mich. Lass mich nicht im Stich."

Ich habe es ja auf die ehrliche Tour versucht. Ich wollte ja brav werden, mir endlich einen Job suchen, aber Beer hat mich erpresst, mir keine Wahl gelassen. Und egal, was ich tue, mein Urteil steht sowieso fest. Ist es nicht so? Die Leute hassen den Wolf, jagen den Wolf, selbst wenn er kein einziges Schaf gerissen hat.

Sie hassen den Wolf, weil er Wolf ist.

Sie hassen den Kanaken, weil er Kanake ist.

Ganz egal, was er tut.

Babas Radio lärmt im Zimmer, ich kann die Sprecherin bis ins Bad hören: „*Der Fluglotsenstreik erreicht morgen seinen vorläufigen Höhepunkt. Fast alle deutschen Flughäfen sind davon betroffen. Viele Flüge fallen aus oder haben massive Verspätungen. Die Bundesregierung hat Altbundeskanzler Schröder als Mediator eingesetzt, um die Verhandlungen zwischen Gewerkschaft und Flughafenbetreiber voranzutreiben. Die deutsche Bahn reagiert mit Sonderzügen und einer Urlaubssperre für alle Bediensteten auf die logistische Herausforderung.*"

Die Nachrichtensprecherin verliest die Meldung emotionslos, ich schaffe die Softairpistole zurück ins Zimmer und lege sie vorsichtig in die unterste Schublade des großen

Schranks, dorthin, wo Babas löchrige Socken und ausgewaschene Unterhosen liegen. Der Alte schnarcht gleichmäßig und leise.

Ich gehe hinaus in den Flur, schließe leise die Tür hinter mir, lege den Kopf in den Nacken, hebe die Arme und schließe die Augen. Meine Lippen bewegen sich, aber kein Laut kommt aus meinem Mund, in meinem Kopf spreche ich ein Gebet. Und dann fange ich an, mich zu drehen, erst langsam, dann immer schneller. Ich möchte mich in Trance tanzen, ich tanze, tanze, tanze ... Ich tanze, bis ich in eine andere Welt übertrete, die Welt der Geister und Dämonen, die Welt des Flüsterns und des Ahnens, die Welt ohne Zukunft und ohne Vergangenheit, die Welt im ewigen Jetzt – Shit, ich bin bekifft, völlig zugedröhnt, die Worte in meinem Kopf fließen, purzeln, ich befinde mich im freien Fall und da ist kein Boden in Sicht, wir sind Wolkenmenschen, hoch oben thronen wir, meine Brüder und ich, wir haben nichts und wollen auch nicht viel, lasst uns bloß genug zum Leben, lasst uns unseren Stolz und unseren Frieden, denn kommt ihr uns die Quere, wehren wir uns, und ihr, die ihr alles habt und immer mehr wollt, habt den Krieg mehr zu fürchten als wir.

Und als meine Bewegungen langsamer werden, weil mich die Erschöpfung packt, wird in der Nachbarwohnung plötzlich lautstark ein Popsong gespielt, und der Wackel-Elvis auf dem Regal fängt an, sich im Rhythmus zu bewegen und zu singen.

That girl is so dangerous
That girl is so dangerous
That girl is a bad girl, I've seen her type before
She's so dangerous
That girl is so dangerous,
That girl is a bad girl, yeah

Und der verfluchte Elvis, den Doogie mir einmal zum Geburtstag geschenkt hat, hat Recht.

So dangerous.
Ich darf Beer nicht trauen.
So dangerous.
Ich darf ihm niemals trauen.
Der schenkt mir keine halbe Million.
Wie konnte ich das nur glauben?

Ich falle vor Erschöpfung zu Boden, es fühlt sich an, als werde ich aus einem sich bewegenden Objekt geschleudert, ich krache auf den Boden, aber das Marihuana und die Pillen betten mich weich. Dort bleibe ich liegen, auf dem Rücken, unfähig, mich zu rühren. Ich lächle, ohne es zu wollen.

Was wird bloß aus mir?

Was aus Baba, wenn das schiefgeht?

Wann immer Nteba und ich wieder einen heftigen Streit hatten, lag ich genauso oft am Boden und ein kleiner Teufel saß auf mir. Mit seinen Klauen riss er meine Bauchdecke auf und wühlte darin. Und nichts konnte ich tun. Nur warten, bis es wieder verging. Bis der Schmerz nachließ.

Dass man so nahe an das große Glück kommen kann. Es nicht nur ahnen, nein, es schmecken, riechen und berühren darf, aber dann, im letzten Moment, entscheidet sich irgendetwas dagegen.

Es steht dein Schicksal in den Sternen, es wird entschieden in den Fernen und niemals hier.

Morgen könnte ich alles verlieren. Meine Freiheit, meine Liebe, meinen Vater. Sogar mein Leben.

Wenn ich sie von hinten nahm, dann lag sie am liebsten flach auf dem Bauch, streckte dabei ihren Hintern ein bisschen in die Höhe. Yiannis und Doogie behaupteten immer, ihr Arsch wäre göttlich, wäre das Beste an ihr, unschlagbar, der Hammer, und sogar Sugo-Joe, der oft davon sprach, dass ich eine bessere Frau verdient hätte, schwärmte von ihm. Das jahrelange, regelmäßige Schwimmen hatte ein Wunderwerk geformt. Nteba beste Freundin sagte einmal, Nteba würde im

Hallenbad selbst die größten und durchtrainiertesten Kerle abhängen. Kein Mann, der es je gewagt hatte, gegen sie anzutreten, hätte auch nur den Funken einer Chance gehabt. Und nach ihrem Triumph würde sie stets seelenruhig, ohne Zittern und niemals außer Atem aus dem Becken steigen.

Das Schwimmen führte dazu, dass Nteba in der Nacht kaum wachzukriegen war. Wenn sie schlief, schlief sie. Sie lag dann wie ein Stein in einer einzigen Position, regungslos für lange, lange Zeit. Sie schlief wie Dornröschen, aber ich war kein Prinz, wagte es nicht, sie zu wecken, und so betrachtete ich manchmal ihren Arsch, ihren Rücken, ihre Haare, ihre Schenkel bis zum frühen Morgen. Ich denke an all das Glück, das ich in jenen Stunden empfand, in denen wir zusammen waren und einmal nicht stritten, in denen es nur uns in Eintracht gab.

Zwei Verliebte, als gäbe es die Schatten nicht. Ein kleines Paradies, unwirklich, zerbrechlich. Eine Seifenblase, in der wir schwebten und die, das wussten wir jedes Mal, schon am nächsten Tag wieder zerplatzen konnte, mit garantiertem freien Fall ins Bodenlose.

Baba wacht auf und ruft meinen Namen. Er hat keine Ahnung, was in wenigen Stunden geschehen wird. Yiannis wird ihn um Mitternacht wecken, dafür sorgen, dass er sich anzieht, um ihn schließlich mit den beiden vorbereiteten Reisekoffern zum Hauptbahnhof zu bringen, wo ich auf ihn mit der Beute aus dem Tresor warten werde.

Der Zug von München nach Lindau fährt um exakt drei Uhr dreiundzwanzig. Von Lindau geht's dann direkt weiter zum Flughafen Zürich. Das Geld werde ich in Babas Koffer zwischen schmutziger Unterwäsche und Windeln verstecken.

Nein, das ist kein Abschied für immer, rede ich mir ein. *Nur einer auf Zeit.*

Ich komm zurück. Natürlich komm ich zurück.

Ich liebe dieses Viertel ja doch, ich liebe meine Stadt. Ich kenne und will doch gar keine andere.

Sugo-Joe ruft mehrmals an, erst beim fünften oder sechsten Mal antworte ich. „Habe da etwas rausgefunden", höre ich seine Stimme, ernst und tief.

„Dass ich deine Schwester geküsst habe?"

„Pah, bevor sie dich küsst, küsst sie Mira."

„Wow, darf ich Fotos machen?"

„Mira ist Monas Pudel."

„Was hab ich verpasst?" Ich öffne das kleine Klofenster, um frische Luft zu schnappen. „Wer ist Mona?"

„Claudias beste Freundin. Und die sagt, Gerhard Beer ist nicht mehr bei der Kripo München."

„Was soll das heißen?"

„Dass er schon seit Monaten nicht mehr im Dienst ist", sagt Sugo-Joe, während seine Schwester im Hintergrund singt. „Und das nicht freiwillig."

„Das macht doch keinen Sinn."

„Gerhard Beer arbeitet jetzt bei einer Securityfirma."

„Das ist nicht möglich. Der ist mit ein paar Bullen in meiner Bude aufgetaucht. Ey, Sugo, wer ist diese Mona? Und woher will sie das wissen?"

„Mona gibt Beers Tochter Nachhilfe."

„Die verwechselt garantiert die beiden Brüder."

„Nein", meint Sugo-Joe, „die Mona ist nicht dumm."

„EY! NATÜRLICH IST DIE NICHT DUMM!", ruft Claudia im Hintergrund.

„Hm", sage ich. „Das gefällt mir nicht."

„Sei vorsichtig, Tarik. Das klingt nicht gut. Wer weiß, was der vorhat mit dir. Red mit dem Rensing drüber. Wahrscheinlich war das illegal, dass die in deine Wohnung sind und den Fernseher mitgenommen haben. Dann hast du jetzt einen dicken Trumpf in der Hand."

„Illegal, meinst du?"

„Red endlich mit dem Anwalt, der weiß, was zu tun ist."

Ich schaue aus dem Minifenster, im Nachbarblock steht eine blonde Frau um die vierzig am Fenster und raucht. Sie trägt nur einen schwarzen BH. Ich spüre dasselbe mulmige Gefühl im Magen wie in dem Moment, als ich Fonsos Rucksack abgeholt habe und ohne Kontrolle durch die Absperrung gegangen bin.

Ich mag es, wenn ich weiß, wer meine Feinde sind und was sie vorhaben. Gegen Schatten zu kämpfen ist gefährlicher. Natürlich hat Sugo-Joe recht, dass hier etwas faul ist, aber es ist zu spät, mir darüber jetzt noch den Kopf zu zerbrechen. Ich habe mich entschieden und es gibt kein Zurück mehr.

„Hast du das von diesem Ali schon gehört?", fragt Sugo-Joe.

„Von welchem Ali?"

„Ali Kılıç. Du weißt doch, der Anhänger des Derwischs, den sie überall suchen."

„Was ist mit Ali?", bringe ich schwach hervor.

„Seine Leiche ist gefunden worden."

„Verarsch mich nicht."

„Steht überall im Netz."

„Selbstmord?"

„Ausgeschlossen."

„Unfall?"

„Die Leiche ist entstellt."

„Und was heißt das?", frage ich, obwohl ich die Antwort darauf kenne.

„Dass Ali keinen schönen Tod gefunden hat."

„Fuck, Sugo", sage ich und schlucke. „Das war der verfluchte Derwisch."

„Hm ... Abwarten. Vielleicht ist's ja doch nur ein Rockerbandenkrieg. Oder eine Drogenmafiageschichte."

„München ist nicht Juárez, Sugo! Das kann doch kein Zufall sein, dass der Typ in Abdelkaders Moschee betet und dann ... Scheiße, Sugo, das ist ganz große Scheiße ..."

„Warum regt dich das denn so auf? Du kennst den Ali doch gar nicht persönlich."

„Anfangs hätte ich Abdelkader nie zugetraut ..."

„Bist du high oder was?"

„Mensch, Sugo, wenn der doch hinter den Anschlägen von Hamburg steckt?"

„Warten wir mal erst die Obduktion ab."

„Dieser Bastard", sage ich leise.

Verrätern die Seele auslöschen, das hat der Derwisch doch gesagt. Er wird *Verrätern die Seele auslöschen.*

Ich lasse das Handy über den Flur schlittern. Mit angewinkelten Beinen und dem Rücken zur Wand sitze ich da und verdecke mein Gesicht mit den Händen.

Der Wackel-Elvis hat längst aufgehört zu wackeln.

Auf dem Parkplatz zwischen den Bauschuttcontainern wechsle ich die SIM-Karte und schreibe Ibo: wir ziehen's durch? ja?

Er antwortet nicht mit einer Nachricht, sondern ruft mich an: „Hat sich was geändert?"

„Nein", sage ich, „alles gut."

„Warum fragst du denn?" Ich bekomme kein Wort heraus, ich verscharre nervös mit dem Fuß eine Kippe. „Alles klar?"

„Alles klar", antworte ich und räuspere mich.

„Klingt nicht so."

„Alles gut."

Fonso kommt auf einem Scooter angefahren, er will zu der Wiese am Abhang, ich folge ihm. Als ich ihn frage, wo er denn den Ball hätte, klettert er wie ein Äffchen auf einen der kleingewachsenen Bäume am Wegrand und holt ihn aus einem Holzverschlag, der wie ein schlecht zusammengezimmertes Baumhaus aussieht.

Wir spielen schweigend, laufen, schubsen uns, spitzeln uns gegenseitig den Ball von den Füßen, ich schieße ihn hoch in die Luft, köpfe ihn ins leere Tor, Fonso holt lächelnd den Ball. So wenig braucht es, um einen kleinen Jungen glücklich zu machen. So wenig, um die Freude zu spüren, am Leben zu sein. Warum verspüre ich diese Freude nur mehr so selten?

Ich erinnere mich an den Tag, als diese E-Mail in meinem Posteingang war, die ich erst für einen Scherz hielt. Ein Mitarbeiter des FC St. Pauli schrieb, der Verein wäre an meiner Verpflichtung interessiert, es hätte bereits ein Telefongespräch mit unserem Manager gegeben, der einem Verkauf nicht abgeneigt wäre.

Ich rief den Typen nicht an, sondern genoss es, stundenlang high zu sein. Ich wollte das nicht kaputt machen, indem ich erfuhr, dass er es sich vielleicht anders überlegt hätte oder alles nur ein Scherz meiner Kumpels gewesen wäre. Ich wollte jede Minute des Glücks auskosten.

St. Pauli.

Das Stadion am Millerntor. Unglaublicher Support von den Fans. Kult. Tradition. Genau wie bei den Sechzgern, und ich würde auch im Herzen immer Giesinger bleiben, aber wir steckten in einer Krise. Der Coach hasste mich, weil er mich zwar für begabt, aber unglaublich faul und partywütig hielt. – St. Pauli dagegen war auf dem Weg nach oben. Eine neue Fußballstadt, so war ich überzeugt, würde meiner Karriere guttun.

Irgendwann hielt ich es dann doch nicht länger aus: Ich musste meinen Jungs davon erzählen. Wir saßen im Hofgarten unter einem Lindenbaum, die Kellnerin brachte uns Bier und ehe Doogie den ersten Schluck nehmen konnte, stand ich auf und sagte: „Ich wechsle zu St. Pauli. Das heißt … Vielleicht *wechsle ich zu St. Pauli."*

„Und Sugo-Joe ans Max-Planck-Institut", sagte Doogie und trank das Bier zur Hälfte. Ich grinste so breit, dass den Jungs schnell klar wurde, dass ich das ernst meinte. Alle hörten auf trinken und sahen mich an.

„Wow", sagte Yiannis. „Und was wird dann aus uns?"

„Ich pendle."

„München–Hamburg? Wie soll das funktionieren?"

„Naja … Ich weiß nicht … Aber hey, Jungs! St. Pauli!"

„Zecken", sagte Doogie, „gottverdammte Zecken." Er streckte mir den Arm entgegen, die Faust geballt. Ich berührte sie mit meiner. „Gratuliere, Tarik!"

Yiannis nickte zustimmend, Sugo-Joe verschränkte die Arme vor der Brust. Jedes Mal, wenn jemand drohte, die Stadt zu verlassen, weil irgendwo in der Ferne ein scheinbar toller Job oder eine wunderbare Braut wartete, gab es diese merkwürdige Stimmung. Freude, ja, weil man weiß, dass das hier nicht die Zukunft sein kann. Aber viel stärker noch das Bauchweh, weil man sich nicht vorstellen kann, dass einer von uns die Truppe verlässt, dass aus dem Quartett ein Trio wird. Wenn schon einen Abend lang einer von uns abwesend ist, ist etwas falsch, ist es nicht perfekt. Die Jahre haben uns zusammengeschweißt.

Fonso und ich marschieren schweigend nebeneinander nach Hause, den Scooter hat er geschultert. Er humpelt ein bisschen, aber er sieht glücklich aus.

„Ibo und ich, wir ziehen das durch", sage ich, aber der Kleine hat die Kopfhörer auf und hört mich gar nicht.

Ich habe Angst, ich bin nervös wie nie zuvor vor einem Einbruch. Vielleicht, weil ich dieses Mal alles auf eine Karte setze.

Ich bin ja der festen Überzeugung, dass sich Glück und Pech im Leben ausgleichen. Natürlich nicht, wenn man seine Kinder verliert oder sein Augenlicht. Aber im normalen Leben, in einem Leben wie dem von mir und den Jungs, davon bin ich überzeugt, gleicht sich immer alles aus. Und ich hatte schon genug Pech, rede ich mir ein, deshalb wird dieses Mal alles gut gehen.

Auch die Geschichte mit St. Pauli hatte kein Happyend. Ich verbrachte einen Nachmittag in Hamburg, traf mich am Abend mit einem alten Bekannten aus der U-19-Mannschaft, trank die Minibar im Hotelzimmer leer, hatte eine unruhige, von Albträumen geplagte Nacht und fuhr am späten Morgen zu dem vereinbarten Restaurant.

Das Lokal war exklusiv, ein Nobelrestaurant – ich fühlte mich sofort unwohl und fehl am Platz und wollte nicht einmal aufstehen, um die Toilette zu suchen. Ich saß bereits am Tisch bei einem Kaffee, draußen stürmte und regnete es, die Welt verfinsterte sich, da bekam ich einen Anruf von eben jenem Mann von St. Pauli, den ich hätte treffen sollen. Er meinte, es gäbe ein Problem und wir könnten die Unterzeichnung heute nicht vornehmen. Es würde ihm sehr leid tun, aber ich würde selbstverständlich eine Aufwandsentschädigung für meine Reise bekommen. Ich bat ihn um eine Erklärung, aber er wimmelte meine Fragen ab und beendete das Gespräch.

Es dauerte Wochen, bis ich mich von dem Schock erholt hatte. Irgendwas zerbrach da in dem Nobelschuppen in Hamburg. Irgendetwas ging kaputt. Vielleicht der Glaube, dass ich es als Fußballer schaffen würde. Dass ich wirklich eine Chance hätte, in der Zweiten Liga Stammspieler zu werden. Ich musste durch einen langen, dunklen Tunnel, ehe ich wieder Freude am Fußball und am Leben fand.

Mein Vertrauensmann bei den Sechzgern kochte vor Wut, sagte, ich könnte, ja, ich müsste das anfechten, die mündliche Zusage sei so viel wert wie ein schriftlicher Vertrag. Er drängte mich geradezu etwas zu unternehmen, aber ich wollte nicht. Ich hatte keine Lust zu einem Verein zu wechseln, der so mit Fußballspielern umging. Ich wollte nicht mehr zu fucking St. Pauli. Eines Morgens stand mein Berater vor der Wohnung und sagte, er hätte rausgefunden, was geschehen ist. Und ich müsste jetzt einen Anwalt nehmen und wenigstens um eine Entschädigung kämpfen, ich dürfe das nicht einfach so hinnehmen. Zwei Spielerberater hätten ein schmutziges Spiel aufgezogen, mein Wechsel sei fixiert gewesen, da gäbe es keinen Zweifel. Auch der Manager von Pauli würde das so sehen. Er sagte mir, er würde mich zu einem Anwalt begleiten, aber obwohl wir einen Termin vereinbarten, ging ich nicht hin und sagte eine halbe Stunde vorher per SMS ab.

Zwei Monaten später verließ ich 1860 München und beendete meine Fußballkarriere, obwohl ich es offiziell nur time-out *nannte. Die Enttäuschung, die ich in den ersten Wochen nach dem verpatzten Wechsel verspürte, lähmte mich auf dem Spielfeld und in der Kraftkammer. Mein Frust machte mich müde und verstärkte meine Zweifel, ob das wirklich das war, was ich machen wollte, ob es das Leben war, das mich glücklich machen würde. Ich liebte das Fußballspielen, ich konnte nicht leben ohne, aber würde ich das die nächsten Jahre im Profibereich durchhalten? Das regelmäßige, harte Training, die Verletzungen, das Sitzen auf der Auswechselbank, das mir zumindest für den Rest dieser und der nächsten Spielzeit garantiert war, falls es nicht zu einem Trainerwechsel kam? Außerdem traute ich dem Betrieb nicht mehr, auch hier überall nur Lug und Betrug.*

„Morgen", sage ich zu Fonso, „morgen hole ich mir alles zurück. Morgen hole ich mir alles wieder, was man mir in der Vergangenheit genommen hat. Jeden verfluchten Traum. Morgen werde ich entschädigt."

Fonso reißt sich die Ohrstöpsel raus und schaut mich fragend an. „Hä? Was ist los?"

„Nichts, *assclown*. Alles wird gut."

***

„Ich habe dir nun alles gegeben", sagte Nteba am Tag nach dem ersten Sex. „Mehr kann ich dir nicht geben."
Ich aber wollte mehr. Viel mehr.

Vor der Kirche beim Wettersteinplatz empfängt mich Ibo mit einem Lächeln und in einem dunklen Van, asiatische Marke, blitzeblank geputzt, vielleicht sogar neu, garantiert geklaut. Ibo sieht aus, als würde er sich freuen auf das, was uns bevorsteht. Er isst einen Apfel, schmeißt ihn aber sofort weg, als er mich sieht, obwohl noch ein ordentlicher Bissen übrig wäre.

„Man wirft kein Essen weg", sage ich.

„Ich werf dich gleich hinterher."

Wir steigen ein und fahren los. Ibo fährt langsam, aber am liebsten würde ich auf die Bremse drücken, damit wir nie ankommen, nie dorthin, wo wir hinmüssen. Der Van schleicht durch die Nacht, durch die leeren Straßen, wie ein Raubtier durch den Dschungel auf der Suche nach Beute.

„Gut drauf?", fragt Ibo.

„Bisschen nervös", antworte ich und reiche ihm eine von vier Red-Bull-Dosen, die ich mitgebracht habe.

„Nein, danke", sagt er und schmeißt die Dose zurück auf meinen Schoß. „Ich trinke keine Energydrinks. Ich trinke Grünen Tee."

„Du bist schon ne schräge Nummer. Weißt du, wie viele harte Typen es in der Stadt gibt, die deinen Namen ehrfürchtig sagen?"

„Und?"

„Na, schau dich an! Du ... Du ..."

„Ich?" Er zieht die Mundwinkel nach unten und hebt die Augenbrauen, das lässt ihn noch mehr einer Comicfigur gleichen.

„Na, du hast n bisschen was von John Lennon ... Die Pilzfrisur, die roten Hosen, die karierten Hemden, der Grüne Tee ... Irgendwie ..."

„Schwul?"

„Altmodisch. Wie n Hippie."

„Du meinst, ich sehe wie ein schwuler Hippie aus? Hm?"

„Ey ..."

„Du meinst, ich sehe wie eine Schwuchtel aus?"

„Ich sag nur ..."

„ICH SEHE WIE EINE SCHWUCHTEL AUS?"

„Nein, nein", versuche ich ihn zu beruhigen. „Ich mein doch nur ..."

„Ich sag dir, Tarik: Ich hab nichts gegen Schwule, es ist mir also schnurz, wenn Leute glauben, ich sehe aus wie eine Schwuchtel. Und merk dir eins: Die Lauten sind selten die

Gefährlichen." Er steckt sich eine Erdnuss in den Mund. „Die Lauten sind selten die Klügsten."

„Als ich deinen BMW das erste Mal gesehen habe, war ich mir sicher, dass dir das Koks nur so an der Nase hängt. Ich hab gedacht, dass du ordentlich Gewichte pumpst, vielleicht Kampfsport machst. Oder dass du ständig Leute um dich hast. Aber wenn ich dich treffe, bist du immer allein. Wo sind deine Männer? Wo ist dein Back-up, wo sind die Waffen, die Drogen, die Chicks?"

„Ach, Drogen und Frauen ... Habe ich schon zu viele probiert, zu viel experimentiert. Ich muss jetzt ein bisschen runter vom Gaspedal. Ich will nicht jung sterben. Alle jungen Wilden wollen schnell leben und jung sterben. Sagen sie jedenfalls. Ich will nicht mal jung sein. Ich wäre gern älter. Ich wäre gern fünfundvierzig oder fünfzig, Tarik. So ein Pate mit ein paar Falten, ein paar Narben, aber mit einem schönen, teuren Anzug, mit einem schönen, großen Auto, einer Luxuswohnung im zwanzigsten Stock. Nichts mehr mit Dealen und Abzocken und Einbrechen, nein. Ich will auch kein Zuhälter sein und kleine Mädels auf den Strich schicken, Gott bewahre."

„Was willst du denn sein?", frage ich.

„Ein Al Pacino. Ein Mann, verstehst du? Ein richtiger Mann. Al Pacino ist ein Mann. Ein kleiner Mann, zugegeben, aber ein Mann. Dagegen sind diese aufgepumpten Anabolika-Muckitypen doch alles bloß traurige Würstchen. Und man ist erst ein Mann, wenn man was erlebt hat. Wenn man ganz unten war, zwei-, dreimal durch die Hölle gereist ist. Dann erst bist du ein Mann. Streich die Mädchen, die du bis jetzt gehabt hast. Streich die Joints, die du geraucht hast, das Koks, das du dir reingezogen hast. Die Schlägereien, das gehört auch dazu, keine Frage, aber es muss tiefer gehen, Tarik. Das Leben muss deinen tiefsten Kern erschüttern."

„Hm." Ich öffne eine Dose Red Bull und trinke das süße Gesöff in einem Zug, dann zerdrücke ich sie und schweige, sehe hinaus, möchte, dass die Fahrt niemals endet, möchte, dass wir fahren und fahren und niemals anhalten. Ich habe den Kick vor einem Einbruch immer geliebt, ich liebe es, im Adrenalin zu baden, aber heute habe ich habe kein gutes Gefühl, ich könnte mich aufs Klo setzen und eine halbe Stunde lang meine Eingeweide ausscheißen.

„Willst du eine Erdnuss zum Lutschen?", fragt Ibo und Für einen Moment wünsche ich mir, die Jungs wären dabei. Yiannis, Sugo-Joe und Doogie, alle an Bord.

„Ich hab kein Sodbrennen."

Ibo steckt sich eine weitere Erdnuss in den Mund und sieht mich an, als wäre ich der Grund für sein Sodbrennen. „Darf ein Moslem saufen und kiffen?", fragt Ibo.

„Darf n Zigeuner blöde Fragen stellen?"

„Ich meine das ernst. Ich kenn mich doch nicht aus."

„Du willst mir klar machen, dass ich n schlechter Moslem bin?"

„Ich frag doch nur. All diese deutsch-muslimischen Gangsterrapper zelebrieren die Drogen, das Verbrecherleben und sind doch so verdammt stolz darauf, Moslems zu sein. Da frag ich mich, wie das zusammenpasst."

„Weiß nicht. Bin kein Gangsterrapper."

Ich sehe, wie draußen die Lichter der Schaufenster, Autos und Reklametafeln vorbeiflitzen und würde am liebsten aussteigen.

„Ich gehe mit dir in die Moschee", sagt Ibo. „Ich steige mit dir in das Gespensterhaus."

„Du musst den Typen von der Überwachung rauslocken. Ich kann das nicht tun, der erkennt mich sofort."

„Ich habe einen falschen Polizisten engagiert."

Eine Hand legt sich auf meine Schulter, ich drehe mich um, da sitzt ein kleiner, kräftiger Kerl mit Hamsterbacken, roten Schweinsäuglein und grinst. „*Cheerio!*", brüllt er und streckt mir seine Hand entgegen. Ich nehme sie stumm. Der Typ trägt Militärklamotten, hat einen kugelrunden Kopf und ein Adlerhorst auf dem Kopf, auf dem, wenn es hart auf hart kommt, ein ausgewachsener Bundeswehrhubschrauber landen könnte.

„Das ist Walter“, erklärt Ibo, „mein Kampfzwerg. Auch wenn er nicht so aussieht, er war in Afghanistan in mehrere schwere Kämpfe verwickelt.“

„Der sieht aber weder wie ein Polizist noch wie ein Verfassungsschützer aus.“

„Dafür ist er überzeugend wie ein Beamter.“

„Oh Mann, änderst du gerne Pläne im letzten Moment?“

An einer Kreuzung bleibt ein Polizeiauto rechts von uns stehen. Ich werfe einen Blick rüber, ein Polizist glotzt mich an, finster. Ich erwidere seinen Blick nicht, schaue cool geradeaus. Yiannis schickt mir eine Nachricht und gibt mir Bescheid, dass er jetzt Baba abholt. Baba ahnt von nichts. Was Sache ist, werde ich ihm erst am Flughafen sagen. Dass die Tickets gebucht sind. Dass es kein Zurück mehr gibt. Bis dahin wird er glauben, dass wir für ein paar Tage in die Schweiz fahren, um ein paar Untersuchungen in einer Lungenklinik zu machen.

„Habt ihr das von diesem Ali Kılıç gehört?“, frage ich.

„Wer ist Ali Kılıç?“ Walter und Ibos Blicke zeigen mir, dass sie keinen blassen Schimmer haben.

Ich seufze. „Ach, nicht wichtig.“

Nach zwanzig Minuten parkt Ibo das Auto auf dem Parkplatz vor einer Kirche. Ich habe mein Werkzeug und zwei Dosen Pfefferspray in einer Sporttasche, die Doogie von einem Bayern-Amateurspieler vor dem Grünwalder Stadion nach einem Spiel gegen Dynamo Dresden geklaut hat. Ibo hat einen Rucksack mit Taschenlampen und anderen nützlichen Utensilien. Wir steigen aus, Walter setzt sich ans Steuer. Draußen stinkt es intensiv nach der Brauerei in der Nähe, ich verspüre sofort einen leichten Brechreiz. Ich speichere Walters Nummer und stelle mein Handy lautlos.

Niemand kann über die Mauer klettern, die an den Hinterhof des Gebetshauses grenzt, ohne abzustürzen. Umgekehrt kann auch niemand ohne professionelle Kletterausrüstung die Baustellengrube hochklettern, um die Mauer zu erklimmen. Außerdem gibt es auf der Baustelle mehrere Überwachungskameras, weil in den letzten Monaten immer wieder Leute ihren Müll dort entsorgt haben. Wer sich also vor der Moschee auf dem Parkplatz gut positioniert, der übersieht niemanden, der in das Haus geht oder es verlässt, sei es über die Eingangstür oder eines der Fenster. Das macht der Polizei und dem Verfassungsschutz die Überwachung leicht – mir und Ibo es dadurch aber schwer, einzusteigen.

„Falls die Verfassungsschützer doch die Bullen rufen, wenn wir da drinnen sind", sage ich, „dann müssen wir schnell wieder raus."

„Keine Angst", beruhigt mich Ibo. „Falls die doch mitbekommen, wie wir einsteigen, und die Polizei verständigen, kriegen wir eine Warnung."

„Hast du ne Bullenwarn-App auf deinem iPhone?"

„Ich habe ein paar Beziehungen. Glaubst du echt, ich wäre ohne jede Verbindung zur Polizei geworden, was ich bin?"

„Eine Warnung könnte aber zu spät kommen", meint Walter. „Wenn die Verfassungsschutz-Bagage selber eingreift, hockt ihr in der Falle. Und dann Gnade euch Gott. Den Derwisch als Feind zu haben, autsch."

„Die Verfassungsschützer sind nicht bewaffnet", sage ich. „Die könnten uns gar nicht aufhalten. Warum sollten sie das auch wollen? Da brechen ein paar bei diesem Arschloch ein ... *So what?*, denken die sich. *Schauen wir mal, was sie mitnehmen.*"

„Bist du dir da sicher?", fragt Walter und schnäuzt sich lautstark die Nase. „Hast du das wirklich durchdacht?" Ich presse meine Lippen aufeinander und nicke. „Bist du dir ganz sicher, dass die unbewaffnet sind?"

„Ich hab das so im Internet gelesen", antworte ich.

„Im Internet", sagt Walter und schnaubt verächtlich. „Der Luschi hat's im Internet gelesen! Die könnten ja auch glauben, der Einbruch sei getürkt. Die könnten ja auch glauben, da würden jetzt Waffen ausgetauscht. Dann rufen die ein SEK."

„Egal", meint Ibo und boxt Walter in die Seite. „Fünfhunderttausend Euro sind nicht zu verachten. Und wenn wir schon mal da sind ..."

„Mir Latte. Ihr steckt dann in der Scheiße, nicht ich. Ich bin weg wie Usain Bolt, wenn die eingreifen."

Ibo hat den Weg so gut studiert, dass er eine Abkürzung nimmt, die ich noch gar nicht kenne, und so erreichen wir das Gebetshaus rasch über eine enge, dunkle Seitengasse und durch ein Loch in einem Maschendrahtzaun. Wir ziehen schwarze, robuste Handschuhe an und holen tief Luft. Ich boxe Ibo in die Seite. Er nickt mir zu, ich hebe die Hände und spreche ein kurzes Gebet.

***

Wir können nicht sehen, was Walter treibt, aber wir hören auf dem Handy mit.

„Entschuldigen Sie! Gehört Ihnen der Volvo auf dem Parkplatz?", fragt er an der Gegensprechanlage. Niemand antwortet. „Hallo?! Der Volvo auf dem Parkplatz, ist das Ihrer?"

„Was ist los?"

„Der Volvo auf dem Parkplatz, der muss weg."

„Was willst du?"

„Hier! Mein Ausweis. Sehen Sie? Sie müssen Ihr Auto wegstellen, da kommt gleich ein Sondertransport vorbei. Der schwenkt aus, verstehen Sie?"

„Nix da. Ich verstehe nicht. Ich stelle mein Auto nicht weg."

„Dann tun wir das."

„Was? NEIN!"

„Das Auto muss weg, sonst wird es abgeschleppt."

„Das darf doch nicht wahr sein."

Dann ist zu hören, wie sich der Mann mit jemandem unterhält.

„Gott, die sind zu zweit!“, sagt Ibo. „Die sind zu zweit. Ich habe gedacht, da ist nur einer?“

„Fuck“, fluche ich. „Da war auch immer nur einer! FUCK. Dann blasen wir’s ab.“ Ich spreche in mein Handy: „Lass es Walter, die sind zu zweit.“

„Yep, ihr Pappnasen“, sagt er leise. „Bingo! Die sind zu zweit.“

„Rückzug!“

„Nein, nein“, meint Walter. „Vielleicht kommen ja beide raus.“

„Nein, verschwinden wir! Das geht schief.“

„Quatsch nicht“, sagt Walter. „Nur wer wagt, gewinnt, du Schwuchtel. Du warst so scharf drauf, jetzt probieren wir es auch.“

Ibo lacht, mir ist nicht danach. „Was ist mit dem?“, frage ich. „Wo hast du den Affen aufgegabelt? In der Klapse für Afghanistanveteranen?“

„Walter ist Walter. Man gewöhnt sich an ihn.“

Es dauert, ehe wir wieder etwas hören. Walter spricht. Jemand antwortet, die Worte sind undeutlich. Ich kann nicht beurteilen, ob er mit einer oder zwei Personen spricht.

„Kann ich mal den Ausweis sehen bitte?“, sagt eine andere Stimme mit starkem Akzent.

„Das Auto muss weg.“

„Warum muss das Auto weg? Das ist ein Parkplatz.“

„Der Sondertransporter muss umdrehen.“

„Was für ein Sondertransport? Zeig doch mal den Ausweis!“

„Ich bin nicht hier, um zu diskutieren“, sagt Walter in soldatischem Ton und klatscht in die Hände. „Bitte! Danke! Schnell jetzt.“

„Was ist los?“, fragt die Stimme ohne Akzent von vorhin. „Was will der?“

„Das Auto soll weg vom Parkplatz", antwortet die zweite Wache.

„Das Auto bleibt."

„Dann wird es abgeschleppt", droht Walter.

„Ich hole den Schlüssel und fahre ihn weg."

Kurze Stille. „Was für ein Sondertransport soll das sein?"

„Für die Baustelle", sagt Walter.

„Mitten in der Nacht?"

„Komm, ich zeig dir, wo ihr das Auto parken könnt."

„Wir stellen es neben das Haus."

„Nein, da muss der Sondertransporter doch durch."

Wieder Stille.

„Jetzt will ich aber einen Ausweis sehen. Mir kommt das hier komisch vor."

„Komm schon, ich zeig dir, wo ihr das Auto hinstellen könnt. Das ist doch alles in einer Minute erledigt und keinem tut was weh."

Ibo und ich können hören, wie die beiden sich offensichtlich zu Fuß von der Moschee entfernen.

„Wenn der mit dem Autoschlüssel aus dem Haus kommt, müssen wir rein", sage ich.

Wir warten noch ein paar Sekunden, dann hören wir, wie Walters Begleiter seinem Kumpel etwas zuruft.

„Jetzt!", sagt Ibo. „Spinn ich oder sind jetzt beide draußen?"

„Beide draußen."

Schwer atmend sehen wir uns immer wieder um, ob auch keiner in der Nähe ist, der uns sehen könnte, aber wir stehen da ganz alleine in der Seitengasse, nahe der hohen Mauer zur Baustelle. Wir ziehen uns Masken über, der Stoff ist weich und duftet nach Weichspüler, ich wasche sie jedes Mal am Vortag, das ist mein Aberglaube, mein Ritual, ich würde nie irgendwo einsteigen, ohne dass das Ding auf meinem Kopf gewaschen ist.

„*Let's roll!*", sagte ich.

„*Yay, let's roll.*"

Das Öffnen des Klofensters ist kein Problem, es ist gekippt. Ich hänge es mit einer einzigen Handbewegung aus, Ibo ermöglicht mir mit einer Räuberleiter den Einstieg, ich reiche ihm meine Hände, damit er mir folgen kann, all das geschieht in wenigen Sekunden. Die ganze Zeit über habe ich den Derwisch im Kopf, diesen merkwürdigen Mann, ich habe das Gefühl, dass er oben in seinem dunklen Zimmer auf mich wartet, im Schneidersitz auf dem Boden, mit einer Schale Tee vor sich und Elias neben sich, mit einem Flammenwerfer in den Händen. Ich war schon in einigen fremden Häusern und Wohnungen, aber noch nie hatte ich das Gefühl, es könnte mich das Leben kosten. Ich kippe das Fenster wieder, sodass von außen nichts zu bemerken ist.

„Und?", flüstere ich. „Glaubst du, die Verfassungsheinis haben uns gesehen?"

„Nein", meint Ibo. „Glaub ich nicht. Die konzentrieren sich auf Walter und die beiden Langbärte."

Ich nicke. Ich glaube ihm, weil ich es glauben will.

Eine halbe Million für uns.

Heute hole ich mir alles zurück.

Vorsichtig stoßen wir die Tür von Abdelkaders Privattoilette zum Flur auf. Ibo leuchtet mit seiner Taschenlampe in den Gang. Es ist totenstill. „Los!", sagt er, und ich laufe zur geschlossenen Eingangstür. Walter steht etwas abseits, nur ein paar Meter entfernt, das Licht ist düster, die nächsten Laternen gibt es erst auf dem Parkplatz. Er spricht mit einem jungen Mann mit einem kurzgeschnittenen Vollbart, klein, dick, keine 1,70 groß. Sie stehen mit dem Rücken zu mir und reden, aber selbst wenn der Kerl sich jetzt umdrehen würde, könnte er mich unmöglich sehen, weil die Tür nur Blicke nach außen zulässt.

Meine rechte Hand zittert, als ich den Lockkill so geräuschlos wie möglich in das Schloss stecke.

Ich laufe rückwärts, entferne mich von der Tür, ohne den Blick von den beiden abzuwenden, als könnte doch noch etwas Überraschendes und Gefährliches passieren.

Dann ziehe ich meine Schuhe aus und lasse sie in der Tasche verschwinden. Auch wenn der Derwisch das Haus entweiht hat, ist es immer noch die Moschee, in der Baba und ich lange Zeit gebetet haben.

Das war einmal ein heiliges Haus.

Und, so Allah will, wird es auch wieder eines werden.

***

Zum ersten Mal geklaut habe ich im Kindergarten. Ich war vier Jahre alt und habe mir die Taschen vollgestopft mit Porzellanfiguren. Die Tiger und Elefanten mochte ich am liebsten, die Pferde ließ ich zurück, Pferde waren etwas für Mädchen. Eines Tages fielen mir ein paar dieser Tierchen aus der Hosentasche, als ich in der Garderobe meine Schuhe anziehen sollte. Die Kindergärtnerin wusste, was los war, aber sie hat nichts gesagt. Sie hat mir sogar geholfen, die Dinger einzusammeln. Ihr trauriger Blick war Strafe genug.

Mit acht habe ich mit Schulkameraden in einem kleinen Laden in Giesing geklaut. Schokolade, Gummibärchen, Kekse, Panini-Sticker, später auch Zeug, das wir gar nicht brauchten. Wir wurden mit jedem Mal dreister, aber irgendwann hat mich das schlechte Gewissen eingeholt. Ich mochte den Kerl in dem Geschäft, ein kleiner, freundlicher Wicht, der uns bei jedem Einkauf eine Handvoll Karamellen schenkte. Er konnte sich keine Videoüberwachung, geschweige denn einen Detektiv leisten, war meistens alleine im Laden und musste sich auch noch von dem Gesocks von der Straße blöd anmachen lassen. Als der Laden zumachte, weil der Wicht pleite war, war das ein Schock für mich, und ich habe mir hoch und heilig geschworen, nie mehr von den Kleinen zu stehlen.

Baba sagt, dass man jedem Mann mit einer Waffe schnell und einfach das Leben nehmen könne, aber keine Waffe der Welt könne einem stolzen, gottesfürchtigen und aufrechten Mann die Ehre nehmen.

Den Wicht zu bestehlen war ehrlos.

Wir überprüfen den großen Gebetsraum im Erdgeschoss, den kleinen im hinteren Teil des Hauses, dazu zwei Zimmer, in denen jeweils nur eine Couch und fahrbare Garderoben stehen.

Für einen Moment frage ich mich, was der Alte sagen würde, wenn er wüsste, dass ich den Hassprediger bestehlen will.

Er würde vor Wut und Angst kein Wort herausbekommen.

Er würde tagelang nicht mehr mit mir sprechen.

Ich denke an Baba mit einem Lächeln. Was für ein stolzer Mann. Was für ein stolzer Türke. *Al-Hamdu li-Llāh,* ich ehre diesen Mann. *Al-Hamdu li-Llāh,* wie bin ich Allah dankbar, dass ich bei Baba aufwachsen durfte. Ich werde niemals mehr Schande über ihn bringen.

„Hey!“, zischt Ibo und kneift mich. „Pennst du schon? Was ist los mit dir?“

Wir gehen auf Zehenspitzen die Treppe hoch in den ersten Stock. Ich bleibe auf halber Höhe stehen, betrachte ein eingerahmtes Foto an der Wand. Darauf trägt ein Mann ein totes Kind in seinen Armen, die Kleidung blutig und zerfetzt, er schreit zum Himmel, rundherum Feuer, Trümmer, Rauch, Menschen in Panik. Als ich genauer hinsehe, erkenne ich, dass der Mann Abdelkader al-Anbari ist. Perfektes Photoshopping, jede Wette.

Ibo steht oben, fuchtelt mit der rechten Hand. Ich folge ihm so lautlos wie möglich, stolpere auf der vorletzten Stufe, er fängt mich auf. Seine Taschenlampe fällt dabei zu Boden und macht einen Höllenlärm. *„Fuck!“*, fluchen wir beide gleichzeitig und sehen uns so lange an, bis wir sicher sind, dass niemand kommt.

Wir öffnen die Schwingtür – es riecht streng nach exotischen Gewürzen, nach dem Duft von Räucherstäbchen, nach Tee und Kaffee. Weiterhin müssen wir jedes Zimmer durchkämmen, um sicherzugehen, dass niemand im Haus ist, der uns noch überraschen könnte. Ibo drückt die Klinke zum

Zimmer links von uns, aber die Tür ist versperrt. Er kniet sich auf den Boden, schaut unter den Türspalt, ob dort vielleicht Licht brennt, steht wieder auf und gibt Entwarnung.

Ich öffne die Tür zum Raum gegenüber. Es ist stockdunkel darin. Ibo leuchtet hinein – es ist eine Abstellkammer, in der eine demolierte Orgel steht, der ein paar Tasten fehlen, ein alter Soldatenhelm, wohl aus dem Ersten Weltkrieg, ein kitschiges Landschaftsbild mit einem Schwan auf einem See im Sonnenuntergang, ein Porträt von einem Sultan, zwei massive Wandschränke, eine Truhe aus Holz mit Eisenverstrebungen. Ich präge mir alles ganz genau ein, als hätte es irgendeine Bedeutung. Als könnte uns das später das Leben retten.

Ibo macht mir mit einer Kopfbewegung klar, dass wir weitermüssen. Das Holz knarrt unter unseren Füßen, kein Schritt bleibt ohne Geräusch. Links liegt eine weitere Tür, Ibo übernimmt. Sie ist angelehnt, er stößt sie auf, seine Taschenlampe leuchtet in den Raum, er schaltet das Licht aber sofort aus und schließt die Tür wieder. Er packt mich am Arm, bedeutet mir, den Rückzug anzutreten. Jetzt knarrt das Holz noch lauter. Als wir die Schwingtür aufstoßen, werfen wir einen letzten Blick zurück.

Fragend sehe ich Ibo an. „Ich habe Stimmen gehört", sagt er. „In einem der Zimmer ist jemand."

„Ich habe nichts gehört."

„Glaub mir. *Da ist jemand.*"

Ibo spuckt eine Erdnuss in die Ecke. „Was jetzt?", frage ich.

„Lass uns verschwinden. Zu gefährlich."

„Ich habe nichts gehört, Ibo. Nichts. Und ich hab verdammt gute Ohren."

„Solange ich mir nicht sicher bin, gehe ich nicht weiter", sagt Ibo und will die Treppe hinunter, aber ich versperre ihm den Weg.

„Sorry, Ibo ... Ich muss das heute Nacht durchziehen. Heute oder nie." Ibo schüttelt den Kopf. „Ich mach's allein", sage ich schnell, „aber wartet im Auto auf mich! Du kannst mich jetzt nicht hängen lassen.“ Ich lege meine Hand auf seine Schulter. „Bitte, Ibo. Ich brauch eine Fluchtmöglichkeit. Ohne euch bin ich aufgeschmissen.“

„Raus!“, fordert mich Ibo auf. Ich mache ihm den Weg frei. Unten angekommen, dreht er sich um. „Na, komm schon. Tot nützt du deinem Baba auch nichts mehr.“

Wir flüstern, aber selbst das Flüstern scheint noch zu laut.

„Warte draußen auf mich“, flehe ich ihn an, die Hände gefaltet.

Ibo breitet seine Arme aus. „Verdammt nochmal, jetzt mach kein' Scheiß hier! Wir hauen ab! In dem Haus ist jemand!“

Ich kehre um, stoße die Schwingtür auf, auf den Fußballen tipple ich bis zu den letzten beiden Zimmern. Die Tür zum Überwachungsraum steht offen – niemand da. Ein Video läuft auf einem Laptop vor den Monitoren. Als in dem Film jemand spricht, zucke ich zusammen. Ich öffne Abdelkaders Zimmer – es ist nicht versperrt. Das Licht einer Straßenlaterne erhellt den Raum. Ich schließe die Tür hinter mir, öffne die Tasche und hole das Werkzeug heraus, da höre ich Schritte auf dem Gang. Für Sekunden bleibe ich regungslos, hole nur den Pfefferspray aus der Tasche und warte.

Die Tür wird geöffnet, ich bin bereit für den Angriff, aber es ist Ibo.

Wir sehen uns an. „Arschloch“, sagen wir gleichzeitig.

„Die Stimmen kommen aus dem Laptop. Ich hab doch gewusst, dass niemand mehr im Haus ist.“

„Arschloch“, sagt Ibo noch einmal, aber in einem sanften Ton.

Ich schmeiße den Pfefferspray in die Sporttasche, stelle sie auf den Boden, lege das Werkzeug vor mich auf den Boden und knie mich vor den Tresor. „Das Scheißding ist aus dem 19. Jahrhundert“, erkläre ich und klopfe auf die Schrift auf dem Sockel. „Habsburger Monarchie.“

„Du Dillo, wenn da noch einer hier gewesen wäre, könntest du jetzt mausetot sein."

„Das ist n ganz edles, feines Stück. Wär das Teil nicht so schwer, ich würd's mitnehmen, ich schwör. Siehst du? Hier steht's! 1898."

Ibo geht zum Fenster, öffnet den Vorhang ein wenig und sieht hinaus. „Sollten die Langbärte von unten anrücken, ehe wir fertig sind, springen wir hier raus."

„Zu hoch. Hab ich alles schon vor Tagen gecheckt. Das sind locker vier, fünf Meter. Mit Beinbruch rennt sich's nicht gut."

„Ich liege lieber mit gebrochener Hüfte da draußen auf der Straße, als dass mich so ein Gotteskrieger hier drinnen mit seinem Hackebeilchen bearbeitet. Da draußen können sie uns nichts mehr tun."

Ich versuche mehrere der teuren Spezialdietriche, die ich mir im Lauf der Jahre zugelegt habe, aber keiner tut mir den Gefallen, das Schloss zu knacken. Ibo begutachtet die unzähligen Teedosen, die auf mehreren Regalen stehen, alle beschriftet nach Art und Herkunftsland. Er öffnet hie und da eine, steckt seine Nase rein, schließt sie wieder und stellt sie vorsichtig zurück, dann kniet er sich neben mich. „Mensch, mach hinne, Tarik! Ewig kann Walter die nicht aufhalten. Und wenn die Verdacht schöpfen wegen der Tür, dann rufen die Verstärkung."

„Das Baby will nicht. Das will einfach nicht." Ich presse meine Lippen aufeinander und spüre, wie mir mein schweißnasses T-Shirt auf der Haut klebt. Meine Augen sind so weit aufgerissen, dass ich erschrecke, als sich mein Gesicht in einer Vitrine neben dem Tresor widerspiegelt. „Du könntest auch an der Tür Schmiere stehen."

Ibo ignoriert den Vorschlag und macht ein Selfie von sich und mir. Er macht das Victoryzeichen, ich ziehe eine Grimasse, die man unter der Sturmhaube nicht sieht. Ein uralter, rostiger Dietrich, der mir noch nie auch nur irgendeinen Dienst geleistet hat, öffnet schließlich die Tresortür. Sie knarrt laut, ich balle die Faust, preise Allah und den Dietrich. Ibo klopft mir auf die Schulter. „Du hast das Schloss mit so einem einfachen Dietrich geknackt?“ Sein Mund steht vor Bewunderung offen.

„Das Baby braucht kein’ Vorschlaghammer und kein Schweißgerät“, sage ich. „Wusste ich sofort. Das Baby braucht nur meine zarten Hände.“

Wir glotzen in den Tresor, wie zwei Kinder, die ein Weihnachtsgeschenk öffnen. Unsere Köpfe stoßen zusammen, Ibo legt seinen Arm um meine Schulter, aber die Euphorie weicht sofort der Enttäuschung: Es befinden sich nur ein paar Bündel Geldscheine in dem Tresor, uns ist sofort klar, dass es viel weniger sind, als wir uns erträumt haben.

„Fuck“, sage ich. „FUCK! Das sind ja nicht mal Hunderttausend, oder?“

„Hm“, meint Ibo und umarmt mich nicht länger. „Ziemlich dürftig ...“

Im untersten Fach liegen zwei Maschinenpistolen. Ibo nimmt eine der beiden und betrachtet sie. „Mitnehmen?“, fragt er und streckt die Zunge heraus. Ich zucke mit den Schultern, Ibo zielt auf einen imaginären Feind und legt sie dann wieder zurück. Er beginnt, das Geld in seinen Rucksack zu schmeißen.

Ich sehe mich im Raum um, suche nach den Restmüllsäcken, finde sie aber nicht. Ich laufe umher, panisch, hektisch, der Müll, von dem Beer gesprochen hat, muss doch irgendwo sein. Auf Abdelkaders wuchtigem Schreibtisch liegt eine wunderschöne Koranausgabe, über den meine Finger ganz ehrfürchtig streifen, daneben ein iPhone und ein Stapel von Briefen ohne Kuverts. An der Wand hängt eine Karte, die den Nahen Osten, Nordafrika und das Mittelmeer abbildet. Sie scheint neu, aber auf alt getrimmt zu sein. Ein fetter Schriftzug benennt einen großen Staat, der bis jetzt in keiner anderen Karte eingezeichnet ist. Ein Staat, der größer ist, als das Römische Reich es je war. Ein Staat, der dem Reich der Mongolen Konkurrenz macht.

CALIPHATE 2050.

Ich stöbere mit zitternden Händen in den Briefen, fast ausschließlich Rechnungen, nichts Besonderes, nichts Außergewöhnliches. Auf einem ausgefüllten Formular für die Sozialversicherung kann ich den Namen von Abdelkader al-Anbaris Schwester lesen – Rania.

Unter dem Tisch sehe ich zwei mittelgroße, schwarze Müllsäcke. Ibo greift indessen auf Zehenspitzen nach einem Karton, der auf dem Tresor steht. Eine Menge Staub kommt mit der Schachtel, Ibo flucht und niest dreimal. Er öffnet die Schachtel, findet nur seltsame Karten von muslimischen Helden und Märtyrern. „Sind die was wert, was glaubst du?", fragt er mich. Er zeigt mir einen Sultan namens Suleyman mit großem Turban. Ich zucke mit den Schultern. „Ach, was", sagt Ibo und wirft sie zurück in die Schachtel.

Ich öffne den ersten Sack, vorsichtig, damit ich ihn wieder verschließen kann, aber ich muss die weiße Schnur, die ihn oben zusammenhält, mit einem Messer aufschneiden, weil meine Hände zu sehr zittern.

„Lass uns abhauen", sagt Ibo. „Hier gibt's sonst nichts zu holen."

Wie ein ausgehungerter Waschbär wühle ich in dem Müll. In dem Sack ist alles zusammengeworfen, von Plastikverpackungen bis zu zerknüllten Zeitungsseiten, von Essensresten bis zu zerbrochenem Glas. Alles, bloß keine Dokumente oder Pläne, die ich fotografieren könnte. Keine USB-Sticks oder SD-Karten.

Nur Müll.

„Was machst du denn da?", fragt Ibo. „Da drinnen findest du garantiert keine Kohle."

„Weiß man nie."

„Quatsch. Los, *vamos*!"

Ich öffne den zweiten Sack, aus dem ein erbärmlicher Gestank zieht. Meine rechte Hand wühlt sich durch den Dreck.

Nichts.

Als ich ein paar Burgerverpackungen rausziehe, hängen gebrauchte Taschentücher und Zahnseide an meinen Handschuhen, dazu noch schimmlige Essensreste und undefinierbares Zeug, von dem ich gar nicht wissen will, was es ist.

„*FUCK!*“, sage ich, rümpfte die Nase und schüttle meine Hand. Ich sehe auch zwei fette Ratten in Mausefallen, ihre Körper völlig zerquetscht, nur die Schwänze unversehrt. Brechreiz überkommt mich und ich stopfe die Burgerverpackungen wieder hinein. Ich finde noch ein Kuvert, darauf in Handschrift die Adresse einer Sozialversicherungsanstalt, aber das Kuvert ist leer. Und wie ich die Schrift auf dem Papier sehe, kommt mir ein merkwürdiger Gedanke.

„Ibo!“

„Mensch, komm jetzt!“

„Ibo!“ Er sieht mich an, den Rucksack hat er schon geschultert. Ich stelle die Müllsäcke auf ihren Platz zurück. „Hilfst du Fonso bei seinen Matheaufgaben?“

„Was?“

„Hilfst du Fonso bei den Hausaufgaben?“

„Spinnst du?“

„Ich hab Fonsos Matheheft gesehen. Die Rechnungen darin ... Die hat nicht Fonso geschrieben.“

„Wär auch ein Wunder“, sagt Ibo. „Glaubst du ernsthaft, der macht sowas wie Hausaufgaben?“

„Was ist mit dem Alten? Sein Großvater! Der vielleicht?“

„Komm schon, über Fonso reden können wir auch noch später.“

„Diese Rechnungen hat kein Kind geschrieben! Garantiert kein Kind, verstehst du? Ist das nicht merkwürdig?“

Ibo flüstert was Unverständliches, wahrscheinlich stößt er Flüche aus, er schüttelt den Kopf und öffnet die Tür.

„Moment“, sage ich und hole mein Smartphone aus der Jackentasche. Ich klicke durch die Fotos, die ich von Fonsos Heft gemacht habe. Mein Herz schlägt schneller, als ich sehe, dass die Handschriften beinahe identisch aussehen.

Vielleicht bilde ich es mir nur ein, nein, *wahrscheinlich* bilde ich es mir nur ein, aber ... Die Adresse auf dem Kuvert und die Rechnungen in Fonsos Heft könnten von ein und derselben Person geschrieben worden sein. Egal, auf jeden Fall hat mich mein Gefühl nicht getäuscht: Die Rechnungen sind niemals von einem Kind geschrieben worden, das ist die Handschrift eines Erwachsenen. Ich stecke das Handy in meine Jackentasche, verstaue das Werkzeug in der Sporttasche und schließe den Tresor. Vergeblich versuche ich, ihn wieder zu versperren, damit der Diebstahl so lange wie möglich unentdeckt bleibt, aber die Tür bleibt einen Spalt offen. Ibo hat Abdelkaders Zimmer bereits verlassen, ich stehe auf, schultere die Tasche und folge ihm.

Wir sind auf der Treppe hinunter ins Erdgeschoss, da hören wir Stimmen aus Abdelkaders Toilette. Auf Zehenspitzen laufen wir zurück in den ersten Stock. Kurz darauf gibt es keinen Zweifel mehr: Zwei Männer sind in dem Haus, sie unterhalten sich laut und aufgeregt auf Arabisch. Ibo packt mich am Arm, zieht mich in eines der Zimmer und schließt die Tür so lautlos wie möglich.

Da stehen wir nun, rechts von der Tür, schwitzen wie junge Hunde, die Haut juckt unter der Sturmhaube. Ich räuspere mich, da steckt Schleim in meinem Hals, ich unterdrücke den Hustenreiz.

***

Nach quälend langsam vergehenden Minuten kommen die Männer in den ersten Stock. Sie gehen nicht, sie poltern und stampfen. Die beiden sind aufgeregt, schreien, fluchen. Sie müssen auf demselben Weg ins Haus gekommen sein wie Ibo und ich. Sobald sie den Lockkill entdecken, werden sie Verstärkung rufen – falls sie das nicht bereits getan haben.

Es dröhnt in meinen Ohren, mein Kopf arbeitet auf Hochtouren. Wie kommen wir hier lebend raus, wenn wir entdeckt werden, mit all dem Geld aus dem Tresor? Wenn Abdelkader, der Verrätern die Seele löscht, erfährt, dass ich ihn hintergangen habe?

„Die haben Ali Kılıç zu Tode gefoltert", flüstere ich.

„Wer ist dieser verfluchte Ali Kılıç?"

„Deine Mutter."

„Wer ist Ali Kılıç?"

„Ein Anhänger Abdelkaders. Man soll ihn zu Tode gefoltert haben."

„Nichts davon gehört."

„Die Leiche ist erst gestern gefunden worden." Ich greife in meine Sporttasche und ziehe einen Hammer heraus.

„Willst du die beiden totschlagen?"

„Mir egal", sage ich. „Ich will nicht wie Ali enden. Nimm du die Brechstange! Oder die Pfefferspraydosen."

Ibo schüttelt verächtlich den Kopf. Ich werfe ihm einen Blick zu, der bedeuten soll: *Sorry, ich habe dich da reingezogen.* Aber Ibo sieht mich gar nicht an, er glotzt zur Decke. Ich bin mir nicht sicher, aber ich glaube, sein Kopf wackelt im Rhythmus einer Melodie.

Allāhu akbar.

Lass mich nicht in die Hände meiner Feinde fallen.

Allāhu akbar.

Ich werde ein besserer Mensch, ich schwöre.

Ich lösche alle Pornos von meinem Computer.

Ich belüge nie mehr die Mädchen auf Chaturbate.

Ich klaue keine iPhones mehr.

Ich kiffe nur mehr ein- oder zweimal im Monat.

Ich ...

Die Tür geht auf, eine Männerstimme flüstert aufgeregt, das Licht geht an und nach wenigen Sekunden wieder aus, aber niemand betritt den Raum. Und ich habe vorhin im Auto noch gedacht, ich wäre auf einem Adrenalintrip – das war absolut nichts gegen den Superboost jetzt, ich könnte aus dem Fenster springen und fliegen, über die Dächer zum Grünwalder Stadion und wieder zurück, mit

Loopings und Sturzflug, das volle Programm. Ich schließe die Augen und habe das Gefühl einzuknicken, zu Boden zu gehen, ich habe keine Kraft, kein Gefühl mehr in den Beinen.

Die Tür wird wieder geschlossen. „Wir müssen zum Fenster raus", flüstert Ibo.

„Viel zu hoch."

„Besser als hier drinnen zu bleiben."

„Bist du so scharf drauf, bei den nächsten Special Olympics teilzunehmen?"

„Dann mach einen besseren Vorschlag", sagt er, und es ist das erste Mal, dass ich ihn richtig wütend erlebe, dass ich spüre, wie er die Kontrolle verliert. Das macht mich noch nervöser. Ich schwitze und friere und zittere.

„Hm." Ich bin ratlos.

„Diese beiden Fenster schauen raus zur Seitengasse, ja?", fragt Ibo energisch, aber sosehr ich mir den Grundriss des Hauses in den letzten Tagen auch eingeprägt habe, mir will in dem Moment einfach nicht einfallen, ob das stimmt. Und die paar Schritte zum Fenster zu machen, um nachzusehen, wage ich nicht. Also geht Ibo zum Fenster, auf Zehenspitzen, ganz langsam, nur einmal knarrt der Holzboden. Er sieht hinaus und nimmt sein Handy. „Wir springen auf das Auto. Basta", sagt er leise. Ich suche an der Decke nach einer Kamera, aber ich finde keine. „Stell das Auto unter das letzte Fenster des Hauses", flüstert Ibo ins Handy. „Wir sind im ersten Stock. Wir müssen rausspringen."

Ich höre Walters Stimme aus dem Handy, viel lauter als Ibos. *„HA! HA! IHR LOSER STECKT IN DER FALLE! ICH HABE EUCH ANGERUFEN, VERDAMMT NOCH MAL, HABT IHR BEIDE EURE HANDYS AUSGESCHALTET ODER WAS?"*

Im Gang wird es wieder ruhiger, die Stimmen sind zwar weiterhin zu hören, aber die beiden Männer scheinen sich im Erdgeschoss aufzuhalten. Ich zähle die Sekunden wie zwischen Donner und Blitz bei einem Gewitter, ehe wir ein Motorengeräusch und das Quietschen von Reifen hören.

Ibo öffnet das Fenster, ganz vorsichtig, das alte Ding krächzt. Ich will Ibo folgen, aber meine Beine verweigern den Befehl. Mit dem Hammer in der Hand stehe ich an der Wand und kann mich nicht rühren.

Ich komme nicht vom Fleck.

„Was ist?“, flüstert Ibo. „Nun mach!“

Ich klebe an der Wand. Ich kann nicht einmal mehr sprechen.

Da stapft er zurück, packt mich am Arm und zieht mich zum Fenster. „Scheiße! Was ist mit dir?! Ist doch nicht dein erstes Mal, oder?“

Er schmeißt den Rucksack hinaus, Walter fängt ihn, Ibo nimmt mir die Sporttasche ab, verstaut den Hammer darin und wirft sie ebenfalls hinaus. Walter fängt auch die, obwohl darin eine Menge schweres Werkzeug ist.

Ich sehe hinunter. Auch wenn jetzt die Karre unter uns steht, ist die Höhe immer noch beachtlich.

„Dabei brechen wir uns die Beine. Probieren wir's doch erst durch das Klofenster unten. Wenn wir feststecken, kehren wir um, rennen hierher zurück und springen auf den verdammten Van.“

„Tarik“, sagt Ibo und sitzt schon auf der Fensterbank, „was du machst, ist mir egal, aber ich springe. Wenn du beim Klofenster raus willst, ruf dir ein Taxi, denn wir werden nicht mehr da sein.“

Er stößt sich ab, ich könnte schwören, er lacht dabei. Als er auf dem Autodach landet, ist ein dumpfer, lauter Knall zu hören. Jetzt erst wird mir bewusst, dass meine Sneakers noch in der Tasche sind und dass Ibo mit Walter und der Beute abhauen könnte. Aber er steigt nicht in den Van, sondern schaut mit hochgestreckten Daumen zu mir. Ich steige auf das Fenstersims und springe auf das Auto. Der Aufprall ist so heftig, dass ich vom Dach geschleudert werde und rücklings auf dem Asphalt lande.

Fuck.

Ich bekomme keine Luft, irgendwas steckt in meiner Luftröhre, irgendwer mit einem Arsch dicker als Doogies sitzt auf meinem Brustkorb.

Fuck, fuck, fuck.

Magensäure steigt auf, ganz langsam, ich spüre sie im Rachen, aber ich unterdrücke den Brechreiz und schlucke das Zeug hinunter. Ich drehe mich zur Seite, weil ich das Gefühl habe, ersticken zu müssen, wenn ich nur eine Sekunde länger auf dem Rücken liegen bleibe.

Dann, als würden alle Schleusen mit einem Mal geöffnet, kann ich wieder atmen, ich habe nur einen intensiven kupfernen Geschmack in meinem Mund.

Ich stöhne, atme schwer. Da beugt sich Walter über mich, und so klein der Kerl auch ist, er hat eine Menge Kraft, kriegt mich in Nullkommanichts auf die Beine und stützt mich. „Einsteigen, keine Zeit für ein Picknick", sagt er.

Ich lalle irgendwas, lande auf dem Rücksitz. Da sitzt Walter auch schon am Steuer und drückt das Gaspedal im Stand, die Karre röhrt auf und rast davon.

Ich reiße mir die Sturmhaube vom Kopf, aus meinem Mund tropft Blut, obwohl ich mir sicher bin, dass ich ihn geschlossen halte. „Ey, sau mir bloß den Sitz nicht ein!", ruft Walter. „Das kostet sonst extra."

Wir rasen an dem McDonald's vorbei, vor dem ich Beer das Smartphone mit den Fotos hätte geben sollen, aber er ist nicht da, denn heute ist nicht der Tag, den wir vereinbart haben.

Heute ist nicht der Tag unseres Rendezvous vor dem McDonald's.

Heute ist Donnerstag. Nicht Freitag.

Fick dich, Beer.

Ich kann dem Mann nicht trauen. *Allāhu akbar*, ich lasse mich nicht erpressen, mir kann man nicht drohen, hier geht es um Respekt, hier geht es darum, ein Mann zu sein. Ja, ich mag manchmal ein Loser sein, ich kriege vieles nicht auf die Reihe, das streite ich nicht ab, und ich bin nicht immer der Mutigste, das mögen die Jungs und jetzt auch Ibo bezeugen, aber es gibt Dinge, die lasse ich nicht mit mir machen.

Fick dich, Beer.

Fick dich, Abdelkader.

Ihr wolltet mich als Schuhabtreter benutzen, aber am Ende werde ich in Kuba am Strand liegen und über euch lachen.

Walter biegt ab, mal links, mal rechts, er fährt zickzack, als wäre es eine bekiffte Harakirifahrt nach einer Party um drei Uhr morgens, wenn nichts mehr Sinn ergibt und alles egal ist. Irgendwann habe ich das Gefühl, dass wir am Ende wieder in die Straße gelangen, von der wir ursprünglich geflüchtet sind. Ich weiß nicht, wie viel Zeit vergangen ist, als Ibo sich zu mir umdreht. „Was glaubst du?", fragt er. „Wie viel war in dem Tresor?"

„Auf jeden Fall nicht genug", sage ich.

„Das weiß ich auch. Aber schätz doch mal ..."

„Ich kann das nicht schätzen, ich hab nie so große Scheine zu Hause."

Von Walter kommt eine abfällige Bemerkung, aber ich ignoriere sie. Ibo dreht sich wieder nach vorne. Walter hält sich mittlerweile strikt an das Tempolimit. Ich schaue hinaus, kann aber nicht erkennen, wo wir sind, ob im Süden, Westen, Osten, Norden Münchens, egal, der schwierigste Teil der Flucht liegt hinter uns. In meinem Magen liegt ein Stein, schwer und groß: Was, wenn das Geld gar nicht reicht für Kuba?

Ich gähne, um meine Augen zu befeuchten, sie sind ausgetrocknet und brennen. Es ist kurz nach Mitternacht, erst um drei muss ich am Bahnhof sein, wenigstens liege ich im Zeitplan. Ich schreibe Nteba, dass ich sie bald sehen werde. Sie antwortet mit einem einzigen Wort: qué?! Und fünf Minuten später: betrunken, chachapoya?

***

Wenn ich an Nteba denke, an den Rausch der ersten Wochen und Monate, an diese Wucht, mit der sie in mein Leben gekracht ist, muss ich lächeln. Selbst hier. Selbst jetzt. So erfüllt von Leben war ich, so überwältigt von mächtigen Gefühlen, ich konnte gar nicht fassen, dass man so viele Jahre ein Leben voller Gewohnheiten und Alltag führen konnte, um dann doch eines Tages überrascht zu werden. Natürlich war ich schon oft verliebt, aber all diese Liebschaften oder Beziehungen waren nichts als leichte bis mittelschwere Stürme. Nteba aber war der Orkan, der alles weggefegt hat.

Bis ich Nteba kennengelernt habe, war mir nicht bewusst, wozu ich fähig bin, wenn ich so intensiv fühle, dass mein Verstand aussetzt. Verbrennt man bei lebendigem Leib, hat man nicht mehr die Wahl, ob man schreit oder nicht. In jener Zeit, in der wir uns zerfleischten, uns quälten und dann doch wieder liebten, da spürte ich, dass mich diese Gefühle zu allem treiben könnten. Zum Schlechtesten wie zum Besten.

Ich hatte keine Kontrolle mehr über das, was mit mir geschah.

Keine Kontrolle mehr darüber, was ich tat.

Ich hocke auf dem Asphalt, irgendwo in einer Tiefgarage in Feldmoching-Hasenbergl, in der die beiden Ibos BMW geparkt haben. Hier, wie Walter bei seiner Soldatenehre schwört, könnten uns weder die NSA noch Gott finden, da sie sich unter einer gigantischen Großbaustelle in einem Funkloch befindet und wegen Einsturzgefahr gesperrt ist. Ich schnüre mir die Schuhe, tippe auf dem Smartphone und sehe mir noch einmal die Fotos von Fonsos Matheheft an. Simple Mathematik für einen Grundschüler. Geschrieben von einem Erwachsenen. Zweite Merkwürdigkeit: Die Rechnungen, umrahmt von Fonsos Comiczeichnungen, sind allesamt falsch gelöst.

Ibo und Walter zählen Geldbündel, ich bin nicht fähig, ihnen zu helfen, ja nicht einmal, ihnen über die Schultern zu schauen. Ich bin immer noch zu aufgedreht, das Zittern will kein Ende nehmen.

„Alles klar?", fragt Ibo, als er sich zu mir dreht.

Ich nicke bloß und merke, wie schwer ich atme. So schwer, so laut. Wenn ich nicht aufpasse, pinkle ich mir jetzt noch in die Hosen. Und Pinkeln ist dabei noch die Light-Variante.

Walter grinst mich an. Seine Hand greift an seinen Hintern. „Hosen voll, hm?", sagt er und lacht gackernd. „Bis oben vollgeschissen?" Er zählt weiter die Scheine, legt sie übereinander, jeweils zehn Stück, aber viele Häufchen gibt es nicht.

„War knapp, was?", meint Ibo und blickt zu mir. „War sowas von knapp."

„Hätte nicht gedacht, dass die auch auf die Idee kommen, durch das Fenster einzusteigen."

Walter lacht verächtlich. Und noch lauter, als Ibo sagt: „Tarik wollte mit Hammer und Pfefferdosenspray gegen die Langbärte kämpfen."

„Der kann doch nicht kämpfen", sagt Walter. „Schau mal, wie blass der ist."

„Du hast leicht reden", gebe ich zurück. „Google mal nach Ali Kılıç, dann weißt du, was uns geblüht hätte, wenn die uns erwischt hätten."

„Ich war in Afghanistan, du lächerliche Wurst."

Ibo zwinkert mir zu, als wolle er mir sagen, ist schon gut, ist schon okay, lass ihn doch reden. Ich habe mir beim Sturz in die Innenseite der Wange gebissen, sie ist geschwollen und ich sauge Blut aus der Wunde. Das linke Knie tut vom Aufprall auf das Autodach und den Asphalt weh. Ich gehe raus und rufe Yiannis an, will wissen, ob alles nach Plan läuft. Er fragt mich bloß, ob er mir was mitbringen soll: „Pizza, Pommes, Bier?"

„Bring bloß unsere Koffer, mein' Baba und deine Schwester, und alles ist gut."

„Ich bring Sugos Schwester", sagt Yiannis. „Meine mag keine Türken."

„Nachdem sie mich gehabt hat, mag sie Türken."

„Nachdem sie dich gehabt hat, weißt du nicht mehr, dass du Türke bist."

„Für nen Ritt mit deiner Schwester vergess ich gerne, woher ich komme."

„Ach, fick dich, du alte Schlampe."

„Pack den Alten in die Karre und mach dich auf den Weg, Baby. Muah!"

Als ich wieder zurück bin, sind die beiden mit Zählen fertig. Ich setze mich neben Ibo. Er reicht mir eine Flasche Bier, umarmt mich, herzlich und fest, atmet tief ein, als wären wir auf einer Wiese im Englischen Garten. „Zu wenig zum Leben, zu viel zum Sterben", sagt er.

„Wie viel?", frage ich.

„Besser als nichts."

„Wie viel, Ibo?"

„Knapp siebzig."

„Siebzigtausend bloß?", sage ich und knalle mir die rechte Hand auf die Stirn.

„Da sind auch noch eine Menge Fremdwährungen dabei, aber viele Scheine sind's nicht. Dollars, Englische Pfund. Seltsames Geld aus Osteuropa und arabischen Ländern."

Ich spucke einen Schwall Spucke und Blut auf den Boden. „Jackpot ist das keiner."

„*Always look on the bright side of life!* Wir wären fast erwischt worden."

„Beer hat von einer halben Mille gesprochen."

„Walter verlangt fünfundzwanzig Prozent. Ich würde sagen, wir geben ihm fünfzehn."

„Hm", sage ich und schneide eine Grimasse, die Ekel ausdrückt.

Walter kapiert nicht, dass ich es nicht ernst meine, und explodiert. „Was heißt hier ‚hm', du Scheißer? Ich habe euch beiden den Arsch gerettet, aber sowas von! Springt mal aus der Höhe auf Asphalt, da knickt's euch die Wirbelsäulen, da wärt ihr jetzt in der Intensivstation und morgen im Rollstuhl. Außerdem hätten euch die Bullen kassiert. Fünfundzwanzig Prozent plus den Schaden an der Karre! So kann ich die doch nicht zurückgeben, da sind eure Schuhabdrücke aufm Dach. Da ist nix mit Vollkasko und so. Fünfundzwanzig plus Schaden, kein Kompromiss."

Ibo und ich sehen Walter an, dann uns, wir lachen und stoßen die Flaschen gegeneinander. „Fünfzehn ist gebongt! Fünfzehn plus den Schaden an der Karre", sagt Ibo, und dann leise zu mir „auch wenn's nicht viel ist, was wir denen geklaut haben, die Jünger des Derwischs werden die Stadt auf den Kopf stellen, um die zu finden, die ihn bestohlen haben."

„Das fürchte ich auch."

„Also, wer weiß noch von der Sache?"

Ich trinke ein paar Schlucke, schmecke wieder Blut, spucke aus. Ich glotze auf meine Schuhe, um Ibo nicht ansehen zu müssen. „Wir müssen vorsichtig sein", sage ich.

„Was heißt das? Wer weiß davon?"

„Keiner weiß, dass du damit zu tun hast."

„Das ist keine Antwort."

Ich reiße das Etikett von der Bierflasche. „Niemand weiß davon."

„Wehe du belügst mich", warnt mich Ibo und fuchtelt mit seinem Zeigefinger vor meiner Nase. „Wir müssen jedenfalls höllisch aufpassen. Wenn du jetzt nicht mehr in der Moschee auftauchst, wird das auffallen. Das macht dich schon mal höchst verdächtig."

„Deshalb hau ich ab."

„Du haust ab?"

„Nach Kuba. Hab ich dir doch gesagt."

Ibo schiebt die Brille hoch. „Nach Kuba." Er legt den Kopf in den Nacken und lacht.

„Ist mein Ernst."

„Hätte nie gedacht, dass du's tust."

„Ich tu's, Ibo. Ich tu's."

„Dein Großvater ist krank, und so einen alten Baum kannst du doch nicht einfach so in ein anderes Land verpflanzen."

„Was soll ich denn tun? Ich kann nicht hierbleiben. Beer, der Derwisch, alle haben jetzt nen Hass auf mich."

Ibo nickt. „Hm ... Du hast wirklich gedacht, wir rauben hier eine Bank aus. Du hast gedacht, da kann nichts schiefgehen und du fliegst mit einer viertel Million in die Karibik." Ich weiß nicht, was ich sagen soll. „Du hast wirklich alles darauf gesetzt."

„Siebzigtausend!", poltere ich los. „Das ist doch ein Witz! Damit kann man doch keinen Heiligen Krieg führen."

„Vielleicht gibt's im Haus noch einen zweiten Tresor. Vielleicht ist der größte Batzen gar nicht in dem Raum. Ja, vielleicht ist das Bild mit dem Sultan eine halbe Mille wert ..."

Ich spucke Blut auf den Boden. „Vielleicht solltest du dasselbe tun, Ibo. Vielleicht solltest du auch untertauchen für ne Zeit."

„Du sagst doch, dass keiner von uns weiß."

„Vielleicht hat Beer uns mal zusammen gesehen."

„Was heißt das?"

„Wenn ich weg bin, könnte er bei dir auftauchen und blöde Fragen stellen."

„Ich habe keine Angst vor Beer. Ich fürchte keine Polizei. Die Polizei muss mich fürchten." Ich hebe resignierend die Arme. „Wie stellst du dir das überhaupt vor?", fragt er. „Ich muss mich um meine Geschäfte kümmern. Und was ist mit Fonso? Der Alte hat den nicht mehr im Griff. Wenn ich mal für zwei Monate weg bin, wird er zum Strichjungen von den nigerianischen Drogendealern oder Boss einer Kindergang."

„Er geht sowieso nicht zur Schule", sage ich. „Nimm ihn mit! Fahr in den Süden. Tirol, Südtirol oder ans Meer." Ich klatsche in die Hände. „Fahr mit ihm in die Türkei! Istanbul, warst du schon mal in Istanbul? München ist n kaltes Model, Istanbul n wildes Weib."

„Natürlich geht Fonso zur Schule. Er macht nur hie und da blau.“

„Der Kleine ist n Spast“, meint Walter und kommt zu uns. „Da nützt auch Schule nichts mehr. Wenn das Hirn zu weich ist, kannst du machen, was du willst, das bleibt weich.“

„Fonso ist manchmal ein bisschen langsam“, sagt Ibo, „aber er hat dafür andere Stärken.“

„Klar hat er die. Er kann dir sämtliche Heldentaten von ungarischen Fußballspielern aufzählen, die gestorben sind, bevor er überhaupt auf der Welt war.“

„Achtzehn Prozent.“

„Fünfundzwanzig. Oder ich bring euch zurück in die Moschee.“

„Zwanzig“, sagt Ibo und holt sich mit einem fragenden Blick die Erlaubnis von mir.

„Fünfundzwanzig. Ich mach keine Kompromisse.“

„Warum erlaubst du, dass der Kerl so über Fonso redet?“, frage ich Ibo. „Das ist respektlos. Weiß der Affenarsch nicht, was sich gehört?“

„Was geht's dich an, schwule Sau? Hä? Was'n los mit dir?“, motzt Walter. „Hä? Sag an!“

„Fonso ist mein Neffe, deswegen geht mich das was an.“, sage ich.

„Dein Neffe? Fonso ist *dein* Neffe? Ey, kapier ich hier was nicht? Bist du jetzt Zigeuner und kein Türke mehr? Das ist nicht dein Neffe.“

„Mein gefühlter Neffe.“

„Bist du pädo oder was?“

„Fick dich, Zwerg. Fonso ist kein Spast. Dir haben wohl in Afghanistan zu viele Taliban in das Vogelnest auf deinem Kopf geschissen.“

„Lasst gut sein, ihr zwei“, sagt Ibo und klopft mir auf den Rücken. „Ist schon spät jetzt. Zu spät, um zu streiten.“

Ich schaue auf das Display meines Handys – mir bleibt noch eine Menge Zeit, aber ich bin lieber zu früh als zu spät am Bahnhof. „Ich muss zur nächsten U-Bahn-Station. Wie komm ich dorthin?“, frage ich Ibo. „Kenn mich nicht aus in der Gegend.“

„Wo willst du hinfahren?“

„Zum Bahnhof.“

„Ich fahr dich.“, sagt Ibo. Ich nicke, stehe auf und spucke abermals ein zähflüssiges Gemisch aus Speichel und Blut auf den Asphalt. „Geh besser noch zu einem Doktor, bevor du in See stichst. Lass überprüfen, woher das Blut kommt.“

„Ich bin okay. Nur n bisschen ramponiert vom Flug. Das heilt.“

Walter geht zum Van, tauscht das Nummernschild aus und betrachtet den Schaden am Dach. Ibo reicht mir ein Büschel Scheine. So viel Geld hatte ich noch nie in Händen. Und doch ist es nicht genug. Ich rieche an den Scheinen, aber meine Nase ist verstopft und so gebe ich das Geld in eine Seitentasche meiner Sporttasche.

„Du willst nicht nachzählen?“, fragt Ibo.

„Ich traue dir.“

Wir umarmen uns. „Pass auf dich auf, Tarik.“ Ich nicke. „Wir haben in ein Wespennest geschlagen“, sagt er. „In Deckung bleiben, wenn sie ausschwärmen. Und ey ... Wenn ich noch etwas wissen sollte, sag's mir jetzt. Sag's mir jetzt, Tarik.“

„MOMENT!“, unterbricht ihn Walter. „So läuft das nicht. Wir klären erst das Finanzielle, bevor wir zu diesen Schwulitäten übergehen. Ich kriege meine verdammten fünfundzwanzig Prozent. Ist das jetzt bei euch angekommen? Fünfundzwanzig Prozent!“

Ibo nimmt seine Brille ab, rümpft die Nase. „Hör zu, Walter, du ...“ Walter packt einen von Ibos Geldbüscheln und steckt ihn in seine Hosentasche. „Was soll die Scheiße jetzt?“, fragt Ibo.

„Das ist mein Anteil.“

„Nein, das ist meiner“, sagt Ibo. „Deiner liegt hier.“

„Ich hab euch den Arsch gerettet.“

„Ja, dafür wirst du auch fair bezahlt. Mensch, Walter, jetzt zick hier nicht rum, was soll der Kindergarten?“

Walter mustert mich. In seinem Blick liegt pure Verachtung. Er holt die Scheine wieder hervor, schmeißt sie in die Luft, sie fallen zu Boden. „Fickt euch“, sagt er und geht zum Van. Er steigt ein, startet die Karre, lässt sie röhren. Die Reifen rauchen und quietschen, als er abrauscht.

Ibo sieht ihm nach, die Hände in den Hüften. „So habe ich den noch nie erlebt.“

„Wird sich schon beruhigen, oder?“

„Ich weiß nicht, was mit dem los ist.“

„Vielleicht mag er keine Moslems.“

„Ach was, Walter ist kein Rassist. Seine Freundin ist ihm kürzlich davon, seitdem ist er ein bisschen durch den Wind.“

„Warum erlaubst du, dass er Fonso nen Spast nennt?“

„Fonso hört's ja nicht. Und ich sage doch, der tickt zurzeit nicht richtig.“

„Das tu ich auch nicht, aber ich bin deswegen nicht respektlos. Respekt ist wichtig.“

Meine Beine sind Butter, mein Körper schmerzt an so vielen Stellen, dass ich die nächste Tüte herbeisehne. Ich will jetzt nur noch zum Bahnhof, mich in den Zug setzen und ab in den Süden.

„Brauchst du noch Sprit für die Reise?“, fragt Ibo und reicht mir einen Plastiksack. Ich öffne ihn, in der Tüte klappern unzählige Fläschchen Jägermeister.

„Ich versprech dir, es wird keine Überlebenden geben, bis ich in Zürich in den Flieger steige“, sage ich.

Auf dem Weg zum Auto gibt Ibo mir noch einen Klaps auf die Schulter. Ich habe das komische Gefühl, dass Ibo und ich noch nicht fertig sind. Was immer das auch heißen mag.

Ibos BMW startet erst nach mehreren Versuchen. Er braust aus der Tiefgarage, eine Zigarette im Mundwinkel, so lässig, dass ich mir neben ihm gewöhnlich, langweilig und uncool vorkomme. Das Auto hüpft, als wir eine hohe Schwelle überfahren.

„Fonso wird dich vermissen", sagt Ibo. „Das wird sein Herz brechen, wenn der hört, dass du nicht mehr da bist. Und mich ärgert's auch, weißt du? Du hättest einen guten Einfluss auf den Jungen haben können."

„Hm", seufze ich. „Daran hab ich auch gedacht. Ich mein, dass ich den Kleinen nicht mehr sehe."

„Vergiss nicht, ihm zu schreiben. Auf dich hört er. Ich glaube, du bist der Einzige, auf den er noch hört. Dem imponiert, dass du Ex-Fußballprofi bist. Dass du bei den Sechzigern warst. Das ist für den was ganz Großes, da ist er stolz drauf, dich zu kennen."

Es ist eine dunkle, milde Nacht, die Gewitterwolken hängen tief, aber sie drohen bloß, es regnet nicht, nur in der Ferne blitzt und donnert es.

Ich weiß nicht, wann ich meine Stadt wiedersehen werde.

Ich verspüre ein solches Fernweh, eine solche Sehnsucht nach Nteba, aber gleichzeitig auch eine große Wehmut, dass ich München verlassen muss.

In den Wochen, als sich das mit Nteba und mir erst entwickelte, in denen nie wirklich klar war, ob wir nun zusammen waren oder nicht, unternahmen wir zusammen Dinge, die ich vorher noch nie gemacht hatte. Wir fuhren gemeinsam mit altmodischen Fahrrädern, die sie sich von Freunden geborgt hatte, die Isar entlang. An einem Sonntagmorgen stiegen wir in einen Zug nach Tirol und spazierten dort zu einer Kapelle in den Bergen. Hand in Hand, sie kannte den Weg, war schon öfters dort gewesen. Kalt war es, die Sicht ganz klar. Ich verspürte eine seltsame Angst. Eine Furcht vor den Gefühlen, die ich in mir hatte. Wir besuchten ein Handballmatch, ich weiß nicht einmal mehr, welche Liga, irgendeiner ihrer Studienkollegen spielte mit. Ich machte ein bisschen Rambazamba auf den fast leeren Tribünen, stimmte ein paar Schlachtlieder an, fand ein paar Mitgröler, und so hatten die Leute ein bisschen Spaß. Nteba sah mich die ganze Zeit an, belustigt, liebevoll, verwirrt. Danach tranken wir Bier mit den Spielern in der Kabine. Sie sah mich dabei an, so lange und intensiv, wie sie das oft tat und mich damit völlig aus der Bahn warf.

Als ich fünfzehn war und zum ersten Mal litt wie ein Hund, sagte mir Baba schon: Wenn du jung bist, glaubst du, dein Liebeskummer sei der größte und einzige auf der Welt. Aber glaube mir, irgendwann im Leben müssen alle durch diese Hölle.

Ich habe es nicht verstanden. Jedes Mal habe ich gebrannt und gedacht, mein Schmerz sei der schlimmstmögliche aller Zeiten und Welten. Ich hielt es nicht aus und wusste nichts Besseres als den Schmerz zu betäuben. Mit gewagten Einbrüchen oder Drogendeals, die mir einen Adrenalinkick verpassten, mit Unmengen an Alkohol, Gras und Pillen, aber das funktionierte nur für einen Tag, eine Nacht, und das Aufwachen war umso schrecklicher. Der Moment, in dem man die Augen aufschlägt und die Gewissheit einen trifft.

Sie ist weg.

Es ist vorbei.

Und der Kopf schmerzt, der Mund ist trocken, und man weiß nicht, wie man durch den Tag kommen soll. So oft war es mir dann egal, was mit mir geschieht. Ob ich lebe, ob ich sterbe. Es war mir egal.

In der Nähe des Bahnhofs steige ich aus, ein warmer Wind schlägt mir entgegen. Ibo braust davon. Ich taste nach dem Smartphone, nach meinem Reisepass und meiner Geldtasche mit den Zug- und Flugtickets, dann hole ich zwei Jägermeister aus der Tasche und kippe sie gleichzeitig ex.

***

Ein Blick auf das Display meines Handys: Mittlerweile ist es zwei Uhr, ich habe zwei neue Nachrichten von Doogie, irgendwas mit Fußball, irgendwas mit Pokalauslosung, aber es kümmert mich nicht. Ich stecke die Sporttasche in eines der Schließfächer und sehe hoch zur Überwachungskamera. Ob Beer die Bilder irgendwann mal sehen wird? Ich lächle in die Kamera und winke. Wer zuletzt lacht, lacht am besten, ich weiß, aber vielleicht ist es meine letzte Chance, überhaupt zu lachen.

Halbe Million Euro?
Halbe Mille am Arsch!
Aber dafür kriegst du auch nichts aus Abdelkaders Müll.
Wir sind wohl alle die Gefickten heute Nacht.

Ich rufe Yiannis an, aber er geht nicht ran. So unauffällig wie möglich spaziere ich durch den Bahnhof. Zwei Polizisten mit einem Schäferhund, groß wie ein Kalb, gehen an mir vorbei, ich glaube, sie sehen mir nach, und so schiele ich ihnen unauffällig aus den Augenwinkeln hinterher, jederzeit bereit, loszusprinten. Ich weiß, dass ich das Geld auch noch in die Schweiz bringen muss und dass, sollte Polizei an Bord sein, die mich garantiert kontrollieren wird, weil ich eben aussehe, wie ich aussehe. Aber ich setze auf Baba, auf Babas höllischen Husten. Jeder kann sehen und hören, dass der Mann todkrank ist, dass ihn zu schikanieren unmenschlich wäre.

Abfahrt: München Hauptbahnhof.
Eurocity München–Lindau–Zürich.
Flug Zürich–London Stansted–Varadero.
Bus Varadero–Havanna.
Endstation: Nteba Vargas Mashaba.

Mein Plan für die nächsten achtundfünfzig Stunden.

Ich schicke Nteba die Bestätigungsmail der Flugtickets, schaue minutenlang auf das Display meines Handys, warte auf eine Antwort, aber es kommt keine. Bis der Einbruch erfolgreich war, wollte ich ihr keine Details geben. Jetzt soll sie es wissen. Aber sie antwortet nicht, und ich rede mir ein, dass sie offline ist. Ich will nicht daran denken, dass sie vielleicht gar nicht möchte, dass ich komme. Dass sie abgeschlossen hat mit mir, in dem Moment, als sie den Fuß in den Flieger gesetzt hat, weil sie von Anfang an keine Zukunft in unserer Beziehung gesehen hat.

Ich marschiere zu dem Bahnsteig, von dem aus uns der Zug Richtung Süden bringen wird. Ein Mädchen mit Pferdeschwanz sitzt allein auf der letzten Bank, lächelnd, in ihren Ohren kleine Stöpsel, ihr rechter Fuß wippt im Takt der Musik, die ich nicht hören kann. Aber ich kann sie spüren. Ich fühle den Rhythmus, die Melodie, das Glück.

Nervös greife ich nach den Bahntickets in meiner Jacke, überprüfe das Datum, die Uhrzeit, Abfahrts- und Ankunftsort, als hätte ich das nicht alles längst mehrmals erledigt. Dann suche ich nach den Flugtickets und mache dasselbe. Ein einziger Fehler und meine Flucht scheitert.

Ich müsste dringend auf ein Klo, aber ich will nicht noch einmal Polizisten begegnen, und so setze ich mich neben das Mädchen und tippe auf dem Handy. Keine neuen Nachrichten.

Aber ich kann nicht zu lange darüber nachdenken, denn Yiannis ruft mich an. Als ich ihn frage, wann er eintrifft, klingt seine Stimme merkwürdig.

„Was ist los?“, frage ich.

„Wir haben ein Problem.“

„Problem? Was für n Problem?“ Ich stehe auf, bin wieder hellwach, ich schlucke, warte auf Yiannis’ Antwort, aber der stottert erst nur rum. „RED SCHON! WAS IST LOS?!“ Das Mädchen glotzt mich eher missmutig als ängstlich an, ich wende mich ab.

„Er will nicht.“

„Was heißt, er will nicht?“

„Nicht mitkommen.“

Ich reibe mir die Augen. „Gib ihn mir … Lass mich mit ihm reden."

„Er weiß, was Sache ist. Ich hab ihm erklärt, dass du für ne Zeit weg musst aus der Stadt, weil sie dich sonst einlochen. Ich hab ihm auch von Kuba erzählt. Aber er sagt, du sollst allein gehen. Er möchte nicht weg aus München."

„Gib mir Baba, ich regle das."

Es dauert, ehe ich Baba schnaufen höre. „Kuba?", fragt er. „Ich in Kuuuubaaaaa?!" Und dann lacht er. Baba lacht. „Das ist das Verrückteste, was ich je von dir gehört habe. Wie viele lustige Zigaretten hast du geraucht, als dir diese Idee gekommen ist?"

„Hör mich erst an", bitte ich ihn. „Ich hab keine Alternative. Und du auch nicht. Keiner kann sich um dich in München kümmern."

„Ich komm gut ohne dich klar."

„Baba", sage ich. „Komm hierher, dann reden wir."

„Es gibt nichts zu reden. Ich gehe nicht nach Kuba. Für kein Geld der Welt. Ich würde nicht mal nach Unterhaching gehen. Was soll ich alter Mann in Kuba? Ich werde in Giesing sterben. Du hast dich lang genug um mich gekümmert. Jetzt kümmere dich um dich. Ich möchte nicht, dass du ins Gefängnis gehst. Geh zu deiner Freundin, mein Sohn, geh. Heirate sie. Macht Kinder. Werdet glücklich. Wenn du glücklich bist, bin ich es auch."

„Ohne dich fahr ich nicht, Baba. Auf keinen Fall."

„Red keinen Unsinn. Deine große Liebe ist in Kuba. Ich habe doch erlebt, was sie aus dir macht. Im guten wie im schlechten Sinne. Nein, du gehst in kein Gefängnis."

„Ich hab nen guten Anwalt, Dr. Rensing. Der boxt mich raus."

„Du hast kein Geld für einen Rensing."

„Ich hab jetzt aber Geld. Deshalb musst du mit mir kommen. Die Ärzte in Kuba sind gut, du hast doch gehört, wie Nteba von ihnen geschwärmt hat!"

„Niemand kann mir mehr helfen“, sagt Baba. „Es ist Zeit für ein bisschen Glück. Du hast es dir verdient. So schnell ist alles vorbei, so schnell. Mensch, sei nicht stur und kindisch. Sei ein Mann.“

„Hör zu, Baba. Yiannis bringt dich jetzt zum Bahnhof, dann können wir reden. Ich kann nicht nach Hause kommen, das geht sich nicht mehr aus, der Zug fährt in einer Dreiviertelstunde. Lass uns alles besprechen, und wenn du nicht mitkommen willst, dann lass uns verabschieden ... wenigstens das ... Baba! Du musst hierherkommen, das musst du!“ Ich rede mich um Kopf und Kragen, verrate ihm beinahe, was Sache ist, ich beschwöre ihn, ich flehe ihn an, ich möchte, dass er herkommt, denn ich weiß, das ist die einzige Chance ihn umzustimmen. Ist er erst mal hier, steigt er auch in den verdammten Zug. Ich weiß auch, dass ich nicht alleine fahren kann, dass ich ihn nicht in der Bude zurücklassen kann. „Bitte, Baba. Bitte ...“

„Tut mir leid, Tarik“, sagt Baba, der sonst so selten meinen Namen sagt, und ich spüre, wie mein verfluchtes Herz bricht, wie ganz vieles in mir zerbricht, und ich setze mich zurück auf die Bank und beuge mich vornüber, Blut tropft aus meinem Mund, ich wische mir die Lippen mit dem Handrücken sauber. Ich komme mir vor wie ein Baum an einem kalten Tag im Spätherbst. Ein einziger kräftiger Windzug und alle Blätter fallen ab.

„Baba“, flüstere ich, „tu mir das jetzt nicht an, Baba.“

„Tut mir leid. Ich bin zu alt für was Neues. Zu alt, um zu reisen. *Allāhu akbar*. Lass dich drücken. Geh in Frieden. Geh mit Allah.“

Ich liebe den Alten. Wie oft haben wir uns gezofft, uns aneinander gerieben, weil wir uns viel zu ähnlich sind, weil in uns dasselbe Blut fließt, derselbe Stolz, weil wir die gleichen Sturschädel haben, keiner will nachgeben, jeder will es besser wissen, jeder hat die Wahrheit gepachtet. Beide lieben wir den Widerstand, hassen Ungerechtigkeit, wollen auf der richtigen Seite stehen.

Ich liebe Baba.

Da sind Tränen in meinen Augen. Weil er immer da war. Seit ich denken kann, war Baba in meinem Leben. Es liegt völlig außerhalb meiner Vorstellungskraft, dass er nicht mehr da sein könnte. Eine Welt ohne ihn gab es nie. Eine Welt ohne ihn ist unvorstellbar, scheint unmöglich. Ich spucke auf den Boden. Ich habe ja gewusst, dass dieser Tag irgendwann kommen wird. Ich habe mir aber gedacht, wenn ich nur oft genug daran denken und es mir jeden Tag in allen möglichen schrecklichen Farben ausmalen würde, könnte ich vielleicht besser damit umgehen, wenn es dann wirklich geschieht. Wenn ich mir nur bewusst wäre, dass ich auf einem schmalen Grat wandere, jeden Tag, würde es mich nicht aus der Bahn werfen.

Und jetzt weine ich.

Ich habe so lange nicht mehr geweint, viele Jahre nicht mehr, ich kann mich nicht einmal daran erinnern, wann es das letzte Mal passiert ist. Und jetzt sind da Tränen. Weil ich weiß, dass ich den Alten nie mehr wiedersehen werde. Wenn ich jetzt gehe, ist der Abschied für immer.

„Sag mal", sagt das Mädchen neben mir und guckt mich böse an, „geht's dir noch?!" Sie steht auf und macht sich davon. Auch ich stehe auf, auch ich gehe, bin blind vor lauter Tränen. Taub vor lauter Schmerz. Stumm vor lauter Schock.

Ich schleppe mich aus dem Bahnhofsgebäude, taumle durch die laue Nacht, weiß nicht, was ich tun soll, beantworte Yiannis' Anrufe nicht. Als die Fußgängerampel von Grün auf Rot schaltet, fange ich an zu laufen, weil ich das Gefühl habe, dass mein Körper zerfällt, wenn ich mich nicht bewege. Ein Betrunkener kommt mir entgegen, torkelt, schreit in die Nacht, ich remple ihn an, ohne Absicht, er brüllt noch lauter, nennt mich Hurensohn, er will meine Mutter ficken, aber meine Mutter ist tot.

Bis zum Englischen Garten schaffe ich es, dann lässt meine Kraft nach und ich wandle im Park umher wie ein Geist. An einem kleinen Bach, der nackt, ohne jedes Gebüsch, durch die Wiese fließt, mache ich Halt, kurz nur, ich darf nicht stillstehen, muss weitergehen, in Bewegung bleiben. Zurück in die Stadt, egal wohin.

Als mich die Müdigkeit überkommt, setze ich mich an den Brunnen am Karlsplatz. Ich bin nicht wirklich bei mir, fühle mich erschlagen. Da ist kein Leben, keine Hoffnung mehr in mir. Ich habe nicht einmal Kraft zu beten.

Ich kann doch den Alten nicht zurücklassen.

Irgendwann schaue ich auf mein Handy und stelle fest, dass unser Zug bereits abgefahren ist. Und da der Zug weg ist, habe ich auch keine Chance mehr, rechtzeitig in Zürich anzukommen, um den Flug nach Kuba zu nehmen.

Ich zähle die wenigen Sterne am Himmel, die ich in der erhellten Nacht erkennen kann.

Yiannis schreibt mir, nachdem ich auch seinen x-ten Anruf nicht beantwortet habe: ich geh jetzt pennen, dicker. wenn du dem rensing nicht traust, hau ab, tarik! dein alter hat recht. du musst auf dich selber schauen. nicht auf ihn. nicht auf uns. ich kann dich verstehen.

Ich mache mich auf den Weg zurück zum Bahnhof. Mein Handy vibriert, ich will es schon ausschalten, da lese ich auf dem Display BULLENSCHWEIN. Ich nehme den Anruf an, Beer bellt los wie ein tollwütiger Köter: „Ich reiß dir den Arsch so weit auf, dass dein Schließmuskel nie mehr schließt, das schwör ich dir."

„Hm?", sage ich leise. „Hat dir ein Negerlein dein Auto geklaut?"

„Was hast du getan? Was ist nur los mit dir?"

Ich antworte ihm nicht.

„Tarik, du bist der dümmste Trottel, der mir je unter der Sonne begegnet ist."

„Ich versteh nicht."

„Du lernst es nie, oder? So einer wie du, der kapiert es nie. Der fällt wieder und wieder auf die Schnauze, aber er lernt nichts draus."

„Warum schreist du so?"

„Warum ich so schreie? Warum ich ... Zwei Männer sind heute Nacht aus einem Fenster des Gebetshauses auf ein Autodach gesprungen."

„Die Fürze des Derwischs sind berüchtigt. Da nimmt man gern Ausreiß." Beer schweigt. Ich stelle mir vor, wie er hyperventiliert und sich jedes Haar seines Oberlippenbarts einzeln ausreißt. „In den verdammten Müllsäcken war nichts außer Müll."

„Du pokerst zu hoch. Das ist nicht deine Liga! Du kannst als Amateur nicht in der Champions League spielen, das kannst du nicht."

„Eine halbe Mille?", sage ich. „Hast du nicht gesagt, in dem Tresor sind dreihunderttausend Euro, vielleicht sogar fünfhunderttausend? Hast du das nicht gesagt? Weißt du, wie viel in dem alten Tresor waren?"

„Kruzifix, Tarik!"

„Du hast das von Anfang an gewusst, oder? Du hast mich beschissen, Beer. Du hast mich verarscht."

„Du weißt nicht, was du tust, Türke! Wenn die Fanatiker erst mal herausgefunden haben, wer sie beklaut hat, dann spricht der Derwisch eine Fatwa aus, die sich gewaschen hat, und du wirst deines Lebens nicht mehr froh. Mensch, Junge, du weißt nicht, was du tust! Du kapierst es nicht! Du. Kapierst. Einfach. Nichts."

„Ich hab den Müll durchsucht. Da war nichts außer Dreck. Da war nichts Handgeschriebenes, da waren keine Computerchips oder was weiß ich. Und in dem Tresor war auch nicht das Geld, das du mir versprochen hast. Ich denke also, wir sind quitt."

„Ich habe dir gar nichts versprochen", sagt er. „Und ich habe dir den genauen Tag für den Einbruch genannt. ICH HABE DIR EIN DATUM GEGEBEN! ICH HABE DIR DEN TREFFPUNKT GENANNT!"

„Ich ruf dich später an, wenn du dich beruhigt hast."

„Du tanzt hier an“, befiehlt mir Beer. „Und zwar sofort. Wenn nicht, sorge ich dafür, dass du deine drei Jahre absitzt, das schwöre ich dir.“

„Bye, Beer.“

Am Bahnhof zeigt der Fluglotsenstreik seine Wirkung: Überall Bewegung, Hektik, das Klappern von Kofferrädchen auf dem Boden, Stimmengewirr, Rufe und Lachen vermischen sich mit Lautsprecherdurchsagen. Vor der großen Infotafel bleibe ich stehen und suche nach dem nächsten Zug nach Zürich. Mein Ticket ist für achtundvierzig Stunden gültig, ich habe das Geld aus der Moschee bei mir, eine Ladung Jägermeister, aber keine frischen Klamotten. Ich hätte Yiannis bitten sollen, mir wenigstens meinen Koffer zu bringen.

Ich verschwinde in der Menschenmenge, um unterzutauchen, mir konnte kaum was Besseres passieren als dieser Streik. Die Bahnsteige und Züge werden völlig überfüllt sein, die Bahnhöfe ebenfalls. Chaos pur also, und die Polizei denkt zurzeit nur an Flüchtlinge und Terroristen und hat keine Zeit für Kleinkriminelle wie mich.

Ich will jetzt nur mehr weg.

Ich hole die Sporttasche aus dem Schließfach und marschiere zum Bahnsteig.

5

Keiner von euch kennt uns und sieht, was wir fühlen oder machen.
Ob wir grad die Wahrheit sagen, dabei lügen oder lachen.
Ob wir krank oder gesund sind, arm oder reich.
Jeder kriegt, was er verdient – Frage der Zeit.
(*La Haine Kidz,* Nazar)

Ich trage eine Sonnenbrille, die meine roten Augen verbergen soll. Die Tränen, die Aufregung und die schlaflose Nacht machen aus mir keinen schöneren Menschen. Ein kleiner Fratz deutet mit dem Finger auf mich und schreit: „Mama, schau, ein Terrorist!"

Als der Zug den Münchner Hauptbahnhof verlässt, ist es kurz nach sieben. Einige Passagiere müssen vom Zugpersonal am Bahnsteig zurückgelassen werden – die Waggons sind total überfüllt, nichts geht mehr. Die Flüche der Frustrierten sind nicht ohne.

Yiannis schickt mir eine Nachricht: Beer hat Doogie geweckt und ihn über mich ausgefragt. Sofort rufe ich den Griechen an. Ehe ich etwas sagen kann, brummt er: „Ich fahr mit deinem Großvater zu Sugo-Joe. Keiner weiß, dass der noch bei seiner Alten wohnt. Dort findet ihn Beer niemals."

„Gut", sage ich. „Das klingt gut. Auf keinen Fall darf Beer mit Baba reden. Der plaudert sonst alles aus."

„Genau das habe ich mir auch gedacht. Außerdem traue ich meinen WG-Kollegen nicht. Die würden meinen Arsch mit Freude an Beer verkaufen."

„Danke, bist n treuer Kamerad, Yiannis."

„Ich bin ein müder Kamerad. Dafür schuldest du mir was, Tarik."

„Allah wird es dir danken."

„Deinen Allah gibt es nicht."

„Sag das mal den Fans vom Derwisch in der Moschee bei der Freitagpredigt."

Ich sitze in einem offenen Abteil, das wenig Verstecke für meine Sporttasche bietet. Zwischen den Sitzen kann ich die Beute nicht verstauen, weil dort schon jede Menge Koffer stehen, also muss ich die Tasche auf die Ablage über mir legen.

Angestrengt versuche ich, Ordnung in meine Gedanken zu bringen. Ich brauche ein neues Flugticket nach Varadero, aber erst muss ich wissen, wie es mit Baba weitergeht. Nur, wie soll ich diese Dinge aus der Ferne organisieren? Mich aber in München blicken zu lassen, während Beer Amok läuft, wäre an Dummheit kaum zu überbieten.

Ibo meldet sich, kurz nachdem der Zug losgefahren ist. „Alles klar bei dir?"

„Hm", sage ich. „Ist alles n bisschen dumm gelaufen."

„Du bist noch in der Stadt?"

„Ich sitz im Zug, allein. Baba ist nicht mitgekommen."

„Auweia ... Kann ich was tun?"

„Beer weiß vom Einbruch" Ich schirme meinen Mund mit der Hand ab, damit niemand hören kann, was ich sage, mich Ibo aber trotzdem versteht. „Irgendwer hat uns gesehen, wie wir aus dem Fenster gesprungen sind. Ist natürlich stinkesauer."

„..."

„Hast du mich verstanden?"

„Wir haben Masken getragen, Tarik. Wie soll uns da jemand erkannt haben?"

„Tut mir leid, Ibo. Aber Abstreiten hätte keinen Sinn gehabt."

Ich höre Ibo lachen. „Du scherzt, oder? Du verarscht mich, gib's zu."

„Nein", flüstere ich. „Beer weiß von uns."

„Du hast es gleich zugegeben? DU HAST DEM TYPEN SOFORT GESAGT, JA, DAS WAR ICH?!"

„Ich ..."

Ibo lacht wieder, aber es ist ein höhnisches Lachen. „Hör zu, Tarik, wenn ich mit wem arbeite, dann setze ich darauf, dass der Mann ehrlich ist, dass er mich nicht anlügt und mich nicht täuscht. Sollte ich jemals rausfinden, dass du mich belogen hast, mich austricksen möchtest oder sonst eine krumme Sache drehst, dann wirst du mich zum Feind haben. Du glaubst, ich sei ein feiner Kerl, stimmt's? Ich bin auch ein feiner Kerl, ich kann aber auch anders. Klar?"

„Klar. Ey, Ibo, ich will keinen Streit. Baba hockt bei einem Kollegen in der Bude, damit Beer ihn nicht ausquetschen kann, wohin ich gerade fahre. Er taucht aber garantiert bei dir auf ... Der wird auch dich fragen, der weiß, dass wir in letzter Zeit zusammen unterwegs waren."

„Gottverdammte Scheiße", sagt Ibo.

„Tut mir leid."

„Das schmeckt mir gar nicht. Aber selbst wenn er hier auftaucht: Ich sage nichts."

„Tut mir leid", entschuldige ich mich noch einmal. Danach setzt eine peinliche Stille ein. Als ich schon gar nicht mehr damit rechne, dass Ibo irgendwas sagt, meint er: „Du willst also gar nicht mehr nach Kuba?"

„Ich will, aber ich kann nicht. Nicht im Moment. Ich kann nicht in München bleiben, aber ich kann auch nicht zu weit weg, wegen Baba, verstehst du? Ich mein ... Ich muss wen finden, der sich um ihn kümmert."

„Hm", sagt Ibo, und es knistert und knackt für ein paar Augenblicke, ehe er fortfährt: „Ich habe einen Cousin in Österreich. Bei dem könntest du ein paar Tage unterkommen, falls du eine Unterkunft brauchst. Der ist gerade im Urlaub, ich habe den Schlüssel."

„Wo wohnt dein Cousin?"

„In Bregenz. Weißt du, wo Bregenz ist?"

„Yep", antworte ich. „Wir hatten da zweimal Sommertrainingslager."

„Gut, dann überleg's dir und lass es mich wissen."

„Danke, Ibo. Und der Bundeswehr-Kampfzwerg mit dem Vogelnest hält dicht?“

„Er hat sich ein bisschen beruhigt. Er will aber immer noch die fünfundzwanzig Prozent.“

„Gib ihm zwanzig.“

„Kommt nicht in Frage“, sagt Ibo. „Der Pimpf wird seine Arschbacken zusammenkneifen und nehmen müssen, was wir ihm zuletzt angeboten haben ...“

„Eine Sache noch, Ibo ... Bist du dir sicher, dass Fonsos Großvater dem Kleinen nicht bei den Hausaufgaben hilft?“

Ibo lacht. „Keiner hilft dem. Weil er sich von niemandem helfen lässt. Rate mal, warum er dieses Jahr zum zweiten Mal sitzenbleiben wird.“

„Nimmt er vielleicht Nachhilfe?“

„Quatsch.“

„Sicher?“

„Bist du high?“

„War nie nüchterner, das kannst du mir glauben.“

„Pass auf dich auf, Türke.“

„Und du auf dich, Zigeuner.“

„Hasta la vista, Tarik.“

Ich bin völlig übermüdet und doch hellwach. Schon in der Nacht davor habe ich nur zwei Stunden geschlafen, zu viel gekifft und nichts gegessen, nur Red Bull und ein paar kleine Gläser Wodka gesoffen. Ich versuche mich zu konzentrieren und jeden Punkt abzuwägen, der dafür oder dagegen spricht, nach Bregenz oder gar zurück nach München zu fahren. Aber je mehr ich Pro und Kontra abwäge, desto verwirrter und unentschlossener werde ich.

Mein Handy vibriert, die Rufnummer ist unterdrückt, ich tippe auf Beer. „Ich hab da was für dich“, sage ich.

„Tarik?“, fragt eine Stimme.

„Beer?“

„Tarik?“

„Baba?!“

„Ich bin's …"

„…"

„Weißt du, wer ich bin?"

„Ja." Ich muss schlucken.

„Ich muss dich sehen, Tarik. Ich muss mit dir reden."

„So?", sage ich.

„Wann kannst du hier sein?"

„Wo?", will ich wissen.

„Na, bei uns."

„Bei euch?"

„In der Moschee."

„Ich bin grad im Krankenhaus mit Baba."

„Oh. Du bist also im Krankenhaus mit Baba", sagt Abdelkader. „Und dann glaubst du, der Anrufer wäre Baba? Was für eine bestechende Logik … Ich brauche dich hier, Tarik. Notfall. Keine Ausreden jetzt."

„Ist was passiert?", frage ich und bemühe mich, dabei gelassen zu klingen. Es gelingt mir nicht.

„Wir wurden ausgeraubt."

„Ausgeraubt?"

„Komm hierher. Komm, jetzt sofort."

„Wer, glaubst du, war es?" Ich hoffe, dass er mir meine gespielte Entrüstung abkauft.

„Tarik", sagt der Derwisch. „Wer denkst *du*, dass es war?"

„Judafisten?" Abdelkader schweigt, ich räuspere mich. „Und wie kann ich dir jetzt helfen?"

„Nicht am Telefon. Am Telefon sind wir nie allein. Komm zu uns, Tarik. Krisensitzung."

„Ich muss nachher gleich zur Arbeit. Ich kann am Abend vorbeikommen."

„Du hast doch gar keinen Job, Tarik."

„Ich helfe meinem Kumpel aus. Ich helf Doogie."

„ALLAH MUSST DU HELFEN! ALLAH STEHT ÜBER ALLEM! WAS SIND DEINE KUMPELS? WAS IST DEIN JOB? GEGEN DEN DERWISCH?! GEGEN DEINEN ALLAH?!"

„Ich kann nicht", sage ich leise. „Ich kann wirklich nicht."

„Du enttäuschst mich. Du enttäuschst mich sehr, Tarik Celal."

„Es tut mir leid, es tut mir wirklich leid, aber ..."

„Ich muss herausfinden, wer hinter dem Einbruch steckt. Und dabei kannst du mir helfen. Du bist neu in meinem Kreis, du hast den objektivsten Blick von uns allen auf die Männer. Du könntest etwas sehen, was die anderen übersehen, du könntest einen Verräter leichter entlarven als die anderen."

„Warum denkst du, dass es einer aus der Moschee war?"

„Ich bin mir sicher, dass es jemand aus dem Haus war. Die Einbrecher haben gewusst, wie das Haus gesichert ist, sie sind sehr geschickt vorgegangen."

„Ich möchte dir helfen", sage ich. „Und ich werde dir helfen, ich schwör."

„Dann lass alles stehen und liegen und komm her! Wir müssen jetzt alle zusammenstehen. Jeder Einzelne ist wichtig, keiner darf fehlen."

In dem Moment ertönt über den Lautsprecher eine Durchsage des Zugführers. Ich breche das Gespräch sofort ab und hoffe, dass der Derwisch nicht erkannt hat, dass ich in einem Zug oder einer S-Bahn bin und garantiert nicht in einem Krankenhaus.

Es ist jetzt kurz vor acht, kurz nach zehn sollte der Zug planmäßig den Hauptbahnhof in Bregenz erreichen. Ich schreibe Nteba: ich werde meinen zug verpassen. ich werde ein neues ticket kaufen, sehr bald. ich halte mein wort. ich komme nach kuba. ich liebe dich.

Ich sitze vornübergebeugt, schließe die Augen und hole tief Luft. So langsam wie möglich atme ich ein und aus. Beer und Abdelkader werden alles tun, um mich in die Hände zu kriegen. Und da sie nicht wissen, wo ich stecke, könnten sie versuchen, über Baba an mich heranzukommen. Der Derwisch hat mich ausspioniert – er könnte wissen, wo ich wohne, er könnte sogar wissen, mit wem ich in den letzten Wochen rumgezogen bin. Je länger ich darüber nachdenke, desto größer wird die Angst. Schließlich rufe ich Yiannis an, frage ihn, ob mit Baba alles okay ist. „Chef!", sagt Yiannis. „Chill mal, Alter. Wir ham' dein' Baba so gut versteckt, dass nicht einmal Allah ihn finden kann."

„Unter dem Rock deiner Mutter?"

„Sugo-Joe hat geschworen, niemanden in die Bude zu lassen, und wenn Sugo das sagt, dann tut er's auch."

„Mensch, Yiannis, danke. Danke, Yiannis! Alles, was ich über euch Griechen in meinem Leben gesagt habe, nehme ich jetzt zurück."

„Jetzt mach dich mal locker", beruhigt mich Yiannis. „Dein Baba ist erst mal in Sicherheit. Ich wette, der schnüffelt gerade an Claudias Unterwäsche."

Ich muss lachen und Yiannis lacht mit mir, und das Lachen fühlt sich gut an.

Eine Frau Mitte vierzig setzt sich mir gegenüber, ich würde sie keinesfalls als mollig bezeichnen, aber sie hat einen großen Hintern und große Brüste, die perfekte Partie für Milf-Lover Sugo-Joe. Sie ist schick gekleidet und trägt teuren Schmuck. Als sie noch einmal aufsteht und, mir den Rücken zukehrend, sich ein wenig bückt, um ihr Kleid glatt zu streifen, mache ich ein Foto und schicke es Sugo-Joe. Sekunden später antwortet er: ay ay! was für ein leckeres spatzl!!!

Als wäre alles beim Alten. Als könnte ich zurück in mein altes Leben! Aber egal, was heute noch passiert, mein altes Leben ist vorbei.

Von Anfang an – vom ersten Kuss weit nach Mitternacht im Plateau, bis fast zum Schluss – hielt das Glück mit Nteba nie länger als ein paar Tage. Nach dem absoluten Hochgefühl, dem Spazieren auf Wolken, kam immer der jähe Absturz. Weil sie mir immer wieder klarmachte, dass sie nicht bereit wäre für eine fixe Beziehung. Dass es doch schön sei, so wie es war, und wir es vorerst dabei belassen sollten.

So wie es ist.

Obwohl sie viel Zeit auf der Universität oder in der Klinik verbrachte und meistens sehr früh raus musste, feierten wir viel, auch unter der Woche. Wir betranken uns in teuren genauso wie in zwielichtigen Lokalen. Sie trank und rauchte und tanzte und die Männer flogen auf sie, aber sie kam immer wieder zu mir zurück. Die Augen leicht gerötet vom Tanz und Alkohol und dann schnell nach Hause, zu ihr, wenn ihre rumänische WG-Kollegin nicht da war, zu mir, wenn die Bude so weit sauber und aufgeräumt war, dass ich das erlauben konnte.

Fast zwei Monate küssten wir uns nur, betatschten wir uns. Schon in der ersten Nacht erlaubte sie es mir, dass ich sie auszog, aber sie sagte, sie würde garantiert nicht mit mir Sex haben. Sie wehrte sich jedoch nicht, als ich abtauchte und sie zwischen den Beinen küsste. Zwar kam sie nicht, als ich sie leckte, aber sie schmolz dahin. „Oh mein Gott“, sagte sie. „Du hast keine Ahnung, wie geil mich das macht.“

Ich drängte sie nicht – ich wollte nur mit ihr sein. Eines Tages würde sie sich ergeben. Ich wusste es, sie wusste es, es war alles nur ein Spiel, und ich wollte nicht der sein, der es verdirbt.

Wenige Minuten später hat das Spatzl ein Glas Wein zur Rechten und einen Becher Kaffee zu ihrer Linken vor sich, liest im Kulturteil der *Süddeutschen*, studiert die Termine der Kunstausstellungen, Konzerte und Lesungen. Sie verbrennt sich beinahe ihre Lippen an dem heißen Kaffee. Ihre rechte Hand zittert. Sie schreckt auf, als ein Typ neben ihr auftaucht. Der Mann hat einen Stapel Obdachlosenmagazine unterm Arm. „Den *Biss*, bitteschön! Den *Biss*! Mögen Sie den *Biss* kaufen?“

Das Spatzl lächelt nervös, greift nach ihrer Handtasche, holt eine fette pinke Geldbörse heraus, und als der Mann – ein großer Kerl mit Dreitagesbart und breiten Schultern –

sie mit froher Erwartung ansieht, reicht sie ihm einen Zehneuroschein. „Passt so", sagt sie. Der Mann legt die Zeitung auf den Tisch, verbeugt sich ungelenk, nuschelt ein *Danke* und humpelt weiter. Kaum ist er zum Waggon draußen, kommt ein Yuppie hereingestürmt, Anfang, Mitte dreißig, ich komme mir ein bisschen vor wie im Theater: Bettler tritt ab, Yuppie tritt auf. In dem weißen Hemd und in der hellen Hose sieht er aus wie ein schwuler italienischer Matrose. In seinen Haaren klebt zu viel Gel, in seinen Händen hält er ein iPhone und einen Laptop.

„*Excuse-moi*", sagt er zu der Frau und macht eine kleine Verbeugung. „Tut mir leid, Mama."

„Hey, Burli."

Die Frau steht auf, die beiden umarmen sich, küssen sich auf die Wangen. Die Nase des Kerls ist leicht gebogen, etwas unnatürlich, ich tippe auf einen Nasenbeinbruch vor ein paar Jahren.

„Du hast doch nicht Krebs, Annette?"

„Mein Gott, sehe ich so schlecht aus?"

„Ich mein das ernst", sagt das Burli und die beiden setzen sich. „Was soll all die Aufregung?"

„Jetzt frühstücke erst mal was." Das Spatzl holt aus einer Papiertüte zwei Croissants, eines davon reicht sie ihrem Sohn.

Das Burli streicht sich übers Gesicht, sieht auf das Display seines iPhones und legt es auf den Tisch. „Du weißt, was ich für einen Stress in diesen Tagen habe. Und du weißt, dass mir das Ärger mit Anna-Lena einbrockt."

„Danke, dass du trotzdem gekommen bist." Ihre Stimme klingt müde und schwach.

Das Burli fotografiert mit seinem iPhone den Hintern einer blonden DB-Bediensteten, die Kaffee verkauft. „Oh, wie ich die Bahn hasse", stöhnt er. „Es ist heiß, überfüllt und es stinkt."

„Tut mir leid, aber die Flüge sind gestrichen und ich muss unbedingt mit dir reden."

Der Yuppie ist wieder mit seinem iPhone beschäftigt, sieht dann abrupt auf. „Es ist doch nichts mit Papa?"

„Beruhige dich. Keiner hat Krebs. Keiner stirbt."

„Sabine ist auch okay?"

„Sabine geht es bestens. Der neue Freund tut ihr gut. Das ist ein ganz lieber. Ich habe ein gutes Gefühl dieses Mal."

„Er ist Schriftsteller", wendet der Yuppie ein. „Schriftsteller! Das ist ein Hobby, kein Beruf."

„Was ist denn dein Beruf?", fragt das Spatzl.

Der Typ schmeißt das iPhone wieder auf den Tisch. Er sieht seine Mutter an. „Es geht also um Geld?"

„Nein, geht es nicht."

„Jesusmaria, was ist los, Mama?"

„Komm mit mir, du wirst alles erfahren. Zürich ist eine wunderbare Stadt. Und wir können morgen in die Joan-Miró-Ausstellung."

„Wenn ich wüsste, wer Joan Miró ist, könnte ich vielleicht jubeln."

„Es wird dir dort gefallen, Preben, das verspreche ich dir."

„Mir gefällt nicht, dass du nicht rausrückst, was los ist."

„Ich habe ein superschickes, gemütliches Hotel ausgesucht. Mitten im Zentrum. Du wirst keinen Grund zum Klagen haben."

„Ich weiß nicht, was das alles soll, Mama. Ich hab im Moment kein' Kopf für sowas."

Das iPhone klingelt, Preben will danach greifen, aber das Spatzl ist schneller. Sie legt die Hand auf das Handy. „Danke, dass du gekommen bist, Burli."

„Hast du schon gesagt."

Annette nickt. Sie nimmt die Hand weg, fährt sich damit durchs Haar. Dann sieht sie mich an, und da ist so eine große Traurigkeit in ihrem Blick, dass ich Mitleid bekomme. Wir sehen uns viel zu lang an, ehe sie verlegen lächelt und zur Seite sieht.

***

Ich sehe mir auf dem Smartphone die Fotos von Fonsos Matheheft an und versuche, eine Lösung für das Rätsel zu finden, aber ich verstehe nichts. Die Rechnungen sind nicht nur falsch gelöst, sie machen noch dazu überhaupt keinen Sinn, denn die Ergebnisse sind meilenweit von den richtigen Lösungen entfernt. Mir bleibt nichts anderes übrig, als Fonso anzurufen.

„Ey Puskás", sage ich. „Hier ist Eusébio. Ist Pelé bei dir?"

„Hehe", antwortet der Kleine. „Was geht, Tarik? Spielen wir Fußball?"

„Das Matheheft, das in deinem Rucksack war ... Wer hat da reingekritzelt?"

„Matheheft?"

„Mit den Comics!"

„Haben sie dir gefallen?"

„Hast du die Aufgaben gelöst, Fonso?"

„Ich mag den fetten belgischen Polizisten."

„Oh, ich dachte, das sei Hulk."

„HULK? EY, SAG MAL!"

„Bitte beantworte jetzt meine Frage: Hast du die Rechnungen da reingekritzelt?"

„Hast du den Fußballer auch gesehen?", fragt er. „Das ist der Anatolische Panther."

„Okay, okay, okay, Kleiner! Vergiss den Panther, vergiss die Comics. Mir geht es um die Rechenaufgaben. Das kann doch unmöglich deine Schrift sein."

„Jetzt check ich gar nichts mehr", meint Fonso verwirrt. „Ich hab gedacht, das Matheheft hat so ein Assi in der U-Bahn-Station geklaut?"

„Ja, aber ich habe vorher noch reingelesen. Also: Wer hat die Rechnungen geschrieben?"

„Ich verstehe nicht, was willst du?"

„ICH MUSS WISSEN, WER DA REINGESCHRIEBEN HAT!"

„Ich hab das Heft im Unterricht noch gar nicht benutzt", sagt Fonso. „Wir hätten erst am nächsten Tag wieder Mathe gehabt."

„Fuck, Fonso. Kann es sein, dass dein Großvater reingekritzelt hat? Oder sonst wer? Ein Schulkamerad vielleicht? Deine Melissa?"

„Pfff. Ich habe so keinen Plan von was du redest, aber echt."

„Okay", sage ich. „Vergiss es."

Fonso lacht. „Was ist nur dein Problem, Alter? Hast du gekifft?"

Preben klappt seinen Laptop auf, steckt ein Kabel ein und verbindet sein iPhone, aber als er bemerkt, dass seine Mutter den Tränen nahe ist, klappt er den Bildschirm wieder runter. „Was ist los, Mama?"

Sie sieht auf ihre Hände auf dem Tisch, wie zum Gebet gefaltet, braungebrannt. „Wir lassen uns scheiden." Ihre Stimme ist ganz schwach.

„Wer lässt sich scheiden?"

„Papa und ich."

Preben nickt, verzieht keine Miene. „Papa und du."

„Es geht nicht mehr. Es geht einfach nicht mehr."

„Tut mir leid. Ich versteh die Pointe nicht."

„Ich weiß, dass das schwer für dich ist."

„*Ihr* lasst euch scheiden?", fragt Preben. „Papa und du?"

„Ist mein fester Entschluss."

„Ihr habt sie doch nicht mehr alle", sagt Preben laut, lacht und knallt seine flache Hand auf den Tisch. „Ihr seid doch bekloppt."

„Hör mich erst an, Burli. Es wird sich nichts für dich ändern. Gar nichts wird sich ändern. Ich ziehe aus unserer Wohnung aus, aber ich werde nur dreihundert Meter weiter wohnen."

Preben lehnt sich zurück. Er sieht aus dem Fenster, das Spatzl folgt seinem Blick, die Landschaft rast vorbei. Prebens Hände sind zu Fäusten geballt. „Wenn ihr euch scheiden lässt, will ich keinen von euch mehr sehen", sagt das Burli.

„Es geht nicht mehr. Camillo und ich können nicht mehr zusammenleben."

„Nach all den Jahren? Das kann doch nicht dein Ernst sein! Ihr habt fast vierzig Jahre zusammen verbracht und jetzt wollt ihr euch trennen? Ja, was erwartet ihr denn noch vom Leben? Eine neue Liebe? Ein wildes Abenteuer? Möchtest du ins All fliegen, Mama? Möchtest du auf eine Insel in der Karibik ziehen oder in eine Hütte an einem Fjord in Norwegen?"

Annette spielt mit der goldenen Kette an ihrem Hals, sie funkelt und blitzt. „Es muss keine Liebe sein", sagt sie. „Klingt bescheuert, ich weiß, aber ein kleines bisschen Glück würde mir schon reichen. Dass da keiner mehr ist, der mich anschreit. Keiner, der das Essen, das ich gekocht habe, in den Müllkübel schmeißt, selber anfängt zu kochen und den ganzen Dreck dann mir überlässt. Keiner, der mir die Fernbedienung aus der Hand reißt, um sein Programm zu schauen."

„Mein Gott, das sind doch Kleinigkeiten. Das kann doch nicht das Problem sein! Habt ihr nicht genug Geld für einen zweiten Fernseher? Ich zahle euch einen zweiten Fernseher, wenn's sein muss. Ich gebe dir das Geld hier und jetzt, Mama." Das Spatzl schüttelt den Kopf, findet keine Worte für die Dummheit ihres Bengels. „Auch Anna-Lena und ich haben unsere Streitereien, auch bei uns fliegen hie und da die Fetzen. Mensch, Mama! Ich bitte dich ..."

Annettes Kopf ist gerötet, sie sieht sich nervös um. „Ich kann nicht mehr, Burli", sagt sie leise. „Keinen Tag mehr. Es ist aus."

„Wenn du das tust, wenn du das wirklich tust, Mama ..."

„Ich habe es schon getan. Ich habe bereits abgeschlossen. Der Anwalt hat alles vorbereitet. Ich werde keinen Rosenkrieg führen, aber meine Ehe mit diesem Mann ist definitiv beendet. Ich werde keine Nacht mehr mit ihm unter demselben Dach schlafen."

Preben steht auf, sein Körper scheint recht gut trainiert, trotzdem hat er einen kleinen Bauch. „Ich steige bei der nächsten Haltestelle aus. Du glaubst doch nicht ernsthaft, dass ich jetzt noch mit dir nach Zürich fahre?“

„Sei nicht kindisch, Burli.“

„*Wer* ist hier kindisch?“, fragt Preben. „Ihr seid kindisch! Ihr habt sie doch nicht mehr alle … *SCHEIDUNG!* In eurem Alter ist man froh, dass man noch irgendwen hat. Da ist man froh, wenn man nicht allein ist … Ihr habt so vieles gemeinsam durchgemacht … Denk nur an Papas Herzoperation! Er war so nah am Tod! Er war schon mit einem Fuß im Grab! Da warst du doch an seiner Seite, sonst hätte er doch aufgegeben. Ihr habt etwas, um das euch die ganze Welt beneidet, und jetzt wollt ihr alles kaputt machen?“

„Du weißt nicht, wie er ist, wenn du weg bist. Das weißt du doch gar nicht.“

Preben zuckt mit den Schultern. „Papa ist Papa, er war nie leicht, nie, Mama! Aber ich weiß, dass er dich liebt. Der alte Sack liebt dich.“ Er faltet seine Hände. „Du brichst dem das Herz, Mama. Du bringst den ins Grab, wenn du ihn verlässt. Ich flehe dich an, tu das nicht.“

Annette lächelt gequält. „Du lebst in der Vergangenheit. Du glaubst, alles wäre noch so, wie es war, als du zu Hause gewohnt hast. Es ist aber nicht mehr so.“

„Ihr werdet euch zusammensetzen und darüber sprechen. Ihr werdet nicht so auseinandergehen. Das erlaube ich nicht. Ich erlaube es nicht, Mama.“

Ich kippe einen Jägermeister, kippe ihn ex, kippe den nächsten und noch einen, unterdrücke mit Mühe einen Rülpser. Ich habe seit gestern Mittag nichts gegessen, ich warte auf den Donnerschlag. Wenn ich aus dem Zug steige, bin ich garantiert nicht mehr nüchtern.

Annette spricht leise, mit ruhiger Stimme. „Du kannst die Zeit nicht zurückdrehen. Du kannst das, was in den letzten Jahren geschehen ist, nicht ungeschehen machen.“

„Was sagen deine Freundinnen? Clara, Judith, hm? Dass du nicht ganz dicht bist? Dass endgültig klar ist, dass du zu viel trinkst?“

Das Spatzl sieht wieder mit verschämtem Blick zu den anderen Passagieren, sie verdeckt kurz ihr Gesicht hinter ihren Händen. „Ich habe es bis jetzt nur Judith erzählt."

„Und?"

„Sie war ein bisschen geschockt, ist doch klar."

„Mensch, Mama", sagt Preben. „Ich glaub das alles nicht. Du hast keinen klaren Kopf! Du fährst jetzt nach Zürich, entspannst dich dort für ein paar Tage, und wenn du zurückkommst, sieht die Welt wieder ganz anders aus."

Jetzt sind da Tränen in Annettes Augen. Sie wischt sie weg, hastig, wirft mir einen kurzen Blick zu. „Ich habe doch gesagt, ich kann nicht mehr. Ich pack's nicht mehr."

„Mama ..."

Annette beugt sich vor, ich mache es ihr gleich, tue so, als würde ich meine Schuhe binden, denn ich möchte hören, wie es weitergeht. „Ich hatte seit fünfzehn Jahren keinen Sex mehr." Preben schluckt, ich schlucke genauso, beuge mich etwas weiter vor, will nichts verpassen, hier kann ich für ein paar Augenblicke meine Panik, meine Sorgen und die letzte Nacht vergessen. Annette setzt nach: „Wir leben wie Geschwister. Wie Geschwister, die sich auf den Tod nicht ausstehen können und sich jeden Tag aus dem Weg oder an die Gurgel gehen."

Preben schüttelt den Kopf. „In deinem Alter braucht man doch keinen Sex mehr."

„In meinem Alter?"

„Mama, du bist fünfundfünfzig!"

„Fünfundfünfzig?", frage ich. Die beiden starren mich an. Ich hebe entschuldigend die Hände. „Ich hätte Sie auf höchstens vierzig oder fünfundvierzig geschätzt."

„Siehst du", sagt Annette. „Und Karl-Heinz findet mich immer noch attraktiv."

„Karl-Heinz? Das kommt ja immer dicker. Habe ich was verpasst? Wer ist Karl-Heinz?"

„Judiths Ex Karl-Heinz."

„DER IST SO ALT WIE ICH, MAMA!"

Das Spatzl sieht mich an, dann greift sie nach dem Rotwein und trinkt ihn in einem Zug. Sie leckt sich die Lippen und stellt das Glas geräuschvoll auf das Tischchen. „Er wollte mit mir schlafen“, sagt sie mit lauter, aber leicht zitternder Stimme. „Nach unserer Frühlingsparty. Ich habe mich nicht getraut. Aber er wollte es.“

„Oh. Mein. Gott.“ Ihr Sohn knallt wieder seine flache Hand auf den Tisch. „Es geht hier wirklich um *Sex*?!“

„Auch.“

Preben steht auf. „Du redest ja wie eine Schlampe“, beschimpft er sie und lacht. „Dass du dich nicht schämst.“

„Sagt jemand, der in den letzten zwei Jahren zweimal wegen Geschlechtskrankheiten behandelt worden ist“, kontert sie, und ich kann mir das Grinsen nicht verkneifen. Ich zeige ihr sogar den Daumen nach oben, und für einen Moment lächelt sie.

Am anderen Ende des Waggons grölen Halbstarke ein Fußballlied und stoßen mit ihren Bierflaschen an. *Zicke-Zacke, oi! Oi! Oi!*

Preben verschwindet, Annette senkt ihren Kopf, sieht auf ihre Hände, ich folge ihrem Blick. Da sind ein paar Altersflecken, aber sie ist immer noch eine schöne, eine begehrenswerte Frau, das würde ich ihr gerne sagen, das sollte sie wissen, aber ich bekomme kein Wort raus, kein einziges Wort, nur einen schwachen Rülpser, für den ich mich sofort entschuldige, obwohl sie ihn wohl gar nicht bemerkt hat.

„Hast du mal daran gedacht, dass sie dich gar nicht lieben könnte?“, fragte mich Sugo-Joe einmal, als er wie so oft mit verschränkten Armen am Fenster meiner Wohnung stand, spätnachts, als ich bereits im Bett lag, bereit zu schlafen, und er immer noch hinaussah auf die Lichter der Stadt. „Warum lässt sie dich zappeln? Warum diese Gequatsche von Ich-will-mich-nicht-sofort-binden? Das tut man nicht, wenn man verliebt ist.“

Aber es ist doch in ihren Blicken, habe ich mir gedacht. In ihren Augen, in ihren Gesten, Küssen. Das kann doch keine Lüge sein. „Vielleicht ändert sich das ja. Ich muss sie halt erobern“, sagte ich.

„Hm“, grummelte Sugo. „Ich würde nicht darauf setzen. Ich mein ... Die zieht doch mit solchen Studenten rum, deren Eltern viel Geld haben. Diese Typen werden groß Karriere machen, und sie kann sich einen von denen aussuchen. Weißt du, was ich meine?“

„Ach, fick dich, Sugo. Wir leben nicht mehr im 19. Jahrhundert. Das spielt doch keine Rolle mehr.“

„Für dich nicht, für sie wahrscheinlich schon.“

„Die Kohle kommt auch noch zu mir. Wirst sehen.“

„Glaubst du das ernsthaft?“

Ich antwortete nicht. Er stand da und irgendwann bin ich eingeschlafen. Als ich wieder aufwachte, war er weg und das Licht aus.

***

Wir scheinen nicht vorwärts zu kommen. Bleiben immer wieder stecken, der Zug schleppt sich durchs Land. Der Zugverkehr ist durch den Streik der Fluglotsen behindert. Zu viele Zusatzzüge. Zu viele Passagiere. Immer wieder steigen auch Fußballfans zu, der 1. FC Nürnberg spielt ein Freundschaftsspiel in Bregenz.

„An solchen Tagen sollte man denen eine Fahrkarte verweigern, die auch sonst nie mit dem Zug fahren“, sagt ein älterer Mann, der vergeblich versucht, durch die dichtgedrängte Menschenmenge zurück zu seinem Sitzplatz zu gelangen.

Ich lese inzwischen alles, was in den letzten achtundvierzig Stunden im Netz über Ali Kılıç geschrieben wurde. Jeden Artikel, den ich finden kann. Aber in fast allen steht dasselbe: Dass es sich bei der gefundenen Leiche um Kılıç handelt, wurde bisher weder von der Polizei noch von der Staatsanwaltschaft bestätigt. Die Entstellung des Gesichts wäre so schlimm, dass sie eine schnelle Identifizierung des Opfers verhindere. Die Meldungen sind kurz, die Polizei gibt nichts Spektakuläres preis.

Also alles noch Spekulation.

Danach stehe ich auf dem Klo und schaue mir die Fotos von Fonsos Schulheft an, versuche irgendetwas darin zu lesen, aber ich bin genauso ratlos wie zuvor. Ich rauche an dem kleinen, gekippten Fenster aus Milchglas, kippe zwei Jägermeister, schmeiße die leeren Fläschchen in den übervollen Müllbehälter. Die Toilette ist dermaßen dreckig, dass man sich ekelt, auch nur irgendwas zu berühren, der Boden so verklebt, dass jeder Schritt ein schmatzendes Geräusch macht.

Sugo-Joe ruft mich an, die Verbindung ist schlecht, ein grässliches Rauschen lässt seine Stimme fast nicht zu mir durchdringen. „Ey", sage ich.

„Captain Durex. Dein Vater schnarcht schlimmer als Doogie nach drei Litern Diesel."

„Das ist n gutes Zeichen. Wenn er Teile seiner Lunge ausspuckt, nach Luft ringt und seine Lippen blutig sind, musst du dir Sorgen machen."

„Hör zu, Tarik, ich mache das gerne für dich, aber was, wenn es ihm schlechter geht?"

„Dann rufst du mich an."

„Und wie lange bleibt er bei mir? Doch nicht den ganzen Tag, oder?"

„Nur ein, zwei Nächte, dann hab ich mir was überlegt, hörst du?"

„Halt, halt, halt", sagt Sugo-Joe, seine Stimme nun tief und kraftvoll, durchbricht das Rauschen. „SPINNST DU, TARIK? EIN, ZWEI NÄCHTE?! ... Was soll ich mit ihm? Wie stellst du dir das vor? Er liegt in Claudias Bett! Was glaubst du, was da los ist, wenn die nach Hause kommt?"

„Ich steck in Schwierigkeiten, Sugo, ich muss da erst was klären, ich muss klarer sehen. Du musst mir helfen. Ich kann mich heute und morgen nicht um ihn kümmern."

„Er kann nicht bleiben! Ausgeschlossen. Das geht nicht. Das geht auf keinen Fall. Ich bringe ihn sofort zurück in deine Wohnung."

„Beruhig dich, Sugo. Er liegt nur im Bett. Der geht dir nicht auf den Keks, der bleibt auf der Matratze, bis ich wiederkomme."

„Nein, nein, Tarik, so läuft das nicht."

„Fuck, Sugo! Der Derwisch hat mich auf dem Kieker. Wenn der Baba kriegt, dann will ich nicht wissen, was er mit ihm macht."

„Ich fass' das nicht", sagt Sugo-Joe. „Was hast du mit dem Derwisch zu tun? Erst die Sache mit Beer, jetzt auch noch der Derwisch!"

„Ist was schiefgelaufen, Sugo. Und du weißt doch, was der mit Ali Kılıç gemacht hat, oder?"

„Oh Mann. Das gibt's doch nicht."

„Bitte. Nur zwei Tage. Bitte, Sugo, tu das für mich."

Sugo-Joe murmelt irgendwas, das ich nicht verstehen kann. „Ich muss ihm doch keine Windeln wechseln, oder?", fragt er schließlich.

„Nicht, solange du ihm aufs Klo hilfst, wenn er mal muss."

„Dann gebe ich ihm nichts zu essen, dann muss er auch nicht scheißen."

„Nicht ordinär werden, das passt nicht zu dir", sage ich. „Achte bloß drauf, dass Claudias Fahrradhelm nicht in der Nähe ist, dann kann nicht viel passieren."

Sugo-Joe grunzt. „Ich weiß nicht, warum ich das tue. Noch weniger weiß ich aber, warum du's tust. Was ist los bei dir? DER DERWISCH? ICH MEIN ... IM ERNST? DER DERWISCH?"

„Ich kann dir nichts Näheres sagen, ist besser so. Ich steck ziemlich tief in der Scheiße, aber ich klär das."

„Beer und der Derwisch?", seufzt Sugo. „Geht's nicht auch einmal eine Nummer kleiner?"

Der Zug bleibt im Niemandsland stehen, nur Wiese und Wald und keine Menschenseele, kein Haus, keine Straße weit und breit, mehrere Raubvögel kreisen am Himmel. Das Geräusch des Zuges verstummt völlig, mit einem Mal sind nur noch die Stimmen der Menschen zu hören. „Es ist Sommer, Sugo-Joe, spürst du das?“

„Ich bin in meiner Wohnung und kann nicht raus, weil dein Großvater hier ist und vielleicht auf's Klo muss.“

„Es duftet nach Blüten, was sind das für Blüten? Lindenblüten? Kastanienblüten? Was gibt's da denn noch? Warum kenn ich die Bäume nicht beim Namen?“

„Wenn du mir hier einen Bären aufbrummst und jetzt gerade mit einer Braut irgendwo im Englischen Garten hockst und dir einen Joint reinziehst, dann wehe dir.“

„Es duftet nach Paradies, Sugo. Ich schwör bei Allah, es duftet nach Himmel da draußen.“

Jemand klopft an die Tür. Einmal, zweimal, dreimal. Ich poltere mit den Schuhen zurück.

„Da ist noch was“, sage ich. „Ich schick dir jetzt n paar Fotos ... Speichere sie bitte für mich.“

„Mehr Fotos von der Milf?“

„Rechnungen aus einem Schulheft.“

„Okay. Und ich soll sie lösen?“

„Quatsch. Aber vielleicht muss ich mein Handy loswerden. Ich brauch n Backup. Könnten wichtig sein, die Fotos.“

„Ich verstehe nicht ...“

„Ich hab da nur so nen Verdacht, Sugo. Ich hab da so n Gefühl, kennst du das?“

„Ja, du hast sowas jeden Tag. Du hast Fukushima vorausgeahnt, den Tod von Gaddafi und den Anschlag von Paris.“

„Man muss immer seinen Instinkten vertrauen. Steckt alles in uns.“

„Du ahnst das voraus, weil du jede Woche sagst, dass etwas in der Luft liegt. Ist doch logisch, dass irgendwann irgendwas passiert.“

„Nein, nein, ich spür's im Urin, Sugo. Diese Rechnungen könnten eine Botschaft sein. Bitte speichere sie für mich, das ist wichtig.“

„Schick sie mir und ich tu's."

„Wahrscheinlich ist's nur ein Hirnfurz. Aber wenn nicht, ist es das Einzige, das ich Beer verkaufen kann."

„Ich weiß nicht, wovon du redest."

Ich schicke ihm die Fotos. Es dauert ein bisschen, ehe sich Sugo-Joe meldet. „Die Rechnungen sind falsch. Das sehe ich auf den ersten Blick."

„Bingo!", sage ich. „Dafür haben dich deine Eltern fünfzehn Jahre auf die Uni geschickt? Bravo!"

„Die Comiczeichnungen sind gar nicht so schlecht. Hast du die gezeichnet?"

„Da ist was faul an den Rechnungen. Da stinkt irgendwas, Sugo, ich schwör."

„Wie wär's, wenn du mir sagst, woher du sie hast. Ein bisschen Background wäre nicht schlecht."

„Wer immer sie ins Heft geschrieben hat, war wahrscheinlich ein Anhänger des Derwischs."

„Hm. Jetzt ist alles schon eine Spur spannender", sagt Sugo-Joe.

„Kannst du dir die Sache mal anschauen? Du hast doch was im Kopf, Sugo. Du kennst dich doch aus mit so Zeug."

„Du glaubst also, die Zahlen bedeuten was?"

„Ich hoffe es."

„Du hoffst es?"

„Schau sie dir bitte einfach an, Sugo."

„Von mir aus", brummt Sugo. „Ich melde mich später."

Ich schnippe die Zigarette aus dem Fenster und öffne die Tür. Wir erreichen gerade Buchloe, eine neue Nachricht kommt an, sie ist von Nteba. Meine Hand zittert, als ich sie öffne. buche auf keinen fall einen flug! wir müssen reden. ich fühle mich schrecklich. wir müssen uns treffen!

Sie ist online.

warum? was ist passiert?!, schreibe ich.

ich bin nicht in kuba. ich bin in der schweiz.

***

Das Spatzl sitzt mir gegenüber und wischt sich Tränen aus den Augen. Ich habe das Gefühl, eine Sphinx aus Sandstein zu sein, die langsam in gleißender Sonne und unerträglicher Hitze zerbröselt. In quälender Langsamkeit schrumpfe ich, wage es nicht, mich zu bewegen, traue mich nicht, den Verfall zu beschleunigen. Ich versuche zu begreifen, was mir Nteba da geschrieben hat, aber ich verstehe es nicht. Nur eines ist mir klar: Da stimmt etwas nicht, irgendwas ist falsch.

Ich verliere Nteba.

Ich versuche, sie anzurufen, aber ich schaffe es nicht. Mir fehlt die Kraft.

Allāhu akbar.

Ich verliere sie.

Ich berühre die Narbe an meinem Daumen. Meine Augen sind ausgetrocknet, brennen, fühlen sich schwer an. Das Stimmengewirr und betrunkene Gegröle in den Waggons, das Lachen und Gelaber, das Geräusch des fahrenden Zuges verschmelzen zu einem Einheitsbrei, der sich zu einem Dröhnen steigert. Für wenige Augenblicke habe ich das Gefühl, verrückt zu werden. Als würde mein Hirn auseinanderfliegen und ich die Kontrolle über mich verlieren. Meine Hände verkrallen sich in dem Sitzpolster.

Ich möchte, dass dieses Gefühl vorübergeht.

„Entschuldigung“, sagt das Spatzl, ohne mich anzusehen. „Ich fange sonst nicht oft in der Öffentlichkeit an zu heulen.“

Ich sage nichts, ringe um ein Lächeln. Mein Herz pocht so wild, ich muss tief ein- und ausatmen, um mich zu beruhigen.

Ein. Aus. Ein. Aus. Tief. Ein. Aus. Ein. Aus. Tief.

Ich schreibe eine Nachricht an Nteba, sie besteht nur aus einem Fragezeichen.

Ein Nürnbergfan in Kutte, die unzählige Aufnäher zieren, setzt sich auf den freigewordenen Platz neben mich.

„Alles okay?“, fragt mich Annette.

Ich lächle und nicke, das Lächeln tut weh. Annettes Blick bleibt skeptisch. Ich hole die Tasche von der Ablage, damit sie nicht weiterfragt, wühle darin, der Inhalt für sie gut sichtbar, damit sie nicht glaubt, dass sich eine Bombe darin befindet. Ein schweißgebadeter, nervöser Kanake mit Vollbart und dicker Tasche könnte zu dummen Gedanken führen.

Annette verschwindet, ich schmeiße die Tasche wieder zurück und klicke mich durch die Fotos von Nteba und mir. Ich starre konzentriert auf das Smartphone, damit ich nicht aufsehen muss. Damit ich keinen Menschen ansehen muss.

Ich sehe die Fotos, aber sie können Nteba nicht fassen, sie nicht abbilden. Sie sind beinahe lächerlich, sie scheinen nichts mit ihr zu tun zu haben. Wieder fällt mir auf, dass da eine Traurigkeit auf Ntebas Gesicht ist, selbst wenn sie lächelt. Selbst wenn sie ausgelassen und fröhlich zu sein scheint, ist da eine Kühle, eine Distanz.

Mein Handy an der Stirn, die Augen geschlossen, hole ich tief Luft und rufe sie an.

„Hey du“, antwortet sie leise, fast schüchtern.

„Was geht da ab?“, frage ich und meine Stimme versagt beinahe dabei. „Was ist los? Ich versteh gar nichts mehr. Du bist nicht in Kuba?“

„Ich kann dich nicht hören! Es ist so laut bei dir.“

„Du bist nicht in Kuba?“

„Wo steckst du? Was ist das für ein Lärm?“

„DU BIST NICHT IN KUBA?!

„…“

„Nteba?“

„Ich bin in der Schweiz.“

„Yep, so viel habe ich mitbekommen. Aber warum? Ist was schiefgegangen? Bist du in Schwierigkeiten?“

„Es ist kompliziert, Tarik.“

„Sag mir bitte, warum du in der Schweiz bist.“

„Ich kann dir das jetzt nicht so schnell erklären.“

„Verdammt noch mal! Sag mir jetzt sofort, was los ist! Sag. Mir. Was. Sache. Ist.“

„Ich bin in der Schweiz“, wiederholt Nteba. „Das mit der Aufenthaltsgenehmigung ... Das war gelogen ... Ich werde dir eine Mail schreiben, okay?“

Ich atme durch den Mund, kurz, heftig, meinen Oberkörper nach vorn gebeugt. „Aber warum? Warum, Nteba? Ich verstehe das nicht.“ Meine rechte Hand verkrampft, ich kann sie nicht öffnen.

„Hallo?“, sagt sie. „Hörst du mich?“

„Ich höre dich.“

„Dann sag doch was.“

„Was soll ich sagen?“

„Ich stecke in eine ... *dilema*“, sagt sie und ihre Stimme bricht. „Und ich komme da nicht raus, egal, was ich tue. Egal, wie mein Hirn sich anstrengt, ich finde keine Lösung.“

„Okay. Du bist in der Schweiz, ja? Dann lass uns treffen. Ich bin in ein paar Stunden in Bregenz. Kennst du Bregenz? Kannst du dorthin kommen? Wenn du jetzt gleich losfährst, können wir uns dort treffen und alles bereden.“

Sekunden der Stille. „Heute nicht. Heute unmöglich.“

„Morgen? Morgen in Bregenz?“

„Ich weiß nicht ...“

„Ich muss dich sehen“, sage ich.

„Ich weiß wirklich nicht ...“

„Nteba, wir müssen uns treffen. Du kannst mich jetzt nicht in einer Mail abservieren, das akzeptier ich nicht, hörst du?“

„Tarik ...“

„Wenn du nicht kommst, suche ich dich. Und glaube mir, ich finde dich. Und wenn ich jeden Schweizer Käse umdrehen muss.“

„Okay“, seufzt sie. Im Hintergrund klappert Geschirr wie in einem Café oder Restaurant.

„Morgen in Bregenz.“

Sie schweigt.

„Sag mir, dass wir uns morgen in Bregenz treffen.“

„Wir werden uns treffen.“

„Du kannst mir aber auch sofort erzählen, was Sache ist, dann weiß ich, was ich mir bis morgen überlegen muss.“

„Ich kann jetzt nicht reden.“

„Bitte ...“

Sie seufzt. „Scheiße, Nteba“, sage ich leise. „Ich lieb dich doch. Mehr geht doch nicht. Mehr kann ich dir nicht bieten. Ich lieb dich ... Ich schwör, ich ...“

„Tut mir leid, ich verstehe wieder kein Wort“, unterbricht sie mich. „Schick mir einfach eine Nachricht mit der Uhrzeit, ja? Und sag mir wo. Ich werde alles tun, um dort sein.“

„Nteba ...“

„Die Verbindung ist so schlecht ... Da ist so viel Lärm bei dir! ... Bitte hasse mich nicht ...“

Kein Kuss zum Abschied wie sonst. Kein liebes Wort. Und dabei dachte ich, wir hätten all das hinter uns gelassen. Diese Berg- und Talfahrt, dieses Wechselbad der Gefühle, vom Himmel in die Hölle, von der Hölle wieder ganz hoch hinauf. Ich dachte, wir hätten all das abgeschlossen, als Nteba mir in einer heruntergekommenen Pizzeria in unserer vorletzten Woche gestand, sie hätte sich damals an dem Abend mit dem Würfel-Trinkspiel in mich verliebt. Als die Musik im Hintergrund säuselte und ich ein Bier nach dem anderen trank, sagte sie mir, sie wüsste auch, dass ich sie liebe und es aufrichtig meine, und dass sie nicht wollte, dass der Abschied, der bevorsteht, für immer wäre.

„Sag das bitte noch mal.“

„Ich möchte dich nicht verlieren.“

„Du verscheißerst mich jetzt doch nicht?“, fragte ich.

„Verscheißern?“

„Du machst dich doch nicht lustig über mich?“

„Warum sollte ich?“, fragte sie mehr erstaunt als entrüstet.

„Naja ... Weil du jetzt zurück nach Kuba fliegst ... Vielleicht willst du mir ja nur was Liebes zum Abschied sagen.“

Sie lächelte bloß und schüttelte den Kopf. „Beleidige mich nicht.“

Danach bin ich am Fenster in meiner Wohnung gestanden und die Sonne ging am Horizont unter. Dieses Bild habe ich noch gespeichert, ich kann mich an die Farben erinnern, jede einzelne davon habe ich gespeichert. Ich fühlte einen solch vollkommenen Frieden in mir, nach so viel Hauen und Stechen, Hassen und Lieben, Achterbahnfahrten voller Schrecken und Lachen, nach so viel Hoffnung und Verzweiflung schien ich endlich am Ziel. Und so stand ich am Fenster und staunte. Über Nteba, über das Leben, über die Welt. Es war ein Wunder für mich, ich hatte nicht mehr damit gerechnet. Ich dachte, unsere Affäre würde mit dieser Ungewissheit enden. Wir würden tschüss *sagen und ich hätte keine Ahnung, was wir denn nun waren, was aus uns denn nun werden würde. Aber sie sagte, sie wolle nicht, dass dies das Ende sei. Sie sagte, sie wolle mich nicht verlieren.*

Wir hatten uns in den Monaten zuvor so oft verletzt, so tief, so böse. Ich konnte zum eifersüchtigen Spinner mutieren, ich war ein Hitzkopf und Sturschädel. Sie konterte meine Ausfälle mit Kälte und einem Achselzucken. Wenn's dir nicht passt, dann geh halt!, *war ihr Motto.* Wenn dir das nicht genug ist ... Ich kann dir nicht mehr bieten. *Diese Einstellung machte mich nur noch rasender und wütender, und wenn ich dann meinen Gefühlen ausgeliefert war, erkannte ich manchmal einen Psycho im Spiegel vor mir.*

Wie oft hatte ich Allah darum gebeten, sie möge sich für mich entscheiden. Ich habe Allah auf Knien angefleht, sie möge mir wenigstens eine Chance geben. Jeden Tag, immer wieder. Wenn wir scheitern, würde ich das akzeptieren, wenn ihre Liebe zu klein war, dann war sie das eben, aber ich wollte eine Chance. Und wie ich also dort am Fenster stand, glaubte ich, diese große, fremde Macht hätte mir beigestanden.

Es steht dein Schicksal in den Sternen, es wird entschieden in den Fernen und niemals hier.

Annette kommt zurück. Als sie vor mir steht, bremst der Zug abrupt und sie fällt auf meinen Schoß. „Oh mein Gott", sagt sie. „Verzeihung!“ Beim Versuch aufzustehen plumpst sie nach dem zweiten heftigen Ruck wieder auf meine Oberschenkel. Zu allem Überfluss versucht sie ihre Haare aus dem Gesicht zu streifen und umarmt mich dabei aus Versehen. Sie riecht intensiv nach Rotwein, oh ja, aber ihr langes Haar und ihre helle Haut duften auch nach Sommer, nach Blüten und Sonne, genau wie die Welt da draußen, den Duft, den ich am offenen Fenster inhaliert hatte. „Entschuldigen Sie vielmals.“ Ihr Kopf ist rot, ihre Augen verheult, die Lippen voll, der Lippenstift, dezent und unaufdringlich, passt perfekt zu ihrem Teint.

„Kann passieren“, beruhige ich sie.

„Keine Angst, das war kein Annäherungsversuch.“

„Schon okay.“

„Sie müssen ja eine Meinung von mir haben ... Erst der Streit mit meinem Sohn und jetzt hocke ich mich auch noch mit meinem dicken Hintern auf Sie.“ Ich zwinge mich wieder zu einem Lächeln. „Ich habe zu viel intus.“ Sie macht eine Schluckbewegung, plumpst auf den Sitz gegenüber. „Habe schon zum Frühstück zwei Achtel getrunken, müssen Sie wissen. Und jetzt ... Schwups! ... Dreht sich schon alles.“

„Ah, mei, des geht scho!“, meint der Nürnberger mit den knallroten Wangen rechts von mir, ein Dosenbier in der Rechten, die Hand zittert. „A bissl wos geht ollwei.“

Annettes Wangen glühen, der Alkohol hat sie beruhigt, ihre Eingeweide gewärmt. Der Nürnberger hebt seine Dose und sagt zu Annette: „Der Teufel hat den Schnaps gemacht, um uns zu verderben!“

Ich mustere das Spatzl. Was machst du, wenn du so einen missratenen Fratz als Sohn hast? Sowas wirst du ja nicht los, du kannst den ja nicht zur Adoption oder zum Abschuss freigeben, kannst ihn nicht auf Ebay verkaufen. So ein Kerl ist da und der bleibt da und der sieht auf dich herab, wenn du im Sarg in die Erde abgeseilt wirst.

Ich hätte Lust, einen Streit mit ihm anzufangen. Meine Wut an ihm auszulassen.

Aber ich muss jetzt cool bleiben.

„Es gibt leider keinen Wein mehr“, sagt das Spatzl und seufzt. „Die haben keinen Wein mehr.“

„Dosenbier?“, fragt der Nürnberger und will ihr seine halbvolle Dose reichen, aber sie lehnt dankend ab. Daraufhin sieht der Mann mit dem roten Schädel einen Kumpel, begrüßt ihn johlend, steht auf und verlässt seinen Platz, nicht ohne mir unabsichtlich auf den linken Schuh zu steigen, was er natürlich nicht einmal bemerkt.

Wieder hole ich die Tasche von der Ablage, öffne den Reißverschluss und greife mir den Plastiksack mit den restlichen Jägermeistern. Ein Fläschchen nach dem anderen positioniere ich wie Zinnsoldaten auf dem Tisch. „Ist bestimmt nicht das, was Sie sonst trinken, aber besser als nichts, oder?“

Sie nickt und lächelt, mein Blick bleibt zu lange an ihrem Dekolleté hängen. „Ich weiß nicht, ob ich das runterkriege“, sagt sie.

Ich klatsche in die Hände. „*Wat mut, dat mut!* ist Doogies Leitspruch.“

„Doogie?“, fragt sie und betrachtet eines der Fläschchen, stellt es wieder zurück. „Ist der aus einem Film?“

„Doogie ist mein Kumpel. Besser als im Film. Mit dem hat man immer was zu lachen, Doogie ist ne Wucht.“

„Aha.“

„Naja, sind wir froh, dass er jetzt nicht hier ist, der würd die Dinger nämlich wegputzen wie nichts.“ Ich öffne zwei Jägermeister und reiche einen davon ihr. „Prost! Hau’n wir se weg, die Scheiße!“

„Wow“, sagt sie und nickt. „Das kann ja doch noch eine lustige Reise werden.“

„Ich wünschte, ich wüsste, wo sie endet.“ Ich setze den Jägermeister an und lege den Kopf in den Nacken. Das Spatzl tut’s mir gleich, wenn auch weniger professionell. Sie lacht und schüttelt den Kopf, als ich noch zwei Fläschchen köpfe, aber sie trinkt es am Ende doch.

Ich klicke mich weiter durch die Fotos auf meinem Handy, aber ich lege es beiseite, als dieses Gefühl wieder hochkriecht. Es macht sich langsam breit in meinem Körper, es kommt von tief unten, als hätte es gar nichts mit meinem Hirn zu tun. Du wirst verrückt, denke ich mir. Du verlierst den Verstand, die Kontrolle, du stehst an einem Abgrund, an dem du nie zuvor in deinem Leben warst. So eine grenzenlose Furcht kannte ich bisher nicht. Das ist alles neu. Das ist nicht mehr meine Welt.

„Sie schauen so traurig“, sagt Annette. „Ist wirklich alles in Ordnung?“

Ich öffne den Mund, aber ich kann nichts sagen, kriege nur ein komisches Gurgeln heraus und zucke mit den Schultern, dann trinke ich hastig den nächsten Jägermeister. Ich verschlucke mich und huste.

Ich werde betrunken.

Ich werde verrückt.

***

Preben taucht auf, als ich mich wieder mit den Fotos aus Fonsos Mathematikheft beschäftige, weiterhin ohne auch nur den Ansatz einer Idee zu haben, was es mit den verfluchten Rechnungen auf sich haben könnte. Der Kerl hat die Ärmel lässig hochgestülpt, das offene Hemd zeigt der Welt seine trainierte, haarlose Brust. Er singt leise vor sich hin. „*Ssssamba! Ssssamba! Ssssamba!*“, seine Augen sind etwas zu weit aufgerissen, die Pupillen zu groß. „*Sssssamba! Sssssaaamba!* ... Was soll’n das jetzt?“, sagt er und glotzt auf die Jägermeisterarmee, dann sieht er seine Mutter an und schüttelt den Kopf. „Ist das dein neues Leben?“ Er lässt sich auf den Sitz fallen, streckt die Beine aus, stößt mit seinen Schuhen gegen meine, entschuldigt sich und fragt: „Wem gehört das Zeug hier?“

„Mir“, antworte ich und Preben nickt, ohne mich anzusehen.

„Darf ich mir auch so einen Kameraden genehmigen?“ Er schnappt sich ein Fläschchen, ehe ich nicken kann, öffnet es und kippt es runter. Dann lärmt sein iPhone, er steht auf und ist schon wieder verschwunden.

Mein Smartphone vibriert. Sugo-Joe keucht irgendwas, die schlechte Verbindung und der Trubel in dem Waggon lassen mich nur Satzfetzen verstehen. „... die Kölnerin! ... Möpse ... Uhrzeiten ... Minuten ..."

Ich drücke den Anruf weg, presse das Handy an mein Ohr und rufe zurück. „Schieß los, Sugo."

„Nichts geht, wenn du nicht die Kölnerin rausrückst."

„Ich werd dich dafür belohnen, dass du dich um Baba kümmerst, ist doch klar."

„Ich rede doch nicht von deinem Baba. Der schläft. Ich rede von den Rechnungen."

„Was ist mit ihnen?"

„Ich glaube, das sind Uhrzeiten."

„Glaubst du?"

„Ja, ja, ich bin mir ganz sicher."

„Wie kommst du da drauf?"

„In der ersten Spalte ist keine Zahl höher als vierundzwanzig, in der zweiten ist die Zahl nie höher als sechs."

„Verarschst du mich? Verarscht du mich, Sugo? Denn wenn du das tust, verzeihe ich dir das nie."

„Warum? Warum sollte ich?"

„Bist du dir sicher? Hast du das überprüft? SUGO! BIST DU DIR SICHER?!"

„Beruhige dich ... Nein, natürlich bin ich mir nicht sicher, aber es könnte sein, oder?"

„Weiß ich doch nicht, du erzählst mir das jetzt ..."

Ich spreche nicht länger mit Sugo, sondern schaue mir noch einmal die Fotos mit den Rechnungen an.

13 × 36 =

13 × 39 =

13 × 59 =

14 × 11 =

Ich halte das Handy ans Ohr. „*Al-Hamdu li-Llāh*! Du könntest recht haben, Sugo. Du könntest verdammt noch mal recht haben. Ich küss deinen Hintern, wenn das stimmt."

„Pah, ich will die Kölnerin. Ich kriege die Kölnerin!"

„Du kriegst auch die Kleine aus Saudi-Arabien, wenn du rausfindest, was der Rest der Zahlen bedeutet."

Seine Antwort geht unter im Lärm. Ich höre nur, dass er irgendetwas brüllt vor Freude, danach reißt die Verbindung ab und lässt sich auch nicht wiederherstellen.

Das Spatzl sitzt da, als würde sie jeden Moment vornüber in die Tiefe fallen. Ihre Finger bewegen sich nervös auf dem Tisch. Sie lächelt gequält, als wir für ein paar Minuten schweigend aus dem Fenster schauen, ich reiche ihr eine neue Flasche Jägermeister. Ich spüre Euphorie in mir: Wenn Sugo recht hat, habe ich etwas, das ich Beer verkaufen könnte, und das würde meine Lage entscheidend verändern. Und selbst wenn das mit Nteba aus ist, muss ich versuchen, weiter zu funktionieren.

Für Baba. Nicht für mich.

„Prost!", will ich mit ihr anstoßen.

„Danke, genug. Das ist zu harter Stoff für mich", sagt sie, und ich kann es sehen, ihr Leben in Feigheit. Vor so vielem hat sie sich gefürchtet, und jeden Tag kommt eine neue Angst hinzu. Angst, Angst, Angst. Vor Brust- oder Darmkrebs, vor allen Arten von Krebs, der einen ihrer Vorfahren oder Verwandten qualvoll dahingerafft hat, oder dass eines ihrer beiden Kinder einen Unfall habenkönnte. Und über all dem thront noch die neue deutsche Superangst: der islamistische Terror, der bei uns angekommen ist. Axt, Machete, Bombe, Auto, Killerkommando mit Maschinengewehren – ob im Zug, auf einem Konzert, in der Fußgängerzone oder im Einkaufszentrum, nirgends scheint man mehr sicher zu sein, überall lauert Gefahr. Wenn ich mit einem Rucksack in die U-Bahn einsteige, sehen viele Leute mich heute ein paar Sekunden länger an als noch vor einem Jahr oder sie mustern mich versteckt, die Blicke misstrauisch und feindselig. Doch was steht am Ende der Angst? Der Tod? Ein Leben lang zu Tode gefürchtet und deshalb unfähig zu leben. Und bin ich denn so anders als sie? Wie oft sorge ich mich um Baba, wie oft habe ich Angst, ich könnte nach Hause kommen und ihn tot auffinden, wie oft um das Geld, das nie reicht? Was habe ich Angst davor, aus der Wohnung zu fliegen, weil der Vermieter mal wieder die Miete zu spät kriegt und vielleicht eine Zwangsräumung anordnen lässt ...

Angst essen Seele auf.

Und was für ein Zufall: Sie und ich, wir brechen beide aus. Heute. Heute ist der Tag! Wir trinken beide in diesem überfüllten Zug auf dem Weg zum Bodensee, um die Gespenster zu verscheuchen.

„Sind Sie Moslem?", fragt sie.

„Yep", antworte ich. „Sieht man mir das nicht an?"

„Entschuldigung ..."

„War ein Witz."

„Dürfen Sie Alkohol trinken?"

„Ich muss Alkohol trinken."

Sie zieht die Augenbrauen hoch. „Wie soll ich das verstehen?"

„Hab da ein paar Probleme, und wenn ich in Schwierigkeiten stecke, trinke ich meistens. Außerdem hab ich voll die Hemmung, mit Frauen zu reden. Weniger mit jungen. Aber mit solchen wie Ihnen ..."

Sie lacht und ich beiße mir auf die Unterlippe, als mir klar wird, was ich da von mir gebe. Ich ziehe eine Grimasse, die zeigen soll, wie leid es mir tut, ich möchte es wieder gut machen, aber sie winkt ab. „Sie haben Probleme, mit älteren Frauen zu sprechen, ich verstehe."

„Sie sind nicht alt."

„Ich fühle mich auch nicht alt."

Ich trinke schnell einen Jägermeister und stelle das leere Fläschchen auf den Tisch. „Wenn ich trinke, werde ich locker."

„Glaube ich jetzt nicht. So wirken sie nicht."

„Ist leider wahr", sage ich. Und dann sehe ich in der *Süddeutschen Zeitung* auf dem Tisch einen Artikel über den Leichenfund an der Isar. Ich beuge mich vor, drehe meinen Kopf, um etwas lesen zu können.

„Haben Sie das auch gehört?", fragt Annette. „Man vermutet, dass ein Anhänger des Derwischs tot aufgefunden worden ist. Die haben dem Mann die Zähne ausgeschlagen und die Fingerkuppen weggebrannt, wahrscheinlich, damit man ihn nicht sofort identifizieren kann. Ist das nicht schrecklich? Dass sowas jetzt schon in Deutschland geschieht?"

„Hm", sage ich. „Und ich hab gehört, dass letzte Nacht in Abdelkaders Gebetshaus eingebrochen worden ist."

„Oh? Und was gibt es da zu stehlen? Burkas und Bartwuchsmittel?", sagt sie, aber ihr Lachen erstickt sofort. „Entschuldigung. Oh mein Gott! Entschuldigung! War das jetzt rassistisch? Entschuldigung! Ich bin so dumm! Ich bin furchtbar."

„Quatsch, Sie haben doch recht", winke ich ab.

„Ich wollte auf keinen Fall Ihre Religion beleidigen."

„Pah", sage ich. „Der Islam des Derwischs ist nicht meiner."

„Und was ist Ihrer, wenn ich fragen darf?" Sie fächert sich mit einem Magazin der Deutschen Bahn Luft zu. „Jetzt bin ich neugierig."

Ich sehe sie an, ratlos. „Ich glaube, das ist zu privat. Das ist was Persönliches ..."

„Verstehe", meint sie.

„Das ist was zwischen dem Meister und mir."

„Verstehe ich voll und ganz."

Und dann redet sie und redet sie, aber ich folge ihr nicht, ich denke nur daran, wo ich Baba längere Zeit in München unterbringen kann. Was, wenn Beer mich längst zur Fahndung ausgeschrieben hat? Wäre ich dann nicht sowieso aufgeschmissen und eine Flucht sinnlos?

Ich finde keine Antworten. Um mich abzulenken, stelle ich mir Annette nackt vor. Sie sieht gut aus.

Sie plappert von sich, von ihrem Leben, von ihrer Welt, die nicht meine ist. Der Alkohol lockert ihre Zunge, öffnet ihr Herz. Ich kann mir schnell einen Reim machen: Aus lauter Angst engagiert sie sich. Es könnte sie ja irgendeine höhere Macht dafür bestrafen, dass sie reich und schön geboren worden ist, dass ihr alles in den Schoß gefallen ist, so leicht, so problemlos und selbstverständlich, während andere Menschen in ihre Hamsterräder steigen und von morgens bis abends ihre stumpfsinnigen Arbeiten machen. Also setzt sie sich für die Dritte Welt ein, für die Obdachlosen in München, sie hat Patenkinder in Afrika und Lateinamerika, sie spendet für Tsunami- und Erdbebenopfer, für Opfer von Zwangsprostitution, für Frauenhäuser, sie gibt viel Geld an Flüchtlingsorganisationen – aber alles nur aus Furcht vor der Hölle. Ob auf der Erde in Form eines schrecklichen Unglücks oder nach ihrem Tod.

„Sie haben ein gutes Herz", höre ich mich sagen. „Wär schön, wenn mehr Menschen so wären wie Sie."

Für einen Moment sieht sie mich an, als würde sie an der Ehrlichkeit meiner Worte zweifeln. Sie trinkt den nächsten Jägermeister, ich trinke zwei.

„Erzählen Sie mir doch ein bisschen von sich", fordert sie mich auf. Dabei sieht sie mich ganz komisch an, fast schon liebevoll. Sie lächelt, holt tief Luft, der ganze Busen bebt, und wir sehen uns in die Augen, betrunken und hungrig, und in mir steigt ein mächtiger Drang auf, ein Wille zu kämpfen und zu überleben, ich spüre eine Lebenswut und Geilheit, wie ich sie bisher nur mit Nteba erlebt habe. Ich bin das wilde Tier, das in die Ecke gedrängt wurde, das blutet, das um sein Leben fürchtet, das verzweifelt ist.

Ich spüre eine solche Kraft in mir, ein solches Aufbegehren. Ein Orchester mit tausend Musikern schmettert eine Hymne.

Nein, der Anatolische Panther ist noch nicht erledigt.

Sie wendet ihren Blick verschämt ab und der Moment ist so schnell vorbei, wie er gekommen ist. Ich habe eine Gänsehaut und die Gewissheit: Heute würde ich töten, um zu überleben. Heute bin ich zu allem bereit. Und in den nächsten vierundzwanzig Stunden wird es auch eine Entscheidung geben. Wenn ich Nteba morgen in Bregenz treffe, muss alles geklärt werden. Ich kann so nicht mehr leben, das ist der letzte Tag, die letzte Nacht in Ungewissheit. Ich gehe nie mehr zurück in die Zeit, in der ich nicht wusste, was nun mit uns ist. In der es nur mehr Himmel und Hölle und nichts mehr dazwischen, keinen Alltag mehr gab. In der sie mich abwies und dann doch wieder zu sich zog, ein Tanz beinahe, über den sich die Jungs und die wenigen Freunde von ihr, die davon wussten, amüsierten, der mich aber verbrannte.

Nein, ich kann nicht mehr. Egal, was sie mir zu sagen hat, sie wird entscheiden müssen, ob sie mich will oder nicht. JA oder NEIN. Nichts dazwischen. Jede andere Antwort zählt als NEIN. Ich werde mich nicht wieder solchem Schmerz ausliefern. Und bei dem Gedanken, dass es morgen vorbei sein könnte, aus und vorbei für immer, dieses Mal ohne Hoffnung, ohne diese Hintertür, dass man ja in zwei, drei Tagen vielleicht doch wieder gemeinsam irgendwo tanzt, lacht und sich am Ende küsst, fühlt es sich an, als würde ich aus dem Zug geschleudert, mit Vollkaracho, und auf einer Wiese landen, in tausend Stücke zerfetzt, überall Blut, Gliedmaßen, Eingeweide, ich kann alles sehen, denn ich lebe noch.

Was man doch für einen Schmerz fühlen kann wegen eines anderen Menschen.

Was für einen Wahnsinn man erleben kann.

Sie ist nicht in Kuba. Ich versuche zu verstehen, was das heißt. Abgesehen davon, dass sie mich belogen hat. Sie hat einen anderen. Was sonst? Was sonst könnte der Grund sein? Dass sie sich für mich entscheiden könnte, ist doch eh nur ein Traum gewesen, viel zu schön, viel zu unwirklich, als dass ich nicht bald hätte aufwachen müssen.

Beer meldet sich, aber ich nehme den Anruf nicht entgegen. Stattdessen schreibe ich Sugo-Joe: du kriegst die kölnerin, arsch, titten, pussy, dazu die kleine aus saudi-arabien, ich schwör, wenn du nur noch mehr rausfindest.

Ein hässlicher, brauner Smiley, der aussieht wie ein Haufen Hundekacke, kommt als Antwort zurück.

Annette trinkt doch noch zwei Jägermeister, verschluckt sich dabei und hustet. Ihr Husten geht in ein Schluchzen über. Sie entschuldigt sich mit einer Handbewegung, versucht erst ihren Mund, dann ihre Augen zu verdecken. „Mein Sohn hat mich Schlampe genannt", sagt sie heiser. „Mein eigener Sohn! *Schlampe* ..."

„Was für n Hurensohn", sage ich und beiße mir auf die Zunge, als mir klar wird, wen ich mit diesem Schimpfwort zur Hure mache.

Das Spatzl schnauft, winkt ab. „Ach, ich war keine gute Mutter. Ich war nicht da, als er klein war, und später wollte ich es mit Geld wiedergutmachen."

„Perfekt ist man nie", sage ich. „Egal, wie man's anstellt, irgendwas passt nicht. Sollte ich mal Kinder haben ..." Ich rede nicht weiter. Ich und Kinder, das ist doch lächerlich, ein trauriger Witz.

„Er und meine Tochter sind das Einzige, auf das ich stolz sein sollte", fährt Annette fort. „Und ich habe versagt." Sie betrachtet die Sporttasche, die wieder auf meinem Schoß liegt, und runzelt die Stirn. „Ist da ein Goldschatz drinnen?", fragt sie. „So wie Sie die Tasche halten."

Statt einer Antwort reiche ihr noch einen Jägermeister. Ich habe wieder diesen kupfernen Geschmack im Mund, schlucke deswegen mehrmals, aber er bleibt. „Meine Kleine kommt aus Kuba." Ich halte ihr mein Handy in der ausgestreckten Hand entgegen. Ein Foto von Nteba und mir, wir hocken in meiner Wohnung auf der Luftmatratze, unsere Nasenspitzen berühren sich beinahe, wir sehen beide aus den Augenwinkeln in die Kamera.

„Als hätte man euch ertappt", sagt Annette.

„Ist n Selfie."

Sie weiß nicht, was sie sagen soll. Das Schweigen ist peinlich.

Ich betrachte das Foto noch einmal, als das Handy vibriert – ein anonymer Anruf.

„Wann sehe ich dich, Tarik?", fragt die bekannte Stimme.

Wieder verkrampft sich meine rechte Hand und ich nehme das Handy in die Linke. „Heute Abend", antworte ich.

„Einer meiner Männer wollte dich zu Hause besuchen", sagt der Derwisch. „Dein Vater ist nicht zu Hause. Ist er immer noch im Krankenhaus?"

„Er hat wahrscheinlich geschlafen. Er schläft doch meistens."

„Nein, einer meiner Männer war in der Wohnung und da war niemand. Es sei denn, dein Vater hätte sich im Kleiderschrank versteckt."

Mein Handy fällt mir aus der Hand, ich bücke mich, es dauert Sekunden, ehe ich es unter dem Sitz zu fassen kriege. Mein Herz schlägt bis zum Hals. „Was willst du von mir?", frage ich.

„Dass du zu uns kommst! Ich warte hier auf dich."

Ich schlucke und schließe die Augen. „Mich siehst du nie wieder. Ich weiß, was ihr mit Ali Kılıç gemacht habt."

Er flucht auf Arabisch. „Ist das der Grund? TARIK CELAL, DAS IST DER GRUND?! So wenig Vertrauen hast du in mich? Du glaubst, ich habe unserem Ali was angetan?"

„Alle glauben das."

„Die Juden glauben das", sagt der Derwisch. „Die Journalisten und unsere Feinde glauben das. Aber ich schwöre bei Allah, dass ich Ali Kılıç kein Haar gekrümmt habe. Und jedem, der dieses Gespräch möglicherweise abhört, sage ich es genauso ... Allah soll mich richten, wenn ich Ali Kılıç auch nur einmal böse angeschaut habe." Meine Hand, in der ich das Handy halte, zittert so stark, dass ich meinen

Ellbogen gegen die Fensterscheibe lehnen muss, damit es nicht so auffällt. „Das Geld, das man uns geklaut hat, ist für Landlose in Tansania. Der Diebstahl trifft die Ärmsten und Schwächsten. Das macht die Sünde noch größer. Das kann nicht ungestraft bleiben. Wenn wir das zulassen ... Wenn wir das zulassen, Tarik ... Also, hör gut zu, Celal. Du kommst hierher, dann reden wir über das, was geschehen ist. Wenn nicht, erfolgt noch heute die Anzeige bei der Polizei."

„Anzeige? Warum Anzeige?"

„Du weißt warum."

„Du glaubst, ich bin bei euch eingebrochen?", frage ich, so leise wie nur möglich. „Ich bin doch nicht verrückt! Ich bin nicht lebensmüde."

„Tarik, Tarik", sagt Abdelkader. „Und ich dachte, du würdest deinen Vater lieben."

„Ich ...", stocke ich. „Willst du mir drohen? Du drohst mir, ja. Du drohst mir ständig. Du laberst immer von Liebe und Respekt und Freiwilligkeit in deinem Club, aber du drohst ständig nur. Redest vom Seelenlöschen und ..."

Annette greift nach einem weiteren Jägermeister, den Derwisch scheint nichts aus der Fassung zu bringen, seelenruhig unterbricht er mich. „Ich bin gegen Gewalt. Wenn du meinen Predigten genau zugehört und nicht nur unsere Moschee ausspioniert hast, wirst du das auch wissen. Aber es gibt junge, zornige Männer in meinen Reihen, denen alles zuzutrauen ist. Das sind leidenschaftliche Männer, voller Tatendrang und Wut. Ich wasche meine Hände in Unschuld, vor mir hat dein Vater nichts zu fürchten, ich weiß, das ist ein guter Mann, ein gottesfürchtiger Moslem. Aber für die anderen kann und will ich nicht garantieren. Deshalb flehe ich dich an, komm zu uns, bring das Geld, bring Reue und alles wird gut."

Ich schmeiße das Handy auf den Tisch. „Probleme?", will das Spatzl wissen.

„Ist nicht mein Tag heute."

„Ihre Hände zittern", sagt sie. „Kann ich Ihnen irgendwie helfen?"

Ich schüttle den Kopf, fühle mich elend. Da steigt etwas aus meinem Magen auf. Ich greife mir noch einen Jägermeister, kippe ihn runter.

„Wir erreichen nun den Bahnhof Kempten", tönt es aus dem Lautsprecher.

„Ich muss auf die Toilette", meint das Spatzl und steht auf. Sie legt ihre Hand auf ihren Bauch und schluckt. „Mir ist ein bisschen ... unwohl." Sie wankt an zwei Schülerinnen vorbei, die stehend an die Sitzreihe gelehnt auf ihren Handys tippen und Kaugummi kauen.

„Warten Sie!", rufe ich ihr nach, folge ihr mit der Sporttasche und trete dabei einer der beiden Schülerinnen aus Versehen auf die Zehen, worauf sie irgendetwas im Dialekt zischt, das ich nicht verstehen kann. „Sorry", sage ich, berühre sie sanft mit der Hand auf dem Rücken, worauf sie zusammenzuckt und ein angeekeltes Gesicht macht. Ich starre sie bloß an, sie zieht die Augenbrauen zusammen und meint zu ihrer Freundin: „Oh Gott. Der macht mir Angst!"

***

Inmitten lärmender und nach Bier stinkenden Nürnberger Fans stehe ich am Fenster im Gang und berühre die Narbe auf meinem Daumen, streichle sie, zwicke sie, beiße sie. Mit der flachen Hand wische ich mir den Schweiß von der Stirn. Die Klimaanlage ist ausgefallen und es ist unerträglich stickig und heiß, trotzdem friere ich.

Ich fasse einen Entschluss: Entweder ich steige an der nächsten Haltestelle aus, fahre zurück nach München und verschiebe das Treffen mit Nteba. Oder aber ich lasse die Jungs Baba aus München schaffen, treffe morgen Nteba und versuche in den folgenden Tagen, mit dem Alten in die Türkei zu flüchten.

Sugo-Joe ruft an, er feilscht sofort. „Ich möchte die Kölnerin, die Kleine aus Saudi-Arabien und die Schottin, hörst du? UND DIE SCHOTTIN."

„Und ich will deine Schwester", sage ich. „Auf allen vieren."

„Ich habe was für dich. Was Gutes. Das muss dir was wert sein."

„Spuck aus."

„Keine Garantie. Aber ein Ansatz ..."

„RED SCHON!"

„Die ersten Zahlen jeder Zeile könnten Uhrzeiten sein."

„Das hatten wir schon", dränge ich ihn. „Weiter, weiter ..."

Und dann ist die Verbindung tot. Ich versuche ihn anzurufen – einmal, zweimal, dreimal, aber ich habe keinen Empfang in dem Zug. „Fick dich, Deutsche Bahn, du Hurensohn!", schreie ich und schlage gegen das Fenster.

Die Fußballfans lachen und grölen und stimmen einen Schlachtgesang an: „Fick die Deutsche Bahn! Fick die Deutsche Bahn! Fick die, fick die, fick die Deutsche Bahn!"

Eine heftige Bremsung stoppt den Zug, die Fans quittieren sie mit Beifall, aber ich glaube auch ein Geräusch aus der Toilette zu hören, so, als ob jemand umgefallen wäre und dabei sämtliche Knochen zum Klingen gebracht hätte. Ich schubse zwei betrunkene Fans sanft und mit freundlicher Miene zur Seite, um keinen Streit zu provozieren, und gehe zur Tür. „Alles okay da drinnen?", frage ich. Als Antwort bekomme ich aber nur ein Stöhnen.

Mit meiner Rechten klopfe ich gegen die Klotür, das wieder einsetzende Krakeelen der Fans schluckt das Geräusch beinahe. Ich trete gegen die Tür, die Markierung unter der Klinke wechselt von Rot auf Grün und die Tür geht einen Spalt auf. Das Spatzl steht vor mir, gequält lächelnd, ein wenig vornübergebeugt, eine Hand auf ihrer Stirn. „Autsch", sagt sie.

Ich trete ein und begutachte die kleine Wunde, die Haut um den kleinen Riss ist schon etwas angeschwollen. „Das gibt ne Megabeule. Drücken Sie fest drauf."

„Ich bin betrunken, mir ist schwindlig. Alles dreht sich!" Sie rülpst leise. „Ich musste mich übergeben."

„Das passiert."

„Ich will nach Hause."

„Zu Ihrem Mann?", frage ich, schmeiße meine Tasche auf den Boden und drücke mit der flachen Hand auf ihre Beule.

„Ich will raus aus dem Zug. Ich muss raus. Jetzt sofort."

„Setzen Sie sich erst mal hin, okay? Ich bring Sie zurück an Ihren Platz."

„Wir wär's mit duzen", sagt sie und legt ihre Hand auf meine. „Ich bin zu betrunken, um noch zu siezen. Ist alles so kompliziert beim Denken gerade ..."

Wir sehen uns an, wanken hin und her, der Zug fährt weiter. Das ist die holprigste Zugfahrt meines Lebens, ein ständiges Bremsen und Gasgeben, dass selbst dem nüchternsten Passagier schlecht dabei werden könnte. „Hast du Drogen?", will sie wissen.

„Seh ich so aus?"

„Ich habe Geld."

„Das ist n Witz, oder?"

„Heute ist mir alles egal", meint sie und sieht beschämt zu Boden. „Alles so egal. Mein Sohn nennt mich Schlampe, der Mann, mit dem ich Jahrzehnte zusammen war, hasst mich so sehr, dass er mich ohne mit der Wimper zu zucken umbringen würde, wenn er dafür nicht ins Gefängnis müsste."

Und wieder überkommt mich diese Geilheit, wieder verspüre ich diese Gier nach Leben, diese Angst vor Gefängnis, Verlust und Tod, als ich sie ansehe in diesem unwirklichen Moment an diesem irren Tag. Diese feine Dame aus der Münchner Society in ihrem sexy Kleid, mit ihren prächtigen Titten, ihrem großen Arsch, ihrem gebräunten

Gesicht ... Ich bin nicht bei mir, denke ich mir, ich bin jetzt nicht bei mir ... Ich stehe am Abgrund, ich sehe in die Tiefe und weiß nicht, wie ich den Sturz noch verhindern kann. Ich habe so ein Verlangen, in die Tiefe zu springen, ehe mir Abdelkader, Beer oder Nteba den letzten Schubs geben können. Ich habe die Angst vor dem Sturz so satt, dass ich die größte Furcht umarme, sie akzeptiere und sie beende. Ich möchte alles zerstören, ehe sie mich zerstören. Ehe mich Beer, der Derwisch oder der Richter, der mich verurteilen wird, finden. Ehe Nteba mir sagen kann, dass es einen anderen Mann gibt oder sie ein Doppelleben als Drogenkurierin oder Spionin führt.

Lebenslust und Todessehnsucht umarmen sich in diesem Augenblick.

„Warum siehst du mich so an?“, fragt sie, ihre Hand immer noch auf meiner.

Ich versuche klar zu denken, aber alles läuft auf Hochtouren in meinem Körper, alle Regler sind auf zehn, bis zum Anschlag aufgedreht. „Es wird heiß heute“, sage ich. „Weit über dreißig Grad.“

„Mir ist jetzt schon viel zu heiß.“ Sie fächert sich mit ihren Händen hektisch Luft zu.

Der Zug bremst wieder ruckartig, ich mache einen Schritt nach vorne, die Tür hinter uns schließt sich. Meine Hand gleitet von ihrer Stirn auf ihre gerötete Wange, mein Daumen streichelt sie, ihre Haut ist weich und warm, ich berühre ihre Lippen. „Ich weiß nicht mehr weiter“, sage ich. „Zum ersten Mal in meinem Leben ... weiß ich nicht mehr, was ich tun soll. Ich hab so ne Scheißangst, das Falsche zu tun ...“

„Ich verstehe nicht“, sagt sie undeutlich. „Lass uns zurückgehen, dann kannst du mir alles erzählen.“

„Ich brauch jetzt n Wunder. Nen Engel oder so. Bist du mein Engel?“ Sie sieht mich an, als würde ich in einer fremden Sprache reden. „Warum hat Nteba mich angelogen?“, frage ich und ich stecke meinen Daumen in ihren Mund. Sie erlaubt es, wehrt sich nicht. Ihre Zunge berührt ihn schüchtern. „Sie wurde gar nicht ausgewiesen. Sie ist in der Schweiz."

„Ich weiß immer noch nicht, wovon du redest. Und es ist schwer zu reden mit deinem Finger in meinem Mund."

„Ich steck bis zum Hals in der Scheiße." Meine Lippen zittern, kalter Schweiß rinnt über meinen Rücken. Ich nehme den Finger aus ihrem Mund und streiche über ihren Arm, sie hat eine Gänsehaut genau wie ich.

„Vergiss deinen Schatz aus Kuba nicht", erinnert sie mich. Ihre Wangen glänzen.

„Ich glaub, die liebt mich nicht. Ich glaub, die hat mich gar nie geliebt, verstehst du?"

„Ach, was", meint sie, entzieht sich meiner Berührung. „Ihr Jungen seid immer so dramatisch. Immer eifersüchtig. Natürlich liebt sie dich."

„Nein, nein, sie hat mich belogen, man belügt doch nicht ... wenn man liebt! ... Ich mein ... Das muss doch nen Grund haben ..."

„Versuch doch erst herauszufinden, was Sache ist, ehe du es aufs Spiel setzt. Behalte einen kühlen Kopf und sprich mit ihr."

„Ach, fuck ... Hast ja recht. Ich treff sie ja morgen."

„Siehst du. Schnaps tut uns beiden nicht gut. Wie hat der Mann vorhin gesagt? Der Teufel hat ihn gemacht."

Ich lächle. „Du bist so schön."

„Ich habe zwei Kinder geboren."

„Das haben viele."

„Das war aber vor über dreißig Jahren. Ich könnte deine Mutter sein."

„Und ich könnte dein Lover sein."

„Was redest du da für verrücktes Zeug?", sagt sie, aber ihre Brust hebt und senkt sich viel zu schnell. Der Zug bremst, und das Spatzl kippt nach vorne, genau in meine Arme. „Ich bin so betrunken, ich weiß nicht mehr, was ich tue."

Und wieder dieser Duft nach Sommer in ihrem Haar, auf ihrer Haut. Diese vollen Lippen.

Ich bin betrunken.

Die Welt, sie dreht sich.

Als jemand eintreten will und die Tür einen Spalt öffnet, stelle ich meinen Fuß dagegen, schließe sie und sperre ab. Meine Lippen berühren die ihren, sie erwidert meinen Kuss sofort, aber schüchtern. Sie löst sich von mir, atmet schwer, hyperventiliert beinahe. „Nein, nein, das geht doch nicht." Sie kichert wie ein Teenager. „Jetzt, im Ernst ... Wir wissen doch gar nicht mehr, was wir tun ..."

„Scheiß drauf, ich bin sowieso n schlechter Mensch."

„Ach, Quatsch, so einen Blick hat kein schlechter Junge." Sie fährt mir durchs Haar. „Solch schöne Augen hat die Sünde nicht."

Wir küssen uns wieder, diesmal wild, sie beißt mir in die Oberlippe, der Schmerz ist so heftig, dass ich sie in einem Reflex wegstoße. „Tut mir leid", sage ich. „Ich mag das nicht, das Beißen ..."

Sie starrt mich an, da ist wieder dieser traurige Blick. „Ich habe dir doch gesagt, dass ich eine alte Schachtel bin. Du willst das gar nicht."

Wir glotzen uns an wie zwei Cowboys, wissen nicht, ob wir uns brüderlich umarmen oder gnadenlos erschießen sollen. „Doch", sage ich, trotzig wie Fonso. „Ich will dich."

„Na, denn", meint sie und presst ihre Lippen aufeinander. Ich bücke mich, greife unter ihren Rock, schiebe ihr Höschen runter, mein Mittelfinger berührt vorsichtig ihre Muschi. Klatschnass. Ich streichle sie zärtlich, beinahe ängstlich, als hätten wir jede Zeit der Welt.

Sie stöhnt. „Oh, Heiliger Antonios!"

Wir lachen beide gleichzeitig.

„Der kann dir jetzt auch nicht helfen", sage ich.

Sie dreht sich um, präsentiert mir ihren großen Hintern, und ich öffne meine Jeans, schiebe sie runter, die Shorts genauso, ich klatsche mit der flachen Hand auf ihren Hintern, aber dann, als gäbe es einen letzten Aufruf, einen Aufruf zur Rettung, klingelt mein Handy.

Annette steht vor mir, breitbeinig, kräftige Oberschenkel, braungebrannt, großer, prächtiger Hintern, mit ihren Händen stützt sie sich am Spiegel ab, ihre Haare in meiner Linken, meine Rechte an ihrer Hüfte, mein harter Schwanz klatscht auf ihren nackten Arsch. „Ich darf nicht", sage ich schwer atmend.

„Du darfst nicht", keucht sie.

„Nein."

„Wegen deiner Freundin?"

„Tut mir leid. Ich will das nicht kaputt machen. Ich mach sonst schon gerade alles kaputt."

„Aber das habe ich dir doch gesagt!"

„Ich weiß ... Sorry ... Sorry, wirklich."

„Versteh ich doch", sagt sie, und da klingt auch ein bisschen Erleichterung mit. „Dann schnell raus hier. Sonst holt noch wer die Polizei."

Sie zieht ihre Unterhose hoch, ich berühre ihre Wange. „Soll ich dich lecken?"

Einen Moment lang ist sie baff, dann lacht sie und schüttelt den Kopf. „Bist du Bill Clinton? *Oral sex is no sex?*"

„Ich will nicht, dass du denkst ... Es hat nichts damit zu tun, dass du alt ... dass du *älter* bist, das weißt du doch, oder?"

„Mein Gott! Bloß keine Panik. Alles gut hier."

„Ich küsse ihre rechte Schulter, einmal, zweimal, so zärtlich wie möglich."

Und wieder klopft es, diesmal lauter. Ich ziehe meine Shorts und meine Jeans wieder hoch, knöpfe sie zu. „AUFMACHEN! HALLO?! AUFMACHEN!", schreit wer von draußen.

Das Spatzl atmet schwer, sieht zu mir, verdreht die Augen. Ihr Kopf ist feuerrot. „Mein Sohn", sagt sie leise.

„Klingt eher nach ner Frau."

„Er hat eine hohe Stimme, wenn er Angst hat." Sie greift sich an die Stirn. „Mein Gott, was tun wir jetzt?"

„Wir sollten unbedingt zurück zu unserem Platz. Noch ein paar Jägermeister kippen."

„Mein Sohn rastet aus", sagt sie leise. „Du hast ihn doch erlebt."

„Glaub mir, dein Sohn mit der Eunuchenstimme ist der letzte Mensch auf der Welt, den ich heute fürchte."

„Du kennst ihn nicht!", flüstert sie. „Außerdem kann er Karate."

„Er kann Karate?", lache ich. „Und ich bin Karate."

Das Spatzl wirft einen letzten Blick in den Spiegel, fährt sich durchs Haar und öffnet dann die Tür. Eine Frau um die dreißig steht da, schwarze Mähne, ein etwas eiförmiger, zu großer Kopf, dicke Nase, ein Muskelshirt, das ordentliche Oberarmmuckis und Möpse nicht versteckt, dunkle Jeans, schwarze Boots. Die Fans hinter ihr stehen mit dem Rücken zu uns, grölen und hüpfen, Bier spritzt. „Was geht hier vor sich?", fragt sie und hält mir einen Ausweis vor die Nase.

***

Ich lege meine Hand auf ihre Schulter, versuche sie zu beruhigen. „Alles okay ... Ihr war schlecht ... Ihr war bloß schlecht", sage ich.

„Mir war nur schlecht", wiederholt Annette heiser, wagt es aber nicht, der Polizistin ins Gesicht zu schauen. „Ich bin hingefallen und habe mir den Kopf angeschlagen."

„Darf ich Ihren Ausweis sehen?", fragt mich die Polizistin.

„Klar, aber wir haben nichts Verbotenes getan."

„Sie sind betrunken."

„Das ist in Bayern nicht verboten, das ist in Bayern was Heiliges."

„Ich habe den Ausweis nicht bei mir", meint Annette. „Meine Handtasche ist im Abteil."

„Ihren brauche ich nicht“, erklärt die Polizistin. „Sie können gehen.“

Kaum ist sie aus der Toilette draußen, fällt der Blick der Polizistin auf die Sporttasche. Sie betritt die Toilette und lehnt die Tür an.

„S’ist, weil ich Moslem bin, weil ich so nen Vollbart hab, ja? Nur deshalb. Oder haben sie die ganzen besoffenen Nürnberger schon kontrolliert?“

„Och, spielen Sie jetzt bloß nicht die Opferkarte. Ich kontrolliere Sie, weil Sie so eine dicke Tasche mit auf die Toilette nehmen.“

„Ich hab ne dicke Frau mit auf’s Klo genommen, die kontrollieren Sie aber nicht.“

„Bitte weisen Sie sich aus.“ Ich greife in meine Gesäßtasche und reiche ihr meinen Reisepass – und bereue es sofort. Sie schließt die Tür. „Bist du nur betrunken oder hast du auch Drogen genommen?“

Aha, wir duzen uns jetzt also.

„Ich bin high vom Jägermeister.“

„Du gehörst zu den Fans?“

„Boah, seh ich wirklich wie n Clubberer aus?“

„Was ist in der Tasche?“

„Meine Klamotten sind da drin. Was denn sonst?“

Die Polizistin blättert in meinem Reisepass, nimmt ihr Handy und hält es ans Ohr. Warum habe ich nicht gelogen und gesagt, dass ich keinen Pass dabeihabe? Sie nennt leise meinen Namen und die Passnummer. Unsere Blicke treffen sich, ich kenne das Prozedere: Ich weiß, dass sie jetzt gleich alles über meine begangenen Delikte und die Bewährungsstrafe erfährt, sie wird ihren Kollegen verständigen, meine Tasche durchsuchen und das Geld finden. Und was, wenn ich irgendwo vermerkt bin? Auf einer schwarzen Liste? Als Anhänger von Abdelkader al-Anbari?

„Danke“, spricht sie ins Handy. „Yep ... Okay ... Ich warte ...“ Sie fährt sich durch das wallende Haar, lässig, triumphierend. „Gib mir die Tasche.“

Ich warte, hat sie gesagt.

Ich warte.

Ich nicke, bücke mich, nehme die Tasche und drehe mich zu ihr – sie hält eine Schusswaffe in der Hand. „Ey, ey", sage ich und lasse die Tasche fallen. „Ist das jetzt nicht n bisschen übertrieben?"

Als ich in die Hocke gehe und den Reißverschluss öffnen will, schüttelt sie den Kopf. „Die Tasche. Zu mir. Sofort."

„Was soll denn das?", frage ich, ganz sanft, ganz friedlich. „Ich bin kein Terrorist. Da sind keine Bombe und keine Kalaschnikow drin. Ich beweise es Ihnen ..." Ich öffne den Reißverschluss der Tasche, greife hinein, taste nach einer der beiden Pfefferspraydosen, finde sie aber nicht.

„LASS DAS!", sagt sie bestimmt. „GIB MIR DIE TASCHE."

Langsam richte ich mich wieder auf. Jetzt hat sie ihre Pistole auf mich gerichtet. „Ey, ich will doch nur ..."

„Lass die Tasche liegen. RÜHR DIE TASCHE NICHT AN!"

„Ich bin kein Terrorist."

„Zum letzten Mal: Tu. Was. Ich. Dir. Sage."

„Ich bin kein Islamist, ich ..."

Die Polizistin nimmt ihr Handy, ich mache abrupt einen Schritt auf sie zu. Sie hat nicht den Mut, mich abzuknallen, den hat sie nicht, ich kann es ihr ansehen, und es ist mir in dem Moment auch egal, ob sie abdrückt oder nicht. Und so schlage ich ihren Arm mit meiner Linken zur Seite und mit der Rechten treffe ich sie mit einem Haken am Ohr, und auch wenn der Schlag nicht mit voller Kraft ausgeführt ist, holt er sie doch von den Beinen und lässt sie seitlich mit dem Kopf gegen das Waschbecken knallen. Mit einem Grunzen geht sie zu Boden und bleibt liegen. Sie sieht hoch zu mir, bewegt ihre Lippen, bringt aber kein Wort heraus. Blut fließt an ihrer Schläfe herab, die Haare verdecken fast ihr ganzes Gesicht. Mir fällt nichts Besseres ein, als zu fragen: „Oh shit, bist du verletzt?" Ich will mich zu ihr runterbeugen, da streckt sie ihre Arme aus, als wolle sie mich packen, mit mir kämpfen, aber da ist keine Kraft in ihr. „Ey, ey, ey“, sage ich, und mir wird schwindlig. „Du bist doch okay, oder? Was soll ich tun? Sag mir, was ich tun soll.“ Ich bücke mich noch tiefer, um verstehen zu können, was sie sagen will, und sehe, wie sie all ihre Kräfte zusammennimmt, aber sie schafft es nicht einmal, ein Wort zu sagen. „Ich wollte nicht, dass du gegen das Becken krachst. Das wollte ich nicht.“

Ich versuche, ihren Oberkörper aufzurichten. „Nein!“, haucht sie.

„Was?“

„Beweg ... mich ...“

„Was?“

„Beweg ... mich ... nicht!“

„Fuck“, fluche ich und stehe auf. „Fuck, fuck, fuck!“

Ihr Handy und mein Reisepass liegen auf dem Boden, daneben ihre Waffe – eine PK30, wie ich sie aus Computerspielen kenne. Ich hebe sie auf, mechanisch, genau wie in einem solchen Spiel, stecke sie in meinen Hosenbund, das Handy und den Reisepass in meine Hosentasche. Dann versperre ich die Tür und spüre, wie sich Hitze in meinem Körper ausbreitet. In meinem Leben habe ich viel Gift getankt, aber keines hatte nur annähernd eine solche Wirkung wie der Anblick der verletzten Frau. Die Übelkeit kommt wie eine Riesenwelle, überschwemmt und lähmt mich. Alles geht mir jetzt durch den Kopf, das Schlimmste stelle ich mir vor: Dass ich zum Polizistenmörder werden oder diese Frau für den Rest ihres Lebens behindert sein könnte ...

Ich knie mich neben sie, berühre ihren Arm. „Sag mir schon, was ich tun soll. Ich bin nicht gut in Erste Hilfe, ich bin nur gut im Verletzen ... Red mit mir, bitte.“

„Hilf mir auf die Beine“, sagt sie, schwer atmend. „Geht schon wieder.“

„Nichts geht. Du blutest richtig übel. Da muss n Notarzt ran.“

„Hilf mir!“

Ich weiß nicht, wie ich sie anfassen soll, biete ihr meine Hände an, damit ich sie hochziehen kann, aber sie schafft es nicht, sie zu greifen. Also stelle ich mich breitbeinig über sie, greife unter ihre Achseln und hebe sie hoch. Sie kann sich nicht auf den Beinen halten, lehnt sich gegen mich, und dann würgt sie, stöhnt und kotzt sich selber voll. Vor Schreck lasse ich sie los und sie fällt vornüber, auf alle Viere.

„Kommst du klar?“, frage ich.

„Leck mich“, presst sie hervor und würgt. „LECK MICH.“

„Was tun wir jetzt?“

„Idiot.“ Ihre Hand greift nach einem Fetzen Klopapier. Sie dreht sich, lässt sich auf ihren Hintern fallen und sieht mich an. Ihre Augen sind blutunterlaufen. „Das wird dir teuer zu stehen kommen.“

Sie versucht, ihre Klamotten mit der bloßen Hand zu reinigen, aber macht es so nur schlimmer. Schließlich wischt sie sich den Mund mit dem Handrücken sauber. „So läuft das jetzt: Du wirst mit uns beim nächsten Bahnhof aussteigen. Hör zu ... Wie war dein Name? ...“ Sie schnippt mit dem Finger. „DEIN NAME!“

„Tarik.“

„Okay, Tarek ... oder ... Tarik. Du tust jetzt, was ich dir sage. Wenn du das nicht tust, wirst du viele Jahre in einem Gefängnis verbringen, willst du das?“

„Nein.“

„Gut“, sagt sie und streckt ihren zitternden Arm nach mir aus. „Zuerst gibst du mir mein Handy und meine Waffe zurück.“

Ich lege meine rechte Hand auf die Pistole, ziehe sie aus dem Hosenbund, stecke sie wieder zurück. „Tut mir leid. Geht nicht.“

„Junger Mann, du gibst mir jetzt die Waffe und hilfst mir auf die Beine, dann gehen wir zu meinem Kollegen. Wenn du mit einer Waffe im Zug rumläufst, erschießt man dich, hörst du? Du willst doch nicht sterben, oder?“

„Willst du?“, frage ich. Ich gehe in die Hocke, taste sie ab, finde aber nur eine Geldtasche und einen Schlüsselbund.

„Was machst du? Was machst du denn?“ Ihr Kopf lehnt an der Wand und sie wehrt sich nicht, als ich ihre Taschen durchsuche. Sie winkelt die Beine an, startet einen erneuten Versuch aufzustehen, aber sie schafft es nicht. Leise fluchend zieht sie eine Grimasse, ihre Wangen sind blass und schweißnass. „Die Pistole“, sagt sie leise. „Gib sie mir.“

„Wo ist dein Kollege? Zuganfang oder Zugende?“

Sie schüttelt den Kopf. Die Haare kleben ihr auf der Stirn, sie atmet schwerer und schwerer. Ich schließe meine Augen und spreche ein Gebet. Allah möge die Frau nicht sterben lassen. Allah möge sie retten und mit ihr auch mich. Denn stirbt sie, ist auch mein Leben vorbei.

Ich öffne die Tür einen Spalt. Draußen herrscht Karneval, die Menschen stehen dicht beieinander und sind laut, ich schließe sofort wieder. Mein Handy vibriert – wie in Trance lese ich Sugo-Joes Nachricht: warum gehst du nicht ran? die 2. und 3. zahlenreihe könnten koordinaten sein, da sind nämlich kleine zeichen wie anführungszeichen ...

Koordinaten.

Fonsos Rucksack mit dem Heft war in der Moschee, jetzt stehen dort Uhrzeiten und Koordinaten.

Koordinaten.

Jetzt muss Beer anbeißen. Jetzt muss er darauf eingehen. Das riecht nach einem Plan, einem Anschlag, einer Attacke. Vielleicht etwas Großes, etwas, das alles Bisherige in den Schatten stellen wird.

Deutschlands 9/11.

„Wasser“, krächzt die Polizistin und holt mich zurück aus meinen Gedanken. „Gib mir was zu trinken.“

„Hab nur Jägermeister.“

„Wasser ...“

„Trink nen Schnaps.“ Als ich ihr das Zeug einflöße, hustet sie heftig und beginnt zu zittern.

Die Frau wird ohnmächtig, sie braucht dringend einen Arzt. Und ich muss raus aus dem Zug, um Beer zu kontaktieren und zu retten, was noch zu retten ist.

Sie wacht nicht mehr auf. Mein Puls rast und ich habe wieder dieses Dröhnen in meinen Ohren. Ich leugne nicht, dass ich viel ausgefressen habe in meinem Leben, ich werde niemals sagen können, dass ich nichts zu bereuen habe, denn ich bereue einiges – aber einen Menschen töten? Das wollte ich nicht, so einer bin ich nicht.

Als ich die Sporttasche schultere, wird mir schwindlig. Ich muss mich ein paar Sekunden lang an der Tür abstützen. Ich lege meine Hand auf die Klinke und atme tief ein und aus, ein und aus, ein und aus, dann reiße ich das Ding auf. Draußen stehen immer noch die Fußballfans, dazu eine Gruppe Teenager. Zwei Mädchen glotzen mich kurz an, drehen sich aber sofort wieder um. Ich schließe die Tür hinter mir. Ein Mädchen steht vor mir, kaugummikauend, will an mir vorbei.

„Die Frau da drinnen ist ohnmächtig geworden“, sage ich. „Ruf einen Notarzt!“

Sie glotzt bloß, also vergewissere ich mich, dass sie die Toilettentür öffnet, bevor ich mich davonmache. Ich hetze durch den Waggon. Ich bin nicht mehr bei mir. Ich bin ganz woanders, an einem anderen Ort, ganz allein, abgekapselt vom Rest des Universums.

Dieser Zug fährt in die Hölle.

Ich muss hier raus.

***

Nteba hat mich zu einem Poeten gemacht. Wenn sie mal wieder bis spätabends auf der Uni oder in der Klinik war und den ganzen Tag ihr Handy ausgeschaltet hatte, schrieb ich ihr Nachrichten, an denen ich Ewigkeiten saß, weil sie etwas ganz Besonderes sein sollten. Ganze Tage verbrachte ich damit, sie mir auszudenken, sie auszuformulieren und die Fehler zu korrigieren. Nteba durfte nicht denken, ich wäre ein Dummkopf, nur weil ich nicht studierte und kein Abitur hatte. Eines Nachts gestand sie mir, sie liebe es, von mir zu lesen, sie sehne manchmal das Ende des Unterrichts herbei, um endlich meine Nachrichten lesen zu können, und wäre todtraurig, wenn sie keine bekäme.

„Noch nie hat mir ein Mann so schöne Sachen geschrieben."

„Es hat dich auch noch nie ein Mann so geliebt."

Und sie sagte grinsend: „Ganz sicher hat auch noch nie ein Mann so viel Zeit gehabt."

Ich dränge mich durch die Menschenmassen. Es wird immer heißer, immer stickiger. Überall stinkt es nach Achselschweiß, Fast Food, deutschem Altherrenfurz, Babykotze und Bier. Ich bin jederzeit drauf gefasst, dass mir der zweite Polizist begegnen könnte, aber was ich dann tun würde, weiß ich nicht. Erschießen kann ich ihn nicht, ich wäre nicht einmal dazu fähig, ihn mit der Waffe zu bedrohen. In einem Duell würde ich den Kürzeren ziehen, ich bin kein Dummkopf. Ich frage zwei Schulmädchen um die fünfzehn, wo sich der Zug gerade befindet.

„Äääääh", sagt die eine. „In Bayern würde ich sagen?"

„Der nächste Halt? Wo bleiben wir als Nächstes stehen?"

„Äääääh", meint sie wieder. Da ist eine Unschuld in ihren Augen, um die ich sie beneide.

„Lindau", sagt die zweite und zeigt mit Daumen Richtung Fenster.

„Kein Halt mehr davor?"

„Ich glaube nicht."

„Nope", stimmt die andere zu und nickt. „Der nächste Halt ist in Lindau."

Ich sehe zum Fenster hinaus, nur Wald und Wiesen und zwei Bauernhöfe zischen vorbei. Sugo-Joe ruft an. „Fuck!", schieße ich los, bevor er mich begrüßen kann. „Ich hab noch mehr Scheiße gebaut, Sugo."

„Ich auch."

„Hast du Baba in Claudias Bett ballern lassen?"

„Schlimmer."

„Was ist los?"

„Er ist weg."

„Wer ist weg?"

„Dein Vater."

„Was heißt, er ist weg?"

„Er wollte aufs Klo, ist dann aber nicht mehr zurückgekommen.

„Und? Hat er sich etwa selber runtergespült oder was?"

„Er ist zur Wohnung raus."

„Scheiße, Sugo! Such ihn! Verdammt noch mal, such den Alten!"

„Tu ich doch, ich schwitz ja schon wie Sau, weil ich die Straßen ablaufe. Aber ich find ihn nicht! Wo kann der bloß stecken?"

Ein älteres Ehepaar mit Rucksäcken und Wanderstöcken steht vor mir, ihr Lächeln stirbt, als sie meine Miene sehen. „Such ihn, such Baba", sage ich kraftlos. „Ruf Yiannis an, ruf Doogie an, sie sollen dir helfen."

„Ich habe keine Ahnung, wo er hin sein könnte."

„SUCHT IHN JETZT, VERDAMMT!"

„Dann hilf mir! Sag mir, wo er stecken könnte! Hast du eine Ahnung? Ich mein ... Wenn der sich in einen Hinterhof setzt und eine Maß bestellt oder er die U-Bahn genommen hat, finde ich ihn in zehn Jahren nicht."

„Du hast keine zehn Jahre. Du hast zehn Minuten, Sugo. Wenn Beer ... Wenn der Derwisch ..." Ich schlage mit der Faust gegen die Fensterscheibe. „FUCK! FUCK! FUCK! ICH DREHE DURCH! ICH DREHE DURCH, SUGO!"

„Easy, easy", meint Sugo. „Jetzt mach dir nicht gleich ins Hemd ..."

„Der Mann war in den letzten Monaten nur an drei Orten: Im Krankenhaus, in der Arztpraxis und in unserer Wohnung. Nirgends sonst."

„Was ist das Schlimmste, das passieren könnte?", fragt Sugo-Joe. „Er ist ein alter Mann. Die Leute werden die Polizei verständigen, wenn einer ohne Schuhe in der Stadt umherirrt."

„HIER GEHT'S UM BABA! UM MEINEN SCHWERKRANKEN BABA, DU VERFLUCHTER PENNER! DER DERWISCH WILL MEINEN ARSCH, VERSTEHST DU? UND UM MICH ZU KRIEGEN, SUCHT ER NACH BABA! KAPIERST DU, WAS ICH SAGE, SUGO? ABDELKADER AL-ANBARI SUCHT BABA. UND WENN ER IHN FINDET, MUSS ICH BEIM DERWISCH ANTANZEN, UM SEIN LEBEN ZU RETTEN, UND DANN ENDE ICH WIE ALI Kılıç, VERSTEHST DU MICH? HÖRST DU MICH?!"

Die Leute um mich herum sind verstummt und glotzen mich an. Ich sehe an mir runter, da ist ein kleiner Blutfleck auf meiner Jeans. „Jetzt krieg dich wieder ein", beruhigt mich Sugo-Joe. „Dein Alter gönnt sich bestimmt unter einem Lindenbaum ein kühles Paulaner."

„Baba trinkt keinen Alkohol." Ich rede ganz leise weiter: „Der Alte ist in Lebensgefahr, verstehst du das, Sugo? Checkst du das? Sag mir, dass du das checkst. Bitte bestätige mir, dass du kapierst, um was es hier geht."

„Ich finde ihn. Wenn ich ihn gefunden habe, erzählst du mir alles von A bis Z, keine Ausreden mehr. Ich will alles wissen."

„Der Alte ist mir heilig", sage ich heiser. „Das weißt du. Ich vertraue darauf, dass du ihn findest. Ich vertraue darauf, dass du ihn in Sicherheit bringst."

„Ich finde ihn. Ich würde dich niemals im Stich lassen."

„..."

„Hast du gehört?"

„Danke, Sugo."

„Was denkst du eigentlich über die Koordinaten?"

„Scheiße, ich hab doch jetzt keinen Kopf für die Koordinaten ... Ich mein ... Mensch, Sugo ... Ach ... Tut mir leid, ich bin grad völlig am Ende ... Aber wenn das stimmt ... Also, wenn das wirklich stimmt, dann wäre das ... Das wäre ... Großartig wäre das.“

„Schau dir die Rechnungen in Ruhe an. Und dann sag mir, was du denkst. Wenn ich deinen Großvater gefunden habe, werde ich auf Google Earth sämtliche Orte suchen, dann wissen wir mehr.“

„Okay, Sugo“, sage ich, dann lege ich auf und taumle durch den Waggon, irgendwann erreiche ich das Zugende. Ich bleibe kurz an der Tür stehen, um wieder ruhiger zu werden. Um wieder normal denken zu können.

Die Polizistin hat meinen Namen am Telefon durchgegeben. Die wissen also, wen sie suchen müssen. Sie haben meinen Namen, mein Gesicht, und sie wissen, dass ich in diesem Zug bin.

In dem Moment, wo die Jagd auf mich eröffnet wird, muss ich schon weg sein von diesem Ort.

Ich komme mir vor wie an jenem Freitagabend im November, an dem ich zum ersten Mal in der Zweiten Liga spielte. Diese dreiundzwanzig Minuten in dem norddeutschen Kuhdorf. Das Publikum hat uns gehasst, uns ausgepfiffen und mit Bier übergossen. Als ich da so auf dem Spielfeld rannte und versuchte, meinen Job zu machen, da habe ich mir manchmal gedacht, ich muss nachgeben, muss ihnen ihren Willen lassen. Ich bin falsch, sie sind richtig, sie sind so viele, ich habe es verdient, hier unterzugehen, es ist richtig und gut, wenn wir verlieren, überlassen wir ihnen den Ball, ergeben wir uns unserem Schicksal. Aber im selben Moment spürte ich in meinem Bauch auch Trotz und Widerstand aufwallen. Wer hat ihnen das Recht gegeben mich niederzumachen? Ich spielte nicht foul, nicht unfair. Warum hassten sie mich?

Und dann habe ich die Löwen-Fans unter dunklen Wolken singen gehört. Ein Häufchen blauweißer Münchner, deren wütende, trotzige Schlachtgesänge den gegnerischen Fanblock für ein paar Sekunden übertönten. Da habe ich gewusst, dass man immer sein Ding durchziehen muss. Dass am Ende zählt, ob man noch in den Spiegel schauen kann. Vor Allah treten kann, ohne sich zu schämen. Als stolzer, freier Mann. Babas alte Regel ist die Goldene Regel, die einzige, die zählt. Wenn es mir nicht schadet, wenn es dir nicht schadet und wenn es keinem dritten schadet, dann kann es keine Sünde sein.

Ich habe keine Schuld an der heutigen Eskalation. Beer hat mich erpresst und zu einer schweren Straftat gezwungen. Okay, ich habe mich nicht an die Abmachung gehalten, vielleicht war das ein Fehler, aber wer kann es mir verdenken, dass ich ihm nicht getraut habe? Trotzdem: Wenn Beer mich nicht dazu genötigt hätte, wäre ich nicht in die Moschee eingebrochen. Ich hätte niemals die Polizistin ausgeknockt und wäre gar nicht erst in diesem Zug.

Ich fühle die Waffe in meinem Hosenbund. Der Zug hält, aber da draußen ist nichts. Nur hügelige Wiesen, ein paar Bäume, eine Scheune, ein Feldweg. Kein Auto weit und breit. Wenn ich hier aussteige, komme ich nicht weit. Ich muss noch warten. Ich muss noch ein paar Minuten warten, bis wir bewohntes Gebiet erreichen. Oder steht der Zug etwa schon wegen mir? Wegen der verletzten Polizistin? Kommt jetzt gleich ein SEK in einem Hubschrauber angeflogen?

„Alles klar?“, fragt Annette, die sich mir unbemerkt genähert hat. „Du hast einen furchteinflößenden Blick drauf. Also, wenn ich dich jetzt nicht schon ein bisschen kennen würde ...“

„Alles okay“, sage ich und klopfe gegen die Fensterscheibe. „Wird n schöner Tag heute.“

Sie sieht mich von der Seite an, ich wünschte, sie würde gehen. „Das war so verrückt da eben ... in der Toilette ... Ist wirklich alles okay? Was wollte die Polizistin? Gab’s Ärger?“

„Mit Polizisten hat jemand wie ich immer Ärger."

„Hm."

Wir schauen beide hinaus. Die Sonne ist bereits groß und mächtig, die Farben der Wiesen und Wälder sind kräftig und prall, der Himmel ist tiefdunkelblau, einige mächtige Wolken türmen sich hinter dem Wald, eine Sommerwelt voller Leben, voller Freude, ich muss sie mir zurückholen, ich will nicht, dass das alles heute endet.

Blick nach hinten.

Blick nach links.

Blick nach rechts.

Annette stinkt nach Schnaps, genau wie ich. Wir sind beide zugedröhnt, aber anders als die Fußballfans, die klatschen und singen und krakeelen, sind wir beide mit unseren Gedanken beschäftigt. So stehen wir eine Weile, schweigend, unsere Ellbogen berühren sich. „Kannst du für ne Zeit auf meine Sporttasche aufpassen?", frage ich.

„Was verstehst du denn unter ‚ne Zeit'?"

„N paar Stunden."

„Stunden?" Sie lächelt unsicher. „Was hast du vor?"

„Ist n bisschen Geld drin. Sobald der Zug in der richtigen Gegend ist, zieh ich die Notbremse und hau ab."

„Auweia." Annette atmet tief ein und aus, ich glotze auf die Sommersprossen in ihrem Ausschnitt, ohne dass ich will, ich weiß nicht mehr, wohin ich schaue.

Blick nach hinten.

Blick nach links.

Blick nach rechts.

„Oh mein Gott", sagt sie.

„Was?"

Sie sieht sich um, ob uns auch niemand hören kann. „Sag bloß, du schmuggelst Drogen."

„Nein."

„Du hast eine Bank ausgeraubt!"

„Die Moschee des Derwischs."

Sie lacht.

Blick nach hinten.
Blick nach links.
Blick nach rechts.

„Oh mein Gott“, sagt sie und legt ihre Hand auf den Mund, „du meinst das ernst.“

„Ist ne lange Geschichte.“

„Du hast diesen islamistischen Hassprediger bestohlen?“

„Du nimmst die Tasche mit, wohin du auch fährst.“

„Ich fahre nach Zürich. Hatte ich jedenfalls vor. Ich glaube zwar nicht, dass mein Sohn noch mit mir kommt, aber wenn das Hotel schon gebucht ist …“

„Falls mir was passiert, sorgst du dafür, dass das Geld mein Vater bekommt. Kannst auch n Drittel behalten. Ich vertraue dir. Ich kenne dich nicht, aber ich vertraue dir.“

„Langsam, langsam“, meint sie. „Erstens bin ich betrunken, zweitens brauche ich kein Geld und drittens kann ich nicht mit so viel Geld ins Ausland fahren. Wenn man mich damit erwischt, wird es beschlagnahmt und ich bekomme eine Anzeige.“

„Ist das dein Ernst?“, frage ich. „Ich mein, dass *ich* das nicht kann, ist mir klar, da glaubt jeder, der Kanake hätte geklaut oder gedealt, aber du? Du darfst kein Bargeld bei dir führen?“

„Wie viel ist es denn?“

„Dreißig Riesen ungefähr.“

Sie schüttelt den Kopf.

„Shit“, sage ich. „Fuck.“

„Ich wünschte, ich könnte dir helfen.“

„Okay, dann hör zu: Du siehst ja, was hier los ist. Ich glaube nicht, dass irgendwer in dem Zug nach Bargeld suchen wird, jedenfalls nicht, wenn du es bei dir führst. Die haben viel Wichtigeres zu tun, verstehst du?“

„Wie willst du das wissen? Sie durchsuchen in letzter Zeit wegen der Terroristen so viel Gepäck.“ Sie schmunzelt, mustert mich. „Ich habe mir schon gedacht, dass einer wie du es faustdick hinter den Ohren hat, aber dass du so ein richtiger Gangster bist ..."

„Ich lass die Tasche auf der Ablage", erkläre ich ihr. „Wenn Bullen auftauchen an der Grenze oder wo auch immer, sagst du, das ist nicht deine, die gehört nicht dir. Wenn aber keine Bullen, Zöllner oder was weiß ich für Pappnasen auftauchen, nimmst du die Tasche mit dir, wenn du aussteigst. So kann dir nichts passieren."

Annette senkt den Kopf, im hübschen Spatzl-Köpfchen arbeitet es. Sie hat tiefe Falten unter den Augen, hier im Licht sind sie deutlicher zu sehen, die Schminke kann sie nicht mehr verdecken. Aber immer noch finde ich sie schön. „Bitte", sage ich und lehne mich gegen die Fensterscheibe, die geballte Faust zwischen Stirn und Glas, „ich bin sonst verloren."

„Ich bin auch schon am Bahnhof kontrolliert worden. Außerdem gibt es überall Überwachungskameras. Wenn die später wegen des Einbruchs ermitteln und die Aufnahmen überprüfen, sehen sie mich mit der Tasche. Was habe ich dann für eine Ausrede?"

„Ich kann's dir nicht beweisen", sage ich und gestikuliere dabei wild, „aber mein Vater ist schwerkrank. Und ich tu das alles nur für ihn. Nur für ihn, ich schwör. Wenn ich das Geld mitnehme und die erwischen mich ... Dann ist das futsch ... Dann stirbt der in irgendnem abgefuckten Heim, während ich im Knast meine Strafe absitze. Ich bin auf Bewährung."

„Wie lange?"

„Drei Jahre."

„Mein Gott ..." Sie seufzt.

„Ich hab niemanden vergewaltigt, niemanden verprügelt, ich hab nur mit Gras gedealt, ich schwör bei Gott."

„Und wenn diese Radikalen dann mich jagen?"

„Sie können niemals eine Verbindung zwischen dir und mir herstellen", versuche ich sie zu überzeugen. „Das ist ausgeschlossen. Das ist doch gerade das Geniale! Wir sind Fremde. Wir sind uns doch völlig fremd."

„Ich bin ein Riesenscheißhase", sagt sie, beißt sich auf die Lippen, zuckt hilflos mit den Schultern. „Alles Schlimme, das ich mir in meinem Kopf ausmale, geschieht auch."

Sie sieht mich an, als würde sie Verstopfung plagen. „Ist okay", ich lege meine Hand auf ihre Schulter. „Wenn du Angst hast, tu es nicht. Wenn du Angst hast ... Ich nehm die Kohle mit mir. Ist okay. Ich bin dir nicht böse. Tut mir leid, dass ich dich um sowas gebeten habe."

„Halt", sagt sie, als ich davon will. Sie packt mich am Handgelenk. „Wenn die Tasche in Zürich noch im Zug ist, nehme ich sie mit ... Ich war mein Leben lang ein Feigling. Ein bisschen Abenteuer kann mir nicht schaden. Aber was dann?"

„Nimm sie mit ins Hotel, okay? Ich melde mich. Nächste Woche okay? Ich muss vorsichtig sein. Wenn ich mich bis spätestens in einer Woche nicht gemeldet habe, ist was schiefgegangen, dann gib das Geld bitte meinem Großvater. Wie gesagt, du kannst ..."

„Ich nehme keinen Cent davon. Wenn ich etwas genug habe, dann Geld."

Ich greife ihre rechte Hand, drücke sie an meine Lippen, küsse sie. Wir sehen uns an, beide im Ausnahmezustand, beide aus der Umlaufbahn geschleudert.

Blick nach hinten.

Blick nach links.

Blick nach rechts.

Keine Polizei.

Wir tauschen hastig unsere Handynummern aus, ich diktiere ihr auch Babas Name und Adresse, dann verabschieden wir uns. Ein Küsschen links, ein Küsschen rechts. Als sie schon gehen will, hole ich noch schnell einen Fünfhunderteuroschein und mehrere kleinere, zerknüllte Scheine aus der Tasche und stecke sie ein.

„Pass auf dich auf", sagt das Spatzl.

„Lass dich von deinem Sohn nicht unterbuttern – du hast was Besseres verdient."

In dem Moment bremst der Zug und bleibt nach einem Tunnel auf offener Strecke stehen.

***

Diese grauen Herbsttage, dieses Hoffen und Bangen. Diese wilden Küsse, diese Reisen in den Himmel, die Hölle und zurück. Alles verschwimmt mit der Zeit. Details gehen verloren. Ich will sie aber nicht verlieren. Ich will, dass sie für immer bleiben. Alles will ich speichern. Alles will ich aufbewahren. Keiner darf mir diese Zeit mit Nteba stehlen.

Die Nürnberger haben eine Rauchbombe in einem der Waggons gezündet. Der Zugführer warnt durch die Lautsprecher, dass nur die Passagiere im betreffenden Waggon den Zug verlassen dürfen: durch die Tür rechts zur Fahrtrichtung.

Ich werfe das Handy der Polizistin in einen Abfalleimer und steige ebenfalls aus – links zur Fahrtrichtung. „*Al-Hamdu li-Llāh*", flüstere ich. „Ich danke dir, Allah."

Die Bahnstrecke ist durch einen hohen Zaun eingegrenzt, ich sprinte Richtung Tunnel, hinein in die Dunkelheit. Im Tunnel steigt mir ein merkwürdiger Geruch nach etwas Verbranntem in die Nase, wahrscheinlich von den Bremsklötzen des Zugs – da fällt mir ein, wohin der Alte gegangen ist: zu seinem alten Kumpel Serbaz in das türkische Vereinslokal neben der stinkenden Spenglerei. Wohin sonst? Oft genug hat er gesagt, dass er an seinem letzten Tag hier auf Erden in die Moschee und zu den Männern ins Lokal gehen würde.

Ich versuche ganz am Rand zu gehen, aber sollte jetzt ein Zug aus der Gegenrichtung an mir vorbeirauschen, würde er mich wahrscheinlich trotzdem erfassen. Ich erhöhe das Tempo, hechle wie ein Hund, der verfluchte Alkohol macht mich schlapp, ich beiße auf die Zähne, zähle die Schritte. Noch zehn. Und noch einmal zehn. Jetzt aber können es wirklich nur mehr zehn sein. Und dann raus, nichts wie raus.

Als ich das Ende des Tunnels erreiche, schaue ich sofort zum Himmel, weil ich einen Hubschrauber zu hören glaube, aber ich kann keinen sehen. Das Blau des Himmels ist intensiv wie im August. Ich flüchte mich in das Gebüsch, das abseits des Bahndamms wuchert. Ich taste in meiner Hosentasche nach einem der Handys. Ich tausche die SIM-Karte und rufe Ibo an, aber die Stimme, die antwortet, ist nicht seine. „Wer ist da?“, frage ich.

„Fonso.“

„Ey, kleiner Puskás, ich muss mit Ibo sprechen.“ Er schweigt. „Fonso?“ Ich höre Flüstern und Kinderkichern. „Es ist dringend, Fonso“, sage ich. „Hier ist Tarik, hörst du? Schnell, hol mir Ibo!“

„Ey, Tarik, was geht?“, lallt Fonso. Jemand flucht im Hintergrund.

Danach übernimmt Ibo: „Was ist los, Tarik?“

„Ich sitz in nem verdammten Gebüsch mitten in Hundekacke, Dosen, McDonald’s-Verpackungen und Mückenschwärmen. Das ist los.“

„Okay“, sagt Ibo, „mit welchen Mücken hast du es zu tun? Einheimischen Stechmücken oder asiatischen Tigermücken?“

„Ibo, glaub mir: Mit mir möchtest du im Moment keine Witze machen.“

„Die asiatische Tigermücke ist gefährlich. Kann Dengue übertragen. Oder das West-Nil-Fieber. Mittlerweile auch bei uns. Dem Klimawandel sei Dank.“

„Scheiß auf den Klimawandel, Ibo. Ich hab ne Polizistin verletzt. Ziemlich übel sogar ... Es dauert nicht lange, dann bricht hier die Hölle los.“

Ibos Stimme verändert ihren Klang. „Was soll das heißen, eine Polizistin verletzt?“

„Sie ist bewusstlos. Ich weiß nicht ... Ey ... Ich weiß nicht, ob die überlebt, Ibo ... Die ist mit ihrem Kopf gegen das Waschbecken geprallt ...“ Ibo antwortet nicht. Im Hintergrund höre ich Straßenlärm und Fonsos Gekicher. „Du musst Baba zu mir bringen“, sage ich. „Er ist in Gefahr. Knock ihn aus und bring ihn her.“

„Ey, Tarik. Entweder du hast alle Jägermeister in zehn Minuten getrunken oder das ist irgendwie nicht dein Tag heute.“

„Bitte! Bring mir Baba.“

„Wie stellst du dir das vor?“

„Ich hab so n Betäubungsmittel.“

„Haben wir alle! Das ist nicht das Problem.“

„Ist n starkes Schlafmittel. Fahr zu meiner Bude, n Ersatzschlüssel liegt rechts bei der Wohnungstür unter dem kleinen Teppich.“

„Nicht nötig. Beruhigungsmittel habe ich ohne Ende.“

Eine Bremse sticht mich am Unterarm. Ich schlage nach ihr, zerreibe sie zwischen meinen Fingern. „Mir wird die Sache jetzt zu heiß. Ich muss den Alten aus München schaffen. Der Derwisch sucht ihn.“

„Aha.“

„Der glaubt zu wissen, dass ich in seine Moschee eingebrochen bin.“

„Hm. Hast du's ihm etwa auch gleich erzählt? So wie Beer?“

Ich seufze. „Was muss ich dir zahlen, damit du Baba zu mir bringst?“

„Die Hälfte von der Beute.“

„Fuck“, sage ich. „Die Hälfte?!“

„Nicht fair?“

„Machst du's auch für n Drittel?“

„Klar.“

„Klar?“

„Wollte nur testen, wie verzweifelt du bist. Wo steckt dein Baba?“

„Ich bin mir sicher, er ist zu nem alten Freund.“

„Adresse?“

Ich suche die Adresse des türkischen Vereinslokals und schicke sie Ibo. „Es ist so n kleines Gasthaus, Treffpunkt für pensionierte türkische Gastarbeiter. Die hängen dort vierundzwanzig Stunden ab. Baba war da Stammgast, bis er es nicht mehr aus der Wohnung geschafft hat und den Rauch dort nicht länger vertragen hat."

„Und wie erkenne ich deinen Vater? Ich möchte nicht unbedingt mit dem falschen Mann ankommen."

„Geht leicht gebückt. Hustet ununterbrochen. Wedelt mit nem Stofftaschentuch vor seinem Mund rum. Hat ne Misbaha in seiner Hand, so ne Gebetskette, verstehst du? Ohne die geht er nie aus dem Haus. Und er trägt immer n Käppchen."

„N Käppchen?"

„Er trägt n Takke auf der Straße."

„Takke?"

„Ey, Ibo, du kennst den Alten, wenn du ihn siehst, ich schwör."

„Hast du denn kein Foto? Schick mir ein Foto!" Ich suche eines auf meinem Handy und schicke es ihm. „Gut. Ich schnapp ihn mir, stell ihn ruhig und pack ihn in meinen Kofferraum."

Ich betrachte meine linke Hand, die verdreckt und blutig ist. „Ibo?"

„Yep?"

„Ich glaub, ich hab alles verbockt", sage ich leise. „Die Bullen haben meinen Namen."

„Und den werden sie ficken", meint Ibo. „Die Presse jedenfalls. Aber solange sie dich nicht haben, ist nicht alles verloren. Das ist das Wichtigste im Moment: dich nicht erwischen zu lassen."

„Ich weiß."

„Sollten sie dich schnappen, weißt du hoffentlich, über wen du kein Wort verlieren darfst."

„Ich würd dich nie verraten. Ich schwör bei Allah."

„Wir haben uns nie getroffen. Und wenn doch, dann nur, weil Fonso in dem Block wohnt."

„Nur wegen Fonso. Nur zufällig."

„Schlag dich nach Bregenz durch. Sei vorsichtig. Bloß keine Geiseln, ist das klar? Und keine Konfrontation mit der Polizei mehr, auch klar?"

„Was denkst du denn?"

„Dann sehen wir uns am Bodensee. Ruf mich nicht mehr unter dieser Nummer an. Ich verwende ab jetzt eine andere SIM-Karte. Ich melde mich bei dir."

Meine Beine schmerzen nach dem Sprint. Der Sprung aus dem Fenster hat meine Gelenke ramponiert. Ich stehe auf, eine klapprige Kniebeuge lässt mein rechtes Knie knacken, ich bewege den Oberkörper nach links und rechts und strecke mich. Die Jeans sind schmutzig und an zwei Stellen unterhalb der Knie gerissen.

Danach rufe ich Beer an. „Ich hab was für dich", schieße ich gleich los.

„Hä? Wer bist denn du?"

„Hier ist Tarik. Und ich hab was für dich."

„Ich auch: Drei Jahre JVA. Tadaaaaaa!"

„Ich will freien Abzug", sage ich. „Ich liefere dir, was du wolltest, ich liefere dir richtig heißen Stoff, aber ich hab jetzt den Derwisch am Hals, ich hab die Bullen am Hals. Du hilfst mir, dafür bekommst du richtig heiße Scheiße, ich schwör."

„Tarik, Tarik", sagt Beer und lacht. Ich balle die linke Faust.

„Ich bluffe nicht! Ich habe etwas rausgefunden, der hat was Großes vor, der Derwisch. Was ganz Großes, hörst du?"

„Wir zwei sind fertig miteinander. Heul dich bei jemand anderem aus."

„Nein, nein", beharre ich. „Du hast mir das eingebrockt, du, Beer, du. Und wenn du mir nicht hilfst, rede ich mit einem Journalisten. Ich erzähle dem alles."

„Viel Glück", meint Beer noch und beendet das Gespräch.

Ich rufe ihn sofort wieder an. „Du bist gar nicht mehr bei der Polizei. Du arbeitest für ne Securityfirma." Als er daraufhin schweigt, sage ich: „Ich muss mit Baba in die Türkei. Du musst uns vor den Bullen und vor Abdelkader schützen, dann sind wir quitt."

„Ach, leck mich doch, Tarik, ich bin sowas von fertig mit dir. Hör dir doch einmal selber zu, das ist alles nur noch erbärmlich."

Beer beendet den Anruf, ehe ich noch etwas sagen kann. Dann rufe ich Sugo-Joe an. „Die Suche nach meinem Großvater ist abgeblasen, jemand anderer kümmert sich darum. Und jetzt erzähl mir bitte von den Koordinaten. Ich brauch n paar gute Neuigkeiten."

6

Heimatland, könnt ich einmal dich wiedersehn,
Heimatland, warum musste ich von dir gehen.
(*Heimatland,* Joseph Schmidt; Arthur Kistenmacher)

Ich schlage mich bis zum Bahnhof durch, ein Regionalzug fährt langsam an mir vorbei, ich wage es nicht aufzusehen. Ungeschickt übersteige ich einen zwei Meter hohen Maschendrahtzaun und reiße mir meine Jeans noch weiter auf. Das Gelände ist wie ausgestorben, nur aus einem Fenster ist ein Mann zu hören. Auf dem Vorplatz halte ich Ausschau nach Autos, deren Abwesenheit nicht so schnell auffallen würde. Meine Wahl fällt auf einen etwas abseits stehenden verdreckten grauen Peugeot. Ein paar kahlrasierte Typen mit billigen Tattoos lungern herum, beäugen mich kurz, kümmern sich dann aber um ein Motorrad mit fetten Reifen und dickem Auspuff. Vor mir parkt ein Taxi – ein Mercedes aus dem vorletzten Jahrzehnt. Ein Südländer mit Stoppelbart und Bierbauch, viel zu warm angezogen für den heißen Sommertag mit seinem Holzfällerhemd, steigt aus und stapft schwerfällig an mir vorbei. Bei einem Kiosk holt er sich eine Zeitung und kommt zurück. „Was schaust denn so?“, fragt er, ohne mich anzuschauen.

„Geile Kiste“, sage ich, weil mir nichts Besseres einfällt.

„Wenn du mich verarschen willst, mach Abflug, Junge, aber echt, ey.“

„Ich steh auf so abgefuckte Karren. Mein Kumpel motzt die auf.“

„Ha! Kannste haben, die blöde Kiste“, meint er. „Tausend Euro. Tausend Euro und gehört dir. Kann dein Kumpel aufmotzen.“

„Hm ... Und wie weit komm ich damit?“

„Ha! Zweihundert Kilometer, vielleicht dreihundert. Aber dann explodiert Scheiße.“

„Ich zahl fünfhundert. Bar auf die Hand."

„Nur Ärger mit Scheißeauto! Nur Ärger! Scheißeauto! Fickeauto!"

„Fünfhundert", wiederhole ich und suche nach dem Geldschein. Als ich ihn aus der Hosentasche ziehe, schüttelt der Typ den Kopf.

„Mach keine Witze, du!"

„Ich kauf dir die Karre ab."

„Verschwinde", sagt er, aber eher belustigt als böse.

„Ich mein's ernst."

„Ich aber nicht! Was denkst du denn?" Er flucht etwas in einem Mix aus Deutsch und einer fremden Sprache und tritt zweimal gegen die Stoßstange. Der Kerl trägt eine rote Cordhose und riesige, schwarze Clownschuhe. Fluchend marschiert er Richtung Bistro. Als er außer Sichtweite ist, sehe ich, dass er den Schlüssel stecken lassen hat. Ich schaue mich um, ob mich auch keiner beobachtet, öffne die Tür und setze mich ins Auto.

„Ey, Fickeauto", sage ich und streichle das Lenkrad, „lass mich jetzt bitte nicht im Stich."

Der Lärm, der einsetzt, als ich den Motor starte, könnte von einem Bagger stammen, die Rauchschwaden aus dem Auspuff ebenso. Ich halte Ausschau nach dem Dicken, aber er ist nirgends zu sehen. Ich lege den ersten Gang rein, löse die Handbremse und gebe Gas.

***

Nteba ging mit ihren Freunden aus. Die Studienkollegen und Bekannten aus dem Schwimmbad – das war ihre Welt, aus der ich sie nicht reißen wollte, auch nicht reißen konnte. Aber wann immer ihre Welt auf meine traf, spürte ich die Arroganz dieser Leute. Vielleicht hätte ich diese Überheblichkeit ja locker wegstecken und kontern können, hätte ich mich nicht tatsächlich minderwertig gefühlt. Es war schwer für mich zu begreifen, dass sie studieren konnten, wenn sie doch dauernd nur auf Reisen waren. Sie trugen tolle Klamotten, auch ich hatte ein paar schicke Sachen, aber wenn Nteba und ich dreimal in der Woche wo hingingen, dann musste ich in der Woche darauf dieselben Sachen wieder anziehen oder aber schäbige Jeans und ein ausgewaschenes T-Shirt ausgraben. Außerdem hatten diese jungen Frauen und Männer eine Zukunft, sie hatten Pläne, und ich weiß nicht, was mich trauriger machte: Dass ich keine hatte oder dass Nteba war wie sie? Dass auch mein Mädchen eine klare Vorstellung von ihrer Zukunft hatte, ein klares Ziel, dass es Ehrgeiz hatte, dass es keine Minute vertrödeln wollte in seinem Leben. Nein, Nteba driftete nicht dahin. Sie trank und feierte zwar mit mir, dabei trank sie viel und ließ es auf den Partys ordentlich krachen, sie teilte auch immer wieder mal einen Joint mit mir, aber ansonsten tat sie, was von ihr an der Universität und in der Klinik erwartet wurde. Nteba sei, so erzählte es eine ihrer Freundinnen, der Liebling der meisten Professoren und Ärzte, sie sei hochtalentiert, klug und absolut zuverlässig. Wahrscheinlich war ich in Ntebas Augen von Anfang an ein junger Wilder, ein Chaot von der Straße, aber nichts für eine feste Beziehung, nichts für die Zukunft, niemand, den sie ihren Freunden präsentieren hätte können, eher ein Gegenstück zu dem, was sie selber war.

Ich bin immer noch übermüdet und aufgeputscht zugleich, im einen Moment nervös, im nächsten verfalle ich in eine Art Starre. Beinahe übersehe ich eine rote Ampel vor einer Baustelle. Ich mache eine Vollbremsung, die Arbeiter in leuchtend-orangen Overalls, die die Straße asphaltieren, sehen finster zu mir.

Während der Wartezeit schaue ich mir die Rechnungen auf dem Smartphone an – Sugo-Joe könnte Recht haben mit den Koordinaten. Aber wenn seine Theorie stimmt, was wollen Abdelkaders Männer? Einen Geldtransporter überfallen? Waffen erbeuten? Nuklearmaterial? Oder Geiseln nehmen? Was, wenn sie es auf Reise- oder Linienbusse abgesehen haben? Züge? U-Bahnen, S-Bahnen? Vielleicht sollen auch bloß Anhänger eingeschleust werden. Es gibt Gerüchte, dass Abdelkader Kontakte zu Radikalen in Bosnien geknüpft hat.

Nach der Baustelle halte ich mich streng an die Geschwindigkeitsbegrenzungen und nehme auch das Handy nicht in die Hand – ich will niemandem einen Grund dazu geben, mich anzuhalten. Ich will jetzt nur mehr raus aus Deutschland. *Kein schöner Land in dieser Zeit ...* Musste ich bei einer Schulvorführung mit meinen Klassenkameraden einmal singen ... *Als hier das unsre weit und breit ...*

Aber jetzt will ich nur noch weg.

Ein anonymer Anruf stoppt meine Fahrt, ich parke das Taxi auf einem Parkplatz hinter ein paar Bäumen neben einem polnischen LKW, dessen dicker Fahrer breitbeinig ins Gebüsch pinkelt. Ich erwarte Abdelkader, aber es ist Ibo, und als ich dessen Stimme höre, wird mir klar, dass Abdelkader meine neue Nummer gar nicht wissen kann.

„Schon gelesen?“, fragt er. „Schwerverletzte Polizistin in Zugtoilette gefunden.“

„Schwerverletzt? Wie schwer?“

„Die Passagiere werden vernommen und ihre Personalien aufgenommen“, liest Ibo weiter. „Aber jetzt kommt’s ...“

„Jetzt kommt’s“, sage ich leise.

„Fußballfans hatten einen Notstopp kurz nach einem Bahntunnel in Oberstaufen verursacht. Die Polizei hält es nicht für ausgeschlossen, dass der Täter dort ausgestiegen und zu Fuß geflüchtet ist. Nun werden Überwachungskameras ausgewertet und Zeugen befragt.“

„Wie schwer ist sie verletzt?“

„Keine Ahnung.“

„Aber sie lebt?“

„Ja, sie lebt. Sie wird auch nicht sterben, keine Sorge.“

„Woher willst du das wissen?“

„Ich hab drei verschiedene Meldungen dazu gelesen. Twitter-Accounts abgeklappert. Keine Rede von Lebensgefahr."

„Al-Hamdu li-Llāh", sage ich und schließe die Augen, meine Hände verkrampfen. Ich boxe gegen das Lenkrad, erst mit den Fäusten, dann mit meinem Kopf. *„Al-Hamdu li-Llāh*!"

„Die können dir immer noch versuchten Totschlag anhängen. Das ist kein Kavaliersdelikt."

„Ich weiß, ich weiß! Aber ich bin so froh, Ibo! Ich bin so scheißfroh. Sie lebt! SCHEISSE, SIE LEBT!"

Ich brülle noch ein bisschen vor Freude, dann sage ich: „Hast du Baba gefunden?"

„Bin auf dem Weg zu dem Türkenverein", antwortet Ibo. „Was hast du dir eingeschmissen?"

„Nur n paar Jägermeister."

„Hast du keine Drogen bei dir?"

„Was soll ich mit Drogen?"

„Na, mach dich unzurechnungsfähig. Du warst high, bis obenhin zu. Du hast gar nicht mehr gewusst, was du tust. Das ist die beste Schiene, die du fahren kannst."

„Ich bin immer noch n bisschen betrunken. Im Zug war ich hackedicht."

„Gibt's Zeugen dafür?"

„Ja", sage ich. „So n Münchner Spatzl war mit mir."

„Hoffentlich ist das Spatzl auch bereit, bei einem Prozess auszusagen."

„Prozess? Entweder ich kann flüchten oder die knallen mich ab."

„Rede keinen Unsinn und denk an deinen Großvater."

„Ich hab eine von denen schwer verletzt."

„Bleib ruhig und dreh nicht durch ... Wenn ich mich nicht mehr melde, habe ich deinen Baba. Finde ich ihn nicht, rufe ich dich sofort an. Es ist besser, wenn wir nicht zu oft telefonieren."

Bald darauf taucht ein Schild an einer Kreuzung auf: ÖSTERREICH – EUROPÄISCHE UNION. Ich komme an einem Sägewerk vorbei, in dem ein buckliger Zwerg mit einem Hubstapler Holzkisten transportiert, und überquere eine Brücke, immer noch brav unterhalb des Tempolimits. Ich fahre durch ein kleines Dorf mit Einfamilienhäusern und Bauernhöfen, es duftet nach frisch gemähtem Gras, fast kitschig präsentieren sich der tiefblaue Himmel, die saftigen Wiesen, die grünen Wälder. Eine fremde Welt ist das. Ganz eigenartig wird mir. Ein großer Raubvogel kreist seelenruhig mit ausgebreiteten Flügeln am Himmel, bewegt seinen Kopf nach links und rechts. Hat keine Ahnung, wer ich bin. Keine Ahnung, dass sie mich jagen.

„Captain Durex!“, schreit Sugo-Joe in mein Ohr, als ich an einer Zapfsäule stehe, mit einer Sonnerbrille und einer verdreckten und viel zu großen Baseballkappe auf dem Kopf, die in dem Auto auf dem Beifahrersitz lag. „Die Orte sind über ganz Deutschland verstreut. Ich kann kein Muster erkennen.“

„Kernkraftwerke? Militärstützpunkte?“

„Auszuschließen.“

„Synagogen?“

„So viele Synagogen kann es unmöglich geben.“

„Puffs?“

„Warum Puffs?“

„Kirchen?“

„Nein, manche der Orte sind in der völligen Einöde. Da steht im Umkreis von zweihundert Meter auch mal gar nichts.“

„Also doch Puffs“, meine ich. „Oder sie wollen Busse überfallen.“

„Ich weiß es nicht. Aber ich tue mein Bestes, Captain Durex.“

„Mir läuft die Zeit davon“, sage ich. „Ich muss Beer etwas bieten.“

„Beer? Was hat das mit Beer zu tun?"

„Alles hat mit Beer zu tun." Sugo-Joe antwortet nicht. „Ist einer der Orte in München?"

„Yep."

„Fahr hin", fordere ich ihn auf. „Vielleicht siehst du etwas."

„Ich würde ja gerne, aber ..."

„Sugo, du kriegst sie alle."

„Was heißt ‚alle'?"

„Die Kölnerin, die Kleine aus Saudi-Arabien, die Schottin und dazu noch Daniela."

„Die Dani?", fragt Sugo. „Das ist ein faires Angebot, aber ich muss noch einkaufen, denn meine Tante kommt ..."

„Verdammt noch mal, hör auf zu schwafeln und fahr dorthin. Bitte."

„Calm down, Captain Durex, calm down. Ich kann auch am Laptop rausfinden, was das alles zu bedeuten hat. Ich muss dafür nicht durch die Gegend kutschieren. Ich finde es heraus und dann bekomme ich die Dani! Das muss aber fix sein, keine Ausrede, keine Ausflüchte. Ich möchte die Dani schon so lange."

„Wer möchte das nicht", sage ich und drücke den Anruf weg. Ich stecke das Handy ein, suche die Geldscheine und finde sie zerknittert in meiner linken hinteren Hosentasche. Beim Laufen in den Laden fällt mir beinahe die Pistole aus dem Hosenbund. Ich bezahle und verschwinde.

***

Ibo schreibt mir, dass er bereits auf der Autobahn Richtung Lindau ist, mit einem singenden, furzenden Fonso und einem schlafenden, sabbernden Baba an Bord. Ich solle mir die Zeit bis zu ihrer Ankunft in der Stadt totschlagen. Seine nächste Nachricht ist ein Link, den ich an einer roten Ampel am Bodensee öffne. Die Schlagzeile springt mir ins Gesicht.

MÖGLICHE TERRORATTACKE
IN ZUG MÜNCHEN–LINDAU!
HATTE DER DERWISCH-ANHÄNGER TARIK C.
EINEN ANSCHLAG GEPLANT?

*** *Eilmeldung* ***
*** *Vermeintlicher Islamist schlägt Polizistin in Zug brutal nieder* ***
*** *Großfahndung nach Tarik C.* ***
*** *Täter ist mit entwendeter Schusswaffe der Beamtin auf der Flucht* ***

Der dazugehörige Kurzbericht strotzt nur so von Spekulationen: Ich hätte möglicherweise einen Anschlag auf den Zug geplant, wäre aber von der Polizistin überrascht worden. In meiner Sporttasche könnten sowohl Sprengstoff als auch Schusswaffen gewesen sein.

Ich lese die Nachricht mehr als einmal, ich lese sie immer und immer wieder, und ehe ich das Handy auf den Beifahrersitz schmeiße, kommt es noch dicker: Es gibt einen Liveticker.

Der Titel: *Terror-Tarik auf der Flucht.*

Eine unmenschliche Müdigkeit überkommt mich. Als würde all das Adrenalin aus mir gepumpt werden, als würden alle Prozesse in mir beendet und das System heruntergefahren werden.

Terror-Tarik.

Ich.

ICH!

Ein Liveticker auf den Newsportalen – wegen mir.

Ich fahre den See entlang und quäle mich im Schneckentempo durch den dichten Verkehr, parke irgendwo am Stadtrand und bleibe dann lange im Auto sitzen. Ich brauche ein bisschen Zeit, um runterzukommen. Um zu begreifen, was geschehen ist, seitdem ich letzte Nacht losgezogen bin, um in Abdelkaders Moschee einzubrechen.

Autos rauschen an der Straße etwa zwanzig Meter von mir entfernt vorbei, ich stehe vor einer Fabrik aus Backstein, altmodisch, wie aus der Zeit gerissen. Ich beiße an meiner Narbe und schließe die Augen.

Ich erinnere mich, wie ich schon einmal in einem Auto saß und nicht aussteigen wollte. Ich hatte meine entscheidende Prüfung vermasselt, bei dem Versuch, den Schulabschluss nachzuholen. Der Verein hatte ein Programm für uns junge Spieler, die neben dem Fußball auch was für die Zukunft tun wollten, falls das mit der Karriere schiefging. Ich hatte nur teilgenommen, weil Baba das wollte, weil es den Alten so glücklich zu machen schien. Er übernahm sogar sämtliche Kosten, die nicht vom Verein gedeckt wurden, obwohl er doch selber kaum etwas beiseitegelegt hatte. Ja, ich habe es für ihn getan, habe mich durchgebissen – und am Ende ging doch alles schief. Ich habe aufgehört, die Geschichte zu erzählen, weil jeder glaubt, ich würde eine Verschwörungstheorie auftischen.

Ich hatte diese mündliche Prüfung vor einer Kommission zu absolvieren. Da saßen fünf Männer und Frauen an einem Tisch. Mein Mathematiklehrer, der den Unterricht geleitet hatte, gab mir zwei Aufgaben, die ich an der Tafel zu lösen hatte. Die Prüfung war öffentlich, deshalb war auch Sugo-Joe gekommen, obwohl ich ihn mehrmals gebeten hatte, das nicht zu tun. Aber er war nun mal da, und ich versuchte ihn zu ignorieren. Die erste Aufgabe konnte ich lösen, sie war ganz leicht, aber an der zweiten hatte ich zu knabbern, ganz einfach, weil diese Aufgabe niemals Teil meines Lernstoffes gewesen war. Ich protestierte, zaghaft nur, aber als mich der Vorsitzende aufforderte fortzufahren, machte ich ihm klar, dass ich diese Aufgabe nicht lösen könnte, weil man mir nicht gesagt hatte, dass ich diesen Stoff zu lernen hatte. Der Mathelehrer starrte zerknirscht minutenlang auf den Zettel, der Vorsitzende murrte, im Publikum und unter dem Beisitz herrschte ein Gemurmel.

„Wir haben das nie besprochen“, sagte ich. „Das war nicht Teil des Lernstoffs.“

Der Vorsitzende, der ein bisschen aussah wie Franz-Josef Strauß mit seinem roten Riesenschädel und dem fehlenden Hals, hob entschuldigend die Hände. „Na, dann probieren wir das Ganze noch einmal an einem anderen Tag, oder?“

„Aber ...“

Nie werde ich vergessen, wie sich dieses hässliche Mädchen in der ersten Reihe erhob, mit ihrem kleinen, spitzen Mund, ihren Sommersprossen und ihrem altmodischen Zopf, der ihr bis zum Arsch reichte. Sie protestierte, als der Vorsitzende klarmachte, dass ich durchgefallen war, sie behauptete lautstark, das wäre ja dann wohl nicht meine Schuld oder mein Fehler, die Prüfung müsste annulliert werden. Der Vorsitzende wollte sich gar nicht auf eine Diskussion einlassen und verwies darauf, dass sich die Zuschauer gefälligst ruhig zu verhalten hätten. Der Mathematiklehrer kam zu mir – er starrte immer noch auf den Aufgabenzettel – und sagte leise: „Wir haben das gemacht. Hundertprozentig.“

„Nope“, widersprach ich. „Haben wir nicht.“

„Ach, komm ... Jetzt ganz ehrlich, Tarik!“

„Ich schwör.“

„Hm.“

Das Mädchen schlug vor, man sollte mir doch eine Ersatzaufgabe stellen, aber darauf ging der Vorsitzende nicht ein und beendete die Prüfung offiziell.

Ich war durchgefallen. Das Mädchen kam zu mir sagte, ich dürfte mir das nicht gefallen lassen. „Ey, Chemiker“, sagte ich zu Sugo. „Was denkst du?“

„Sie hat Recht“, antwortete er. „Du solltest dir das nicht gefallen lassen.“

„Und warum hast du das nicht laut gesagt?“

„Naja“, meinte Sugo-Joe und zuckte mit den Achseln, „ich bin doch nur Zuschauer.“

„Feigling“, sagte das Mädchen.

„Feigling“, sagte auch ich.

„Ey“, protestierte er, „du wolltest doch nicht einmal, dass ich herkomme.“

Ich nannte Sugo-Joe Feigling – aber der größte Feigling war ich. Denn ich war damals nicht der Typ, der sich in solchen Angelegenheiten wehrte. Ich war nicht der Typ, der sich mit denen anlegte. Ich verachtete diese ganze Bande, die ich in einen Topf schmiss: Bullen, Lehrer, Fußballmanager, Journalisten, Politiker, Anwälte, Münchner Schickimicki – mit denen wollte ich nichts zu tun haben.

Und so endete ich an jenem Tag in Doogies Auto, wo ich auf dem Parkplatz vor Babas altem Block auf dem Beifahrersitz saß, betrunken, erschöpft. Baba zu sagen, dass ich durchgefallen war, dass all der Aufwand und all das Geld, das er ausgegeben hatte, umsonst gewesen waren, konnte ich nicht. Deshalb belog ich ihn auch, jedenfalls ein paar Wochen lang, bis alles rauskam, als sich Sugo-Joe verplapperte.

Ich wusste, ich würde es nie wieder versuchen. Ich wusste, keine Macht der Welt würde mich dazu bringen, mich noch einmal diesen Leuten auszuliefern. Bis heute gibt es für mich nicht einmal den Hauch eines Zweifels, dass wir diese Aufgaben niemals im Unterricht besprochen hatten. Und damit war die Prüfung eine Farce, da hatte das Mädchen Recht.

Ich war betrogen worden. Und hatte mich nicht gewehrt.

***

Nachdem ich das Nummernschild abmontiert habe, lege ich mich auf eine Parkbank hinter einer dichten Häuserreihe. Hier ist alles viel kleiner und ruhiger als in München, und die einzigen Menschen, denen ich begegne, sind Südländerinnen, Frauen mit Kopftüchern, langen Gewändern und vielen Kindern. Niemand beachtet mich.

Ich stelle mir einen Wecker auf dem Handy, ich kann mich nicht mehr wachhalten. Ich möchte nur eine halbe Stunde schlafen, nur eine halbe Stunde – dafür gebe ich den Teufeln meine Seele nach eineinhalb durchwachten Nächten und dieser Horrorfahrt im Zug. Doogie – ein leidenschaftlicher Fan von Survival-Büchern und -Filmen –

behauptet, dass die meisten Flüchtenden deshalb erwischt werden, weil sie auf der Flucht keinen Schlaf finden und völlig übermüdet schwere Fehler begehen.

Ein Ball, der mich in die Seite trifft, weckt mich. Es ist schon fast dunkel, ein paar Kinder spielen Fußball, Jungs und Mädels, sie sprechen türkisch. Sie entschuldigen sich nicht, sie lachen über mich. Ich bin zu verwirrt, um zu verstehen, was sie sagen, nur eines kapiere ich: Sie glauben, ich bin ein Obdachloser. Ich stehe auf, suche nach meinem Handy und finde es unter der Bank im Sand, halb verdeckt von einem Stück Zeitungspapier. Es ist schon kurz nach neun am Abend – ich habe ganze zwei Stunden geschlafen. Beer hat inzwischen dreimal versucht, mich zu erreichen, Fonso mir fünf Nachrichten geschrieben, allesamt dumme Videos mit dem Zusatz: schau dir das an, assclown! Beim Weggehen ruft mir ein Nasenbohrer, der an einem Baum lehnt, etwas im Dialekt hinterher – freundlich klingt es nicht.

Endlich eine Nachricht von Ibo: treffen uns am see, am hafen. in 30 min.

Vergeblich halte ich Ausschau nach einem Brunnen oder einem WC, weil meine Kehle ausgetrocknet ist. Ich taste nach der PK30, schleppe mich durch den Park, bewege mich wie ein Schlafwandler durch die mehrstöckigen, langgezogenen Häuserreihen, die völlig menschenleer zu sein scheinen. Eine ältere Dame mit einem Terrier und einem Afrolook in grau erklärt mir den Weg zum Hafen.

Ich habe das Gefühl, dass in jedem vorbeifahrenden Auto Verräter oder Verfolger stecken. Die Baseballkappe tief im Gesicht, schaue ich niemandem, der mir entgegenkommt, in die Augen.

Als ich an eine geschlossene Bahnschranke komme, sehe ich einen Streifen des Bodensees. Viele Leute tummeln sich dort, das Ufer ist der reinste Bienenstock. Während ich warte, bis die Schranken geöffnet werden, schreibe ich

Nteba eine Nachricht: falls du etwas über mich lesen solltest, glaub nicht, was sie schreiben. nichts davon ist wahr. ruf mich an, wenn du das liest. es ist wichtig.

Der Hafen ist natürlich kein Hafen, jedenfalls keiner, der das Wort Hafen verdient hätte. Am Ufer stehen nur zwei mittelgroße Ausflugsschiffe. Nicht weit davon entfernt brennen an einem belebten Ufer Lagerfeuer, ich verirre mich auf den Radweg. Die Fahrer sind wütend, klingeln und fluchen, ich weiche ihnen aus, lehne mich an ein Geländer. Ich schaue hinaus auf den Bodensee, viele Boote sind draußen, das Wasser ist etwas rau, der Horizont hat eine fast kitschige Farbe, ein Mix aus Gelb, Rot und Orange.

Nteba und ich das zweite Mal in den Tiroler Bergen, hoch oben, Ende Oktober. Wir erlebten einen wilden Himmel, die Wolken zerrissen vom Föhn, die Aussicht auf das Tal grandios, überwältigend. Ich war beeindruckt von diesem Anblick, berauscht vom Verliebtsein, es war schwer für mich, dieses Glück zu begreifen. Es gibt da einen Punkt, da hat man sogar Angst, dass das Glück zu groß sein könnte, denn: Was soll jetzt noch kommen? Es kann ja nur ein Absturz folgen. Mehr geht ja nicht. Mehr geht doch gar nicht in diesem Leben!

Nach etwa zehn, fünfzehn Minuten nähert sich jemand von der Seite, ich erkenne es aus meinem Augenwinkel, bin bereit, wegzurennen, falls das mein ramponiertes Knie überhaupt noch zulässt. Ich drehe mich vorsichtig zur Seite, greife so unauffällig wie möglich nach der PK30, da steht Fonso vor mir, in seinem rechten Arm hält er den Fußball, den ich ihm geschenkt habe. Er sieht mich mit seinen großen braunen Augen an. „Ach, du meine Fresse“, sagt er. „Du hast eine Policebitch k. o. geschlagen?“

Er hält mir sein iPhone vor die Nase.

„Glaubst du das?“, frage ich und betrachte zwei Fotos auf dem Display: auf dem einen ich mit kurzen Haaren und rasiert im Sechzger-Dress, auf dem anderen mit langen Haaren und Vollbart auf dem Parkplatz vor der Moschee. Dr. Jekyll und Mr. Hyde.

JAGD AUF TERROR-TARIK lautet die Schlagzeile. *Hatte er einen verheerenden Anschlag auf einen vollbesetzten Zug geplant? Was hatte Tarik C. in seiner Sporttasche?*

„Bist du n Terrorist?", will Fonso wissen.

„Na, sag mal, spinnst du? Du glaubst doch nicht den Mist, Mensch."

„Weiß nicht", sagt der Kleine und steckt das iPhone wieder weg. „Keine Angst. Ich mag dich trotzdem. Ich find den Derwisch ziemlich cool, weißt du ..."

„Der Derwisch ist n Psycho. Du weißt ja gar nicht, was du da redest."

„Und warum hast du dann die Policebitch gekillt?"

„Die hat mit ner Pistole auf mich gezielt, also hab ich mich verteidigt. Sowas nennt man Notwehr. Ich schlag keine Frauen. Das ist Tabu, verstehst du?"

„Alles cool!", meint er und nickt. „Es gibt aber Bitches, die haben's sowas von verdient und nötig."

„Bullshit", widerspreche ich ihm. „Man schlägt keine Frau."

„Ne Bitch ist keine Frau. Ne Bitch ist ne Bitch." Er wirft mir den Ball zu, ich fange ihn, schmeiße ihn zurück, mit voller Wucht, er lässt ihn fallen. „Autsch", sagt er und hebt ihn auf. „Spielen wir?"

„Hör zu, Fonso. Du musst mir helfen. Ich bin verloren ohne dich."

„Wow ... Spuck's aus. Brauchst du ne Waffe?"

„Du hast ne Waffe bei dir?"

„Ich hab *connections*."

„Deine *connection* ist Ibo, das weiß ich mittlerweile."

„Ich bin auch sonst gut vernetzt", meint Fonso mit einem Ernst, der mich zum Lachen bringt.

„Hör auf, so cool zu sein", sage ich. „Siehst du dort drüben, die Bierflaschen? Kannst mir eine davon klauen? Ich hab nen Höllendurst und ich kann's mir nicht erlauben, mich mit den Brüdern anzulegen, falls die mich dabei erwischen." Fonso zuckt mit den Schultern, will schon los, da packe ich ihn am Ellbogen. „Sei vorsichtig! Das Zeug gehört nicht den süßen Mädels dort drüben links, sondern den tätowierten Jungs rechts. Die schmeißen dich mit Gewichten an den Füßen in den See, wenn sie dich beim Bierklauen erwischen."

Fonso rümpft verächtlich die Nase, marschiert schnurstracks zu den Jungs, nicht zu den Flaschen. Er steht da breitbeinig, die Hände in den Hüften, spricht mit ihnen, holt sich zwei Bier, kommt zurück und gibt eins davon mir. Die Beine angewinkelt, sitzt er neben mir und öffnet seine Flasche mit einem Feuerzeug. „Kein Problem, haben sie gesagt."

„Du bist mein Held." Ich nehme Fonsos Feuerzeug, öffne meine Flasche und trinke sie in einem Zug bis zur Hälfte. „Dann sag mal, wo steckt Ibo?", frage ich, als ich sie absetze. „Wo Baba?"

„Parkplatz suchen."

„Prost, kleiner Puskás!"

„Sag das nicht. Sag nicht *kleiner Puskás!* Das klingt so schwul."

„Wie alt bist du eigentlich?"

„Alt genug", sagt er und trinkt einen Schluck Bier.

„Alt genug für was?"

„Für alles."

Ich hole das Smartphone aus der Tasche, suche nach den drei Fotos von Fonsos Matheheft und zeige sie ihm. „Kennst du die Schrift?"

„Nope."

„Als dich der Derwisch in die Schule gefahren hat, waren diese Rechnungen da noch nicht in dem Heft?"

„Das hast du mich schon gefragt. Warum nervst du mich damit? Um was geht's?"

„Ach, Erwachsenenkram", weiche ich aus und nehme ihm die Bierflasche aus der Hand, als ich meine geleert habe. Er protestiert nicht. Ich mustere den Kleinen. „Weißt du eigentlich, dass Puskás später für Spanien gespielt hat?"

„Blödsinn", sagt Fonso. „Puskás war Ungar."

„Und später Spanier."

„Nein", lacht er. „Du lügst."

„Ist aber so", sage ich. „Ey, ich hab gedacht, du wärst ein Riesenfan, und dabei weißt du das gar nicht? Verdammt schwach, Kleiner."

„DU LÜGST!" Der Kleine sieht mich an, wütend.

„Ach komm", besänftige ich ihn. „Ist doch nicht so schlimm!"

„Warum sollte der für Spanien spielen? Macht doch keinen Sinn. Man kann nicht für zwei Länder spielen. Was ist, wenn Spanien gegen Ungarn spielt? Darf er dann bei beiden gleichzeitig spielen?"

„Man erinnert sich meistens an den Puskás von 1954. 1956 hat er Ungarn verlassen. Hat mit Politik zu tun. Bin zu müde, dir das zu erklären."

„Assclown!", sagt Fonso.

Ich sehe ihn an und lache.

„ASSCLOWN!", ruft er mit rotem Kopf.

Ich trinke noch ein bisschen Bier, aber ich sehne mich nach einem Glas Wasser. Da steht der Kleine auf und marschiert auf dem Radweg Richtung Hafen. „HEY, ASSCLOWN, KOMM ZURÜCK!", rufe ich ihm hinterher, aber er kehrt nicht um.

Ich laufe ihm erst hinterher, als er schon fast aus dem Blickfeld verschwunden ist. Jeder Schritt schmerzt, aber ich habe keine Lust, den Jungen später stundenlang suchen zu müssen. Als ich ihn beinahe eingeholt habe, fängt auch er an zu rennen. Er läuft davon, ohne sich umzusehen. Ich bleibe stehen und rufe seinen Namen. Er ignoriert mein Rufen, kommt aber nicht weit. Als er zwei Rollerblade-Fahrern ausweichen muss, kracht er in einen Fahrradständer, macht eine Rolle vorwärts und bleibt liegen. Ich gehe zu ihm, er kniet auf dem Boden, das Gesicht schmerzverzerrt.

„Was soll denn der Scheiß?“, frage ich. „Hm? Wo willst du denn hin?“ Er blickt trotzig auf den See hinaus, antwortet nicht. „Ey, schau mich an!“ Fonso zieht eine Grimasse, seine Lippen zittern. „Das war doch nicht bös gemeint, verdammt noch mal. Vielleicht ist Puskás ja der größte Fußballer aller Zeiten. Ich hab ihn doch nie spielen gesehen.“

Und dann fängt der Kleine an zu weinen. Der Möchtegern-Halbstarke wird zu dem, was er wirklich ist: zu einem Kind.

Er ist immer noch ein Kind.

Ich lege meine Hand auf seine Schultern. Ein älterer Herr mit einem winzigen Hund kommt zu uns, fragt, ob er helfen kann. Ich schüttle den Kopf. „Danke, der Kleine ist nur gestürzt.“

Ich lasse Fonso fertig heulen und helfe ihm auf die Beine. Nichts gebrochen, nur ein ziemlich langer Kratzer am Schienbein, alles halb so schlimm. „Nenn mich nicht Kleiner“, keucht Fonso. „Ich bin nicht dein Kleiner. Nicht dein Puskás. Hör endlich auf damit.“

„Komm“, sage ich und gebe ihm ein Taschentuch, „so soll dich Ibo nicht sehen, oder?“

Fonso würdigt mich keines Blickes. Er putzt sich die Nase und humpelt in die Richtung, aus der wir gekommen sind. Ich humple ihm hinterher. Was für ein komisches Paar wir doch sind.

Ibo taucht auf, als Fonso längst wieder der coole Gangster ist, den ich kenne. Er sitzt auf einem Geländer, lässt die Beine baumeln, raucht und schaut hinaus auf den See. Ich gehe hinter seinem Rücken die Promenade auf und ab. Schon von Weitem sehe ich den schwarzen Teufel, er schlendert daher, so lässig und langsam, dass es fast weh tut. „Ey, Zigeuner, es geht hier um mein Leben!“, rufe ich.

Er trägt ein buntes Hemd und eine knallrote Hose, schwarze, edle Schuhe und seine John-Lennon-Brille. Als er vor mir steht, mustert er mich, sieht mich an wie ein Vater, der seinen verlorenen Sohn wieder in die Arme nehmen und ihm verzeihen will, aber nie seine Dummheit vergessen wird. „Die ganze Geschichte will ich wissen", sagt Ibo leise, als er mich freundschaftlich auf den Oberarm schlägt. „Keine Geheimnisse mehr."

„Wie geht es Baba?"

„Schläft den Schlaf des Gerechten im Auto". Er schält sich eine Erdnuss und wirft sie in den Mund, die Schale ins Wasser. „Wo ist der Kleine?" Mit einer Kopfbewegung deute ich in Fonsos Richtung. „Ey, Hosenscheißer, Abmarsch!", ruft Ibo. „Und nimm sofort die Zigarette aus dem Mund oder ich schlage sie dir raus." Dann bohrt er seinen Zeigefinger in meine Brust. „Ich bekomme die Waffe", sagt er leise. „Plus ein Drittel deiner Beute. Im Gegenzug sorge ich dafür, dass ihr beiden sicher in die Türkei kommt. Dort kannst du eine Zeit lang untertauchen und dich um deinen Großvater kümmern. Die Türkei hat bei Gott andere Probleme als einen kleinen Münchner Dealer zu suchen, der einer Polizistin eine Ohrfeige verpasst hat."

„Gebongt", willige ich ein. „Aber was, wenn die Bullen heute Nacht auftauchen? Lieferst du mich dann aus?"

„Was denkst du?", fragt er. „Ich halte mein Wort. Du bist in dieser Stadt sicher. Ich verstecke dich."

„Die Wohnung ist absolut sicher?"

„Wenn sie das nicht mehr ist, verstecke ich dich an einem anderen Ort."

„Und das klappt?"

„Ey, Tarik. Ich bin Zigeuner. Ich kenne mehr Verstecke als der Osterhase. *Heute hier, morgen dort, bin kaum da, muss ich fort.*"

Wir gehen von der Seepromenade Richtung Innenstadt. Ich trage die Baseballkappe tief, ziehe das stinkende und dreckige T-Shirt aus und stecke es in den Hosenbund, sodass es die Pistole verdeckt. Mit diesem Anblick falle ich kein bisschen auf, viele Halbstarke gehen oben ohne, sind betrunken und laut, tragen Schals ihres Fußballvereins.

Auf dem Weg zum Auto erzähle ich Ibo alles. Die ganze Geschichte. Von Beers Forderung, dass ich einbrechen und im Müll wühlen soll, über das Intermezzo mit dem Spatzl bis hin zur Polizistin im Zug und dem geklauten Taxi. Ich erzähle von dem Code im Matheheft und Ntebas Nachricht. Ich erzähle alles, nur eines lasse ich aus: Dass meine Beute in der Schweiz ist, denn ich muss Ibo glauben lassen, ich hätte das Geld, ansonsten lässt er mich vielleicht fallen. Und so behaupte ich, ich hätte es am Bregenzer Bahnhof in einem Schließfach verstaut. Als er vorschlägt, es zu holen, kann ich ihn überzeugen, dass es dort vorübergehend am besten aufgehoben sei.

„Warum hast du mir nicht gleich erzählt, was Beer wollte? Das will mir nicht in den Kopf“, sagt Ibo.

„Komm, sei ehrlich, Ibo. Dann hättest du doch nie mitgemacht.“

„Hm ... Was ist mit deinen Jungs? Was wissen die?“

„Ich hab sie noch nicht hundertprozentig eingeweiht. Werd ich aber tun müssen. Der Derwisch wird früher oder später rausfinden, mit wem ich so abhänge in Giesing. Ich darf sie nicht in Gefahr bringen.“

„Das ist alles eine ziemlich irre Geschichte“, meint Ibo. „Und jetzt musst du dich am eigenen Schopf aus dem Sumpf ziehen, das wird nicht leicht.“

„*Terror-Tarik*“, sagt Fonso, der auf seinem Smartphone tippt und kichert.

„Es wird schwierig, den Bullen zu entwischen“, fährt Ibo fort, „aber es ist nicht unmöglich. Heute bist du der letzte Schrei im Internet, aber morgen oder übermorgen kann das schon wieder anders sein. Wichtig ist, dass du in den nächsten achtundvierzig Stunden nicht auffällst.“

„Vielleicht sollte ich mich morgen ja stellen", sage ich. „Nachdem ich Nteba getroffen habe, verstehst du?"

Ibo klatscht in die Hände, faltet sie, berührt damit seine Nasenspitze. „Ich habe auch erst gedacht, dass das nicht einmal das Schlechteste für dich wäre", erklärt er. „Aber ich bin hierhergekommen, weil ich meine Meinung geändert habe."

„Die erwischen mich doch früher oder später, und dann ist's nur schlimmer."

„Und was ist mit deinem Baba? Wer kümmert sich um den, wenn du für drei Jahre verschwindest?"

„Ich kann mir ne Pflegerin leisten", antworte ich. „Für ein paar Monate sicher. Dafür reicht das Geld."

„Und was ist mit der Polizistin aus dem Zug? Da gibt es noch kräftigen Aufschlag. Aufschlag auf drei Jahre, Tarik. Überleg dir das gut. Das können sieben lange Jahre werden. Vergiss nicht: Du hast eine Polizistin angegriffen. Das mag dir bei den Sträflingen Pluspunkte verschaffen, aber nicht bei denen, die die Macht dazu haben, dir das Leben im Gefängnis zur Hölle zu machen. Da kannst du dich auf viele Tage in Einzelhaft gefasst machen."

„Das war Notwehr", sage ich. „Das war doch ganz klar Notwehr." Ich packe Ibo am Arm. „Ich sag dem Richter, dass sie sich nicht ausgewiesen hat. Ich sag, ich hab gedacht, dass sie für den Derwisch arbeitet. Ich war voll auf Drogen, wie du gesagt hast. Die Jungs können bestätigen, dass ich oft high bin."

„Sie hat sich nicht ausgewiesen?"

„Ich könnte es ja behaupten."

„Und es gibt keinerlei Zeugen, die das widerlegen könnten?"

„Nur die Münchnerin hat's gesehen, aber die würde dichthalten, da bin ich mir sicher."

„Hm, da bist du dir sicher, soso." Ibo seufzt. „Aussage eines Drogendealers auf Bewährung gegen Aussage einer Bundespolizistin. Du hast ziemlich schlechte Karten in dem Spiel."

„Aber sowas von", wirft Fonso ein, der immer noch mit seinem iPhone rumspielt.

Ibo begutachtet mich von oben bis unten. „Du hinkst wie Goebbels. Und deine Jeans sehen übel aus. Macht sich nicht gut in der Öffentlichkeit. Ist doch nichts kaputt, oder?" Ich schüttle den Kopf, aber als wir eine Kreuzung überqueren, muss er mich stützen.

„Wie lang dauert das, bis du nen gefälschten Pass für mich hast?"

„Ich kann dir keinen gefälschten Pass liefern. Nur einen gestohlenen."

„Du tauschst das Passbild aus?"

„Ich suche einen Flüchtling, der dir ähnlich sieht", sagt er. „Und der seinen Pass für ein bisschen Geld gerne hergibt. Bis ans Ende der Welt kommst du damit nicht. Aber über den Landweg in die Türkei? Gut möglich. Die kontrollieren jeden, der rauf will, aber kaum wen, der runter will. Dort unten kannst du in der Masse verschwinden. Am besten dort, wo viele Flüchtlinge sind. Dort, wo es keine Kontrollen mehr gibt. Du musst jetzt Schritt für Schritt denken, darfst nicht in Panik geraten. Ich kenne in jeder Stadt von hier nach Istanbul einen guten Roma, bei dem du untertauchen kannst. Du fährst über den Balkan in deine Heimat."

Ich ziehe eine Grimasse, weil der Schmerz in meinem Knie immer stärker wird. Wir bleiben in einer kleinen Seitengasse stehen. „Wenn ich nur wüsste, was da mit Nteba nicht stimmt", sage ich, bücke mich, meine Hände auf den Knien.

„Das ist vorbei, das ist dir hoffentlich klar."

„Meinst du?"

„Gut hört es sich nicht an."

„Sie hat nen anderen?"

„Vielleicht noch schlimmer."

„Was soll noch schlimmer sein?", frage ich.

„Naja ..." Er druckst herum. „Also ..."

„Was ist noch schlimmer?! Sag schon! ... Oooh ... Du glaubst, sie ist ne ...?“

„Sie stammt aus Kuba. Sie ist in der Schweiz ... Hat ein Geständnis zu machen ... Ich kann mich irren, aber im Moment zähle ich da nur eins und eins zusammen. Im günstigsten Fall ist sie eine Luxus-Escortdame, im schlechtesten Fall eine Hure in einem billigen Bordell auf dem Land, wo sie von Bauern bestiegen wird.“

„Fuck“, sage ich und lache. „Das glaube ich nicht! Niemals! Ich war mit der zusammen, Ibo. Das ist n ganz normales Mädchen, dafür ist sie nicht der Typ. Die würde sich nie prostituieren. Nie!“

Ibo zuckt mit den Schultern. „Will dir nur eine Enttäuschung ersparen.“

„Sie bumst keine fremden Männer. Das ist keine Nutte.“

„Aber auch nicht das, was du denkst, das sie ist. Die große Liebe, von der du träumst, gibt es nicht.“

Ich hole die PK30 aus der Hose und halte sie mir an den Kopf. Fonso lacht, aber Ibo schaut mich an, wie er mich noch nie zuvor angeschaut hat. „Hast du sie noch alle!? Bist du völlig durchgeknallt?“ Er dreht sich, um zu sehen, ob uns jemand beobachtet. „Steck das Ding sofort weg!“

Eine Frau, Hand in Hand mit einem kleinen Buben, kommt aus einer Haustür, ich lasse die Pistole in meinem Hosenbund verschwinden. Ibo starrt mich kurz an, dann geht er weiter. Ich folge ihm mit etwas Abstand. „Leck mich“, meint Fonso, „da hast du jetzt aber sowas von ausgeschissen bei Ibo. Der schaut dich nicht mal mehr mit'm Arsch an jetzt.“

Ibo beschleunigt seinen Schritt. Er hat seinen Kopf im Nacken und marschiert davon. Nach zwanzig, dreißig Metern, als die Gasse in eine Seitenstraße mündet, macht er kehrt, kommt zurück und baut sich vor mir auf. „DU. BIST. DURCHGEKNALLT“, sagt er und verpasst mir eine Ohrfeige. „Mit der Waffe einer Polizistin auf der Straße herumfuchteln, während ganz Deutschland nach dir fahndet! Was ist los in deinem Kopf? Ist da noch ein kleines Stückchen Hirn vorhanden?"

Ich ringe nach Worten, es ist so viel in mir, das raus müsste, das ich Ibo sagen müsste, wie sehr ich Nteba liebe, wie groß meine Angst ist, sie zu verlieren, aber ich stammle nur, und nichts, was ich von mir gebe, ergibt Sinn.

„Mensch, Tarik, du hättest die Pistole erst gar nicht mitnehmen dürfen. Da glaubt dir doch keiner die Selbstverteidigungstheorie."

„Ich kann sie ja in den See werfen. Willst du sie denn nicht mehr?"

„Himmelarsch", flucht Ibo wütend, er, der sonst immer so seelenruhig, so entspannt seine Erdnüsse lutscht. „Gottverflucht nochmal. Wie blöd kann man sein! Fuchtelt der mit dem Ding auf der Straße rum."

Ich atme tief ein, tief aus, drehe mich um und sehe, wie Fonso versucht, den Ball auf seinem Kopf zu jonglieren, was natürlich misslingt. Der Ball hüpft die Gasse hinunter, der Kleine läuft hinterher und schreit irgendwas. Wir warten, bis er zurück ist. Die restliche Strecke redet keiner von uns auch nur ein einziges Wort.

Ibos BMW steht unter einem mächtigen Baum in einer unbelebten Straße, in der der Lärm der Stadt kaum mehr zu hören ist. Es ist bereits dunkel, die Straßenbeleuchtung funktioniert nicht, und ich kann Baba erst erkennen, als Ibo die Tür öffnet und die Innenbeleuchtung den Wagen erhellt. Er sitzt da, seine Augen geschlossen, ein alter, kranker Mann, entrückt von mir und unserem früheren Leben. Baba ist ein sterbender Mann, und es ist, als würde diese Erkenntnis mich erst jetzt erreichen, als hätte ich davon zwar all die Monate zuvor geredet, aber es nicht wirklich begriffen.

Für den Schmerz, den ich in diesem Augenblick spüre, gibt es keine Worte.

Ich räuspere mich, damit ich überhaupt einen Ton herausbekomme. „Baba", sage ich leise, und seine Augen öffnen sich zu einem Spalt. „Alles okay, Baba?" Er reagiert nicht, schließt die Augen wieder. Fonso steigt auf der anderen Seite ein, Ibo setzt sich ans Lenkrad. Ich fühle die PK30 auf meiner Haut. Selten in meinem Leben war mir bewusst, wie vergänglich alles ist. Baba wird bald sterben, und weder ich noch irgendein Arzt auf der Welt können das noch verhindern. Und wenn er tot ist, werde ich ihn nie wiedersehen. Ich werde nie wieder mit ihm sprechen, mit ihm lachen. Er geht für immer. Er kommt nie mehr zurück. Der Gedanke an eine Ewigkeit ohne Baba, die vor mir liegt, ist grausamer als alles, was ich mir vorstellen kann. Ja, ich glaube an Allah, tief und fest – jedenfalls rede ich mir das ein –, aber dass ich Baba wirklich wiedersehe, in einer Welt jenseits der unseren, das fällt mir so schwer zu glauben, fällt mir so schwer, mir auszumalen ... Dieses Paradies, in dem wir dann angeblich wandeln ... Hier und jetzt scheint diese Vorstellung plötzlich nur mehr kindisch und lächerlich.

Als Ibo losfährt, sagt er: „Was du in der Wohnung siehst, geht nicht raus. Kein Wort zu deinen Jungs."

„Was werde ich denn in der Wohnung sehen?"

„Heiße Ware", antwortet Fonso.

„Halt deinen Mund", weist ihn Ibo zurecht.

„Die ganze Bude steht voll", spricht Fonso weiter. „Und ich werd mir noch einen Laptop und ein iPad aussuchen, das ist fix, das hast du versprochen!"

„Einen Dreck darfst du", sagt Ibo, „wenn du nicht die Klappe hältst. Du redest zu viel. Ein Mann sollte immer mehr zuhören als reden."

„Freunde fürs Leben werdet ihr zwei auch nicht mehr, was?", meine ich.

Danach ist es für einige Augenblicke still im Auto, nur der Motor des BMW röhrt.

„*Freunde für 's Leben*", äfft Fonso mich nach und schaut kurz von seinem iPhone auf, dann lacht er laut. „Sowas kann nur ein *assclown* sagen!"

Wir grinsen und geben uns ein High-five, und danach ist die Stimmung in dem Auto weniger gedrückt.

Nteba hat auf meine Nachricht geantwortet: bin im stress. lass uns morgen treffen und reden. ok?

***

Ich wache mitten in der Nacht auf einem Sessel auf, die Beine angewinkelt. Sabber läuft mir aus dem Mund, dabei ist er so ausgetrocknet, dass ich Mühe habe, meine Zunge zu bewegen, die am Gaumen festklebt. Ich verfluche jeden einzelnen Jägermeister, den ich getrunken habe, und ihre Mütter dazu.

Baba liegt auf der Couch, schläft friedlich. Fonso hockt am Boden und tippt auf einem Tablett, die Nase berührt beinahe das Display. In dem Raum stapeln sich Kartons, die meisten davon tragen japanische und chinesische Aufschriften. Ibo sitzt an einem Computer mit völlig überdimensioniertem Flachbildschirm und raucht eine selbstgedrehte und weit abgebrannte Zigarette, die fast zwischen seinen Fingern verschwindet. Er summt eine Melodie, leise, als wolle er uns nicht wecken, ein Drink, orangefarben und halbvoll, steht auf dem Schreibtisch, daneben liegt mein Smartphone. Der Kühlschrank in der Ecke surrt. Der Schmerz in meinem Knie lässt mich das Bein kaum mehr abbiegen.

„Dein Kollege hat gute Detektivarbeit geleistet", sagt Ibo.

Ich rapple mich auf, greife nach dem Knie, überprüfe auch den schmerzenden Knöchel. „Sugo-Joe hat also Recht? Die Zahlen könnten Uhrzeiten und Koordinaten sein?"

„Es macht Sinn." Ibo berührt mit seinem Zeigefinger den Bildschirm. „Die entscheidende Frage ist, was an den Orten zu finden ist."

Ich seufze. „Ist es genug, um es Beer zu verkaufen? Was glaubst du?"

„Möglich wär ja", sagt Ibo, ohne auf meine Frage einzugehen, „dass Abdelkader gezielt Leute ermorden will."

„Vielleicht Juden?"

„So viele Juden gibt's in Deutschland nicht mehr. Jedenfalls nicht über das ganze Land verstreut."

„Wen will er killen? Zigeuner?"

„Soll er probieren. Ich versenge seinen Bart und klau ihm das Auto, das Handy und seine Frau."

„Vielleicht Polizisten. Politiker. Rivalen. Der Kerl hasst doch angeblich die Salafisten noch mehr als die Christen."

Ibo markiert jeden Ort rot auf Google Earth, der in Fonsos Mathematikheft verzeichnet ist. „Die Orte sind weit im Land verstreut", sagt er, „aber die Zeitangaben weichen nur maximal fünfunddreißig Minuten voneinander ab. Das sieht nach einer großen, gezielten Aktion aus. Ich frage mich bloß, wann das Ganze stattfinden soll. Es ist nirgends ein Datum oder Wochentag vermerkt."

„Vielleicht ist das auch noch gar kein konkreter Plan", sage ich. „Aber ich muss Beer etwas Spektakuläres bieten. Nichts Vages. Ich brauch guten Stoff für einen guten Deal."

„Was soll ein Ex-Polizist dir denn bieten können außer einem Versprechen, das er möglicherweise eh nicht hält?"

Ich lege den Kopf in meine Hände. Ich huste und spüre ein Kitzeln in meiner Nase, ich betrachte meine Finger, sie sind schmutzig, ich stinke, mich ekelt vor mir selbst. „Sein Bruder ist immerhin beim Verfassungsschutz", antworte ich. „Das ist doch etwas, oder nicht?"

„Pah. Der Verfassungsschutz ist ein dubioser Verein."

„Aber nach dem Anschlag von Hamburg haben sie doch neue Gesetze beschlossen."

„Hm, stimmt, aber was hat das schon zu bedeuten? Die sollen ja auch aus dem Nichts panisch eine neue Anti-Terror-Abteilung aus dem Boden gestampft haben, ausschließlich mit Moslems bestückt. Also ich würde dem Club nicht trauen."

„Weil sie Moslems sind?“

„Nein, aber alles, was über Nacht und in Panik geschieht, ist selten durchdacht. Die haben Jahre verschlafen, die haben so viel Zeit verloren, so viele Fehler gemacht. Das holt man nicht durch Ho-Ruck-Aktionen wieder auf.“

„Scheiße, was weiß ich“, sage ich. „Ich bin zu müde, um zu denken.“

„Was ist mit der Zahlenreihe hier?“, fragt Ibo.

„Welche Zahlenreihe?“

„Zwischen Hulk und Captain America.“

„Das ist nicht Hulk“, motzt Fonso. „Das ist der fette belgische Polizist.“

Ibo vergrößert den Ausschnitt um das Zigfache. *12071995* steht da geschrieben. Mit freiem Auge kaum erkennbar, schon gar nicht auf dem Display eines Smartphones.

„Hast du das geschrieben, Fonso?“, will Ibo wissen.

„Nö“, antwortet der Kleine, ohne von seinem Handy aufzublicken.

„Sieh es dir gefälligst an, das ist wichtig.“

Fonso kommt zum Computer geschlurft, schaut müde auf den Bildschirm und geht zurück auf seinen Platz. Dort tippt er wieder auf seinem Tablet und fängt an, seelenruhig und mit seltsamem Ernst das Lied zu singen, das schon sein Großvater gesungen hat: *„Es wird im Leben dir mehr genommen als gegeben, ja, das ist so im Leben eben, das merke dir. Du musst es lernen, es steht dein Schicksal in den Sternen, es wird entschieden in den Fernen und niemals hier.“*

Ibo und ich glotzen ihn an. „HEY!“, sagt Ibo. „Was ist jetzt, Pavarotti? Hast du das geschrieben oder nicht?“

„Nö. Ich war das nicht.“

„12071995.“ Ibo sieht mich fragend an. „Telefonnummer? Code?“

„Hm“, sage ich und starre müde auf das Display. „Ich werde Sugo fragen.“

12071995.

Ibo klickt die Seite weg. „Warte!“, sage ich. „Zeig mir die Nummer noch einmal.“ Er schreibt die Zahlen in die Suchleiste. „1995! Es könnte ein Datum sein. 12.07.1995!“

Ibo drückt die Entertaste. „Das Massaker von Srebrenica“, sagt er, als die Resultate ausgespuckt werden. Er sieht mich erwartungsvoll an.

„Und?“, frage ich. „Das heißt?“

„An dem Tag hat das Massaker an den Moslems in Bosnien begonnen.“

„Fuck“, fluche ich. „FUCK.“ Ich strecke Ibo meine Hand entgegen, er schlägt ein und lächelt. „Das könnte das Datum sein ... Das könnte der Tag sein, an dem sie zuschlagen. Am 12. Juli.“

„M-hm“, meint Ibo. „Nur noch etwas mehr als zwei Wochen bis dahin.“ Er drückt den Rest der Zigarette aus.

„Du bist nicht überzeugt?“

„Ich bin kein Terrorexperte.“ Er zuckt mit den Schultern. „Vielleicht lesen wir, was wir lesen wollen, und nicht, was wirklich gemeint ist.“

„Ich soll damit nicht zu Beer?“

„Ich weiß nicht Tarik. Ich bin auch schon zu müde, um klar zu denken.“ Er öffnet den Plastikbeutel mit Tabak und fängt an, sich eine neue Zigarette zu drehen. „Walter ist übrigens immer noch sauer. Lässt sich kaum beruhigen, der Giftzwerg.“

„Er hält doch seine Klappe, oder? Der weiß bestimmt längst, dass ich gesucht werde.“

„Das rate ich ihm“, sagt Ibo. Als ich loslegen will, Walter zu verfluchen, hebt er nur den Arm und ich verstumme. „Er würde uns nie bei den Bullen verraten. Walter und ich haben einiges erlebt. Er kann ein Hitzkopf sein, das ja. Aber unsere Freundschaft würde er nicht aufs Spiel setzen.“

Ich widerspreche nicht, gehe zum Waschbecken in der Nische neben der Eingangstür und wasche mir die Hände. Es gibt keine Seife, deshalb schrubbe ich vergeblich. „Was ich nicht kapiere", sage ich, „Beer ist kein Bulle mehr. Er arbeitet auch nicht offiziell mit dem Verfassungsschutz zusammen, was für ein Interesse hat er also am Derwisch?"

„Die Beer-Brüder sind ein Kapitel für sich", antwortet Ibo. „Wahrscheinlich hat er eine Rechnung offen mit Abdelkader. Oder mit irgendwem sonst in dem Haus. Du musst so einen Beer nur mal nebenbei beleidigen, und der holt den Mond vom Himmel, wenn das nötig ist, um sich zu rächen. Typen wie Beer ticken anders. Wenn ihr Jungs glaubt, ihr seid hart, dann sage ich euch: Beer ist zehnmal härter."

So wie Fonso die Zombies, Monster oder Vampire auf seinem Tablet bombardiert, feuert jemand in meinem Kopf – was für eine Dummheit, so viel Schnaps zu trinken. Mein Blick fällt auf eine riesige, wuchernde Pflanze neben der Balkontür, ihre Blätter verdecken Teile des Fensters und der Tür, der Topf hat einen Durchmesser von mindestens einem Meter.

„Kann ich duschen?", frage ich.

„Kalt ja, warm nein. Warmwasser gibt es in der Wohnung schon seit Monaten keines mehr. Schnapp dir ein Handtuch und Duschgel aus dem großen Schrank."

„Das Rattenloch ist fast so schlimm wie meins", sage ich. „Aber nette Sachen stehen hier rum ..." Ich drehe mich im Kreis. „Hat dein Cousin ne Lagerhalle ausgeräumt?" Ibo sieht auf die Kartons, er lächelt und nickt. Ich ziehe mich bis auf Unterhose und Socken aus und schmeiße die Klamotten auf die Couch. „Wieso lebt dein Cousin denn in so ner Bude? Wer solche Geschäfte macht, müsste sich doch was Besseres leisten können."

Ibo mustert anerkennend und doch etwas belustigt meinen Sixpack. „Mein Cousin ist nur selten hier. Und das ist gut so, denn wenn die Dinge schlecht laufen in München, kann ich hier Unterschlupf finden. Hier fällt ein Roma nicht auf, selbst wenn er unzählige Kartons in die Wohnung schafft. Hier treffe ich die wichtigen Leute."

„Hm."

„Österreich war immer schon ein Paradies für die Unterwelt und Terroristen. Solange du denen nichts tust, lassen sie dich machen."

„Aber der Block ist schon ziemlich abgefuckt, findest du nicht?"

Ibo dreht sich auf dem protzigen Chefsessel. „Ich liebe das Hässliche. Hässliche Gegend, hässlicher Block, hässliche Wohnung, hässliche Menschen. Das inspiriert mich, weißt du? Ich muss hungrig bleiben, sonst schlafe ich ein. Ich muss noch von was Schönem träumen können. Sonst streife ich in der Nacht nicht mehr umher wie ein hungriger Wolf. Sonst werde ich fett und dumm wie der Rest der Republik. *Schland, Schland, scha-la-la-la-la.* Vorfreude, Tarik, ist die schönste Freude."

„Vorfreude auf was?"

„Auf den Triumph", antwortet Ibo. „Ich werde es schaffen, Tarik. Ich gehe nicht unter, nein, ich steige ganz nach oben. Es gibt so viele Loser in der Stadt. Loser mit einem Maul größer als der hässliche nordkoreanische Führer. Loser mit einem Berg von Schulden. Zeigen ihre Muckis, ihre Karren, ihre unzähligen Tattoos und ihre dummen blondgefärbten Schlampen. Ich bin ein Roma, Tarik. Ein Zigeuner bin ich, und egal, wo ich hingehe, ich wasche die dunkle Farbe nicht von meiner Haut, kriege sie nicht aus meinen Haaren, ich werde die niemals los. Stelle ich mich mal kurz an eine Hauswand, kommt ein Polizist und sagt mir, ich darf hier nicht betteln, oder aber jemand fragt mich, wo denn meine Fidel sei. Also muss ich stärker sein, klüger sein, schneller sein, ich muss härter schlagen, mehr einstecken können. Ich mag das nicht, wenn einer Scheißzigeuner zu mir sagt, ist doch klar. Aber es spornt mich an. Ich werde mich nie über Rassismus beklagen, nie. Ich bin keine Heulsuse. Wir leben im Zeitalter der Heulsusen und Pussies. Alle fühlen sich als Opfer. Ich gebe nicht den Deutschen die Schuld oder den Reichen oder den Politikern oder meiner schweren Jugend. Wenn einer Scheißzigeuner zu mir sagt, dann setzt mich das unter Strom, dann gehe ich raus und will es dem Typen zeigen. Dass der kapiert, der verdammte Scheißzigeuner ist viel besser, klüger, härter als er. Hat größere Eier und ein besseres Leben als er. Wenn mir jeder fest auf die Schulter klopfen würde, wäre ich schon längst lahm und fett ... Ich will was sein, Tarik. Was Echtes. Was Richtiges. Nicht *fake*. Erschieß mich mit deiner blöden Pistole, wenn ich *fake* werde, hörst du?"

Ibo steht plötzlich vor mir, die sonst so kleinen Augen aufgerissen, und könnten sie, würden sie Funken sprühen. „Du bist alles, aber sicher kein *fake*", sage ich. „Ich kenne kaum wen, der so original ist wie du."

„Danke, Abmarsch, duschen", sagt Ibo. Ich gehe ins Bad, mache Licht, da ruft Ibo mir hinterher: „Und geh bloß nicht raus auf den Balkon zum Rauchen und lehn dich an die Brüstung. Die ist nicht mehr sicher, die donnert in die Tiefe, wenn du dagegen drückst."

Fonso lacht. Ich komme noch mal zurück und frage: „Gibt's hier irgendwo ne Schere? Und nen Rasierapparat?"

***

Ich knie mich vor die Kloschüssel und beuge mich darüber. Erst schneide ich mir mit der Schere den Bart, dann übernimmt Fonso und stutzt die Haare auf dem Kopf, bis nur mehr Stoppeln übrig sind. Mit dem Rasierapparat erledige ich den Rest, während Fonso ein Foto nach dem anderen schießt. Die Haut auf meinem Kopf ist so weiß – ein krasser Gegensatz zu meinem braungebrannten Gesicht.

„Sagen Sie auf Wiedersehen zum Anatolischen Panther", sagt Fonso mit einer Fußballkommentatorenstimme. „Und Grüß Gott zum kahlgeschorenen Eunuchen Varys!"

Die kalte Dusche macht mich nicht wacher. Der Wasserstrahl ist schwach und auf dem Beckenboden sind Flecken in allen möglichen Farbschattierungen. An der Decke ist Schimmel zu sehen und der Verputz bröckelt.

Als ich mich sauber fühle, muss ich dieselbe Wäsche wieder anziehen. Die Aussicht, so Nteba gegenüberzutreten, erschreckt mich, und ich beschließe, mir morgen Vormittag mit dem Geld, das ich von der Beute abgezwackt habe, neue Jeans, ein T-Shirt und Unterwäsche in der Stadt zu kaufen, vielleicht auch Schuhe. Ich komme aus dem winzigen Bad und gehe zu der großen Pflanze und berühre ihre Blätter.

„Schöner Baum, was?“, meint Ibo. „Wächst und gedeiht wie im brasilianischen Dschungel. Das war vor drei Jahren noch ein dreißig Zentimeter hoher Stock mit nicht mehr als zehn Blättern. Im Winter, wenn die Heizung nicht funktioniert, krepiert sie beinahe, aber sie ist zäh, sie ist nicht totzukriegen.“

„Wer gießt sie, wenn keiner da ist?“

„Der Nachbar“, antwortet Ibo. „Ein alter Peschmerga-Kämpfer. Netter Kerl.“

„Kann man die Blätter rauchen?“

„Schön wär’s. Die Indios sollen sie angeblich kauen. Ich habe es versucht und zwei Wochen lang auf der Kloschüssel verbracht und vor lauter Krämpfen geweint.“

Fonso kichert und schüttelt seinen Kopf dabei. „Die wird das Zimmer erobern, wirst sehen“, sage ich.

„Ein Freund von mir hat mir ein paar chemische Mittel gegeben, so Spezialdünger aus China, der in Deutschland verboten ist. Er hat gemeint, das Zeug rockt, aber es hat sich nicht viel verändert.“

Ich schüttle den Kopf. „Ihr düngt den Baum mit chinesischem Gift und du wunderst dich, dass du Durchfall kriegst, wenn du die Blätter isst?“

„Ich wollte sehen, was passiert, wenn ich der Lady einen Turboboost verschaffe.“

„Lass uns was rauchen“, sage ich und hole Tabakpapier aus meiner Hosentasche und werfe es auf die Couch. „Sonst kann ich nicht einschlafen.“

„Bin zu müde.“ Ibo geht zum Schrank, öffnet eine Schublade, holt etwas heraus und schmeißt es mir zu. Ein fettes Päckchen Gras. „Bau dir was Feines. Aber dass du morgen zeitig deinen Hintern hochkriegst.“

Fonso kichert wieder, wobei man sich nie sicher sein kann, ob es geschieht, weil er uns zuhört oder weil er etwas auf seinem iPhone sieht. Ich baue mir einen Joint, ganz gelassen, ganz langsam, zünde ihn an, nehme einen Zug, schließe die Augen. Die Balkontür steht offen und LKW-Lärm dringt von der Straße herauf. „Rollen da Panzer?“, frage ich Ibo, der mittlerweile in Klamotten in seinem Bett liegt. „Wie kann man die hier oben so laut hören?“

„Hundert Meter von hier ist eine Riesenbaustelle. Was du hörst, sind vor allem Raupen und Bagger. Aber auch die LKWs dürfen jetzt in der Nacht durch die Siedlung fahren.“ Ich nehme zwei tiefe Züge. „Ich bin eine Zeitlang mit einem LKW gefahren“, sagt Ibo. Ich sehe ihn belustigt an. „Traust du mir nicht zu?“

„Du wirkst nicht wie n Trucker.“

„Zwei Jahre lang“, sagt Ibo. „Gefahrengut Stufe drei.“

„Hast du nen Reaktorkern transportiert?“

„Sowas Ähnliches.“

„Sag schon, was war da drinnen?“

„Mal dies, mal das. Ich habe bloß eins gewusst: Wenn ich einen schweren Unfall baue, bin ich weg. Dann fliegt das Ding unter meinem Hintern in die Luft.“

„Hast du ne Zahnbürste?“, frage ich Ibo, nachdem ich den Joint ausgedrückt habe. „Ich stink aus’m Maul wie n Zigeuner aus dem Hosenladen.“ Fonso setzt sich neben mich und sieht mich groß an. „War n Spaß“, sage ich, aber für ihn ist es keiner. „Ich bin Türke. Kanake wie du. Ey, ich stink doch selber!“ Ich fahre ihm durchs struppige Haar. „Ich stink und mach auch noch schlechte Witze.“

Fonso glotzt mich an, wieder mit diesen großen dunklen Augen. Er macht ein pfeifendes Geräusch mit seiner Nase, in seinem Kopf arbeitet es, dann sagt er: „Manchmal redest du wie ein Nazi."

„Scheiße! Meine Kumpels und ich, wir machen ständig so Witze, das tut man, damit sie einen nicht treffen, verstehst du? So wie die Schwarzen sich in Rapsongs Nigger nennen. Ich sag auch zu Sugo-Joe Schwuchtel oder Homo, dabei hab ich nichts gegen Schwule."

Der Kleine schaut mich weiter bloß an. Ich stehe auf, gehe zum Waschbecken, streiche ein bisschen Zahnpasta auf meinen Zeigefinger und versuche, mir damit die Zähne zu putzen. Als ich zu meinem Sessel zurückgehe, sitzt Fonso am Boden mit der PK30 in der Hand. „Oh, wie krass", schwärmt er. „Ist die gut? Wie viel Schuss hat die?"

„SCHEISSE!", fluche ich, und Ibo springt auch schon aus dem Bett und entreißt dem Kleinen die Waffe.

„HEY!", schreit mich Ibo an. Ich hebe entschuldigend die Arme. „Pass doch auf!", fährt er mich an. „Verdammt noch mal!"

Ibo entlädt die Schusswaffe und steckt die Patronen ein. Ich spucke die Zahnpasta in das Becken, spüle sie mit Wasser runter und stecke den Kopf so weit wie möglich unter das fließende Wasser.

Ich sehe zu Baba, der sich auf der Couch rührt, bis auf den Kopf und die Füße zugedeckt mit einem dünnen Leintuch. Der Mann war nie ein Bodybuilder, aber er war stämmig, hatte kräftige Oberarme und Schultern, einen aufrechten, festen Gang, aber jetzt ... nur noch ein Häufchen Elend, ruhiggestellt durch Betäubungsmittel.

„Baba", sage ich. „Ey ..."

Ich gehe vor ihm auf die Knie, greife nach seinen Händen und drücke sie, fest und lange. Ich küsse sie, ich spreche ein Gebet. Allah möge ihm noch viele Tage und Nächte schenken. Und jeder dieser Tage, jede dieser Nächte mögen gute sein.

Alles wird gut.

Das hat er mir doch immer versprochen, als ich noch ein Kind war.

Allāhu akbar.

Alles wird gut.

***

Nur noch die kleine Lichtröhre über dem Waschbecken leuchtet, und ich verfalle in eine Mischung aus Schlaf und Wachheit, bin nicht mehr richtig da, aber auch nicht weg, ich taumle in eine Zwischenwelt. Meine Glieder zucken immer dann, wenn ich in den Schlaf fallen könnte, und geben sie endlich mal Frieden, weckt mich eine Stimme oder ein Bild in meinem Kopf: die Polizistin am Boden, die Polizistin mit der auf mich gerichteten Waffe, Beer oder Abdelkader.

Ich versuche, an etwas zu denken, das mich beruhigt. Aber in jeder noch so verstaubten, versteckten Ecke finde ich Chaos und Unruhe. Bis ich an Nteba denke und an die Lesung eines norwegischen Autors, auf die sie mich einmal geschleppt hat.

Die Veranstaltung war an einem Sonntagabend, der Saal völlig überfüllt, wir bekamen keinen Sitzplatz und mussten auf dem Boden sitzen. Ich war noch nie auf einer Lesung, ich wusste nicht einmal, was da genau passiert. Der Typ, der dann auf die Bühne kam und enthusiastisch beklatscht wurde, war ein Skandinavier und sah ein bisschen aus wie ein Penner, und was er las, interessierte mich nicht. Ich war nur glücklich, mit Nteba dort zu sein. Ihre Hand zu halten, auf dem Boden zu sitzen und zu erleben, wie glücklich und aufgeregt sie war. Es war einer der guten Tage. Wir stritten fast ausschließlich deshalb, weil sie keine Beziehung wollte. Es hätte nichts mit mir zu tun, versicherte sie mir immer und immer wieder, sie wäre bloß im Moment nicht in der Lage dazu, was Ernstes anzufangen. Ich sollte das doch bitte akzeptieren. Vorerst.

Ich konnte es nicht akzeptieren. Ich wollte sie. Ganz. Ich wollte alles oder nichts. Das Dazwischen interessierte mich nicht.

Erst nach einigen Monaten hielt Nteba meine Hand in der Öffentlichkeit, machte keinen Hehl mehr daraus, dass ich nicht irgendein Kerl war, sondern jemand, der ihr mehr bedeutete. In der Öffentlichkeit hieß: in der U-Bahn, auf der Straße, in den Lokalen, fast überall – nur nicht, wenn ihre Freunde dabei waren. Dann hielt sie mich fern, küsste und umarmte mich nur, wenn es keiner sah.

Am glücklichsten war ich an den Tagen, an denen wir uns nach einem heftigen Krach mal wieder versöhnt hatten. Wir konnten nicht miteinander leben, wir waren in dieser Endlosschleife gefangen, die immer wieder an den Ausgangspunkt zurückführte: Warum wollte sie mich nicht? Aber noch weniger konnten wir ohne einander. Und so liebten und hassten wir uns, saugten uns gegenseitig das Blut aus. Das kostete so viel Kraft, das Streiten, das Versöhnen, von himmelhoch jauchzend bis hin zu Tode betrübt in einem atemberaubenden Tempo. Wir liebten und hassten uns, wobei ich – da bin ich mir sicher – immer mehr von beidem tat.

Wenn wir uns dann mal wieder gestritten hatten, hielt ich einen Tag Abstand von ihrem Block, von der U-Bahn, mit der sie fuhr, von der Isar, an der entlang sie oft radelte oder spazierte. Aber dann fing ich auch schon wieder an, sie zu suchen. Ich musste ihr begegnen, ihr in die Augen schauen. Ihr zeigen, dass es doch so einfach wäre, sie müsste nur sagen, dass sie mit mir sein will, dass das nicht alles nur ein kurzfristiger Spaß wäre, sondern dass das etwas werden könnte, etwas für die Zukunft, und ich wäre zurück, mit meinen Küssen, mit meiner Liebe, mit meinen langen, witzigen oder verzweifelten Nachrichten auf dem Handy.

„Ich muss im Sommer wieder zurück“, sagte sie dann. „Meine Aufenthaltsgenehmigung läuft ab. Was dann? Was würde aus uns werden, wenn wir ein Paar wären?“

„Das muss sich doch regeln lassen. Sei ein Flüchtling! Du wirst verfolgt! Wir sagen einfach, du kommst aus Syrien.“

„Ich bin gerne mit dir, Tarik. Ich habe dich lieb, das sage ich dir hundertmal. Aber ich kann dir nichts versprechen, keine Zukunft, nein, das kann ich nicht.“

„Gib mir wenigstens Hoffnung.“

„Ich gebe dir Küsse! Ich gebe dir meinen Körper! Glaubst du, ich mache das aus Spaß?“

„Ich will aber …“

Und dann waren da diese Momente, in denen wir nicht sprachen, in denen wir uns nur ansahen, egal, ob wir alleine oder unter Menschen waren. Oh ja, wir sahen uns an, verloren uns in diesen Blicken, und so wie Nteba, ich schwöre bei Allah, hat mich nie ein Mensch angeschaut. So wie Nteba ließ mich nichts und niemand in meinem Leben fühlen. All das Unwichtige, Belanglose fiel von mir ab. Ich war auf etwas reduziert, das ich zu sein schien. Keine Maske mehr, kein Spiel, kein Gefängnis, in dem ich das tat, was die anderen von mir wollten, von mir erwarteten. Ich wollte keinem mehr gefallen, ich konnte keinem mehr gefallen. Ich war nur noch ich.

Als ich denke, dass Ibo längst schläft, sagt er: „Ich habe noch einmal darüber nachgedacht … Ruf Beer an. Sag ihm, was du hast, und frag ihn, was er dir dafür bieten kann.“

„Hm … Was würdest du an meiner Stelle verlangen?“

„Freien Abzug in die Türkei für dich und deinen Großvater. Vielleicht auch einen neuen Pass. Sag ihm, wenn er nicht darauf eingeht, wirst du Abdelkader verraten, dass du seine Pläne entdeckt hast.“

„Wow“, sage ich und schlucke. „Du sagst, Beer ist ein Psycho, und jetzt soll ich ihn auch noch erpressen?“

„Wenn Beer wirklich den Derwisch hochnehmen will, dann jetzt oder nie. So eine Chance kommt so schnell nicht wieder.“

„Freuen wird ihn das nicht.“

„Was freut den Kerl schon? Wenn's anderen so schlecht geht wie ihm. Aber du kannst nicht vor Beer, der Polizei und Abdelkader davonrennen. Du musst einen von denen so schnell wie möglich abschütteln."

Ich stehe auf und gehe zur Balkontür, suche in meinen Kontakten nach Beers Nummer. Es dauert, ehe ich seine Stimme höre, heiser bellt er was. „Ich bin's. Tarik. Wollte dich nicht wecken, aber ..."

„Wasss willssst du noch?", fragt er.

„Ich will dir ein Angebot machen", sage ich. „Abdelkader hat einen großen Anschlag vor, größer als der von Hamburg. Ich bluffe nicht."

„Wir ssswei, wir sind jetsss Fremde. Ich habe dir sssu viele Sssancen gegeben. Ausss, vorbei."

„Ich schwör bei Allah, ich sag die Wahrheit."

„Issst sssade um dich. Und ich meine dasss ernssst. Ich habe dich nie gemocht, aber ich habe auch nicht gewollt, dass es ssso mit dir endet."

„Ich schwör bei Allah", wiederhole ich. „Ich hab die Uhrzeiten, ich hab die Orte, ich weiß sogar, an welchem Tag sie zuschlagen wollen."

„Lasss mich ssslafen, Tarik."

„Beer!", sage ich und werde etwas lauter, als ich wollte. „Verfickte Scheiße, Beer! Setz deine verdammte Zahnprothese ein und hör mir jetzt zu!" Ich drehe mich um, in der Dämmerung glaube ich zu erkennen, wie Baba für einen Moment die Augen öffnet und Fonso zappelt und verstört seinen Kopf hebt. „Ich hab nen Rucksack in der Moschee abgeholt", fahre ich fort. „Niemand hat mich kontrolliert, weil du ja den Bullen nen Tipp gegeben hast, mich in Frieden zu lassen. Den Rucksack hat mir später einer in der U-Bahn gestohlen, ich habe aber vorher ein paar Seiten fotografiert."

„Hä?"

„Ein Code, Beer. Ein Code war da drinnen. Und meine Freunde und ich haben Teile des Codes entschlüsselt."

„Deine Freunde und du? Krusssifix, dasss sssindet Eindruck.“

„Es handelt sich um Uhrzeiten und Koordinaten. Dazu scheint es ein Datum zu geben, den 12. Juli.“

„12. Juli?“

„Am 12. Juli 1995 sollen die Massaker von Srebrenica begonnen haben.“

Ich höre Beer atmen. Die Sekunden vergehen. Eins, zwei, drei, vier ... Ich presse meine Lippen zusammen.

Sag was.

Nun sag schon etwas, du Arsch.

„Sssick mir, wasss du hassst“, sagt er schließlich.

„Ich möchte freien Abzug in die Türkei“, fordere ich. „Das heißt nen Pass. Nen Reisepass, verstehst du?“ Leise, so leise, dass es niemand sonst hören kann, füge ich hinzu: „Und zehntausend Euro.“

„...“

„Ich bin am Arsch. Und das ist deine Schuld. Jetzt musst du mir helfen, und wenn du das tust, wirst du der große Held der Nation.“

„...“

„Du kannst den Derwisch ausschalten, verstehst du das? Der plant einen Terroranschlag. Ich weiß nicht genau, was die in die Luft jagen wollen, aber es muss was richtig Fettes sein.“

„...“

„Mensch, gib mir was, Beer. Gib mir irgendwas. Hör auf zu schweigen.“

„Weissst du, wasss du haben kannst, Tarik?“, fragt Beer. „Eine Tretbootfahrt auf dem Bodensssee. Darauf lade ich dich ein.“ Nun bin ich es, der schweigt. „Treffen wir unsss in Bregenz, ja?“

Ich habe das Gefühl, dass tief in mir etwas explodiert. Ehe es meinen Mund erreicht, presse ich leise hervor: „*Was?!*“

„Du bissst doch in Bregenz, Tarik. Oder etwa nicht?“

Ich sehe zur Tür und glaube für einen Moment, die Tür müsste gleich eingetreten werden und Beer mit einem Baseballschläger hereinstürmen. Als wäre er mir gefolgt, all die Stunden. Hätte – nur um mich zu ärgern – nicht früher zugegriffen und auf seinen großen Auftritt gewartet.

„Tarik, Tarik ... Glaubssst du, du hassst esss hier mit einem Amateur zu tun?"

„Ich rufe den Derwisch an und sage, dass ich seine Pläne gefunden habe. Dann kriegt ihr den nie. Nie kriegt ihr ihn. Und wenn er den Anschlag von Hamburg wirklich geplant hat, kommt er davon, für immer. Aber wenn du den Drecksack willst, wenn du den wirklich schnappen willst, dann kann ich dir helfen. Dann liefere ich dir, was du brauchst."

„..."

„Ich mein's ernst. Ich schwör bei Allah, ich tu's. Ich ruf Abdelkader an, jetzt, sofort."

„Bei Allah ssswörst du, hm? Und? Was ist ein Ssswur bei Allah bei jemandem wie dir wert, der sssich nicht an Abmachungen hält?"

„Ich bluffe nicht. Bei Babas Leben. Ich bluffe nicht. Ich hab Abdelkaders Pläne und ich hab die Wahl: Sie dir zu geben oder ihm."

„Okay Tarik", sagt Beer seelenruhig. „Lasss uns morgen Mittag in Bregenz treffen. Auch wenn du dasss nicht glaubst: Ich möchte auf keinen Fall, dasss die Polizei dich sssnappt." Ich gehe nicht sofort darauf ein. „Noch da?"

„Und wo in Bregenz sollen wir uns treffen?", frage ich.

„Dasss überlassssse ich dir."

Ich verdecke das Handymikrofon mit meiner flachen Hand und frage Ibo, wo ein guter Treffpunkt in der Stadt ist.

„Zuschauertribüne der Seebühne", antwortet er.

„Sind da nicht viele Leute unterwegs?"

„Sollte er dich linken, kannst du flüchten. Außerdem hat man da einen guten Überblick. Wenn ein SEK anrollt, sieht man das von der Bühne ganz oben früh genug."

„Wenn ein SEK anrollt, kommen sie mit dem Hubschrauber."

„So eine große Nummer bist du noch nicht."

„Punkt zwölf auf der Seebühne", sage ich zu Beer.

„Ssseebühne? Von mir ausss."

Danach ist es totenstill in der Wohnung. Selbst der Kühlschrank ist verstummt.

„Ich glaube, Walter hat mich an Beer verraten", sage ich. „Der weiß, wo ich bin."

Ibo murmelt etwas, das ich nicht verstehe, aber dahin deute, dass er das für Quatsch hält. Ich lege mich zurück auf die Couch, schließe die Augen, spreche ein letztes Gebet und schlafe ein.

***

Es ist kurz vor zwölf. Ich sitze auf einem der Plastiksitze auf den unteren Rängen der Tribüne in der Nähe des grünen Wassers, die Schuhe auf der Lehne des Vordersitzes. Nervös beiße ich die Narbe auf meinem Daumen, sehe alle paar Sekunden auf das Handy. Ich trage die Baseballkappe, meine Sonnenbrille und ein knallrotes T-Shirt mit dem Aufdruck *Partypeople*, das mir Ibo gegeben hat, dazu noch viel zu enge und zu bunte Shorts – ich sehe lächerlich aus. Vor mir die Bregenzer Seebühne, auf der eine Menge Arbeiter und Techniker wie Ameisen arbeiten.

Ich zittere nicht, aber ich spüre eine solche Unruhe in mir, dass ich mich keine Sekunde konzentrieren kann. Meine Gedanken rasen, nervös schaue ich mich nach allen Seiten um. Eine Nachricht von Nteba erreicht mich: wann und wo in bregenz treffen wir uns heute?

Ich zögere. Sie hat also noch nichts von Terror-Tarik gehört. ich melde mich so bald wie möglich, muss noch eine kleinigkeit erledigen. muah! ich liebe dich.

Darauflhin kommt nichts mehr, obwohl die Nachricht als gelesen angezeigt wird. Nteba interessiert sich kaum für

Politik und Nachrichten in Europa, nur was Lateinamerika angeht, muss sie up to date sein. Aber es genügt ein Klick im Internet und sie sieht mein Foto und liest meinen Namen. Ich hoffe, wir treffen uns, bevor das passiert.

Ich beobachte ein Propellerflugzeug im Landeanflug. Als ich mich umdrehe, sehe ich Ibo und Fonso, die ganz oben auf der Tribüne stehen – sie sind meine Wachposten. Auf dem See schwimmen mehrere Boote, die zu den Arbeitern gehören. Zwei deutsche Touristen reden lautstark davon, dass vor zwei Wochen ein schwerer Gewittersturm die Bühne stark beschädigt hat und deswegen mehrere ausverkaufte Vorstellungen ausgefallen sind.

Als Beer auftaucht, blass und nicht wie sonst in schnellem Schritt, sondern ziellos schlendernd, bin ich beinahe geschockt. Der Mann scheint in den wenigen Tagen um Jahre gealtert zu sein. Seine Mundwinkel sind nach unten gezogen, sein graues T-Shirt ist zerknittert und er trägt Jeans – noch nie zuvor habe ich ihn in Jeans gesehen. Beers Fäuste sind geballt, ich bin mir sicher, dass er auf mich losgehen wird, aber ohne Bart erkennt er mich erst gar nicht und geht an mir vorbei. Nach wenigen Metern kehrt er wieder um, mustert mich für einen Moment und setzt sich dann neben mich auf den Klappsessel. Mit einem knappen Kopfnicken grüßt er mich und schmeißt seine Kippe weg.

„Was war da los auf der Zugtoilette?“, fragt er nach einer kurzen Pause peinlichen Schweigens, um spöttisch hinzuzufügen: „Sag an, Terror-Tarik! Was war da los in dem Zug? Früher waren es noch reiche Münchner Omas, jetzt sind es Bundespolizistinnen. Du bist zwar mutiger, aber auch dümmer geworden.“

„War Notwehr“, verteidige ich mich.

Beer beugt sich vor, die Ellbogen auf den Schenkeln, vergräbt das Gesicht in seinen Händen. „Oh mei ... Oh mei, oh mei ...“

„Die zielt ohne Vorwarnung mit ner Pistole auf mich, was hätte ich tun sollen? Ich hab nicht gewusst, dass das ne Polizistin ist, ich hab gedacht, die gehört zu Abdelkader."

„Und das soll dir ein Richter glauben?" Er zündet sich eine neue Zigarette an. „Gib mir die Waffe und das Smartphone. Und von nun an tust du exakt, was ich dir sage, keine Widerrede, keine Mätzchen mehr, *Terror-Tarik*." Meinen neuen Spitznamen spricht er mit großer Verachtung aus, dann schlägt er mir die Baseballkappe vom Kopf und mit dem Ellbogen in die Seite – und das alles so schnell, dass ich nicht reagieren kann, und so heftig, dass mir die Luft für ein paar Sekunden wegbleibt. Als ich beinahe vornüberkippe, drückt er meinen Oberkörper zurück an die Lehne.

„*What the fuck?*", stöhne ich, nach Luft japsend.

„Du dummes Schwein, du. Wo ist die Waffe?", flüstert er.

„Aus'm Zug geschmissen."

Beer schnauft und sieht sich um. Ich weiß, der würde mir jetzt am liebsten mit einem einzigen gezielten Faustschlag die Schneidezähne ausschlagen, aber es sind zu viele Leute auf der Tribüne. Er atmet schwer und mustert mich, bewegt sich, als würde er auf einem Pferd reiten, sein Kopf geht auf und ab. Er schaut hinaus auf den See, immer noch schwer atmend. „Smartphone, dalli, dalli."

„Wer hat dir gesagt, dass ich in Bregenz bin?"

Er streckt mir seine offene Handfläche entgegen. „Gib mir die Fotos."

„Ist es das Handy? Hast du das Handy manipuliert?"

„Ich bin ein alter Fuchs, hat man dir das nicht erzählt?"

„Deshalb hast du mir also so großzügig so ein teures Smartphone gegeben." Beer schmunzelt und schweigt. „Ich brauch ne Garantie, dass du nicht die Polizei rufst, sobald du die Bilder hast. Und ich brauche Geld, nen Pass, ich muss untertauchen verdammt." Beer macht mit einer harschen Handbewegung deutlich, dass ich ihm geben soll, was er möchte. „Ich brauch ne Garantie!", protestiere ich.

„Dass ich ohne die Cobra hier anrücke, ist das nicht Beweis genug? Was brauchst du noch, Herrgott noch mal? ... Mich interessiert nicht, welche Gesetze du gebrochen hast, Arschloch. Und wenn du fünfzig Polizistinnen niedergeschlagen hast, es ist mir egal. *Du* interessierst mich überhaupt nicht, geht das in deinen Kopf? Mich, Tarik, interessiert nur Abdelkader al-Anbari."

Über dem See sind wieder diese großen, weißen Wolken, genau wie gestern, imposant, wild, als wäre etwas Großes explodiert, ein Raumschiff auf die Erde gestürzt, und als ziehe der Rauch jetzt in Zeitlupe ab. Wenn man genau hinhört, kann man die verbrennenden Aliens kreischen hören.

„Schau dich um", sagt Beer. „Ich bin alleine hier. Du kannst mir vertrauen, okay? Ich bin der Einzige auf der Welt, dem du überhaupt noch trauen kannst."

„Hast du auch mithören können, was ich am Handy spreche?"

„Ich bin der, der hier die Fragen stellt", macht Beer klar und wischt sich mit der linken Hand über seine staubigen Schuhe und klopft sich den Dreck von den Händen.

„Der Geheimdienst hat doch sicher Geld für Leute, die untertauchen müssen. Zehntausend Euro, mehr will ich nicht. Das sind doch Peanuts im Anti-Terrorkampf."

Beer zupft an seinem Oberlippenbart. Als hätte ich ihm ein Schlagwort gegeben, fängt er an: „Wir hecheln diesen Radikalen hinterher wie Vollidioten. Mutti hat sie alle ins Land geholt. Jetzt sollen wir uns damit abfinden und wenigstens das Schlimmste verhindern."

„Ihr müsst doch auch sonst Leute verschwinden lassen, oder?", versuche ich es noch einmal. „Zeugenschutzprogramm und so ... Hab ich in Filmen oft gesehen."

„Dieses abgehobene Pack, diese Bonzen, die Gutbürgerlichen und die Journalisten-Schickeria, die haben allesamt nichts mit dem Pöbel zu tun. *Ich* habe mit dem Pöbel zu tun. Leute wie *ich* können ausbügeln, was die da oben verschissen haben. Oder glaubst du, Mutti steht dir bei in der Straßenbahn, wenn ein wildgewordener *Allāhu akbar*-Schreier mit einer Kettensäge einsteigt und seinen Gott mit einem Festival der abgetrennten Gliedmaßen feiern will?"

„Der Derwisch hat nen großen Anschlag vor", sage ich, und die Worte holen ihn zurück in die Wirklichkeit. Er glotzt mich von der Seite an, schluckt, rümpft die Nase. Dann hält er seine rechte Hand auf.

„Kruzifix und Halleluja, dann red nicht länger! Zeig mir, was du hast, und ich sage dir, was ich für dich tun kann."

Ich spüre die PK30 auf meiner Haut und hoffe, dass Beer sie durch den Stoff nicht sehen kann. Ich betrachte mein schreckliches T-Shirt, die peinlichen Shorts, hauteng und perfekt für den Münchner Christopher Street Day, dann reiche ich Beer mein Smartphone. Er schaut sich die Fotos an.

Sein Daumen zittert, er zieht nervös an der Zigarette und bläst den Rauch aus dem Mundwinkel. Er hält das Handy ganz nahe an sein Gesicht, als wäre er kurzsichtig, liest ein paar Zahlen, wechselt mit zitternder Hand zum nächsten Bild, liest kurz, flippt wieder zurück. Er sieht auf, mit der Hand wischt er sich eine Mücke aus dem Gesicht. „Wie ich dir gestern schon gesagt habe: Ich habe kein Interesse daran, dass dich die Polizei schnappt und Fragen stellt. Und schon gar kein Interesse habe ich daran, dass die Leute des Derwischs dich erwischen. Deshalb musst du für ein paar Tage untertauchen."

„Oh mein Gott, ich will nichts Anderes", sage ich. „Ich hau mit Baba ab in die Türkei."

„Nein, nein. Vergiss die Türkei. Ich bringe dich in einem Flüchtlingsaufnahmezentrum unter."

„Und was soll ich da?"

„Ich kenne den Leiter, da kann dir nichts passieren. Ist völlig überbelegt, kein Mensch kümmert sich, wer dort ist."

„N Asylantenheim?"

„Aufnahmezentrum. Eine Riesenhalle mit hunderten von Flüchtlingen. Syrer, Libyer, Afghanen, Perser, Pakistani, Afrikaner." Beer greift in seine Hosentasche und gibt mir einen Reisepass. Mit zitternder Hand fährt er sich durch den Bart, sieht sich ständig nach allen Seiten um. „Du bist jetzt Syrer."

Ich öffne den Pass, der Mann auf dem Foto bin ich, da gibt es keinen Zweifel – das Passfoto habe ich selbst vor ein paar Monaten machen lassen. „Hm", sage ich. „Nicht schlecht."

„Gib mir ein paar Tage, um zu prüfen, was du da fotografiert hast. Wenn es taugt und alles erledigt ist, kommst du zurück nach München. Du bekommst einen guten Anwalt. Ich will nicht, dass es zu einer Anklage kommt, verstehst du? Schon gar nicht will ich, dass unsere Geschichte öffentlich wird. Geht das in deinen Kopf? Hm? Sag an!"

„Fuck ... Sag mir doch endlich, für wen du arbeitest. Du bist kein Polizist, du bist nicht beim Geheimdienst ..."

Beer will das Handy einstecken, aber ich mache ihm klar, dass ich es brauche, da es das einzige Handy ist, das ich noch habe. „Dann schick sie mir, die Fotos. Jetzt sofort."

Ich sende ihm die Fotos und erzähle ihm nochmals die ganze Geschichte: von Fonsos Fahrt in Derwischs Auto, dem Rucksack, den er im Gebetshaus vergessen hat, bis zum mysteriösen Überfall in der U-Bahn-Station. Als ich fertig bin, sage ich: „Die erste Zahlenreihe ist nicht höher als vierundzwanzig. Die zweite nicht höher als sechzig. Könnte sich also um Uhrzeiten handeln."

„Hm", sagt Beer und zoomt eine der Rechnungen auf Riesengröße. „Hm-hm."

„Die nächsten sechs Ziffern sind möglicherweise Koordinaten. Denn sieh mal hier ... und hier ... Dort hat jemand Anführungsstriche gesetzt ... Wie bei Koordinaten, verstehst du? Und die Orte sind allesamt in Deutschland. Das kann gar nichts anderes sein."

„Du hast das selber gemacht, oder?" Beer sieht mich an. „Das hast du alles selber geschrieben!"

Ich schüttle den Kopf. „Das müssen Pläne sein. Das kann kein Zufall sein."

Beer fährt sich über den dünnen Oberlippenbart. Er starrt wieder auf sein Handy, schirmt mit der Hand das Gesicht von der Sonne ab, die ihm den Blick auf das Display erschwert, flippt durch die Fotos, rümpft sich die Nase. „Erzähl mir die ganze Geschichte noch einmal. Starte bei Abdelkader in der Frauenkirche."

Noch einmal erzähle ich alles Detail für Detail, auch wenn ich vieles durcheinanderbringe, weil ich mich nicht konzentrieren kann.

Untertauchen in einem Flüchtlingsheim?

Danach zurück nach München?

„Und du glaubst, Abdelkader hat definitiv mitbekommen, dass du ohne Kontrolle durch die Schleusen kommst?", fragt er.

„Klar. Er hat mich darauf angesprochen."

Beer steht auf und nickt. „Flüchtlingslager. Da bist du sicher." Er steckt sich sein Handy in die Hosentasche.

„Und was schaut für mich raus, wenn diese Fotos einen großen Terroranschlag verhindern?"

„Oh", sagt Beer. „Ich habe noch eine schlechte Nachricht: Die Münchner Dame, der du die Tasche anvertraut hast, hat deine Beute der Polizei übergegeben. Als sie gehört hat, du wärst ein Terrorist, hat sie sofort ihre staatsbürgerliche Pflicht erfüllt."

Ich kratze mich am Hinterkopf, spucke auf den Boden und hole tief Luft. Wieder diese Übelkeit, die sich in mir ausbreitet.

„Davon ist nirgendwo etwas gestanden."

„Nicht alles wird öffentlich gemacht", sagt Beer.

Ich spüre, wie sich ein Gewicht auf mich legt, wie es mich niederdrückt, wie die Welt sich verdunkelt, obwohl die Sonne vom Himmel brennt.

„Aber ...", sage ich leise. „Das Geld gehört doch Baba und mir."

Er sieht mich an, hebt die Arme, lässt sie fallen. „Hättest du meine Anweisungen befolgt, wäre alles anders gekommen."

Er spuckt nun ebenfalls auf den Boden, nicht ordinär, eher wie ein kleines Mädchen, das eine Fliege ausspuckt, die aus Versehen in seinen Mund geflogen ist.

„Fick dich, Beer", flüstere ich. „Das Geld gehört uns. Was soll ich denn ohne die Kohle machen? Wohin soll ich? Was geschieht mit dem Alten?"

Beer kehrt mir den Rücken zu und geht weg.

Der geht einfach weg.

„Du hast, was du wolltest, und ich geh leer aus!", rufe ich ihm hinterher. „Du wirfst mich den Bullen und dem Derwisch zum Fraß vor."

Beer dreht sich zu mir und hebt entschuldigend die Arme. „Was soll ich machen? Was soll ich tun? Dem Staatsanwalt sagen, das Geld hätte sich Tarik Celal redlich verdient mit einem Einbruch? Und jetzt komm mit, ich bring dich zu den Asylanten."

„Fick dich, Beer", sage ich, aber er kann mich nicht hören.

***

Und wie Beer sich von mir entfernt, erinnere mich an den Moment, in dem mir der Derwisch in der Moschee eine Gänsehaut verpasst hat. Er ist auf der kleinen Bühne im großen Gebetsraum gestanden, den rechten Arm gehoben, Zeige- und Mittelfinger ausgestreckt, und hat so leise gesprochen, dass alle in dem überfüllten Raum mucksmäuschenstill sein mussten, um ihn zu verstehen. Es war keine der öffentlichen Veranstaltungen, sondern der geschlossene Zirkel der Getreuen. Und ich.

„Wenn du jeden Tag verletzt wirst, jeden Tag von der Übermacht niedergemacht, dann zerbrichst du eines Tages, da kannst du leben, wie du willst, es gibt kein Entkommen.

Du zerbrichst oder ziehst dich in dich selber zurück. Suchst den Kern, der in dir ist, den Kern, über den du vielleicht dein ganzes Leben lang gar nicht Bescheid gewusst hast. Und wenn du ihn gefunden hast, erkennst du, dass es eine Verbindung gibt. Eine Verbindung zu etwas, das viel größer und mächtiger ist, als wir es uns überhaupt vorstellen können. Dass die Einsamkeit nicht unendlich und allmächtig ist, dass da mehr ist, so viel mehr ist, als dein kleiner Menschenverstand begreifen kann. Und du lachst über die, die glauben, die Wissenschaft sei der Weisheit letzter Schluss und könne und werde eines Tages alle Geheimnisse des Universums gelöst haben. Mit jedem Tag gewinnst du an Stärke, an Zuversicht, an Willenskraft. Manchmal zweifelst du, das ist menschlich, das ist unausweichlich, manchmal gibt's für einen Schritt vorwärts zwei zurück. Aber ein Krieger geht weiter. Immer, immer weiter. Nichts kann seinen Glauben erschüttern, niemand sein Vertrauen."

Und dann laufe ich Beer hinterher, wie ein Hund laufe ich ihm nach, hole ihn ein und rufe: „Ich könnte dich umbringen, Beer."

Er dreht sich zu mir, belustigt. „Am Arsch lecken kannst du mich, das ist alles, was du kannst."

„Was soll ich denn ohne Geld machen? ... Das war so abgemacht. Ich liefere dir Fotos aus der Moschee und bekomm dafür die Kohle aus dem Tresor, das war der Deal."

„Und der Deal war vom Tisch, in dem Moment, als du eigenmächtig an einem anderen Tag als dem, der ausgemacht war, in Abdelkaders Haus eingebrochen bist. Aber ich werde dir helfen, habe ich ja gesagt. Du musst dir jetzt aber auch von mir helfen lassen."

„Ich hab überhaupt kein Problem mit dem Aufnahmezentrum", sage ich. „Aber Baba geht es schlecht, du hast doch gar keine Ahnung, wie schlecht es ihm geht. Der ist schwerkrank, verstehst du? Der packt doch den Lärm und die Aufregung in so einer Halle nicht."

„Es ist nur für ein paar Tage."

„Nein, nein." Ich ergreife Beers Arm, der daraufhin stehen bleibt. „So läuft das nicht. Ich spreche mit Abdelkader, ich erzähle ihm alles, ich kann ihn vor dir warnen."

„Dann kommst du wegen Beihilfe zum Terrorismus dran, das verspreche ich dir."

„Okay", sage ich. „Ich rede mit einem Journalisten. Ich packe aus. Ich erzähl dem unsre ganze Story."

Beer schlägt sich die Hände ins Gesicht, spielt den Erschrockenen. „Und du denkst, ein Journalist würde dir glauben?"

„Oh ja, Verschwörungstheorien sind in."

„Mag sein, aber weißt du, was out ist?", fragt er, mit seinem Kopf so nahe an meinem, dass ich seinen Atem spüren kann. „Drogendealer sind out. Drogendealer, die alte Frauen und Polizistinnen schwer verletzen, sind sowas von out, denen glaubt nicht einmal ein noch so linker Schreiberling und Gutmensch." Dann dreht er sich um und geht wieder Richtung Ausgang.

„Ich tu's!", sage ich, mehr zu mir als zu ihm, die rechte Hand an der Waffe. „Ohne das Geld bin ich am Ende. Ohne das Geld bin ich verloren."

Als ich die PK30 ziehen will, als meine Wut so viel größer ist als meine Vernunft und ich das Gefühl habe, nicht nur einer, sondern viele zu sein, von denen einer Beer vernichten will, höre ich Fonso schreien. Ich verstehe ihn nicht, aber er holt mich zurück in die Realität. Und so ziehe ich anstatt der Pistole mein Handy aus der Tasche, drehe meinen Rücken zu Beer und schieße ein Selfie von uns beiden.

„Hm", krächze ich, entferne mich ein paar Schritte und halte das Handy triumphierend in die Höhe. „Wenn der Journalist sieht, dass du in Bregenz auf der Seebühne warst mit mir, was wird er sich da wohl denken? Dass wirklich alles erstunken und erlogen war? Oder wird er sich fragen, ob nicht doch etwas Wahres dran ist an meiner Geschichte, hm?"

Beer kommt auf mich zu, langsam, aber ich springe vorsorglich über einen Schalensitz nach dem anderen, um die Treppe zu erreichen. Jeder Sprung lässt mich fluchen, weil mein Knie schmerzt. Sein Blick, ernst, wütend, durchdringend, würde mir zu jeder anderen Zeit Angst machen, aber nicht hier, nicht jetzt. Er weiß nicht, dass ich ihn gerade erschießen hätte können, töten hätte können. Beer glaubt, er sei stärker als ich, mächtiger als ich, aber er täuscht sich. „*Allāhu akbar*", sage ich und zeige ihm beide Mittelfinger. „Ich scheiß auf dich, Beer!"

Ich bewege mich Richtung See, springe die Stufen runter, Beer folgt mir, nur zwei Sitzreihen trennen uns, da ertönt ein Pfiff, und ich habe Fußball immer noch im Blut, dass ich tue, was ich auf dem Spielfeld tue: Ich bleibe stehen. Ich sehe hoch zu Ibo und Fonso, die beide wild gestikulieren.

Auch Beer bleibt stehen. Er winkt mich heran, lächelnd, höhnisch, wie Muhammad Ali im Ring, er will mich provozieren, er will, dass ich mich auf ihn stürze, da sehe ich schon beim Eingang, der den Vorplatz mit der Besuchertribüne verbindet, drei kräftige Männer mit Vollbärten.

Ich erkenne sie sofort: Sie sind Stammgäste in der Moschee, gehören zum engsten Zirkel des Derwischs, allesamt langjährige Hartz-IV-Empfänger und leidenschaftliche Kampfsportler. „Abdelkaders Männer sind da", sage ich und nicke in Richtung Eingang. Beer lächelt.

„Kein Scheiß", sage ich atemlos. „Dreh dich um, Beer. Dreh dich um! Dort drüben stehen sie."

Beer gehorcht und erblickt nun ebenfalls die bärtigen Männer, die anfangen, suchend durch die Reihen zu gehen „Komm mit", befiehlt Beer. „Los!"

Ich zögere einen Moment, dann laufe ich ihm die Stufen Richtung Wasser hinterher. Im selben Moment höre ich jemanden schreien. „DORT DRÜBEN IST DER HUND!"

Am Ufer liegen zwei Motorboote, auf einem der beiden steht ein Arbeiter im Blaumann. Beer steigt über das Geländer und springt auf das umbenannte. „Oh Mann“, sage ich und ziehe eine Grimasse.

„Auf was wartest du?“, schreit Beer.

„Scheiße, willst du jetzt mit nem Boot davon?“

Der Arbeiter schimpft im Dialekt, ich verstehe nur Bruchstücke. Beer zeigt ihm seinen Ausweis, brüllt was von Polizei, Terroreinsatz und Gefahrenabwehr und startet dann den Motor. Ich klettere über das Geländer und springe auf Beers Boot, es rumpelt und schaukelt und beinahe stürze ich ins Wasser, aber ich kann das Gleichgewicht halten, indem ich Beer umarme. Erst als ich mich von ihm löse, wage ich es, zurückzuschauen.“

Abdelkaders Männer erreichen das Wasser, als Beer losfährt. „*Allāhu akbar*“, sage ich.

Wir tuckern viel zu langsam davon, zwei Langbärte springen uns hinterher, können aber in ihren Klamotten kaum schwimmen. Der Anblick der im Wasser strampelnden Männer ist so komisch, dass ich sie am liebsten filmen würde, aber ich bin wie paralysiert. Die Leute auf der Bühne reagieren auf das Schauspiel mit erstaunten Rufen.

„DU HUND, DU!“, schreit einer von ihnen. „ICH HOL MIR DEINE AUGEN!“

„Oh“, rufe ich den Gotteskriegern zu. „Jesus konnte übers Wasser gehen! Und wir fahren übers Wasser! Aber ihr könnt nicht mal schwimmen! *Allāhu akbar,* groß ist Allah und nur Allah! Euer Gott ist nichts!“

„Sei still, du Bajazzo, setz dich auf deinen Hintern, sonst fällst du auch noch ins Wasser“, fährt mich Beer an. „Kannst du überhaupt schwimmen?“

Ich setze mich. „So gut wie Fonso Fußball spielt.“

„Wer ist Fonso?“

„Ibos Neffe.“

„Dass du mit den Zigeunern rumziehst ...“

„Was?“

„Na, typisch halt“, sagt Beer.

Einer der Arbeiter auf der Bühne, bewaffnet mit Hammer und Stemmeisen, brüllt uns von der Seebühne hinterher, unfreundlich und drohend. Ich schicke ihm eine Kusshand, während das Motorboot davonfährt. Beer manövriert uns erst mal ein Stück auf den See hinaus, dann hält er sich links, mit etwas Abstand vom Ufer.

Die Sonne ist hinter einer dunklen, kleinen Wolke verschwunden, der Motor stinkt nach Benzin, meine Augen sind ausgetrocknet und brennen, die Klamotten kleben auf meiner Haut. Beer spricht mit mir, aber ich höre nicht zu, sondern starre in Richtung Tribüne, als erwarte ich, dass sich auch unsere Verfolger ein Motorboot schnappen könnten.

Nur langsam komme ich wieder zu mir.

„Warum tauchen die in Bregenz auf?", frage ich. „Nur du, ich, Ibo und Fonso konnten wissen, dass wir uns auf der Seebühne treffen."

„Oh", sagt Beer. „Wenn ein Honigtopf leer ist, wer war wohl der Übeltäter? Der Bär oder der Haifisch?"

„Hä?"

„Na, frag doch einmal deine Zigeuner. Oder glaubst du ernsthaft, ich hätte den Derwisch eingeladen?"

Ich seufze, Beer hat keine Lust mehr zu sprechen und starrt gedankenverloren an mir vorbei auf das Wasser. Der Motor stottert immer wieder mal, aber er stirbt nicht ab. Beer sitzt neben mir, es ist so eng, dass sich unsere Arme berühren.

„Ibo würde mich nie verraten", fange ich nach ein paar Minuten wieder an. „Und auch Fonso ist kein Spion von Abdelkader. Irgendjemand muss den Derwisch aber informiert haben."

„Ich wette, Ibos Neffe hat schon so manch krummes Ding gedreht. Das steckt denen doch im Blut, wie kannst du nur so naiv sein?"

„Ach", sage ich. „Was heißt das schon, ob einer was ausgefressen hat oder nicht? Ich kenn Kanaken, die haben einiges auf'm Kerbholz, aber ich würd denen mein Leben eher anvertrauen, ich würd die lieber als Nachbarn haben, als so manchen Typen in Anzug und Krawatte und scheinbar blütenreiner Weste, verstehst du, was ich meine?“

„Ich möchte weder dich noch deine Freunde als Nachbarn haben“, sagt Beer und sieht auf den See hinaus. „Ich möchte diesen Abdelkader und seine Affenbande nicht als Nachbarn haben. Ich möchte überhaupt keine Asozialen als Nachbarn haben, ich will meine Ruhe, wenigstens in meiner Freizeit.“

„Ich kann nie mehr zurück nach München“, sage ich. „Der verfluchte Hurensohn wird mich jagen, bis er mich hat. Alles nur wegen dir.“ Beer ignoriert meine Worte, beschleunigt das Boot und telefoniert kurz, ohne dass ich etwas verstehen kann. „Ich hab kein Geld, ich hab kein Zuhause mehr. Alles am Arsch.“

„Hör auf zu jammern“, sagt er nach einer Weile. „Du solltest mir dankbar sein.“

„Ich? Dir? Warum zum Teufel sollte ich dir dankbar sein?“

„Du hast Bewährung bekommen. Du hättest eigentlich für drei Jahre in die JVA gehört, aber du hast Bewährung bekommen.“

„Ja, weil der Richter so entschieden hat, ob’s dir gefällt oder nicht.“

„Nein, sagt Beer. Weil ich auf die Zähne gebissen und dem alten Richter Ettenberger eine positive Prognose für dich abgegeben habe.“

Ich schüttle den Kopf. „Das ist doch Quatsch.“

Beer glotzt mich an, sein Gesicht sieht so schmal und in die Länge gezogen aus, da sind tiefe Falten und dunkle Schatten unter seinen Augen. „Dann frag mal deinen Anwalt“, sagt Beer. „Warst du bei der Verhandlung bekifft oder was?“

„Ja, war ich“, antworte ich und Beer lacht verächtlich. „Aber ich erinnere mich trotzdem an jedes Wort.“

„Ich bin nicht dein Feind, Tarik. Du bist dir selbst dein größter Feind. Du kriegst deinen Arsch nicht hoch, das ist dein Problem. Du kiffst, du säufst, du kannst dich auf nichts konzentrieren.“

Beer reicht mir sein Handy, die Sonne blendet, also muss ich mit der Hand einen Schatten werfen:

*** *Eilmeldung* ***
*** *Terror-Tarik offenbar in Hamburg gesichtet* ***
*** *Anti-Terroreinsatz in Hamburg* ***

„Auch das hast du mir zu verdanken", sagt er. „Jetzt vermutet dich vorerst einmal keiner mehr in Österreich."

Für einen Moment überkommt mich ein Schauer von Gefühlen. Sehnsucht, Wehmut, Freude, Angst – so vieles verspüre ich auf einmal, als wäre mein Herz ganz groß, ganz schwer.

Vielleicht komme ich ja doch noch raus aus dem Schlamassel.

„Danke", sage ich, aber Beer hört es gar nicht.

Wir fahren an zwei größeren Motorbooten vorbei. Die Leute darauf halten Sektgläser in den Händen und glotzen uns an. Zwei Mädchen hüpfen von einem der beiden Boote ins Wasser.

Nteba liebte nichts mehr im Leben als zu schwimmen, aber sie nahm mich nie mit. Nicht, dass ich gewollt hätte – ich war im Wasser so langsam wie ein junger Hund und sah wohl genauso tollpatschig aus –, ich hätte mich aber trotzdem gefreut, wenn sie mich darum gebeten hätte. Als ich ihr das in der letzten Nacht vor ihrem Abschied sagte, lachte sie und nannte mich einen picajoso. Sensibel wie ein Prinzesschen sei ich manchmal, meinte sie.

Und wie ich mich noch einmal zur Seite drehe, um die beiden Mädchen im Wasser zu sehen, ist da dieser böse Gedanke, dass Nteba vielleicht nicht im Entferntesten das für mich gefühlt hat, wie ich für sie. *Du liebst mich mit einer Intensität, die ich nicht erwidern kann.*

***

Wir legen irgendwo in der Pampa an einem bewaldeten Ufer an, stapfen durch Schlamm und durchwaten einen kleinen Sumpf, stinkend, dampfend. Als wir hinter alten, hohen Bäumen an einen Parkplatz voller Müll und Überresten von Lagerfeuern kommen, spazieren zwei mittelalte Frauen an uns vorbei, beide oben ohne, aber mit Riesenstrohhut, rotgebraten und etwas übergewichtig. Kein Vergleich zu Annette.

Ich will Ibo schreiben, aber er ist mir zuvorgekommen. chapeau! ihr habt abdelkaders fanboys ganz schön nass gemacht. wie geht es weiter?

alles ok. ich bin mit beer irgendwo am ufer am arsch der welt. ich melde mich, antworte ich.

lass dir nichts von ihm gefallen. er ist kein polizist mehr.

„War das jetzt Beweis genug?“, fragt Beer. „Glaubst du mir jetzt endlich, dass ich kein Interesse habe, dass dich Derwischs Leute oder die Polizei erwischen?“

Ich nicke.

„Du tust also, was ich dir vorgeschlagen habe?“

Ich nicke wieder.

„Lass mich schnell eine rauchen“, sagt Beer. Und so setzt er sich in den Schatten eines riesigen Lindenbaums, steckt sich eine Zigarette in den Mund und betrachtet wieder die Fotos mit den Mathematikaufgaben auf seinem Handy. Er raucht schweigend, ich stehe daneben und versuche den Dreck von meinen Schuhen abzustreifen. Immer mehr Badegäste trotten vorbei. Schließlich setze ich mich neben Beer.

„Es läuft so“, beginnt Beer, tippt mit seinem Zeigefinger auf seine fette Armbanduhr, um sich gleich wieder seinem Oberlippenbart zu widmen. „In etwa einer halben Stunde fahre ich zurück nach München. Auf dem Weg dorthin bringe ich dich und deinen Baba zu dem Aufnahmezentrum, in dem du bleibst, bis die Sache erledigt ist. Deinen Angriff im Zug lassen wir einen Anwalt zurechtbiegen und danach ist *Tabula rasa*, Tarik. Danach bist du frei.“ Er schnippt mit seinem Finger. „War alles nur ein böser Traum.“

„Verdammt“, sage ich. „Wie soll ich zurück nach München, wenn der Derwisch weiß, dass ich ihn bestohlen habe? Der weiß, wo ich wohne, und selbst wenn ich mir eine neue Wohnung suche, findet er mich.“

„In U-Haft wird dir nichts passieren.“

„U-Haft?“

„Darum wirst du nicht herumkommen. Aber mal ehrlich, die sitzt du mit der linken Arschbacke ab.“

Ich schüttle den Kopf. „Wie soll das dieser Wunderanwalt denn zurechtbiegen? Ich bin auf Bewährung und hab eine verdammte Polizistin niedergeschlagen.“

„Das tun viele. Zeig ein bisschen Reue, entschuldige dich, sprich von deiner brutalen Jugend, von deinem brutalen Nazi-Kumpel Doogie, von deinem sterbenden Großvater, wenn es sein muss, gebe ich wieder eine gute Prognose ab und schon ist die Sache gegessen oder zumindest abgefedert.“

„Abgefedert“, sage ich und lache höhnisch. „Wow, das klingt gut. Vier Jahre Bau anstatt von sieben?“

„Wenn ich dir sage, wir biegen das hin, dann biegen wir das hin.“ Er klopft mir auf die Schulter. „Ehrenwort.“

„Kein bayerischer Richter lässt nen Kanaken gehen, der auf Bewährung ne Polizistin k. o. geschlagen hat.“

Beer starrt auf das Display seines Smartphones, betrachtet die Zahlen, vergrößert sie, verkleinert sie. Ich schließe die Augen, lehne meinen Rücken an den alten Baum und schaue nicht auf das Handy, als ein Ton eine ankommende Nachricht ankündigt. In weiter Ferne höre ich Menschen quatschen, Menschen lachen. Unwirklich ist diese Sommerwelt.

Nach einer Weile stehe ich auf. „Okay ... Worauf warten wir?“

„Ich muss die Fotos noch weiterleiten.“

„An wen?“

„An einen Experten.“

„Für was brauchst du Experten? Sugo-Joe findet auch den Rest raus. Sugo ist schlecht in vielen Dingen, der Mann kriegt kein Vorstellungsgespräch und kein Date auf die Reihe, aber ich glaube, bei solchen Sachen kann man hundertprozentig auf ihn zählen. Der hat Chemie studiert, weißt du? Nicht nur studiert, er hat das Studium auch abgeschlossen. Warte noch dreißig Minuten und der weiß, was Abdelkader vorhat." Beer sieht mich an und drückt seine Zigarette aus. Er hat mir gar nicht zugehört. Ich setze mich wieder neben ihn. „Wenn das wirklich ein Anschlagsplan ist, musst du mir was zahlen. Ich kann aus der Geschichte nicht mit leeren Händen aussteigen."

Auch jetzt sieht Beer mich bloß kurz an. Ich spüre, dass ich dringend pinkeln müsste, aber ich weiß nicht wo und ich bin erschöpft, schwer wie ein Walross, der Schweiß klebt dick auf meiner Haut. Beer legt sein Handy zur Seite, zündet sich eine weitere Zigarette an. Eine Ameise klettert meinen Arm hoch, ich schnippe sie weg.

„Und für wen arbeitest du jetzt?", frage ich. „Für den Geheimdienst?"

Beer kramt in seiner rechten Hosentasche und zieht einen Schlüsselbund heraus. Er wirft ihn in die Höhe, fängt ihn, wirft ihn, fängt ihn. „Schon mal was von asymmetrischen Kriegen gehört?", sagt er. „Das hier ist so einer. Und das Problem ist, dass du dieses Pack nicht kleinkriegst mit Gesetzen. Da ziehst du immer den Kürzeren, weil du immer diese verfluchte Zweidrittelmehrheit für eine Verfassungsänderung brauchst. Die Islamisten lachen den Staat nur aus, nutzen jedes gesetzliche Schlupfloch, kassieren auch noch Stütze, leben von den Steuern, die wir anständige Bürger bezahlen. Typen wie Abdelkader sind schlauer und zäher als Ratten, die überleben jeden Atomkrieg. Was tust du gegen Männer, denen das eigene Leben nichts wert ist?"

„Ihrem Leben nen Wert geben?"

Beer lacht und boxt mit der Rechten in die offene Handfläche. „Oh ja, du Klugscheißer. Und wie machst du das? Schenken wir jedem dieser Verlierer einen neuen

BMW, eine heiße Tussi und eine Playstation? Und alle sind happy und zufrieden in der Bundesrepublik? Nein, nein. Es gibt eine rote Linie, und wenn du die überschreitest, bist du zum Abschuss freigegeben. Das muss so sein, auch in einer Demokratie. Man kann sich nicht mit Kannibalen an einen Tisch setzen, in der Hoffnung, man würde nicht verspeist werden. Die kämpfen schmutzig, die tricksen, lügen, foltern, morden. Da musst du dir genauso die Hände dreckig machen."

„Hm ... Glaubst du, Abdelkader hat den Anschlag von Hamburg befohlen?"

Beer steckt sich eine Zigarette in den Mund ohne sie anzuzünden. „Ich weiß, dass er es war. Jeder, der sich nur ein bisschen mit der Materie beschäftigt hat, weiß, dass er es war. Nur beweisen kann es ihm keiner. Noch nicht."

Ich puste eine weitere Ameise von meinem Arm. „Ich wette, dass Ali Kılıç ein V-Mann war", sage ich. „Bevor er verschwunden ist, war er euer Mann. Er hat dir den Tipp gegeben mit den Müllsäcken. Irgendwer muss ihn entlarvt haben, und dafür musste er sterben. Ich war der, der die Kastanien aus dem Feuer holen sollte." Ich lache leise, wische mir über den Mund. „Aber je mehr ich darüber nachdenke, desto mehr glaube ich, dass Abdelkader gewusst hat, wer ich bin und was ich vorhatte. Seine Anspielungen auf Verräter ... Oder als er mich gefragt hat, warum die Polizei mich ohne Kontrolle aus der Moschee lässt ... Das war kein Zufall, oh nein ..."

Beer nimmt sein Handy in die Hand, tippt, flucht leise.

„Das Problem war", fahre ich fort, „dass Abdelkader geglaubt hat, ich würde Freitagnacht einsteigen. Er hat nicht damit gerechnet, dass ich in der Nacht davor aufkreuzen würde. Am nächsten Tag wäre der Tresor wahrscheinlich leer gewesen und in den Müllsäcken wären HIV-verseuchte Spritzen gewesen."

„Ist doch egal jetzt", sagt Beer und streicht sich über den Bart, flüstert wieder etwas. „Hauptsache, Abdelkader weiß nicht, dass du die Fotos gemacht hast, das weiß er doch nicht, oder? Das weiß doch hoffentlich keiner?"

„Abdelkader hat keine Ahnung. Es war doch reiner Zufall, dass ich das blöde Heft fotografiert habe. Mir haben Fonsos Comics gefallen."

„VERDAMMT!", flucht er und schmeißt das Handy ins Gras. „Ich habe keine Nerven für so etwas. Dieses dämliche FotzApp."

„Soll ich?", frage ich.

„Ich bin zu alt für diesen Kram."

„Ich kann ..."

„Na, mach schon!"

Ich nehme das Handy, WhatsApp ist geöffnet. Ich gehe zu den Kontakten. „An wen gehen die Fotos?"

„Georg", sagt Beer und deutet mit zitterndem Zeigefinger auf das Display. „Georg Müller."

Ich lade die Fotos in eine Nachricht an Georg Müller. Ein Schäferhund ziert sein Profilfoto. „Verfassungsschutz?", will ich wissen.

„Hast du's?"

„Ist der Müller vom Verfassungsschutz?"

„Frag nicht immer so viel. Mach lieber vorwärts."

„Wenn der Müller vom Verfassungsschutz ist und dein Bruder auch dort arbeitet, warum schickst du's dann nicht deinem Bruder?"

„Weil mein Bruder nicht für Abdelkader zuständig ist."

„Aha", sage ich. „Also ist der Müller vom Geheimdienst."

Beer seufzt. „Geht dich zwar nichts an, aber ja. Der Müller ist vom Verfassungsschutz."

„Ich hab gedacht, du arbeitest nicht offiziell?"

„Herrgott nochmal, nein, das ist auch nichts Offizielles. Und jetzt hör auf zu nerven."

„Hm", sage ich, den Daumen über dem Senden-Symbol. „Weißt du, was?"

„Du redest zu viel."

„Ich überlege ..."

„Überlass das Denken besser mir.“

„Was, wenn jemand vom Verfassungsschutz dem Derwisch gesagt hat, dass ich in Bregenz bin?“, frage ich.

„Was redest du da?“, sagt Beer. „Komm, jetzt schick die Bilder ab und dann ...“

„Nein, nein. Überleg doch mal. Ich glaube, es gibt n Leak beim Verfassungsschutz.“

„Ein Leak?“

„Ich glaube, Abdelkader bekommt Infos von dort, verstehst du?“

„Aha. Setzen wir uns jetzt lustige Aluhütchen auf und hören Xavier Naidoo?“

„Ey, ich bin kein Spinner“, sage ich. „Aber analysier doch mal ganz nüchtern: Abdelkaders Männer tauchen auf der Seebühne auf, außerdem hat er ständig so Andeutungen gemacht. Hat davon geschwafelt, dass er Kontakte zu wichtigen Stellen hätte.“

Ich sehe Beer erwartungsvoll an, aber der reißt mir nur das Smartphone aus der Hand und schaut auf das Display. Dann sieht er mich an – zweifelnd, misstrauisch. „Ich habe noch nie einen Kiffer getroffen, der nicht an Verschwörungstheorien glaubt. Das Gras weicht euer Hirn auf, ihr fresst jeden Mist.“

„Ist nur so n Gefühl.“ Mein Herz pocht schnell, weil ich glauben möchte, dass ich Recht habe. „Beantworte mir jetzt nur eine Frage: Hast du jemandem vom Verfassungsschutz, von der Polizei oder sonst wem erzählt, dass du mich in Bregenz auf der Seebühne triffst?“

„Hm ... Vielleicht hast du dich ja auf Facebook verraten? Oder was, wenn Ibo dich an den Derwisch verraten hat? Schon mal überlegt, dass das der viel wahrscheinlichere Fall ist? Der Junge hat mehr Dreck am Stecken als deine Jungs zusammen. Und was weiß man schon, wie die Zigeuner ticken.“

„Ich würde Ibo das Augenlicht meiner Kinder anvertrauen“, sage ich. „Aber wenn zum Beispiel dieser Georg

Müller davon gewusst hat, dass du mich auf der Seebühne triffst ... Wenn er das gewusst hat, könnte es doch sein, dass er es ...“

Beer flucht und fuchtelt mit seinen Händen, um eine Fliege abzuwehren. „OKAY! OKAY!“

„Ha!“ Ich klatsche in die Hände. „Er hat es gewusst! Stimmt’s? Dieser Müller hat gewusst, dass wir uns hier treffen!“

Beer schnauft laut, fährt sich nervös in den Bart. „Du hast ja keine Ahnung, was du da behauptest. Aber ja, ich höre auf dich und schicke die Fotos jemand anderem.“

„Es ist also möglich?“, frage ich. „Ich könnte Recht haben, ja?“

„Lösch die Nachricht, dalli, dalli“, sagt Beer, „und schick die Bilder an eine andere Nummer.“

„Oder hat gar der Verfassungsschutz das Handy präpariert, das du mir gegeben hast?“

„Nein, das war ich“, antwortet Beer und gibt mir das Handy zurück. „Paula S.. Schick die Fotos an Paula.“

Ich warte, bis ich die Bestätigung habe, dass die Empfängerin die Nachricht bekommen und gelesen hat, und reiche Beer das Handy.

Er hält sich mit Daumen und Zeigefinger seiner linken Hand die Nase zu und pustet seine Backen auf. Dann bläst er die Luft durch den Mund aus. „Gut. Dann machen wir uns jetzt auf den Weg. Mein Auto steht am Bahnhof. Wir holen deinen Großvater ab und fahren nach Bamberg.“

„Bamberg?“

„Zu den Flüchtlingen.“ Dann hält Beer das Handy vor seinen Mund, nach wenigen Sekunden plärrt er: „Paula! Ich habe dir was geschickt. Per WhatsApp. Schau’s dir an, sobald die Konferenz vorbei ist, ja? Ich komme heute Abend noch bei euch vorbei ... Könnte sehr interessant sein.“

Er steckt das Handy wieder ein, ich greife nach der PK30, ziehe sie heraus und lege sie neben mich. Beer sieht mich an, öffnet den Mund, schließt ihn, öffnet ihn wieder, schüttelt dann den Kopf. „Herrgott nochmal, ich sollte dich abwatschen."

Er entlädt die Waffe und steckt sie mit der Munition weg. Mit Hilfe seines Handys bestimmt er unseren Standort und ruft ein Taxi, das ungefähr zehn Minuten später auftaucht. Er hält mir die Tür des weißen Mercedes auf, seine Augen zusammengekniffen, die Sonne blendet.

Wir fahren Richtung Bahnhof. Der Taxifahrer ist nicht erfreut, dass die Fahrt so kurz dauern soll und legt ein Handtuch auf die Sitze, weil wir schmutzig sind, was er missmutig in seinen Bart murmelt. Er schimpft lautstark, als er Beers verdreckte Schuhe sieht. Ich schicke Ibo eine Nachricht, dass ich mit Beer zum Bahnhof fahre und dass er dorthin kommen soll.

***

Beer sitzt vorne, ich hinten, er dreht sich zu mir, zeigt mir den Daumen seiner rechten Hand. „Den habe ich mir vor ein paar Monaten bei einem Sparringskampf gebrochen. Musste geröntgt werden ... In der Klinik habe ich einen Mann gesehen ... Dieses Gesicht, die Art, wie er ging ... Der war Mitte zwanzig, hat aber ausgesehen wie fünfzig, sechzig ... Das war ein gebrochener Mensch, weißt du, was ich meine? Hast du so jemanden schon mal gesehen? ... Ich habe eine Schwester gefragt, ob sie weiß ... Naja, sie hat natürlich nicht sagen dürfen, was ihm fehlt ... Eh klar, oder? Aber sie hat gesagt, dass er zu den Opfern des Anschlags von Hamburg gehört." Als Beer erzählt, beinahe stotternd, wendet er keine Sekunde den Blick von mir ab, was sonst gar nicht seine Art ist. Er berührt auch nicht seinen Oberlippenbart wie üblich. „Ich bin nicht der Typ der großen Gesten, weißt du ... Rede nicht gern, schweige lieber ... Und Männer, die Gefühle zeigen – um Gottes willen, das ist nichts für mich, ich verabscheue das ..." Er kichert. „Ich habe einmal in einer Kirche dem Nebenmann während der Messe die Hand geben müssen ... So als Friedenszeichen, Vaterunser beten ... Haha, seither bin ich nie mehr in die Kirche gegangen ... Aber dieser Mann ... Weißt du was? ... Ich habe gedacht, ich muss den umarmen ... und sagen, dass alles gut wird. Dass es mir leid tut, was geschehen ist ... Dass ..." Beer sieht mich an. Erwartet er, dass ich etwas sage? Ich antworte nichts. Er spricht weiter: „Ich habe recherchiert, wer der Mann war ... Er hat bei der Terrorattacke seine Frau und eine der beiden Töchter verloren ... Seiner zweiten Tochter ... Also der ... Kannst du dir das vorstellen? Der sind beide Beine amputiert worden." Und dann ringt Beer, der harte Hund, um Worte, seine Stimme bricht. „Die da oben. Die quatschen nur ... Die entscheiden, aber die Konsequenzen ihrer Entscheidungen müssen sie nicht tragen ... Ich mein, mal abgesehen davon, dass sie vielleicht abgewählt werden. ... Aber sonst ist dieses Dreckspack immer aus dem Schneider."

Nie hat der Mann mehr am Stück geredet als jetzt. Nie zuvor hat er mir diese Seite von sich gezeigt. Er sagt ganz leise, aber mit einer Überzeugung, die keinen Platz für Zweifel lässt, dass er es ernst meint: „Und wenn es das Letzte ist, was ich tue in meinem Leben ... Für Hamburg wird Abdelkader bezahlen. Tarik ... Ich kriege den dran. Und weißt du warum? ... Weil ich das dem Mann im Krankenhaus schulde ... Ich kann damit nichts ungeschehen machen, nichts gut machen ... Aber ich werde nie mehr glücklich sein in diesem Leben, wenn ich diese eine Sache nicht erledige."

Ich nicke. Er dreht sich wieder nach vorne. Wir stehen vor einer Ampel. Das Autoradio läuft, und trotzdem habe ich das Gefühl, ich müsste etwas sagen, ich müsste diesen Moment nützen, um dieses seltsame neue Bündnis zwischen ihm und mir zu verstärken. Und so frage ich, weil mir nichts anderes einfällt: „Warum bist du gefeuert worden?"

„Ha!", sagt er, und aus seiner Stimme ist jede Zerbrechlichkeit wieder verschwunden. „Ich war ein guter Polizist, Tarik. Egal, was sie sagen. Ich war ein verdammt guter Polizist."

„Mich hast du jedenfalls hopsgenommen ... Weiß aber nicht, ob das eine so große Kunst war."

„Ich habe ein paar Watschen ausgeteilt. Aber die waren hochverdient."

Als ich nicht nachhake, erzählt er nach einer kurzen Pause: „Libanesische Bande ... Haben erst eine siebzehnjährige Zeugin, dann deren Familie bedroht ... Ich musste ein Zeichen setzen."

„Du hast die Bande dezimiert?"

„Quatsch nicht", sagt Beer und beißt auf seiner Unterlippe. „Es hat nur ein bisschen weh getan, es war ganz sicher nur fünfzig Prozent illegal. Aber es hat keine bleibenden Schäden gegeben, nicht ein einziger Knochen ist kaputtgegangen. Ein Leben lang habe ich die Drecksarbeit für sie gemacht. Und ich will gar keinen Dank, weißt du. Ich erwarte schon seit Jahren keinen Dank mehr. Dass die mich rausschmeißen, mein Gott, was erwartet man von diesen Affen? Aber dass sie jetzt auch noch das Land ruinieren. Dass so einer wie dieser Abdelkader al-Anbari frei rumlaufen kann ..." Und dann brüllt er los, explodiert er und schreit sich die Seele aus dem Leib. Der Taxifahrer bleibt dabei ruhig, was mich beinahe amüsiert. „DASS SO EIN MASSENMÖRDER ... SO EINE VERFLUCHTE HURENSAU IN DIE KAMERAS GRINSEN KANN UND REDEN HALTEN UND NOCH MEHR IRRE BEGEISTERN ... DAS DARF NICHT SEIN! DAS KANN DOCH GAR NICHT SEIN! DAS IST NICHT MEHR MEIN DEUTSCHLAND! ICH WILL MEIN ALTES DEUTSCHLAND ZURÜCK!"

Und dann schweigt Beer, holt sich eine Zigarette aus der Packung, steckt sie in den Mund, steckt sie wieder weg. Endlich geht es weiter, das Taxi fährt eine scharfe Linkskurve viel zu schnell, bleibt mit quietschenden Reifen am Parkplatz des Bahnhofs stehen und lässt uns aussteigen. Der Fahrer sieht Beer entgeistert an und weigert sich, Trinkgeld anzunehmen.

Beer sperrt sein Auto auf, einen kleinen, popeligen, graugrünen Ford, den Fonso auf seinem Scooter locker überholen könnte. „Ich kann nicht", sage ich. „Es tut mir leid."

„Hm?" Er sieht mich fragend an, hat mich nicht verstanden.

„Ich kann nicht mitkommen. Ich hab n Date. Mit Nteba. Wenn ich in U-Haft gehe, wer weiß, wann die mich wieder rauslassen."

„Hä?"

„Ich muss hierbleiben. Ich hab n Date."

„Willst du mich verscheißern? Du hast kein Date, du Depp! Du hast ein sicheres Versteck."

„Baba geht kaputt in dem Heim, auch wenn's nur für ein paar Tage ist. Und überleg doch mal: Was, wenn die Betreuer im Flüchtlingslager die Fahndungsfotos aus dem Internet kennen und mich ausliefern? Was geschieht dann mit Baba? Wer garantiert für seine Sicherheit?"

„Ich garantiere für die Sicherheit deines Großvaters", sagt Beer. „Ist dir das nicht genug? Ich garantiere dir aber auch, dass du Freiwild bist, wenn du auf meinen Plan nicht eingehst. Mensch, Tarik, beweis mir endlich, dass du was im Hirn hast."

„Ich muss die Sache selber regeln, Beer. Und dann abhauen ... Ich kann mich auf euch Bullen nicht verlassen."

„Und ich habe gedacht, wir hätten das Kriegsbeil endlich begraben. Ich habe gedacht, wir sind jetzt ein Team."

„Sind wir doch." In diesem Moment nähert sich Ibos schwarzer BMW. Fonso kniet auf dem Beifahrersitz, streckt seinen Kopf aus dem Fenster, grinst und macht das Victoryzeichen. „Ich find's gut, dass du den Derwisch fertigmachen willst", sage ich zum verdutzten Beer und lege meine Hand auf die Brust, dort, wo das Herz schlägt. „Ich bin bei dir, einhundert Prozent."

Ibo legt wenige Meter vor uns eine abrupte Bremsung hin. „STEIG EIN, TARIK!", schreit Fonso. „COME ON, ANATOLISCHER PANTHER!"

Ich laufe zum Auto und weiß, Beer wird nicht versuchen, mich aufzuhalten. Er hat, was er wollte, und mehr will er im Moment nicht. „WAS GLAUBST DU, HAT ABDELKADER VOR?“, ruft er mir hinterher.

„Frag Paula S.!“

„Ich frage dich!“

„Wenn ich's rausgefunden habe, rufe ich dich an.“

Ich setze mich in den BMW, Ibo kehrt das Auto in Stuntman-Manier um, nutzt die Grünphase und braust davon. Er biegt nach links ab und bleibt nach etwa hundert Metern im Verkehrsstau stecken. „Was würde ich ohne euch bloß tun, ihr verfluchten Zigeuner? Warum will euch nur immer jeder vertreiben?“

„Weil wir klauen und betteln ...“

„Ha! Das tu ich auch ...“

„Weil wir schmutzig sind ...“

„Ey, seht mich an! Ich brauche n paar neue Klamotten, bevor ich Nteba treffe.“

„Weil wir Kanaken, härter, cooler, freier sind“, sagt Ibo.

Fonso brüllt aus dem Fenster und schwenkt seine geballte Faust: „Yiiiiiihaaaa!“

„Ich glaube, jemand vom Verfassungsschutz hilft dem Derwisch“, sage ich zu Ibo, als Fonso sich beruhigt hat. „Selbst Beer schließt es nicht mehr aus.“

„Hm, das wär nicht gut für dich. Das wär nicht gut für uns alle.“

„Ich brauch auch schnell n neues Handy.“ Ich betrachte mein Smartphone. „Beer kann es orten. Vielleicht sogar abhören.“

Ich lese die Nachricht, die angekommen ist, als ich mit Beer unter dem Baum gesessen bin.

Sie ist von Nteba.

oh, mein gott, die polizei war bei mir. was ist los bei dir?

7

Regarde-moi, je suis la France d'en bas.
Le chômage et la crise.
Mec, c'est moi qui la combat.
Je vis au quotidien ce que tu ne connais pas,
que tu ne comprends pas.
Juste en bas de chez toi.
Regarde-moi!
(*Regarde-moi*, Soprano)

Fonso schiebt den weißen Vorhang beiseite. Ich sehe ihn im Spiegel, in dessen Mitte ein Aufkleber eines Fußballvereins klebt, darauf eine hässliche Bulldogge mit einem fetten Schriftzug darunter: *Schwarz-Weiß Bregenz*. Er sieht mich an, todernst, mit großen, dunklen Augen, die Hände vorne gekreuzt, wie ein Kirchgänger. „Und?", frage ich. „Wie seh ich aus?"

„Weiß nicht", sagt er.

„Was heißt ‚weiß nicht'?"

„Du siehst jetzt so sauber aus."

„Sauber?"

„Ein bisschen wie ein Banker", antwortet Fonso und lässt den Vorhang fallen. „Hast besser ausgesehen mit langen Haaren und dem Bart. Wie n Krieger. Jetzt siehst du so deutsch aus."

„Und die Klamotten?", frage ich, aber Fonso antwortet nicht. Im Spiegel vor mir sehe ich einen fremden Mann. Ich fahre mir über das Kinn, über den Kopf, ich spüre die vielen Stoppeln, die nur als winzige schwarze Punkte zu erkennen sind.

Ich packe die alten Sachen, zerknülle sie und nehme sie unter meinen Arm. Fonso steht an der Eingangstür und sieht hinaus. „Puskás!", rufe ich. „Willst du auch was?" Er dreht sich nicht um, starrt bloß aus dem Schaufenster. „EY, PUSKÁS!"

Und wie er da so steht, versunken, verloren, denke ich mir, ich kann nie etwas über ihn wissen, es ist unmöglich, den Kleinen zu verstehen. Ich mochte ihn vom ersten Augenblick an, als er neben mir auf dem Weg von der U-Bahn-Station Silberhornstraße zu unserem Block auf seinem Roller fuhr. Von Anfang an hatte ich das Gefühl, dass der Kleine verletzt worden war, tief und schwer, und dass das keiner mehr reparieren konnte. Ihm fehlte die Lebensfreude, die Kinder oft ausstrahlen. Da war eine Traurigkeit in seinem Blick und in der Art, wie er sich bewegte, als er den Scooter schulterte und an mir vorbei zur Haustür ging.

Ich bezahle das T-Shirt, die Shorts und die Jeans. Die Verkäuferin ist verärgert, weil ich die Klamotten einfach angezogen habe und sie die Sicherheitslabels nicht deaktivieren kann. Sie seufzt, schneidet sie ab, umständlich und langsam, und zieht sie über den Scanner.

Weil ich mit dem Fünfhunderteuroschein zahle, muss sie den Chef aus seinem Büro holen, einen korpulenten, großen Kerl mit teurem Anzug und Halbglatze. Er prüft den Schein gewissenhaft, bevor er ihn akzeptiert. Als er mir die Rechnung auf die Ladentheke legt, sieht er kurz rüber zu Fonso, und ich glaube, Verachtung in seinem Blick zu erkennen. Nur einen Funken, nur einen Augenblick, aber es trifft mich. „Schauen Sie ihn nicht so an“, sage ich.

„Entschuldigung?“, erwidert er.

„Sie sollen ihn nicht so ansehen.“

„Wie bitte? Wen? Wen soll ich nicht so ansehen?“

„Aufpassen“, sage ich leise. „Aufpassen ...“

Ihm bleibt die Spucke weg. Nur ein „Ah!“ entkommt ihm, danach sagt er nichts mehr, tauscht Blicke mit der Verkäuferin aus. Er will meine dreckigen Sachen in einen Plastiksack geben, aber ich packe sie, klemme sie mir unter dem Arm und gehe Richtung Ausgang. „Los“, sage ich zu Fonso, und er, der nichts von alledem mitbekommen hat, folgt mir.

Ibo steht im Halteverbot in der Fußgängerzone. Ich trete wütend und mit voller Kraft nach einer leeren Bierdose, reiße die Tür auf, schließe sie geräuschvoll und sage nur: „Fahr los."

Ibo stellt keine Fragen und fährt das Auto auf die Straße, auf der nur im Schritttempo ein Fortkommen möglich ist. Er dreht die Musik auf und sieht mich von der Seite an.

„Wirst du sie heiraten?", fragt mich Fonso nach einer Weile. „Deine Braut?"

„Seh ich so aus wie einer, der heiraten möchte?"

„Ja", antworten Ibo und Fonso gleichzeitig und gackern – meine Wut über den Kerl im Geschäft verpufft.

Ich klatsche in die Hände. „JA! JA, VERDAMMT! Ich würd's tun. Verrückt, oder? Aber ich hab da so n Gefühl ... Ja, ich bin mir sicher. Wenn sie mich will ... Ich würde ja sagen."

Die beiden jubeln, Ibo drückt dreimal auf die Hupe, Fonso streckt wieder seinen Kopf aus dem Fenster und brüllt. Ibo und ich tun so, als hätte es unser letztes Gespräch über eine mögliche Prostituierte Nteba nie gegeben.

„So liebt man nur einmal im Leben", sage ich. „Sowas kommt niemals wieder."

„Wir sollten gleich einen Ring kaufen", findet Fonso. „Einen mit richtig fett Karat." Der Kleine lächelt, er hockt beinahe zwischen Ibo und mir auf der Handbremse, hat seinen Kopf neben meinem. „Vielleicht sollte ich ja auch mitgehen, wenn du sie triffst. Ich möchte diese Chica sehen. Wie heißt sie nochmal? Tesa?"

„Nteba."

„So heißt doch keiner! Nnnnteba." Er lacht. „Nnnnnnteba. Was für ein Name! Das ist kein Name. Das klingt nach: Ey, bring mir *n Tee, Pa*."

„Kann nicht jeder so nen schwulen Namen wie Alfonso haben", sage ich.

„Schwul? Was ist daran schwul? Das ist Spanisch."

„So Spanisch wie Puskás, was?"

„*Assclown*“, sagt Fonso und lässt sich zurück auf seinen Sitz fallen.

„Ntebas Mutter stammt aus Afrika“, erkläre ich ihm. „Ist während der Apartheid aus Südafrika geflohen.“

Kurz darauf bleiben wir abermals im Stau stecken. Ibo dreht sich eine Zigarette, umständlich lange, leckt das Papier, füllt es mit Tabak, während der Sprecher im Radio behauptet, heute wäre der heißeste Junitag in Österreich seit Beginn der Wetteraufzeichnungen. Die Rekorde in allen Bundesländern würden purzeln. Er frohlockt, wir schmachten. Fonso zieht sein T-Shirt aus, zeigt der Welt seine Hühnerbrust.

Ich frage mich, wann ich Ibo beichten werde, dass mein Anteil der Beute konfisziert worden ist und ich ihm deshalb auch nicht mehr das Drittel, das ich ihm für seine Hilfe schulde, ausbezahlen kann. Wenigstens brauche ich keinen Pass mehr, denn in meiner Hosentasche steckt der gefälschte syrische, den mir Beer gegeben hat.

An unserer Karre stolzieren zwei Mädels im Bikinioberteil und knappen Shorts vorbei, sechzehn, siebzehn Jahre alt, lange, feuchte Haare, braungebrannt, beide tragen Softeis in den Händen. Fonso pfeift ihnen aus dem Fenster hinterher.

Ich rufe Doogie an. „Sag mal, auf welchem Trip bist denn du, Terror-Tarik?“, fragt er mich, bevor ich auch nur ein Wort sagen kann.

„Habt ihr’s also gelesen?“

„Gelesen? Bei uns waren Bullen. SEK! Das war wie im Krieg, verdammt.“

„Scheiße, tut mir leid.“

„Du hast ne Polizistin im Zug attackiert? Was ist los mit dir? Hat sie gesagt, du hättest einen kleinen Penis? Hat sie deinen Bart oder Propheten beleidigt?“ Ich höre Doogie kauen, mit offenem Mund, wie immer. „Ich weiß nicht, ob unsere Handys jetzt abgehört werden“, sagt er schließlich. „Ich trau’s denen zu. Sie haben auch gesagt, wenn du bei einem von uns anrufst und wir's nicht melden, könnten wir wegen Unterstützung einer terroristischen Vereinigung angeklagt werden."

„Ich bin kein Terrorist, das weißt du, Doogie. Sonst würdest du gar nicht mehr mit mir reden. Du weißt, wer ich bin. Bin ich ein Terrorist?"

„Du bist ein Dummkopf, aber nein, Terrorist bist du keiner. Erklär mir aber bitte, was du mit dem Derwisch zu tun hast. Die schreiben überall, du wärst n Radikaler. N Islamist. Die sagen, du wärst einer von denen. Wir verstehen das nicht, Tarik."

„Das ist ne lange Geschichte, Doogie ... Beer? Erinnerst du dich an Beer? Der ist an allem schuld."

„Du bist also keiner von den Falschen? Mal im Ernst?"

„Leck mich, Doogie!", sage ich und lache übertrieben laut. „Ich liebe Mädels! Ich liebe Partys und Fußball, ich liebe euch Ungläubigen! Ich trinke Alk, ich rauche Gras. Ich liebe das Leben hier auf Erden, hab keinen Bock auf Scharia, Kindersexsklavinnen und Selbstmordattentate."

„Hm. Dass du Muschis und Gras liebst, kann ich nicht bestreiten."

Im Hintergrund höre ich, wie Yiannis und Sugo-Joe blödeln. Ich muss lächeln, weil ich Heimweh bekomme nach den Jungs.

„Du musst was tun für mich. Ich verlange nie mehr was von dir in diesem Leben, aber das musst du für mich tun." Ich hole tief Luft. „Sugo-Joe hat da ein paar Orte gespeichert. Einer davon liegt in der Nähe von München. Bitte fahr dorthin, nimm Sugo mit und sagt mir dann, was da zu sehen ist."

„Wozu?"

„Sugo soll's dir auf dem Weg erklären."

„Hm", sagt Doogie, und ich weiß, dass er in dem Moment eine Grimasse zieht. „Du solltest dich der Polizei stellen. Wenn du nichts angestellt hast, kann dir auch nicht viel passieren, oder?"

„Ich kann mich nur stellen, wenn ich rausfinde, was es mit den Orten auf sich hat.“

Doogie brummt etwas, dann ist er weg.

Nach dem Anruf antworte ich schließlich Nteba. das ist alles nur ein missverständnis, schreibe ich. keine angst.

können wir reden?, antwortet sie, dazu ein trauriger Smiley.

später.

was machst du nur für sachen?

Im Schritttempo geht es durch Bregenz, und mein Hirn scannt alle Auffälligkeiten in Ntebas Beziehung zu mir. Ein komisches Gefühl befällt mich, wenn ich an Weihnachten denke. Nteba verschwand für fünf Wochen, sie behauptete, sie wäre nach Berlin gefahren, aber einen Beweis dafür gab es nie. Kein Selfie mit Brandenburger Tor oder Siegessäule im Hintergrund, lediglich Fotos aus Lokalen, Restaurants, die in jeder beliebigen Stadt aufgenommen hätten werden können. Sie schrieb in der Zeit so gut wie keine Nachrichten, sondern tauchte einfach unter. Jeder Tag war für mich eine Qual. Diese Ungewissheit, ihr Schweigen, auch ihre Coolness, die mir das Gefühl gab, es wäre ihr egal, ob es mich nun stört und verletzt, dass sie so kurzfristig auf und davon wäre – ausgerechnet über Weihnachten und Silvester –, machte mich fertig. Ich lag tagelang im Bett, schleppte mich nur hin und wieder zum Supermarkt oder zu den Jungs, hörte stundenlang Musik, die Kapuze über dem Kopf, der Boden voller Bierflaschen und leerer Pfirsichdosen, gefüllt mit Zigarettenkippen und abgebrannten Joints. Baba war zu dieser Zeit im Krankenhaus, natürlich besuchte ich ihn, aber die Besuche waren grausam langweilig und bemüht. Ich wollte mir nicht anmerken lassen, wie es mir ging, wie sehr ich am Ende war. Schon gar nicht wollte ich, dass der Alte spürt, dass ich an Selbstmord dachte. Nicht ernsthaft, aber an mir nagte diese Frage, was es für einen Sinn macht, zu leben, wenn man solchen Schmerz verspürt.

Und irgendwann dachte ich: Dass das Leben eines Tages aus und vorbei ist, bereitet mir keine Angst mehr. Im Gegenteil. Der Gedanke fühlte sich damals eher wie eine Erlösung an.

Ich schrieb ihr dann eine Nachricht, sagte ihr, dass es aus wäre, dass es mich quälen und ich das nicht mehr aushalten würde. Sie wäre so kalt geworden, sie hätte sich nicht am Weihnachtsabend oder am Tag danach gemeldet, keine Nachricht, nichts, ich wäre verzweifelt und könnte nicht mehr.

Am nächsten Tag erhielt ich eine lange E-Mail von ihr. Darin schrieb sie diesen legendären Satz, den ich nie vergessen habe: Du liebst mich mit einer Intensität, die ich nicht erwidern kann.

Sie schrieb aber ebenso, dass ich in ihrem Kopf umherschwirren würde, dass sie an mich denken würde, die ganze Zeit, dass sie sich in mich verliebt hätte, aber ihre Vernunft ihr sagen würde, dass wir keine Zukunft hätten, und sie Angst hätte, mir weh zu tun, aber auch ihr selbst. Ihre letzten beiden Sätze lauteten: Ich weiß nicht, was ich tun soll, Tarik. Ich weiß nichts mehr.

Sie kam zurück und war verändert. Ich weiß noch, wie ich knapp vor Mitternacht an ihre Wohnungstür klopfte mit diesem komischen Frösteln, das mich befällt, wenn ich nervös bin. Nteba öffnete mit der Zahnbürste im Mund. Sie sah mich bloß an und putzte weiter. Ihr Blick signalisierte Entschuldigung, er war aber auch voller Unsicherheit, ob ich die Entschuldigung annehmen würde, zumindest interpretierte ich das so. Auf jeden Fall verzieh ich ihr das Verschwinden über Weihnachten und Neujahr in wenigen Sekunden. Ich glaubte damals schon nicht daran, dass sie in Berlin gewesen war, und jetzt, da ich weiß, dass sie in der Schweiz ist, glaube ich es noch weniger. Verkompliziert wurde die Sache damals, weil nun für die nächsten zwei Monate eine Freundin aus Kuba in ihrer Wohnung übernachtete, die die ersten paar Tage ausschließlich mit Nteba verbrachte.

Als wir endlich alleine waren, sprachen wir nichts, wir fielen übereinander her. Es gab nichts zu sagen, ich akzeptierte ihr Geheimnis. Ihren Ausflug in welche Welt auch immer mit wem auch immer. Von nun an liebten wir uns noch intensiver, stritten uns noch heftiger. Unser Sex wurde noch wilder und aggressiver, und wir taten es, wann immer sich uns die Gelegenheit bot. Einmal überraschte uns ihre rumänische WG-Kollegin Andreea, als wir beide auf dem Boden lagen, ich ihr Joghurt auf den durchtrainierten Bauch tropfen ließ, eine Spur bis hinunter zwischen ihre Beine, und es aufleckte. Sie stapfte sofort wieder zur Wohnungstür raus und warf die Tür zu. Wir hörten sie laut lachen.

***

Fonso muss dringend pinkeln, als wir vor dem Block ankommen, deshalb hüpft er aus dem Auto, bevor wir einen Parkplatz gefunden haben. Er verschwindet hinter einem Busch. Ibo versucht sein Glück auf dem Parkplatz vor dem Block nebenan, aber alles ist voller Autos, keine Lücke, nirgends. „Schulfest", sagt Ibo. „Hundert Meter weiter ist die Schule für die Knirpse."

„Was feiern die?"

„Schulabschluss. Sind bald Ferien hier."

„Ich feier auch, weißt du das? Wenn ich mit Baba in der Türkei bin und die Scheiße hinter mir habe, dann feiere ich eine Woche lang, ich schwör bei Gott. Ich kiff, ich sauf, ich werd den Mond vom Himmel holen und damit Fußball spielen. Ich will mir nur noch Nteba schnappen und dann weg."

Ibo stellt den BMW auf einen Behindertenparkplatz. „Fonso hat auf dem Abhang eines Hügels Fußball gespielt", meint er, als ich ihn fragend ansehe. „Wenn das nicht behindert ist, gibt's kein behindert."

„Hm. Dann muss aber jemand bei der Karre bleiben, wir können uns nicht erlauben, dass die wer abschleppt."

Ibo legt einen Behindertenausweis hinter die Windschutzscheibe und reibt sich die Hände. „Keine Sorge."

Wir steigen aus und gehen müde Richtung Block. Eine riesengroße Sonne knallt vom Himmel, aber alleine, dass ich Beer los bin und schicke Klamotten trage, die nicht stinken, lässt die Welt weniger feindselig erscheinen. Da kommt Fonso angerannt, wild gestikulierend. „Sie sind hier! Sie sind hier!"

„Wer ist hier?"

„Die Männer mit den Bärten." Ibo und ich bleiben stehen, wir sehen uns an, der Geruch von Grillfeuer und Sonnencreme zieht mir in die Nase. Aus der Ferne ist Kindergeschrei zu hören. „Vier, fünf", sagt er. „Stehen rum, telefonieren und glotzen blöd durch die Gegend. Vor unserem Block! ... Ich glaube, die warten auf uns."

„Du verwechselst die wahrscheinlich", sagt Ibo. „Nicht jeder Vollbart ist ein Fan des Derwischs."

Fonso ist außer Atem, seine Wangen sind rot, seine Augen aufgerissen, er stinkt nach Kleine-Jungen-Schweiß. „Ich bin nicht blöd. Zwei von denen waren auch am See, die hab ich gleich wiedererkannt."

„Geh zurück", fordert ihn Ibo auf. „Mach ein Foto. Ich will die sehen."

„Mach doch selber eins."

„Du siehst aus wie ein kleiner Türke", sagt Ibo. Der Block ist voller kleiner Türken. Da fällst du nicht auf."

Der Kleine murmelt was, nickt, will davonlaufen, doch Ibo packt ihn am Arm. „Aber pass auf!"

Fonso rümpft die Nase, zieht eine Grimasse, die Verachtung ausdrücken soll, und läuft davon. „Wir schicken Kinder an die Front?", frage ich.

„Es sind harte Zeiten."

„Du hast die Wohnung doch zugesperrt, oder? Damit keiner reinkommt?"

„Die muss man nicht zusperren. Wenn man die schließt, kann man von außen nicht mehr rein."

Fonso kommt zwei Minuten später zurück. Er hat mehrere Fotos mit seinem iPhone geschossen, die meisten verschwommen oder überbelichtet durch die grelle Sonne. Auf einem Foto erkenne ich undeutlich einen Mann mit Vollbart auf dem Beifahrersitz eines dunklen BMWs.

„Das könnte auch n Hipster sein."

„Das sind die Derwische!", sagt Fonso. „Das sind sie, ich bin doch nicht blöd."

Und im selben Moment schaut Ibo den Block hoch und packt mich am Arm. „Zwick mich mal!"

„Hm?"

„Ist das nicht Abdelkader?"

Ich folge seinem Blick, sehe auf einem Balkon im obersten Stockwerk zwei Männer und habe keine Sekunde Zweifel daran, wer die beiden sind, auch wenn sie sofort wieder in Ibos Wohnung verschwinden.

„Verfickte Scheiße", sage ich leise.

„Das war Abdelkader, hab ich Recht?"

„Und Beer hat mir erst nicht geglaubt." Ich spucke auf den Boden. „Abdelkader hat nen Draht zu wem ganz oben, ich hab's doch gewusst." Ibo starrt hinauf zum Balkon, als erwarte er, dass der Derwisch zurück auf den Balkon kommt. „*Allāhu akbar*, ich geh da jetzt rauf und bring den Derwisch um, falls er Baba auch nur schief angeschaut hat."

Ibo muss sich mir in den Weg stellen, mich gar wegschubsen, um mich aufzuhalten. Obwohl ich kräftiger gebaut und durchtrainiert bin, überrascht mich seine Kraft.

„Hey, hey", sagt Ibo. „Lass uns überlegen. Nichts überstürzen. Die sind in der Überzahl."

„Rufen wir die Polizei." Ich knalle meine Faust auf die Motorhaube. „Mir egal, ob ich dann erledigt bin. Es geht jetzt um den Alten."

Ich habe das Handy auch schon am Ohr, da entreißt Ibo es mir. „Bist du blöd, oder was?", fährt er mich an. „Du musst jetzt ruhig bleiben, du darfst jetzt nicht durchdrehen." Er packt mich am Nacken und schüttelt meinen Kopf. „Ich werde dir helfen, Tarik. Ich habe dir mein Wort gegeben. Ich helfe dir. Aber dreh jetzt nicht durch! Atme tief durch und lass uns überlegen, was wir tun können."

„Der bringt ihn um. Der foltert ihn. Wie Ali Kılıç, genau wie Ali Kılıç! Du hast Recht, ich kann den nicht befreien, Elias trägt ne Pistole bei sich, was soll ich da schon ausrichten? Aber ein SEK kann das. Wir rufen die Polizei, gib mir das Handy ..."

Ibo hebt den Zeigefinger, mahnend, drohend. „Dort oben in der Wohnung ist heiße Ware, schon vergessen?"

„Fuck", sage ich und lache hysterisch. „Und wenn schon?"

„Auch Cannabis. Und zwar nicht wenig."

„Na und? Es geht hier um Babas Leben ..."

„Keine Polizei."

„FUCK, IBO! FUCK! ES GEHT UM MEINEN ALTEN!"

„Ich weiß", sagt Ibo. „Aber wenn du die Bullen rufst, dann haben sie auch dich. Was würde dir das bringen? Wer kümmert sich um deinen Vater, wenn sie dich einsperren? Mensch, Tarik, verlier jetzt nicht deinen Kopf, du musst klar denken." Er boxt mich in die Seite. „Hey! Das Arschloch ist in meiner Wohnung. Ich werde dir helfen, den da mit Feuer und Schwert wieder zu vertreiben, aber reiß dich jetzt zusammen, ja?"

„Ich nehme das ganze Diebesgut auf mich. Ich erzähl den Bullen, weder du noch dein Cousin hättet davon gewusst. Ich sitze jeden Tag im Knast ab und zahl dir jeden verdammten Cent zurück, den du dabei verlierst, ich schwör."

„Pst", sagt Ibo. „Nicht reden jetzt. Denk nach. Frag dich, ob das Sinn hat, dich der Polizei auszuliefern."

Ich nicke erst, dann schüttle ich den Kopf.

„Sag mir ... Wo ist die Pistole?", fragt Ibo.

Ich senke den Blick, streiche mir über das Gesicht. „Die hat Beer."

„Das ist nicht wahr ...“

„Ich hab gedacht, es wäre besser, sie ihm zu geben.“

Ibo öffnet und schließt den Mund wie ein Fisch, er atmet langsam und schwer. „Tarik ...“

Ich sehe hoch zum Balkon, keiner zu sehen, aber es ist, als würden dunkle, schwere Wolken aufziehen, wie an jenem Tag in meiner Kindheit, als ein Sturm über die Stadt hereinbrach, ein Sommergewitter von solcher Gewalt, wie ich es nie davor oder danach erlebt habe. Die Wolken kamen im Tiefflug angerast wie Kampfflugzeuge, und Baba rief mir zu, meine Spielsachen zusammenzupacken und sofort ins Haus zu kommen.

Ich dachte, die Welt geht unter. Dächer wurden abgedeckt, alles, was nicht niet- und nagelfest war, wurde mitgerissen, Fahrräder und Sonnenschirme umgeschmissen, Müllkübel rollten auf dem Asphalt über die Straße, ich konnte meine Spielsachen nicht einsammeln, weil ich nur staunte und mich vor lauter Angst gar nicht mehr rühren konnte.

So stehe ich nun vor dem Block.

Der Sturm ist hereingebrochen.

***

Wir stellen Ibos BMW auf den Kopf. Alles, was für einen Angriff auf Abdelkaders Männer benutzt werden kann, schmeißen wir auf einen Haufen. Schraubenzieher, einen Wagenheber, eine Dose Öl, Handschuhe, zwei verbotene Böller aus Polen, von denen Ibo nicht sagen kann, warum sie im Auto sind, woraufhin Fonso grinst.

Als wir fertig sind, zündet sich Ibo eine Zigarette an und Fonso läuft zum Schulfest, um etwas zu Essen zu kaufen. Er sagt, er sei zu hungrig, um noch eine Hilfe zu sein.

„Eine Erdnuss?“, fragt mich Ibo und hat schon eine Packung Nüsse in der Hand. Ich schüttle den Kopf und berühre die Narbe auf meinem Daumen. „Beruhigt aber“, sagt er. „Nicht nur den Magen.“

„Wie viele Männer kannst du organisieren?"

Ibo nickt, als wolle er damit bestätigen, dass er bereits an diese Möglichkeit gedacht habe. „Einige", antwortet er. „Wenn wir ein paar Stunden warten."

„Ich kann nicht warten."

„Ich kenne eine Handvoll Leute in der Stadt, aber die sind uns keine Hilfe. Die, die es mit Abdelkaders Leuten aufnehmen können, müssten von außerhalb kommen und gut bewaffnet sein. Eine Schießerei in dem Block können wir uns aber nicht erlauben. In meiner Wohnung schon gar nicht."

„Ich kann nicht warten, Ibo. Ich gehe zu Abdelfucking-kader und rede mit ihm."

„Über was willst du mit ihm reden?", fragt er.

„Ich tausche mich ein", sage ich. „Er soll Baba gehen lassen."

„Das ist doch keine Lösung. Wenn du bloß die Waffe noch hättest ... Warum musstest du die Waffe hergeben?"

„War n schwacher Moment."

„In schwachen Momenten gestehe ich einer Frau meine Liebe, ich schenke nicht einem Feind die Waffe. Schon gar nicht, wenn ich sie einem Freund versprochen habe." Ibo spuckt die Erdnuss aus und nimmt seine Brille ab.

„Wo ist eigentlich der verfluchte Verfassungsschutz? Abdelkader wird doch vierundzwanzig Stunden am Tag beschattet. Steht doch überall", sage ich.

„Wir sind hier auf österreichischem Staatsgebiet."

„Na und? Kein Geheimdienst in Österreich interessiert sich für nen Mann wie den Derwisch? Für nen Kerl, der vielleicht hinter dem Massaker von Hamburg steckt?"

„Österreich tut niemandem weh, wenn der einem bloß nicht auf die eigenen Zehen tritt. Uralte österreichische Staatsräson."

„Du glaubst also, der deutsche Verfassungsschutz begleitet den bis zur Grenze und lässt ihn danach einfach so ziehen?"

„Mein Gott, weißt du nicht, wie die drauf sind?“, sagt Ibo. „Belgien hatte bis vor kurzem keinen einzigen Menschen, der islamistische Propaganda im Internet überprüft hat. Die haben erst jemanden nach den Attentaten von Paris engagiert. Aber bleib jetzt ruhig, Tarik. Der Kerl hat auch was zu verlieren. Der gibt doch nicht wegen der paar tausend Euro auf, ein Führer zu sein. Der macht sich doch nicht wegen so einer Kleinigkeit selbst die Hände schmutzig. Das schmeißt der doch nicht über Bord, das glaube ich nicht. Nein, nein, dem geht es nicht ums Geld.“

„Um was denn?“ Ibo zuckt mit den Schultern. „Warum fährt der uns hinterher, wenn es ihm nicht ums Geld geht?“, hake ich nach. „Um was soll es denn gehen?“

„Vielleicht um dich.“

„Um mich?“

„Naja, der ist wahrscheinlich stinksauer, dass du ihn verarscht hast. Dieser Mann ist es gewohnt, dem Innenminister, der Polizei, den Journalisten, ja, ganz Deutschland auf dem Kopf herumzutanzen. Der lebt doch in dem Glauben, dass er sich alles erlauben kann, und dann kommt so ein Kanake aus Giesing, ein Marihuanadealer und Kleinkrimineller, und steigt in sein heiliges Haus, bestiehlt ihn, demütigt ihn.“

„Demütigt ihn?“

„Na, wenn der Einbruch sich rumspricht, zeigt es doch seine Verwundbarkeit.“

„Der bringt doch den Einbruch gar nie zur Anzeige“, sage ich.

„Ich glaube, der möchte dir jetzt von Angesicht zu Angesicht die Rechnung präsentieren. Um das blöde Geld einzukassieren, hätte er doch seine Männer alleine losschicken können.“

„Und? Was heißt das?“

„Das Gute: Ich bin mir sicher, dass er alles, was er sich aufgebaut hat, jetzt nicht dadurch kaputt macht, dass er dich umlegt.“

„Das Schlechte?"

Ibo zögert, dann sagt er: „Du hast ihn in seiner Ehre gekränkt ... Der Mann schäumt vor Wut. Der will dir richtig wehtun."

„Und das heißt?"

„Das werden wir herausfinden. Ich glaube trotzdem nicht, dass dein Großvater in Gefahr ist. Der Derwisch wartet da oben auf dich und denkt sich eine Strafe aus. Vielleicht schickt er dich in den Heiligen Krieg nach Afrika."

Ich sehe Ibo zweifelnd an. „Lass mich Beer anrufen."

„Vergiss es."

„Aber Beer kann uns helfen, der will nichts mit den Bullen zu tun haben. Du hast nichts von ihm zu befürchten."

„Keine Polizei, kein Beer."

„Beer ist kein Bulle mehr! Scheiße, Ibo ... Ich versteh dich ja, ich will nicht, dass du auffliegst, was denkst du denn ... Aber wahrscheinlich ist Abdelkader ein Massenmörder und Folterer, was würdest du tun, wenn dein Vater dort oben wäre?"

Ibo schüttelt den Kopf. „Wir ziehen keine Polizei hinzu. Ich regle solche Probleme alleine. So habe ich es immer gehalten und es hat sich bewährt."

„VERDAMMTE SCHEISSE!", schreie ich Ibo an. „WAS SOLL DAS? WARUM HOCKEN WIR HIER WIE DIE VOLLIDIOTEN? WIR SIND DOCH KLÜGER ALS DIESE STEINZEITWICHSER! DIE SIND BLÖDER ALS BLÖD! DIE HABEN NUR SCHEISSE IM HIRN! UND WIR SITZEN HIER UND LABERN!"

Ibo packt mich am Kragen und dreht sich zu mir. „Na und? Was bringt dir das? Was bringt dir das, klüger zu sein, wenn diese Brut dir die Kehle aufschlitzt oder dich lebendig verbrennt? Bist du dann wirklich der Klügere? Was bringt dir das, zu denken, du seist denen geistig und moralisch überlegen, wenn sie dir das Messer in den Bauch rammen? Glaubst du, es fühlt sich besser an, als kluger Mann in einer Blutlache zu liegen als ein dummer?"

Ich setze mich zurück ins Auto und tippe auf seine Monster-Musikanlage. Heavy-Metal-Dröhnen setzt ein, harte Riffs einer tiefer gestimmten Gitarre, kreischender Gesang, ein langsamer, schwerer Bass. Ich lege meinen Kopf auf das Armaturenbrett. Ich versuche, nachzudenken. Aber Ibo folgt mir, setzt sich neben mich ans Steuer und stellt die Musik ab.

„Er löscht Verrätern die Seele, hat er mir gedroht", sage ich. „Von Folter hat er gefaselt."

„Dreckiger Bastard."

Ich hebe den Kopf. „Eines könnte ich ihm anbieten." Ibo schmeißt die noch glühende Zigarette aus dem Fenster und presst die Lippen aufeinander, er sieht mich nicht an. „Der Derwisch weiß nicht, dass wir von dem Schulheft wissen. Von den Uhrzeiten und Koordinaten, dem Datum und so weiter."

„Und?", fragt Ibo. „Glaubst du, das freut ihn?"

„Ich weiß etwas, das ihn vor einer Festnahme, vor Gefängnis schützen kann. Er lässt Baba und mich in Ruhe und erfährt, um was es geht."

„Grandiose Idee", sagt Ibo. „Wenn du unbedingt von ihm gefoltert werden willst, dann mach das, dann binde ihm auf die Nase, dass du ein großes Geheimnis hast."

Ich wische mir mit der Hand über das Gesicht. „Hast ja Recht", sage ich. „Aber ich weiß nichts Besseres. Ich nehme das Risiko in Kauf."

„Dann hast du größere Eier und weniger Hirn, als ich gedacht habe."

Ich boxe gegen das Handschuhfach. „FUCK, IBO! WAS SOLL ICH DENN SONST TUN? WAS SOLL ICH TUN?"

Ibo rollt sich die nächste Zigarette und schweigt. Ich schreibe Doogie und frage ihn, ob er irgendwelche Hooligans in Bregenz kennt. Kurz darauf ruft er mich an. „Captain Durex", sagt er, „brennt dir die Sonne das Hirn raus? Was willst du mit Hooligans?"

„Nen Block stürmen."

„Du spinnst ja, Alter, hör mir lieber zu: Ich hab mir diesen übelgelaunten Sugo geschnappt und bin zu dem Ort, den der lächerliche Langbart vermerkt hat. Sugo schimpft wie ein Rohrspatz, weil er mit seiner Tante zum Essen verabredet war."

„Ey ..."

„Willst du wissen, was es hier gibt?"

„Ich ..."

„Nichts", sagt Doogie. „Hier ist Wüste! Kein Haus, kein Flugplatz, nichts ..." Ein ohrenbetäubendes Rauschen unterbricht ihn. „Okay, fünfzig Meter von hier fahren Züge, aber das ist alles."

„Danke. Aber ich habe im Moment andere Probleme."

„Haben dich die Bullen etwa schon erwischt?"

„Nein, aber Abdelkader."

„Na, toll. Was ist mit den iranischen Revolutionsgarden? Dem russischen Geheimdienst? Sind die auch nah an dir dran?"

„Scheiße, Doogie. Bald ist alles wieder, wie es einmal war."

„Stell dich, Tarik. Die kriegen dich, bevor der Tag rum ist. Darauf habe ich mit Yiannis schon gewettet."

„Fickt euch", sage ich und lege auf.

„Erst müssen wir die Kerle auf dem Parkplatz loswerden", sagt Ibo, als ich das Handy auf die Ablage schmeiße. „Danach könnten wir zu dem alten Kurden und fragen, ob er uns über den Balkon klettern lässt."

„Und dann?", frage ich. „Ich sag doch, dieser Elias hat ne Schusswaffe."

„Die muss er erst mal ziehen. Ich habe gedacht, der Anatolische Panther ist für seine Schnelligkeit berüchtigt."

„Ich war für meine Blutgrätschen berüchtigt", sage ich und berühre die Narbe auf meinem Daumen. Ich habe sie in den letzten beiden Tagen blutig gekratzt. Fonso kommt über den Parkplatz gelaufen, wir steigen aus dem BMW.

Die Sonne brennt mir ins Gesicht, blendet mich, röstet uns. Es gibt keinen Schatten hier, ich hocke mich neben das Auto auf den Asphalt, mit dem Rücken gegen den Reifen. Fonso setzt sich neben mich, so nahe, dass sich unsere Beine berühren. „Und jetzt?", fragt er. „Was tun wir jetzt? Hier hocken und Däumchen drehen. Hier hocken und blöd durch die Gegend schauen? Hier hocken und warten, bis der Derwisch ..."

„STILL JETZT!", schreit ihn Ibo an. „Sei still."

„Frag doch bloß", sagt Fonso. „Ich hab gedacht, ihr seid Männer. Kommt mir nicht so vor. Ich mein ..."

„KUSCH!"

Wir sitzen ein paar Minuten so am Boden, dann steht Fonso auf und geht davon. Ibo geht vor mir in die Hocke. „Ich mach dir jetzt ein Angebot. Weil der kleine Scheißer dich mag und weil ich dich auch recht gut leiden mag."

Zwei Buben gehen an uns vorbei, tuscheln, sehen uns misstrauisch an.

„Ich gebe dir meinen Anteil der Beute", sagt Ibo. „Ich kann dir Walters Geld nicht wiederbeschaffen, aber meinen Teil hast du, bis auf den letzten Cent. Vielleicht besänftigt das den Irren ein wenig. Sag ihm, das Geld, das noch fehlt, beschaffst du ihm auch noch. Und das, was du mir letztendlich im Gesamten schuldest, arbeitest du in den nächsten Jahren bei mir ab." Er sieht mich an, direkt und offen, aber ich weiche seinem Blick aus, er schält sich die nächste Erdnuss und steckt sie in den Mund. „Was ist los?", fragt er. „Glaubst du, Abdelkader geht nicht darauf ein?"

„Die Bullen haben meinen Teil der Beute im Zug gefunden", sage ich. Ich sehe aus den Augenwinkeln, dass Ibo aufhört zu kauen.

„Und was heißt das?"

„Ich bin blank. Ich habe nur noch die paar hundert Euro, die ich in bar bei mir trage."

Ibo rückt näher an mich ran. „Dein Anteil ist weg? Willst du mir das sagen? Dass das Geld nicht in einem Schließfach am Bahnhof liegt, sondern von der Polizei beschlagnahmt worden ist?“

„Ich wollte das Geld nicht mitnehmen, als ich aus dem Zug gestiegen bin. Ich hab’s so ner Münchner Tante gegeben, aber als die gehört hat, dass ich n Terrorist sei, hat sie’s offenbar sofort den Bullen gegeben. Wenn die mich auf der Flucht mit dem Geld erwischt hätten, wär’s genauso futsch gewesen.“ Ich atme tief ein und aus. „Scheiße, ich hab mich nicht getraut, dir das zu sagen. Verdammt, ich wollte dich nicht wieder belügen. Ich hab nur nicht gewusst, wie ich’s dir beibringen soll, ohne dass du mich hier zurücklässt. Wie soll ich die Scheiße hier regeln ohne dich?“

Der Schlag kommt aus dem Nichts. Es ist nicht die Faust, nur die flache Hand, aber sie trifft mich hart. Mein linkes Ohr ist für Sekunden völlig taub. Danach setzt ein hoher Summton ein. Ich spüre, wie heiße Flüssigkeit in meinen Gehörgang läuft.

„Dann war’s das jetzt wohl“, sagt Ibo und steht auf.

„Ey, Ibo“, keuche ich. „Bitte. Bitte, Ibo. Ich brauch dich hier.“

„Das war’s.“

„Es geht hier um Leben und Tod“, sage ich. „Ich bin der Sklave für den Rest deiner Tage, aber hilf mir jetzt, den verdammten Derwisch zu vernichten.“

„Ich kann dir nicht mehr vertrauen. Ich habe dir deine Lügen verziehen, aber du lügst immer noch. Ich bin kein Clown. Verstehst du, Tarik? Ich. Bin. Kein. Clown.“

„*Assclown!*“, ruft Fonso hinter einem anderen Auto. „Hä hä hä. *Assclown!*”

„Sorry, Ibo. Es tut mir ja leid. Ich bin n Arschloch, n Riesenarschloch.“

„Es geht nicht ums Geld“, sagt Ibo. „Es geht um Respekt, um Vertrauen, um Freundschaft.“

„Ich sorg dafür, dass der kleine Puskás wieder zur Schule geht. Ich kümmere mich um ihn, hörst du? Ist das kein Deal?

Der mag mich, der hört auf mich, ich bring den dazu, dass er nicht auf der Straße landet."

„*ASSCLOWN!*", höre ich Fonso abermals schreien. „HAHA! DU SPINNST JA WOHL!"

Ibo sieht mich an, voller Spott und Verachtung, einen Blick, den ich von ihm bisher nicht gekannt habe. „Keine Polizei", sagt er. „Lass es nicht darauf ankommen, dich mit mir anzulegen."

Ich höre Fonso lachen. Ibo steigt in seinen BMW und startet den Motor. Ich rapple mich auf und warte, bis er wegfährt, aber er bleibt stehen. Das Knie schmerzt heftiger als je zuvor, als ich über den Parkplatz humple. Ich suche hinter einer hohen Hecke Deckung vor den Blicken vom Balkon und vom Parkplatz, wo die Langbärte stehen.

Für einen Moment hoffe ich, Ibo könnte es sich anders überlegen und mir folgen, aber er bleibt in dem alten BMW sitzen.

***

Keine zehn Minuten später: Der kleine Zigeuner und ich, kniend hinter einem Maschendrahtzaun, von Efeu bewachsen, in der Bruthitze. Wir beobachten Abdelkaders Männer – die drei von der Seebühne, dazu noch ein schmächtiger Junge, den ich auf sechzehn, siebzehn schätze. Sie haben Handys in ihren Händen, telefonieren oder tippen, sitzen auf den Motorhaben, stehen davor, gehen umher.

„Sind die bewaffnet?", fragt Fonso.

„Weiß nicht", sage ich. „Der Bodyguard des Derwischs trägt auf jeden Fall ne Schusswaffe."

„Dann ruf die Bullen."

„Hast du schlechte Ohren? Ibo hat was dagegen."

„Seid ihr jetzt keine Freunde mehr?", fragt der Kleine. „Weiß noch nicht, ob ich das gut finden soll." Ich antworte nicht. „Ruf die Polizei", sagt er noch einmal. „Wir haben keine Chance alleine gegen die alle."

„Ibo hockt im seinem BMW und wartet nur darauf, dass ich die Polizei rufe."

„Du checkst da was nicht", sagt Fonso und schlägt mir auf den Rücken. „Ibo möchte nicht, dass die Bullen in der Wohnung die geklauten Laptops, Smartphones und das Gras finden."

„Sag ich was anderes?"

„Er hat nichts dagegen, wenn die Bullen die Islamisten auf dem Parkplatz ne Runde arschficken", sagt Fonso und grinst dabei.

„Und?"

„Oh Mann!" Er schlägt sich die Hände ins Gesicht. „Du bist ja dümmer als mein Opa." Er grinst mich an und schüttelt den Kopf. „Na, geh zu ihnen, leg dich auf den Asphalt und schrei um Hilfe, als wärst du die volle Pussy! Vorher schmiere ich dir ein bisschen Ketchup ins Gesicht. Ich ruf die Bullen, und wenn sie kommen, behauptest du, die hätten dich mit nem Messer verletzt ..." Er hört auf zu grinsen. „Warum siehst du mich so an? ... Warum nimmst du mich nicht ernst? ... Das ist n guter Plan ... Schau nicht so ..."

Ich packe seinen Kopf, ziehe ihn zu mir ran und küsse ihn auf die Stirn. Fonso unterdrückt ein Lächeln und will davonlaufen, aber ich halte ihn am Arm fest. „Wo willst du hin?"

„Ketchup vom Schulfest holen."

„Ich brauch kein Ketchup", sage ich. „N Handy reicht."

Ich tippe 112 und behaupte, radikale Islamisten würden auf einem Parkplatz kleine Mädchen schikanieren, weil sie kein Kopftuch tragen. Die Männer seien aus München, Anhänger des Derwischs, würden schreien und mit Messern herumfuchteln. Ich übertreibe so sehr, dass sogar Fonso eine Grimasse zieht.

„Wie ist Ihr Name?", fragt mich die Stimme am anderen Ende der Leitung.

„Ich lüge nicht."

„Wer sind Sie?"

„Da ist ein Schulfest in der Nähe“, sage ich. „Vielleicht haben die da noch Schlimmeres vor.“

„Und das ist in welcher Stadt? Welche Straße?“

„Sie müssen sich beeilen!“

„Bitte beantworten Sie mir meine Fragen und nennen Sie mir Ihren Namen.“

Ich frage Fonso nach dem Namen der Straße und der Hausnummer, wiederhole sie der Dame am Telefon und beende den Anruf. Im selben Moment vibriert das Handy schon wieder. Ich ignoriere es, bis Fonso mir das Handy aus der Hand reißt, den Anruf entgegennimmt und mir das Ding entgegenstreckt.

„Captain Durex“, höre ich Sugo-Joes Stimme, „meine Tante hasst mich, und deshalb hasse ich dich.“

„Fuck, Sugo, nicht jetzt. Ich ruf zurück.“

„Ich mach's ganz kurz. Die Koordinaten führten ins Nichts. Nur Wald, Wiese und eine kleine Straße.“

„Das hast du mir schon gesagt.“

„Aber wohin die Straße führt, könnte interessant sein.“

„Bitte sag mir jetzt Atomkraftwerk, Kibbuz oder Bundeswehrkaserne.“

„Flüssiggaslager“, sagt Sugo-Joe.

„Flüssiggas?“

„Vielleicht wollen die das Lager in die Luft sprengen.“

„Scheiße, Sugo ...“ Ich hole tief Luft. „Wenn das stimmt ...“

„Ich kriege sie doch alle, das hast du versprochen. Alle kriege ich!“

„Gibt's noch einen anderen Ort in der Nähe, zu dem du fahren kannst?“

„Sind schon auf dem Weg dorthin.“

„Mensch, Sugo“, sage ich. „Find n zweites Flüssiggaslager, bitte.“

„Doogie will nach Hause. Doogie hat Hunger.“

„Du kriegst auch Nteba.“

„Äääăh“, höre ich Sugo-Joe sagen. Und dann verfällt er in ein lautes Lachen. „Ho ho ho!“

Ich klopfe Fonso auf die Schulter, dann hören wir auch schon das Tatütata der anrollenden Polizeiwagen.

„Ich hoffe, es sind Frauen dabei", sagt er und greift sich in den Schritt. „Ich stehe auf Chicas in Uniformen." Dann steckt sich der Kleine eine Zigarette in den Mund, ohne sie anzuzünden. Er betrachtet sein Gesicht im spiegelnden Display seines iPhones.

***

Die Langbärte werden angesichts der Polizeisirene sofort nervös und steigen in ihr Auto. Die Reifen quietschen, als sie losfahren, aber das zweite Polizeiauto versperrt ihnen den Weg. Einer der Uniformierten steigt aus und spricht mit dem Fahrer. Fonso will mir triumphierend ein High-five geben, aber ich warte noch ab. Da biegt ein Mannschaftswagen der Polizei von der Seitenstraße auf den Parkplatz und sofort steigen Uniformierte in voller Kampfmontur aus. Es folgen heftige Diskussionen auf dem Parkplatz, Schubsereien, Personalien werden aufgenommen, Waffen gefunden und beschlagnahmt, es wird viel telefoniert und gefunkt, und schließlich, als ich mir beinahe in die Hosen mache vor Nervosität, werden die vier Langbärte in den Polizeibus verfrachtet. So werden wir mit einem Schlag alle vier Männer los.

Jetzt erst klatsche ich Fonso ab.

„Die Frage ist, wie viele da jetzt noch oben bei Baba in der Wohnung sind", sage ich.

„Ich kann das rausfinden."

„Pah. Kommt nicht in Frage, dass du da raufgehst."

Wir stehen immer noch hinter der Hecke, die den Parkplatz vom Nachbarblock abtrennt, schauen hoch zum Balkon. Die Tür steht offen, aber es hat sich nichts geändert, es ist keiner zu sehen.

Als sich Fonso auf den Sattel eines verrosteten Fahrradwracks hockt, schnalzt jemand hinter mir mit der Zunge. Mehrere Teenager schlendern vorbei, Mädchen mit zu viel Make-up und Zigaretten in ihren Mundwinkeln und Händen. „Ich geh zu dem Peschmerga nebenan", sagt Fonso, „und sag, ich hab den Wohnungstürschlüssel vergessen und muss über seinen Balkon rüber auf unseren steigen."

„Vergiss es", lehne ich ab. „Viel zu gefährlich."

„Ich check nur, wie viele Leute in der Wohnung sind. Dann wissen wir, wie wir sie auslöschen können."

„Keine Diskussion."

„Aber mir tut keiner was."

„Bist ganz schön naiv", sage ich. „Der Derwisch kennt dich, schon vergessen? Was glaubst du, wie die Alarmglocken bei dem schrillen, wenn du auf dem Balkon auftauchst?"

„Ich hab keine Angst. Hast du Angst?"

„Ey, kleiner Puskás. Ich sag dir jetzt eins, und wenn deine Gehörgänge nicht zu dreckig sind, dann verstehst du, was ich sage: Die da oben, die ticken nicht wie wir. Die ticken ganz anders. Das ist kein Computerspiel, wenn der Hobbit dir ne Salve in den Bauch schießt, dann hast du n Loch im Bauch, n richtiges Loch, aus dem deine Eingeweide rausquellen, verstehst du?"

„Hosenscheißer!", lacht der Kleine. „Was bist du für n Hosenscheißer."

„Ich will noch n bisschen leben, das ist alles."

„Darum will ich dir ja helfen", sagt Fonso. „Gib mir deine Baseballkappe und deine Sonnenbrille, *assclown*, und der erkennt mich nicht wieder."

Oben am Fenster neben der Balkontür und der Riesenpflanze ist nun eine Person zu erkennen. Auf die Entfernung kann ich nicht beurteilen, ob das nun Abdelkader, Elias, Baba oder sonst jemand ist.

„Meinetwegen kannst du mit ins Haus kommen, aber du hältst schön Abstand."

Ich sehe, dass Nteba mir geschrieben hat: es ist besser, wenn wir uns heute nicht treffen. ruf mich an, sobald du kannst.

Ich antworte ihr nicht.

Fonso und ich machen einen kleinen Umweg, damit uns niemand vom Balkon aus sehen kann. Es ist, als würde ich wieder in ein Stadion einlaufen. Diese Unsicherheit, diese Angst, aber gleichzeitig dieser Adrenalinrausch, dieses Gefühl von Lebendigsein. Ist es das, was jeder Mann in seinem Leben tun muss? Sich seinem größten Feind stellen? Oder hat Beer Recht, dass der größte Feind ich selber bin?

„Du musst eins wissen, Fonso", sage ich. „Wenn ich die Wohnung da oben betrete, könnte es sein, dass ich das Haus in einem Sarg verlasse."

„Ich helf den tragen, null Problemo." Ich seufze und sehe Fonsos breites Grinsen. „Cool bleiben", sagt er. „Wir zwei, wir schaffen das. Ich bin bei dir."

Wenn man stirbt, springt man in die Dunkelheit. Eine ewige, unendliche Finsternis, losgelöst von allen Menschen, die einem etwas bedeuten, die man liebt, die einen zum Lachen bringen. Aber dann, während man fällt und in die Einsamkeit stürzt, voller Angst, Panik und Schmerz, wenn alles nichts als dunkel ist, wird man aufgefangen ... Von einer guten Macht, der größten aller Mächte.

Aber ich habe auch Zweifel. *Allāhu akbar*, kann es jemanden auf dieser Welt geben, der keine Zweifel hat? Ich hebe die Hände und halte kurz inne, die Augen geschlossen.

Allāhu akbar, nimm mir die Zweifel.

Allāhu akbar, mein Schicksal lege ich in deine Hände.

***

Fonso klingelt bei dem ehemaligen Peschmergakämpfer, es dauert ein bisschen, bis sich eine Stimme meldet. Der Kleine brüllt seinen Namen in die Sprechanlage, der Öffner surrt, ich stoße mit meinem rechten Schuh die Tür auf, Fonso läuft voraus und wartet vor dem Lift auf mich.

Als ich aus den Augenwinkeln sehe, dass uns jemand folgt, drehe ich mich sofort um, kampfbereit, stolpere aber beinahe dabei. Es ist jedoch kein Langbart, sondern Ibo, der gequält lächelt. Er geht provokant langsam, cool, die Sonnengläser der John-Lennon-Brille sind hochgeklappt. Als er auf meiner Höhe ist, spricht er kein Wort. Wir marschieren nebeneinander zur Lifttür.

„Halleluja“, sagt Ibo und schnippt sein Feuerzeug auf. „Ich liebe den Geruch von angesengten Langbärten an einem Samstagnachmittag.“

Fonso drückt mehrmals die Taste neben dem Lift, aber nichts rührt sich. „Ich glaube, der steckt wo fest“, sagt er.

Ibo gibt uns mit einer Handbewegung zu verstehen, die Treppe zu nehmen. Ich folge ihm, Fonso bleibt zurück. „Ich latsche sicher nicht zu Fuß bis da hoch, ihr Mongos“, schimpft er und tritt mit seinen Schuhen gegen die Lifttür.

Ich laufe los. Ich laufe voran. Ich hetze nach oben wie ein Wolf, der einer Blutspur folgt. Ibo kann nicht Schritt halten, ich hänge ihn ab, bleibe stehen, als Sugo-Joe anruft, höre Ibo einen Stock tiefer, seine teuren Schuhe machen ein eigenartiges Geräusch auf der Treppe, sie klingen wie nasse Badeschlapfen auf Fliesen.

„Wir sind jetzt an einem zweiten Ort“, sagt Sugo-Joe.

„Und?“

Fonso wartet vor dem Lift im fünften Stock. Ganz nach oben zu fahren, um vielleicht dem Derwisch zu begegnen, war ihm dann wohl doch nicht geheuer. Er kaut etwas, tippt auf seinem iPhone, steht da, beinahe gelangweilt. „Sag schon, Sugo“, sage ich. „Mach schnell! Was weißt du?!“

Ibo erreicht mein Stockwerk, sieht mich fragend an, geht dann weiter. Fonso bleibt mit mir zurück.

Es rauscht und rauscht und ich warte, dass Sugo-Joe was sagt, und als ich denke, er ist weg, höre ich ihn glasklar: „Wir stehen gerade vor einem Wirtshaus. Dreistöckig, gebaut im 17. Jahrhundert. Viele Gästezimmer, habe mich beim Wirt erkundigt, alle Zimmer sind belegt.“

„Na und?“, frage ich und steige nun mit Fonso weiter die Treppen hoch. In Sugo-Joes Hintergrund ist das Signalhorn eines Zuges zu hören, danach das Rattern der Räder.

„Na, ich nehme an, die wollen das sprengen“, schreit er.

„N Wirtshaus? Warum? Und wie? Was redest du da?“

„Was sollten sie sonst planen?“

„Ich weiß nicht, Sugo ... Aber hey ... N Flüssiggaslager und n Wirtshaus sprengen? Wie passt das zusammen?“

„Vielleicht schläft jemand drinnen, der wichtig ist.“

„Ist es n Luxusschuppen? So n Wellnesshotel?“

„Nope. Stinknormales, langweiliges bayerisches Wirtshaus.“

„Macht doch keinen Sinn. Glaubst du, der bayerische Ministerpräsident übernachtet da?“

„Hm.“ Sugo-Joe grummelt. „Hast ja Recht. Wäre ich bloß mit meiner Tante zum Essen gegangen.“

„Trotzdem danke“, sage ich. „Ihr habt mir nen großen Gefallen getan.“

„Hm ... Eines ist ja schon merkwürdig.“

„Was meinst du?“

„Die haben einen Flüssiggastank hinter dem Haus.“

„Oh scheiße, Sugo, du hast recht. Das kann kein Zufall sein. Mensch, Sugo, du wirst dir die Mädels alle redlich verdienen, du kriegst sie alle. Die Kölnerin, die Kleine aus Saudi-Arabien, die Schottin, die Dani und ... Sugo?“

„...“

„Sugo?!“

„...“

„SUGOOO?!“

Die Verbindung ist unterbrochen. Fonso schlägt mir leicht mit dem Handrücken auf den Bauch. „Ich krieg dasselbe, was dieser Sugo kriegt“, sagt er mit todernster Miene. „Ich will sie auch. Ich will die alle. Ich will die Bitches richtig durchbumsen.“

Fonso sagt *bum-seen*. Er betont das Wort so falsch, dass ich nicht anders kann, als zu lachen. Inmitten der Anspannung und Angst bringt mich der Kleine zum Lachen.

Bum-seen.

Ich streiche dem Kleinen über den Kopf, die Zigarette, die nun wieder in seinem Mund steckt, ist immer noch nicht angezündet. „Nacktfotos“, erkläre ich ihm. „Sugo will Nacktfotos von den Mädels. Der Einzige, der hier und heute durchgebumst wird, ist der Derwisch.“

„Aaaah“, sagt er. „Du hast sie heimlich fotografiert?“

„Nein, was glaubst du denn? Seh ich aus wie n Perverser?“

„Du hast garantiert eine Kamera auf einem Klo versteckt!“

„Depp! Das sind Nacktfotos, die auf geklauten Handys gespeichert waren.“

Fonso gackert. „Ist das eure Währung? Fotos von nackten Bitches? Wie viele Handys hast du denn geklaut?“

„Im letzten Monat oder in den letzten Jahren?“

„Du verarscht mich“, sagt Fonso, und wir nehmen jetzt zwei Stufen auf einmal, hetzen Ibo hinterher, der einen Vorsprung von mindestens einem Stockwerk hat. „Du lügst!“

„Komm, keine Zeit zu labern.“

„Ich habe auch schon viele Handys geklaut. Da waren nie Nacktfotos zu finden.“

„Du musst die gelöschten wiederherstellen.“

„Hä?“

Ich höre Stimmen und berühre mit meinem Zeigefinger den Mund. „Still jetzt“, flüstere ich, und wir bemühen uns, so geräuschlos wie möglich zu laufen. Im siebten Stock steht ein kleines Mädchen im Treppenhaus, nur mit einer schmutzigen Unterhose bekleidet und einem ausgewaschenen Plüschbären an der Brust, ihn fest umarmend, müde, mit dunklen Augen, zerzausten schwarzen Locken und zwei roten Striemen auf dem Oberschenkel. Die Kleine steckt den Daumen in ihren Mund, sieht uns nach, als wären wir Gespenster. Sie weiß nicht, dass sie selbst das größte ist.

Fonso und ich werfen uns Blicke zu, wir haben beide Mitleid mit dem Mädchen.

Achter Stock.

Ein Blick aus dem Fenster. Immer noch dieser blaue Junihimmel über den hohen Häuserblocks, die grelle Sonne, Gift für meinen Kater.

Neunter Stock.

Jemand hat an die Wand gesprayt: *Arschloch, Wixer, Hurensohn, deine Mudda hatt ich schon.*

Zehnter Stock.

Ibo wartet schon auf uns. Es riecht nach Essen, nach deftigem Fleisch und vielen Gewürzen, Ibos Hemd hat Schweißflecken. Wir hetzen weiter. Fonso kämpft verbissen, um Schritt zu halten. Ich bedeute den beiden mit meinen Fingern, dass wir nur noch zwei Stockwerke vor uns haben.

Wir erreichen den elften Stock, und es überkommt mich Panik. Ich nehme mein Handy und rufe Nteba an. Meine Hand zittert, ich erkenne ihre Stimme nicht, als sie antwortet.

„Du musst mir sagen, was los ist", sage ich. „Jetzt, Nteba. Ich kann nicht länger warten. Jetzt muss ich es wissen."

Ibo und Fonso schauen sich an und verdrehen die Augen. „Muss das jetzt sein?", fragt Ibo.

Ntebas Stimme überschlägt sich. „OH MEIN GOTT. OH MEIN GOTT, TARIK, BIST DU DAS? DER TERRORIST, DEN SIE SUCHEN? BIST DU DAS WIRKLICH? SAG MIR, ES IST NUR EIN MISSVERSTÄNDNIS!"

„Bitte", flehe ich sie an. „Sag's mir. Ich drehe sonst durch."

„Bist du einer von denen?", fragt sie jetzt ganz leise. „Bist du ein Islamist?"

„Quatsch", sage ich. „Mensch, Nteba, das ist ne lange und komplizierte Geschichte."

„Oh Gott ..."

Fonso packt mein T-Shirt und zerrt daran, will, dass ich weitergehe, aber ich rühre mich nicht vom Fleck.

„Ich hab für den Geheimdienst was erledigt, das ist n bisschen aus dem Ruder gelaufen. In ein paar Stunden hat sich alles aufgeklärt und keiner wird mehr nach mir suchen. Aber sag mir jetzt, warum du in der Schweiz bist."

„*¡Métete la lengua en el culo!*", sagt sie. „Du weiß ja nicht, was hier los war."

„Alles wird gut ... Ich schwöre bei Allah. Alles wird gut."

„Wir sollten uns nicht treffen ... Die haben mir gesagt, ich muss mich sofort melden, wenn du mich anrufst ... Ich glaube, die würden mir sogar folgen. Es könnte sein, dass die vor der Wohnung oder vor dem Haus stehen ..."

„Ich hab die letzten vierundzwanzig Stunden so viel geschworen, Nteba, Allah dröhnen schon die Ohren. Aber ich tu's noch einmal: Bei Gott schwöre ich, ich bin weder Islamist noch Terrorist, ich bin der, der ich immer war."

„Mensch, Tarik!", flüstert Ibo. „Jetzt mach hinne, die Hochzeit kommt erst zum Schluss."

„Ich glaube dir ja", sagt Nteba, dann fügt sie mit zitternder Stimme hinzu: „Aber ich habe Angst. Warum denken die, dass du ein Terrorist bist? Warum denken die, dass du eine Polizistin schwer verletzt hast?"

„Der Derwisch hat Baba", flüstere ich. „Ich muss zu ihm."

„..."

„Ich melde mich. Und erkläre dir alles."

„..."

„Hörst du mich?"

„Ich höre dich."

„Alles wird gut."

„Das sagst du immer."

„Ich liebe dich", sage ich. „Ich liebe dich, Nteba."

Einen Augenblick warte ich noch, hoffe, sie würde es erwidern, aber sie sagt nichts mehr. Ich bin nun auch nassgeschwitzt, außer Puste, mein Hals und meine Luftröhre schmerzen. Mein Schädel brummt.

Ich stoße mit der rechten Hand die Tür zum Gang im zwölften Stock auf und erwarte zwei, drei Anhänger Abdelkaders im Flur vor Ibos Wohnung, aber er ist menschenleer. Irgendwo läuft ein Fernseher, viel zu laut, ein türkisches Programm, eine Talkshow, ein Mann und eine Frau streiten, der Moderator versucht zu schlichten. Irgendwo schreit ein Baby. Lachen zwei Kinder. Bellt ein Hund. Lärmt ein Mixer.

Fonso hält ein imaginäres Maschinengewehr in den Händen, dreht sich, den Kopf eingezogen, die Schultern hoch, und flüstert: „*Rattattattattatatatatatatatatatatatatattt* ... Jetzt machen wir kurzen Prozess mit denen, *assclown*!" Er verschwindet in der Tür, die angelehnt ist – die Tür zur Wohnung des Kurden. Ibo zögert.

„Und jetzt?", fragt er. „Wie geht's weiter?"

„Ich rede mit Abdelkader", sage ich. „Wenn es nicht gut läuft, schreie ich."

„Und dann?"

„Lasst euch was einfallen ... Vielleicht hat der alte Peschmergakämpfer ja noch irgendwo ne Flinte stehen."

„Toi, toi, toi", sagt Ibo und sieht mir zu lange in die Augen, und ich spüre seine Unsicherheit und Angst. Für einen Moment ist mir schwindelig, aber ich habe keine Wahl.

Abdelkader al-Anbari wartet auf mich.

***

„*Ángel de la guarda*", bete ich leise. Es ist das Kindergebet, das Nteba mich gelehrt hat, obwohl sie nicht an Gott glaubt, es aber trotzdem betet, wenn sie mal in Gefahr ist. „*Mi dulce compaña, no me desampares, ni de noche ni de día.*"

Ich klopfe. Dreimal. Stille. Ich zähle die Sekunden. Eins, zwei, drei, vier, fünf, sechs ...

Ich klopfe noch einmal. Der Türspion verdunkelt sich für einen Moment.

Stille.

Wieder schaut wer durch den Spion. Schließlich wird die Tür geöffnet. Elias steht vor mir, er trägt ein hellrotes T-Shirt und eine Cordhose, unscheinbar, unauffällig, bis auf einen dünnen Schal, den er als bloße Zierde um seinen Hals hängt. Er ist barfuß und hält eine automatische Waffe in seinen Händen, direkt auf meinen Bauch gerichtet. Mit einem Fingerzug könnte er aus meinen Eingeweiden Apfelmus machen, aber er bleibt ganz ruhig, ich glaube, er lächelt sogar.

„*As-salāmu ʻalaikum*", sagt er in freundlichem Ton. Dabei neigt er seinen Kopf ein wenig, was auf komische Weise respektvoll und freundschaftlich wirkt. „Der Derwisch wartet schon auf dich, Tarik Celal."

„*Wa-ʻalaikum us-salām*", antworte ich. Er sieht auf meine Füße, und ich bücke mich, öffne die Schnürsenkel und schlüpfe aus den Schuhen.

„Beer ist nicht hier?"

„Beer ist zurück nach München."

Der Hobbit macht einen Schritt zurück, die Maschinenpistole bleibt auf mich gerichtet. Er fixiert mich, seine Miene verrät nichts. Keine Feindseligkeit. Keinen Hass. „Heb deine Arme", befiehlt er.

Seine kleinen, dicken Hände tasten mich ab, von oben bis unten, er riecht herb nach Schweiß. Ich schiele an ihm vorbei in die Wohnung, kann aber nichts erkennen.

Er ertastet mein Handy, nimmt es und steckt es in seine Hosentasche. „Danke", sagt er, als hätte ich ihm das Smartphone freiwillig gegeben. „Und wie lautet der Code?" Ich zögere. „Dein Code?"

„0405."

Als ich an ihm vorbei in die Wohnung will, legt der Hobbit die Hand auf meine Brust. „Der Derwisch ist sauer."

Ich ziehe die Mundwinkel nach unten, sehe Elias in die Augen. Er erwartet, dass ich etwas sage, mich vielleicht sogar entschuldige, aber ich sage nichts. Wir starren uns für einen Augenblick nieder. Dann flüstert er: „Der Mann hatte einen Fluchtplan für den Tag X. Jahrelang ausgetüftelt. Bis ins allerkleinste Detail perfektioniert. Er hat diesen Plan aktiviert, nur um seine Verfolger, diese gottlosen Schweine, abzuschütteln und dich hier zu treffen.“

„Wow“, sage ich und atme schwer. Elias nickt und hört nicht auf damit, als würde er eine Reaktion von mir erwarten. Ich schlucke. „Und? Soll ich ihm dafür etwa dankbar sein?“ Ich bemühe mich, freundlich zu klingen, aber es gelingt mir nicht.

Ich bin zu nervös.

Ich bin voller Angst.

„Wir haben die Verfassungsschützer auf der Autobahn mit einem fingierten Unfall abgehängt und unsere Brüder in Österreich haben uns mit Waffen, Handys und SIM-Karten versorgt. Mit SIM-Karten, die schon vor Jahren gekauft worden sind, die niemals zurückzuverfolgen sind.“

Elias sieht mich an und lächelt. Dass er mir so etwas erzählt, gefällt mir nicht.

Ich gehe in die Wohnung, der Boden fühlt sich weich an. In meinem Kopf spule ich ein Gebet ab. Ich möchte jetzt an jedem Ort der Welt sein, nur nicht hier.

Aber ich schulde Baba, dass ich ihn da raushole.

Das Leben kann man einem nehmen, aber niemals die Ehre.

Elias schließt die Wohnungstür hinter mir ab.

***

„*As-salāmu 'alaikum*“, sagt der Derwisch, der mit dem Rücken zu mir in einem Chefsessel sitzt. Als hätte er die Begrüßung inszeniert, dreht er sich um, die Arme ausgebreitet. „Willkommen, Tarik Celal. Es stimmt ja doch! Man sieht sich immer zweimal im Leben. Ich habe schon befürchtet, der Panther wäre auf Nimmerwiedersehen ab nach Anatolien.“

„*Wa-'alaikum us-salām*“, nuschle ich.

„O-ha", sagt Abdelkader und sieht mich von oben bis unten an. „Was ist denn da passiert?"

„Ich verstehe nicht."

„Mit Bart und langen Haaren hast du besser ausgesehen. Die Frauen sind bestimmt unglücklich. Und die Kleider, die du trägst! Bist du etwa zum Judentum konvertiert, hm? Bist du jetzt so ein schwuler Jude, Tarik? Dem Outfit nach zu schließen, zockst du jetzt in Frankfurt an der Börse."

Rechts von mir liegt Baba zugedeckt mit einer dünnen Decke auf der Couch, beinahe genauso wie heute Vormittag, als ich die Wohnung verlassen habe. Er scheint zu schlafen. Ich muss den Hobbit gar nicht sehen, um zu wissen, dass er seine Maschinenpistole immer noch auf mich gerichtet hat.

Ich gehe zu dem Alten, beuge mich über ihn und spreche ihn an, aber er rührt sich nicht. Sein Mund ist ein wenig geöffnet, er atmet geräuschlos, was immer ein gutes Zeichen ist. Aber irgendetwas wirkt auf mich merkwürdig, ich habe sofort das Gefühl, dass etwas nicht stimmt. Vielleicht verwirrt mich aber auch nur der Umstand, dass er unrasiert ist – ein Anblick, den ich nicht gewohnt bin. Er hat es zwar öfters nicht mehr auf die Kloschüssel geschafft, aber rasiert hat er sich jeden Morgen, egal, wie groß die Schmerzen waren. Sein Bart ist immer noch ein wenig dunkel, nicht vollständig weiß wie die wenigen Haare auf seinem Kopf.

„An was glaubst du, Tarik?", fragt Abdelkader. Eine Tasse Tee steht vor ihm auf Ibos Schreibtisch, er greift danach und nimmt ein paar Schlucke. Ich wende mich ihm zu. „Sag mir, an was du glaubst."

Elias steht mit dem Rücken zu einem mächtigen grünen Kleiderschrank, seine Maschinenpistole nicht länger auf mich gerichtet, aber fest in beiden Händen. Es ist ein rostiges, schwarzes Ding, ähnlich den Waffen, die wir im Tresor der Moschee gefunden haben. Und weil der Derwisch nicht weiterspricht, sondern darauf wartet, dass ich etwas Kluges von mir gebe, sage ich: „Ich weiß nicht."

„Hm.“ Abdelkader streicht sich den Bart. „Das ist nicht wirklich eine befriedigende Antwort. Denk noch einmal nach und sage mir: An was glaubst du? Das ist eine wichtige Frage, *die* wichtigste Frage überhaupt, Tarik.“

„Ich weiß nicht, an was ich noch glaube ... Ich bin gekommen, um Baba abzuholen. Ich bin gekommen, um mit dir zu reden über das, was geschehen ist.“

„An was glaubst du, Tarik Celal?“, fragt er, und seine Stimme wird lauter, aggressiver. „*Dass* es einen Gott gibt oder dass es keinen Gott gibt? Glaubst du an das Paradies oder an das absolute Nichts? Wenn du in wenigen Minuten von diesem Balkon da draußen springst, wirst du dann nach unten fallen oder davonfliegen ... über die Stadt, den See, hinauf zu den Wolken?“ Er flüstert nun und hebt seinen Zeigefinger. *„An was glaubst du, Tarik?“*

„Hör zu“, sage ich, falte die Hände und hebe sie zum Kinn. „Ich hatte keine Wahl. Ich bin erpresst worden.“

„Erpresst, hm ... Hat man dich auch genötigt, deinen Bart und deine Haare zu schneiden? Oder hast du dich von denen kaufen lassen, die dir diese schicken Kleider bezahlt haben, die du jetzt trägst? Was bist du bereit zu tun, wenn man dich erpresst? Wie weit würdest du gehen? Wen würdest du töten, wenn man dich ... *erpresst?* ... Warte ... Ich will dein kleines Hirn nicht überbeanspruchen ... Eins nach dem anderen ... Erzähl mir erst, woran du glaubst.“ Elias tippt auf meinem Handy, den Zeigefinger seiner rechten Hand nun am Abzug. Seine dunklen Locken wirken fettig, seine dunkle Augen sind glasig und sein blondes Ziegenbärten lässt sein Gesicht komisch wirken, clownhaft. „Okay“, fährt der Derwisch fort, „ich sage dir, was geschehen wird. Wenn du nachher vom Balkon in die Tiefe springst, wirst du hinunterfallen und dein Leib auf dem Asphalt zerschmettern, deine Eingeweide werden platzen und die feinen Kleider, die du da trägst, versauen. Jetzt sage mir, dass du nicht daran glaubst.“

Ich streiche mir mit der Linken den Schweiß von der Stirn.

Allāhu akbar, lass Ibo irgendetwas einfallen.

„Aber was kommt danach? Glaubst du an ein Leben nach dem Tod? Hörst du mir zu, Tarik? Sieh mich an, wenn ich mit dir spreche. Sieh mich an und hör mir zu. Ich verlange jetzt eine Antwort. Glaubst du an ein Leben nach dem Tod?"

Ich sehe Abdelkader in die Augen, zucke mit den Schultern. „Ich bin völlig k. o. Ich hab keine Kraft für solche Fragen. Nicht jetzt."

„Ich glaube nicht an den Tod", sagt der Derwisch. „Die Frage ist, ob du, der du jetzt sterben wirst, an ihn glaubst. Denn wenn du an ein Leben danach und an einen Gott glaubst, dann frage ich mich, warum du mich verraten hast."

„Du kriegst dein Geld. Du kriegst jeden verdammten Cent zurück. Aber du musst Baba in Frieden lassen. Das ist ein alter, kranker Mann, der niemandem was getan hat."

„Du glaubst, mir geht es nur um das Geld, was? Du meinst, du könntest alles wiedergutmachen, indem du mir das Geld zurückgibst? ... Du kommst in mein Haus, spionierst mich und meine Brüder aus, bestiehlst uns, belügst uns und dann ... Und nur Allah weiß, warum er dich gewähren ließ ... Dann findest ausgerechnet du, du hirnloser Affe, unsere Pläne ... Du fotografierst sie ... und bietest sie dem Geheimdienst an."

„Ich habe sie nicht ..."

Abdelkader lacht. „Was für ein Zufall, was für ein Verbrechen."

„Ich bin erpresst worden."

„Tarik, Tarik", sagt der Derwisch und tippt auf seinem iPhone, „ich verstehe, dass menschlicher Abschaum wie du zu jeder Schweinerei bereit ist. Was ich jedoch nicht verstehe: Wie kann man so dumm sein zu glauben, man könnte es mit mir aufnehmen?"

Baba läuft Sabber aus dem Mundwinkel. Ich gehe in das Badezimmer, der Lauf der Maschinenpistole folgt mir, ich reiße ein Stückchen Papier von der Rolle, komme zurück und wische Baba den Mund. Meine Hände zittern, als hätte mich ein Fieber in seinen Klauen und würde mich durchschütteln.

„Baba?", spreche ich ihn an, aber er antwortet nicht. Er schläft. Er schläft, aber das Gefühl, dass etwas nicht stimmt, verstärkt sich. Was ist hier los? „LASS BABA GEHEN", schreie ich und Abdelkaders Augen werden groß. Leiser sage ich: „Dann können wir in Ruhe darüber diskutieren, wie es weitergeht."

„Wie es weitergeht? Es gibt hier keine Optionen mehr, Tarik. Was geschehen wird, ist klar: Du wirst in wenigen Minuten Selbstmord begehen." Er klatscht in die Hände, verstellt seine Stimme. *„Letzte Meldung aus dem Newsroom: Tarik Celal alias Terror-Tarik hat dem Fahndungsdruck offenbar nicht mehr standgehalten. Er entzog sich der Verhaftung, indem er in Bregenz von einem Balkon eines Hochhauses sprang."*

„Bitte", sage ich, meine Oberlippe zittert, meine Stimme bebt. „Lass Baba gehen."

„Fragst du dich gar nicht, warum ich dir persönlich gefolgt bin? Warum ich auch nur noch eine Minute mit dir vergeude?"

„..."

„Ich muss ein Zeichen setzen! Die Leute sollen erfahren, dass du mich bestohlen hast. Dass du geschnüffelt hast wie ein Möchtegern-Sherlock. Und die Leute sollen genauso erfahren, dass mein Gesicht das letzte war, das du gesehen hast, bevor du in die Tiefe gesprungen bist. Freiwillig, ja, natürlich, das wird die offizielle Version sein. Die inoffizielle aber wird eine Warnung sein für alle Zeiten: Wer den Derwisch hintergeht, der stirbt."

„Lebend kann ich dir nützlicher sein. Lebend kann ich ..."

„Sei still", sagt Abdelkader. „Sag mir lieber, wie dieser Zirkus mit Beer abgelaufen ist. Wir werden da noch nicht schlau draus. Du hast Fotos von dem Heft des kleinen Zigeuners gemacht, so viel wissen wir. Und dann?"

„…“

„Hat’s dir die Sprache verschlagen?“

„Ich habe Beer die Fotos gegeben“, sage ich, weil ich ihn nicht verärgern will, falls er bereits weiß, dass ich es getan habe.

„Du hast sie ihm gegeben?“

„Ja.“

„Du meinst echte Fotos? Auf Papier?“

„Nein. Ich habe sie ihm geschickt.“

„Auf sein Handy?“

„Ja.“

Elias und Abdelkader sehen sich an, Elias fängt sofort wieder an, auf meinem Smartphone zu tippen. Er scheint die Fotos gefunden zu haben, denn er nickt.

„Und? Los! Red! Was hat Beer gemacht?“

„Er hat sie einem Typen vom Verfassungsschutz geschickt“, antworte ich und zögere einen Moment, weil ich nicht weiß, ob ich von Paula S. erzählen soll.

„Georg Müller? Hm? Ist das der Name? Ist das der Mann, dem Beer die Fotos geschickt hat?“

Ich zögere. Soll ich von Paula S. erzählen? Ich entscheide mich dagegen. „Ja“, sage ich.

„Und wie hat er ihm die Fotos geschickt? Per E-Mail?“

„Via WhatsApp.“

„WhatsApp? Hm. Dabei sagen alle immer, dieser Beer wäre vom alten Schlag“. Er tippt wieder auf seinem Handy. „Und? Hast du das auch gesehen? Bist du sicher, dass er die Fotos geschickt hat?“

Ich nicke.

„Niemand sonst weiß also von den Bildern?“

„Niemand sonst.“

„Nur Georg Müller und du?“

„Nur wir zwei.“

„Wann hast du Beer die Fotos gegeben?“

„Heute Mittag, nachdem wir auf dem Boot vor deinen Leuten abgehauen sind.“

Abdelkader sieht mich an.

„Du lügst", sagt Elias. Und zu Abdelkader: „Der lügt! Der Müller hat keine Fotos bekommen."

Die beiden mustern mich. „Vielleicht ist WhatsApp down", sage ich schnell. „Kommt ständig vor."

„Du lügst", wiederholt der Hobbit.

„Sobald Müller Beer erreicht hat, werden wir es wissen", sagt der Derwisch, und in dem Moment ist mir klar, dass Georg Müller die undichte Stelle ist. Dass Georg Müller dem Derwisch, aus welchen Gründen auch immer, mit Informationen füttert.

„Ich hatte keine Wahl", sage ich nach einem kurzen Moment des Schweigens. „Jeder Mensch auf der Welt würde für seinen Baba dasselbe tun."

„Wenn du noch ein einziges Mal Baba sagst, lass ich dich Babas scheißen", fährt mich Abdelkader an und bringt damit den Hobbit zum Lachen.

Der Derwisch kommt zu mir, langsam, sein Blick fixiert mich. „Warum bist du nicht zu St. Pauli gewechselt?", fragt er, als er vor mir steht.

Ich schüttle den Kopf und schnaufe wie ein Pferd nach einem Sprint. „Warum stellst du so ne Frage ... Ich ... Können wir nicht ..."

„Warum wurde an deiner Stelle ein anderer genommen?", redet er unbeirrt weiter. „Damals warst du doch der Anatolische Panther und kein Giesinger Kleinkrimineller. Wer war der andere? Wer war er? Er hatte keinen Namen, er war nach einer Saison schon wieder weg, hat so gut wie nie gespielt, und doch hat er dich ausgestochen."

„Ja. Vielleicht war das so, aber was spielt das jetzt für eine Rolle ..."

Da geht ein Geruch von Abdelkader aus, den ich nicht definieren kann. Duschgel vermischt mit Haarshampoo oder Waschmittel und etwas Süßlichem. „Aber es war doch alles fix, ja?", lässt der Derwisch nicht locker. „Du hattest doch die definitive Zusage, das war doch so?"

„Yep ...“

„HA!“, schreit der Derwisch und mich treffen Tröpfchen seiner Spucke. „Sie haben dich gelinkt! Die haben dich ausgebootet! Der St. Pauli-Mann und der Spielerberater deines Konkurrenten. Weil es für die beiden lukrativer war, wenn der andere und nicht du zu St. Pauli wechselt, und nicht, weil der andere besser war, denn das war er nicht. Du warst der bessere Spieler, du warst der perfekte Mann, aber sie haben hinterrücks schnell einen Deal ausgehandelt.“

„Ist lange her“, sage ich. „Ich denk nicht zurück. Ich hab die Sache längst begraben.“

Die Finger seiner rechten Hand berühren mein Kinn. Er zwingt mich, ihn anzusehen. „Und so war's dein ganzes Leben, oder? Da waren die da oben, die es sich ausgeklügelt haben. Du warst unten, und egal, was du versucht hast, du hast es nie geschafft aufzusteigen.“ Abdelkader umarmt mich plötzlich, drückt mich fest an sich. „Du warst immer nur ein Fußabstreifer für die“, flüstert er in mein Ohr. „Du warst Luft für sie. Du hättest ein Anatolischer Panther in der Bundesliga werden können, du hättest gegen Bayern und Dortmund spielen können. Aber die haben dich klein gehalten, und du hast es erlaubt. Du hast es erlaubt, Tarik, und jetzt frage ich mich: Warum? Warum hast du das erlaubt?“

„Ich hätte das eh nie durchgezogen“, sage ich, etwas erleichtert, dass er noch redet, beinahe schon hoffend, er hätte mit dem Sprung vom Balkon nur geblufft. „Das mit dem Fußball.“

„Und deinen Schulabschluss nachzuholen? Was ist mit der Geschichte? Warum hast du da nicht protestiert? Oh ja, dein Opa hat uns vieles erzählt.“ Ich zucke mit den Schultern. Es ist unerträglich heiß in der Wohnung, die Balkontür steht immer noch offen, das große Fenster ist nicht abgedunkelt. Der Derwisch lässt wieder von mir ab, er hält weniger Abstand, als ein normaler Mensch es tun würde. „Du hast nicht protestiert. Du hast es einfach so hingenommen, dass man dich betrügt." Er hebt die Arme und wird lauter: „Der Anatolische Panther, der auf dem Spielfeld gekämpft und geracker hat, er hat es nie gewagt, gegen die da oben zu kämpfen. Die, die sich alles untereinander ausmachen, die mauscheln und abzocken, die die anderen unten halten. Verdammt noch mal, warum hat der Anatolische Panther es nie gewagt, sich mit denen anzulegen? Warum hast du dir keinen Anwalt genommen und gegen die Firma deines Großvaters geklagt? WARUM?! WARUM IST TARIK CELAL EIN ZAHMES KÄTZCHEN, WENN DIE DA OBEN IHN BETRÜGEN? HAT ER EIN EINZIGES MAL SEINEN MANN GESTANDEN?! EIN EINZIGES VERDAMMTES MAL?! NEIN! NIE! PFUI TEUFEL, TARIK! WIE KANNST DU NOCH IN EINEN SPIEGEL SCHAUEN, HM?" Seine Stimme verändert sich bei den letzten Worten, bekommt einen Hauch von Hysterie und Kläglichkeit.

Und mir ist klar: Egal, wie sehr er sich scheinbar für mein Leben interessiert, er hat immer noch vor, mich zu töten.

„Du bist ein Feigling", sagt Abdelkader und spuckt auf den Boden. „Eine weinerliche, ängstliche Schwuchtel. Eine kleine, verklemmte Seele in einem durchtrainierten Sportlerbody. Dreckiger Kafir, pfui Teufel."

Der Derwisch sieht mich für einen Moment an, dann packt er meinen Kopf und küsst mich auf die Stirn. „Ich wollte dich doch befreien", flüstert er eindringlich, Wange an Wange. „Warum hast du es mir so schwer gemacht? Warum hast du dich wie ein ungezogener Sohn verhalten? Warum hast du mir denn nicht vertraut? Wenn du Geld gebraucht hättest für deinen Baba, wir hätten das hinbekommen. Wir hätten das schon irgendwie geregelt. Damals in der Kirche habe ich versucht, deine Seele zu retten, warum hast du das nicht verstanden? Warum hast du nicht verstehen können, was ich versucht habe, dir mitzuteilen? Ich wollte, dass du mir erzählst, dass Beer dich missbraucht. Ich wollte, dass du in mein Lager wechselst, verstehst du?"

„Es tut mir leid", sage ich. „Aber es ist doch nicht zu spät dafür! Jetzt kann ich dir noch besser helfen als damals, ich ..."

Da gibt mir Abdelkader eine Ohrfeige. So überraschend und heftig, dass ich nicht darauf reagieren kann. Daraufhin geht er zu Baba, reißt seinen Arm hoch und ein blutgetränktes Tuch von seiner Hand, das mir vorher gar nicht aufgefallen ist. Zwei Finger der Hand fehlen. Da, wo der Ringfinger und der kleine Finger sein sollten, sind nur mehr zwei blutige Stumpen.

„JUDAFIST!", schreit er in Ajatollah Khomeini-Pose, Zeige- und Mittelfinger aneinandergelegt und ausgestreckt. „DU DRECKIGE, STINKENDE RATTE! ABER KEINER ... KEINER, TARIK, HÖRST DU MICH?! ... KEINER VERRÄT DEN DERWISCH!"

Ich habe nicht mehr die Kraft zu stehen, ich setze mich auf die Couch. Da ist kein Sauerstoff mehr im Raum, ich atme schwer und sehe Sterne, Blitze, kleine Feuer. Augen auf, sie sind da, Augen zu, sie sind da. Der Derwisch nimmt Babas Kopf, dreht ihn auf die Seite. Babas Ohr fehlt, da ist nur ein dunkles, blutiges Loch. Es sieht unwirklich aus, wie ein Make-up, ein Special Effect für eine Halloween-Party oder einen Horrorfilm.

„Ey ...", höre ich mich sagen. „Ey ..."

„Das hat er dir zu verdanken", sagt Abdelkader.

„Er hat damit ..." Ich stocke. In meinem Kopf drehen alle Rädchen durch. Jedes Wort kostet so viel Kraft, ich stöhne, als ich spreche: „Er hat damit doch nichts zu tun. Baba hat damit doch überhaupt nichts zu tun."

Ich nehme Babas verletzte Hand, umfasse seinen Unterarm, drücke ihn, aber er rührt sich nicht. Seine Augenlider sind nun ein wenig geöffnet, aber da scheint kaum mehr Leben in ihm. Ich will ihm etwas sagen, ich will ihn fragen, ob er Schmerzen hat, aber ich kriege nichts raus, der Mund steht offen, aber ich kann ihn nicht bewegen.

Ich bin nicht mehr ich.

Ich kann mich nicht wehren.

Abdelkader steht da vor mir, aber selbst wenn der Langbart keine Maschinenpistole auf mich gerichtet hätte, könnte ich mich nicht auf ihn stürzen. Ich könnte nicht aufstehen, meine Fäuste ballen, meine Arme ausstrecken und ihn ausknocken. Es ist wie in einem dieser Albträume, die ich manchmal habe, in denen ich in einem Körper gefangen bin, über den ich keine Kontrolle mehr habe. Ich liege einfach nur da und kann mich nicht rühren und spüre, dass der Feind sich nähert, um mich zu quälen und zu töten.

Baba und ich sind Abdelkader und Elias ausgeliefert. Wir sind diesen Sadisten völlig ausgeliefert.

Abdelkader geht zum Hobbit, die beiden tuscheln, dann bekommt Elias einen Anruf. Er spricht so leise, dass ich nichts verstehen kann.

Ich klebe auf der Couch fest. Ich beuge mich zu dem Alten, nehme seine unversehrte Hand, küsse sie. „Fickt euch“, sage ich leise, ohne die beiden anzuschauen. „Fickt euch, ihr gottlosen Bastarde.“

„Bete, Tarik. In der Stunde seines Todes soll der Gottesfürchtige beten, nicht fluchen.“

„Du dummer Wichser ... Warum folterst du ihn? Warum nicht mich?“

Abdelkader lächelt. „Weil nichts dich schwerer hätte treffen können. Sieh dich doch an, du bist ein Wrack. Ich hätte mir ja gerne deine Kubanerin vorgenommen, aber an die bin ich nicht rangekommen. Also habe ich mir einen anderen Menschen geschnappt, den du über alles liebst.“

„Oh mein Gott“, sage ich und beuge mich vornüber, weil ich das Gefühl habe, ich müsste mich übergeben. „Oh mein Gott ...“

„Dein Körper ist mir egal. Du wirst vom Balkon fallen, dein Sterben wird kurz und schmerzlos sein. Indem ich den Menschen gefoltert habe, den du am meisten liebst, habe ich deine Seele vernichtet. Jetzt und hier wünschst du, nie geboren zu sein. Und das ist gut so.“

„Ich hab doch gesagt, ich bin erpresst worden." Mit dem Handrücken wische ich mir über die tropfende Nase. „Ich bin erpresst worden! Ich habe das Geld nicht für mich gestohlen, dieser verfluchte Beer hat mich vor die Wahl gestellt: Drei Jahre JVA oder in dein Gebetshaus einsteigen. Was hätte ich tun sollen? Wer hätte sich um Baba gekümmert? Ich hab das für Baba getan, nicht für mich. Für ihn, nur für ihn."

Ich stehe auf, wie in Trance, die Mündung der Maschinenpistole folgt mir wieder. Ich bin hier am Ende der Welt. Wo nichts mehr Sinn macht, nicht einmal Rache, nicht einmal die Aussicht, dass Beer Abdelkader al-Anbari doch für ein paar Jahre lang hinter Gitter bringen könnte.

Kein Gott, keine Rache, keine Antwort, kein nichts. Ich bin ein Gespenst. Keiner sieht mich, keiner fühlt mich. Der leichteste Luftzug würde mich davonwehen.

Ich stehe in der Mitte des Raums.

„Es ist Zeit", sagt Abdelkader zu Elias. „Bringen wir's hinter uns. Wir können nicht länger warten."

„Keine Antwort von Müller?", fragt Elias.

Abdelkader sieht noch einmal auf das Display seines Smartphones, dann schüttelt er den Kopf. „Auf den Balkon mit dir, Kafir. Ich habe dir in der Kirche versprochen, dass jeder Verräter in die Tiefe stürzt. Ich halte mein Versprechen. Dein Großvater kann gehen, wenn er es bis zur Tür schafft. Ich bin kein Unmensch, das sollst du nicht glauben."

Der Hobbit kichert und wiederholt leise: „Kein Unmensch."

***

Wenn Nteba und ich stritten, wenn wir wieder einmal schworen, es wäre endgültig aus, dieses Mal aber wirklich, für immer und ewig, keine Versöhnung mehr, kein Übereinanderherfallen, wenn wir dann doch beide wieder betrunken, verzweifelt und hungrig waren, dachte ich immer nur an meinen Schmerz. An die deprimierende Welt, in die sie mich zurückwarf, die bis zu unserem Kennenlernen merkwürdigerweise exakt die Welt war, die ich so liebte: Das alte Giesing mit denselben Kneipen, den alten Kumpels, dem Stadionbesuch am Wochenende, den kleinen Gaunereien, ja, dem ganzen ewig gleichen Alltag. Ich dachte immer nur daran, was sie mir antat, aber nie kam mir der Gedanke, dass auch ich sie verletzte. Meine Ausraster, in denen ich sie beschuldigte, mich schlecht zu behandeln und nur mit mir zu spielen, trafen sie tief, wie eine Freundin mir einmal verriet. Ich verletzte sie genauso mit meinen Worten, meinen wütenden Nachrichten, meinen Vorwürfen und Unterstellungen, mit meinen Drohungen, ich würde irgendetwas anstellen. Das hatte vielleicht große Mitschuld daran, dass sie mir nie völlig vertraute, sich nie fallen ließ.

„Keiner schreibt so schön und hässlich wie du“, meinte sie einmal über meine Liebes- und Hassbotschaften, die ich ihr sandte. Und auch: „Die Wahrheit sagst du mir nur, wenn du betrunken bist. Dann kommt alles hoch. Dann kotzt du alles aus.“

Aber was war denn meine Wahrheit? Was war es denn, dass ich ihr schrieb und ich, wie sie mir unterstellte, nicht wagte, von Angesicht zu Angesicht zu sagen? Wie oft hatte ich in den letzten Jahren das Gefühl, viele zu sein. Nicht ein Herz und ein Verstand, sondern viele Herzen, viele Köpfe.

Ein verwirrter junger Mann. Unfähig sich zu konzentrieren. Unfähig, irgendetwas auf die Reihe zu kriegen. Abgelenkt von allem und nichts.

Wer zur Hölle war ich?

Was zur Hölle wollte ich?

Ist es einzig und allein meine Schuld, dass mein Leben hier in diesem hässlichen Betonklotz in dieser fremden Stadt endet? Habe ich verdient, so zu sterben?

Ich hebe die dünne Decke und werfe sie auf den Boden. Babas Beine sind in weiße Tücher eingewickelt, blutgetränkt.

„Fuck“, murmle ich. „Fuck, fuck, fuck.“ Ich boxe mit den Fäusten gegen die Couch. Wie ein Berserker prügle ich auf die Polster ein. „Ich scheiß auf dich, Abdelkader al-Anbari“, stammle ich, als mir die Luft ausgeht, meine Stimme weinerlich, zerbrechlich. „*Allāhu akbar,* ich kack auf deine Lügen, ich kack auf deinen Bart, ich kack auf alles, an das du glaubst.“

„Was willst du, Hund?“, sagt der Derwisch und lacht. „Du bellst und bellst, ich höre nur wuff! Wuff! Wuff! Okay, du kannst mir ans Bein pinkeln wie es jeder dreckige Köter der Welt kann. Meinetwegen kannst du auch ein bisschen beißen, aber am Ende bin ich dein Herr und Meister.“

„All die Liebe, von der du immer schwafelst ...“ Ich wische meinen Mund am Hemdärmel ab. „Die Liebe für deinen Allah, die ist nichts wert, Derwisch. Die ist gar nichts, die ist für'n Arsch! Die ist was für schwache, dumme Verlierer, für kleine Hirne. Babas Liebe aber ...“

Ich hebe Babas Hand. Ich küsse Babas Hand, *Allāhu akbar,* ich ehre diesen Mann! *Allāhu akbar,* stille seinen Schmerz und vergib mir. Ich alleine habe ihn mit reingezogen. Ich alleine bin dafür verantwortlich.

„Babas Liebe ist immer für mich da“, sage ich. „Verstehst du, Abdelkader? Für alle Ewigkeit. Da kannst du ihm noch mehr Finger und Zehen und Ohren abschneiden, kannst ihm die Augen und das Herz ausstechen, die kannst du nicht kaputt machen. Und wenn ich heute sterbe, du dämliches, dreckiges Stück Scheiße, du gottverdammter Bastard, wenn ich heute draufgehe, ist sie immer noch da. Die ist unauslöschlich. Sie ist ewig, verdammt noch mal. DIE IST EWIG, HÖRST DU, HURENSOHN?! EUER GOTT IST STERBLICH! *ALLĀHU AKBAR!* EUER GOTT, DER STIRBT MIT EUREM TOD! ICH SCHEISSE AUF IHN! ICH VERFLUCHE IHN! ICH WISCHE MIR MIT EUREM GOTT DEN ARSCH SAUBER UND SCHMEISSE IHN INS KLO UND SPÜL IHN RUNTER! HÖRST DU IHN HEULEN, EUREN GOTT?!“

Der Derwisch nickt cool, steckt sein iPhone ein und winkt ab. „Raus mit dir auf den Balkon!"

Abdelkader schlurft zur Balkontür, ganz langsam, wie ein alter Mann, mit hängenden Schultern. Er öffnet sie, gedämpfte Geräusche aus dem Stadtzentrum setzen ein. Dazu Kinderschreie aus dem Block, der Lärm von übersteuerten Fernsehgeräten, ein Hubschrauber fliegt in weiter Ferne.

Ich küsse Baba auf die Stirn, Elias packt mich am Arm, schleppt mich zur Tür.

Ich muss sie in ein Gespräch verwickeln, Zeit gewinnen. „Ihr habt mitbekommen, dass mich die Polizisten nicht kontrolliert haben, deshalb habt ihr mich benutzt, um die Pläne rauszuschmuggeln ...", sage ich zu Abdelkader. Er antwortet nicht. „Der Typ, der den Rucksack geklaut hat, war einer von euch ... Das war ein Schläfer ..." Abdelkader schweigt weiter. „Du hast von Anfang an gewusst, dass ich für Beer arbeite?", frage ich.

„Hm."

„Ich wette, du hast es gewusst."

„Natürlich", sagt Abdelkader stolz lächelnd und widmet sich wieder seinem Handy. „Deshalb habe ich dich doch auch gleich so herzlich in meinen engeren Kreis aufgenommen. Ali Kılıç war so etwas wie dein Vorgänger. Er hat offiziell für den Verfassungsschutz spioniert, aber ich habe ihn früh entlarvt und dafür gesorgt, dass die Idioten nur unnütze oder falsche Informationen bekommen haben. Der Schwachsinn mit den Restmüllsäcken war meine Idee. Weißt du, warum der Müll manchmal in meiner Kammer untergebracht war? Weil wir eine Zeit lang im Erdgeschoss ein Rattenproblem hatten." Er nickt und zieht die Mundwinkel nach unten. „Mir hat die Vorstellung gefallen, dass der Verfassungsschutz verzweifelt in unserem Müll wühlt."

Elias übergibt die MP Abdelkader, öffnet die Tür und schubst mich auf den Balkon.

Ich senke den Kopf und bitte Gott, Ibo möge auftauchen und mich retten. Ich kann mich nicht mehr retten.

Bitte, Allah.

Hilf mir.

Rette uns.

***

Abdelkader bleibt in der Wohnung zurück, wahrscheinlich, damit niemand die Waffe in seinen Händen sehen kann. Er ruft mir hinterher: „Es war alles umsonst, Tarik. Mein Plan ist so perfekt, nicht einmal Allah kann ihn noch stoppen."

Ich lache ein irres, hysterisches Lachen, spucke dabei aus. „Allah kann alles! Und er wird es dir beweisen."

„Was weißt du vom einzig großen Allah?", sagt Elias leise und verfällt in ein Kichern. Im grellen Sonnenlicht zeigt sich, dass seine Zähne stark verfärbt sind. „Nichts weißt du von ihm. Du verfluchter Kafir, jede Kanalratte in der Stadt ist mehr wert als du."

Ich drehe mich zu ihm und sage: „Hast du dem Derwisch gestanden, dass du stockschwul bist, Elias?"

„BEWEG DICH, KAFIR!"

Ich spüre Tausende von Ameisen unter meiner Haut krabbeln.

Ich will nicht sterben.

Ich drehe mich um, sehe, wie Abdelkader mit der Maschinenpistole auf mich zielt.

Ich will nicht sterben.

Der Balkon ist verdreckt, Gerümpel liegt herum, darunter zwei graue Stühle, die mal weiß gewesen sind. Elias packt mich am Nacken und führt mich bis zum Geländer. Das Geräusch der Straße, das Rauschen der Stadt, die menschlichen Stimmen, alles scheint zu verstummen, ich höre nur Elias' Atmen. Es ist ein geräuschvolles Atmen, als wäre seine Nase verstopft. „Versprecht mir, dass ihr Baba gehen lasst", sage ich heiser.

„Hoch mit dir!“, befiehlt Elias, der sich ständig nervös nach allen Seiten umsieht, aber wir sind hier ganz allein, es ist viel zu heiß, jeder meidet die Sonne, die erbarmungslos auf die Balkone brennt. Er stellt einen der beiden Gartenstühle neben mich. „Springen tut weniger weh als die Alternative“, sagt er leise. „Springst du nicht, zünden wir die Wohnung an ... und dein Baba und du werden bei lebendigem Leib verbrennen.“ Der Hobbit hat Schweiß auf seiner Stirn, seine Wangen sind rot. Er hält seinen Kopf wieder schräg wie bei der Begrüßung.

Und dann blitzt dieser Gedanke auf, aus dem Nichts, so unpassend, aber er ist da: Dass niemand auf der Welt deinen Namen so sagt wie deine Geliebte. Wenn Nteba mich „Tarik“ nennt, dann trifft mich das immer, dann berührt mich das, ganz tief. Ist das nicht kindisch und lächerlich? Ich hätte gerne nur noch einmal gehört, wie sie meinen Namen sagt mit ihrem Akzent.

Ich liebe mein Mädchen.

Ich steige auf den Stuhl, eines der Beine ist zu kurz, und so wackelt und klappert er. Oder ist es mein Zittern, das es verursacht?

Poka, Nteba ...

Immer wenn sie getrunken hat, hat sie angefangen, Russisch zu reden.

Ich schaue nicht in die Tiefe. Ich sehe die beiden Hochhäuser rechts und links von unserem Block. Sie scheinen dieselbe Höhe zu haben, dieselbe Bauweise. Auf einem der Balkone kann ich eine Frau erkennen, die Wäsche auf eine über den Balkon gespannte Schnur hängt. Viele Satellitenschüsseln überall. Eine übergroße serbische Fahne auf einer Brüstung.

Auf der Straße erkenne ich einen LKW, der quer über eine Kreuzung steht, sofort ist auch Hupen zu hören. Ein Unfall vielleicht, vielleicht ist er auch nur bei Rot losgefahren und hat jetzt ein kleines Stauchaos produziert. Und so wie einem kurz vor dem Schlaf, im Hinübergleiten vom Wachsein in das Träumen, die besten und verrücktesten Ideen kommen, man Melodien hört, die man nicht zuordnen kann und selber erfunden zu haben glaubt oder auch tatsächlich erfunden hat, wird mir plötzlich klar, was der Derwisch vorhat. Habe ich eine Idee, was es mit dem Flüssiggas auf sich hat.

„Spring, Jude!“, flüstert der Hobbit und sein Kopf zittert dabei, seine Augen sind weit aufgerissen. „Spring ...“

Abdelkader sagt etwas auf Arabisch, es klingt ungeduldig, wütend.

Ich mache mir in die Hosen, ganz warm wird es in meinem Schritt, warm und feucht. Die beiden bringen mich um, und da ist nichts mehr, was ich tun kann, nichts mehr, gar nichts mehr, auch die Zigeuner lassen mich im Stich.

Baba stirbt und ich kann es nicht abwenden, ich kann es nicht ändern.

Sie schmeißen mich vom Balkon wie eine Bananenschale, wie ein Stück Abfall.

Ich bin hilflos, wie so oft.

Ich bin denen ausgeliefert.

„Ich zähle bis drei“, zischt Elias, sein Kopf ist jetzt feuerrot, „dann springst du oder dein Alter und du verbrennen lebendig. *Allāhu akbar.*“

„Ich bin kein Bajazzo“, sage ich.

„Hä?“

„Ich bin kein Bajazzo“, wiederhole ich. „Vielleicht will Allah ja, dass ich heute sterbe, aber so gehe ich nicht. Nicht als *assclown.*“

„Eins“, zählt der Hobbit. „Zwei, ...“

„Was glaubt ihr, wer ihr seid?“, sage ich, mit offenem Mund nach Luft schnappend. Ich drehe mich zu Abdelkader um und rufe: „Dass ihr euch aufspielen könnt zum Richter über unser Leben? Ihr halbinformierten, halbgebildeten Affen mit Scheiße im Hirn. *Ihr* beschließt, dass es Baba und mich nicht mehr geben soll?“

Elias versucht, mich zu schubsen, vom Stuhl in die Tiefe. Aber wie soll dieser lächerliche, hässliche Hobbit es schaffen, einen Anatolischen Panther auch nur einen Millimeter zu bewegen? Ich schreie weiter und fuchtle mit den Händen: „Und wir haben keine Chance auf Berufung? Keine Chance auf Einspruch? Ihr beschließt es und dann geschieht es? Nichts steckt dahinter! Nichts. Nur eure Dummheit! Eure Hirnfürze! Ihr impotenten Nuttenkinder! Nicht nur die Welt, selbst Allah hasst euch! Allah kackt euren Müttern auf die Fotzen, weil sie euch geboren haben."

Ich drehe meinen Kopf nach rechts und sehe Fonso hinter dem blechernen Verschlag, der die beiden Balkone voneinander trennt, hervorlugen. Er bewegt seinen Mund, als wolle er mir stumm etwas sagen, aber ich kann nicht von seinen Lippen lesen, und um Elias' Aufmerksamkeit nicht auf ihn zu lenken, sehe ich auch gleich wieder weg.

Es ist noch nicht vorbei, denke ich mir. Ich bin noch nicht tot. Ich muss sie nur noch ein bisschen hinhalten, nur ein bisschen ablenken.

„BEER WEISS, DASS MÜLLER DAS LEAK IST!", sage ich. „BEER HAT IHM DIE FOTOS GAR NICHT GESCHICKT, OH NEIN. BEER HAT DIE FOTOS EINER PAULA S. GESCHICKT. SCHON MAL GEHÖRT, DEN NAMEN? EUER PLAN IST AM ARSCH! ICH WETTE, EIN SONDEREINSATZKOMMANDO IST BEREITS UNTERWEGS, UM EUCH VOLLIDIOTEN FESTZUNEHMEN."

Elias Gesichtszüge verändern sich. Er zieht seine Mundwinkel nach unten und starrt mich mit großen Augen an. Selbst Abelkader hat die Maschinenpistole gesenkt.

„Wer ist Paula S.?", fragt Elias. Sein Blick wandert zwischen mir und dem Derwisch hin und her.

„Beer weiß auch, dass es um Uhrzeiten und Koordinaten geht. Er kennt sogar das Datum, wann ihr losschlagen wollt. Am 12. Juli, hab ich Recht? SREBRENICA, HAB ICH RECHT? Glaubt ihr, dass auch nur ein Opfer von damals stolz auf euch wäre, dass ihr Unschuldige in die Luft jagen wollt, ihr Arschgesichter?“

Würde Doogie Abdelkader seine Faust ins Gesicht donnern, die Gesichtszüge des Derwischs würden nicht weniger entgleiten, als sie das jetzt tun.

Nun fangen die beiden an, heftig auf Arabisch zu diskutieren, dann sehen sie mich an. Beide glotzen mich voller Hass an, aber ich verspüre in diesem Augenblick nur mehr Wut, keine Angst mehr, kein bisschen Angst mehr.

It ain't over, till it's over.

Der Derwisch verschwindet von der Tür. Elias packt meine rechte Hand, und ich steige vom Stuhl. „Weißt du, was das bedeutet, wenn jemand anderer die Fotos bekommen hat?“, fragt er. „Weißt du, was das heißt?“ Er starrt mich an, die Augen groß und feucht, der Mund steht offen. „Dann ist alles vorbei“, sagt er und seine Stimme bricht. „Dann gehen wir mit Deutschland unter.“

Elias zieht mich in Richtung Tür, und als ich die Wohnung wieder betrete, sehe ich, wie Abdelkader vor der Couch steht und mit einem Küchenmesser auf Baba einsticht. Er rammt das Messer immer und immer wieder in Babas Körper.

Ich möchte schreien.

Baba gibt keinen Mucks von sich.

Ich möchte brüllen.

Keinen Seufzer. Kein Stöhnen.

Aber ich bin wieder nur stummer Zeuge. Unfähig zu verarbeiten, was gerade geschieht.

Unfähig, darauf zu reagieren.

Es kann nicht real sein.

Es darf nicht wirklich sein.

Dann dreht der Derwisch sich zu mir, seelenruhig, schmeißt das blutige Messer auf den Boden. Er zieht lautstark den Rotz hoch, wischt sich die blutigen Hände an seiner Hose ab. „Zufrieden jetzt, Kafir? Ist es das, was du wolltest? Hm?“

Er reicht Elias die Maschinenpistole und befiehlt ihm: „Gib sie mir."

„Äh?"

„Gib sie mir."

„Ich verstehe nicht", sagt Elias. „Was willst du?"

„Das Geschenk unserer österreichischen Brüder."

„Oh", meint Elias und nickt, geht zu einem Rucksack, der zwischen all den Schachteln mit Diebesgut am Boden steht, holt ein schwarzes Ei heraus und gibt es Abdelkader. Der zieht den Stift der Handgranate, hält den Bügel fest. „Nun nimmt alles von selbst seinen Lauf", sagt er. „*Allāhu akbar,* wir werden jetzt gemeinsam sterben. Du, der Gottlose. Ich, der Derwisch."

***

In Berlin kassierten wir eine der schlimmsten Niederlagen. Ich war völlig von der Rolle, zwei meiner Fehler führten zu Gegentoren. Aufgrund eines Pokalspiels wenige Tage später mussten wir in der Stadt bleiben. Ich quälte mich durch das Training am nächsten Tag, die Beine müde, das Gewissen schlecht, die anklagenden Blicke meiner Mitspieler nicht zu übersehen, und auf einmal sah ich Baba hinter'm Zaun. Ich musste mehrmals hinschauen, um ganz sicher zu sein, dass er es war, aber das Takke auf seinem Kopf ließ mich nicht länger zweifeln. Klein kam er mir vor, schwach auch, er war wohl schon damals sehr krank, ohne dass wir es wussten. Der alte Mann, der nie zuvor auch nur einen einzigen Tag in seinem Leben blau gemacht hat, der alte Mann, der nie München verließ, ja, der es hasste, auch nur einen einzigen Schritt aus Giesing zu machen, war hier, um mir zu zeigen, dass passieren kann, was will, dass selbst wenn es härter als hart kommt, uns nichts und niemand auf der Welt zerstören kann.

„Diese Paula S. hat die Fotos", sage ich wie in Trance, alles auf Autopilot, weil ich sonst nicht mehr funktionieren würde. „Dein Müller kann sie nicht mehr abfangen. Kann sie nicht verschwinden lassen."

Ich lege meine Hände hinter meine Ohren an. „Hörst du das? Hörst du, Abdelkader al-Anbari, wie Allah über deinen Gott lacht?"

Der Derwisch nickt, lächelt, leckt sich die Lippen. „Freu dich nur, du kahlrasierter Hafensänger. Fühl dich groß, du jüdischer Nasenbär. Ich aber sage dir: Allah kann den Plan nicht verhindern, weil ihn Allah gar nicht verhindern will. Der Anschlag ist Allahs Wille, Allahs Auftrag. Du hast uns zwar gewaltig in die Suppe gespuckt, gebe ich zu, aber Plan B kannst du nicht zerstören, das kann niemand."

Elias' Lippen zittern, seine Augen füllen sich mit Tränen. Der Derwisch umarmt ihn, drückt ihn fest an sich, küsst ihn auf die Stirn. Die beiden sprechen gemeinsam ein Gebet auf Arabisch, und als sie geendet haben, schluchzt der Hobbit, dem Tränen über die Wangen laufen: „Dann soll es eben so sein! *Al-Hamdu li-Llāh*! Allah ist groß!"

Abdelkader wirft sich wieder in Ajatollah-Pose, als hätte er ein Publikum vor sich, als spräche er zu seinen Anhängern im Gebetsraum. „*Allāhu akbar*, es gibt ein Nachkriegsdeutschland, das heute endet, und ab morgen gibt es ein neues Deutschland. Heute wird der Trigger ausgelöst und morgen wird Allahs Faust losschlagen und Hunderte Ungläubige zur Hölle jagen."

Elias' Mundwinkel zucken. Er starrt mich an, als warte er darauf, dass ich genauso freudig erregt sein würde. Ich aber bin nass vom Schweiß und von der Pisse, glotze gebannt auf Abdelkaders Hand, die die Granate hält. Am Ende aller Kräfte und doch hellwach, immer noch alle Regler bis zum Anschlag, immer noch zitternd, warte ich, bis er den Bügel loslässt und sie mir vor die Füße schmeißt.

Könnte ich sie noch zurückkicken, wenn er sie wirft? Könnte ich auf den Balkon fliehen? Würde ich dort überleben? Die Wohnungstür ist verschlossen und es würde zu lange dauern, bis ich draußen bin. Also ins Bad damit? Die Türe schließen und sofort auf den Boden?

Der Derwisch hebt die Arme in die Höhe, er summt eine Melodie, sein Oberkörper bewegt sich wie eine Schlange, die im Takt der Flöte eines Beschwörers tanzt. Die Szene ist so bizarr und unwirklich, dass ich für einen Moment glaube, aus der Zeit zu fallen. Ich sehe mich selber immer noch merkwürdig grinsend, immer noch mit dieser Fratze voller Schmerz und Todesangst.

Dann hält er inne und sagt: „Elias. Ich bin bereit. Allahs Wille geschehe."

Elias murmelt etwas, kniet nieder und beugt sein Haupt, bis seine Stirn den Boden berührt, in seiner Rechten hält er das blutverschmierte Messer.

Die beiden beten mit lauter, fester Stimme, scheinen sich gegenseitig übertönen zu wollen. Abdelkader breitet die Arme aus, schließt die Augen, und in diesem Moment weiß ich, dass das die Chance ist. Dass sich der Himmel für einen Augenblick öffnet, dass Allah mir diese eine, letzte Chance auf den Lucky Punch gibt. Auch wenn Baba tot ist, so kann ich doch überleben. Und als wäre ich nur Zuschauer, der abseits steht, sehe ich den Anatolischen Panther nach vorne stürzen, seine rechte Faust trifft aber nicht Abdelkaders Kinn, sondern dessen Kehlkopf, weil er in dem Moment seinen Kopf in den Nacken legt, um seinem Blutgott zu huldigen.

Der Derwisch sackt vornüber und fällt auf die Knie. Sein Oberkörper plumpst leblos auf den Boden, er röchelt laut. Sofort greife ich nach der rechten Hand, die die Granate hält. In seinen Fingern ist noch genügend Kraft.

„Wehe, du lässt den Bügel los", sage ich.

„ACHTUNG, *ASSCLOWN*!", kreischt Fonso.

Ich sehe hoch – Ibo und Fonso stehen in der offenen Balkontür, zwei Schatten. Ibo hält eine Kurzhantel in der Hand, kommt angelaufen und schleudert sie auf Elias, der wieder auf den Beinen ist, um mich mit dem Messer zu attackieren. Der Hobbit wird getroffen und brüllt vor Schmerzen, aber er geht nicht k. o., sondern führt den wilden Tanz des Rumpelstilzchens auf, das Messer in der Rechten, die Maschinenpistole immer noch umgehängt.

Ich liege bäuchlings auf Abdelkaders Rücken, versuche seine Hand geschlossen zu halten, damit er den Bügel nicht loslassen kann, während Ibo Elias angreift.

Fonso kommt angelaufen und tritt mit seinem rechten Schuh gegen Abdelkaders Hüfte, ungeschickt und viel zu schwach, genauso wie er Fußball spielt.

„HAU AB!", brülle ich. „DER HAT NE VERFLUCHTE GRANATE IN SEINER HAND! HAU AB, FONSO!"

Aber Fonso hört nicht auf mich, er tritt weiter gegen Abdelkaders Körper, und dann kommt es noch schlimmer: Der kleine Puskás schmeißt sich seitlich auf mich, als wäre alles nur ein Spiel, ein Balgen, und er greift nun ebenfalls nach Abdelkaders Hand, wir sind ein einziges Knäuel. „LASS DAS!", schreie ich. „MENSCH, HAU AB, VERDAMMT NOCH MAL! HAU AB, DU KLEINER ARSCH!"

Ich höre Elias und Ibo im Hintergrund raufen, Baba liegt regungslos auf der Couch, er rührt sich nicht.

Und wenn er doch noch lebt? Wenn ich ihn noch retten könnte?

Wut und Verzweiflung geben mir noch einmal Kraft, und ich werfe Fonso ab, der daraufhin hilflos auf seinen kleinen, flachen Zigeunerhintern plumpst. Ich rolle mich seitlich ab, ohne Abdelkaders Hand loszulassen, ich packe sie immer noch fest mit meiner Rechten, und dann knie ich neben ihm. Er hat Augen und Mund offen, er stöhnt laut, da ist Speichel in seinen Mundwinkeln und sein Kopf zittert leicht. „Gib mir die Granate", sage ich. „Ohne dass du den Bügel loslässt. Wenn du ihn loslässt ..."

Ich verstumme. Er will ja sterben. Er will nichts als sterben. Seinen Plan erfüllen.

Da ist nichts, mit dem ich diesem Menschen drohen kann. Ich bin völlig machtlos.

„Gib mir das Ding“, sage ich. „Ich schmeiß es ins Bad. Du kannst danach verschwinden, mir scheißegal. Du bist mir scheißegal, verstehst du? Aber ...“

Er dreht seinen Kopf leicht zur Seite, sieht mich an. So viel Verachtung in dem Grinsen. So viel Hass. Seine Lippen zittern.

„Wenn du die Granate wegschmeißt, und ich überlebe ...“, sage ich. „Wenn ich überlebe, dann töte ich deine Schwester. Rania, so heißt sie, ja? Ich töte Rania.“

Der Derwisch reagiert nicht auf meine Worte, und ich weiß, selbst wenn ich es ernst meinen würde, wäre ihm das Leben seiner Schwester egal.

Ibo und Elias krachen gegen einen Stapel Kartons und ich bin für einen Moment abgelenkt. Abdelkader macht eine ruckartige Bewegung, überrumpelt mich und entkommt meinem Griff. Die Granate rollt zwei, drei Meter – genau vor Fonsos Füße.

„FONSO! NIMM DIE GRANATE! SCHMEISS SIE INS BAD UND LEG DICH AUF DEN BODEN!“

Fonso reagiert sofort, bückt sich, nimmt die Granate und sieht mich für einen Augenblick an, mit seinen großen, braunen Augen, die Sonnenbrille auf seiner Stirn, verbogen, eines der beiden Gläser zersplittert. „LAAAAUUUF!“, brülle ich.

Und Fonso rennt los, aber in die falsche Richtung. Er läuft zur Balkontür, springt ungelenk über die kleine Schwelle, die Wohnung und Balkon trennt. Alles geschieht so schnell und doch in Zeitlupe. Ich kneife die Augen zu und warte auf die Explosion, und als sie kommt, erschüttert sie die Wohnung, den Block, die ganze Welt. Ich spüre, wie mein Herzschlag stolpert, und als ich die Augen wieder öffne, hat der Balkon an der Stelle, auf die ich durch die Tür Einsicht habe, keine Brüstung mehr.

Fonso steht ganz nah am Abgrund und blickt in die Tiefe.

***

Nteba meinte einmal, ich wäre meinen Gefühlen hilflos ausgeliefert. Wäre ich gut drauf, würde ich platzen vor Glück, wäre ich traurig, hätte man das Gefühl, das Ende der Welt stehe bevor und überall herrsche nur Tod, Leid und Verderben. Dass sie mich fast nur so kennt, ist ein komischer Gedanke. Sie war doch der Grund für diese Fahrt durch Himmel und Hölle, immer schneller, immer wilder.

Sie war doch der Grund, nichts und niemand sonst.

Ich liege neben Abdelkader auf dem Rücken. In meinen Ohren ein Rauschen, dazu ein hoher Summton, ich sehe alles nur verschwommen, ich blinzle, versuche das Wasser aus meinen Augen zu kriegen. Dann drehe ich meinen Kopf nach rechts: Der Derwisch atmet, seine Augen sind geschlossen.

Von den umliegenden Balkonen sind Stimmen zu hören, Menschen laufen und schreien im Flur. Fonso steht vor mir wie ein Geist, er starrt mich bloß an. Die Maschinenpistole hat er sich umgehängt, lässig, wie ein Kindersoldat.

„Bist du okay?", frage ich. Der Kleine zeigt keine Reaktion. Ich sehe zu Elias und Ibo, die beide neben der Pflanze am Boden liegen. „Ibo? Ey!" Fonso setzt sich auf den Boden, mit dem Rücken zum Schrank. „Fonso, halte den Hobbit in Schach, hilf Ibo! Und ruf die Bullen! Ruf die Rettung! SCHNELL! ... FONSO!" Aber der Kleine reagiert nicht auf meine Worte.

Ich komme auf die Beine, ich bin schwach, als hätte ich hohes Fieber. Elias scheint kampfunfähig, deshalb schleppe ich mich zur Couch, aber als ich Babas Gesicht sehe, weiß ich, dass es keinen Zweifel daran gibt, dass er tot ist.

Danach gehe ich zu Elias und Ibo. Elias' T-Shirt hat Blutflecken. Er liegt auf dem Bauch, seine Beine zittern leicht. Ibo liegt seitlich, mit dem Rücken zu mir.

„Oh scheiße, Ibo", sage ich, als ich das blutverschmierte Küchenmesser zwischen den beiden sehe. Ich knie mich neben ihn.

„Mich hat's erwischt“, keucht Ibo, dreht sich auf den Rücken, beide Hände auf seinem Bauch. „Ich hab erst gedacht ... Ich hab ... gedacht ... es wäre nicht so schlimm. Aber schau dir das mal an ...“ Er lacht. „All das Blut! ... Das ist von mir, das Blut.“

„Oh scheiße“, sage ich. „Scheiße, Ibo.“

Ich ziehe meine rechte Socke aus, nehme sie, zerreiße Ibos Hemd, das nicht mehr bunt, sondern nur noch rot ist, knülle die Socke zusammen und presse sie auf die Einstichstelle. Ich sehe zu Fonso, der immer noch am Boden hockt. „FONSO! GEH ZUR TÜR! ÖFFNE DIE TÜR!“

Ich taste nach Ibos Handy in seiner Hosentasche, ohne dass ich mit der Rechten die blutgetränkte Socke loslasse. Fonso schleicht zur Tür. Ich höre, wie er den Schlüssel dreht und die Tür öffnet. Draußen sind Rufe zu hören. Kinder schreien, Menschen laufen. „HILFE! HILFE!“, schreie ich. „VERDAMMT! WIR BRAUCHEN HILFE!“

„Du schaust auf den Kleinen?“, sagt Ibo leise, ohne mich anzusehen.

„Ey, Ibo ... Ey ... Jetzt mach mal halblang. Du schaffst das. Du bist härter als hart. Du bist doch stärker als wir alle.“

„Alleine ist er verloren ... Der geht doch unter ...“

„Kämpf, schwarzer Teufel! Kämpf! Verflucht noch mal! Die sind jeden Moment hier.“

Ich finde sein Smartphone, wähle 112. Ich schreie nur, nenne die Straße, verlange einen Notarzt, daraufhin sagt eine weibliche Stimme seelenruhig: „In der Straße läuft bereits ein Großeinsatz. Alle verfügbaren Einsatzkräfte sind auf dem Weg. Es hat eine Explosion gegeben, ja? Können Sie mir Genaueres sagen?“

„Hier ist ein Schwerverletzter, gottverdammt nochmal! Die sollen sich beeilen! Mein Freund verblutet. Der verblutet hier, hören Sie? VERDAMMTE SCHEISSE, SAGEN SIE MIR, DASS SIE MICH VERSTEHEN!“

„Bleiben Sie ruhig ... Geben ...“

Ich schmeiße das Handy auf den Boden. Ibo sieht mich an wie aus der Ferne. Er scheint zu fallen, tiefer und tiefer, scheint sich zu entfernen von mir, von dieser Welt.

„Hey“, sage ich. „Ibo! Ibo, du musst nur noch n paar Minuten wach bleiben. Mensch, du darfst jetzt nicht einschlafen. Wenn du jetzt einschläfst, wachst du nie mehr auf ... Die sind auf dem Weg ...“

Aber ich kann spüren, wie jedes Leben aus ihm weicht.

Ein Mann stirbt in meinen Armen, und nichts kann ich tun.

Ein Freund stirbt in meinen Armen, und er stirbt wegen mir.

Ich hebe Ibos Kopf und küsse ihn auf die Stirn. Ich fühle seinen Puls am Hals, aber er ist kaum mehr zu spüren.

In weiter Ferne glaube ich, Polizeisirenen zu vernehmen. Ich halte Ibos Hand und bete. Dazwischen schreie ich wieder um Hilfe, aber niemand wagt es, die Wohnung zu betreten. Schließlich stecke ich das Messer, das auch Baba getötet hat, in den Hosenbund.

Der kleine Puskás bleibt verschwunden.

***

Ich kann Beers Nummer auswendig, aber ich vertippe mich mehrmals mit meinem blutverschmierten Daumen, ehe es mir gelingt, ihn anzurufen. „Ey, Beer“, sage ich, als er sich meldet. „Ich weiß, du hast mal wieder ne Schweißwut auf mich, aber du musst mir jetzt zuhören. Gleich kommen die Bullen und dann kann ich bestimmt ne Zeit lang nichts mehr sagen.“

„Ich will es gar nicht wissen, Tarik. Ich will’s nicht wissen.“

„Du musst mir zuhören.“

„Ist der Derwisch schon bei dir aufgetaucht? Mein Bruder hat mir mitgeteilt, der hätte sich persönlich auf den Weg nach Österreich gemacht und sei kurz vor der Grenze untergetaucht."

„Der liegt hier in der Bude. Und der will Züge in die Luft sprengen. Ne Menge Züge. N richtiges Feuerwerk will der veranstalten. Vielleicht schon morgen."

„Der liegt wo?"

„Der will Züge sprengen. Lokomotiven, tsch tsch tsch! Mit Waggons, checkst du das, Beer? Und Menschen drinnen. Verdammt, verstehst du mich?"

„Ich kann dich hören, ja. Verstehen tu ich dich nicht. Von was faselst du da?"

„Müller ist Abdelkaders Spitzel. Oder jemand hat Zugriff zu Müllers Gesprächen mit dir."

„Das werde ich alles überprüfen, aber das dauert", sagt Beer. „Überlass das mir, ich weiß, was ich tue."

„Bitte glaub mir doch. Der Derwisch hat was ganz Großes vor."

„Du wiederholst dich. Ob er was vorhat, werden wir wissen, sobald der Code entschlüsselt ist."

„Sein ursprünglicher Plan war, am 12. Juli zuzuschlagen, aber es könnte noch einen Plan B geben."

„Und der wäre?"

„Ich glaube, seine Schläfer schlagen los, wenn er stirbt."

„Warum sollte er sterben? Der Kerl sieht jünger und gesünder aus als du."

„Jede Zeile in dem Matheheft ist ein Ort, an jedem Ort soll ein Zug in die Luft gesprengt werden."

„Du bist doch nicht high, Tarik?"

„Die erste Spalte –", rede ich unbeirrt weiter, „eine Uhrzeit, die zweite Spalte – ein Ort."

„So weit waren wir schon heute Mittag. Überrasch mich mit was Neuem oder lass mich jetzt in Frieden."

„Die dritte – wieder ein Ort. Es kann gar nicht anders sein. Ich vermute, die wollen zeitgleich Flüssiggastanker kapern und auf Bahngleise stellen. Weißt du, was das für ein bombastisches Konzert gibt? Wenn du mir nicht glaubst, schau dir die Orte an. Sugo und Doogie haben zwei überprüft, an beiden sind Flüssiggastanker unterwegs."

„..."

„Aber selbst wenn ihr die Codes alle entschlüsselt, könnte es zu spät sein, begreifst du das? Abdelkader liegt hier, n paar Meter von mir entfernt, ich hab dem die Faust auf den Kehlkopf geschlagen. Möglich, dass der stirbt. Und wenn er abkratzt, schlagen die Schläfer los."

Ich hebe meinen Arm, schieße ein Foto von Abdelkader und schicke es ihm. „Das ist der Derwisch. Ich schwör bei Gott, das ist er."

Beers Stimme klingt verändert, als er ganz langsam sagt: „Ach, du Scheiße ..."

„Es könnte sein, dass ich ihm den verdammten Kehlkopf zertrümmert habe."

Beer brüllt jetzt nur noch. „OKAY. TARIK! TARIK?!"

„Du musst nicht so schreien."

„LASS DICH FESTNEHMEN. SPRICH MIT KEINEM, ICH WERDE DIR JEMANDEN SCHICKEN. WIR KLÄREN DAS AUF HÖCHSTER EBENE, HÖRST DU? AUF ALLERHÖCHSTER EBENE! GIB MIR DEIN WORT, DASS DU MIT KEINEM SPRICHST! NICHT ÜBER MICH, NICHT ÜBER DEN PLAN, ÜBER NIEMANDEN, KAPIERT?"

„Baba ist tot", sage ich. „Und Ibo ..."

„REDE MIT KEINEM DARÜBER, WAS GESCHEHEN IST. NUR DANN PASSIERT DIR NICHTS." Und dann fügt er ganz leise hinzu: „Nur dann kriegen wir den Derwisch dran."

„Ich ..."

„Vermassle das nicht. Ich flehe dich an. So eine Chance kommt nie wieder."

„Aber ..."

„KRUZEFIX, GIB MIR EIN JA!"

„Ich ..."

Ich stecke das Smartphone weg, suche noch einmal Ibos Puls, aber da ist absolut kein Puls mehr.

Ich stehe auf.

„Ey, Derwisch“, sage ich, während der Lärm auf dem Flur größer wird. „Hast du gehört, was ich gerade mit Beer gequatscht habe?“

Abdelkader liegt immer noch in derselben Position, kniend, den Oberkörper auf dem Boden, die Hände an seiner Kehle. Er stöhnt. Ich gehe zu ihm. Er sieht kurz zu mir hoch, zieht eine Grimasse.

„Worauf wartest du?“, keucht er, seine Stimme kaum hörbar, so schwach. „Töte mich.“

„Ich töte niemanden. Nicht einmal deine Schwester. Aber ich werd sie ficken. Und nicht in den Arsch ...“

„Mach nur Witze“, keucht er. „Ist deine letzte Chance. Lässt du mich leben, hole ich dich. Ich schwör bei Allah, ich finde dich, und wenn du dich in einer Höhle in Tora-Bora versteckst. Und dann foltere ich dich langsam zu Tode.“

„Du musst mich nicht suchen, ich werde dir zuwinken, wenn du die nächsten Jahre in deiner Zelle hockst. Das heißt, wenn du da überhaupt ein Fenster hast im Hochsicherheitstrakt.“ Ich gehe in die Hocke, meine Beine sind immer noch schwach. „Baba ist tot. Ibo ist tot. Weißt du, was im Koran über die geschrieben steht, die Unschuldige töten?“

„Was weißt du über den Koran, gottloser Hundesohn?“, spuckt er. „Hast du ihn je gelesen? Kannst du mir auch nur einen einzigen Vers zitieren, du Kafir?“

„Abdelkader al-Anbari“, flüstere ich in sein Ohr, „der Kafir, der bist du. *Du* bist der Ungläubige.“

Ich packe mit der Rechten seine Haare und reiße seinen Kopf hoch, sodass sein Kinn etwa zehn Zentimeter über dem Boden ist. Ich ziehe das Messer aus dem Hosenbund. Irgendwo in der Wand läuft Wasser durch ein Rohr, ansonsten ist es jetzt plötzlich unheimlich still im Stock, als hätte man den gesamten Flur evakuiert, während draußen auf dem Parkplatz und auf den Balkonen ein Actionfilm gedreht zu werden scheint. So viele Sirenen, Kommandos, Schreie,

Motorengeräusche. Ich schneide mit der blutigen Klinge seinen Bart und schone seine Haut dabei nicht, schneide sie blutig, um am Ende den Bart in meinen Händen zu halten.

Ich lasse seinen Kopf wieder fallen und werfe die blutigen Haarreste auf ihn „So soll dich die Welt sehen, Derwisch“, sage ich, schieße ein Foto mit dem Handy und schicke es umgehend an die Jungs. „Nicht einmal Allah kann den Anschlag noch stoppen? *Allāhu akbar*, Allah kann alles. Deshalb ist er Allah, du Idiot.“

„Ich habe von euch Türken nie viel gehalten“, sagt er. „Aber du bist wirklich das widerlichste Stück ...“

Und dann geht alles ganz schnell.

Die Wohnungstür zersplittert mit einem lauten Knall, maskierte Männer mit Helmen, schusssicheren Westen, Stiefeln und Maschinengewehren kommen angestürmt und zielen auf Abdelkader und mich. Sie schreien und gestikulieren, packen meine Arme, entreißen mir Messer und Handy, mein Kopf knallt auf den Boden, sie spreizen meine Beine, Handschuhe betatschen mich an jeder Körperstelle.

Ein Handschuh drückt mir den Mund zu, dann stülpt man mir etwas über den Kopf, sodass ich nichts mehr sehen kann.

„RAUS, RAUS, RAUS!“, schreit jemand. „ALLE RAUS!“

Sie fesseln sofort meine Handgelenke hinter dem Rücken, helfen mir zurück auf die Beine.

„TARIK CELAL!“, sagt eine männliche Stimme. „BIST DU TARIK CELAL?“ Ich nicke. „IST NOCH JEMAND VON ABDELKADERS LEUTEN IN DEM HAUS?“ Ich bin gar nicht fähig zu reagieren, er brüllt mich an, wiederholt die Frage. „HÖR ZU, WENN DU UNS ANLÜGST UND WIR RAUSFINDEN, DASS DU LÜGST, WIRD DIR DAS VOR GERICHT ANGERECHNET, WEGEN BEIHILFE ZU ...“

„Fonso“, sage ich. „Der Kleine ... Er ist mit der Maschinenpistole ... Er ist hinaus ...“ Er brüllt mich an wie einen Hund, ich kann gar nicht auf seine Fragen antworten. Schließlich brülle ich zurück: „DA IST EIN KLEINER

JUNGE MIT EINER MASCHINENPISTOLE! ER GEHÖRT NICHT ZU ABDELKADER! ER HAT MIR DAS LEBEN GERETTET!"

„Ein kleiner Junge mit einer Maschinenpistole?"

„VERDAMMTE SCHEISSE, JA!"

Sie glauben, ich sei Terror-Tarik.

Sie glauben, ich sei einer von Abdelkaders Männern.

„Ihr dürft nicht auf den Kleinen schießen! Er hat nur die Waffe in Sicherheit gebracht! ... HEY! HÖRT MIR DENN ÜBERHAUPT JEMAND ZU?! DEM KLEINEN DARF NICHTS PASSIEREN!"

Meine Augen sind verbunden, als sie mich rausschaffen. Sie lassen mich nicht einmal die Schuhe anziehen. Überall Stimmen da draußen. Sie reden wirr durcheinander, rufen, schreien, jemand weint. Stimmen aus Walkie-Talkies. Ich werde in einen Hubschrauber gebracht und weggeflogen.

Sie verstehen nicht.

Ich bin Tarik Celal.

Der Anatolische Panther.

8

Der Teufel nimmt die Zeit, die wir verbringen
und treibt uns in die Dunkelheit, da gibt es kein Entrinnen.
(*Allein mit dir,* Maria Dangell; Michael Holm)

Nteba sitzt vor mir. Eine Scheibe dick wie Panzerglas und schmutzig wie das Buswartehäuschen vor unserem Block trennt uns. Ich bin in einer Art Kabine, muss in ein Mikrofon sprechen, damit sie mich hören kann. Sie sieht heute so jung aus, das ist das erste, was ich mir denke. Fast noch wie ein Teenager und nicht wie eine Frau. Und das, obwohl sie Make-up aufgelegt hat, was sie sonst selten tut. Als sie in den Raum geführt wurde, konnte ich sehen, dass sie einen schwarzen, langen Rock trägt.

„Mein Gott, Tarik“, sagt sie.

„Hey ...“

„Du bist so abgemagert ...“

„Hm.“

Sie hat immer noch diesen Blick drauf. Als würde sie mich lieben. Mit Haut und Haar. Als würde sie mich wirklich lieben, wirklich wollen. Ich kann nicht verstehen, dass das nicht so sein soll. Kann ich mich denn so täuschen?

„Je mehr ich über dich lese, desto weniger weiß ich, ob ich dich je gekannt habe. Desto weniger weiß ich, wer du bist.“ Sie spricht leise, aber so deutlich, dass man das Gefühl hat, sie folge einem Skript.

„Such's dir aus“, sage ich. „Ich bin, was immer du willst.“

Ich sinke in den Stuhl, fühle Hitze und Kälte gleichzeitig und denke mir nur: *Scheiße, wie schön sie ist. Scheiße, wie sehr ich sie liebe.*

„Tut mir leid, dass sich das in Bregenz nicht mehr ausgegangen ist mit unserem Treffen“, fahre ich fort, weil sie schweigt. Sie trägt roten Lippenstift, von dem sie weiß, dass ich ihn nicht mag. Ihre Haare sind deutlich kürzer als bei unserem Abschied am Ostbahnhof.

„Pff", sagt Nteba. „Ich bin stundenlang vor dem Laptop gesessen und habe versucht zu verstehen, was geschehen ist. Es hat Tage gedauert, bis ich mir ein Bild machen konnte. Ich bin sogar zur Polizei, um mich über dich zu erkundigen, aber die haben mir überhaupt nichts gesagt."

„Ich hab an dich gedacht. Die ganzen vier Wochen, seitdem ich hier bin, immer nur an dich. Aber ich konnte nicht mit dir reden. Ich konnte mit keinem reden."

Sie ist immer noch mein Mädchen. Immer noch die Frau, für die ich leben möchte und sterben würde. Ja, verdammt, den ganzen pathetischen Scheiß, das volle Programm, Seifenoper und Heinegedicht. Egal, was sie in den letzten Wochen getan hat – ich will immer noch mit ihr zusammen sein. Ich verzeihe ihr jede Sünde, aber ich weiß nicht, ob sie mir verzeihen kann. Ob sie mir jemals glauben wird, was wirklich passiert ist, denn die wahre Geschichte steht weder im Netz noch in einer Zeitung, kommt in keiner Talkshow, keiner Nachrichtensendung.

„Du hast deinen Baba so geliebt", sagt Nteba. „Ich habe dich immer darum beneidet. Dass man seinen Vater so lieben kann. Dass man sich für einen Menschen so aufopfern kann. Ich wünschte, ich könnte meinen Vater oder meine Mutter auch so lieben ... Ich weiß, tief drinnen bist du ein guter Mensch, Tarik. Tief drinnen bist du ein guter Mann."

„Nein, Baba war n guter Mann. Ibo war n guter Mann. Ich bin es nicht."

Bei dem Gedanken an meinen Großvater und Ibo fühle ich wieder diesen verfluchten Schmerz, der wie in den letzten Wochen in Wellen kommt, mich überwältigt, dem ich ausgeliefert bin, ganz und gar. Nteba tut, was ich aus Filmen kenne: Sie legt ihre rechte Hand auf die Glasscheibe. Und als könnten sich meine Linke und Rechte nicht entscheiden, lege ich beide Hände auf die Scheibe. Nteba sieht mich an, mit einer Traurigkeit, die mich erschreckt, die mir Angst macht. Und dann legt auch sie ihre linke Hand auf die Scheibe.

„Du hast was Besseres verdient als mich“, sagt Nteba leise.

„Pst ... Pst. Wie kannst du sowas sagen?“

„Ich bin es nicht wert.“

„Sag das nicht.“ Sie nimmt ihre Hände wieder von der Scheibe und streicht sich ihre Haarsträhnen aus dem Gesicht. Auch ich berühre nicht länger das Panzerglas, lege meine Hände in den Schoß. „Ich weiß nicht, was man dir erzählt hat oder was du im Internet gelesen hast“, sage ich. „Aber egal, was und wie viel, es ist niemals die ganze Geschichte.“

„Würde mir die ganze Geschichte besser gefallen als das, was ich bereits weiß?“

„Ich werde sie dir erzählen, wenn du möchtest, dann kannst du entscheiden. Aber nicht jetzt. So viel Zeit haben wir nicht. Und ich weiß auch nicht, ob wir hier abgehört werden.“

„Es hat mit dem Derwisch zu tun, oder? Es gibt so viele Gerüchte.“

„Da war mehr als der Einbruch in der Moschee. Mehr als diese verletzte Polizistin. Da war noch viel mehr, Nteba. Das ist ne Riesenstory, ich schwör.“

Nteba mustert mich. „Du weißt, ich glaube nicht an Gott“, sagt sie. „Aber ich habe in unserer Kirche eine Kerze für dich angezündet.“

„Wo ist *unsere* Kirche?“, frage ich. „In der Schweiz?“

Sie lächelt gequält, presst die Lippen aufeinander. „Und? Was geschieht jetzt mit dir? Wie geht es weiter?“

Ich lehne mich zurück. Der Stuhl knarrt, mein Rücken schmerzt. Vier Wochen ohne jeden Sport und fast ohne Bewegung sind schuld daran, dass ich mich fett und schwerfällig fühle. „Das mit der Polizistin wollten sie mir anhängen", erkläre ich. „Inklusive der Bewährungsstrafe natürlich. Aber ich hab nen Deal gemacht. Ich komm raus."

„Du kommst raus?" Nteba sieht mich erst ungläubig an, dann schaut sie herum, sieht zur Decke, als könnte uns von dort oben Spiderman belauschen. „Hört uns hier wirklich jemand zu?", fragt sie leise.

Ich zucke mit den Schultern. „Ich traue keinem von denen mehr."

„Du kommst raus?", fragt sie noch einmal. „Was heißt du kommst raus? Versucht der dicke Skinhead dich zu befreien?"

„Ich hab nen Deal mit der Staatsanwaltschaft gemacht. In wenigen Wochen sollte ich wieder frei sein."

„Aha." Ntebas Mund steht offen. „Aye", sagt sie und lächelt. „Das ist ja großartig. Das ist großartig, Tarik! Das habe ich nicht gewusst. Ich habe gedacht ..."

„Ich zähl die Stunden. Ich will einfach nur im Englischen Garten liegen, nen Abend mit den Jungs abhängen oder ne Runde im Perlacher Forst joggen. Nichts anderes. Ich will die ganze Scheiße hinter mir lassen."

„Ich hoffe, dass alles gut ausgeht", sagt sie, und da ist wieder diese Stimme in meinem Kopf, die fragt: Und wenn sie mich nicht liebt? Nie geliebt hat? Wenn ich wirklich nur ihr Spielzeug war? *Du bist ein guter Liebhaber.* Mehr nicht? Kann ich mehr sein? *Du liebst mich mit einer Intensität, die ich nicht erwidern kann.* Aber kann dieser Blick denn lügen? Oder gibt es noch etwas zwischen dem, was ich so leicht für Wahrheit und Lüge halte, einen Graubereich?

„Hm ..." Wieder streicht sie eine Haarsträhne aus dem Gesicht. „Ich habe im Internet gelesen, du behauptest, dass der Zwischenfall mit der Polizistin ein Unfall gewesen sei."

„Die Polizistin ist gegen das Waschbecken geknallt", sage ich. „Das war Pech. Das wollte ich nicht. Die hat sich nicht ausgewiesen, verstehst du? Ich hab gedacht, die gehört zum Derwisch. Das war Notwehr, Nteba ..."

„Hm ...“

„Ich hab diese Polizistin nicht mit Absicht verletzt.“

„Dass du sie nicht mit Absicht verletzt hast, glaube ich dir. Aber ...“

„Ich werde dir alles erzählen, wenn ich raus bin. Du wirst mich verstehen. Ich bin nicht der Bösewicht in der Story. Ich habe ... Ich hab doch nur ...“

Wir schweigen beide für eine Zeit, dann sagt sie: „Du weißt gar nicht, wie froh ich bin, dass du kein Islamist bist.“

„Das hast du doch nicht ernsthaft für ne Sekunde geglaubt, oder?“

Nteba schweigt, sie weicht meinem Blick aus. Ich hake nicht nach. Dann fragt sie weiter: „Du sagst, du hast einen Deal gemacht? Was soll das für ein Deal sein? Deine Gaunereien in der Vergangenheit werden dir vor Gericht kaum helfen.“

„Solange die Frau sich an nichts erinnern kann, können sie mir sowieso nichts anhängen. Wenn alles gut geht, wird es zu gar keinem Verfahren kommen.“

„Sie kann sich an nichts erinnern? Es stimmt also, was sie schreiben?“

Ich nicke.

Nteba lehnt sich nun ebenfalls zurück. Sie sieht mich an. Sie tut nichts anderes. Sie fixiert mich mit ihrem Blick – aber ist das noch derselbe Blick? Ist sie noch dieselbe?

Seht mich an: Ich zittere. Ich zittere vor Aufregung und Angst. Und das, obwohl ich doch gerade erst dem Tod so knapp entronnen bin.

„Wir haben nur noch zehn Minuten“, sage ich mit einem Blick auf die Uhr an der Wand und ich spüre, wie sich alles in meinem Magen zusammenzieht. „Du musst mir jetzt sagen, was los ist.“

Sie nickt, senkt ihren Blick. Die Haare fallen ihr über die Stirn, verdecken ihre Augen. Dann sieht sie mich an. „Das mit der Aufenthaltsgenehmigung war nicht gelogen, aber ich hätte bleiben können, wenn ich gewollt hätte. Ich war auch nicht in Kuba, seit ich München verlassen habe. Aber das weißt du ja bereits."

„Ich verstehe das nicht ... Hör auf, um den heißen Brei herumzureden und sag mir, was Sache ist."

„Ich bin verheiratet, Tarik", sagt sie leise. Sie wartet auf eine Reaktion von mir, aber ich sehe sie nur an. „Fabio ist neunundvierzig. Er kommt aus der italienischen Schweiz und hat eine kleine Firma."

„Eine kleine Firma?"

„Internet."

„Internet", sage ich und nicke, hebe meine Augenbrauen. „*Verheiratet*? Wow."

„Schon seit drei Jahren."

„Aber du bist 22!

„Und?"

„Mir ist schlecht. Mir ist jetzt richtig schlecht."

„Ich habe gewusst, du würdest mich hassen. Ich habe gewusst, du würdest es nicht verstehen."

„Warum hast du mir das nicht gesagt?"

„Weil ich mich in dich verliebt habe ... Ich wollte es mir nie eingestehen. Ich habe mit dem Feuer gespielt und irgendwann ist alles in Flammen gestanden."

„Wir waren zusammen!", sage ich. „Wir waren ein halbes Jahr zusammen!"

„Und dieses halbe Jahr war schön."

„Ich hab gedacht, sowas gibt's nur in Filmen. Dass jemand so ein Doppelleben führt."

„Ich habe ihn geheiratet, damit ich hierbleiben kann", sagt sie, kommt ganz nahe an das Glas, spricht so leise, wie es möglich ist, das Köpfchen wieder gesenkt, sie sieht mir nicht mehr in die Augen. „Es war keine Liebe. Er hat gesagt, er verlangt nichts, nur dass ich ihn hin und wieder begleite."

„Er ist schwul?"

„Nein, ist er nicht", antwortet sie und lacht kurz auf, um sofort wieder ernst zu werden. „Und damit du mich nicht falsch verstehst: Mit der Zeit sind auch Gefühle ins Spiel gekommen. Ich bin nicht hierhergekommen, um dich anzulügen."

„Du hast also Sex mit ihm? Mit so nem alten Knacker?"

Sie legt den Kopf trotzig schief. „Er ist nicht alt."

„Und jetzt? Was ist jetzt?"

Nteba seufzt und zuckt mit den Schultern. „Du warst so lieb, so verrückt. Du hast mich überrumpelt, und ich habe mich nicht gewehrt." Wieder seufzt sie. „Ich hätte die Notbremse ziehen sollen, aber das habe ich nicht getan. Das ist meine Schuld, dafür bin alleine ich verantwortlich. Wenn du mich jetzt hasst, verstehe ich das."

„Und? Liebst du ihn? Mich? Oder keinen? Wie geht es weiter?"

Sie beißt sich auf die Unterlippe und betrachtet die Rückseite ihrer Hände. Ihre Fingernägel sind grellrot lackiert, das sehe ich zum ersten Mal an ihr. Sie legt ihre Arme auf das kleine Pult vor dem Glas und ihren Kopf darauf. Dann sieht sie mir in die Augen wie ein Kind, mit dem man gerade geschimpft hat, trotzig, schuldbewusst.

„Liebst du ihn?"

Sie richtet sich langsam wieder auf.

„Liebst du ihn, Nteba?"

Zögerlich schüttelt sie den Kopf. „Aber ich kann nicht ohne ihn ..."

„Liebst du ihn? Beantworte meine Frage."

„Mal ehrlich: Was haben wir zwei für eine Zukunft?"

Ich seufze. „Du studierst doch wirklich Medizin, oder?"

„Natürlich studiere ich Medizin", sagt sie. „Was soll die Frage? Du hast doch meine Bücher gesehen, du warst mit mir auf der Uni ..."

„Du würdest doch die Aufenthaltsgenehmigung behalten, wenn du dich scheiden lässt, nicht? Ich mein ... nach drei Jahren! Wir kriegen das Geld zusammen für das Studium, das schaffen wir doch. *Ich* schaffe das, das verspreche ich dir. Ich hab n bisschen was bekommen, weil ich ..."

„Tarik ..."

Der Wärter, den alle wegen seiner Muskelberge nur Popeye nennen, kommt zu mir, klopft mit dem Zeigefinger auf seine Armbanduhr.

„Es ist aus?", frage ich Nteba. „Willst du mir das sagen?"

Sie sieht mich an, wieder mit diesem Blick – der kann doch nicht lügen. Der kann doch gar nicht lügen. Wenn das nicht wahr ist, *allāhu akbar,* was ist dann noch wahr?

„Ich könnte versuchen, noch ein weiteres Semester in München zu studieren."

Ich nicke, mein Blick ist getrübt. Dreiundzwanzig Stunden verbringe ich in der Zelle, in der das einzige Fenster ein Schlitz knapp unter der Decke ist. Ich habe keinen Fernseher, kein Internet, dafür habe ich angefangen zu lesen, aber ich schaffe kaum einen einzigen Absatz, ohne dass meine Gedanken abschweifen, und dann muss ich wieder von vorne beginnen und am Ende des Tages habe ich nur zwei oder drei Seiten gelesen.

„Und das heißt?"

„Dir muss bewusst sein, dass da ein anderer ist."

„Alles soll so bleiben? Ist das dein Ernst? Ich bin dein was ...? Liebhaber? Nennt man das so?"

Es dauert lange, ehe sie antwortet: „Ich verlasse ihn nicht."

„Scheiße, Nteba ... Du hast mir was vorgespielt, ich verstehe das nicht. Deine Internetverbindung wäre beschissen, deshalb könntest du nie antworten. Du warst in der Schweiz, du hattest perfektes Internet, du hast mir bloß nicht schreiben können, weil dieser Opa um dich geschwänzelt ist. Er und du in einem Bett ... Alleine der Gedanke ..."

„Wenn du nicht damit leben kannst, müssen wir es lassen."

Ich atme tief ein und aus. Ich strecke mich, balle meine Fäuste. „Was soll ich denn ohne dich machen? ... Nteba ... Ich bin doch nichts ohne dich ... Ich hab doch nichts mehr ..."

„*¡Pura cáscara!*", sagt sie. „Red nicht sowas."

„Ich hab meinen Großvater auf dem Gewissen, ich habe einen Freund verloren, der für mich sein Leben riskiert hat, der an meiner Stelle gestorben ist ...“

„Ich verstehe nicht ...“

„Fuck, Nteba. Das, was sie überall schreiben, ist ein Sack voller Lügen. Fonso, Ibo und ich haben den Anschlag verhindert. Wir haben dafür gesorgt, dass Abdelkaders Schläfer gefasst werden konnten. *Wir* waren das.“

„Aha ...“

„Abdelkader hat Baba ermordet. Und sein Bodyguard, dieser kleine, hässliche Hobbit, hat Ibo erstochen.“

„Okay ...“ Sie zieht das Wort in die Länge, als wäre es eben nicht okay, als würde sie mir nicht glauben.

„Ich lüge viel, ich lüge oft, aber das ist keine Lüge.“

„Es spielt auch gar keine Rolle“, sagt Nteba. „Lass uns nicht darüber reden. Es hat keine Bedeutung. Ich kann dir hier und heute nicht sagen, dass ich Fabio verlassen werde. Das geht nicht. Das ist unmöglich. Ich habe ihn lieb. Nicht so wie dich, aber das verstehst du nicht.“

„Nein, ich verstehe dich nicht. Ich verstehe nichts mehr. War's denn nicht schön mit mir? Warst du denn nicht glücklich mit mir? Das warst du doch, oder? Das war doch nicht gespielt. Bitte sag mir, dass es nicht gespielt war.“

„Nein, es war nicht gespielt“, antwortet sie. „Es war aber auch nie perfekt.“

Ich schlage die Faust mehrfach gegen meine Stirn, ziehe unwillkürlich eine Grimasse, öffne meinen Mund, möchte schreien. Einmal ganz laut all die letzten Wochen von der Seele brüllen. Ich hebe meinen Kopf. *„Fuck you, Nteba.* Ich steh das nicht durch ohne dich. Ich geh kaputt. Das kannst du mir nicht antun. Nicht jetzt. Ich lieb dich doch. Was kann ich denn mehr tun? Was kann ich mehr tun, als dich zu lieben? Mit allem ... was ich hab ... was ich bin ... Ich liebe dich. Ich liebe dich. Ich liebe dich.“

„Und das weiß ich. Und du bist ein wichtiger Mensch in meinem Leben.“

„Ein wichtiger Mensch? *Ein wichtiger Mensch?!*“

„...“

„Dann kann ich doch gleich hier drinnen bleiben“, sage ich. „Dann kann ich doch gleich im Knast verrecken, wenn du nicht mehr da bist. Wenn ich dich verliere ... Wohin soll ich? Ich habe das alles nur überlebt, weil ich zurück zu dir wollte.“

„Tarik ...“

Ich knalle die Faust auf den Tisch. „Ich hab das doch alles für dich getan. Damit wir eine Zukunft haben. Damit ich zu dir nach Kuba kann. Ibo und Baba sind tot, nur weil ich davon geträumt habe, dass wir beide eine gemeinsame Zukunft haben könnten.“

Nteba sagt etwas, so leise, dass ich es nicht verstehen kann.

„Ich gebe dir nicht die Schuld“, sage ich. „Ich hab mir irgendwann eingeredet, es könnte klappen. Der Plan mit dem Einbruch könnte aufgehen. Und du hast ja immer von den kubanischen Ärzten geschwärmt, ich hab also angenommen, dass Baba dort vielleicht sogar besser aufgehoben wäre als in München, wo alles so schweineteuer ist. Aber selbst wenn die Ärzte dort beschissen gewesen wären, hätte ich zu dir gewollt. Und du warst gar nicht da, Nteba. Du warst nie in Kuba.“

„Es tut mir leid ... Es tut mir leid, Tarik.“

Popeye kommt das zweite Mal und murmelt, dass die Zeit um ist und ich mich verabschieden soll.

„Bitte“, sage ich in das Mikrofon. „Verlass mich nicht. Bleib bei mir. Bleib in München. Wir könnten glücklich sein.“

Sie sagt nichts, sie sieht mich bloß an. Warum sieht sie mich immer so an? Dieser verfluchte Blick verhext mich, ich bin ihm ausgeliefert.

Was hast du nur mit mir gemacht?

Warum bin ich so verloren?

„Ich habe doch gesagt, ich kann mich nicht heute entscheiden. Gib mir etwas Zeit. Warte bis zum Herbst.“

„Nein, nein. Das schaffe ich nicht. Das kann nicht so weitergehen. Du musst dich jetzt entscheiden, Nteba. Jetzt, hörst du?"

„Verlang das nicht von mir. Wenn du das tust, muss ich mich gegen dich entscheiden."

„Ich liebe dich", sage ich und lege noch einmal eine Hand an das Glas, aber sie macht es mir nicht nach. Wir lächeln uns an, ein letztes Mal, so müde und gequält in diesem Raum ohne Fenster, ohne jede Ahnung vom Sommer da draußen.

„Sag nicht alles oder nichts, sag das nicht. Du musst jetzt erst mal alles klären, weißt du? Du musst erst wissen, wie's weitergeht."

„Der Deal steht. Ich werde bald frei sein."

Aus irgendeinem Grund wünsche ich mir, sie würde anfangen zu weinen. Würde mir zeigen, dass ihr der Abschied nahegeht. Ich wünsche mir, sie würde die Fassung verlieren.

Aber sie weint nicht.

„Scheiße ... Das tut so weh. Dich zu verlieren tut so weh."

„Hey ..." Sie beugt sich vor, ihre Stirn berührt das Panzerglas.

„Baby", flüstere ich.

Die Tür geht auf und ein Mann in Handschellen wird hereingeführt. Ich habe gehört, er sei ein Neonazi, der vor drei Tagen eine Lokalpolitikerin der Grünen in Hamburg auf offener Straße ermordet haben soll. Popeye steht nun neben mir, die Hände auf dem kleinen Tisch vor dem Panzerglas, und sieht mich an.

„An Weihnachten, da warst du in der Schweiz ... Du warst bei ihm ..."

Nteba reagiert nicht. „Ich habe Fehler gemacht", sage ich, während Popeye mich unter dem Arm packt. „Ich werde wieder Fehler machen. Aber ich hab auch viel gelernt, weißt du. Lach jetzt nicht, aber ich glaub, ich bin jetzt endlich der Anatolische Panther. Ich war es nie zuvor. Nicht auf dem Spielfeld, nicht die letzten Monate. Ich bin kein guter Mann, aber ich werde einer werden, ich schwör bei Gott. Ich könnte dich glücklich machen, verstehst du? ... Klingt das blöd? Klingt das bescheuert? ... Scheiß drauf ... Du liebst mich nicht. Du liebst mich einfach nicht."

Nteba sieht mich an, wie so oft zuvor, so intensiv – aber da ist mehr Schmerz als Liebe in ihrem Blick. Es hat sich etwas geändert seit der Nacht, in der wir uns verabschiedet haben.

„Ich war nur deine Schlampe, oder? Gut zu ficken, hm? Tolle Kondition, oh yeah."

Nteba senkt ihren Blick und sagt so leise, dass ich es kaum verstehen kann: „Wie kannst du nur so etwas sagen?"

„Was war ich denn für dich? Was bin ich für dich? Sag's mir, ich versteh's nicht."

„Ich ..."

„Sag's mir, Nteba. Sag mir, was ich war und was ich bin."

Sie verdreht die Augen, sieht hoch zur Decke, sieht zur Seite, sieht mich nicht länger an.

„Wir haben doch auch viel gelacht. Das haben wir doch, Nteba."

„Wir haben viel getrunken und viel gekifft."

„Wir mögen doch dasselbe, das kannst du doch nicht abstreiten."

„Ja, wir mögen *Sex and Drugs and Rock'n'Roll*", sagt sie, seufzt und sieht Popeye an, der mich mit einem Ruck vom Stuhl hebt.

„Nein, nein, da ist noch viel mehr! Da ist mehr, Nteba. Komm! ... Ey, ich lese jetzt sogar Bücher ... Romane und so, genau wie du! ... Ich komm auch mit dir ins Theater, wenn du das möchtest. Oder in die Pinakothek. Ins Alte Museum, weiß Gott wohin deine Freunde von der Uni gehen, ich gehe mit. Und wenn du willst, lerne ich auch richtig gut schwimmen."

Wenn ich sie nur umarmen könnte.

Ich friere.

Ich weiß nicht, wie ich die nächsten Tage und Nächte überstehen soll.

Ich friere.

Ich kann nicht glauben, dass es vorbei ist, mit Nteba und mir.

Ich friere so sehr.

Und auf der Pritsche meiner Zelle mit dem Minifenster summe ich das Lied, das Fonsos Großvater an jenem Tag in seiner Küche gehört und Fonso so gern gesungen hat: *Es wird im Leben dir mehr genommen als gegeben. Ja, das ist so im Leben eben. Das merke dir. Du musst es lernen, es steht dein Schicksal in den Sternen. Es wird entschieden in den Fernen und niemals hier.*

***

Die Gebrüder Beer sind die Helden der Republik. Sie haben vielen unschuldigen Männern, Frauen und Kindern das Leben gerettet und dabei auch noch mit einem Schlag ein teuflisches Terroristennetzwerk zerstört. So jedenfalls verlautbart es der Moderator einer Talkshow, der die beiden vorstellt. Das Publikum jubelt, spendet minutenlang Standing Ovations. – Was für eine Show. Gerhard Beer hat die Codes gefunden, sein Bruder hat sie geknackt, Abdelkader al-Anbaris Plan A und B durchschaut und deshalb für ein paar Stunden dessen Tod im Internet auf den Newsportalen, Facebook und Twitter verbreiten lassen. So konnten die Schläfer des Derwischs identifiziert und verhaftet werden.

Dass alles ganz anders war, wird nie einer da draußen erfahren. Das ist der Deal, den ich mit Beer eingegangen bin. Das ist der Deal, den Dr. Rensing für mich ausgehandelt hat. Nie darf die Öffentlichkeit erfahren, dass Beer und der Geheimdienst gewusst haben, dass Abdelkader al-Anbari am Leben war. Das Risiko war enorm, aber Beer und die

Leute, mit denen er inoffiziell zusammengearbeitet hat, waren besessen davon, dem Derwisch das Handwerk zu legen.

Was die Menschheit über mich erfährt? Ich bin und bleibe der Giesinger Kiffer Tarik Celal, der Gelegenheitskriminelle und Anhänger von Abdelkader al-Anbari, der in dessen Moschee eingebrochen ist, sich auf der Flucht in einem Zug wie ein Idiot betrunken und eine Polizistin niedergeschlagen hat, weil er sie für eine Anhängerin des Derwischs gehalten hatte. Dass Fonso und ich in dem Hochhaus in Bregenz waren, weiß niemand. Die Nachrichtensperre, die verhängt und niemals aufgehoben worden ist, hat einen Mantel des Schweigens über die näheren Umstände der dortigen Ereignisse gelegt.

Abdelkaders Plan war bis ins letzte Detail ausgetüftelt, je nachdem, wann er sterben würde. Ob an einem Wochentag, Samstag oder Sonntag, ganz egal. Es gab genaue Anweisungen, um ja keinen Zug zu verpassen. Nur aufgrund der richtigen Interpretation der Codes konnten die Schläfer in der größten Anti-Terroraktion der Geschichte der Bundesrepublik verhaftet werden.

Die Sonderabteilung des Verfassungsschutzes, die nach den Anschlägen von Hamburg so eilig aufgebaut worden ist, wurde wieder aufgelöst. Von Georg Müller ist nirgends die Rede, nur von einem Mitarbeiter des Verfassungsschutzes, der Abdelkader al-Anbari mit streng geheimen Informationen versorgt haben soll. Nicht etwa, weil er dem Derwisch verfallen oder ein Islamist war. Nein, simple Spielschulden hatten ihn erpressbar gemacht. Die Polizistin aus dem Zug, die Helga Wagner heißt und einen zweijährigen Sohn namens Wilfried hat, kann sich immer noch nicht daran erinnern, was auf der Toilette geschehen ist. Es ist nicht garantiert, dass das so bleibt, im Gegenteil, die Ärzte erwarten sich im Laufe der Jahre vollständige Heilung und damit auch die Wiederherstellung ihres Erinnerungsvermögens, aber Rensing meint, was immer sie danach behaupte, wäre für mich von keiner Relevanz mehr.

„Mach dir keine Sorgen“, sagt er mir in seiner Kanzlei im neunten Stock eines pompösen Neubaus. „Das kriegen wir hin, wir zwei. Es wird zu gar keiner Anklage kommen.“

„Und der Einbruch in die Moschee?“

„Es gibt keine Beweise, er bleibt ein Mythos, ein Gerücht.“

Ich habe auch Walter getroffen, den Kampfzwerg mit dem Vogelnest. Angesichts von Ibos Tod war er nicht mehr scharf darauf, dass der Anteil seiner Beute erhöht wird. Ich war überrascht, wie schwer geschockt der Kerl war, jede Feindseligkeit zwischen uns war sofort mit dem Handschlag bei der Begrüßung verpufft.

Für die Jungs war die Geschichte ein wildes Abenteuer. Wir haben alle irgendwie das Gefühl, dass unsere Leben jetzt anders sind. Bedeutender. Tiefer. Ein bisschen großartiger.

Darauf geschissen. Wir trinken immer noch hemmungslos Bier und Wodka. Yiannis und ich ziehen uns regelmäßig Joints rein, Doogie ist meist auf Ecstasy. Am Wochenende lärmen wir im Grünwalder Stadion oder irgendwo auf einem Auswärtsspiel. Wir ziehen um die Häuser, wir sind laut und gefährlich, wir sehen den Mädels hinterher, wir lachen viel und lachen laut. Alles wie gehabt.

Trotzdem ist jetzt etwas anders. Ich kann es spüren. Ich kann es schmecken, riechen. Sugo-Joe hat gemeint, seitdem er weiß, dass wahrscheinlich ein Anschlag verhindert wurde, weil er die Koordinaten erkannt hat, würde er manchmal lächeln, wenn er aufwacht. Er müsste bloß daran denken und würde sich gut fühlen.

Wir haben alle gelacht, aber ich glaube, es geht uns allen so. Jeder hatte seinen Anteil.

Ich gehe nun regelmäßig in ein kleines Gebetshaus, das zehn Minuten von meiner neuen Wohnung entfernt ist. Ich bete jede Nacht vor dem Einschlafen und jeden Tag nach dem Aufstehen. Bis zu dem Tag, an dem ich sterbe, werde ich

Allah von Herzen danken, dass er mich aus den Fängen des Derwischs befreit hat. Und genauso bete ich jeden Abend für Babas und Ibos Seelen. Ich bitte um Vergebung meiner Sünden. Ich weiß, keine irdische Macht kann diese Last von mir nehmen, ich werde ewig diese Schuld tragen, aber zu beten hilft mir, dass ich nicht ständig daran denken muss.

Und jetzt sitze ich mit dem kleinen Puskás am Gärtnerplatz, ich habe ihm ein Eis spendiert – sieben Kugeln in einem Glas, hoch und breit wie eine Vase für einen Muttertagsstrauß. Fonso verschlingt das Eis geräuschvoll, die Sahne und Schokolade kleben ihm auf den Wangen, auf der Stirn, ja sogar am Ohr. „Bist n komischer Kauz, Puskás", sage ich, nachdem ich ihn lange genug gemustert habe. „Warum hast du dein Leben für mich riskiert? Du hast doch gewusst, was da abgeht. Bist du blöd oder lebensmüde oder stehst du einfach nur auf Action?" Fonso isst seelenruhig weiter. „Mensch, Fonso, ohne dich wäre ich jetzt mausetot."

„Darf ich mir dafür was wünschen?"

„Du kriegst weder Koks noch Nacktfotos von irgendwelchen Mädels."

„Spiel Fußball mit mir. Jetzt."

„Mein Wetterapp sagt mir, es hat exakt vierunddreißigkommasieben Grad."

„Och, Mann", sagt er und schmeißt den Löffel auf den Tisch. „Du musst mich heute trainieren."

„Ich weiß nicht, ob Fußball dein Ding ist."

„Wir haben eine Schulauswahl, die in der letzten Schulwoche gegen die Lehrer spielt. Und ich muss es in die Mannschaft schaffen."

„Such dir ne andere Sportart. Tanz Ballett. Lern Synchronschwimmen oder Eiskunstlauf."

„Ich muss gegen unsere Lehrer spielen", sagt er. „Das ist die Megaabschlussparty der Schule. Alle werden da sein. Alle werden zuschauen. Und ich werde im Schulteam sein."

„Ich fürchte, das haut nicht hin."

„Ich hab gedacht, wir sind Freunde, Tarik." Fonso sagt das in einem Ton, dass ich gerührt bin. Ich weiß gar nicht, was ich darauf sagen soll. Mit Kindern, Jugendlichen oder Tieren konnte ich nie besonders gut umgehen. Ich halte mich von denen am liebsten fern. Kinder stänkern entweder gegen dich oder sie himmeln dich an. Beides mag ich nicht. Ich halte es wie Doogie: Kinder sind wie Fürze – man erträgt nur die eigenen. Aber Fonso geht mir ans Herz. Der geht mir richtig ans Herz.

„Du taugst auf dem Feld nichts, Fonso, es ist besser, ich bin ehrlich zu dir. Aber du könntest dich als Torwart versuchen. Ne gute Reaktion hast du jedenfalls."

„Ich will nicht ins Tor", sagt er und schmeißt den Löffel auf den Tisch.

„Sepp Maier, Oliver Kahn, Manuel Neuer, Petar Radenković ... Verdammt, das sind Münchner Helden!"

„Ich möchte Ferenc Puskás sein."

„Ach, fick den Puskás."

„Fick deine Mutter, *assclown!*"

„Meine Mutter ist tot."

Fonso zuckt entschuldigend mit der Schulter.

„Hm", sagt er. „Und du glaubst, ich habe eine Chance?"

„Vielleicht. Wer hätte so schnell reagiert wie du, als du die Handgranate gepackt und rausgeschmissen hast? Doogie und Sugo-Joe sicher nicht."

Fonso nimmt den Löffel wieder in die Hand und isst hastig weiter. Hätte er das verdammte Ei eine Sekunde später geworfen, wäre er jetzt nicht mehr da. Die Granate hat zwei Balkone, mehrere Fenster und Glastüren zerstört und insgesamt sieben Hausbewohner verletzt, darunter vier Kinder. Eines davon, ein zweijähriges Mädchen, hat trotz einer mehrstündigen Operation in einer Spezialklinik seine Sehkraft auf einem Auge fast vollständig verloren.

„Wenn die Schule im September anfängt, schwänzt du nicht mehr, verstanden?", sage ich und lege meine Hand auf seinen Unterarm.

„Scheiß Schule. Ich hasse Schule. Ich brauch da nicht mehr hin. Ich bin ab jetzt mit dir."

„Mit mir?"

„Ich möchte ein Panther werden. Ein Panther will ich sein. So wie du."

„Nicht einmal ich möchte sein wie ich."

„Du bist nicht schuld", sagt Fonso. „Dass Ibo gestorben ist, das war nicht deine Schuld."

Ich lächle gequält und schweige. Erst nachdem ich bezahlt habe, sage ich: „Ich habe etwas Geld und einen Teil davon möchte ich dir geben. Aber nur, wenn ich bestimmen kann, wofür du es ausgibst."

„*Du* hast Geld?", fragt Fonso spöttisch. „Wieder eine Moschee ausgeraubt?"

„Ich hab ner Frau im Zug mein Geld anvertraut, aber sie hat geglaubt, ich wär n Terrorist und hat es den Bullen gebracht. Sie hat deswegen n schlechtes Gewissen bekommen und mir ein großzügiges Geschenk gemacht."

„Wie viel?"

„Genug."

„Man kann nie genug Geld oder Bitches haben", sagt Fonso. „Nie, *assclown*."

Auf dem Weg zum Bahnsteig der U-Bahn-Station am Sendlinger Tor sehe ich Claudia schon von weitem. Als ich die Rolltreppe runterfahre, kommt sie hoch – sie lächelt. Ich lächle zurück. Sie trägt unscheinbare Klamotten, dezent, kein Make-up, ganz natürlich, was bei ihr selten vorkommt. Als sie auf meiner Höhe ist, sagt sie in einem Singsang: „Mamma mia! Wie habe ich dich unterschätzt, Tarik. Ich werde ja ganz schwach, Anatolischer Panther. Mein Bruder hat mir alles erzählt. Du bist ja ein Held, du hast Deutschland gerettet, ui, ui, ui. Und früher hast du noch alte Frauen bestohlen."

Und schon ist sie an mir vorbei und ich bin mir nicht sicher, ob sie sich einmal mehr über mich lustig gemacht hat, aber wie ich ihr nachsehe, dreht sie sich noch einmal um, lächelt und formt aus kleinem Finger und Daumen ein Telefon, das sie an Mund und Ohren hält.

Ruf mich an.

***

Nach einer kleinen Totenfeier für Baba cruisen wir durch Giesing, ohne Ziel, müde, haben zu wenig geschlafen. Die Hitze und der Gestank der Abgase drücken noch mehr auf das Gemüt, als es der Anlass eh schon tut. Wir tragen dunkle Sonnenbrillen, schwarze Anzüge, feine, geputzte Schuhe. Keiner sagt was. Doogies Karre dröhnt drinnen lauter als draußen, sie stinkt wie ein Trabi, hat aber Power unter der Motorhaube wie ein Rallyeauto.

„Dein Alter war n guter", sagt Doogie. „Das war n guter Mann. Findet man heut nur noch selten. Das sage ich nicht, weil sich's gehört, das sage ich, weil's wahr ist."

Sugo-Joe nickt. „Das stimmt. Solche Menschen sterben aus."

„Nur noch Asoziale überall", meint Doogie. „Egoisten. Großmäuler. Geldgeile Zombies."

Yiannis lacht höhnisch, verkneift sich aber eine Bemerkung. Als er mich ansieht, wird seine Miene ernst, er stupst mich mit dem Ellbogen in die Seite. „Tut mir leid", sagt er. „Ich weiß, wie es ist, seinen Vater zu verlieren."

„Seinen Großvater", korrigiert Sugo-Joe.

„Sein' Opa", sagt Doogie.

„Baba", sage ich leise. „Ich hab mein' Baba verloren."

Wir fahren die Tegernseer Landstraße entlang. Der Verkehr ist zähflüssig, die Fahrer sind aggressiv, keiner will hier sein, alle wollen ans Ziel, wenn es so heiß und stickig ist und die Abgase über dem flimmernden Asphalt hängenbleiben. Wir schweigen eine Zeit lang, jeder ist mit seinen eigenen Gedanken beschäftigt. Sugo-Joe bricht schließlich die Stille: „Wenigstens können die dich niemals ins Gefängnis stecken, mach dir keinen Kopf mehr darüber. Sonst packst du aus, dann haben sie nichts mehr zu lachen."

„Pass bloß auf, dass es dir nicht wie den NSU-Zeugen geht, die so nach und nach verstorben sind", warnt Doogie.

„Ich glaube, er muss die Männer von Abdelkader viel mehr fürchten", meint Yiannis.

„Ihr müsst um euer Leben bangen", sage ich, „wenn ihr irgendwem erzählt, was ich euch erzählt habe."

„Wir halten dicht", sagt Doogie. „Aber nur, wenn du uns jetzt auf ein schönes Totenmahl einlädst. So ein richtig edles, feines Essen mit allem Pipapo. Wir in einem Nobelschuppen, das wäre doch mal was anderes als das Leberkäsfressen auf dem Markt in der Au."

„Genau", stimmt ihm Sugo-Joe zu. „Ich finde, das haben wir uns verdient."

„Ich lad euch auf ne Pizza ein", sage ich.

„Pizza klingt gut", sagt Yiannis. „Ich sage euch, wo es einen neuen Laden gibt."

„Gut", ist auch Doogie einverstanden. „Aber nur wenn's kein Grieche ist. Griechen können nur pleite, aber keine Pizza machen."

„Und Deutsche keine Liebe. Trotzdem werden die Frauen schwanger", kontert Yiannis. „Come on, boys! Wir werden auch mit einer Griechenpizza satt."

Sugo verdreht die Augen. Doogie, der seit einiger Zeit schon den Rückspiegel zurechtrückt, wirkt nervös, guckt immer wieder hoch. „Alles klar, Skinhead?", frage ich, als es mich zu nerven beginnt. „Ist dir mal wieder deine Mutter auf den Fersen?"

„Das Auto hinter uns klebt uns doch schon seit Ewigkeiten dran. Ich glaube, der Fahrer folgt uns."

Sugo-Joe dreht sich sofort um. „WO? WELCHES AUTO?"

„Scheiß dich ruhig ein, Sugo, aber stink nicht, sonst schmeiß ich dich raus", sagt Doogie.

„GIB GAS!“, sagt Sugo. „Ich möchte nicht von Anhängern des Derwischs getötet werden.“

„Wie soll ich Gas geben bei dem Scheißverkehr, du Scheißhase?“

„Dann bleib stehen und lass mich aussteigen.“

„Hättest du wohl gern“, lacht Doogie. „Du stirbst mit uns.“

„Einer für alle, alle für einen“, sagt Yiannis zu Sugo. „Deine Schwester sieht sicher geil aus auf unserer Beerdigung, schwarzes Kleid, die langen, blonden Haaren, die sexy weißen, langen Beine, ein paar kleine Tränchen ... Oder lacht sie? Bei ihr weiß man nie so recht.“

„Die Claudia sieht immer fesch aus“, sage ich. „Ob in schwarz oder weiß, bunt oder nackt. Werde demnächst mal mit ihr ausgehen.“

„Scheiße, scheiße“, sagt Sugo und dann zu mir: „*Du* hast uns das eingebrockt! DU!“ Er zeigt mir den Mittelfinger, streicht sich das Schnittlauchhaar aus der Stirn. Der Chemiker schwitzt. Ich schicke ihm ein Küsschen per Hand und betrachte das Fahrzeug des Verfolgers genauer. Es ist ein schwarzer, teurer BMW mit getönten Scheiben, Berliner Nummernschild. Der Fahrer ist kaum zu erkennen, er trägt eine Sonnenbrille. Der Beifahrerplatz ist leer.

An der Kreuzung müssen wir an einer roten Ampel stehenbleiben. Das dunkle Auto überholt uns und bleibt links von uns stehen. Ich sehe hinüber, schiebe meine Sonnenbrille hoch und versuche zu erkennen, wer auf dem Rücksitz hockt. Das Fenster öffnet sich langsam – für einen Augenblick fürchte ich tatsächlich, dass es einer der Jünger des Derwischs sein könnte. Einer der fanatischen Langbärte, der jetzt mit einer Bazooka auf uns zielt und uns wegbläst, um seinen Herrn und Meister zu rächen, der in einem Hochsicherheitstrakt in einem geheim gehaltenen Gefängnis gesund gepflegt wird.

Aber es ist kein Derwischjünger.

Es ist Beer.

Ich kurble das Fenster runter, bei etwa einem Drittel bleibt die Scheibe stecken. Er sieht zu mir rüber, nimmt die Sonnenbrille ab und nickt zur Begrüßung. Wir haben uns seit Bregenz nicht mehr gesehen, nicht einmal telefoniert, nur über Rensing kommuniziert – aus Sicherheitsgründen.

Doogies Musik lärmt aus den Boxen, dass die halbe Straße beschallt wird. Ich klopfe ihm auf die Schulter, als Zeichen, er solle doch leiser machen, aber er kapiert es nicht. „Oh Mann", rufe ich Beer zu, dessen Oberlippenbart verschwunden ist. „Wo ist dein heiliger Schnurrbart?"

Beer streckt seinen Arm aus, in der Hand hält er einen kleinen Zettel. „Hab einen Job für dich."

Ich lächle und nehme das Papier. „Schon wieder? Was ist dieses Mal? Ein Undercovereinsatz gegen Blood & Honour oder Boko Haram? *Allāhu akbar*, ich bin dabei!"

„Die Bezahlung ist anfangs nicht so toll, aber die Arbeit könnte dir Spaß machen."

„Genau wie beim letzten Mal."

„Ist eine gute Chance. Vermassle sie nicht."

Die Ampeln schalten auf Grün, aber keines der beiden Autos fährt los. Doogie hat den Kopf zur Seite gedreht und wartet, bis wir fertig sind mit unserem Techtelmechtel.

„Aye, aye", sage ich. „Danke."

Hinter uns hupt jemand. Dann noch wer. Und schon setzt ein ganzes Konzert ein.

„Versprich mir das", sagt Beer. „Dass du endlich deinen Arsch hochkriegst und nichts Illegales mehr abziehst." Die Ampel schaltet wieder auf Rot. Wir haben uns nichts mehr zu sagen, bis die Ampel wieder freie Fahrt gibt. Ich will das Fenster wieder hochkurbeln, da ruft Beer: „Noch was, Tarik ..."

„Yep?"

„Danke für alles." Und dann salutiert er, als sein Fenster langsam wieder hochfährt. Er salutiert wie ein Soldat vor seinem Offizier. Voller Respekt. Blockbuster-Style.

„Wow“, sage ich, als wir rechts abbiegen. „Jetzt hab ich ne Gänsehaut. Habt ihr das gesehen? Habt ihr das gesehen, Jungs?“

„Yep. Der sieht verdammt dämlich aus ohne Bart.“

„Er hat mir salutiert!“

„Er hat seine Augen gegen die Sonne abgeschirmt“, behauptet Yiannis. „Sonst krieg er einen Sonnenbrand, dort, wo seine Rotzbremse war.“

„Bullshit“, entgegne ich. „Das war nicht fake. Das war echt. Beer liebt jetzt den Panther.“

Doogie röhrt textsicher einen Cock-Sparrer-Song, der aus den Boxen dröhnt, und trommelt den Takt auf dem Lenkrad. Yiannis flucht leise, Sugo-Joe grinst vor sich hin. Ich öffne das gefaltete Papier. Es ist ein Schreiben, adressiert an mich. Und wie ich es lese, fühle ich so etwas wie Erleichterung, so etwas wie eine Morphiumdröhnung, die all den Schmerz und Gefühlsmüll, den ich seit Wochen mit mir rumschleppe, für einen Moment ausschaltet.

„Was ist das?“, fragt Sugo-Joe und reißt mir den Zettel aus der Hand.

„Was hat er dir gegeben?“, will Doogie wissen. „Sag schon.“

„N Angebot“, sage ich. „Ein Jobangebot.“

„Das haben wir auch mitbekommen, aber von wem?“

„Wacker München.“

„Wacker München, meine Fresse“, lacht Doogie.

„Geht es um das Mädchenvolleyballteam oder die Curlingmannschaft der Senioren?“, fragt Yiannis.

„Versündige dich nicht“, sagt Doogie. „Wacker hat einmal einen WM-Spieler gestellt.“

„Für wen? Für El Salvador?“

„Ein Wacker-München-Spieler war bei einer WM für Deutschland nominiert. Ist schon ein paar Jährchen her, aber es ist passiert. Wollen wir wetten?“

„Sie wollen, dass ich die Jungen trainiere“, sage ich.

„Machst du's?"

„Hm", zögere ich.

„Klar machst du's!", sagt Yiannis. „Du musst wieder auf die Beine kommen. Und das ist die Chance."

„Ich kann doch nicht in München bleiben. Die Anhänger Abdelkaders werden mich jagen, sobald der Kerl verurteilt worden ist. Die halten jetzt doch nur still, weil es die Razzien und Abschiebungen gibt. Weil die Schiss haben, selbst noch angeklagt zu werden. Aber sobald das Urteil gesprochen worden ist, kommt die Rache."

„Der Prozess kann ewig dauern", meint Sugo. „So wie bei Beate Zschäpe. Bis der hinter Gittern ist, haben die längst einen neuen Führer, eine neue Religion oder sich selbst in die Luft gesprengt."

„Es reicht ein einziger Langbart, der mir mit nem Messer in ner dunklen Gasse auflauert."

„Und wo willst du denn hin, jetzt, wo Kuba abgebrannt ist?"

„Weiß nicht ... Ich muss ja auch erst jemanden finden, der sich um Fonso kümmert."

„Du bleibst also noch ein bisschen", sagt Sugo, und in seiner Stimme schwingt so etwas wie Zufriedenheit mit. „Dann kannst du ja den Job annehmen."

„Hm." Ich nicke. „Ich könnt mich ja nach oben arbeiten, oder?"

„Na denn", sagt Sugo-Joe.

Ich falte den Brief und stecke ihn in meine Hosentasche. „Der Kerl hat *mir* salutiert", sage ich. „Habt ihr das gesehen? BEER HAT VOR MIR SALUTIERT! Fuck, hätte das Baba noch erleben dürfen ..."

„Die Sonne hat ihn geblendet, das war alles", fängt Yiannis wieder an. „Aber von mir aus lebe deinen Traum."

„Tarik hat verdient, ein Held zu sein", meint Doogie. „Vor allem heute. Tarik ist Deutschlands größter Hero. Auch wenn der Kollateralschaden nicht ohne war."

Doogie und Yiannis lachen, verstummen aber rasch.

„Als ich auf dem verdammten Stuhl vor dem Abgrund gestanden bin, hätte ich keine zehn Cent mehr auf mich gesetzt. Ich hab mir in die Hosen gepisst vor Angst, aber danach hab ich einfach abgeschlossen. Du bist schon tot, hab ich mir gedacht. Du bist tot. Und danach ist alles plötzlich leichter gegangen. Ich hab den Tod akzeptiert und hatte nichts mehr zu verlieren."

„Wir Nebelkrieger sind halt unverwüstlich", sagt Doogie.

„Unkraut vergeht nicht!", ruft Sugo.

„Ohne Unkraut keine Blumen", sage ich.

Chachapoya, höre ich Nteba flüstern.

Oh ja, wir Nebelkrieger sind unverwüstlich.

Wir Nebelkrieger sind Brüder.

Wir gehören in diesen Garten.

Al-Hamdu li-Llāh.

Ich bin ein gesegneter Mensch.

Quellen der Songzitate im Text:

S. 38, 40, 311, 433
Es wird im Leben dir mehr genommen als gegeben, Joseph Schmidt

S. 165
Dangerous, Kardinal Offishall feat. Akon

André Pilz
Bataillon d'Amour
Eine Geschichte von Liebe und Gewalt
336 Seiten, € 9.95
HAYMON taschenbuch 47
ISBN 978-3-85218-847-8

Mayra, eine junge Kolumbianerin, haust mit ihrer Familie in ärmsten Verhältnissen in den Slums von Bogotá. Eines Tages macht sie im Internet die Bekanntschaft eines jungen Deutschen, aus dem Flirt wird mehr – und als sich dann die Möglichkeit ergibt, nach Europa zu fliegen, macht sich Mayra blind vor Liebe und Zuversicht auf die Reise – und landet in einem Abgrund aus Mädchenhandel, Zwangsprostitution und Vergewaltigung ...

Ausnahmetalent André Pilz erzählt die packende Geschichte einer jungen Kolumbianerin auf ihrer Suche nach einem besseren Leben in Deutschland.

André Pilz
Man Down
Roman
276 Seiten, gebunden mit Schutzumschlag
ISBN 978-3-85218-623-8
€ 21.90

Kai ist 25 und am Ende: Nach einem schweren Arbeitsunfall findet er keinen Job mehr, seine Wohnung ist ein heruntergekommenes Loch, sein einziger Trost sind Alkohol und Drogen, mit denen ihn sein türkischer Kumpel Shane versorgt. Und da sind noch Shanes Brüder, die Kai Geld geliehen haben und ihn nun zwingen, für sie Drogen zu schmuggeln. Dann begegnet Kai Marion und plötzlich ist alles anders, alles könnte gut werden – wenn da nicht ein fatales Geheimnis wäre, das Marion verbirgt ...

André Pilz erzählt eine große Geschichte: eine Geschichte von Liebe und Gewalt, von Freundschaft und Betrug, von Leidenschaft und Rebellion, die Geschichte einer verlorenen Generation in unserer Wohlstandsgesellschaft.

„Man Down ist ein rabiater Schlag auf den Solarplexus der Konformität (...).“
DER STANDARD, Alexander Kluy